请你坐在月明里

（全二册）上

Fu & Zhou

勖力 · 著

江苏凤凰文艺出版社
JIANGSU PHOENIX LITERATURE AND ART PUBLISHING

图书在版编目（CIP）数据

请你坐在月明里：全二册 / 勖力著 . -- 南京：江苏凤凰文艺出版社，2023.9
ISBN 978-7-5594-7874-0 -1

Ⅰ . ①请… Ⅱ . ①勖… Ⅲ . ①长篇小说 - 中国 - 当代 Ⅳ . ① I247.5

中国国家版本馆 CIP 数据核字 (2023) 第 130862 号

请你坐在月明里 ：全二册

勖力 著

责任编辑 白 涵
策划编辑 朱 雀
营销编辑 杨 迎 刘 洋 史志云
绘图支持 镜 子 木火旬 TUTU
封面设计 小贾设计
版式设计 段文婷
出版发行 江苏凤凰文艺出版社
南京市中央路 165 号，邮编：210009
网 址 http://www.jswenyi.com
印 刷 三河市国新印装有限公司
开 本 880mm × 1230mm 1/32
印 张 18.5
字 数 629 千字
版 次 2023 年 9 月第 1 版
印 次 2023 年 9 月第 1 次印刷
书 号 ISBN 978 - 7 - 5594 - 7874 - 0
定 价 72.00 元（全二册）

目录

引子 … 001

Chapter01 蒙布朗 … 007

Chapter02 朱丽叶 … 033

Chapter03 牛奶乌龙 … 045

Chapter04 论迹 … 060

Chapter05 跑什么 … 078

Chapter06 封锁 … 105

Chapter07 菩萨低眉 … 117

Chapter08 金玉良缘 … 134

Chapter09 女儿情 … 156

Chapter10 亮月 … 175

Chapter11 已成灰 … 201

Chapter12 糖罐子 … 230

Chapter13 蚊子血 … 253

Chapter14 沉默里 … 266

Chapter15 第十七根火柴 … 278

目录
CONTENTS

引子

请你坐在月明里

傅缙芳 梁稻珍 于辛亥仲秋

许抒诚进来的时候，傅雨旸在烧什么东西。最后一截火星捏在手里，一般人都会嫌烫直接丢掉了。他不，他反骨头，直接拿拇指和食指捻灭了。

书案上一堆仍有红光的灰烬，燎得真皮的键鼠垫子都出味了。玩火的人，一本正经的样子，伸手去捞垃圾桶，再把这些灰全掸到桶里去。

“什么名堂？”许抒诚便问他。

“情书。”某人摘开唇上的烟，依旧面不改色。

许抒诚也干脆拿他的话来填他：“汪小姐写的？”

傅雨旸一身黑色衬衫，形容清癯。他这些天在休假，休母亲去世的丧葬假。换作其他人，没胆也不会自讨没趣地来找傅雨旸谈工作。

许抒诚算是傅母的半子，认的干亲儿子。干妈妈过世，许抒诚也是前前后后跟着料理的。傅雨旸这个人，别看他工作交际起来八面玲珑的，喏，家里的事，他是一件也提不起来。

单论他的那些本家从兄弟，多少个，个个一大家子的门户。中国式家庭有个红白事，要把这些人际关系一一照应到了，就是门学问。

头两年，傅缙芳过世的时候，那桩丧葬也是个大世故。亲戚本家同僚朋友，光录账誊下来的吊唁礼单给到傅雨旸，就好厚一摞，来的将来就要往。那时候还有他母亲帮着做主心骨，如今，老母亲也去了。

这次丧葬一应从简，就这样，傅雨旸也忙得不可开交。两天两夜没合眼，他招待亲戚本家及社会往来的男人圈，那汪幼实自作主张地跑过来帮着照应起女宾那里。

许抒诚他们哥几个闹不明白了，以为傅雨旸什么时候和汪小姐“破镜重圆”了。为这，他那不争气的妹妹这几天眉毛不是眉毛，嘴不是嘴的。

许抒诚怪妹妹胡闹，私心也有几分恨铁不成钢，他傅雨旸就有这么好，能让女人反复横跳？那汪幼实，提分手的是她，回头眼巴巴地来人家傅家充女主人的又是她！

自家妹妹呢，就跟追星似的，他傅雨旸做什么都是好的对的。许母跟抒见开玩笑：“你当真喜欢雨旸，我和你爸去给你说。”

许家兄妹一齐说不。

许抒诚是知道不可能。傅雨旸那厮不可能同意，抒见也不是那块料，拿捏不住傅雨旸的。何况现在都什么年代了，哪还有时兴说媒的！

许抒见说：“我和你们就不是一路人，审美懂不懂，我中意这个人不代表我爱他，审美之心……唉，算了，和你们说了也不懂。”

总之，抒见跟个“唯粉”似的，谁和傅雨旸搭，她都看不惯：“好马还不吃回头草呢，她跑人家家里摆起女主人的谱，就很烦，没见雨旸哥哥都板脸了嘛。”

板不板脸，许抒诚是没瞧着。但眼下，傅雨旸不打算回应他倒是真的。他同许抒诚打岔：“晚上有什么安排？”

许抒诚这才想起来找傅雨旸有正事，明晚有个局，要是傅雨旸高兴去的话，就帮他去露个脸吧。

许抒诚六岁的时候就认了傅母做干妈，傅雨旸也没旁余的亲兄弟，快三十年的情谊了，但凡许抒诚有个央求的事，傅雨旸从不打镲。

这回也不例外。他应下了，只是道：“明晚的事明晚说。今晚陪我去趟S城吧。”

“现在？”

“嗯，现在。”傅雨旸把手机递给他，“现在就买高铁票。”

立马启程，也得六个小时才到的。

“去干吗？”

“喝酒。”

真的假的。

傅雨旸再给他写了个地址，将便签撕给他。许抒诚没认真琢磨，只看到个什么巷多少号。傅雨旸说："帮我个忙，帮我去租这上头的地方。"许抒诚在S市有生意，他母亲也是那里人，当年也是这层缘故，傅母才愿意结这层干亲的。

这是个居民宅基地住处。不能商用。许抒诚问傅雨旸："你做什么用？"

"不用。你租就是了。"

就事论事，许抒诚问："租多久？"

"五十年。"

一个敢说，一个不敢信。许抒诚用一种看疯子的眼神望傅雨旸，再嗅他身上，这大下午太阳辣辣的："你这是喝了多少？"不至于吧，虽说老母亲去了，但也是有心理准备的。谁不知道傅母对傅老爹的感情，头两年老头不声不响地没了，许家父母就和傅雨旸说过："你要多关心关心你妈妈呀，她重感情，你爸爸走得急，谁都没想到。"

老人最受不得寂寞，也挨不住一个人。

没两年，傅母当真去了。

傅家如今五房，叔伯兄弟都在S城，唯独二房在B城。傅雨旸是他们傅家从兄弟里最幺的一个，差了一辈的那种。他是傅缙芳四十岁才有的一个老来子。按当时的政策夫妻俩不能生第二胎的，傅雨旸上头还有个姐姐，养到八九岁的时候生病没了，这才有了老二。那时候傅老爹一心钻营仕途，没多少闲心管幺儿，回来一趟严父一回，傅母又因为没了大女儿，她总是那句话，打吧，打死才都干净了。

单论门楣荣耀无疑是二房头混得最好。上头两代都是仕途经济，轮到傅雨旸，多少占着些父辈往上的庇佑，生意投资都做得风生水起。

俗话说得好，得多少也会失多少。外人看他们这房头荣耀体面，但如今只剩傅雨旸独个。傅母临了还惋惜，没看到他成家。

傅雨旸不是个伤春悲秋的人，相反，他明明再理智不过。生老病死的事谁都逃不过。许抒诚坦言，就是怕他闷在家里不如意，才找个由头，哄他出去打打岔的。

"没人这样租房子的。"许抒诚说。

五十年？房子挨不挨得到还两说。

书案前的人严阵以待地抽完一支烟，烟蒂按灭在烟灰盘上，起身去拿衣架上的外套，一面穿一面摘掉了袖上的孝纱。

他淡淡一笑，一副生意人在商言商的口吻：“是吗？换我，有人要租我的房子，他要租五十年，我才不管。白纸黑字银货两讫就足够了。剩下的，不可抗力，关我什么事呢。”

许抒诚彻底被他绕糊涂了。问他葫芦里卖什么药。

“你就先去帮我租租看。谁和钱过不去？”正主始终不开诚布公，临了，喝一口案上的冷茶，余下的全浇在脚边垃圾桶的灰烬里了。

他要出门去，像是有防患意识，怕死灰复燃。

晚上九点不到，从S市的高铁闸口出来，傅雨旸才和许抒诚说了这临时起意过来的真实目的。

让他打个高铁来单纯喝杯酒，肯定是不高兴的。

他答应了老乔的调令。江南这头的一把手要走，其实辞职信半年前就送过去了，这几日要正式出布告通知，老乔前几天在傅母的吊唁礼上还和傅雨旸反复夯这件事呢。

“雨旸，你这个当口儿给我跳票，就是要我的命。我干脆随你母亲一齐去了，你也给我烧刀纸拉倒。”老乔一个中德混血，中文说得比谁都讲究。

傅雨旸是老乔名列中最年轻的合伙人。老乔都六十多岁了，回回开口都是雨旸、傅总，要不就干脆我的兄弟。

傅雨旸同他逗闷子。说中国人的兄弟不是那么好当的，要么被插刀流血，要么被“戴绿可欺”。

头一个他还有点懂，后面一个就糊涂了。

荤话在酒桌上这么一发酵，众人哄堂大笑。老乔入乡随俗，谁都知道他是个不婚主义者，年轻伴侣一茬儿一茬儿地换，流连者大多无心。他说欺就欺了去吧，只是人人都会可欺，只有他傅雨旸不会。

不是他不行。而是，他有着孤独且骄傲的头颅。

三巡酒一过，傅雨旸答应了老乔的支援调令。说好的，他母亲这头事情一了，他即刻过来赴任。

这个时候就显现出孤家寡人的好处了。傅雨旸过来，连家都不用搬，一个行李箱就把瞻前顾后全免了。

许抒诚问他：“那么，租那个房子是给你自己住的？”

上了老乔安排来接的车子，傅雨旸这一次稍稍正面回答了：“不是。”

“我妈那个人，你还不知道。信佛。她临了有一桩心愿未了。”说者懒散地叹了口气，揿下车窗，阴历八月天的江南，时光正好，风与水都是软的，月亮更是。

亮堂堂的，风里满是桂花的香气，甜而不腻。嗅上几口仿佛能当饱。

“话说到那个份儿上，我只能由着她。”当弥补，或偿愿吧。

既然是遗愿，又是傅家家务事，许抒诚也不好多问。帮他办就是了。

车子一路开进笼沙公馆。傅许二人一道下车，进了家法餐厅。

乔先生的包厢在楼上，侍者请二位先生上楼。

丁字形的楼梯口，客人被引步拾级而上，傅雨旸落后许抒诚两步，他有话和他交代。老乔这个人疑心病重，上赶着的买卖不香，所以待会儿进去，别急着自报家门，更别忙着拜码头。“老乔说是接风酒，就只当他接风，你只说是我老爹那头的人。”反正他们老外也搞不清爽中国人的姨啊舅的、叔子伯的。

别急。

见面三分情。三分三分的，它马上就十分了。

许抒诚被他的“十分论”逗笑了，倒也实实在在地点头，因为他知道傅雨旸这是特地带他过来玩的，替他背书，没准还能替他拿到他们集团的资格预审。

楼道半腰的缓步台上头是彩色玻璃做的八角庭顶。灯火烘托之下，更衬得玻璃外头泄露进来的夜越发地沉静、幽蓝。

梯级尽头有一行男女往下走，有喁喁细语的笑与热烈。

为首的一男生说他姐夫在筹备跟他姐的七周年纪念日，问他们有什么好创意。话出口没多久，都没等其他人说话呢，男生径直转身顿步等他们队伍最后的那位：

“和音，你有什么主意？”

那人戴着耳机，游戏已经推到高地了，好不容易一场顺风局，又是晋级赛。

成功在即，不可掉以轻心。

结果就是因为她没听见前头人说话，那男生两步迈回来，摘了她的耳机，喊她：“周和音，我在和你说话！”

声音任性且傲慢。

另一侧上行的客人不禁侧目过来，这一秒，周和音被夺去了手机。但她来不及去要她的战况，只觉得她左边一男士冷幽幽地盯了她好几眼。

她也盯他。盯回去。

冷白皮的男人一副西装革履之态，目光冷落，仿佛在看她，又仿佛只是看她身后墙上那盏燃燃的灯。

脚步没做停留，男人自顾自地端正拾步上楼去。

楼梯间，周和音回过神来，敌方水晶已经被点了，虽然她赢了，但一点不开心。

因为假手他人了。

赵观原拿着她的手机，一副跟她邀功的嘴脸，岂料她抢回自己的手机和耳机，笃笃下楼去。

有声音在她耳后追她，喊她，喊她的名字：“周和音！”

二楼栏杆处，傅雨旸再次入耳这名字。他看客般瞥一眼楼下年轻的追逐戏。

许抒诚纳闷，刚在楼梯上，他就想问了：“认识？”

某人没言语。

看着又不像。许抒诚再次打趣他：“哎哎哎，提醒你啊，还在热孝期呢。这青天白日的看人家小姑娘合适吗？”

傅雨旸浑不受教：“哪里青天白日？”

许抒诚再想说什么的时候，包厢里头的乔董已经听到傅雨旸的声音了，亲自出来接：“雨旸，快，就等你了。”

Chapter 01

蒙布朗

[1]

真希望时间永远停在星期六。

周和音和Nana聊到夜里两点多，Nana实在撑不住了，说："小音，睡吧，我明天公司还有团建，去骑那该死的山地车。"

周和音也差不多，她说她六点也得起来，答应妈妈去店里帮忙。一个服务员请假回家了，周末茶馆生意一向很好，缺个人手可不行。春芳女士几天前就跟女儿说好了，星期天得去店里帮忙，哪儿都别去。

啊啊啊！所以她才在朋友圈里发牢骚，希望时间永远停在星期六，这样明天就不用起早，就不用去店里帮忙。

"社畜"没有周末，简直是人间惨剧。

周和音和Nana是当初校园招募微小说女主角时认识的，她们各自也有自己的频道。和音是做日常碎片生活向的，Nana则是个兼职的美妆博主。那次招募女主角，她们都落选了，但也不差，交到个投契的朋友。Nana比和音大两岁，来过她家里，羡慕和音家有那么大的一个茶馆，调侃她是地主家的女儿。

周和音很不以为然，她说："你要十一二岁就开始在店里帮着跑前跑后，端茶送水还不被质疑成童工，你就知道开店家的孩子有多野蛮生长跟坚强了。"

记事起，周和音的周末就没消停过。也就高考那一年吧，老妈没让她去店里，其余的双休、寒暑假，她总要去店里兼顾些什么。

他们圈子里几个玩得好的就老打趣和音，没事，大不了回去继承茶馆。说她是春芳茶馆的“在逃甜豆小公主”。

上个月她还更新了一则日常Vlog（视频日志）。高中同学家办生日宴，家里客人吃早茶，在和音家的茶馆订了五笼包子。

她自作主张地由着同学连笼带屉端走了。要命的是，周末翻台率本就很高，后厨大师傅那里反映蒸包子的笼屉不够了。一查点才知道小音让同学拿走了五个，邵春芳女士急坏了，要她现在就赶快去拿回来，说：“哪个允许你把笼屉都给我拿走的，生意还做不做，我这儿都忙得脚打后脑勺了，你还给我添乱！”

周和音骑着“小毛驴”追去同学家，又把五个笼屉拿了回来。她人本来就生得漂亮，在这种扎堆的烟火气里，越发明艳动人。

所以粉丝才说她是春芳茶馆“在逃小甜豆”、小公主。

赵观原就是那头一号“唯粉”。凌晨两点半了，周和音发了朋友圈，对方秒赞，再给她发消息，问她怎么还不睡。

临睡前，周和音截图给Nana：“我还要怎么跟他说清楚呢？”

赵观原是Nana某位合作商务PR（公关）的表弟，在很寻常的朋友扩列局上认识了周和音，要说合不来吧，其实作为普通朋友来往，他们很投契。但赵观原偏要进一步，周和音说得很清楚：“你不是我喜欢的类型，不心动是原罪。”

他不服死，言明在追求和音：“你可以不接受，但不可以剥夺我追求的权利。”

前两天Nana生日，赵观原想约周和音，把她身边的人约了个遍。碍于给Nana庆生，周和音才没有撂这个脸。

一场聚会，到最后还闹了个小不愉快。

Nana是个经济务实派。她说实话，赵观原条件不差，人又生得那么好看，很难得他这回有这么长的耐心，追和音快小半年了。

大学毕业那天还那么用心地给和音送花、剪视频。

周和音一言以蔽之，她就是没感觉。她也不喜欢赵观原那种没有边界感的自我暧昧。她没有许诺他什么，更没回应他什么，偏偏他总是要给别人错觉：我和她是模棱的。

就比如当着他们的面，夺小音的手机，帮她赢那把游戏。

他明明知道，周和音很在乎那场晋级赛，她要上“王者”也是要凭自己一场场的单排赢出来的，而不是假手他人，只得一个结果。

见微知著。总之，周和音说她不会踏进同一条河流里去。

她不会再去爱一个过分自我的人。

Nana以为小音还没从初恋的阴霾里走出来。毕竟那男的offer（录用信）拿到手了，才通知小音他要去B城了，令小音有点措手不及，还在设想异地恋该怎么谈。结果，对方的意思是：小音，也许我们不合适，你值得更好的。

当时的周和音，二十一年的骄傲不容许她再纠缠什么，分手很是利落。

她想：我确实值得更好的。

闺密周末聊天局到凌晨三点收线，Nana那头给赵观原回消息：“也许你俩没缘。别让我为难，两头都是朋友。”

一早，草露未干，东边出的太阳像个油汪汪的咸鸭蛋黄，大且散，徐徐地往上升。周和音哈欠连天地赶来茶馆。

她来的时候，露台上的几张桌子已经有客人在喝茶了。

茶馆这种早市生意，天不亮就得起来忙了。周家这个茶馆，老板娘主外，老板主内，后厨一切采办备菜走菜都是周学采管。

春芳茶馆每一个包子都是当天现包上屉的，每一份干丝都是当天现切现烫或现煮的。做的街坊生意，十来年不曾涨价，肉价最高的时候，周学采也没肯动价钱或用冷冻肉。

从前老母亲在的时候，就时常叮嘱他们，做生意想长久就要在别人看不到的地方下功夫。

餐饮行业没别的窍门，就你做的东西，敢不敢自己吃。这是原则也是底线。

老式的茶馆是买筹子，在收银台买了竹制的筹码，再拿筹子去点心台换点心。传统的一笼屉包子是鲜肉、香菇菜、豆沙、烧卖、扁豆荚（外形类似扁豆状的肉馅大饺子）各两个，遇到客人单买一种的，再杂拼成十个一笼的就是“杂笼”。再有就是干丝，分手抓的和大煮的。手抓的是将薄薄的千张切成头发丝细度，穿针能过，用开水烫去豆制品上的腥味，口感上也会变得绵软，配上姜丝煮过的五香花生豆，再在上面抓一把白糖，淋上秘制的勾芡酱油；大煮的要贵些，鸡汤底，佐火腿、小河虾、木耳香菇等配菜，浓汤滚煮而成。

原先早茶就这几样，随着时代进步，人的生活条件变好了，早茶的式样也变得多起来。

但春芳茶馆的点心台依旧保持着老师傅走菜的习惯，无论是老主顾还是慕名来打卡的新食客，都要拿着筹子自己去领包子。

收银与后厨默契地通过看筹子判断今日售出多少，还有多少备货。

上午七点半，周末的早市已经过了最高峰的时候了。S城的人就习惯过这样皮包水开头、水包皮收工的日子。

房产中介小唐刚来这里的时候，不懂这水包皮、皮包水是什么讲究。

早上喝茶是为皮包水。

晚上泡澡是为水包皮。

“小音，早。”

周和音穿一件小王子联名款的圆领长袖T恤，牛仔短裤。T恤袖体是奶油黄色，长发很随意地绾成个丸子头，素面，戴着个餐饮专用的透明防喷沫口罩。

收银台边上是个放热水瓶的码台，一瓶瓶热水供应不断，给客人泡茶用的。台前时不时有小孩子穿行而过，周和音一边收银，一边注意着情况，喊就近的服务员把小孩弄走，烫着不得命（不得了、要命了）。

说话间，小唐领着一个男人到了她跟前。周和音忙中不出错地招呼小唐：“早，吃什么？”

小唐要两客手抓干丝，再来半笼杂笼。

他带过来的男人再扫一眼菜单：“再来一碗鱼汤面。”

周和音利落地算账拿筹子给他们，只是说：“鱼汤面没有了。”

“嗯？”许抒诚略微不快。他昨晚喝了不少酒，今早又起了个大早，想吃点汤汤水水的。十点多要回B城，但答应了傅雨旸那厮的，来帮他租那套房子。

中介介绍，周家那套房子原本是想将两个房间单独赁给两个上班族女租客的。虽然许先生的诉求很特别，但中介行不以为意。多的是有钱人，多的是各种迷恋老房子的投资客，买不到也要租，千金难买心头好就是了。

许先生说只有周末这天有两个小时的空，小唐说足够了：“他们周家在前面那条街开茶馆的，许先生不嫌弃的话，我请您去吃早茶吧，顺便见见房东。”

眼下，房东小姐再次出口：“鱼汤面卖完了。换个呢？其他浇头的还有。”

“不必了。我只想吃鱼汤面。”

做生意的笑脸迎人：“那下次让小唐给我打电话，我给先生提前留。”再问他们还要别的吗？不要的话，十七块，谢谢。

自然是小唐付账。许抒诚自顾自去热水瓶台前，拿杯子、提热水瓶，小唐见状连忙抢着帮他弄，许抒诚乐得袖手，倒是收银的那位周小姐，她无意地瞥他几眼，不知在想什么。

许抒诚想她是没印象了，那晚他们在笼沙公馆见过。

楼梯上，这小妞还瞪傅雨旸来着。

许抒诚越来越糊涂了，原来傅雨旸当真认识这小妞？

一顿便宜的早茶吃完，小唐才去找周和音说明缘故，他是带客户来看房子的。

问小音待会儿有没有空，一道回去下。小唐信心满满地说：“小音，你信我，这个许先生是个投资客……”

周家前后两栋宅基地，前面一栋是处小二楼，后面是座七架梁的三间屋。中间凭一两米开间的四方天井连通。

北屋从前是阿婆在世的时候住的。空了两三年了，今年妈妈才决定翻新挂出去租，他们不懂那些，挂平台联络房产经纪都是周和音弄的。而且，名义上，她才是这栋房子的实际继承人。

这里的地皮赶不上老城区，但说寸土寸金也不为过。周和音原先没打算租出去，架不住妈妈苦口婆心地说，这房子本来就是要人住，越不住越容易坏，和人一个道理。

小音是阿婆带大的，祖孙俩感情很好。阿婆过世后，她就搬到南楼住了，纯粹因为一个人在这儿有点害怕，不是怕鬼，而是很清楚地明白人没了，怕那种冷落感。

但凡是用来正常居家生活的老房子，哪家没生老病死过人。是以邵春芳才决定拿钱出来翻新，再赁出去。这样里里外外都干净妥帖的小院子，租给那些上班族姑娘不要太适宜啊。房租再稍微降一降，谁还管你这儿几年前没了个老太太啊。

周和音拢共才挂租不到一个月，要说房客挑剔，他们东家也挑剔的。她不想把房子租给那些邋遢的男人，一再叮嘱小唐，最好是年轻的上班族女性。

这位许先生，一面里外勘察，一面拍照存档，来来回回跑进跑出好几趟。对周和音开出的年租金也毫无还价的意思，只问小唐，什么时候可以签合约。

小唐碰上这样爽快的客户乐得合不拢嘴。

投以目光，问小音的意思。

“许先生打算租多久？”周和音摆出房东的谱，该问的还是要问，该奉告的也要奉告。

许抒诚这才收起手机，侧目看一眼房产经纪，有些不满意的样子，合着闹半天，我还得自已来讲诉求，要你中介干吗吃的?

小唐轻声但郑重地告诉周和音，许先生打算一口价租下五十年。只要房东愿意，合同契约可以先做二十年期限，但是许先生愿意提前支付五十年的房租以及需要承担的税费。

周和音听清这个数字，嘴巴张成个鸡蛋大小，吃了口东南风，咳出好几声。

许抒诚背着手站在天井的荫凉里，觉得有些好笑，他知会这个小姑娘：“放心，我绝对一次性支付全额费用。或者你也可以叫你家大人一道过来商量，还有一点我忘了说了，我只是租下来，不住。房子就在这里，只是接下来五十年的使用权归傅……归我所有。”

周和音哑然。

B城。

是日晚上七点，许抒诚去到傅家找傅雨旸，一见面就骂他浑蛋。

“你今天不一五一十地给我说清楚是怎么回事，我和你没完。”

“你认识那小妞？”许抒诚告诉他，那周小姐就是他们那晚在笼沙公馆遇到的那位呀。

可惜，小妞没记住他。

傅雨旸在衣帽间里收拾去S城的行李，听到许抒诚如是说，倒也不意外。只说，嗯，巧了。

巧什么啊！许抒诚再道："你欢喜一个小姑娘为什么不直接自己去，叫我去碰哪门子钉子。"

傅雨旸觉得这话无稽得很，甚至懒得去辩驳、纠正。只问他怎么了，对方不肯租？说实话，他料到了，这样最好，天意、人事都可以到此为止了。

"倒也不是不肯租。"

傅雨旸停下手里的动作，整个人立在那里，安静地等着许抒诚的下文。他被许卖关子，一时间，从头到脚都新鲜矛盾得像个活问号。

"那小妞笃定我不是真正租房的人……"

周和音的原话是："五十年的房租不是笔小数目，我也没资格问你们为什么要一次性租这么多年，但是，作为房东，我有权或者我要求见一见真正的租客，再决定租或者不租。"

许抒诚不爽，问她："你从哪里觉得我不是真租客的？"

那周小姐回他："直觉。"

直觉你个头。许抒诚觉得被个小丫头侮辱到了。

呵。傅雨旸听后径直笑出声，他描补出对方的年龄和勉强还记得的形容："女人的直觉可真是个了不起的伪科学啊。"

[2]

傅雨旸收拾一箱轻便行李的时间里，做简报一般重点概括出一个故事，或者说，一桩旧事故。

傅老爹当年二十出头随家族北上时，S城那头有个恋人。由于什么没带过来，或者就是因为父母之命媒妁之言而没走到一起，总之，和那头散了。

傅缙芳不死心，来B城后差人再回去接她时，那梁小姐已经不在家中了。

多方打听也杳无音信。

傅缙芳足足为了那梁小姐耽搁了三年，而和辜家的亲事，是在S城就定下的。

他等他的恋人三年，辜小姐也等他三年。辜小姐就是傅雨旸的母亲。

到底，辜傅两家还是合姻了。

旧时光里总是多尘土和秘密。原本这些圆不圆满的事体早就该过去的，当事人都没了，只是傅雨旸母亲在生病最后那段时间跟他坦陈：“至死，我都没告诉你爸爸一桩实情。”

当年梁小姐有寄信过来的。傅家连同辜家一齐把那封信瞒了下来，梁小姐也不是平白无故没了联络的，而是她有了傅缙芳的孩子。

那个时代，未婚先孕，简直是挂碍门楣般的见不得光。

梁小姐信中字字血泪，她清楚地感受着那孩子从她身体里流出来，事后再清宫，那种疼，让她觉得一辈子也许都不会生孩子了。

是惧怕，也是罪孽。

傅母口口声声说：“凡事都有因果报应的。当年我不由着双方父母瞒下那封信，你爸爸一定会回去找她的。也就没有后来我和他的什么了。

“时若，也不会好端端的，都快十岁了，一个肺炎就没了。

“飞飞，都是我自私造的孽。”

傅雨旸从前在家的小名是飞飞，和他没见过面的姐姐同音不同字。

许抒诚听后出神好久：“那周家……”

“我妈哭哭啼啼和我道完后，我就派人去做了背调，等了一个多月才有了消息。”周家现在的主家是梁小姐收养的孩子，已然有了第三代了。那梁小姐也早在傅缙芳之前就过世了。

许抒诚知道说这话有些不合适：“这两个人后来当真就一面都没碰到过？”

傅缙芳后来事业归于正途，即便去S城也是公务或者探亲，短暂停留。偌大一个城，找一个人出来，谈何容易。

尤其是，人心是会淡的。

傅母口口声声要傅雨旸找到当年的人，做些弥补，消了她这一桩业障。

这人都去了，上哪里做什么弥补。原先他打算就这么搁置了，背调那头的人却传给傅先生一封邮件。

是周家的一份招租广告。上头的联系人，背调备注的落款就是，周和音。

这是那天许抒诚进书房前的全部。

傅雨旸当机立断，有什么不能割舍的，没缘法就是没缘法，哪怕当年他母亲把信交给傅缙芳，梁傅二人就能一笔圆满到底？

未必！

五十年的人生背违，值不值五十年的真金白银呢？

他母亲让他帮忙赎罪，他也只能做到这儿了。

周家倘若肯，他愿意一次性支付五十年的房租，一笔勾销，两不相欠。

傅雨旸收拾完行李，出衣帽间，朝许抒诚道："周家那头你由中介去和她沟通，要就要，肯就肯，没意愿做这笔生意，就过吧。"

许抒诚怕傅雨旸没听明白对方的意思："人家要见正主才肯交易啊。"

"不高兴。"某人并不买账，"钱就是正主，她没兴趣，我佩服她做生意的格局，但是我不高兴呢。"傅雨旸说，他不高兴去和周家人有什么搭界。

也是呢。父亲旧情人的一家子。听起来就够头大的。

许抒诚知道傅雨旸的为人，他的好皮囊、好性子不代表好相处。生意场上拂了他逆鳞的，闹得不可开交不说，男女感情更是，早些年他还多由着汪幼实，一旦二人观念产生分歧，汪幼实娇纵地嚷着要分手，傅雨旸二话不说，就答应了。

这几年二人都有过旁人，但到底不交心。那汪幼实有心转圜了吧，傅雨旸又当没看见似的，两个人都抻着。

许母说得对，这两个人就不是一路人。过日子哪能一个不服一个，都是顶自私的性子，背对背往南北两头奔的驴，注定是原地拉扯。

现在细细想来，早些年，傅母是很支持汪幼实的。她喜欢她的腔调和倔强，但看着她和儿子几番争吵也就心灰意冷了，没准这其中就有自己的懊悔，许多事情，勉强到底，徒劳的是自己。

现下，傅雨旸都这么说了，许抒诚也没辙。只说亏他还拍了不少照片呢，许抒诚一一传给了傅雨旸，租不租，反正他也算交差了。

七八张那小院的照片传到傅雨旸的手机上。某人看着图片嗡嗡钻进来，其中一张有些不讲究，拍房子的人，不知何时拍到了人家房东。

那周小姐穿着长袖恤衫，短仔裤，长发随性地扎着，袖子翻卷，一副最日常的样子站在门楼里，东边高照的太阳快要打在她头顶上，眼微微眯着，周遭粉白黛青，她通身的颜色像一笔油彩，很违和地竖在那里，很难被省略。

傅雨旸的目光从手机上拾起来，无声询问许抒诚。

许抒诚只笑，一副看破不说破的自作聪明：“我想让你看看房子的情况，顺便看看房东是个什么样子的。”

“什么样子？”给傅雨旸做饭的阿姨，他临时辞退了。因为他少说得有一年不在B城开火。他把手机搁在厨房岛台上，开冰箱找食材想自己煮点东西吃。

“大红冠头咕咕鸡。”许抒诚能言善道，还有点目中无人。

挽袖的傅雨旸，打算洗菜下面吃，面上寡淡，两句话回应许抒诚：“大红冠头的是公鸡。我煮面，你吃不吃？”

总部派任的傅总上任流程很顺畅，一级领导的入职仪式。高管例会上，乔董特地打视频过来为傅总撑腰。

都说新官上任三把火，傅雨旸的三把火烧了不少人，也燎了自己三天。连续三天加班加点，看财报审实绩表，聆听各部中层会议，与几处一级供应商酬酢。

原先位置的特助回去休产假了，人事部临时拨过来的支援助手之前是干行政的。年纪不大，干活倒还勤恳。每日傅雨旸不走，她不走，等着给傅总熄灯关门。第三日晚上，好不容易没有应酬，傅雨旸把下午没喝完的咖啡揭盖倒掉，给纸杯垃圾分类准备扔的时候，看到助理秘书在茶水间热三明治吃。

他记得她姓乔，这几日都喊她英文名。兵荒马乱的日程里，傅雨旸好像还没正式和自己的下属寒暄过，此刻，他问Lirica：“你和乔董什么关系？”

“啊？”Lirica蒙得嘴里一口滑蛋火腿三明治差点喷出来。

傅总提醒说：“你和乔董一个姓。”

Lirica惶恐，连忙摆手，声明就只是凑巧一个姓而已。再小声嘀咕，有个什么关系倒好了。

傅总莞尔，临走前才说太困了，说个笑话罢了。

Lirica一口三明治噎在嘴里，心想傅总也没他们说得那么不近人情啊。

外面已经快八点了，傅雨旸交代Lirica早点下班吧，他这里不要人了：“以后都这样，我要你留下，会提前通知你。”

Lirica得了老板的亲准，这才小心翼翼地关电脑、打卡下班。去了没多久，她又折回来了，敲门的时候傅雨旸在里面抽烟，他单手落袋站在落地窗前，应声扭头过来时，烟随意地叼在唇上，猛地吸一口，吐出来的烟雾，把他掩在薄薄的蓝色之后。

窗前的人自顾自继续，仿佛有些不解Lirica的回头，但也等着她的下文。

“傅总，楼下有位女士找您。”

傅书云大傅雨旸一轮有余，小时候她还和时若一道玩过。傅家几个房头里，傅雨旸也只有傅书云一个同辈姐姐。

此番傅雨旸过来前，就跟书云打过电话，托她一桩事。

之前就说好的，算是父母遗命。等他们都去了，要回S城安葬，早先墓地已经都勘好了，这一趟把父母的骨灰请回来就行。

父母都落在这儿了，傅雨旸自然也要把姐姐的一并带回来，算落地归根也好，一家子不散落也罢。

迁葬的事，他没通知其他房头，就只打电话给了书云。一来她年纪大些，那些老礼她识得清；二来书云几发去B城，傅母都很是欢喜她的和气与处世；最后一点，听母亲说，姐姐在的时候最要好的玩伴就是书云，回回清明回来，两个小妮子都难舍难分的。

傅雨旸说：“你过来望望她，姐姐也就不寂寞了。”

书云大晚上来找雨旸就是同他说下葬的事。

“你过来直接打电话给我好了。”傅雨旸怪她老实在楼下等什么。

“我晓得你忙。刚去看过堰桥，他们刚开学，那个宿舍乱得呀，给他收拾收拾，带了点吃食。也给你准备了份。”红豆沙鸡头米，她自己做的，“你们楼下的小姑娘说傅总没这么快下来，我就等了会儿。”

书云人朴实也懂进退。她说她这贸贸然上来也不好，万一打搅他谈事。她反正有时间，等一会儿也无妨。

办公室里，傅雨旸尝堂姐的手艺，原来在B城，他母亲也爱吃鸡头米。

书云趁着他吃的时候，细说后天下葬的礼仪。因着时若是早夭，又陡然间，几十年才预备迁回原籍。

书云的意思是做场小法事。不必多隆重，请两个和尚念个往生咒，就是要傅雨旸务必到场，烧纸磕头，也替姐姐烧几件衣裳。

有人是无神论者。他们家也从不搞封建迷信那一套，就连父母吊唁礼上，傅雨旸都没正经烧过什么纸。

眼下，他有点难色。一粒鸡头米抿碎在舌尖上，他问书云，这一步能不能省略。

书云不是僭越，说这也是婶婶当初提到过的。

小孩早夭，原本就是件伤阴骘的事。

“雨旸，我晓得你们文化人不信这些。但是风水也好，气运也罢，你动都动了，何不一步到位，有些事情不是迷信，而是生者给死者的心安、尊重。”

说到这儿，傅雨旸将嘴里的鸡头米咽下去，连同他的反驳。

到了周日这天，天阴有风，远远的尽头风卷残云，灰蒙蒙一片。傅雨旸按着书云的章程走完过场，说实话烧衣裳的那一瞬，他头皮发麻。

公墓这样的地方，原本就林木森森，鸟鸣啾啁的，越发衬得这里寂静，远离世俗、荒废人心的静。

书云的儿子堰桥对傅雨旸的印象很浅，也很疏离。提到他，就是B城的远房舅舅。人家那头不比他们，是真正的富贵显赫人家。

堰桥今年刚满二十，对许多人情世故只是青涩，并非不懂。他觉得妈妈有些过分奉承傅雨旸了，这大周末的，把他都捉过来听和尚念经，看那玩意儿下葬，多少有点晦气。

可是妈妈比人家正主更殷勤，宋堰桥看在眼里不是滋味。

看着那春秋两季的女士衣裳烧化成灰，慢慢腾起那微弱轻薄的红色灰烬，傅雨旸出神许久。还是书云催促他，催他作个揖。

有人失魂落魄地照做了。事毕，等着两处墓前的黄元纸烧透的工夫，傅雨旸说他去转一下，顺便抽支烟。

待他人走出好远，堰桥才朝妈妈抱怨：“我们和他们有多亲，要你这么忙前忙后的，也不嫌晦气。”

傅书云要去够着撕臭小子的嘴：“你懂个什么。你二爷爷二奶奶在的时候，待我们可不薄，小孩子家家别没良心啊。”这是教子的话。论私心，她也确实有，她这辈子算是没指望了，丈夫那儿更是别想了，只盼着儿子将来比他们好。

傅家这几个房头里，真真有本事的就是二房，也只有二房没那些个拜高踩低的嘴脸。从前二婶婶在的时候，书云每次去求个什么事，叔叔与傅雨旸那里都还算痛快。

她晓得的，他们爷俩包括婶婶，都是看在幼时书云和时若玩到一处去的情意。

书云也不怕他们看透她这点子心思。是的，她就是想儿子将来多少有个门路走。所以，别说今天傅雨旸只是烦请她，就是指使她，她也是心甘情愿的。

提到那个夭折的小姑姑，堰桥好奇：“如果她活着，是不是和你一样大了？”

“时若要是活着，可比我有福气多了。她命好，父母都有本事，妈妈娘家那头又有倚仗。”

墓碑上还是小孩模样的照片，英气漂亮的一张脸。

太可惜了。书云记得，那年清明回来祭祖，她还和时若在乡下的天井里跳房子的。

秋天就传来消息，缙芳家的丫头没了。

“唉，你说她命好吧，又一点都不好。”

傅雨旸踩着脆裂的梧桐树叶声回来，书云连忙住口，用商量的口吻朝他：“好了，下山吧。”

“嗯。”

三人走到半山腰的时候就开始下雨了。上来的时候没想到，没一会儿，风大雨大。

堰桥是小伙子，血气方刚地一路往下奔，说先下去给他们拿伞。

傅雨旸身上穿得件防雨风衣，他脱下来给书云，让她顶在头上。

即便是自家姐弟，书云也有些不好意思，他没让她反驳，只让她披着。其余不做多言。

好不容易落汤鸡般下了山，回去的车子还是傅雨旸开的。他把书云母子送回家，一切相安无事。

直到周二晚上，书云要堰桥给雨旸送回他的外套再带了点她包的大馄饨时，才得知，他不在公司，秘书说傅总有点不舒服，回酒店休息了。

书云母子又去酒店看他。

傅雨旸只说没什么事，可能换了水土又忙了些，身子没熬住。

书云歉仄：“还是那天落雨淋着了。”

“没事的。没那么娇气。”傅雨旸一面招呼他们喝茶，一面用话家常的口吻，调侃书云，“你刚那口吻，和我妈一样。”

他这两天有点欠觉。睡梦中他频繁梦到他母亲，还有他向来没有印象的姐姐。只是糊里糊涂间，时若有了个二十来岁的样貌，很陌生的俊俏模样。

书云偶然的一句话让人觉得，像神道迷信，又像福至心灵：“她们托梦给你了。晓得你为他们安置好了。”

人就这样，生前百般纠葛不如意，身后也该万般放下了。

“雨旸，你自己要保养好。父母也好，姐姐也好，孝道、姊弟情意尽到就好了。

“他们了无牵挂，你也要过好自己。”

了无牵挂?

书云走后，傅雨旸坐在客厅沙发上抽烟。一支接一支，感冒的缘故，嘴里的烟浑然没滋味。他没和书云说的是，那天他听到书云的话了，姐姐到底是个没福气的人。

他母亲在梦里也这样怪他。怪他，临了，这辈子就只求过他一件事，还被他任性搁置了。

一个小时后，傅雨旸给许抒诚那头打电话，刚接通，他这边即刻道开场白：“你帮忙跟中介那头联系一下，就说，真正买主答应见房东了。”

许抒诚那头像是刚从电梯里出来，叮的一声：“巧了，中介刚联系我，问我，你们还租不租了？”

“租。”

[3]

学采老母亲那套旧房子有人出价五十年房租的事情，没半天就在巷子里传开了。

要说梁老师生前把这套房子归置得也确实不错，家里一陈一设一草一木，不谈多有文化吧，雅致肯定是有的。

梁老师是他们巷子里有名的女先生。教了一辈子书，书法绘画钢琴都通，那时候退休在家，还有学生找上门来求补习呢。

周家对过的姜家，几个子女就深受其益。也是姜家大儿媳跑来和春芳叨咕，说小音还是年纪轻，这有什么舍不得的。五十年就五十年，你管他呢。

这年头有钱的人多了去了，许多人就是迷恋老房子，尤其是文保单位下的，别说几百万，几千万赁在手里头的也有的是。

姜太太她们几个在牌桌上一味地劝春芳，这种冤大头的钞票佬可是可遇不可求的。

邵春芳往堂子里扔一张东风，一边顾牌一边朝她们说："你们还不晓得我们家那位，孝顺着呢，就老太太这套房子，还是我说得嘴皮子都破了，他才舍得让女儿拿出来租。老的小的一个德行。"

有些人物欲就是淡。钱够花就行。他们不跟你谈什么蒸蒸日上、多多益善。周家父女都一样。邵春芳说，说得好听是老太太熏陶的，说不好听，祖孙三个都拎不清。

轮到姜太太出牌，一张四绝的七万，偏邵春芳和了。

大家都说她，该你发财的时候到了。

三圈牌打完，邵春芳回房的时候又和丈夫聊这事，周学采原先都是看报纸的，最近小音给他买了平板电脑，也给他订阅电子报。确实方便许多。

"我跟你说啊，小唐那里可还催着我们呢。你个户口本上名字排我前头的大男人倒是拿个主意啊。"

周学采依旧不同意。说这张口就是五十年的，听起来邪性。又是前后屋挨着，别是那种生意人避祸来租的，毕竟租赁房产不属于查封范畴。

"老太太干干净净一辈子，我不想临了还给我们搞砸了。"周学采的孝子名声，是这条街有名的。

谁都知道他是梁老师抱养的。偏这对母子有缘，过得比那些嫡亲的家庭都有福气。

原先他们前面这栋小楼是没有的。一家四口挤在北面那三间屋里，邵春芳多方埋怨，二十年前宅基地建房审批还没那么严格，梁老师托了自己的学生，才在前面这块空地皮上起了座小二楼，地方不大，但小夫妻也算有了自己独自的空间。

为这小楼，还空了不少债。全是邵春芳回娘家借的。也是那时候起，周学采才决心做些生意养家。

周家从前并不宽裕。也就这六七年，茶馆生意才稳定起来。算起来，他们也是穷过的。

邵春芳没有周学采念的书多，但二人算是青梅竹马，一起长大的。从微时同学到中年夫妻，邵春芳这个人虽然有点浅薄，但里里外外都是为了这个家。即便到了这个年纪，撒个凶巴巴的娇，周学采也还是买账的。

“你回回这样，瞻前顾后想多少。就拿当初开茶馆来说，不是我嚷着家里没余钱，你肯下这个穷狠心？”茶馆现在的老师傅还是邵春芳从娘家挖过来的呢。

“哪里有那么多避祸的生意佬啊。真那样，人家也瞧不上我们的房子。我还不知道你，忠孝两全，哼，你就生怕你妈留给你们的有个什么好歹。

“周学采你没有良心，你不是你妈亲生的，她还那样掏心掏肺地待你呢。把屎把尿把你拉扯大，又把你女儿拉扯大。女儿是你亲生的，更是我亲生的。你体谅你老母亲，就更该体谅我为我们小音好的心情。”

邵春芳说：“我是个嫁出来的女儿，从邵家那儿我是一个子都没得到。轮到我女儿，将来嫁人，我要她风风光光，我要给她最拿得出手的陪嫁。

“我现在挣一块钱，三毛钱留着养老，还有七毛钱都要给她存起来。

“老太太那套房子原本就留给小音了，怎么不能拿出来租了。房子放在手里自己不住，又不拿出去换钱，就是死物一个。

“你为去了的人活，还是为了活人活？退一万步说，那个租房的当真有什么闪失，那是他的事，不关我们，我个租房子的，还去查他八辈祖宗不成。反正钱在我手上，房本在我手上，我就什么都不怕。

“我只怕我女儿将来遇到个人，因个门第观念，瞧不上我们家。我就是要为我女儿添妆。越多越好。”

周学采好气又好笑，由着妻子泼辣：“只怕你女儿到时候高高的，你又瞧不上人家了。”

邵春芳道：“当然。都没我们高的，我要他干吗？扶贫啊！”

周学采怪她，市侩、精刮。

不一会儿，邵春芳洗过澡，在床对面的沙发边上泡脚，夫妻俩喊女儿过来。

算是家庭会议。周学采朝女儿说：“你妈不死心，非要把房子租出去。”周学采取了个折中的法子，是低调也是顺从妻子，“和中介说，先租五年吧。”这样外界听起来也没那么玄乎，他们是一般的谋生家庭，不指望房租过活，更不能让别人觉得发了笔横财似的。

流言有时很不讲究。

“后续，真如你们所说，是喜欢这种老房子的，也相安无事的，就再续租，哪怕十年、二十年。”

周和音做无谓状。

“只是，那个真正的买主没露面。”她才存疑的。动辄五十年，听起来叫人心惊肉跳的。

父女俩在这一点上很投契。周学采再道：“那就让中介约真正的买家出来，你也大了，这件事就由你自己来，只是一点，要有分寸，安全第一再讲道义。”

沙发上的邵春芳脚泡好了，周学采就着妻子的脚桶添热水接着泡，要妻子上床去，水他来倒。

勉强，邵春芳女士这才算满意了。

老夫老妻了，还眉来眼去地搞暗涌。周和音气鼓鼓地说：“你们俩什么时候才能不这么腻歪啊。”

“还有……”她问爸爸，“我自己处理的话，房租是不是也给我啊？”

周学采首肯：“我们的将来都是你的，你的自然还是你自己的。”

周和音开怀地从父母房间出来，只听妈妈喊她：“别听你爸瞎说，他说了不算。哪能全由着你，房租给我，到时候给你买房子。”

周和音想买车子。可是妈妈一直不肯，不肯她自己开。

这一夜，她做了个市侩轻巧的梦，梦到她拿着那真正买主付的房租去买了辆车……

她明明一天都没正式独自上过路，梦里她开得比谁都好。电台里放着她临睡前听的一首歌……

次日下午周和音联络中介，问得还算矜持，毕竟那天是她一口回绝了那许先生。

也说明了她父母的意愿。五十年一口价不太妥，当真诚意租的话，先租五年，后续买卖双方都意愿的话，可以再一次性续个长租期。

小唐满口答应了，说这就去联系许先生。

只是不知怎的，直到晚上七点，周和音都没收到对方的回信。

邵春芳一听，泼冷水了，说是黄了：“让你们爷俩拿乔呢，阴谋论呢。”

这做生意总有一个人先被拿捏，不然，什么都是白谈。

周家父女俩倒是镇静。黄了就黄了，再招就是了。

小音点头，说还是找上班族的女租客好。这样她还能有个聊得来的邻居。

话音刚落，小唐那头来电话了，说是对方同意了，且真正的买主想约见一下房东。

周和音问什么时候。

说明晚七点。

周和音躺在床上看蚊帐的圆顶，估摸着她明晚应该有空，便一口应下了。

没一会儿，小唐那里发来一个地址。周和音这才明白过来，对方不过来看房子，只答应和房东见个面。

小唐后一句补充说："许先生说他朋友已经看过房子了，很满意，约房东会一面，没什么问题，直接签合同付钱。"

好吧，有钱人的世界她不懂。

周三这天下午四点半，组长临时喊要开会，新人新职，周和音任劳任怨得很。直到六点半才散了会。

部门经理给他们叫了外卖，周和音匆匆收拾工位，连连抱歉，说她来不及吃了，晚上约了人。

从公司大楼出来，用手机叫车的工夫里，有辆车滑停在她面前。

车子里的赵观原降着车窗，幽幽喊她："上车。"

这个点，网约车其实并不好叫。赵观原看出她一副急匆匆赶时间状，便怂恿她："快点吧，放心我不赖着你。我自愿送你的！"

这一次周和音难得响应了，火急火燎地上了赵观原的车子，他还没来得及问她，今天怎么这么听话，副驾驶座上的人扣着安全带，再报一个地址，说她赶时间。

"你干吗去？"

"见'金主爸爸'去。"

赵观原脸色有点不快，要她说清楚。

"租我家房子的人约我签合同。"

"你家房子要租？"赵观原更不愿送她去了，在车里和她逗趣，"多少钱，你租给我吧。"

周和音懒得理他，只问他开不开车，不开她就自己再去招，说着扭头要下车去。

赵观原才不给她反悔的机会，方向盘一拨，踩油门起步。

对方约的地址是花都酒店，赵观原为了和周和音一道下车，将车径直停在大门迎宾处。车钥匙抛给了酒店迎宾员，说回头来拿车钥匙的时候再给小费。

周和音今天一身通勤打扮。白色小尖领的复古雪纺衬衫，中袖，露着纤细停匀的手臂，牛仔长裤，浅草绿对襟开衫的袖子随意地打结套在肩上。

她的长发浓密地散在腰后，赵观原望她急匆匆的背影，鲜活且有趣。

咖啡厅在反方向，赵观原等她走出好远，才喊她，指着她的反方向。

周和音再折回头，气鼓鼓地，仿佛怪他：你早不说？

赵观原背手，微扬下巴，等着她朝他再走回来，笑话她："你这路痴的毛病什么时候改改！"

路痴本人没所谓。她过河拆桥，摸到咖啡厅了，就让赵观原别跟着她了："我同人家谈正经事的呀。"

赵观原才不肯："你谈你的呀，我又没不让。"

周和音时刻清醒，也提醒他："谢谢你今天送我来这里，但是，我还是那句话，友谊万万岁。"

赵观原原本心情很好，偏周和音总能在他兴头上浇冷水。他不想和她计较，也不想告诉她：把我惹毛了，我把你衣服上的扣子一个个全揪下来。

当然，他不能告诉她，这背后意味着什么。他唯一能确定的是，这丫头比谁都倔强。

倔强到，你不顺从她，一切都将毫无意义。

工作日半山腰的这会儿，又是晚餐点，咖啡厅的人并不多。

周和音进里后，四下打量，好像没发现单独落座的人。

小唐人没过来，因为客户要求的。对方只说见见房东，后续一切手续，该付给中介的佣金一分不会少。

眼下周和音不确定对方到没到。

腕表上的时间已经过七点了，她迟到了一刻钟。是对方也迟到了，还是没等到她提前走了？

她顺着侍者的引位在一个落地窗边坐下，赵观原和她一起并肩坐。

侍者问他们喝什么，周和音还没工夫应，才想顺着小唐留的电话号码给对方拨过去时，有脚步声在她耳后响起。

她本能地扭头过去，一个颀长的身影擦着她的视线余光走过来。不等她开口，一袭黑色正装的男人将征询的口吻落下来：“周小姐？”

周和音仰头看他，很清楚地愣神了两秒。

因为对方她认识。哦不，是见过。

在笼沙公馆那晚。

“你是租房的，许先生的朋友？”

男人在她对面的圈椅上落座，不直接回答她的问题，但是首肯。他目光冷淡、形容坦荡地自报家门：“傅雨旸。”

顺便回应了侍者他要喝什么，气泡水加鲜橙片。

再问他们：“喝点什么？”很明显的东道口吻。他的目光落在周和音脸上，而对她身边的男生，一副可有可无的慢待模样。

周和音那跑走的神还没跑回来，她其实有点饿，所以不太想喝咖啡，于是也要了杯气泡水。

偷懒跟风的人莫名几分心虚，心虚地瞟一眼对面的人，而这男人心无旁骛地回应她。

生生逼周和音移开了视线。

此刻咖啡厅里的背景音乐是一首老歌的大提琴变奏独奏，黎明的《我来自北京》。

前天晚上，周和音还在听呢。不得不说，那个时候的黎明实在过分好看。

> I I I was born in Beijing（我来自北京）
> 偏偏浪漫热情任性
> I I I was born in Beijing（我来自北京）
> 没法一夜说清一生背景

[4]

眼前的人也是。

周和音和Nana说过，她从不吝惜赞美美人。不分男女。

Nana的频道会接些美妆商务，不乏一些见到明星的机会。

偶尔见到她与几个明星合照回来的“生图”（未经修饰的图），说实话，多少有点幻灭。离他们精修图的差距很大。

尤其男明星。周和音说娱乐圈的男人们也该“卷”起来了，凭什么女明星都那么努力，脸蛋和身材都要自律精心地保养、锻炼，倒是有些男明星，“油”而不自知。声台形表样样不过关，偏偏粉丝对他们无理智地包容。

从前的偶像也好，演员也罢，个个是左右能开弓般的一身练家子本领。

所以，在追星这方面，周和音永远是考古派。

Nana说她古怪：“你追的那个人已经老了，不美了呀。”

那又怎样，她喜欢的从来就是月亮的光辉，又不是要拥有他咯。

被周和音赞美的人从来一个模子。就是蒙上他的眼，单看他的其他四官以及轮廓，原本不多惊艳，唯独放开他的一双眼，一张脸就像是明珠溢彩了。

相比明星，素人局里出挑的美人则更具体，更有种务实的美。

这位傅先生，三十开外的年纪，与那天在笼沙公馆餐厅遇到差不多的样。笼统的商务扮相，职场人与生意人的气度对半开。

他得感谢他父母的馈赠，让他拥有一双好看的眼睛，一种自带润色的buff（增益）。

“我们见过。”有人是个“直球”孩子，她原本想说好像，但她很确定，不是好像。

“嗯。”叫她意外的是，对方很痛快地回应了她。

但好像不重要，他随后道：“中介说，房东要见买主才肯同意租赁，所以我才约周小姐见面。”

“我能问傅先生为什么要一次性租五十年吗？你房子都没看过。”“直球”孩子毫无谈判章法。

“喜欢。”对面的人从公文包里翻出他的证件来，把身份证放到周和音面前。

房东小姐讷讷地望着他。

傅雨旸不置可否地回应她，一秒再一秒。其实他想批评她的：你迟到了。

六点半他就从楼上下来了，是约人的自觉。

傅雨旸答应老乔过来替他管这江南的摊子，原本老乔那里有住处给他的，他没要，公司就给他包了一年的酒店行政房。

通勤也方便。

他今天特地推迟了应酬，就是因为答应和人会面在先。结果，对方七点整都没来。

傅雨旸略微不快，一刻钟的余量，他的耐性已经用光了。人都走出咖啡厅了，才看到一个绿色身影晕头鹅般往里头冲。

他这才勉强回头。

小朋友还带着另外一个小朋友，傅雨旸并不觉得此刻是个“叙旧”的好时机。所以他说了任性的话，原本他就不想做这门交易，心不甘情不愿。

——你问我为什么，我也不知道呢。

因为喜欢。要什么理由。

“我父母是S城人，尤其我母亲，她生前最喜欢这种老巷弄里的旧式建筑了。”

这话不假。傅家在B城的房子全是按他母亲的心意设计的。黛瓦粉墙月洞门。

周和音看清他的身份证，姓名年龄民族以及户籍地址。傅雨旸，原来是这么个写法。

她没动证件，倒是边上的赵观原，一副各自为营的傲慢，拾起那身份证，做端详状，口里念念有词：“傅雨旸，198……”

周和音即刻抢回来，怪他无礼。

“呆子，我帮你看看，别是个骗子。”

“我自己可以看。”她呵斥身边的男生。

“你要喝咖啡就等咖啡上来，不要插手我的事。”周和音的声音突然很严肃，她不止一次声明过了，这是她自己的事。游戏也好，租房子也好。

赵观原觉得自己在个外人面前被人拂了面子，很出洋相。再看一眼周和音，一副固执的样子，他顿时失去兴趣，心想：老子不伺候了，你真当自己是仙女下凡了是不是！

意气用事的人，起身就要走，动静大得，椅子划拉出好大的声响。

引得厅里旁人的目光。

周和音也随他去。她觉得这样也好，原本大家心知肚明地知难而退，退回朋友线，以后没准还能来往，他非得回回自作主张。

谈不成朋友就要闹翻脸，这在周和音看来，是孩子气。

搭帮的走了一个，正好侍者给他们上饮品。周和音随口谢过，顺便把手里的身份证还给傅雨旸。

没事人得很。

言归正传。她说："傅先生不说为什么要租五十年也不要紧，我相信中介已经跟您透露过了，我父母不同意五十年的租期，您真心要租的话，先五年吧。"

她低头用吸管衔一口气泡水，再抬眸看他，话才缓缓出口，再补充道："您同意我们也就同意。"

"这房子是你父母的？"某人后背贴椅，眉眼松懈，一副可有可无的盘问状。

"是我阿婆的。她留给我了。"

有人闻言，目光微微一紧："所以是你父母不同意五十年的租期，还是你，周小姐？"

"我父母和我都不同意。"女孩很笃定地反驳他。

她大剌剌地盯着他，好像不满他的问题，给了一记很生动且悄悄的白眼。

傅雨旸不以为意，搛一块新鲜橙片到嘴里，原本该搁到气泡水里的。他现在想直接吃。

他最近热伤风，吃什么都没味。橙肉在嘴里咂摸出了点滋味，随即咽下去了。

"五年就五年吧，后续再说。"

"我还有个问题。"

"你讲。"

"许先生说，您不住？"

"不住和我要租周小姐的房子其实不冲突。"他的面孔很清瘦，尤其下颌线，是很利落的弧度。这样的形容，讲话再严肃些，会有拒人千里的冷漠感。

但也不容人质疑。

对方见周和音不说话了，接过话语权："那么，我是把钱给到你父母还是给你，周小姐。”

周和音觉得他是故意的，一口一个周小姐，念起来咬文嚼字的。

这个人！刚才符合审美的那点好感全烟消云散了。

“和中介签合同……”周和音是想说，中介正式拟合同时，你再给钱也不迟。

“后续手续让中介寄给我就可以了。”他的意思是，他后面不露面了。

真是个怪人。

周和音瞥他一眼，又一眼，还是娴静但骄傲的情绪，只说不急，出具合同后再付房租。

傅雨旸把证件收回头，假意没看见她一眼复一眼，只制止她：“周小姐看过买主了，踏实了吗？”

这叫什么话？周和音的反骨全出来了：“踏实了！”

“傅先生可能贵人事忙，轻易抽不出身。但我们穷老百姓租个房子不容易，我爸爸觉得得见过正主再决定租不租，这合情合理，也很踏实。”

难得，傅雨旸被她逗笑了。小妮子确实是大红冠头咕咕叫，还在以“我爸说、我妈说”做口头禅的年纪，却难得骄横得不让人讨厌。

他轻飘飘笑一声，是由衷的情绪，不是傲慢不是嘲讽。接近六位数的年收租家庭，可不是穷老百姓哦。

可惜小妮子不这么想。她有点不快，就差红眉毛绿眼睛地瞪着他了。

还好被人打岔了。

“傅先生。”是酒店行政房那头的管家部经理。

对方正巧当值间来买杯咖啡，看到了傅雨旸。

傅先生背后是乔董，酒店这头的大客户。管家经理自然以礼对傅。

寒暄间，傅雨旸一副很寻常的口吻，说约人谈点事。

管家经理是女性，女人有天生的直觉感，傅先生约的是个二十出头的女孩子，刚才过来前，她很清楚地看到傅先生那模棱的笑意。

不达唇角，却在眼底。

“您感冒好些了吗？”

“好多了。谢谢关心。”

“傅总不急着走吧，我们几个同事正好在试新主厨的甜点，您要不要赏光帮我们试试？”

是这段时间最时兴的蒙布朗。

干服务行业的人最会察言观色。揣摩客户的沉默是门玄学艺术，有的沉默是不悦，你最好识相地走开；有的沉默是默许。傅先生眼下就是后者。

“你要尝尝吗？”果然，傅雨旸陡然问他对面的女生。

后者微愣了愣，拿吸管喝气泡水呢，吸了，没到嘴里，又把吸管松掉了。

房客朝房东一副略微歉仄的口吻：“是我讲的有歧义了。我本意是想说，周小姐打消顾虑了吗？”尽管他依旧没有说实话，可是，他的来处，他的底牌，都给她看了。

他并不曾隐瞒。

七点过半了。他还有别的应酬，知会侍者，这里的消费挂他房账上。

他也与会面人告辞：“他们这里甜点不错。可以尝尝。”

至于其他，到此为止。

说罢，某人起身走了。周和音扭头看那人身影，身高腿长的，很快消失在厅里。只留他没动的气泡水往上静静泛着泡。

请傅先生品尝的两份蒙布朗很快上来了，其间，侍者问周和音：“需不需要给您来杯热咖啡，佐甜点？”

要往秋天去了，栗子的味道与秋天最相宜。

周和音说不必了，秉着不浪费的原则，她让侍者打包了，可以带给Nana尝尝。

反正又不是她想吃白食，是别人招待的。花都酒店的甜点向来名声在外，是排队都排不到的紧俏。

等着侍者打包的工夫，周和音给Nana打电话，告诉她，租房的果然是个大佬，酷酷的。

Nana只问成交了吗？

“嗯。”

“当真是个投资客？”

“也许吧。他反正不住。”

Nana也感叹，有钱人的世界咱不懂。

她再问小音：“赵观原又招惹你了？他刚给我打电话说再睬你他是狗！”

哈哈哈。Nana笑得好大声。

周和音道："他最好做到。"

待到打包好的蒙布朗交到她手里，小音说过去找Nana。就这么一路出咖啡厅，往酒店正门处走。

她耳里塞着AirPods（无线耳机）。

从旋转门出来，才发现外面落雨了。未及仲秋，入夜的天已经足够凉了。

周和音站在迎宾门前，吸了口掺着夜雨的凉气，准备把系在肩上的对襟衫解开来穿时，有辆丰田埃尔法停在门口正当中。她无心张望的一眼没来得及收回，只见从门里光影中出来一人。

傅雨旸换了身穿扮。白衣黑裤，黑色风衣挽在手臂上。

MPV车子的电动门甫开，他上车的那一瞬，捕捉到一束目光，他偏头过来，只看了周和音一眼，自顾自上车了。

"傅先生，等一下。"

有人径直走到车子自动门前，它还没合上。

车里的傅雨旸把臂弯上的风衣随意扔在邻座上，耐性等着她追上来的下文。

"我忘了跟你声明了。"也不知道中介说了没，周和音觉得还是郑重知会一下房客为好，她摘下一只耳机来，"房子是我阿婆的，留给我的意思就是她去世了，三年前在那栋房子里。"挨得近的缘故，她能嗅到车里人身上若有若无的淡香，不像香水，更像须后水。她话音将落，车里人道："我知道。"

Chapter 02

朱丽叶

[5]

外面风雨正盛。

傅雨旸坐在车里都能嗅到空气里的水雾，凉丝丝的。吸一口，比多少烟都提神。

站在车外的人，浅草色的对襟开衫披系在肩上。她似乎很喜欢绿色，指甲油也是绿色的，圆圆巧巧的指甲盖上，填着细细的小花。

傅雨旸问她："还有什么要说的吗？"

车外的人摇头。眼睛总是比情绪更主动些，或者该是诚实些。

"你奶奶是怎么过世的？"傅雨旸干脆再问她。

"生病，自然死亡。"

她理解错了，以为傅雨旸介意房子里有横死的阴影。

车里人听后，些许沉默，终究出声："好了，我知道了。"他牵过安全带，用目光征询她：还有事？

周和音悻悻别过脸去，手里还提着印有酒店标识的打包袋。傅雨旸瞥一眼没有说话，看着她悄然地走开了。

司机是一向接送傅总的老田，傅雨旸来S城都是他负责通勤的。集团配给傅总两辆公车，一辆商轿一辆MPV，商轿由他自己开，但是傅雨旸上任这十天都没碰一下方向盘，全是老田车接车送。

最晚等这新老板等到凌晨两点多，最早七点半就在楼下候着了。

大家背后都议论这新老板来头不小，乔董都六十多了，他的那些合作伙伴里，属这位姓傅的最年轻，听说对方在B城很吃得开，是有头有脸的主。

来江南说是来给老乔站台，流言又说，人家正主就是来打扫战场的，瓜分老乔这一篮子，连汤带肉一锅端。

今晚的局是乔董攒的。他特意从B城飞过来，傅雨旸一句话就推迟了一个小时，原本定在七点半的，现在都快八点了。

老田接到傅总，刚准备起步，他又给个小姑娘绊住了。

好不容易小姑娘走开了，傅雨旸知会老田："开车。"

这时节S城一直落雨，车里常备着雨伞。老田是个老土著，从前他给乔董开车的时候，这样莺莺燕燕的场景不知见识过多少。眼下，聪明人一味钻营溜须拍马，偶尔就也会犯起糊涂来，干司机这行的人，都少不得八卦这个技能似的。

"外面落雨呢，傅总，要不要给那位小姐留把伞？"

周和音站在离车前几米远，她在等车子。酒店这里的客人一向鲜少外叫车辆的，有也是电调商务车。

麦芒色的光倾在她头发上，沾起了密密的小珠子。避让车子的缘故，她站得靠外，风一斜，雨就染上身了。

傅雨旸揿亮车顶灯，老田正好从后视镜里瞟见老板的全面容，后者懒散地靠在座椅上，不投司机一眼，开口重复他的话："开车。"

直到抵达目的地，傅雨旸下车去了，老田才敢正经喘口气。

他知道傅总不快了，果然有些人身上就是不沾人气。这一夜直到过零点，傅雨旸才让助理秘书通知老田，他还要待会儿，让司机先回去。

老田哪敢走。生怕老板给穿小鞋呢，要是不用他等，早下车时就可以说了，何必等到这个点才打发人呢。

老田决心还是要等老板出来，回家不差这会儿。得罪这新老板，怕不是以后都没好果子吃。

再一想，他懊悔得很，多这个嘴干吗。这傅总怎么看也不是乔董那样老花花公子的腔调咯。

老乔随父亲姓乔，但他没中文名，年轻的时候大家都喊他Finn。

听说他母亲是个极为漂亮烂漫的英德混血儿，所以傅雨旸老是纠正他："准确来说，你杂了三国种。"

这是傅雨旸接手以来，费恩·乔第一趟飞过来替他进行高管联络，原本还没这么快，起码得等上一个月吧。是因为雨旸上来就除了几个一级供应商的名籍。

动静砸得有点大了，他来安抚情绪的。聪明人过招，都有个幌子，老乔怪雨旸："你别以为我听不出来你拐着弯地骂我呢。"

傅雨旸的意思是，他说出口的话，成不成文都是一样的结果与意义。

"头一条，你用了我，就不要说从前如何的话。"这些呆账傅雨旸的前任没理清爽，没理由还要他前赴后继下去，他又劈头盖脸地和老乔一通掰扯，"你这摊子是个什么境况你不是没数，前面那主儿要走，你也很明白是什么原因。你不能一面想立竿见影、革新有效，一面又埋怨根基动摇、波及既得利益。"

两头都要好，想要马儿跑，又想马儿不吃草。这叫想屁吃。

傅雨旸"口吐芬芳"般的中文一通输出，生怕老头没听懂，用德语再车轱辘了一遍。

骂完了他坐在厢房里抽烟。老乔如今把烟戒了，雨旸微眯着眼，一口一口、慢条斯理地吐在老头脸上。费恩老伙计说："你真的和你父亲当年一模一样。"文化人耍流氓，静静地变态。

在B城时，傅雨旸就是分管老乔的业务的。统管常务，他还是头一遭。但老乔信得过他，从前与他父亲攀交时就看得出，他们傅家的男人都是管事的好手。

当初傅缙芳可是不同意他们家小子同老乔走得近的。年轻那会儿，在政府牵头的商会上碰到傅缙芳，对方眼睛都搁到头顶上，瞧不上他们这流商人。

等于是费恩·乔没够得上老子，够上了儿子。

乔傅二人成为生意合伙人的契机终究有点俗套。话又说回来，谁人不是活在俗套里呢。

彼时傅的女友，汪幼实小姐，旗下的一名艺人出了点负面风波被围困在酒店里。事后汪总来公关料理，老乔等于卖了波人情，趁机助攻了这通危机公关。

算起来，汪小姐很通世故。后续还人情也是挟着傅雨旸来的。一来二去，乔傅之间才算打通了关节，老乔怎么算都是赢利的。单说傅雨旸的个人能力就够他买单了，再攀上他父亲那层关系，背后少不得一些人脉输送。

这也是老乔一味求傅来江南的缘故。后者根基在这里，傅老爹在江浙这一块可有的是微时旧友、从前同僚。

有他傅雨旸在，坏不过他来前的光景。

公事谈不拢，就干脆拿私事打岔。

老乔说："来前我还遇到汪小姐了，她居然不知道你来江南。"

傅雨旸唇上的烟到头了，他接着再点了根，就着烧完的烟蒂，引火。

他不经心地道："她为什么要知道？"

"我原以为你母亲这趟事，你是要感怀、破镜重圆的。"

"感怀有的是方式和方法。"

老乔最是个人精，附和他："嗯，汪小姐适合做情人，做生意伙伴，就是不适合过柴米油盐的日子。你俩啊，就只适合待在酒店里，没有灶台的地方。"

傅雨旸横他一眼，老乔摆摆手，得，不提不提。

有些人，不适合，千万别勉强。就做对遥遥相望的星子，各自闪烁明亮吧。

这第一遭闲话算是无疾而终了，老乔再闲心打听第二遭。

"我听说你高价收了栋旧房子。"这个三分之一同胞情的老花花公子，平日一掷千金，倒也不怠于投资。别看他中文讲得利索，真正需要识字载文的，一概不通。

偏就热爱中国风，收藏古董字画。这还不够，他在B城和S城都有房产，都是古色古香的两进式中式庭院。

一向没听说雨旸有这方面的投资热情。聪明反被聪明误，老乔就以为雨旸有什么内部消息："才来几天呀，这个当口儿收个老房子，不是正经的老宅，就是有什么拆迁征收的风声咯？"

傅雨旸第二根烟燃到一半了，才想故技重施的，老乔给他摘掉了。一心问他，是不是，什么样的房子？

"你听谁说的，是他长了张狗嘴，还是你耳朵里塞驴毛了。"听得这么岔。

这些人里，也就傅雨旸敢冲老乔动粗话、脏话。

出言不逊者起身要走了，挑开包厢里落地窗前绛色的厚呢窗帘，推开气窗，听闻到外面落雨还在继续。傅雨旸才想起通知Lirica，让司机先回去吧。

"那到底怎么说？"老乔好奇极了，他好奇雨旸先叫他那个干兄弟出面，然后不死心，又自己出马谈的房产绝对不凡。

他们圈内原本就在传，煊赫国际的建筑大师名下有一栋老宅最近要挂牌拍卖。老乔要雨旸交底，是不是就是这栋！

“费恩·乔，你不八卦我能死吗？”

还有，他道：“许抒诚这厮，他想钱想疯了，谁都敢卖是吧！”

站在窗边的人，无端地烦躁，为身边人的僭越，也为这江南天堵不上窟窿的雨。

坐上的老乔才不怕他生气，一味叫嚣：“不管，你无论如何要带我去看看，什么样的房子值当你这么迷恋，以至于……”

中文那个词他讲不出来，最后只能用德文概括：“缄默你的秘密。”

傅雨旸想：他大概是想说，讳莫如深。

老乔强调，他是认真的，这趟不带他去，下周他过来的时候也要带。

“贺你燕居。你逃不掉的。”

机锋未尽，傅雨旸风衣口袋里的手机振了下，他以为是秘书给他回的信息，拿出来看，微信通讯录上有个红色的“1”。

点开来，好友申请备注栏里是清楚坦荡的自我介绍：

六家巷，周和音。

[6]

Nana说：“我吃你块蛋糕，赔上一顿火锅，亏大发了我。”

在Nana的住处点的火锅外卖，周和音到的时候，食材已经布放得差不多了，这进门洗手吃饭的感觉真好。小音老说，女生的友谊能一眼投契且久处不厌，其意义远远胜过爱情。

Nana说：“你这样的言论很危险。你真有那个倾向得和我说，我一定会拒绝你的。”

不行就是不行。

小音让好友放心：“我‘笔直’。今天还心动复苏了下呢。”

“谁呀？”Nana闻到了奸情的味道，立马一副“吃瓜”的自觉，说难怪赵观原奓毛了呢。

是谁！快说。

周和音就着蒜泥香菜的油碟，吃了好大一口脆鸭肠。都给她饿坏了。

“你这位有钱的租客不行啊，饭点了，连顿便饭简餐都没请你吃。就饶这两块华而不实的蒙布朗，顶什么用的。”说着，Nana福至心灵般领悟过来，“租你家房子的人？”

“难怪要人家蛋糕了。”

勉强把自己塞饱的周和音，歇下来喝一口乌龙茶，再去碰一路用冰袋冷藏回来的甜点蛋糕。为了不破坏原先的摆盘，酒店打包的时候没有将原先的骨瓷盘卸下来，而是径直送给客人了。

不得不承认，在温饱的基础上，吃这些精致的西点，确实赏心悦目。

周和音是个最骄傲的人了，不是她认可的人或事，她一向不轻易松口的。反之，对她热衷的迷恋的，又往往很“双标”（双重标准）。

她从前那个初恋，是她先开口的。即便后来对方主动提了分手，周和音也不在背后诋毁他半句，仅仅因为，不想承认眼瞎。事实就是，他确实还不错，只是人之所以被称作高级动物，就在于他拥有思考的主观能动性。

这份主观注定让同类捉摸不透。唯一透的，周和音说，就是有些人错过了不要觉得可惜，因为他（她）不属于你。

属于你的人，才不会舍得拿背影朝你。

“你不是爱吃花都酒店的甜点。”有人送一口栗子奶油到嘴里，“挽尊”，狡辩。

“你拉倒吧。上次赵观原在笼沙公馆要请我们喝他姐夫存的酒，你可不是这么说的。”

无功不受禄，那会儿周和音把自己撇得干干净净：“要喝你们喝，反正我不喝。”

给赵观原气得，那眼神，当场能吃了她。

Nana问是什么样的人，“修罗场”似的把赵观原比下去了？

“不关他的事。没什么比不比的。”周和音很清醒地跟Nana纠正这一点。心动是源于审美心，无关他人，就是人心底的感悟。

甚至不关审美对象的事。因为她甚至不知道他是不是单身，他那个年纪，已婚也未可知。

虽然他的无名指上是干净的。

周和音觉得就是审美心作祟。

这没什么，就如同我们的眼睛会趋向光明是一个道理。

换句话说，这样大手笔一口气开出五十年房租的人，自然不俗。她说的不俗就是最世故意义上的那种，不短经济。

这类人普遍给人的惯性印象就是养尊处优，是慢条斯理调教出来的钻研心与自制力。难得，他身上没戾气。

周和音得承认，她的日常里鲜少与这类人有交集，所以莫名有些趋向性。

可她很分得清那条准绳的界线在哪里。

“那人多大年纪？”

周和音看清他身份证上的年月，大她一轮。十二年。

Nana算是个很没教条的人了，听清对方的年龄，也即刻打了退堂鼓：“打住打住，想都不要想，你妈能杀了你。”

是的。小音父母是青梅竹马，二人一般年纪。邵春芳老早就说过了：“找对象不准比自己小，男人成熟得晚，找个小的就等着当妈吧。就你爸这样，我还和他磨合一辈子呢。也不准找太大的，五岁以内。

“男人懂得谦让就够了，差距太过，姑娘家会活得没有自我。还有些话，你再大些，自然懂。”

只一点，妈妈时常跟和音强调，女孩子在任何年纪都得有自我。手里得有经济，有自己的钱，这样任何时候都有谈判的资本和勇气。

他变心了，不爱了，你就立刻掉头。再也不要说为了孩子为了家庭保全婚姻的话，现在不时兴也不应该，所谓的保全，全是因为自己不中用。

周和音的频道，粉丝喜欢她的一半原因来自她的家庭氛围，典型的虎妈猫爸，上头还有个佛系又极为开明的奶奶。

春芳女士的日常唠叨、咆哮，被粉丝们感叹简直是中国式母亲的真实缩影；而六十多岁的祖母，又能顺着小音和她一起化妆、逛街、喝奶茶，拍视频结束语。

粉丝说，小音家的女人个个活成了自己原来的样子。

四年前母亲节，周和音为妈妈和阿婆做过母亲专题，那天爸爸送给妈妈一套婚纱，他们从前结婚的时候局促，邵春芳没有穿过这些洋盘的东西。

五月天的江南，动辄淡烟疏雨，父母着正装立在天井的门楼下合影。邀阿婆一齐，后者坐在藤屉椅上摇头，说“你们拍你们的”。

小音当时才十八岁，却极为早慧懂事地明白，阿婆是一辈子没有走进那座红墙围城里的，她觉得自己孤身一个。不愿意入画去，破坏了子媳的，百年好合。

那日，小音给阿婆细致地化了妆。她俏皮地称之为闺密妆，说：“我评论里好多人都夸奶奶气质好。”再揶揄父母，“他们拍他们的婚纱照，我们拍闺密照，女孩子的友情才是最值得的。”

那是阿婆留给小音的最后一个日常视频，因为不久后她体检出了问题，熬到第二年春夏之交，终究还是走了。

医院里，小音哭得不成样子。她不能接受人的死亡，不能接受昨夜里阿婆还跟她说要喝她煮的鱼汤，早上在家里，炉子还没生起来，爸爸就打电话让她快点来。

她不能接受，一个活生生的人就这么没了气息。

她问爸爸，人为什么要生病，为什么要死。

爸爸在小音印象里一直是温文尔雅的，小事由着妈妈任性拿捏，偶尔发一通火，就连妈妈也是买账的。因为她们都知道，爸爸一向迁就她们，迁就老母亲，迁就妻儿，家里就他一个男人。

这样一个从来不吝啬和颜悦色的男人，那天，在医院，周学采陪着女儿一块儿淌眼泪，他安抚小音：“人总要走的，不然她会无穷无尽地痛苦。

“我们总要面对死亡。今日我面对你阿婆的，他日你面对我的。这才是生生死死的意义。”

不仅仅是生命的代代相传，更多的是敬畏。

“你阿婆要我们更好地活下去。”

吃完火锅，周和音主动帮着收拾桌子，垃圾分类。

外面的雨下得越来越大了，从阳台上往下看，茫茫起了层薄暝色的烟。

Nana叫她今晚就睡这儿吧，反正小音也有备用的内衣内裤在这儿。

“算了。春芳女士又要隔空查房，烦死了。”周和音有过外宿的案例，回回邵春芳打视频过来，装着嘘寒问暖，实则刺探军情。

她短暂一年的恋爱里，邵春芳一味地要她把男友带回来看看，又旁敲侧击地打听，到什么地步了。

周和音没隐瞒，她觉得旁人父母可能会保守或者刻板，可是，他们是一齐相知相爱过来的，和音说感情使然的东西，她不觉得有什么。

邵春芳即刻懂了，唉声叹气了几句，姑娘大了心思关不住了，头一条就是要她保护好自己：“你要懂啊！”

小音说：“懂呀。”

邵春芳道：“反骨头，讨债鬼。”

从Nana那里打车回来，周和音进前楼门，将将十点钟，收了的伞还在往地上捎着水。

今天茶馆有做晚市，也才刚打烊。邵春芳手里管着茶馆的总钥匙，没来得及放下呢，看女儿回家来了，便问她："谈到这么晚？"她刚准备给她打电话的。

"早结束了。"小音说是在Nana那里吃火锅的。

"你老是吃人家的，也要记得回请人家的啊。不行周末喊娜娜来家吃饭。人家一个小姑娘在这里也不容易。"

"嗯。"

邵春芳一向这样，生怕小音在为人处世上怠慢了人家。老叮嘱她，朋友交的就是礼尚往来。小音让妈妈放心："我不会让你丢脸的。还有，人家叫Nana，不是娜娜。"周和音教妈妈，"轻声，你轻声喊就对了。"

身为市井之花的邵春芳就是轻声喊了，也还是娜娜。

她说这些不重要，重要的是，房子谈得怎么样了。"你爸爸道你大了呢，让你自己做主。"邵春芳查点地问，"谈得怎么样了，拍板了吗？"

周和音时常奉承妈妈，说她注定是做生意的人，乃至当官的料。别人家的孩子回来，人家妈妈第一句总要问，吃了没？饿了没？

邵春芳永远是："今天工作怎么样？新人不要给我懒骨头啊，要多听多问，少自作主张。"

今晚难得没查点工作，张口便是问交易。

周和音和盘托出，说对方是B城人，父母祖籍在他们这儿："他母亲过世了，看样子应该是新丧。"周和音也不太确定，直觉，因为看他穿着一身素黑，以及言语里的淡漠，她直觉该是，"说是他母亲喜欢江南的房子，才决定租一套下来。不住。"

有些难理解，但又好像合情合理。

邵春芳听后叹一口气，多少能共情到："原先你外婆留下的那条土狗，你舅舅还舍不得送人呢。直管到死。"

唉，不容易。都说可怜天下父母心，反过来，有这份孝心也难得。

这桩交易，怎么都是周家赚。说话间，邵春芳就应允了，说让中介那头做契约吧。

只一条，人家虽然不住，钥匙也得送到人手上。知会小音，今后就别往北屋里去了。该腾的东西腾出来。

当晚，小唐就和和音电话敲定了。说好的，先送合约、钥匙给傅先生那头，他那头签完后再给和音签。

乙方也会按约定的时间支付租金及需要承担的租赁税费。

电话结束后，小唐推送给和音一张微信名片，说还是许先生给的，但是小唐添加傅先生那头未果："小音，你加一下吧，你是房东。傅先生也该买账些。"

末尾加了个"微笑"表情。

周和音打完电话就去洗澡了，她原本就磨蹭，一通下来，吹干头发，躺回床上，看到小唐的信息已经过零点了。

她读到"未果"二字有些想笑，是对方能干得出来的事。

她一时逆鳞起，倒是想试试邪，心想：对啊，我是房东，加你一下微信，不是顺理成章的事?

她点开名片，申请添加好友，在备注栏里铁骨铮铮地写道：六家巷，周和音。

这夜周和音玩手机到好晚，邵春芳上来替她关灯的时候，她还没睡。

母女俩经年的默契，小音怕黑，她得开着灯睡觉。邵春芳又听人说，开着灯睡觉对小孩子发育不好，就若干年如一日，回回等到小音睡着了，趁起夜的工夫上来给她关灯。

"你还不睡啊，要死的，明天还上不上班？小心头发掉光了你，快睡觉！"

邵春芳催促着小音，说着给她把床头灯拧灭了。睡觉!

听着妈妈笃笃下楼去的声音，蒙在毯子里的周和音才准备放下手机，专心睡觉了。

不期然，微信界面跳出个新对话框：我通过了你的朋友验证请求……

ID就是他的名字：傅雨旸。

毯子里的人有些蒙，倒也清醒。不是没有困意的醒，而是得到某种回应，她努力劝自己冷静的醒。

黑夜里，只一点眼前的光明，白亮里泛着微弱的蓝。一双眼睛盯着屏幕许久许久，她没有出声，更没有下文。

当然，对方也没有。

周和音不知道什么时候睡着的，醒来的时候，天已经亮了，手机醒屏就是低电量提醒。

落雨已停，周和音难得起了个大早，她睡眼惺忪地站在二楼晾衣服的平台上刷牙，一副游离状。对门的姜太太在院子里扫积水，看她一大早站在晾衣台上发呆，喊她："小音，阿宝说你又送她新衣服了，你才上班，不好老是让你破费的。"

阿宝是姜太太的大女儿，因为先天性的声带受损，打小就不会讲话，上的也是特殊教育学校。

从前阿婆在的时候，尤为看顾阿宝。小音也喜欢她，比一般孩子安静，但是又极为灵气。

"没有几个钱的。阿宝喜欢上面的面包超人，我就买给她了。"说话的人在刷牙，囫囵咽了口牙膏沫，闹洋相地在平台上直恶心。

姜太太看了发笑，说："等你生日，阿宝要拿零花钱给你买蛋糕呢，她昨晚就和我们说了。"

"好呀！"小音痛快应下。

她的生日在八月半，中秋那天生的。

巷子里都记得小音出生那天的光景，说是一向四平八稳的梁老师乱得没了方向，前脚学采已经把春芳送去医院了，后脚她跟着收拾东西锁门的时候，那锁怎么也捏不上，梁老师干脆由门大敞着赶着去了。

生了一天一夜，第二天正好是团圆的中秋。

学采要母亲想个名字呢。

春芳算早产了，绊了一跤，大家都吓坏了，最后母女俩都得平安，老母亲说这比什么都重要，平和之音最为珍贵。

就拟了个，和音。

市井里做生意的人家，没有过年过节一说的。一年到头，也就正月头上歇几天。其余，招揽客人是一说，维系客人也很重要。

今年的中秋节，茶馆早半个月前就接了晚上八桌的晚宴订单。客人替父母过七十岁生日。

周和音是日休假，在茶馆帮忙了一天，待到晚宴三道热菜走完，她才有空溜。

朋友圈里就她一个过阴历生日的，Nana等着给她庆生呢。

周和音要回去洗个澡，再跟春芳女士报备，今晚她可能晚点回。

生日最大。不等邵春芳首肯，周学采帮腔："再晚都得回来，我们家的门禁公约就是得回来。”

邵春芳横爷俩一眼：“没屁用的门禁。”

周和音一路跑回家，她是从前楼进门的，院子里摆着祭月的瓜果、月饼和茶水，还点着十三层的落地斗香，井水土著人家最朴素的八月半拜月传统。

是爸爸刚才抽空回来布置的，他要和音回来的时候，顺手把拜月的瓜果饼茶收掉。

斗香由着它燃。

周和音麻利地收完院子里的拜品，上楼冲澡换衣服。

隔壁姜家的阿宝听到音姐姐家有动静，捧着块提拉米苏来串门，刚出门楼就看到一行黑衣男人驻足在梁阿婆的北屋门口。

台阶上，领先一人作势去捏门上的锁。

阿宝才十四岁，少女天性使然，以为对方是什么野路子的人。

闷声迎上去，终究晚了一步，人高马大的几个男人已经开了门，进了里。

阿宝一路冲到他们前头去，手里的蛋糕没拿稳，碰到他们最后跨门槛的一个高大男人，奶油蹭花了那人一袖子。

小姑娘冲他们比手语，领头的那个，也是“撬门”的，嘟囔了声，大意是哪来的小毛头，还是个哑巴。

被弄脏袖子的傅雨旸突然开口：“许抒诚……”他在示意：你欺负个孩子，有脸是不是？

不等他话出口，前楼二层的北窗上，兀自一片动静，周和音从里面探出头，即刻明白了楼下的状况，只喊阿宝：“他们不是坏人。”

站在天井、门楼里的几个男人齐齐抬头往上瞧，今晚月亮格外亮些，过节的缘故。

周和音撑手站在窗户边，露出个巴掌脸，楼下一行人甚至瞧不清她的样子，只闻见开窗那一刻涌出来的氤氲热香，风一吹，即刻就散了。

许抒诚再一次被周和音冒犯到了：“听听，我们差点都成坏人了。”

附和他的，是老乔，他多少已经打听到了些什么，饶是傅雨旸什么都不说。都说他骨子里有英国人的血了，此刻老“莎翁”极了，径直朝楼上的女孩好奇，也戏谑：“你好呀，朱丽叶小姐。”

Chapter 03

牛奶乌龙

[7]

周和音从楼上下来的时候，傅雨旸在天井的水龙头边冲他的袖子。

芝士奶油膏体沾在白衬衫上，想想就够糟糕的了。他外套落在车上了，一身商务衬衫，领带末端捎在衬衫襟口里，一副很懈怠的行头。眼下找件揩干的物件都没有，许抒诚刚要问他要不要纸，傅雨旸扯过他的外套半边来，囫囵全揩他身上了。

许骂人，说："这就是你傅雨旸的赌品。"

许家今年回S城来过中秋节。请傅雨旸一道过去吃晚饭，连带着乔董和他的几个合伙人。

许母听说乔先生是雨旸的合作伙伴，也是儿子的潜在客户，忙活了一天，烧了一桌子菜，还额外叫了几个。

就这样，这位上年纪的乔董还心不在焉的，嫌这样的家庭聚会太拘束。许抒诚瞧出客人的三心二意了，几个话题一歪，扯到了傅雨旸新租的房子上来。

这下老花花公子来劲了，供应商送了几大篓子的大闸蟹，老乔带了些给许家，余下的本是想分给雨旸的。他一个喝露水的主，住在酒店，房里半个葱姜都找不到，拿什么蒸螃蟹咯。

老乔斗大的兴致，说要去雨旸的燕居看看。赏月吃蟹。

当事人才不理会他们的疯。结果，老乔撺掇着他炸金花，只一把，谁赢了听谁的。

要么说他傅雨旸该呢，一向在牌桌上吃得开的傅某人，偏偏这一把摊上个单张最大红桃九，又没筹码往上堆，不比魄力不比勇气，再豪赌也没用。

翻底牌的时候，一屋子人都笑了。

愿赌服输，傅雨旸在合伙人及许家父母面前磨不开面子，只能答应了。

说着一行男士起身就要转场，抒见今年研究生刚毕业，许抒诚托人在S城这里给妹子找了个工作，她乐得自在，因为远离妈妈的唠叨了，虽然时不时要挨老哥的管。

她要跟过来的，许母没肯，说："你哥哥他们全是男人，又有正经交易谈，你跟去像什么话，不准去。"

抒见沮丧，还想着大哥哥开口，破例肯她去呢。谁知傅雨旸一言不发，他一向这样，许抒见觉得这个大哥哥无趣极了，比她父兄都严格。从前许家有家庭矛盾，抒见就想大哥哥评评理，他最经典的发言就是："尊老爱幼尊老爱幼，你是老呢，还是幼呢？公交车上没人给你让座了，就证明你长大了，该老老实实地站着了。"

气得许抒见同学好长时间没理他。

他们一行人出许家前，抒见愤愤地为难傅雨旸，为什么花那么多钱租那套房子，租了又不住，图什么？有钱还不如去做慈善。

傅雨旸道："大概和你敲你哥竹杠去买'爱豆'（偶像）代言的商务是一个心情？"

许抒见气得分分钟"脱粉"，扭头就回房了。许抒诚笑死了，说傅雨旸不去当老师可惜了，专治刺头和各种不服。

眼下，有人弄脏他的袖子，他倒是好脾气得很。

许抒诚暗自嘲讽，哼，到底债主就是不一样。

周和音一身米色提花的郁金香型中袖棉衬衫，赭石色的法式半身裙，一身沐浴后的香气，头发湿漉漉地往后归拢着，露出光洁的额头。

她才走过来，那个不会讲话的小丫头就挨到她身侧去了。周和音镇静地哄着："没事。"

轮廓在月下被衬得很英气。

"我邻居家的小孩，可能误会你们是小偷了。"

许抒诚率先接话："有这么大队伍的贼？"

房东小姐不以为然，民生新闻信手拈来："偷电瓶的向来都是有帮伙的。"

哈哈哈，老乔听了直笑出声，说这是从哪里冒出来的妙人，要说她精致可人吧，偏偏一身法式穿扮，又不伦不类地趿着双人字拖。

说她懒散落拓吧，她也实在不沾边。

"你是房子的主人？"老乔背手热络地问候她，再次喊她朱丽叶小姐。

周和音瞥一眼这老头，混血的。虽然他保养得不错，但肉眼可见是个老头。她没回应对方，只和傅雨旸说话："那个……"原本是想说，傅先生过来该打声招呼的，转念一想，人家正经租房的，合同签了钱过账了，钥匙都送过去了。人家想什么时候过来就什么时候过来，没理由和她报备的。

尽管他说了不住的。

就好像那种急刹车，她陡然地要换词，却一时间想不出要说什么了，有点局促。

好在对方先开口了："我老板想来看看这栋房子。"

哦。周和音凭惯性经验确定了，他的老板就是这个衣冠楚楚的老头。

看在对方官大的分儿上，她勉强扭头对这混血老头笑了笑。

他们一行的几个男人已经要推门进堂屋了，院子里有月光，还有前楼渗透过来的灯光，只是北屋没人住，以策安全，没有通电，总闸在门楼墙上。

房东小姐以很平常的口吻说，让他们稍等。

周和音自顾自走到门楼处，洞开的大门后有一架家用的攀梯，她挪出来靠稳在墙上，随即闷声地要往上爬。

阿宝很懂事，伸手要帮音姐姐扶。

有脚步声过来，问："这是要做什么？"傅雨旸问要上梯子的人。

周和音说："开电闸。"

门楼这一隅顶上有盖瓦，离天井的月亮、灯光都远了点，四下半明半昧，只凭适应了黑暗的眼睛识别对方。

周和音的话刚说完，对方手里亮开一束光，是他手机上的电筒。

人径直过来，一手扶住梯子，一手拿手里的光照了下周和音，后者本能地闭了闭眼，沉默的空当里，身高腿长的人已经攀到梯子上了。

电表都是改造过的，总闸一目了然，傅雨旸往上一拨，门楼里最先亮了起来。大概之前这里的面板忘记关了。

是的。门楼的照明还是最古早的钨丝灯泡，开关也是拿牵绳控制的。

染着尘的灯泡照放出橘色的昏暗的光，引脚下四方之地落一束圆。

傅雨旸从上面下来的时候，周和音还扶着梯子，她注意到他袖子上的污渍，夜风里能嗅到对方身上的酒气。

与他一块儿来的几个男人，宾做了主，已经自行进了里，也一一开了里屋的灯。

一栋沉寂两三年的房子，仿佛顷刻间“活”了过来。

傅雨旸把那梯子归了原位，周和音和阿宝还一对门神似的站在边上。阿宝指指地上，示意音姐姐，蛋糕掉了。

“算了，明天再买一块给我。”

阿宝倒不是心疼零花钱，而是明天就不是她生日了。阿宝用手语告诉音姐姐。

前后对过的几个邻居家，天长日久的，个个都晓得阿宝说的是什么，阿宝也听得见，沟通一向没有问题。

眼下，小音促狭式地安慰阿宝：“那把你同学送你的那个印着罗恩头像的手机壳送给我吧。”

那是一对手机壳，罗恩和赫敏。罗恩在阿宝这里，赫敏在那个男同学那里。

这个秘密只有音姐姐知道。

她陡然间说出口，让阿宝很局促，少女式的窘迫，待不住干脆溜了。总之，要什么都可以，手机壳不行。

周和音笑嘻嘻地看着阿宝跑回家了，吱呀一声，门被带上了。门楼里只剩下她和傅雨旸，面面相觑，她没有谢他帮她开电闸，反正也是他要招待他的来人的。

只是，她心里到底有几分疑惑：“傅先生不是说不住的？”

“不住不代表不可以来看。”

“哦。”再一次被他的逻辑拿住了，但周和音心里是轻快的。

他那所谓的老板和随行的几位中年男士已经在屋里大致打量、参观完房子了，傅雨旸到底没有进去。还是老乔出来同他说话的：“除了明间里的条几和方桌有些年限，其余一切都很朴素。明间的正中间原先是不是有幅画的？”老乔看堂屋的条几案前空了一块，光秃秃的，很突兀。

周和音答他：“是我阿婆画的一幅岁寒三友。”

“为什么拿掉？”

“翻新租房呀。”周和音说，里面除了一些日常的陈设，其余全抛掉了，两间卧房也是预备等着房客进来再添置家具的，“傅先生说不住，就也没有下一步打算了。”房间里空荡荡的。

“这前后房产都是朱丽叶小姐一人的？”

“我和我父母一起住。”房东小姐不厌其烦，只是，“您为什么喊我朱丽叶？”是有什么乱给人起名的癖好吗？

“啊——”老乔拖长声音，“和父母一起住啊。”说着投某人一眼，再回答，“哦，是我的错，我就觉得你该叫这个名字。”

——自然是你在月下窗前的模样有点太俊俏了，自然是你和我们雨旸上一辈的瓜葛有点像“世仇”咯。

但是老乔最识相，他正需要雨旸呢，万不能得罪他。把他这位主儿给惹毛了，可就真的鸡飞蛋打了。儿女情长的事嘛，最紧要的就是不说破。

假的由它真，真的，由它更真。

“周，我姓周。您如果需要的话，可以喊我‘周小姐’。”

老乔难得吃女人的亏，还是这种初出茅庐的小女人。对方倒不是刁蛮娇纵，而是那种稚气的骄傲，由不得别人和她模棱两可的，这是好家庭滋养出来的品格与底气。

四下虫鸣清幽，巷子里偶尔有脚步声，还有家犬汪汪的声音。院子东墙外有桂花的香气浮进来，夜色越凉，香气越浓重。

许抒诚趁机过来打岔，也是替乔董解围，心想：老家伙你和你的那些个小莺莺燕燕怎么打情骂俏都行，就这个小姑娘不可以。傅雨旸也不会肯，于情于理，他都不会肯。

“老傅，那些个螃蟹怎么说啊？”

“蒸了。”老乔收拾起闲心，也不问雨旸意见，说带都带过来了，自然要吃掉了，难不成还带回去。

他们一行五人，除了许抒诚能鞍前马后些，其余四个主儿都是互为犄角的甩手掌柜。

里屋两个张嘴就问雨旸要酒喝，又要老乔管晚饭，说在小许那里吃得好好的，他要飞到这里来。五脏庙还空着呢。

七架梁的三间屋，天井四四方方，靠墙的东南隅还打着水井，边上还靠着个酱色的小圆缸。门楼朝西开，东面有间小厨房。傅雨旸全不理他的合伙人，径直从门楼台阶下来，穿过天井再走上台阶去，站在厨房门口，头一偏，就看到厨房边上有个往南的直角拐弯，平方之地，挑帘过去，大概就连通着前楼。

这是他脚步之下丈量出的周家全部。

来前他就说过了，普普通通一座房子，事实也如他所料。

打量之余，他回首过来，东西天井之长的距离，他看依旧在门楼那头的人，单薄的女生身影，在一行混江湖的男人的影子里显得过分醒目，格格不入。

周和音本着营生人家自觉的好意招待，隔着不远不近的距离问傅雨旸，脚步也往他这里来，从而走离另外几位男士，一面走一面问他："你们要煮螃蟹吗？"

声音和身影一前一后到了傅雨旸跟前，房东小姐指指他身后厨房的门，解释道："这里好久不开火了，如果你们要煮的话，我可以帮你们拿到前楼去。"

"有茶吗？"有人答非所问。

周和音寻声仰头看了他一眼，傅雨旸亦看着她，重复他的话："问周小姐借杯茶喝。"

[8]

按理，开茶馆的人家，最不缺茶叶了。

但事实往往是，瓦匠家没块好泥墙。

好茶叶都在店里，又碰上中秋节，今晚订酒席的客人是老主顾。爸爸拿了他私藏的金瓜贡茶去招待人家。

家里只剩下些零散的茶叶，再有就是，大宗买茶叶的都晓得，茶叶最后会剩很多末子，做生意、待客都拿不上台面，但是喝起来其实味道没差。

邵春芳都是拿回来分给街坊或自家喝，冲茶解渴而已，惠而不费。

眼下，周和音拿不到爸爸的珍藏茶团，又觉得茶叶末太诋毁对方了："家里正巧没茶叶了……"

傅雨旸清淡地看她一眼，两手抄在西裤口袋里，才要说什么的，被她抢白了："我自己买了茶，只是我爸爸不爱喝，你要尝尝吗？"

说话人浴在灯火里，穿着拖鞋的缘故，身高甚至都不到傅雨旸下巴。

她说是低因的牛奶乌龙茶："我爸嫌冲泡出来有奶香味，其实就是泡的时候有，入口没有的。"

有人情词恳切地介绍着她的茶，依旧是"我爸怎样"的开场白。听得出来，她和她父亲感情很好，以及对自己买的茶也很推崇。

某人心上点评：呵，到底是生意人家养出来的孩子。

"你要尝尝吗？"她再一次赤诚地问。

"如果你舍得的话。"傅雨旸应承她，头一偏，示意他们一伙人，得好几杯。

周和音莞尔一笑，扭头就要进前楼去，她说上楼拿。

站在天井里，能听到前楼楼梯上笃笃的脚步声。傅雨旸依旧在原地，目光随意地旁落，正巧看见水井边上的圆缸，大概前些日子落雨的缘故，盛满了雨水，镜子一般的水面下，沉了轮月亮。

偶尔凉风拂过，水动，月动。月亮也因此折了一块。

视线最尽头，门楼灯下，傅雨旸还能看见那块跌在地上的三角蛋糕，无人问津。

他干脆指使许抒诚："拿弄掉（清理掉）。"

许抒诚不依，说又不是他害人家小孩弄掉的。

"许抒诚你长本事了，没事拿我出来练了，是不是？"傅雨旸意指今晚的事，他前面乱嚼舌根的事，还没找他算账呢。

许抒诚一味喊冤："天地良心。"说着嘴一努，示意刚进里的老乔，用吴语嘀咕了几句，许抒诚说，"里头那位大佬什么人你还不晓得，用得着我去卖乖？"

老乔想知道的事，就没有他听不着的。

"嗯。你晓得最好。今晚我可是亲耳听你嘴巴淡出鸟，扯出这里来的。你给我赖？"所以，那掉地上的蛋糕必须给他清理掉，傅雨旸就要干兄弟去，"拿弄掉，我看着难受。"

许抒诚六岁认给傅母做干儿子，那年傅雨旸正好十岁。家里给他办庆生，算是双喜临门，许抒诚在偏厅里给干爸干妈磕头，傅雨旸趴在楼上的栏杆上看笑话。回头许抒诚上来喊他哥哥，没一会儿，六岁的孩子，灰溜溜地下了楼。

傅母问抒诚怎么了，抒诚委屈成什么样。鼻涕吸了又吸，当即就告了傅雨旸一状，他说："哥哥让我下楼来，先把鼻涕拿弄掉再上去，他看着难受。"

许抒诚这些年就是这么过来的，说傅雨旸好起来，是天上有地上无的好。

坏起来，属他会折磨人、恶心人。

许抒诚冤也不冤，到底冲那地上的蛋糕去了。他一面捡起来一面朝干哥哥诋毁，他还不知道傅雨旸的性子："你不愿意来，谁能摁下你的头！"

有人站在那里，不言不语，目光钉人。

许抒诚没好气，问他："这四下不认识的地方，扔到哪里啊？"

"扔我手里来，好不好？"某人发难，随即，阔步一迈，却是进了这七架梁的屋了。

屋内收拾得很干净，拂指碰不到一星尘。周和音托着茶盘过来的时候，许抒诚正巧扔完东西回来，他干脆替她打帘子。

见她端着一套中式手握青花高脚茶杯，杯身寥寥几笔描摹着四季花卉的式样。

心想这小妞还真上路子，待客之道算是点满了。只是许抒诚倒是一腔看客心，他巴不得这小妞搬出先前看房子时的"大红冠头咕咕叫"的神气来，怎么先前为难人的嘴脸都没了？

这一个个的，都被皮囊给骗了。

许抒诚想：小妞呀，他可是你的仇人！他老爹负了你的阿婆啊。算起来，你俩差着辈呢，他傅雨旸是有备而来的，他就不是什么好人！

"这售后还挺好，不光管茶，还管点心。过节的招待？"

许抒诚再想起周家是开茶馆的，晚市也做："我跟周小姐订桌菜，能送过来吗？"

周和音同许抒诚一道往里走，她一面走一面摇头："不行，今晚有酒席，大师傅没时间做散客生意。"

许抒诚故意的，故意同她套近乎："你上回也说不行，还欠着我碗鱼汤面呢。"

说话间，她到了堂屋方桌前，把茶盘搁下，茶具一一布开，还有个插电的手冲壶，才拿在手里，周和音扭头看许抒诚一眼，有一说一："那是因为许先生来的两回都不是时候呀。"

四位合伙人当中，乔傅之外二人不明就里，只当小许和人家房东小姐逗闷子呢。

其一催促许抒诚："先解决温饱再解决人生。"二位已婚男士还嫌揶揄不够，专业拆台，"你上一个料理干净了吗？就搁这儿和人家小姑娘乱搭腔，大老爷们儿别干些猴拉稀的事啊。"

"老冯，说正事。"主位上的傅雨旸冷不防地开口，截住了老冯的兴头话。

方桌礼仪，主为上，傅雨旸坐北朝南；次手是老乔，坐东面位置；其余二位一人一向。今日过节，有家室的不归家，聚在一起自然是有事谈，偏偏由着他们闹了一个晚上，越说越没影子了。老乔听闻雨旸说回正事，连忙喊他们打住，他们聚首是做生意的，不是和女人磨嘴皮子的。

许抒诚挨着傅雨旸的右手边，面朝东坐下。周和音手里拿着手冲壶，要出去接水给他们烧茶，主位上有人喊她："周小姐，这里能抽烟吗？"

周和音回头看他，灯下轮廓，处处分明。她毫不怀疑，倘若她说不可以，他决计就不抽了。

周和音没有说话，悄悄点头允可了，不等她挑帘出去，主位上的人已经燃了支烟，口里谈论起某一个湾区项目，政府建设规划是预备招徕四家巨头承接，分别对应商业、住宅、会展、文旅……

周和音接满水再回来，手冲壶坐上电在烧，她不声不响地把一个烟灰盘搁到了他们的桌上。

傅雨旸是谈事或参会的自觉，指上夹烟的手，下意识地在桌面上叩了叩，表示感谢。等到他回味过来身边人不是助手不是侍者，他才偏头过来看一眼她："多谢。"

周和音趁着他说话的工夫，回答刚才和许先生说一半的下文："大师傅热菜来不及烧，如果你们需要冷菜的话，可以叫几个。"

"他们已经喝过酒了，不给他们喝了。"傅雨旸这话说得孩子气，周和音眨巴眨巴眼，是在领悟他的话到底是真是假。

"会煮螃蟹吗？"傅雨旸干脆侧身过来，手里的烟搁在烟灰盘上，话问得有些小瞧人，但又有必要的存疑。

周和音撇撇嘴："这也没什么难度吧。"

某人道："哦。那就劳烦周小姐了，我们只要十只，剩下的，算是给周小姐的代工费吧。"

那篓子蟹就在门口，目测也得有三四十只，今年的大闸蟹不便宜，个头大的，百来块一只。

许抒诚看在眼里，心里了然：合着您来送节礼的呀。

周和音听傅雨旸的话，一半听进去一半不上心："螃蟹我可以帮你们煮，剩下的我不要。"

某人无声地看着她。

"太多了。傅先生还是拿回去吧。"

许抒诚没忍住，扑哧笑出声。对，这才对，让他拿回去，让傅雨旸拿回去!

多新鲜啊，傅雨旸怕是活了这么多年，头一次冲女人"献殷勤"被退回来的。

某人把许抒诚的笑当耳旁风，随意一记眼刀飞过来，任由主家意愿地说："待会儿再说，周小姐就先帮我们煮吧。"

说话间，手冲壶里的开水也好了，周和音端过来，才预备帮他们冲茶的。傅雨旸从她手里接过来，说他们自己来。

凉了分把钟的热水，冲开青花高脚杯里的乌龙茶，如她所言，沏开的瞬间有馥郁的奶香。不等傅雨旸发表意见，老乔这个混血同胞都质疑了："这什么茶，牛奶味这么重？"

先前说话的老冯也跟着嫌弃："这小丫头不灵啊，弄半天，弄了这么个不奶不茶的东西糊弄我们呀。"

他们几个都要傅雨旸尝："你要喝的，你先来。"

有人是真渴了，掐了手里的烟，当真头一个尝了。他拿的这只青花杯上画的是金鱼草和牵牛，茶叶舒展开，泡在茶汤里。啜饮一口，很特别，闻起来是奶香味，但是唇齿间留下的，只是规矩的乌龙茶味道……

算起来，傅雨旸喝完两道茶，再续水，就没什么茶味了。

房东小姐"代工"的螃蟹还没送过来，趁着他们几个接电话的接电话，抽烟的抽烟，某人从主位上起身，许抒诚问他："你上哪儿去？"

"洗手间。你要一起？"

算了。

旧式的房子，夏冬两季，门上还会钉纱门和厚毡子，防蚊蝇、御寒冷。

傅雨旸挑帘从北屋明间出来，因为厨房往南的那处平方之地，此刻的帘子是挂上去的，风一送，他能嗅到若隐若现的檀香味。

刚才言语间，他收获的讯息就是周家父母还在做生意，才留独生女儿一个在家。

穿过天井，往那平方之地过渡去。檀香味越来越重，傅雨旸在那门口试探着喊了声，无人应答。

猎奇心终究战胜了经年的教养，他迈进了人家的“私宅”。

这块拐角地，一面朝西通向二楼楼梯，一面朝南是周家的堂屋。

窗明几净的一般生意人家，处处陈设也都是寻常江南所见，堂屋里两张桌子，边案上那张摆着各式各样中秋拜月撤下来的瓜果饼茶，隔着窗格玻璃，傅雨旸就能看到院子里燃着的斗香。

檀香味的源头。

这种十三层的斗香，是一层层扎起来的，尤为紧凑，燃得热烈时，风一横吹，能涌出火来。

傅雨旸闲心正盛，看这斗香跃跃的香火，看这异地江南中秋的月亮。

亮堂得不像话。

院子往西，厨房里点着灯，有人在里头低低细语。她一味地说“不去了，明天我单独给你赔罪”。

手机那头不知道说了什么，周和音哈哈大笑：“我在煮螃蟹，天知道我为什么要帮人家煮螃蟹……我头发还没干，还没化妆……我不去了吧……”

Nana在那头喊着要杀人，说：“周和音你等着，我现在就过来杀光‘狗男人’。”

周和音的笑点一向低，被Nana逗得咯咯笑。水池里搁着十只大闸蟹，是真的大，家里也只有够装十只的锅了。

她一面打电话，一面拿手里的牙刷“调戏”这几个被稻草捆着的螃蟹兄。

谁料有只没扎紧实，不知什么时候松开了，周和音光应付Nana的语音电话了，螃蟹的大钳子阴恻恻地顺着她的牙刷爬上来……

啊啊啊啊啊——

有人的叫声也就比杀猪委婉那么一点点。

周和音被螃蟹的钳子夹住了手指头，疼得下意识径直地甩，这么一甩，是甩掉了。

只是四五两的螃蟹直接甩某人脸上了。

受害者惊魂未定，只见那大螃蟹兄被甩到傅雨旸脸上，再一路从他襟前掉下来，直到地上，还在凶腾腾地爬。

被迫害的傅先生倒了一眉头的官司，偏来不及说什么，只径直拨脚尖踢开了那只螃蟹。

周和音捂着她的手指头，一副灾难现场的表情，头发毛躁躁地来不及梳，问他："你怎么过来了？"

傅雨旸一脸的水和腥味，他没辙，干脆拿襟前的领带揩脸："我来看看周小姐的螃蟹下锅了没。"下一句问，"周小姐今年本命年？"

"嗯？"

"不然好端端地过生日，怎么会这么惨？"

周和音记得她没提："你怎么知道我生日？你看得懂手语哦？"

[9]

"我看得懂那块蛋糕。"

傅雨旸一面说，一面松解了他的领带。脏了，他不打算要了。

矮他一个头的人站在他对面，见他动作，稍显局促。脚下的螃蟹还在爬，她不得不躲，所谓十指连心，她是真的被夹到了，疼得都快掉眼泪了。

傅雨旸弯腰，干脆拿手里退下来的领带去拎那只螃蟹，提溜着它扔进篓子里去，不管它死活。

一时安静下来的厨房，还能听见螃蟹兀自吐泡泡的窸窣声。

周和音看着傅雨旸把螃蟹扔回篓子里，再信手把那已然脏了的海军蓝领带扔到厨房料理台上。开水龙头前，还把她的手机从池子里解救出来。

他洗手的空当里，周和音回答他的问题："我不是本命年。"

傅雨旸觉得她的答案可有可无极了。洗完手，他不得允许就撕了厨房纸揩手："嗯，比起你，我更像。"

他说来周小姐这里一趟不容易，赔了只袖子，搭了条领带："还差点被螃蟹抓了脸。"

周和音望着他不说话。

傅雨旸再道："也算赔你的生日礼了。"

凡事有迹可循。她一身外出的装扮，趿着拖鞋匆匆下楼，头发也没干，显然一副节奏被人打乱的样子，如她所言，天知道为什么要帮他煮螃蟹。

八月十五的生辰，果然是个圆满的收获。于她父母而言，于那位故去的梁小姐而言。

傅雨旸陡然心生出些冷谑，谑他母亲白担忧了，白求饶恕了。

这世上种种的疾苦，最诛心一桩，不过是求不得、放不下。他母亲拿一辈子全占了，临了都没敢朝父亲坦陈，结果呢，不过是私心酿成了杯苦酒，点滴在心头地苦了自己一辈子。

外人眼里，傅太太风光无限，其实不过是镜花水月。

于他们已然是局外人的梁小姐，却把日子过得井井有条，柴米油盐里格外有花。

这世事倘若有推手的话，也是安排得毫厘不差。得多少，就失多少。

傅雨旸今日大概酒喝多了，才由着他们牵着鼻子走到这里，也才生出这许多牢骚来。

两杯茶下肚，逐渐冲淡了些劲头。

尤其看眼前人，相顾无言的模样，他却是不受用的。有些事，最好不要搅和在一起，比如周家院子斗香里的夜风与星火，再比如一笔不圆满的后来，最好不要去追究。

"周小姐要出门，早该说的，我们就不会耽搁你这么久。"

"我不去了。"周和音还捂着手，蟹钳子的威力，右手食指即刻陷了块下去，微微泛青，疼得她直咝气，"是我自己不高兴去了，不关你们的事。"

"蛋糕也用不着傅先生赔。"理归理，法归法，房东小姐说她做这一切只是招待她的房客，"毕竟傅先生五年的房租给得很爽快。"

有人被噎了下。

果然，年轻就是意气。藏不住的热络，也藏不住的骄傲。仿佛螃蟹咬了她的手，而有人踩了她的脚。

"傅先生这螃蟹还吃吗？"周和音指指他身后的蟹篓子，"你说要十只的，你放回去一只，就得再拿出来一只。"

傅雨旸从没见一个人明明夙得很，却夙得这么有理有据，骄傲的头颅不能低。她紧接着道：“那个松了绑的蟹在里面，我不敢拿。”

说着，秉着吃一堑长一智的自觉，她去翻厨房手套出来了。直到套好手套，她再扭头过来，看傅雨旸，某人也没什么动静。

他不言，她干脆不语。属实是熬鹰的遇到行家了。

傅雨旸是等着她张口，说些什么都可以，请他也好求他也罢，哪怕是指使他。说些什么来弥补她的“市侩”。

没有，骄傲的年轻人才不会被驯服，她非但不求和，甚至上赶着挤对人：“傅先生不高兴拿，那么我就煮九只，到时候傅先生少吃一只。”

傅雨旸着实被逗笑了，她又如那天在酒店里，横他一眼，仿佛在说：笑屁。

前楼门楼里不时响起脚步声，有人喊小音，是对过的姜太太。

周和音肉眼可见地慌张，莫名瞥一眼傅雨旸，鬼祟模样，摘了手套。再绕开他，去应答外面的人。

姜太太是听阿宝说音姐姐回来了，家里还来人了，在梁阿婆的屋子里头。姜太太什么人啊，来串门八卦的，嘴上不说，只问和音：“你妈妈回家来了吗？”

“还没有。”

“我跟她找套蔑针的。”姜太太说要给小二子打毛衣用，好些年不打了，手生了，正好问问小音妈妈的。说着，目光往厨房里瞟，她用口型无声地问小音，是哪个啊？

“就是租你奶奶房子的那个啊？”

姜太太是最热情好客的了，也爱瞎打听，她多番听春芳说这个租客多神秘且爽快，今天到底来了，她说什么都要望望的。

岂料小音拖着姜太太去屋里，说是给她找毛衣针：“都在我妈抽屉里收着呢。”

姜太太一味被小音拖着往里走，后面有脚步声从厨房里出来：“周小姐，今日就到这儿了，我们先告辞了。”

“你螃蟹不吃了？”她突然扭头问他。

那人站在厨房门口，光圈里，逆光的缘故，姜太太都没瞧清模样，只概括出个轮廓，高大笔挺的，再听那人道：“我还有约。你也是。”

说罢，不等周和音反应，人就从前楼门楼出去了。周和音站在月下朦胧里，朝那移动的影子投去愤愤一眼。

直到周和音给姜太太找出了那毛衣针，她不消去北屋看，也听见后面关门落锁的声音。

七八分钟后，手机进来两条微信。

傅雨旸：“抱歉，周小姐请我们喝的茶没同你收。”

傅雨旸：“你说的。是招待房客的。”

这是二人互加微信后，第一通文字信息。

周和音气得，憋了有一万字想骂人，都在对话框里编辑起来了，想想又作罢了，骄傲上前，凭什么理你，你以为你是谁！

一个房客而已。

出了六家巷，傅雨旸一副与他们各自打道回府的冷漠，老乔喊着他们再继续下一场，傅某人也没意愿，他说他回酒店。

老乔骂他，不讲究，不做人。说过来吃螃蟹的，连个壳影子都没吃到，倒是白送人家一篓子。

且问雨旸，抽了哪门子疯，出去一趟，回来就要走。

许抒诚跟着笑，面上不出声，心里想着他可不就是过来白给的嘛。

傅雨旸由着他们骂骂咧咧，自顾自单手抄袋，另只手捏着手机，站在车门外，司机老田等着老板上车呢，几发都未果。

某人端视着微信对话框ID处，跳成了“对方正在输入中……”。

结果，他足足等了一分钟，对方都没发“檄文”过来。

下一秒，老田再想扭头看老板什么时候上车，傅雨旸拉门侧身坐进来，合门有风，面无表情，一副夜宴而归的懒散。

他一如往常说：“回酒店。”

Chapter 04

论迹

[10]

邵春芳回来的时候，周和音已经贴着面膜躺床上了，在如火如荼地打游戏。

组队语音里还听见Nana要和音在“大龙”那里诱敌包夹一下……

吧啦吧啦一通，邵春芳当她们说鸟语，只问女儿：“不是去过生日的吗？没去？”

周和音哪有工夫理老妈呀，只嗯嗯两声。

邵春芳又问楼下厨房的螃蟹是怎么回事。

周和音的手和眼睛全在游戏上呢，他们的打野已经给她信号了，中路的她收到后，接下来一波精彩的中野辅联动，打野收割“四杀”。

他们家打野甚至在公屏上挑衅敌方：这就是你们“反蓝”的下场。

玩游戏的热血暂时纾解了周和音的郁闷，她和Nana一向没正形，在组队语音里甚至“打call”（应援）地喊：“兰爸爸，我要嫁他！”

邵春芳听见女儿的话，即刻要撕她的嘴，说：“给你爸听见又不得了，姑娘家嘴里没德行，要被人家说没爷娘教导的。”

Nana在那头笑得咯咯叫，发队内消息给小音：哈哈哈哈，闭麦闭麦。

邵春芳直等到和音把这局打完，对这些新兴玩意儿她倒也开明，女儿掰扯她的理论就是：“你能戒掉麻将我就能戒掉游戏。”

也是。谁没个爱好呢。

但是耳提面命的话没少，玩归玩，别耽误正事。

游戏赢了，周和音莫名的心情舒畅，揭掉面膜之余，问老妈还有没有吃的，她饿了。

“不是说好去和娜娜一起过生日的吗？”春芳女士执迷地喊娜娜，罢了罢了。

“那个房客来了。”周和音漫不经心道。光明正大，又灯下黑。

越危险的地方，反而越安全。

她顺便给老妈解释那篓子螃蟹的缘故。

三句不离老本行，说那傅先生带他的生意伙伴来瞧房子的，还想跟店里订桌酒席：“我想万师傅肯定没空。”

“谁说的。你也真是的，笨，起码给我打个电话。七八个菜还是烧得出来的。”邵春芳听女儿说那螃蟹是傅先生带朋友来吃着玩的，又临时有事提前走了，螃蟹就撂下了，算是顺水人情给房东了。那篓子蟹可要不小价钱。

邵春芳这个人最精刮圆融，但也不爱占人便宜。属于你敬我，我也定当还你。她不是看上这几十只螃蟹，而是对这房客上来印象就不错，做生意痛快且会做人。

周和音于悄然里，打算再补刀一次：“马玲阿姨还作势过来瞧那傅先生，人家正好来厨房打声招呼顺便看看能不能帮忙的，倒弄得人家怪不自在的。”

邵春芳立刻划出阵营来：“她就那样，谁家有点动静，她弄不清爽，夜里都困不着。”

小音经常被妈妈这些俏皮话逗笑。好了，她说完了，揭了面膜，要去洗脸。

对这一部分，邵春芳无条件信自己的女儿。中秋节又是姑娘生日，年年都没多大的仪式感给孩子，今年又赶上有晚市生意，原想着由她自己和朋友去疯的，又没去得成。

邵春芳连忙下楼要给女儿去煮面。而对那篓子顺水人情的蟹，邵春芳有自己的打算。

不好叫人家觉得理所当然地吃白食了。说明天带到店里去卖，是拆了做蟹黄汤包还是晚市用，换了的钱还给那位傅先生。

他要也好，不要也罢。这样他们做房东的，不去落人口舌占人家的就是了。

洗手间里的周和音应承妈妈，她赞同。

两日后，邵春芳把螃蟹脱手的钱转给小音，要她转交给傅先生。她是加班回来收到妈妈的转账的，收到钱，立马给对方扔了过去。

转账说明是卖螃蟹的钱。

这一冷酷“掮客”嘴脸的转账丢了过去。这夜，周和音把带回来做的数据熬到笔记本电脑没电了，她又没带充电器，正好收拾准备睡觉了。对方始终没回应这笔钱。

周和音盯着那个对话页面许久，心想：拉倒，你不要，我就拿去购物。意外之财最好赶快花掉！

睡觉！

傅雨旸节后第二天工作行程就排满了。

和老乔一块儿来桐城那处港湾考察，半天的球场半天的麻将场，这两天全歇在度假村这边。

第三日回市区，老乔也要回大本营了。临去前，供应商那头联名请乔董，傅雨旸逃不掉的一场联络社交。

他公司那头还有急件等着他回去签字拍板，傅雨旸让老乔先去，不必等他，他们先开场，他无论如何，会到就是了。

晚上八点过一刻，傅雨旸才自己驱车到了会所。

泊车的时候还闹了点小事故，一个小女生开一辆保时捷911，车技不算过关的样子，接连几把都没倒进库。

还错踩油门，急急刹车，那轮胎急促抓地的声音，隔着车窗玻璃都能刮耳膜。

傅雨旸耐性等光了，才预备摘安全带，下车去帮忙。一个略微眼熟的面孔入了眼帘，对方走到那保时捷驾驶位门前，朝车里的人勾勾手，示意对方下车，他来。

傅雨旸看着司机换了人，行云流水地停了进去，那男生再下车的时候，那女生很自然地去挽英雄救美男生的手臂。

男生撇了下，女生执意。暧昧拉扯间，男方也默认了。

一对风月，缱绻地离开了。

傅雨旸一向记性不差，一面之缘的人他都能记住，记不住名字也记得在哪里见过。

他记得那男生，在花都酒店，和周和音一块儿来的。

还当着他的面，小朋友吵架来着。呵。

这处会所原是处私宅，坐落在人工湖边上。

后经由政府规划，这一处划分成统一的商旅区，是生意人谈事的好去处，当然也不乏一些明星新贵出没消遣。

供应商请老乔的包间在甲字号楼上，这一中轴线上陆续排列着三栋独立的小楼，中间以中庭小院跨开。

傅雨旸上了二楼，栏杆边，嗅到馥郁的桂花香，以及楼下露天洋伞下年轻人的欢声笑语。

香气朝天际上浮，声音也是。

阑珊的光影里，他都能一眼瞧见那两面之缘的男生，坐在圆桌边，身边女孩朝他咬耳朵般说了什么，他没回应，甚至几番冷漠。女孩不死心，卖力地摇他，一副要摇出他魂来的架势。

傅雨旸短暂停留，随即推门进了二楼包厢，这几日江南天还有点闷热，尤其是两巡酒一喝，室内烟酒萦绕。众人见他到来，连忙喊着罚酒，说傅总到底还是不亲近，他们几个联名请，都不得他的赏光。

傅雨旸脱了外裳，入座，倒没响应他们的劝酒词，按着杯口，面上平稳："当真不亲近，就由着老乔醉哈哈地回B城拉倒咯。"

"人是自然要来见你们的，不然他不放过我呢。只是再晚些还有视频会要开，今日就不喝了。"傅雨旸道，"攒着，攒着哪天，你们杀我个干干净净。"

老乔最了解雨旸，他这么说，今晚是铁定不想喝了，连忙接应道："那么你要喝什么呢？"

"乌龙茶吧。"

于是这最后一巡酒，大家喝酒的喝酒，饮茶的饮茶。

联络感情的局，大家默契地不谈公事。供应商里领头的那位晓得傅雨旸祖籍在这里，便问傅总，像外头这样的评弹听得懂吗？

庭院园林里为了这《花好月圆》传情些，院子角落里都会设有户外落脚小音箱，没在浅草里都难察觉，却能柔情缱绻地唱出江南最动听的吴侬软语。

傅雨旸父辈都背离这里半个世纪了，遑论他，他无疑是个外乡人。

再在母亲那儿耳濡目染，他也只得会那么几句，半吊子都算不上。这一曲软调里，他只依稀听出了个把句——

> **话情意，诉衷肠……**
>
> **一丝江南雨，情牵梦还乡……**

傅雨旸玩笑说尽量不要和他论乡愁，他没有，也不配。

他就是来补天窗的，一年后，等乔董找到合适的经理人，他还是要回去的。别的不谈，这江南动不动一场雨，浇得人都快发霉了。

老乔同众人说了个笑话，说雨旸在B城的房子，书房顶上有处天窗，高科技得很，那气窗一年到头地开着，从不怕雨雪，为什么呢？就是窗户有自动感应系统，感应到任何潮湿都会自动关闭。

他说傅雨旸自己也是："你怕什么江南雨咯，自动感应下嘛，有雨就合上。"

老乔说："要不咱打个赌，看看一年为期，你会不会到时候就走。"

傅雨旸横老头子一眼，说："你最近赌上瘾了是不是？"

老乔战术性地后仰脖颈，扬起下巴，道："你不敢赌。

"我倒是觉得你更契合这里，没办法，骨子里就是这里的，要不单你一个傅雨旸在圈子里出挑了呢。这江南地方养出来的人就格外秀气些。"

才说他秀气呢，某人下一秒就开口骂人："你麻利滚回去吧。"

一团和气里，席上有供应商不小心磕碎个杯子，破了东西倒不打紧，只是服务生收拾起来要细致些，怕有碎片再划破客人，正好让他们再换一道空盘。

几个人出包厢透透气，站在廊下栏杆处抽烟、谈天。

傅雨旸注意到楼下那对男女还没走，喁喁细语间，年轻血气作祟，那小男生掇着先前那女生的椅子朝向他，扶着女生的脸，几番逗趣，迟迟不回应对方。

像招惹猫儿一样，贴近她，又格开她。

坏笑几回，女生也恼了，勾着他脖子，压低他……于是，风与月般水到渠成。

好一对月下人。

傅雨旸看这对月下人热烈到不顾他人，露出一副看戏般的嘴脸，冷脸俯瞰。

“楼下是什么人在？”他咬着烟，冷情冷眼地问。

身边人倒也认得，说是他们本地一个同行供应商，姓蒋，正巧夫妻今日过结婚纪念日呢。

一行人都看见楼下的情景了，男人一副过来人的宽容，嗤之以鼻地笑：“少年人挨不住的瘾啊。大概是蒋家的妻弟。”

傅雨旸听到了下落，又一副浑不在意的模样。只纳一口冷香的空气，继而吐出鼻息里的烟。

他想起什么，没料理的事。

昨晚这个时候，他收到条微信，来自那被螃蟹咬了手的某位小姐。

给他转账一笔钱，说是卖螃蟹的钱。

傅雨旸当即把手机扔开了，恨不能骂她一句：“怕不是脑子也被螃蟹夹了吧！”

他不想理会，不想理会这种孩子气的做法。

眼前这一幕香艳，他倒是一时恶劣心起，想转寄给那个笨蛋瞧瞧。

转念，哦，那天她好像也是气走这个男生的。

别的本事没有，气人第一名。

傅雨旸赶在转账二十四小时期限内，点开了那笔钱。

附上一句：“周小姐自己吃了几只？这价钱仿佛不对？”

对方这回倒是痛快，没两分钟，干净利落地发消息过来了：“因为有几只掉爪子了，变残蟹了，卖不出去了。”

那个“蟹”字还是个emoji（绘文字）符号。

附带着个“冷漠脸”的表情包。

傅雨旸在席上冷淡笑出声。

他很不客气地继续打字，想问她：我是不是下次再送你点什么，你总能倒卖出去？

字还没编辑完，对方先甩来一串了。

周和音：“傅先生的领带还要吗？”

傅雨旸早把这茬儿忘得一干二净了。

傅雨旸删掉编辑好的一截，重新输入：“脏了。不要了。”

周和音回了一串省略号。

再无下文。

这头，某人再等了几分钟，他不满意她这说话夭折的态度，干脆给她拨语音电话过去，人也从席上走出来，重新站在栏杆边。

庭院里已经无人了，清净得很，抬头就看见月亮。

通话接通的那一瞬，傅雨旸听见了记熟悉的背景音。

“省略号是什么意思？”这一次他没有称呼没有开头，径直问这敷衍的态度是什么意思。

“你早不说的意思。”周和音在那头和人说话的琐碎动静里，好像在吃什么，对方说化了，让她快点。

她干脆告诉他：“不然我就不花那冤枉的干洗费了。”因为是丝毛混纺的，周和音怕洗坏了，还特地送去干洗了。

“多少钱，我付给你。”

“不稀罕。”

“这也是房东小姐的售后服务？”

“傅先生还有事吗？没事我挂了，我的冰激凌都化了。”

“有。”

“什么？”口吻很不耐烦。

“既然周小姐都给我干洗好了，那么，我要去拿回我的领带。”

“现在？”

“现在。”

[11]

周和音和Nana各自上班的地方隔了一个城区。

除了周末出来约饭，工作日鲜少碰头的。

这节后才上班，她就遇到事了，想找人聊聊。Nana那头也不太顺利，她的频道经营得还算不错，但不足够支持她去全职。

Nana是绝对的努力派，她说虽说家里不等着她养家，她也没有结婚生子的打算，可是她需要多多的钱，她要相对的财务自由。

她不能想象，哪天她父母生病了，她拿不出钱来，跟医生说用最好的药……

她总有这种未雨绸缪的焦虑。

小音猛点头，她懂，她太懂这种感觉了。阿婆生病那年她高考刚结束，妈妈就说了句，好在没耽误小音高考。爸爸就发了好大一通火，说妈妈什么都想着自己，这些年管过他妈多少……

周和音那时候觉得天都塌了，怎么会这样？她那时候老担心家里不足够负担阿婆的治疗以及她的学费，只能在边上愁却拿不出一己之力的感觉太难过了。

于是，小音上大学那会儿，经常做兼职。自己的频道因为是签约的，原创视频可以通过播放量变现，只是她一向懒且佛，小打小闹，挣不了几个钱。父母权当她兴趣爱好，抵零花钱用罢了。

做不到真正的独立，就暂且替父母分担一些经济与心思吧。

小音觉得好的朋友绝对是一面镜子，你能在他这里照到最本真的自己。

Nana就是，周和音当初第一眼见她，就喜欢她的率真和坦诚。对物质与理想的追求都不偏颇。

二人在便利店里吃关东煮喝奶茶，Nana问小音："知道我第一眼喜欢你什么吗？"

"嗯？"

"明媚。"

就这？没了？周和音很不满意，说："我爱你那么多。"

Nana说，还要多少，明与媚，真正能拥有这样性情的女生，其实并不多。

她说小音就像郭靖黄蓉中年而得的郭襄，集一身宠爱，是无忧无虑、被爱浇灌长大的向阳花，身在市井里，耐受风雨。

周和音说金庸的故事里，她最不爱郭襄了。不是不爱她本身，而是恨金老为什么要让一个小女孩经历"一遇杨过误终身"。

凡是误终身的说法，她都不喜欢。

一辈子那么长且唯一，为什么要为一个人耽误掉，他甚至都不知道。

共情之余，周和音不免想到阿婆。她对阿婆的过去知之甚少，因为阿婆从不提，父母那里都不怎么晓得，能晓得的就是阿婆一辈子没有嫁人，也和母家那里闹得不愉快。

当年她不顾众人反对，单身的情况下，请学校出面担保，领养了一个孩子。那孩子周岁不到，被遗弃在他们校长的家门口。梁老师那天正巧去校长家谈点事，风雪里一个活生生的孩子被裹着抱披，放在一个挎篮里。

那孩子就是周和音的父亲，周学采。名字是梁老师起的，姓是孩子抱披上缝着的"周"。

阿婆后来同小音聊起这桩旧事故，只娴静地说，哪天真有人找回来，这也是桩线索。

小音那时还小，十一二岁，软糯糯地抱着阿婆，说不会的，周家人即便找回来，爸爸也不会回去的。

“他只有你一个母亲，我也只有一个阿婆。”

阿婆一直喊小音是精豆子，属她会哄人。

小音说：“因为我知道你舍不下我们。正如我们都爱你一样。”

周和音一直是这样的品质，她倘若真心珍重对方，无论如何，要让对方知道。

这也是她第一次和Nana说阿婆的过去，之前Nana只知道小音的阿婆人特别好，也在她的频道里看过阿婆的视频，美人迟暮也是美的，想来年轻时候一定是绝顶的美人。

也第一次知道，原来小音爸爸不是阿婆亲生的。

“嗯。”小音点头，可是他们和亲母子没有二样。也因为阿婆的故事，她不喜欢郭襄。

Nana问小音：“你有没有想过，也许你阿婆不后悔呢？

“因为你们弥补了她。”

饶是阿婆过世三年了，听到Nana这样说，小音还是有眼泪淌。

Nana赶快叫她打住，谁哭谁是狗，再催促她去买冰激凌，谁让她生日那天放他们鸽子的。

“赵观原那天等你到十一点多。

“他就是想等你来，然后等着你嘻嘻哈哈地给他个台阶下，小两口重归于好咯。”

Nana如是说，周和音狠狠拧她胳膊：“你再瞎说，我就撕你嘴。”

“赵观原比陆临差在哪里呀？”陆临是小音的前任，也是初恋。

难得，周和音这回愿意回答这个问题：“差点运气。”她和陆临是在咖啡店认识的，那天是阿婆满一年的忌日，周和音从公墓回来，一路回学校，她想买杯咖啡，头脑不清爽，回去还有作业要赶。

偏偏付款的时候，手机停机了。她还没来得及问店里Wi-Fi呢，后面的人让店员做两杯：“我帮这位小姐付……”

眼下，周和音从落地窗前的高脚凳上下来，依Nana的要求，去冰柜里挑冰激凌。

“哦，所以到底还是陆临主动的。他‘拯救’了你。”

算是吧。周和音说女生似乎都迷恋这种“拯救”，把你从一种破碎的结界里抱出来。

陆临大和音三岁，处处迁就着她，他在实验室里忘记喝她给他点的咖啡，半夜回宿舍还带回来了，和她视频，喝给她看。

感情啊，让人唏嘘的很大部分原因就是，人还是这个人，怎么就变了呢。

周和音时隔一年，能这么爽快地谈旧情，就证明她已经跨过来了。

她在冰柜边挑中两个甜筒，付好账后，拿回来给Nana。手机微信里，他们部门负责项目统筹的陈秘已经把小音拉到专案项目的群里去了。

她今晚就是想找Nana聊这通事的。

还没来得及张口呢，微信额外跳出个对话框，是系统提示对方已收款。

来自傅雨旸。

下一秒，他发来短信：“周小姐自己吃了几只？这价钱仿佛不对？”

周和音即刻扔开冰激凌，心想这个人怕不是一天总算闲下来了，找人抬杠的吧。

她飞速给他回过去：“因为有几只掉爪子了，变残蟹了，卖不出去了。”

挑最狠的表情包甩给他。

那头显示“正在输入中”，可是隔了好久，都没回复过来。

周和音想着上次她也是这么对付他的，气势不能输，也不能由着这个话题终结在这儿。

急中勉强生智。她问他：“傅先生的领带还要吗？”

岂料对方回：“脏了。不要了。”

周和音对着这几个字，气得鼓鼓的，这个人属实傲慢无礼。

不想对话了。她回了一串省略号。

她原以为这一“战”到此为止的，怎么也没想到，对方给她拨语音电话来了，周和音有点蒙，手机握在手里嗡嗡的，比炸弹还焦急。

她犹豫了好几秒，能感到胸腔里怦怦地跳，她也闹不明白。

接通那一秒，她还没想好说什么呢，傅雨旸在那头径直问她：“省略号是什么意思？”

声音冷冷的，也足够清楚。这种贴在耳边的声音，让周和音很陌生，也很莫名。血液里有很怪异的感觉，仿佛有电走过。

她来不及生智了，只能用白描的情绪说：“你早不说的意思。”Nana听出是谁了，假意提醒小音冰激凌要化了，促狭他们。

周和音摁住好友的手，对电话那头的人说：“不然我就不花那冤枉的干洗费了。”

“多少钱，我付给你。”

“不稀罕。”

“这也是房东小姐的售后服务？”这人说话就是这么不中听。

“傅先生还有事吗？没事我挂了，我的冰激凌都化了。”

“有。”

“什么？”周和音感觉呼吸空白了一秒。

“既然周小姐都给我干洗好了，那么，我要去拿回我的领带。”

“现在？”

“现在。”傅雨旸问她，“在哪边的便利店？”

啊，他听到了这里陆续不断的感应门背景音。

“我明天同城快递寄给傅先生吧。”一瞬间，她又好像阪了，她有点不理解，怕对方当真只是过来要拿领带。

Nana全程“吃瓜”中，这一瞬差点气抽过去。

有人纯粹叶公好龙，啥玩意儿，头头是道的是你，人家打直球了，你倒是不敢接了，是吧？

Nana鄙视小音。

傅雨旸那头仿佛没听见周和音的话，再问一遍她这里的坐标，听筒里传来他冷漠的声音：“我的东西自然要拿回来，周小姐的东西也要拿回去。”

“什么啊？”周和音给他搞糊涂了，她不记得她有什么东西在他那儿了。

“螃蟹。”傅雨旸言尽于此，要她发地标给他。

其余的，他道：“见面说。”

四十分钟后，一辆宝马X7于夜色浓重里停泊在便利店对面的路口。

傅雨旸从车里下来，一副很笼统的商务人的底色。车子，及人。

周和音手里提着她的笔记本电脑，她同Nana一起从便利店出来。

傅雨旸隔着两三米的距离就瞧见有人一身千鸟格纹的薄衬衫，翻驳领边是黑色圆弧形，下身是同色系的裤装。

明明是一身寡孝般的颜色，偏被有人的白冲破了。长发微卷散在腰后，霓虹夜色里也可以审美到她的唇色很鲜浓。

傅雨旸心上冷谑，这怎么看也不像被“绿”了的人。

倒是杀气腾腾地朝他过来，俨然一副要和他挣个你死我活的寸劲。

挺好。

Nana总算是走近看清了本尊，她对傅雨旸第一眼的印象是——颜值在气场面前，是加持也是邪性，这人绝不是来玩的。

原本她答应小音，留下来帮小音搭伙的，免得尴尬。

岂料Nana关键时候反水了，她说她还有事，就先走了。

哎？！周和音一脸“你怎么不按剧本走”的蒙。

于是二人当着傅雨旸的面，眼神拉扯间，Nana还是抛下了小音。

周和音气不活了，心想：我今晚找你的正事还没说，你给我临场逃了！

傅雨旸等她们小姐妹捣鼓好了，待到周和音不无尴尬地扭头过来的时候，她直奔主题：“领带还在我家，另外，我有什么在傅先生这儿？”

额外的租约合同？

傅雨旸解锁他的手机，点开和她聊天的微信页面，滑到他收款的那条上去，问她：“这钱是你做主转给我的，还是你父母？”

“我和我父母一致决定的。”她又来这套。

周和音回答他的问题，也注意到他给她的备注，她的微信名被严正地改成她的真实姓名。

傅雨旸见她盯着他的手机瞧，一秒锁屏，用怪罪的口吻说：“你知道那些螃蟹哪里来的吗？”

供应商送的。他心想：你拿去卖钱，这是要笑掉谁的大牙。说出去他傅雨旸干脆不要混了。

周和音同他掰扯：“那我妈妈觉得无功不受禄，不该吃傅先生的东西啊。”

“哪里这么多不该？”某人不爽。

周和音抬头看他，某人冷幽幽瞥她一眼。她觉得被他欺侮到了，忐忑半天的心情也全可作废了，因为她闹明白了，有人过来是兴师问罪的。

“那现在傅先生要怎么解决，是把钱给我，我再赔你一篓子蟹？”

“你这么容易想通的啊，那昨晚为什么那么想不开地转账给我？”某人双手抱臂，后背干脆歪靠在自己车上。

什么啊！这人不是胡搅蛮缠吗？周和音被他顶得一时语塞，逻辑瘫痪，打不过我走还不行吗？

她还没走出两步呢，傅雨旸喊她："周小姐！"

周和音勉强回头，听到他严阵以待的声音："我一向不稀罕供应商的东西，这东西变现更是犯了我的大忌。

"你变现的，你给我流通出去。"

"我不明白你说什么。"周和音站离他两步远。

傅雨旸松开抱臂的双手，右手朝她勾手，示意她过来："螃蟹就是螃蟹，不准变成钱。听懂了吗？"

"我不懂。"有人不服且实诚。

某人在夜色里发出清淡一声慢笑："意思就是不准你拿去卖钱。卖了的钱你也给我今晚全花掉。"

不关他的事。

他指指她身后的便利店。

要她转了他多少钱，就进去买多少东西，拣爱吃的拿。不准少一分也不准多一分。

这怎么听起来都是拿她在开玩笑。

更像消遣。

她才要发火的，某人朝她走了过来。

身影朝她眉眼间倾斜，径直摘了她手里的笔记本电脑包，一转身扔进他车子的驾驶座上。

他把她电脑锁他车里了。

这人！

[12]

Nana说对方"直球"的时候，周和音就一半存疑一半被说服。

直到眼前这一刻，她彻底混淆了。

对感情，她并不懵懂，更不天真。

可是傅雨旸的行径让人全摸不着头脑，他仿佛纯粹傲慢作祟，你犯了他忌讳，他给你倒找回来。

但又很不该。他无论如何，也不该为这点事大半夜来为难一个几面之缘的女生。

等他来前，周和音看着便利店窗外的夜色出神，冷不丁地问Nana，他会不会不是单身？

Nana都不问小音说的谁，道，那他就该死。

傅雨旸把周和音的电脑搁到车上去，省得她拎在手里，沉甸甸的。

但终究出格了，以至于回头看她，她人站在一步之遥，灵魂出窍。

周和音是认真在他身上找“该死”的破绽。

一身黑白穿扮的人朝她迈步过来，是孤身磊落之态，傍身之余，全无另一个羁绊的痕迹。

她有她的骄傲，她没去觊觎一个人，才不会去关心他的隐私。她没有问，只当眼前的一切，是社交，是交易。

退一万步，倘若这个人真的不清不楚地觊觎她点什么，那么，周和音真的会让他，该死。

小剧场在脑海里演得隆重。傅雨旸在她眼前晃晃手指：“想什么呢？”

想你该死。周和音清醒但她不说。

“想我小时候看的一个综艺节目《超市大购物》，限时几分钟内，随便拿，看哪一队买的又多又值钱。”

“这节目不该是你小时候的吧。”

“是不该。”周和音横傅雨旸一眼，随即，“我爸妈爱看，我跟着后面看啊，小孩子难道还有掌握遥控器的权利啊。”

“傅先生该是和我爸他们稍稍有共鸣的。”周和音到底没忍住，毫不客气地“内涵”了他一下，然后拿拇指和食指比了个“稍稍”的距离。

殊不知，这个手势，有个表情包，叫“拿捏”。

傅雨旸没作声，他由她阴阳怪气。

共鸣？

是的，他想：我和你父亲确实该有点共鸣的——如果当年那个梁小姐愿意去B城找傅缙芳，今日一切就要乾坤大挪移了，又或者我和那周学采平起平坐。

那般光景下，你就得喊我叔叔！

一个生子一个养子，岂不有共鸣？

有人一没还口，二眉眼冷漠地看着周和音，倒叫她有点害怕了，她退让一步：“还买吗？不买把电脑还给我，我要回家了！”

傅雨旸假设着利益、立场，突然发现，眼前这一切反而是规避风险后，最好的结果。

所以他愿意。正如当初他是愿意弥补五十年的钱给周家的。

眼前这个人，要他力所能及乃至要他拼些力气去庇佑她，他也是愿意的。

权当替他母亲还债了。傅雨旸一向这样做心理建设的。

“买。”

往便利店折返的时候，傅雨旸接了通电话。他答复那头：“我还在外头，但是不影响，三十分钟后你通知我上线吧。”

一旁的周和音听出是公务电话了：“傅先生有事，我们就改天吧。”原本她想说就算了吧，怕对方不依。

傅雨旸锁屏的空当，瞥一眼身边人，心上批评她的话术：谁和你“我们”。

“一个视频会议，你抓紧买，然后送你回去的路上闭嘴，就不耽误。”

不耽误……

“其实……”周和音是想说，为什么一定要这样，一定要这样让她把这笔钱花掉？难不成她真的侮辱到他了？

傅雨旸偏头过来，等着她的下文。

很玄妙的是，他猜中了她的哑语：“也许你今天需要点花费来排遣不愉快。”

歪打正着，她说：“我今天是很丧。”

傅雨旸的社交界限就是，私德如何不在他交际与否的范畴内。

——我同你谈生意就只有生意，我管你屁股后面是火还是屎。

他和老乔来往这些年，那老家伙伴侣一拨一拨地换，最年轻的二十出头，光在老乔家里听那鸡猫子鬼叫的哭哭啼啼就不知多少回了，傅雨旸从来一副与他无关的冷漠。

今晚是头一回，他有管别人的闲心思。

但是让他去嚼别人的口舌，怕是他上辈子的气性都不允许。二人走到便利店门口了，感应门的“欢迎光临”声机械也响亮，傅雨旸埋伏般警醒她：“哦，那看来周小姐卖螃蟹的钱也不是全无用处了。我还是来对了。”

这卖螃蟹的事过不去了。周和音觉得这个人真真记仇极了，做他的下属肯定很惨。

“傅先生未免太小瞧女人的购物欲了，我又不是小孩子，早过了买零食缓解不开心的年纪了。”

话赶话，傅雨旸问她：“哦？那么你买什么可以开心？”

周和音息声了，是明显心上收紧的感觉，以至于给到脑袋最直白的反馈是——这个问题越界了，也不该。

她这几天生理期，虽说快要结束了，可是今天还是没忍住。Nana嚷着要吃冰激凌，她也陪了支，现下肚子隐隐地疼。

下午茶歇时间，他们的HR（人力资源）经理特地找周和音谈话，她的试用期提前通过了。是他们部门经理特地批的，但是她转正的第一个项目不是他们组内的，而是他们骆总独立跟踪的专案项目。听说骆总的总经办剔出了一个女助手，原因不明，补员的就是周和音。

这种借调很寻常。但是专案项目临时换人还是鲜少，尤其那女员工怎么算也是半个前辈，冷不丁地被新人顶了，茶水间的流言传得绘声绘色。

周和音一时站在风口浪尖。她压根连骆总的样子都没记住过，只是一次部门会议，骆总感冒了，与会时端着个茶杯过来，那杯子是一只迪士尼的马克杯，他们私下说骆总是妥妥的女儿奴，办公室里好些东西都是女儿置办的。

周和音觉得这样的大老板好有趣，也好有爱，就由衷地夸了句。

这次骆总借人，是他们经理推荐的周和音，因为项目地陪总归要涉及些人情世故，骆总要个灵巧的本地人，说先前进来的那个女生太秀气了，说话声音都听不到。

他要人是来练兵的，没时间去等她调整慢热，身在职场圈，你不让人看到你，本身就是短板不足。骆总说换个“穷苦”些的，不要说不到两句就掉眼泪的。

就这样，周和音才被拎出来了。她找过他们经理，说她好多还不会，怕做不好，辜负经理的期望和推荐……

经理同为女士，一向待他们宽严并济。原本骆总借人，想着先前的小齐学历性情都比同期出彩些，才支援过去的，哪承想被那姓骆的以抗压力差劝退回来，这一无形的耳刮子刮得黄经理本来就很不快。找个顶班的又这样，叽叽歪歪的，她只问周和音，去还是不去，不去转正的破格也无效，反正内部邮件还没公布。

周和音被赶鸭子上架，她明天早上要答复经理。

原本她想找Nana聊聊的，听听好友的意见，眼下她没人聊了，干脆逮一个算一个吧，也缓解刚才哑口的尴尬。

她一副聊正事的态度，把今晚杀出来的程咬金当树洞了。

傅雨旸随手提溜出一个购物篮扔到周和音脚下，面上情绪不咸不淡，仿佛听了个孩子气的笑话，只问她："所以你是觉得力有不逮，还是被流言咬着了？

"是前者你干脆清醒点别去，后者也最好别去。"

"为什么啊？"

"能力不够只会比你前任死得更惨。而被流言轻易咬住的人，想也不是你大老板要的'穷苦'。"

周和音原本就没彻底打退堂鼓，被傅雨旸一些"不中听"的话倒是逼出些反骨来："我压根什么都没做呢，就成了别人眼里的替补了。"

"你难道不是吗？"某人反问她。

他再补刀一次："你搞砸了，只会比替补还不如。"人就是这么偏见且现实。

周和音气得眼都圆了，她后悔找这个人当树洞了，一句中听的话和鼓舞都没有。

全是冷水。

傅雨旸看穿她的心思，说周小姐要是想听漂亮话，可找错人了："我是你大老板，可能看到你这副模样就不要你了。"

喂……

"原以为你多坚强呢，原来都是纸老虎啊。"

"我从来没说过我坚强啊。"年轻人到底气馁了，头一回大红冠头不咕咕叫了。

谁都是从少年过来的，傅雨旸想也是忘了当初被老傅贬得一文不值的时候了。

他今晚已然破例了，不妨再破例一次，想听漂亮话是吧，他站在货架边，一样样地扫货，把他都不知道是什么的零食往她脚边的购物篮里扔："君子论迹不论心。这话放在职场上同样适用。我喜欢我看得见的下属，而不是要我琢磨的下属。琢磨无疑就增加了成本与风险。

“我要你自然是你有可取之处，你只要兑现你的可取之处，不必心思重重地来问我，我为什么要你？

“这样说，满意吗？”

周和音好像被宽慰到了，又好像没有。反而好像有什么被烫到了。

某人面不改色，一手抄袋，一手往篮子里扔东西：“说你工作呢。”

他问：“所以怎么说？”

“什么怎么说？”

“你的决定。”

“干。大不了也被发配回来呗。再不行还可以辞职。”

某人嘲笑：“哦，到底还是给自己留了后路啊。”

“那怎么办？”周和音说话间活络过来了，“我也想死磕啊，但有些东西不是死磕就有用的。”

比如天赋，比如能力，再比如感情。

话题暂时收梢。这回换傅某人沉默了。

回过神来的周和音一低头，才发现她脚边的篮子满了，满满当当各式各样的吃食。

“啊，太多了。”

有人答非所问，指使她：“去，再拿一个篮子来。”

周和音有些为难，她抱怨：“傅先生，就……这些够了吧。”

傅雨旸把微信收款的钱，悉数再转回给她：“买够这些数。”

顺便他教她做人：“别学那些精致小人的做派，用人朝前不用人朝后。”把他当情绪垃圾桶，说完就扔的那种。

便利店现下没什么人，偶尔有客人来买个夜宵或咖啡，夜班的员工老早看到这二位客人了。

一面并肩聊天一面扫货的架势。长夜漫漫，一个光鲜一个亮丽。

店员过来打招呼，问他们是不是视频博主，来做扫货测评的。他们店经常有这样的博主过来。

周和音顿时灵感来了，她说既然这样，她的频道有素材更新了：“傅先生，要不你帮我做一期Vlog吧。题目就叫‘我卖了房客先生的螃蟹，连夜来扫荡便利店！’。”

傅雨旸说：“你最好想都不要想。”

Chapter 05 跑什么

[13]

周和音没有带相机，但是她习惯了拍素材，包里有手机云台稳定器。

说干就干，她翻出稳定器，别上收音麦克风。她不能浪费这么一个好素材，手持摄像弄好了，她促狭鬼般，故意拿镜头对着傅雨旸。

不等她开口，傅雨旸拿手掌来盖她镜头："小心我告你啊，周小姐。"

周和音撇嘴："小气鬼。"说是这么说，她才不会当真这么拍，给邵春芳知道了那还得了。

大半夜不回家，和一个男人在这儿，让春芳女士定义就是——厮混。

周和音的频道到今年已经第四年了，头两年其实没什么数据，真正让她见识到流量的威力、上首页推荐的，是她的一期日常穿搭分享。

四季十二个月，她将其剪辑成十二种人格的穿搭与美妆。

那是她整整记录了一年的素材。从游园里的桃花到太湖上的白雪，转场穿梭了四季，中间蛰伏了几个月的黄梅雨，入冬前最后一场枫叶落，最后以新年的春联红做结尾。

视频更新仅一个晚上，她的私信就被塞爆了，涨粉速度也吓到了她。

不久后，她迎来了自己的第一个商务。因为那期视频里，她全程用的口红是一个品牌的，品牌商务给她寄了圣诞日历礼盒……

听到这儿，傅雨旸不免打断："所以第一桶金挣了多少？"

"没有第一桶金呀，'金'就是那套圣诞日历礼盒呀。"她怕傅雨旸不明白美妆圣诞日历礼盒是什么，刚想解释……

“我知道。”

“哦。”他知道，好吧，也许是从女朋友那里知道的。

第二篮又装满了。买到这儿，周和音干脆也适应了，她去拉饮料柜门，一样一瓶地往外拿，碰上她喜欢的那个牌子的乌龙茶，便问店员，这个可不可以来一箱。

店员说当然可以，当即去库存里搬，又跟周和音推荐，他们的冰食在做促销，有满减，小姐要不要买点?

“不要了，太远了，我拿回家就都化了。”

一边的傅雨旸两手抄袋，替她想办法：“你买吧，先寄存在这儿，明天我叫人来拿，冷链送给你。”

惩罚继续，他非得要她凑满那个数。

周和音定定看他两眼，有人毫不受用，指使店员，最好凑满一千的冰食：“不然她今天难交差。”

难交差的人想骂人，中秋都过了，哥哥，我买这么多冰食，怕不是不想过了。

转念想想，没什么大不了，还可以分给Nana、阿宝她们。

反正不服输就是了。周和音暂时挑出了她喜欢喝的饮料，再去挑冰食，店员跟着帮她记录和算价格。

傅雨旸在一旁没言语，冷眼旁观，心想：但愿你是个“穷苦”的孩子吧。

半个小时过去，Lirica电话再拨过来，提醒傅总五分钟后，和NY那头开视频会议。

“好。”

某人跟周和音借AirPods，说借他用一下，他接个会议视频。

周和音依言从包里翻出来：“没多少电了。”

“没事，到车上就行。”

周和音拿给他，等着蓝牙匹配的工夫，傅雨旸抬眸瞥她一眼，大声念出了她AirPods的ID：“‘大小姐听歌很费电’？”

“社死”现场!

是很费电嘛。周和音没所谓，才要说什么，傅雨旸已经进去会议视频了，他蜻蜓点水般在唇边食指一竖，示意眼前人“嘘”，随即和会议那头的几位以寒暄口吻说开场白。

一面说，一面往外踱步。

掩一切背景音于身后。

傅雨旸在外面通话约莫十分钟，周和音悄声走了出来。她怕影响他正事，编辑文字发到他微信上，然后再点开那对话条。

文字被放大了，白板的背景，她写的黑字清清楚楚：真的够了。我实在买不到三千块。

她再写一条：我们回家吧。

同样是点开放大给他看。

傅雨旸会议那头正在酬酢的是一个旅美建筑师，与会另一方是桐城周家，本地房产品牌的翘楚。傅背后的老乔他们几个到底是外乡人，与其成为对头，不如两方结盟。前些日子去桐城，他和老乔也正式会面过周叔元的这个小儿子。

傅雨旸抛出的结盟利益节点就是江富春这张牌。

江论资排辈是傅雨旸的叔叔。早年是他父亲的旧友。

此番愿意回国的话，湾区那个项目，别说两处版图，就是全揽下来，也权能胜任。

江又是这里祖籍，怎么论，收官之作放在桐城也可谓尽善尽美了。

江富春那头这才换成中文，是久违的乡音："你同你父亲一样，总能把人说得没脾气。"

到此，谈判的氛围才算暖场起来。

傅雨旸趁机偏头过来，应允了周和音的话，回家。

他要回头帮她搬东西的，周和音已经灵巧地抢先一步安排好了，饮料和冷饮都暂时寄存在这儿，她拎零食走就好了。

就这么着还满满四马甲袋呢。

店员帮周和音送到车上，傅雨旸在讲视频电话，没工夫帮她，只开了后备厢由她放。

放好后，店员悄悄打趣周和音："小姐，你男朋友真有意思。"

"他不是我男朋友。"

店员猛点头，一副"我懂、我都懂"的表情。然后就溜了。

周和音心想：不，你不懂。

准备合后备厢的时候，马甲袋里一包百奇饼干掉出来了，她懒得再往里塞，干脆拿手上了。

合上后备厢，面临着她上车的问题，秉着社交礼仪的尊重，周和音还是老老实实坐副驾驶座了。

副驾驶座上还有她的笔记本电脑，她坐上去的同时，干脆把电脑抱在怀里。

驾驶座上，已经摘了耳机的傅雨旸，把手机别在中控台的一处支架上，解放了双手。

他牵安全带系好，冷不丁地，伸手把她抱在怀里的电脑拿开，扔到后座上去，小声诋毁她："没人要你的东西。"

说罢，启动车子，他知道她家在哪里，

会议也还在继续，周和音始终没有出声。

会议共四方，三方男士，还有一方女士应该是傅雨旸的秘书。

聊的也都是些前瞻性的话题，傅雨旸怀柔政策上前，问候江老师："一切还是要等您回国，我们再细谈。

"或者国庆，我飞过去一趟。"

周轸那方接收到傅雨旸的信号，跟着招徕，说："这个时令要说吃喝玩乐，还是得看我们江南，江老师回来的话，我一定得好好招待。

"傅总也跑不了，你说你这孤家寡人一个，怎么比我们这些有家室的还难约呢。"

手机是公放的，并不是周和音想要听的。她第一次发现，人要学会倾听这句话真的很重要。

倾听才会收获一些偶然又必要的信息。这一块孤寡的碎片，也许能复盘出整个拼图的全局。

陌生的车子陌生的人，又碰上对方陌生的公务。周和音像个小贼，她也不知道为什么一直大气也不敢喘，一直保持一个坐姿僵硬到她坚持不住了。

她悄悄然挪动了下自己，想稍微松泛些，又压到了刚才拿在手里的百奇饼干。

傅雨旸听着动静，偏头过来，看她一眼。

这种久违的局促，让她头皮发麻。

小时候她第一次上台演出，还不是领舞，站在后面位置，她特别怕自己出错。半夜把第二天要上台的裙子和舞鞋换上，在房间里悄悄地练。

阿婆发现了也没有拆穿小音，而是在第二天演出成功后，说她跳得特别棒，比夜里练得还要棒。

“我们小音一点不输领舞的同学。”

阿婆时常训斥父母的一点就是，对孩子要鼓舞、要兼听，而不是她一点动静就咋呼，就取笑，甚至反对，那样孩子会把自己缩起来。

人活一生，安全感这个东西，起初是别人给的，后续是要自己挣的。

没什么比一个孩子提早结束童年更可悲的了。

周和音无疑是幸运的。她的童年很完整，性情也完整，不卑也不亢。被傅雨旸这么不知何意地盯一秒，她也无妨。

把百奇饼干抓在手里，解压的出口，她撕开封口，小心拈一根出来吃。已经是最小的动静了，岂料封闭的环境里，到底由视频那头的人听到了。

那头的周先生问：“什么声音，吱吱的？”

周和音一秒停止咀嚼。

傅雨旸接话：“老鼠。一个爱吃饼干的老鼠。”

他在开车，哪来的老鼠。对面除了他的秘书，都听懂了他的笑话。周轸说，怪不得傅总这么晚还在外头呢，他那头暂时聊得差不多了，说先收线。改日他做东，请傅雨旸；或者他去B城，换傅雨旸宴他。

公事话完，傅雨旸的秘书也暂时关了摄像头和麦克风。江富春最后和雨旸单独聊几句，说他父亲走得那么突然：“我们甚至都没接到傅家的讣告。”

“吊唁礼办得简单，就族亲里通知了下。”傅雨旸这话不尽然，其实在社交层面，大家心知肚明。

江再话当年的唏嘘：“我犹记得你姐姐没了，缙芳那老大一个男人，熬红了眼，烟一包接一包地抽……”

江富春之后没多久就出国了。他说：“你父母原本要孩子就晚，你父亲把这独女当男儿培养，处处不落人后。当真可惜，好在后头还有了你。”只是这中间隔了十年。

一个家庭夭子的伤痛，不是再养一个就补偿得了的。

傅雨旸笑话周和音的那句，你搞砸了，只会比替补还不如。是他的肺腑之言，绝不是笑话。

言说到此，江富春话锋一转，说也好些年没回去了：“雨旸，凭你能联系到我，凭我和你父亲微时的交情，我想我该回去一趟的，届时我们会面再聊。”

谈判得到了初步满意的结果，傅雨旸面上从容，只说他会亲自去机场接的。

会议结束，傅雨旸又给Lirica打了个电话，要她和乔董的特助联系一下，江先生回国两地下榻的住所要打点妥当。对方难得回国一趟，不会只为单单工作的，太太甚至子女到孙子辈都要先计划在内。

Lirica在那头答是。

两方一方交代一方接收，才算把今天最后一个行程完工了。

傅雨旸云淡风轻地收了线。

周和音原该是个旁观者、局外人的，她没有想听，先前从那位周先生口里得到的碎片信息，眼下也不甚重要了，比起傅雨旸的家务事。

原来他还有个姐姐，听起来应该是年纪不大的时候就没了的。与他，未曾谋面。

开车的人一路疾速上前，周和音只觉得扑面而来的霓虹灯和街楼全“倒”在她眼前。

车子的贴背感到了极致。

她想提醒他的，你超速了。

可是又觉得有时过于理智的规劝很没意思，换她，她也想稍微出格一下。

于是，她换了种方式，把手里的饼干袋递给他：“要吃吗？”

傅雨旸开车的样子很老练，反手掌舵，腾出来的右手却没有来接她的好意，顾路况的同时，他偏头过来，淡淡一眼：“是谁说早已过了靠零食缓解不开心的年纪了，你都办不到了，为什么来哄我？”

周和音吃了两根饼干棒，突然觉得口干得很，嘴巴先发甜再跟着苦，一股想喝水的阻塞感。

“你姐姐多大去世的？”她大着胆子问。既然甜的不行，那就直面苦。

“九岁。”

他说：“我没见过她。”

傅雨旸说，她的名字叫时若，爷爷取的，雨旸时若，是个古文成语，寓意晴雨适时，气候调和。当初就设想的，男孩叫雨旸，女孩叫时若。

其实雨旸也好，时若也罢。从来都是指他那没见面过的姐姐。

“你信父母缘吗？我在我爸爸身上看到的，就是很信。

“我爸爸是个孤儿，准确来说是被遗弃的。他一点毛病没有，我也不懂为什么要把他丢掉。是我阿婆收养了他，我们巷子里的人都好羡慕他们母子俩。阿婆一个人把爸爸供到高中毕业，后面是他自己读不上去了。他们母子俩，一辈子没怎么争吵过，阿婆去世的时候，爸爸哭得比我们任何人都伤心。”

其实，活人哭死人，到底还是哭的自己。

爸爸是哭这个世上，领他一路走向光明的那个人没了。

他如何不哭呢！

“你阿婆一个人是什么意思？”是她先开口的，傅雨旸饶是做过背调，终究还是有细节纰漏处，他想亲自问一问。

开口透露家务事的是她，三缄其口的又是她：“我想说的是父母缘。”

她说：“你姐姐也许只是没有父母缘而已，和你没有关系。”

车顶灯之下的人，赤忱的一张脸，是当真想安慰人，也会安慰人，只当别人都和她一样会轻易破防呢。傅雨旸陡然记起，给父母及时若迁葬那天，回来他热伤风了，梦里时若有张具象的脸，就是眼前人。

他补偿心理作祟，想着姐姐能成年，只会比眼前人的二十岁更灿烂、明媚。

他父亲也许一辈子都不知道，他失去的不仅仅是时若，在之前还有个孩子。

所以他母亲才哭，哭报应不爽。

“周和音……”

有人心上一抖，她第一次听他喊她的名字。

傅雨旸径直问她：“那天酒店陪你来的男生是你男朋友吗？”

“不是！”她当即反驳。甚至都来不及问他，为什么要问这个。

“不是最好。记住我的话，那男生没溜儿，别来往了。”

“没溜儿是什么意思？”

“就是不靠谱。听懂了吗？”

“哦……”她话到嘴边，又给咽回去了，那么你靠谱咯？

傅雨旸言尽于此，一副认真开车的模样。倒显得周和音一头热血，她不再说话。

不多时，手机响了，是春芳女士。

问她怎么还没回家。

“快了快了。我……今天加班，又和Nana谈了点事……哎呀，是商务啦……”

对面的邵春芳饶是听见是业务什么的，也还是不快，要她快点回来，都多晚了！

周和音一个劲地嗯哪嗯哪，来堵妈妈的啰唆经。

挂了电话，她以为傅雨旸会挤对她几句的，结果一句没有，甚至一个字没有。

她几次偷瞟他，某人都自若地开车，速度匀了点下来，但还是一路驰骋。

抵达巷口的时候，傅雨旸没有下车，他让她能拿多少拿多少，拿不下的他明天差人全给她送过来。

人坐在车里，甚至都没下来。

周和音到底有点失望，她确实拿不下，笔记本电脑再加那些马甲袋。但也没听从他，一股脑全从后备厢里拿下来了。

只见这个土生土长的丫头，有的是土办法。她把几个马甲袋分两次拿，全放在就近相熟的小商店门口。

那还没打烊的老板见小音买这么多吃的，便问她，这是发多少工资啦？

周和音嘻嘻笑两声，说是帮同事家的孩子买的。

傅雨旸坐在车里，冷谑，真是张嘴就来啊。

第二趟来拿的时候，她绕到他车窗前，敲他车窗，待傅雨旸揿下电动窗，她第一时间扔进一瓶乌龙茶。

某人问她：“这是干什么？”

“太重了，减负。”扔完扭头就走。

傅雨旸气不过，朝她放一记喇叭，有人根本不回头，倒是惹得周遭住家的狗叫了几声。

某人坐在车里，不无咬牙：“真是一身本事啊。”

次日周五，傅雨旸分出一个时间段见了几个重新洗牌的一级供应商，也把之前几个子公司积压的呆账一并打回头，要他们自己内部消化。

周五例会加上第三季度末的财务分析，忙忙叨叨，折腾到晚上七点多。

Lirica进来送几个行政急件处理时，顺便跟傅雨旸报备了他昨晚交代的进度。说姚助那里交代，B城那头的住所她会安排，至于江南这里，就傅总拿主意吧。

傅雨旸听了冷笑一声，头一回朝秘书“内涵”姚女士，说她这老板娘做派什么时候能改改：“我还要她来知会我，自己拿主意？”

Lirica人微言轻，哪怕老板说些什么，她听了也只当没听。一副咱也不敢说，咱也不敢问的乖觉。

只一点她很确认，傅总今天脾气不好，起码不顺。也难怪，从早上进公司忙到现在，脚打后脑勺地连轴转，傅总不朝无辜的他们发难就已经很讲武德了。

赶在国庆节前，Lirica总算把这个月关账前的急件全追踪到位了，她觉得这个黄金周应该可以安稳地“咸鱼”几天了。

拿回老板签名确认的文件，她试探着问：“傅总，要帮你叫晚餐吗？”

傅雨旸摇头，说他回酒店吃。“你会开车吗？”他突然问。

Lirica点头。

傅雨旸发了个地标给她，让她帮忙取点东西，送到一个地方。

他把签收人和电话都写给她。

又叮嘱Lirica，务必本人签收。

Lirica还有点奇怪，傅总为什么不用他的司机，便签拿到手里，她看到署名是“周’s”，才明白应该是私事。

老板的口吻更是坐实了她的猜想：“辛苦了。”

一个半小时后，Lirica把车子开回花都酒店，手里捧着一箱乌龙茶，径直上楼到傅总房间交差。

这箱乌龙茶是傅雨旸提前“扣下”的。他交代秘书过去送饮料和冷饮的时候，就单独昧下这箱乌龙茶了。

那周小姐也好奇，但Lirica不明白的地方只说不清楚。

帮着周小姐提送到家门口，周母问这是怎么回事啊，这么多东西？

傅雨旸已经洗漱过了，一身居家穿着，头发半干，手里拿着个信封，问秘书：“她怎么说？”

Lirica再不明白这几年就白混了，但客观就得客观，不能因为他是老板就美化他，如实转述周小姐的原话：“‘金主爸爸’赞助的。赞助，商务。”

傅雨旸在心里狠狠骂人，商务你个头。

除了傅总要的一箱乌龙茶，周小姐还追出来，要Lirica转交一样东西。

是傅雨旸的领带。

还有，她在车子杯架格子里捡到一对AirPods，没有耳机仓。她想是傅总落在车里的。

一一交代给老板，Lirica才踏实地准备走了。明天还要节前补班。

傅雨旸不时喊住她，说天太晚了：“你如果车技过得去的话，就把车子开走吧。”

Lirica连连摆手，说不必了，她心想：这好车子给我刮了，我可赔不起，再说我开回去也没地停啊。

傅雨旸倒也不勉强，说那就打车回去，车费回头找他报。

“这个给你。”他把手里的信封递给Lirica。

是张面值不少的超市购物卡。Lirica有点为难，傅雨旸眉眼淡漠：“你替我办私事，这是你该得的劳务，不必有心思。”

“谢谢傅总。”

某人点头，一副也不留客的疏离，只让对方回去路上小心。

一刻钟后，傅雨旸拆那箱乌龙茶，他嫌冷的不好入口。

拎一瓶到厨房去加热，等着烧开的工夫，手机进来微信，某人问他：“傅先生送人的东西怎么还往回拿的？”

傅雨旸：“什么？”

周和音：“乌龙茶。一箱乌龙茶。”

这头站在厨房料理台前的某人，得逞一笑。不等茶烧开，预先关了火。他一本正经地打字回复：“哦。我以为你会嫌更重了，替你，减、负。”

[14]

直到傅雨旸把那没热开的乌龙茶倒进马克杯里，他浅尝了口，跟沏的茶自然没法比，但胜在无糖。

几分钟过去，对方都没下文了。

马克杯里的茶也因为被搁置，又重新晾凉了，二发冷掉的东西，某人自然不愿意入口了。

他倾手就倒掉了，杯子连同热茶的奶锅，全丢进洗碗机里。

门外有人揿铃，是刚才打过电话来确认傅先生现在方便的管家部，上来做客房整理的。因为傅雨旸交代过，他人不在时，不可以进他房间。

管家部人员过来的时候，把客人交代干洗的衣服也全带过来了。

替傅先生收纳整理房间的时候，会客室的沙发上有条领带，外面的防尘袋还在，应该是干洗过的。女管家细心地准备帮傅先生收纳到衣帽间里，岂料傅先生说："那条不必管，由它在那儿。"

在那儿。在沙发上。管家一脸纳罕，倒也遵从了，客人再奇葩的要求也是需求。

等到一切整理收纳妥当，管家日常地帮傅先生换了起居室里的鲜切花。

这位女管家是管家部经理亲自推荐上来的，人很玲珑周到。

每次帮傅先生换过鲜切花，都会告知花朵的品种和花语。

今晚的鲜切是蓝色绣球。顾客至上，任何行业都只会对客人说吉祥话，讨好彩头。酒店行业也不免俗，女管家说蓝色绣球的花语是团圆和满。

希望傅先生度过一个美好的周末。

沙发上忙工作的某人，戴着一副无边金丝眼镜，一身灰调睡衣睡裤，赤着脚，利落短发洗过后变得蓬松懒散。

他把笔记本电脑搁到边上的移动书架上，起身来，随即书房里头有打印机呜咽吐东西的动静。

傅雨旸去书房拿打印的数据，顺便背影朝人，应付管家的问候："谢谢。"

女管家多少有点气馁，心想傅先生还真冷、真酷。住进来快一个月了，就没见过他有个笑脸，持续低气压、黄梅天。

这男人身上真一点活人气都没有。

她刚才的祝福语只拣了好听的说，做功课的时候看到蓝色绣球还有另外一种花语：背叛的爱。

因为它忧郁的颜色，给人一种若即若离的感悟。因为它的花期很短。

谁知道呢！

次日周六，节前补班，正常工作日。

傅雨旸原先在B城的时候，习惯绕着他住的片区，四四方方的脚程晨跑几圈。来江南后，动不动一场雨，他索性就懒得出去了，一直在健身房里跑步。

今天他醒得早，跑了半个小时后，冲凉，天依旧蒙蒙亮。傅雨旸干脆下水游了几圈，等于拿一身疲乏换了另一身疲乏。

八点一刻，他坐在一楼餐厅吃早餐，司机一向是八点半来接他。九点准时进公司。

餐厅侍者给傅雨旸倒了杯气泡水，本来就是冰的，他请侍者额外再加些冰块。

侍者点头称是，待冰块拿过来，一一投进玻璃杯里，碰壁的同时，傅雨旸的手机屏幕亮了下。

是有微信进来。

从八点起，傅雨旸的手机恢复社交通讯，电话和微信就没消停过。他一向是进公司后才开始处理的。

周和音的也不例外。尽管她说："昨晚睡着了……"

傅某人轻快地吃完一客早餐。节前他的最后一个行程，就是支援采购部最后季度一般零配件议价谈判会。

好几个供应商在总部那里是见过傅雨旸的。傅谈价钱向来狠，第一轮报价单他翻不到诚意，赌好儿吧，成本分析会上，一条条审下来，你有赚头都变得没赚头。

回头按他的心理价位成交后，他还能和你在一张桌子上，有说有笑，一副我干杯你随意的痛快。

下了酒桌，这人脸一抹，又不认人了。下宗再有生意这样来，死循环。反正他同你谈生意就只有生意，别带感情，各取所需的交易，裤子一提，谁也不认。

两轮价议下来，离乙方最后底线不说差不离吧，简直压哨般稳狠准。

傅雨旸翻成本分析价目表的缝隙里，知会采购部的经理，先午休吧。于是午餐会议上，傅某人一改先前的冷若冰霜，和供应商代表扯闲篇地聊起人家太太生的二胎是儿子还是女儿。

得闻现下一子一女了，傅总难得接地气地夸了句，多好。

然后鸣金收兵了，从会议桌上下来，后面打扫战场的活就交给他们了。他知会使用单位，通知供应商，最终价格双方无异议的话，开始做PO书（采购订单）吧。

至于午餐会议上的日料餐，他一口没动。回到办公室，Lirica手里提着几份伴手礼盒子，红通通的，傅雨旸眉眼波澜不兴，倒是嘴上玩笑："怎么，连夜结婚了？"

经由昨晚一役，Lirica发现，她的这个新老板其实人很不错，又或者别人是吃人嘴软拿人手短，傅总他是，用人心软。

"倒也没这么赶啦。"Lirica大着胆子回傅总的玩笑，"是我侄子的满月礼。我带给行政那头几个小姐妹的，傅总你不嫌弃的话，要不要拿一份？"

傅雨旸解了身上的外套，在秘书的工位前稍稍停顿，骄傲的头颅之下有一双轻蔑的眼睛，拆穿下属："哦，所以本来这里面没有我的份啊。"

Lirica洋相一脸："我以为您不会稀罕这些。"

"在我这儿，'我以为'是大忌。"老板鲜少地亮冷兵器。

傅雨旸随意揭开一个盒盖子，从里面拿出一颗喜蛋："最近生育KPI（关键绩效指标）有点高啊。替我恭喜你哥哥嫂嫂了。"

Lirica看着老板拿着一颗不起眼的喜蛋，稀奇极了，不等反应上头，傅雨旸想起什么回头朝她："你帮我找个AirPods耳机仓来。"

Lirica想起昨晚交给傅总的那对耳机，问他，是二代的？

傅雨旸点头，要秘书干脆不要去找了："帮我买个新的，我原先的那个要充电。"

"好的。"

回到办公室，傅雨旸扔开外套，办公的两台电脑醒屏后，拣重要的邮件、信息回复了下，午休时间，他枕在椅子上浅眠。

将要眠上的时候，手机嗡地进来一条微信。傅雨旸依旧靠在椅子上，手去移动鼠标，看办公屏上同步的消息。果不其然——

周和音："你吃了吗？"

附带着个"兔子"的emoji表情。

傅雨旸保持着枕椅的姿势，只拿手里的光标去描摹那兔子。他并不想理会她的，下一秒她又发过来一句。

周和音："昨晚太困了，直接睡着了。我妈让我起来洗澡都没成，妆也没卸……"

傅雨旸蔑笑出声。

有人继续自说自话——

"我妈看那些东西以为我被公司解雇了呢，然后报复性消费了……

"然后我骗她是商务赞助，她又大喇叭地让前后左右邻居都知道了，吃的喝的分出去好些。气氛直逼水泊梁山……

"分了阿宝十来个冰激凌。"

到此，傅雨旸才从枕椅上跃身起来，手去到蓝牙键盘上，敲字回应她："就是那晚弄脏我袖子，不会说话的小姑娘？"

周和音："嗯嗯。阿宝很可爱的，她只是声带受损，听力没有毛病。"

傅雨旸对此没甚关心，只问她："昨天忙什么了，困成那样？新工作？"

周和音："Bingo（答对了）。"

周和音："看了一天的数据，梦里都住在公司系统里。"

傅雨旸："很好。只要你不辞职，今天总归没有明天凶险。"

周和音回了个"冷汗"表情。

傅雨旸笑，手里打字："没吃。"

引用她刚才的开场白再回复她。

傅雨旸："合作订餐的那家日料店，主厨先生大概这段时间情场还是赌场不顺遂，喝酒喝坏了舌头。能把菜做得这么精致且调性统一，一股嚼棉花的口感，也是一种本事。"

周和音回了一串省略号。

随即，她和他作对般讨人嫌："我中午吃的口水鸡。很满意。"

傅雨旸学她回了串省略号。

这天晚上，周和音给傅雨旸分享了个视频链接。是她的频道最新更新的Vlog。

因为"赞助商"是傅雨旸。她说，交给"甲方爸爸"检阅一下。

周和音："放心。把'甲方爸爸'一刀剪了。"

傅雨旸还在外面应酬，对着她的信息笑骂："你把谁一刀剪了。"

回酒店的路上，傅雨旸闲心着看她的视频，很普通的流水账，无非是年轻人的花样多。漂亮的脸蛋，漂亮的滤镜，漂亮的花字，漂亮的背景乐，撑起了一台漂亮的浮世绘。

她所谓的便利店系列测评，零食饮料还好，提到甜筒冰激凌，她只意思地尝了两口，说生理期还没结束，等她出差回来，再补一个专题。提前祝大家十月安好。

傅雨旸这才知道，她那天生理期。并且有人可以这么不见外，在视频里大咧咧提一下。

逼近零点，傅雨旸看完她的视频，也结束了一天的工作，回到酒店。

电梯上行的空当里，他听会般自觉地拎出重要议题，编辑文字问她："你出差去哪里？"

那头今晚没困过去，很快回复："B城。我们骆总请团队去B城玩，顺便见一下那头的头部代理商。"

读完她的文字，下一秒，傅雨旸给她打语音电话。

"这黄金周团建再联络头部兄弟，真是一点不耽误啊！

"你这女儿奴的老板有点东西啊。"

[15]

晚上周学采请茶馆的几个老师傅在家里吃饭，烧了不少菜。邵春芳晓得女儿的朋友娜娜喜欢吃她做的狮子头，就要小音把人家娜娜喊过来一起吃。

从小周和音就习惯爸爸那套，男人桌子，不带姑娘坐。她也不稀罕，跟Nana"吐槽"："小时候爸爸带我去人家吃饭，回回他吃饱了，我还饿着呢。"

后来她就学乖了，才不要和大人坐一桌。亲戚邻里有个红白事，她总要坐小孩那桌。

今天家里请客。她在厨房单独盛了几个小碗，开小灶般自得，然后一路用托盘端上楼去吃。堂屋方桌上位的周学采，一直斜眼盯着女儿这副惯着自己的做派，外人在、不教子。

但多少有点看不惯的。席口上菜的邵春芳喊住丈夫的目光："你由她去啦，同你们坐一起，她们也不自在，你难道还肯她喝两杯？"

当然不肯。周学采倒也不是眼见浅，只是觉得自己的女儿到不了那一步，他也没正经经历过职场，每回听女儿念叨那些必要或不必要的，公事由头的团建、客户交际，要喝酒，他头一个不赞同。

周学采一向鄙夷，要在酒桌上才谈得成生意的人，也正经不到哪里去。

晚饭前，周和音到家就说，国庆要出差几天。去B城。

邵春芳在厨房忙晚上这顿饭，听女儿这么说，也没多少吃心。倒是周学采，借着给妻子打下手的工夫，把一把草头择好放到篮子里，有意无意地问：“你丫头是不是谈恋爱了？”

“不可能。她有情况瞒不住的。”邵春芳自认为很了解女儿，说小音心思浅，有什么都放在脸上。

她第一个男朋友就是这么被邵春芳侦查出来的。那时候天天抱着个手机，嘴咧到耳后根。某一天女儿从外面回来，邵春芳自己养大的孩子，跟自己身上的肉没二样，她警觉自己姑娘不一样了，从前回来咋咋呼呼的，那天尤为安静，像生了病似的，恹恹的。

过来人的经验，一目了然。一问，姑娘也没不承认，只说时机成熟会带他给他们看的。

邵春芳旁敲侧击间，知道对方不是本地人，研究生在读，又是个外省的。她扪心，不满意，从头至尾没要女儿往回带，但也没棒打鸳鸯。有些事情，强勉不行，你越摁她，她越反骨头。到时候作下什么孽来，吃亏的还是自己的孩子。

好在没下文了。谈了一年，分了，说是对方奔前程去了。

邵春芳阿弥陀佛，这种奔前程的年轻人，她本意是赞许的。也从不欺少年穷，只是正是吃过过来人的软苦，她不希望女儿步她的后尘。能简单点就简单点，一眼望到头才好呢。

她就希望女儿嫁到他们夫妻俩一脚油门就能到的地方，看得见摸得着，她才踏实安心。

当真嫁远了去，还出省，那才是有眼泪淌呢。

周学采在细节上做学问，只问妻子，她这些天拿回来的那些吃的喝的，闹什么名堂呢？

从前也不是没有过。邵春芳怪丈夫老古董：“现在是信息媒体时代了，你也晓得天天捧着个平板电脑看新闻啦，你姑娘不鼓捣那些玩意儿，哪有钱给你买这个的。”

就是赞助商送的。

再拿小音那个朋友说事。“人家那丫头隔三岔五就接个广告，你以为呢？条条大路通罗马，现在时代变了，就你还老老实实卖你的包子呢。”

周学采道：“我卖包子我踏实，我挣的每分钱板板正正。不去搞投机倒把那套。”

邵春芳嫌他固执，说不过就拧他，周学采生受，只一味再提醒妻子几句：“我看你丫头悬，这两天蹦蹦跳跳的，心思明显很浮。你还望不见呢。”

“她浮她的。不行就跟人家去拉倒了，反正就是站着去领结婚证，人家也不会说什么。堂堂正正地嫁姑娘罢了。”

一句话狠狠踩到周学采痛脚了。老父亲还当自己丫头三五岁呢，哪能嫁人，气得话都不会说了，驳妻子：“我看你们娘俩一个个都是拎不清。去，别惹我，都给我去！”

邵春芳笑丈夫，嘴上不说，心想：当真到了那天，有人啊，不晓得要躲到哪里去淌眼泪呢。

周和音卧房的小餐桌边，她和Nana盘腿坐在地毯上，一边吃菜，一边翻箱子里的柠檬茶。

Nana夸了一万遍春芳女士做的狮子头，太好吃了，是她减肥路上的五指山。

说着就夹了半个到自己碗里，周和音把那半个也给到她，吃嘛，吃尽兴才叫吃。都已经破戒了，不到位那才叫白抗争了。

言之有理。Nana成功被洗脑，吃！

平板电脑里在放一个老剧解说，周和音没看过，看到男女主角一副“相杀”的既视感，她以为是女主角失忆了，男主角回来找她、求她，破镜重圆那种梗。

结果Nana说不是，这个人不是女主角，只是和女主角长得像，男主拿来当“代餐”的。而且这个长得像女主角的替身最后还死了。

周和音受到暴击，扔下筷子：“什么鬼？这个替身做错了什么，我过得好好的，男主角为什么来找我？要死的，你爱你的女主角就好好爱，她死了你随她去啊。你找我干吗？！

“这个编剧‘有毒’吧，哦，替身的意义就是证明男主角对女主角深情不移？简直笑话。

“我要是那个替身，就算死也要拉上男主角当垫背。关键是，我为什么要死？！”

活着明明很香。

Nana吃一口酒香草头，嗯，这用五粮液烈烹的草头就是香。也被小音的激进反应逗笑了，嘴里嚼着菜呢，就问她：“和傅先生不顺利？”

周和音连忙来捂她的嘴：“别瞎说八道！”给她妈听到就完了。

尽管昨天就问过她了，Nana还是不死心，怕小音害羞藏着掖着：“说真的，前天晚上，真什么都没有？”

“有什么？”

“男女该有的啊！”

我天。周和音自掐人中：“你想什么呢！”

“想你所想。”

“才怪！”

周和音再认真不过了：“我和他才见过三面。”

“有些事，一面足够了。”

“啊呀！”

Nana笑死了，说小音的样子好认真哦：“我是男人也要扑倒你了。”说完，再警告她，有些纯情只适合发生在十八岁之前，少年就是少年，心性使然。

而社会人永远有社会人的底色。

“他和你来往，也许是消遣，也许是无聊，当然也许也有认真。归根结底，成年人的底色变不了，说没欲望，我绝对不信。”

所以，要正视欲望。

Nana给小音支着，撩这种老世故，就得一手天真，一手欲望。

“我才没有撩他。我为什么要撩他？”有人拒绝这样的自己，尽管她白天确实主动给他发了信息。

那是因为她昨晚睡着了，没有回复他消息。

她早上告诉他，睡过头了，傅雨旸也没回复她。

她有点不服气。

憋到中午，原本早不想理会他了，周和音有自己的骄傲。午餐的时候，听到她的男同事给女朋友打电话，一味地道歉：“没看消息啊，上午开会太忙了。”

“你该直接打我电话的。”男同事一味地哄着电话那头的女友。

自我建设好久，周和音说服自己，算了，昨晚她也没回他消息。

这才重新抛过去一个话题。

絮叨半天，那头才有了回复。

周和音有点气，也有点恼。她直觉，傅雨旸看到了，他就是等着她开口的。螃蟹事件足以证明这人多诡计善变。

寥寥几句回复他，饶是周和音也气他一句，却毫无杀伤力。

这种感觉太奇怪了，明明不该的，可是对方的存在感又极强。强烈到，她把他的微信对话栏都设置成消息免打扰了。

但还是违心地期待这一栏会亮红点。

回到Nana旁观者清的逻辑——要正视欲望。

成年人的感情或者羁绊，多半始于它，也终于它。

“你自己说的呀，都已经破戒了，不到位才叫白抗争。”

只有真正的闺密间才会正视自己的恶劣和软弱。周和音坦陈：“我爸妈不会同意的。”

“你初恋也没有经过他们啊。”

周和音摇头，不一样。她说不上哪里不一样。总之，就不一样。

晚上Nana宿在这里，周和音剪的视频还差一点收尾。邵春芳打着送水果上来的旗号，明里暗里跟Nana试探了许多。

Nana多鸡贼呀，看在那人间美味的狮子头分儿上，说了又没全说，只供出了赵观原，说追小音好久了，她就是不答应。

被问到为什么，Nana实事求是说：“人品不能打包票不说，还一味地想管着我们小音。”

哦嚯。这下戳到春芳女士的虐点了。当即不同意，说这样有钱人家的男生一味惯到大的，处处要人让着他还得了：“谁家孩子不是个把个的，都让你了，谁让我们啊。”

Nana点头，把今天带过来送春芳女士的护肤品给她讲一遍，再用随意的口吻说：“是呢，春芳妈妈，我觉得啊，我们小音就该找个成熟点的，她太容易炸了，和同龄的男人处不来。”

这糖衣炮弹淬着毒地喂给春芳女士，有人甘之如饴，一味地夸娜娜说得是呢：“都怪我和她爸爸把她惯坏了，娜娜呀，你比她大两岁，我和她爸爸都喜欢你呢，你以后要常来，添双筷子的事。别一味吃外卖，不干净不说，还味精多。

“我们小音有你这样的小姐妹，我们也开心呢。”

周和音在边上傻眼了，心想：春芳女士你这道行不行啊，被有的人秒杀得干干净净。

你是不知道Nana小姐在我们队伍里，是出了名的“野王收割”啊！

待到春芳女士下楼去，Nana冲小音眨眨眼，一副事了拂衣去的淡薄功名，说不怕不识货，就怕货比货。

周和音大受鼓舞。

她视频剪辑到十点多，提交后台审核一段时间，等通过后，她秉着“货比货”的人间真实，分享给了傅雨旸。

对方回复她的时候，已经过零点了，时间过渡到十月第一天的第一秒，傅雨旸问她去哪里出差。

他的关注点很歪。对她的视频一句评价没有。

周和音解释一通，他干脆打语音电话来了，周和音通房间地找她的耳机，才想起，她耳机借给他了。

不得已直接接通了，Nana这个八卦的女人，一把抢过她的手机，点开了扬声器。

那头传来傅雨旸傲慢的声音，他说他们黄金周搞团建还联络友商很鸡贼，一点不耽误。

还诋毁他们骆总。算盘打得太精。

周和音被迫公放声音，有点忐忑，生怕老妈下一秒进来，被听去了就完蛋了。

但Nana又要听。搞得她一副六神无主的尴尬。

傅雨旸在那头问：“又睡着了？”

“没有。”

“去几天？”

“三号回来。”周和音心想：这好像和你没有关系吧。

下一秒，他说：“好。早点睡。”

说完，就挂了。

周和音的心情就像电梯突然失重般，一路下降。

Nana也无语：“啥，这就没了啊？早点睡个鬼啊。这男人，气死我了，亏我在春芳女士那里还替你贷款担保呢。”

通话的当事人，倒是一脸没所谓。周和音闷声揭掉脸上的面膜，收拾出差的行李，再把微信里属于某人的对话栏左滑，点成不显示。

眼不见心不烦。

Nana见小音脸色不太好，原本想取笑她几句呢，又作罢了，心上嘀咕：口是心非，看吧，谁先认真谁先输。

国庆第二天，傅雨旸应下了周轸的局。

因为江富春那头正式答复消息，不日动身回国。

周家大本营在桐城，早年是S市的县级市。周轸听说傅家祖上也是从这里北上迁走的。傅雨旸祖父当时升迁去了B城，举家跟着去的。

又听说傅雨旸此番来江南支援，连个正经的安身之所都没有。想跟他推荐住处的。

傅雨旸摇头，说他不讲究这些，酒店倒也方便。

周轸便不再勉强，二人各怀心思。本着利益共享的初衷坐下来一道喝茶的，早在傅雨旸联络周轸前，后者就听说过他。

呵，从桐城发迹出去的，或者混出个名堂的，也就那几多个。

傅雨旸的父亲无疑是这里头最有话语权的。但一来天高水阔，一南一北，真正联络拜会很难维持；二来，傅缙芳一向行事低调稳准，一贯不和商人亲近，更别谈投契。

好在傅家还出了傅雨旸这么号人。

傅背后是那位乔先生，但那老家伙已经六十多了，他们几个合伙人里，唯独傅雨旸凡事上前。就拿这次政府的招标来说，他们江南的标的，他傅雨旸倒老早就闻到信了。

找到周轸前，已然把方方面面都布局好了。

就连两方各自初拟的工程造价，他傅雨旸也压周轸那么一息息。

问到他为什么要找周家合作，这个酷少爷也是块针尖上的糖，言简意赅：“看上周总本地人的血统了。

“找你联姻。”

嗐。

周轸咬着烟，一味埋怨傅雨旸：“说得好，下次不许说了！”

酒局上，傅周二人聊起给江富春的见面礼。傅雨旸说他自有安排，物不在精，投其所好最要紧。

这点周轸认同，也觉得和傅雨旸还算对脾气。尽管这酷少爷半天下来，没个笑脸。

正值酒酣耳热之际，席上推酒换茶，傅雨旸出去接了通电话，回来便托词要先走了。

周轸当他拿乔摆架子呢。

临了，他倒是说了句亲民话："我有点家务事得回B城一趟，停留大概两天。回头，回请周总。"

"要罚酒！"

"当然。"

傅雨旸从席上下来，赶赴机场的路上，就给许抒诚那头打了电话："你家的寿星酒，我回去喝。份子钱先别替我给你妈转交了。"

许抒诚的伯父今年过六十岁的生日，生日在年底，提到国庆做的。

原本傅家和许家老大家没什么干系的，就是这些年同许家来往，他家老大也跟着人情世故几回。这回傅母的丧仪，许家老大也是出了吊唁礼的。

傅雨旸没闲心管这起子碎皮事，只提前知会过许抒诚："你大爷家有什么事，提前通知我，好把这桩人情了了。"

这桩事，中秋节在S城时，许抒诚就知会过了。那时候傅雨旸说："服孝期间，我不高兴去了，你替我去份人情，叫你妈带过去吧。"

这临门一脚，又改主意了。

许抒诚问他："你回来有别的事吧？"他才不信为了个谁也不是的生日酒，傅雨旸会特地赶回来。

"怎么，我回去一趟，要找你落地签了？"

"那你回来呗，找我干吗？"

"哦，就是想让你帮我通知下家政公司，房子给我临时加一次保洁。"

"傅雨旸，你就真不是个东西！"

[16]

B城的秋冬总要比其他城市浓郁点。每年十一月就降初雪，将将跨进十月天的门槛，夜凉如水，起了薄薄的雾。

傅雨旸披星戴月赶回来，落地时已经凌晨一点多了，再一路进城，抵达他父母住处已经不到三点。

这里和他自己住处的钥匙都在许抒诚那里保管。

他回来前和许那通斗嘴，就是想他过来给他送钥匙，当然，他住处的房屋保洁还是要做的。

纯粹丁点灰都受不了。

车子停泊在傅家门口。傅雨旸从后座下来，隔着一片人工湖，都可以看到对面小山头上红得热烈的黄栌，还有院墙上满满的爬山虎，他去江南前还没有红。

秋倒是像人一样，容易醉。

傅家大门洞开，许抒诚在里头的缘故。

司机给傅雨旸拿行李，他们一行的动静，惹得门口抱鼓石上蹿下一只老猫，呜咽一声，从猫儿洞里钻走了。

傅雨旸进来的时候，许抒诚在院子里的躺椅上睡着了，身上只一件单薄的西装外套。亮月把什么都照凉了。

傅雨旸踢踢躺椅，上头的人才混沌地睁眼。

这里原来是处茶寮，下棋谈事的空所。老傅走了后，茶自然凉了，连夏日里挂的竹帘子都懒得去打了。许抒诚说等他等困了，眯了会儿。

“你连夜回来，出什么事了？”许抒诚问某人。

傅雨旸把轻便的几件置换衣裳行李脱手到一边，去端许抒诚搁在一边的茶，问他喝过没。得闻没有，揭开，就猛灌了两口，剩下的一半，浇在手上洗手了。

“老乔原先的两个普通合伙人要退出。”例行公事，合伙人都要到场，一是谈股权回购，二也要相对约束下禁业避让。

这些傅雨旸的律师也可以代其出席。只是第二桩，他要亲自回来。

开仓库，取件东西。

一对甜白釉的压手杯。这是傅雨旸当初在一个收藏家手里高价求来的，没送出去，老头就发病去了医院，在重症监护室甚至都没超过二十四小时，人就没了。

他母亲这头朝他坦白后，傅雨旸复盘过，也查问过老头原先的助手、司机，他父亲是不是知道了些什么，人才一下子没禁得住……

可是四下打听延展过，都没有。

正常的生老病死。

这话有点耳熟，有人也和他这么说过——生病，自然死亡。

钨丝灯泡下，傅雨旸合上那对压手杯的楠木盒子，不由得打了个喷嚏。库房里有隐隐的尘息味。

许抒诚没来得及问他这手杯取出来送给谁，想也是生意上的来往，只一心和傅雨旸聊家务事："其实别怪我说话不中听啊，干妈呀，就不该瞒这一辈子。既然瞒就瞒到底，连你都不要告诉。"

人死如灯灭，浮云吹万间。没什么是一抔灰扬不了的。

但世事就是这么凑巧。倘若那天来会面的是梁小姐的养子，傅雨旸想，傅家和那头也就扯不出什么干系来了。

他会一一陈情清楚，周学采不领情，那么到此为止。

偏偏是周家最细枝末节的人来了。

她秉着最赤诚的交易心来的，口里每回提到她阿婆都是最由衷的怀念。傅雨旸倒希望，她和那位梁小姐毫无瓜葛。

可是，有些延续，不是只存在于亲缘的局限里的。

某人难得自省，冷笑出声，他一面往外走，一面去揿灭库房里的灯。直到黑暗四合，才问许抒诚："这算背违吗？"

从一开始。

傅雨旸简单地在父母住处浅眠了一觉，起来洗漱，进总部开会。

文山会海中，最好的开精神小差的方式就是盯着屏幕PPT（幻灯片）——我有在看你，但没在听你。

撑过第一轮，傅雨旸干脆也不和他们客气了，一个个在会议室里抽烟，燎得眼皮子都疼。他干脆拿手机出来打游戏了，结果好久不玩，系统提示要更新，那进度条读得比今天三环的路都堵。

等更新完毕后，他们会都开完了。傅雨旸例行出席，对回购股权的事全权没有参会意见，会议一了，头一个来签会议记录的名。

人却在座位上没动，手机横着屏，做玩游戏状。

这在傅雨旸身上也不是没有过，从前夜场谈事局上，话不投机，他干脆玩两把游戏。能把那些个老家伙气死。

最近小半年没玩了。早年他上学的时候玩游戏也是凶得很，后来许家兄妹“安利”他这款手游时，他没闲心玩，属于热情早就燃烧完了。

架不住许抒见那个疯丫头卖力地游说，才勉强安装了，偶尔解压用。

傅雨旸点进微信好友名单，果然，在名列里找到了某人的名字，她的游戏名和她的耳机ID一样，花里胡哨的——小周努力摘星没。

摘星的人不在线。

傅雨旸思忖之余，线上有人拉他玩游戏，是许抒见那个丫头。他没理会，径直退出了。

散了会，他去老乔办公室里坐了坐。

正值放假期间，傅雨旸也不打算做停留的样子，云山雾绕地念了一篇生意经，老乔还要朝他深耕细作股权回购的事呢。傅雨旸当即不高兴了：“大过节的，你念哪门子王八经。”

让他有事，节后给他写邮件。

老乔这回当真蒙在鼓里：“你这是急着去喝生日酒？”

“你又知道！”

“中午约了老冯他们给你搬风呢。你做东。”

傅雨旸逃不过，干脆即兴发挥：“晚上吧。”

晚上他请客。

要做东的人，让老乔帮忙联络，说完起身拾起外套就往外走，又云淡风轻地杀了个回马枪：“江南那头新世科技的业务头子骆存东，你认识吗？”

老乔有分部在那里是不错，但是事无巨细的人脉网，他哪能面面俱到。闻言摇头，只问雨旸：“怎么，你要联络？”

“谈不上。想会会。”

周和音他们此行，团队里有三个女士。

两个妥妥的资深前辈，一个毫无疑问的新兵蛋子。

他们这次国庆来回的机酒以及三天的吃喝开销，都是骆存东自掏腰包。美其名，团队建设。

实际上倒是陪B城的代理商和对方在案的客户，玩了两天。因为这一单很特殊，代理商的客户，但是客户真正使用单位又在江南，原则上这一单要纳到骆总业绩里。

这才把团队开拔到这里接待。后续客户去江南那里，他们依旧要做地陪。

这种头目的代理商，远远压过他们直销的业绩。但是年底的业务总计，谁分管的代理商又记在谁的头上。

带周和音的两个前辈姐姐私下“吐槽”孙代理和他们骆总的关系，就好比一个嫡系的被后来居上的庶出压着头，但是呢，又一荣俱荣，当然啊，没有一损俱损。

别看他们勾肩搭背地喝酒，其实私下不知道咒骂对方死多少回呢。

周和音很乖觉，她们发表什么言论，她都只是听，从不发表主观看法。少说多干，实践里犯错，实践里总结，每日不谈三省吧，睡前复盘还是做得到的。

就连她们三个女生的房间分配，她也是很泰然地觉得自己该落单。

一个人住标间不要太舒坦。由她们去抱团吧。

今晚是孙代理替骆总践行，他们明天早上一早的飞机。其实按周和音的心，她晚上就想走了，无奈他们执意留一晚。

晚上骆总的女儿也跟来了。

男女同僚凑一块儿八卦，私下交换信息才知道，原来骆总前段时间离婚了，轧姘头那种，被前妻“撕”了，女儿的抚养权倒是争过来了。男人啊，谁都没他们现实。

难得，这次最小的周和音主动插话了，她是替女性同胞抱不平，原来竟是这样的男人。

“那么，为什么孩子不跟妈妈呀？不是男方是过错方吗？”

前辈姐姐瞥一眼愣头青，说：“小音你还小，不懂这里面的门道，都八九岁的女儿了，反正认知都已经清晰了，谁对谁错，小孩子灵得很。为什么女方还要苦哈哈地把孩子搂在身边啊？有钱有闲的日子难道不香吗？！

“就该他男方养。哼，你当养孩子容易的。”

瞧，这不谈生意都得拴在身边来。

周和音瞬间对这个新老板“下头”。

这女人间的友谊有时很奇怪。互相礼敬时，可能内里反而在翻白眼；偶尔敌人的敌人，倒成了朋友。

前辈姐姐说，她们都当小音是骆总的迷妹呢。不然巴巴地愿意借调过来。

周和音打工人打工魂："快别。我只是以为他是个好父亲。"

小音和前辈姐姐也是可以有共频的——总觉得爱孩子的男人差不到哪里去。

其实不尽然。男人，作为父亲的觉悟，是父亲；作为男人的觉悟，却只是男人。

聚餐到收梢，骆总已经喝得舌头都大了，和孙代理在那儿侃侃而谈。而骆总的女儿一路跑出跑进的，也没人敢管这个公主。

周和音记得她小时候跟着父母去吃席，规矩大如天。

她在"摸鱼"玩小程序里的俄罗斯方块，听到骆总喊她："小周，帮我去看一下柚柚。"

唉。心不甘情不愿。周和音心想：我又不是你的用人，给你去顾孩子。

嘴上还是应答了，小程序上的俄罗斯方块越落越快，因为她的来不及作为，以至于交通大堵塞般堵了半空高，越到顶，越接近游戏结束。

没等到她走出包厢门，她的游戏就阵亡了。与此同时，外面有小孩跌跤的声音。

扑通一声撞到了侍者的酒盘，红酒应声而落，骆总家的柚柚也哭得稀里哗啦。

周和音闻声追出去，只见廊道尽头有一个熟悉的身影，还有他那个混血老头老板。某人身高腿长地俯身下去，单手把小孩从地上提溜起来，口吻不太友善："小家伙，公共场合不乱跑乱叫。你爸爸没有教你吗？"

柚柚塌房子般哭。

周和音吓坏了，连忙去要孩子，心想：你别吓人家了。

她一面跑，一面刚想张嘴说些什么。

傅雨旸只手松开孩子。手上沾满了红酒，他目不斜视地接过侍者递上的干帕巾，顾不上揩干净，专心对付朝他而来的人："跑什么，没看见一地玻璃碴子？"

Chapter 06

封锁

[17]

周和音一身白色雪纺衬衫，领口打着法式复古风的垂坠感蝴蝶结，黑色褶边的半身裙，上身套一件黄绿色灯笼袖的对襟开衫毛衣。

一点眼的绿，把规矩的通勤颜色救活了。

只是这萧薄的穿扮，就是回江南也不顶事。

傅雨旸来前可是添了衣的。眼下，他把手里的帕巾扔开，还来不及言语，包厢那头已经有人寻出来了。

骆存东看到自家姑娘头抢地得一身红酒渍，爱女心切，当即发作，怪周和音："不是让你看住的吗？！"

周和音暴脾气，心想：我活干得不好，你怎么骂我都可以，你自己孩子没家教地乱跑，怎么也碍到我头上了？

无奈，审时度势，这个时候顶撞绝不是个好行径。只能摁下自己的怒火，沉默应对。

她也不看傅雨旸，更不问他为什么在这里。

打破的那支红酒，是傅先生要送给401包厢的。傅先生是这里的常客，他刚才和那穿绿衣的女生还说话来着，明显认识。侍者连忙出面澄清，说酒是送给孙先生的，不承想有个小孩跑出来，是他一时没看见，实在对不起。

侍者一味跟客人赔不是。

傅雨旸笑瞥侍者一眼，出口的话却是朝老乔说的："倒是把我吓得不轻。拐弯过来，小丫头扑通一声往我跟前一栽。我还心想，好在没过年，不然我怎么着也得给个压岁钱压压惊不是！”

老乔白一眼雨旸，贫嘴了不是，嘴上倒是跟他和稀泥：“你这个人就好充个长辈。”

与骆存东为伍的孙代理眼尖，即刻认出了费恩·乔。主公在那儿，那第二把交椅也就好认了。

孙代理连忙同乔董打招呼，再礼对傅先生。

老乔热络回应，也抛出橄榄枝，说：“我们雨旸此番去江南支援。今日在这儿做东，听说江南新世的骆总也在这儿，我又时常听说孙代理。”

择日不如撞日。老乔客套自谦，说就不请自来地投个名了。

孙代理被大佬这话说得有些害臊，连连喊住：“是我们该去拜会乔董的。”说着，揽过骆存东，给盟友介绍乔傅二人。

老乔到底是掌门人，年纪又大傅雨旸一辈，他都应付对面二人伸来的社交手了。轮到傅雨旸，他却一脸冷淡歉意：“失礼了。刚才捞骆总家的姑娘，手上全是酒渍。”言外之意，就不和你们握了。

嘴上喊失礼的人，面上却就差把傲慢贴脑门上了。

老乔早见怪不怪了。批傅雨旸，他一向这样，爱干净，比女人还讲究。

比女人还讲究的“本尊”招手示意侍者：“收拾一下，找你们房经理再挑一瓶来。”

好咧。侍者麻溜儿去了。

这起临时事故眼见着要平息了，两方人要合拢到一张桌上进行社交联络了，傅雨旸不时出声：“来B城出差？”

没头没脑的一句话冒出来。

周边人四顾，却不知傅先生朝谁说的。最后顺着目光，才知道，话问候的对方是谁。

周和音眼里的情绪明显跳了下，不太懂傅雨旸的意思——你不废话嘛，你前几天才问我去几天的。

正蒙得有点上头呢，下一秒，傅雨旸再“问候”她：“你父母这一向身体还好？”

周和音还没应答呢，骆存东和孙代理那里就先明白了。

周和音看一眼傅雨旸，他脚下踢开一块碎玻璃碴，面上依旧不露痕迹。

有人虽然年纪浅，但多少耳濡目染些社会经。明白过来傅雨旸的好意，于是张嘴就来："谢谢傅先生，都好。我爸爸还说有空招待您喝茶的。"

傅雨旸闻言即刻笑了，心上想：真是个灵巧的孩子。

只是，谁让你超常发挥的，啊？！

于是，他当即为难她："哦？是什么好茶？"

周和音悄悄横他一眼，你怎么还没完没了了？"金瓜贡茶。"

"好。我等着。你上回请我的乌龙茶也还不错。"

周和音抬眸瞥一眼他，却不说话了，因为她觉得他在说反话，还不错才怪！

骆存东等傅雨旸话毕，才伺机问："傅先生同我们小周是亲戚？"

傅雨旸不爱听这个词，半个亲都不想沾边。但他来就是为了她："算是吧。沾点故。"

这点故。让周和音一个人在包厢里等傅雨旸将近一个小时。

他们这头其实已经算结束了，既然是乔董的局，骆孙二人自然要转场去他们那边桌上喝几杯。

才算是联络社交了。

傅雨旸临去前，叫周和音等他一下，说准备了些伴手礼，让她带回去给她父母。

有人给他整糊涂了，心想：倒也不至于做戏这么全套吧。

可是傅雨旸冷冷瞥她一眼，她又不得不应承了。

在他关照的包厢里，周和音百无聊赖。她的几个同事都只以为是小音家的亲戚留她做客了，她也只能这么囫囵地应着。

不然白费了傅雨旸的好心了。

茶案上摆了好几道他们当地的点心，还有香气馥郁的茶，正是周和音刚才随口拣着说的，金瓜贡茶。

周和音尝了块马蹄酥，就停住了，实在不饿。

腕上的表显示已经十点一刻了，她白天跟着大队伍逛花园似的去了好几个地方，四下静谧下来，拄手托腮，没一会儿就犯困了。

都说瞌睡是山。小时候和音犯困，阿婆老说一句，瞌睡山倒下来了。

这山倒下来，人自然无能为力。

外头有人进来时，案边的人已经从托腮直接改成枕着手臂歪着头睡了。

耳上塞着耳机。

那人去摘她歪头朝上的那只，AirPods的感应停了几秒，等到被摘开的这只塞到那人耳里，音乐才重新连续。

傅雨旸听到她在听的歌。隐约听清歌词——

就这般望着你，难免我愁愁
除你我，禽鸟连花草，成双荡悠悠
你呀你，冻我心房，酸我眼眶，一生的伤
你呀你，彼岸观望，置身一旁，一生两望

听歌的人短暂凝神，随即摘开了耳机。捞过一张官帽椅，椅子的四个脚不轻不重往地上一磕，很好，这个动静总算弄醒了瞌睡虫。

周和音迷糊睁眼，头慢慢支起来，懒散迷蒙地问身边人："几点了啊？"

傅雨旸答非所问，把手里的耳机扔给她："这么吵的音乐也能睡着？"

周和音半边的头发贴耳，乱糟糟的，她低头把耳机拾回耳机仓里，才想起问他要她的耳机，说："我这还是跟Nana借的。"

傅雨旸从风衣口袋里当真翻出一对耳机扔还给她。不等周和音反应，他让她扭头，朝窗户上照照。

穹庐夜幕下的窗户，成了天然的镜子。周和音照自己，才发现半边头发乱成草。

揉揉眼睛，再扒拉扒拉头发。

再回头的时候，才彻底从睡意里苏醒过来。她一时觉得有点怪异，因为室内就他们二人，而且傅雨旸的椅子挨她很近，她这一回头，二人间只剩促膝的距离。

他身上的酒气很重。面上的自若很好地透露着，他丁点儿没有醉。

周和音几次要张嘴，都被他拂过来的气息打搅到了，一时头皮发麻，怪难堪的。她不露痕迹地别开视线，连膝盖都往边上挪了挪。

“那什么……”她舔舔唇边，半晌拣出一句要说的，“我不能要傅先生的伴手礼。是真的不需要，我爸妈也不爱吃……”

“想多了。”

“啊。”有人会错意般局促，连忙看他，确认他说了什么。

傅雨旸视线不满似的会她：“我帮你解围，帮你担保还不够？还真要我给你备礼？房东小姐当真好大的谱啊。”

有人连忙“挽尊”：“我没要啊。我现在就是说不要啊。”

“不是傅先生要我等的吗？”说着找补回来点逻辑，她反过来问他，“你要我等什么呢？”

傅雨旸手指叩茶案，示意桌上的耳机。他只是把耳机还给她。

周和音面上明显的一噎：“哦，收到。”说着，拾掇东西。

包厢门口陆续进来一阵脚步声，人声随后也到了。

“雨旸……”是老乔的声音。

“傅先生……”周和音要说话。

全被坐着的傅雨旸突然冷声回头的一句“出去”给截住了。

老乔他们几个被雨旸吓得不轻，因为一向四平八稳的人，突然毛起来了，倒是给他们几个弄得里外不是人。

老冯个不怕死的，揶揄雨旸：“这是来得不是时候？干吗呢？”

周和音说话间已经站起来了，挨着傅雨旸身边。被他陡然的一声给吓了一跳，他的合伙人再暧昧地开玩笑，她想不难为情也难。

傅雨旸转身过去，拿眼刀他们几个。

老乔见状连忙打圆场：“走了走了，我就是过来问候一下朱丽叶小姐的。

“那什么，罗密欧再见啊。”

不等外面人脚步走远，椅子上的人再转身过来，一副浑不在意的冷淡，口里粗鄙道：“当他们放屁。”说着，端起茶案上那杯茶喝。周和音见状思忖：都没问我喝过没。

冷茶俨然有解酒般的醒神功效。有人喝过两口茶后，脸色稍缓了些，抬眸看站着的周和音，问她：“刚才准备说什么的？”

呃……她要说什么的？她要说……我走了……周和音微微垂眸，看眼前人。

“你这老是睡过去，不卸妆真的不要紧吗？”

“什么？”周和音迷糊了，他这在说什么啊，喝醉了？

傅雨旸往官帽椅搭脑上一靠，一副眉眼倦怠的样子，懒洋洋地看她也解释他刚才的话：“我说，你老是这大晚上的带妆睡觉，很不好。”

周和音彻底哑口了。

某人指正着也像提醒：“上回不回我信息，不就是？”

什么啊……

这个问题似乎很难回答或者纠正，周和音一味不作声。某人轻笑出声，那么他干脆换了个问题，手里捏着她的那对耳机，依旧是问候的口吻：“公务结束了，明天就回去吗？还是说，有什么地方想去玩玩。”

[18]

周和音在一个公众号上看过一篇文章，笔者说，两个人在同一座城市里不借助任何联络、社交媒介，遇到对方的概率是多少？

可以是分分钟，故地遇故人。

也可以是一纪、半个百年乃至前世今生，斗转星移，物是人非。

今日，她想给那个笔者添个发散。两座城市呢，B城可有S城两倍版图大，这样人潮如蚁的国际都市，遇见一个人是几多概率？

周和音觉得，哪怕是偶然，也有必然的逻辑在其中。

比如，他出生在这里。这里才是他的大本营。

以至于，她觉得此时此境里的傅雨旸说话带着无边的傲慢与冷漠。这和在江南的他，全不一样。

还是只是他喝多酒的缘故。

刚才那一幕，他的合伙人就都误会了。周和音的自尊上前，才不会轻易回应他什么。即便他刚才一句话触动到她了。她很不想承认，傅雨旸刚才说教她不卸妆睡觉的样子，和她爸爸如出一辙。

在周和音有限的阅历里，不相信或者不迷信两种机遇，一是彩票，二是艳遇。

她出差前跟Nana聊的那晚，说傅雨旸和她初恋不一样。确实不一样，区别就在于，她和陆临在一块儿，想的只是吃喝玩乐，想的只是她下课后可不可以去找他。

而眼前的人，她甚至猜不透，他说这番话的意义是话术，是东道主的必要热情，还是当真有别的想头？

易地而处，她反而觉得这个人陌生了。

“回去了。我妈还等着我回去，去走亲戚的。”周和音短暂思量后，终究还是清醒着。更像提醒，她生怕先前的行径，哪里让他误会了，误会了她是可以接受“艳遇”的人。

倒不是艳遇有什么错，只是她不需要。

对面的傅雨旸听清她的话，没甚情绪，只是把玩她耳机的手停顿了下，稍缓，依旧一副东道主的口吻：“好。那走吧，送你回酒店。”

说罢，傅雨旸起身，把坐的椅子归位。手里的耳机还到她手里，说车子在楼下等着了。

他们一前一后下楼时，傅雨旸抬臂套上风衣，头也不回地关照跟着他的人：“B城不比江南，尤其这个时候来，得往后多想一季的衣裳。”

周和音跟着他后面，几乎是踩着他影子的距离，随便应付他：“哦。”

下楼梯呢，一步一个脚印，哪能想到有人在这当口儿还刹车的。前面人突然停步，周和音一个重心不稳，差点倒栽到他身上，还好抓住栏杆了，惶惶失措间，更是听前面人一副回头质问的口吻：“周和音，你这人怎么这么不识好歹的？”

“啊？”她高他两阶级，正好与他平视。

“我说话就这么不中听吗？我让你下次来多带点衣服。”

“我听到了呀。”

“你听到个屁。”

“你才……”她也想跟着骂人的，算了，跟好人学好人，难不成还要跟坏人学坏人，“傅先生这酒品不行啊，喝多了和人吵架可不好。”

“哦，叫你发现了啊。我不但酒品不好，其他品都不太行。”

“看出来了，从卖了你的螃蟹就看出来了。”

这螃蟹成了某人的黑历史了，如同孙悟空被提弼马温般精准踩雷。傅雨旸明显眉眼不快，绷着下颌线，目光凌厉的样子很吓人。周和音也识相，见好就收：“是你先说我的。”

“我说你什么了？”

“说我不识好歹。”

“你不是？”

“你才是！”

“你什么时候给我好了，只有歹啊。”

一个晚上，周和音第二次哑口，这个人，她说不过他。说好听点是逻辑缜密，说不好听点就是胡搅蛮缠。

她气不过就要走，才想绕过他，肩上的链条包被他一把扽住。正好有人追过来要和他说话，傅雨旸一面揪着周和音的包链子，一面不耐烦地催促过来的人：“什么事？”

是之前送酒给他们孙代理的那个侍者，很热络相熟地和傅雨旸打招呼：“孙先生送您一箱酒，我们帮您搬到车上去？”

“不必了，交代给你们房经理吧。”

一向如此，傅先生在这里请客或者做座上宾，从没把酒往回拿的道理。

“好咧。另外就是，汪小姐上回来用了傅先生一瓶存酒，她说回头跟您销账。”

傅雨旸今晚喝得不少，但八成还是清醒的。那额外的两成头疼，也是被人气得，一个油盐不进，而眼前这个一贯灵巧的猴崽子，也有犯糊涂的时候。

傅雨旸冷冷看这臭小子一眼：“你没事是吧？”

不等侍者反应过来，他又道：“没事就帮我把那箱酒搬到车上去。”

侍者闹不明白了，怎么好端端的，又改主意了。

至于周和音，傅雨旸松开她的包链子，说他们骆总说她说得一点没错。

这感觉好比当年周学采去参加周和音的家长会，回来，她等着爸爸的会议总结，她好奇他们班主任都说她什么了。

若干年后，没想到，逃过了家长会，还有个上司会。

初来乍到太难了。周和音不好奇是假的，她就问傅雨旸：“说什么了，我们骆总？”

傅雨旸瞥她一眼，却不说话。两手闲抄风衣口袋，径直下楼去。

周和音一路跟着他，从楼梯下来，穿过一楼中庭，出了正前门，一出来，就被冷风扑了两口，呛得她直缩脖子。

外面夜色很亮，也很冷。不同于江南的湿冷，B城的冷，是脆裂的，随时能把你吹皴的那种剐利凛冽。

傅雨旸的车子就在门口，他一只手拉开车门，然后回头来看冻得像鹌鹑的人："就是眼前这个鬼样子。眼里只有事，没有人。"

傅雨旸借长辈的说辞，问了问周和音的情况，骆存东那厮说人是灵巧的，就是这灵巧没放对地方，一心只看顾她的数据和报表，不过也能理解，年轻人嘛，二十二岁就面面俱到，就没年轻什么事了。

傅雨旸闻言，擎着酒杯来敬骆存东，说："来之前我在她爸爸那里听了一嘴，为了骆总这个差事，丫头是退堂鼓和上进鼓一起打，终究还是自己说服了自己，她觉得骆总需要一个'穷苦'的下属，自然铆足劲地干了。"

傅雨旸再拿自己说事，他二十二岁的时候，还在替他父亲的朋友翻译材料，挣点零花钱。大佬说了那许多要求，傅雨旸心高气傲，只问大佬，几天要？

大佬说："几天？你逗我了呢，雨旸。"

结果第二天早上，他铁定没译出来呀。这事传到他父亲耳里，一个电话打过来，要他赶快回去，别给他丢人现眼。

周和音听故事的脑回路永远和别人不一样，她听他唠叨这许多，只关心一点："所以钱拿到了吗？"她问他的译稿费。

傅雨旸说："拿到了。看在我父亲的面上，不过也遣散了我。说我实在太慢了。"以至于他如今还过不去这茬儿呢，看到谈判桌上那些慢半拍的翻译，他总要催赶几句，能不能行？

周和音说他这属于源自"童年阴影"的挟私报复。

某人依旧扶着车门，看她冻得畏畏缩缩的，鼻头都红了，冷笑出声："那么你就是童年太畅快了，以至于别人带你逛花园半天，你还沉浸式喝彩呢！"

冻鹌鹑醒悟过来："你骗我的？"

"起码你们骆总那截没有。上车。"他严阵的目光落在她脸上，知会她，"别听骆存东那套。先把你的事做好，事做不好，光想着做人，那叫滥情。"

所以，傅雨旸今日难得贪杯了些，他要有些人知道光一味做人的下场。

骆存东自然喝多了，不过这是题外话。不提也罢。

周和音露在外头的脚踝冻得跟冰疙瘩一样，她也不和自己较劲了，俯身钻进车里，随后，傅雨旸也侧身坐进来。

她甚至都没说她住的酒店名字，傅雨旸已经提前知会司机了。

有旁人在的车行空间里，她多少有点拘谨，只问傅雨旸：“你为什么不直接说你只是租我家的房子？”

“因为不够。”

“嗯？”坐在车里的人，暖和过来，人也跟着温驯了些。浮光一片片掠过，看她的轮廓坐在阴影里，很失真。香气却很实。

“不够在你老板那里站住脚。”

“谢谢你……”

黑暗里，彼此看不到对方的眼睛。只凭声音，心意。周和音谢傅雨旸的“背书”是真心的。

傅雨旸没有回应她，迟迟，直到车子环岛拐弯过去，就是她住的酒店了。

偏偏这种减速弯道上出了交通事故，应该是后方车辆想要弯道超车，两方避让不及，前面那车子被撞得不轻，开车的听说是位不到七十岁的老先生，副驾驶位上是他的太太。

弯道上一时堵塞了好几辆车子，周和音降着车窗，探头张望的工夫，听后头一个出租车司机打电话知道的。

她一时唏嘘，扭头过来告诉傅雨旸，是对老夫妻。

某人没太多情绪，只淡淡出声：“嗯。”

“但愿人没事。”周和音纯善地许愿。

“但愿后面那车没沾酒没沾毒。”

一件事，如同两笔截然不同的上帝视角。

周和音突然有点明白，他说的，只做人不做事的所谓滥情的意思了。

前面发生事故，交警执勤车、救护车、清障车呜咽来了好几辆，交通一时还不能恢复，离酒店也没几步路了，傅雨旸提议下车，走过去。

“傅先生不用下了，我自己可以走过去。”

见他沉默，周和音连忙解释：“也没几步路，今晚实在谢谢你。”

东道主终究没说什么，由着她下车去。

周和音从车里下来，白茫茫的深秋，冻得人牙关直抖。忽明忽暗的警车信号灯，惶惶如事故之下的人心，现场短暂封锁，有行人要过去，交警和辅警都会疏导，简单盘查一下。

轮到周和音的时候，她脚下正好踩到事故车辆破碎的氙气灯。

交警人员问她情况，她只说搭朋友车子，回前面酒店。

正常询问过后，就放她通过了。

周和音不时回头看某辆车子，再回过头来，无心多问一嘴，被撞的那个车子，老先生和老太太还好吧？

交警看她人不大，一副清爽伶俐的模样，又是个外地姑娘，想她该是来旅游的：“老爷子不大中用了。”

饶是个再毫无关联的人，周和音也很难无动于衷。仿佛有种听一件物事在自己手里亲自打破一般的惊心。

她看地上一系列碎片，和早已凹成一片废铁的车子。

唏嘘和寒凉一时全笼罩着自己。人只有在生死间，才显得那么渺小，微不足道且无能为力。

跟际遇比起来，突然发生的事故，才叫人更加惋惜。

周和音自从经历过阿婆的去世，她谁家的白事都不愿意去。去了，谁哭半声，她就会跟着哭。

邵春芳索性也不肯她去丢人现眼。

说这孩子疯癫的时候，笑点跟有人咯吱她似的；遇到点事了，也是眼泪跟不要钱似的。

此刻，她已经走出这片事故封锁区了，呼吸间一口新鲜的冷空气纳入，有人突然回头，那交警看她又回来了。

周和音对警察、医生这类穿制服的有着天然的“恐惧”，她喊人家“警察叔叔”：“我还有话要和我朋友讲，我可不可以再过去一下？”

和陆临分手那会儿，他给小音发了好些“好人卡”，说她一点问题都没有，问题全在他，他们也许不合适：“小音，你值得更好的。”

周和音痛快答应了他的分手。人家分手都要哭一场的。周和音没有，倒是去羽毛球馆打了一下午羽毛球，球技烂到全在捡球了，隔壁初中生男孩子都看不下去。

她和Nana说，她头一回喜欢一个男生，掏心掏肺地对他好，最后他这么冷漠地打发她，她甚至都不知道哪里出了问题。

不知道就是没有！Nana骂她傻。

是的。那天，小音从羽毛球馆出来，就没再提过陆临。

初恋总是让人昏头的，周和音说，也只有初恋吧，她以后才不会主动和任何男人先说喜欢。

尽管当初，她是有百分百把握，知道陆临是喜欢她的，她不过是挨不住先告白的那个。

周和音穿的是高跟鞋，一路笃笃跑回来，车里的人也看到她了，第一时间降下车窗来，问她："出什么事了？"

她摸着自己肩包的链条，略微平复冷空气之下的颤抖："如果我说想去宝相寺烧香，你会不会笑话我？"那些游园爬山的，她都去过了，唯独宝相寺没有。

总之，她不会主动说喜欢。周和音暗自心理建设。

"不会。只是，听说宝相寺男人去求前程的多，女生求姻缘最好去……"

傅雨旸的话还没说完，周和音道："我就想求事业。佛祖不是众生平等吗？怎么还重男轻女的，为什么男人能求，女生不能求！"

车里的人总能被她逗笑："有道理。那么回酒店拿行李吧！"

"啊？"

"不是明天要去？宝相寺离这儿很远，想早一点去烧香，就得提前出发。"傅雨旸说，你住市里，我明天还得赶早来接你，"干脆我借个地方给你住，也离那里近一点。"

他们出发早的话，或许能烧到头香。

周和音有点迷糊之际，傅雨旸再道："你放心，就你一个人住。害怕的话，我接许抒诚妹妹来给你做个伴。"

Chapter 07

菩萨低眉

[19]

周和音第一次来B城还是初一年级的夏令营，那时候邵春芳百般不放心，怕小音有个什么闪失或者走丢了。

阿婆说："一队人呢，还有带教老师，人家姑娘丢不了，你的姑娘就丢不了。你老是不放心她，她什么时候才能长大呀。"

出发前一晚，阿婆额外给小音两百块钱，缝在她的外套里衬口袋里，让她救急用，或者看到什么想吃的想要的就拿这钱用。

小音问阿婆："这是你送我的锦囊妙计吗？"

阿婆总是默认她的各种奇怪念头。

出发前这一晚，小音在阿婆北屋天井里纳凉，吃桃酥，问阿婆："你去过B城吗？"

她说："去过，比你大两岁的时候跟上头两个哥哥去的。还有哥哥的一个朋友。是我偷偷扒在哥哥车上，让他们带我去的。"

小音问阿婆都去过哪里，阿婆说的也就是那些书上都讲过的地方。唯独一处，宝相寺，阿婆说，陪人去烧香的。那里一向是求事业求学业最灵验的寺庙。

只不过那会儿，他们是去躲清净的。

小音那时小，自然对这佛门清修的地方没兴趣。甚者，她还觉得迷信呢。

后来阿婆去世后，周和音陆续也来过B城几次，短暂停留短暂离去。唯独这一回，她想起了宝相寺，她想去看看。

傅雨旸听清她的话，只淡淡一句：“现在那里可没有清净可躲了。再没有比寺庙更热闹的地方了。”

周和音难得附和他的话：“也许现在的人反而不如从前的人快乐。需要求菩萨保佑、宽恕的地方太多了。”

去那里敬香祷告的人就都信佛吗？未必，人不求信仰，只求心安。

傅雨旸当她童言无忌，可是正因为无忌，往往才能说到裉节儿上。

车子一路从酒店折返，抵达傅雨旸住处。

周和音从车里下来。傅雨旸的司机要帮他搬后备厢里的红酒，他没要，说他自己来，也要司机在外头等他一会儿，稍后送他回他父母住处。

傅雨旸说这番话时，灯把他的影子披露得长长的，拖在地上，周和音正好一脚踩在他的头颅……影子上。

他答应她的，借房子给她住。她既然愿意来，就不会没替自己想周全过。更不稀罕他当真找个谁的妹妹来陪她。至于他要司机等他待会儿走，那是他自己的事，她难不成还反过来替他做主——不然，你别走了。

那倒成了她是个艳遇布控者了。

周和音的“脑洞”一时演练，边上的傅雨旸喊她回神，行李箱已经替她拿下来了，只是他手里端着箱红酒：“你得自己拿箱子。”

她这趟来出差，衣服带得简便，箱子其实很轻。

傅雨旸的这套房子属于高档住宅楼的花园洋房，AB式，一栋小楼分离出两套对应格局骈列。他的这套在最东面，入户门是指纹密码锁，他手里有东西，就报密码让周和音帮他开。

1120。

直到房子一楼灯火通明，傅雨旸把他的酒安放到恒温酒柜里，周和音还像极了一个等待安检过闸的旅客，小心谨慎地站在玄关门口，背手欣赏墙上的画。

傅雨旸招待她：“你可以直接进来。”

“有可以换的拖鞋吗？”

“不用了，进来。”

他忘了她才从酒店出来，周和音翻行李箱里的一次性拖鞋，抬脚摘掉高跟鞋，趿上拖鞋的瞬间，人变矮了点。

傅雨旸发现她两次穿拖鞋的样子都很落拓自在，可能是居家的缘故，人会松懈很多。

只是这一次在陌生的环境，那股子江南市井人家的小孩机灵劲收敛了。

外面已经很晚了，他不该再和她磨洋工下去的，简单交代房子的格局，说客房在二楼："两间听你选。里面那些开关面板什么的，我相信你能搞定。"

周和音一时无言。

"能搞定吗？"他见她不说话，干脆确认一遍。

"只要你家不要搞过分的高科技。"

"哦，那倒没有。"

傅雨旸再道，他早上六点来接她，让她抓紧时间去卸妆、洗漱。卸妆二字特地咬重了些。

听到这儿，周和音终究没忍住："你父母那儿离你这里多远？"

"一个小时车程。"

"我们从这儿出发去宝相寺要多久？"

"也差不多一个小时。但是黄金周早高峰，我们得提前出发。"宝相寺九点开门。傅雨旸说，既然打算去，就积极点，赶不上头炷香，也得赶头趟香。

那这么算起来，他回去都睡不了几个小时了。"其实，我这个人没多讲究。你借我个房间住就可以了……你依旧是主人。"周和音提着她的行李箱，却找不到他家上楼的楼梯口，只能面上自若地问他怎么上楼。

傅雨旸过来，帮她提，也回答她的话："这话你说可以，我说就不可以了。"

周和音不明白他的意思。某人再道："你在饭店那会儿，不是心里打鼓的吗？"

傅雨旸以坦荡的口吻继续："所以，我才和你说，你放心。

"是真心想招待你玩两天。"

周和音眼里一时有了情绪，像冷玻璃遇热空气一般遮不住，蒙蒙间就起了雾。或被猜中，或有些毫厘之间的失误感。

傅雨旸顿时喟叹，年轻真好，这样脆生生的露怯，连脸上的绒毛都能瞧得清。他还能说什么呢，难不成当真要把这蒙蒙的雾信手拂花，由着冷玻璃打碎，那就俗套了。

确实是真心邀请她，他已经很久没有这种简单的心神了。

同一个异性，不是谈生意，没有机锋心计，也不径直谈性。就简单鲜活地存在着就好了。

她不必属于谁。既然他力所能及，他愿意看着这个鲜活的魂灵一直简单下去。

他去到周家也该是这个目的。

刚才听她言语里，如果傅雨旸没有估计错的话，当年和梁小姐一起去宝相寺的，就是他父亲。

很讽刺。他母亲头七那天，傅雨旸在书房里烧了那封留了近五十年的信，本意是一笔勾销，了账的。

谁知竟没有。他还是被人拖进了那里去。

这个人凭着拳拳的热情，一路跑回来，跑到他的跟前，跟他说，我愿意留下来，只是你不准笑话我。

那一刻，傅雨旸希望这个游戏永远不要停。

线在他手里就够了。

周和音被猜中心思，以及他的那句“你放心”。

倒显得她是个俗人了。

俗到她甚至怀疑自己会错了意。他的那个混血老板都说他，就爱充个长辈。

长辈招待晚辈，要想多少。

周和音一时生气，嘴里的话更是倔了：“我放心啊。所以才叫傅先生不必叫许先生的妹妹来陪我，傅先生也不必兴师动众地回你父母那里住了。太折腾了，我以前和我男朋友来这里旅游住民宿，也是男女混住的。没什么大不了。”

某人听到个新鲜的词：“那你男朋友现在人在哪里？”

周和音脚尖点点地板：“就在这里。”说完才发现口误，“我的意思是，他就在B城。不过已经不联系了。”

“分手了？”

“嗯。”

“分手了那就别一口一个男朋友。”傅雨旸给她介绍一个更合适的词，前任。

说着提她的行李上楼，周和音没好气地跟着后面走。她有点喜欢他家的楼梯，带着感应小夜灯，在人走过的脚踝位置。

感应到你，会走马式地亮。

他把她安置在楼梯口的一个房间里，说是客卧，里面一应陈设也是都有。

“柜子里应该有毛毯，自己找。”

“什么叫应该？”周和音不满他的待客之道。

“应该的意思就是阿姨应该放在里面了。”傅雨旸一只手还在房间的开关面板上，他替她调中央空调的温度，至于其他，由她自己料理，“我反正只是个临时借让房间的民宿房东。”

周和音站在床边的地毯上，回头横一眼他，该死的傅某人，径直给她关了房间的灯。

有人当即就叫了，她是最怕黑的一个人。

她摸黑去开床头灯，一隅灯亮后，傅雨旸抱臂站在房间门口。他全程没有踏进来，最后冷嘲热讽地说：“早点卸妆早点睡，房东小姐。”

天蒙蒙亮，周和音就先被手机语音电话再被敲门声给折腾醒了。

她感觉她才睡着半个小时，那种困顿的感觉，谁让她起床，不如拿把刀杀了她。

她即刻就反悔了：“不行，我不去了。我真的好困。”

“周和音，遛我呢，啊？”傅雨旸在外头一边敲她的门，一边在语音通话里恐吓人，“你最好给我现在就起来。不然，我进我自己家的门，可不要跟谁打报告。”

床上的人胡乱应了声，说就起就起。

有人不答应，让她先起来把门打开。她把门反锁了。

无奈，周和音一脸迷蒙且起床气地去开了门，直到她打开门的那一瞬间，她才清醒过来，原来和她说话的对象不是春芳女士……

丢人丢大发了。门外的傅雨旸倒没甚所谓，给她一刻钟洗漱，下楼吃早饭，六点半准时出发。

“一刻钟哪里够啊！”

“你和我磨牙，又耽误一分钟。”

周和音最后没辙，真的花了二十分钟不到的时间，洗漱完换衣服下楼了。她笃笃冲下来的时候，一身米白色的卫衣和牛仔裤，头发没来得及梳，手里抓着个化妆包。

她说可以先吃早饭，车上化妆。

傅雨旸被她能屈能伸的时间管理逗笑了：“车上化出来的妆能看吗？”

“能啊。我经常这么干。”

周和音告诉傅雨旸她每天通勤路上的变化与见闻。最夸张的一次，她在地铁上补口红呢，坐她边上的一个大哥突然抽搐倒地，给她吓得，脑子一片空白。那是她第一次见癫痫患者发作。

周和音嘴上的口红还花着，和边上的人手忙脚乱地给大哥围人墙，直到急救人员赶到。

说着说着，她发现自己跑题了，连忙跑回来。看到桌上中西两种早餐，中式的是素三鲜面，浇头和面分开放的；西式的是素火腿三明治。

傅雨旸说，去烧香就要有烧香的样子，所以早餐只有素的。

周和音都可以。她吃了碗素三鲜的面，都吃到见碗底了才想起来问他：“是你做的？”

“叫人送的。我这里没食材了。”

哦，言外之意好像他还是会点。周和音吃完一碗面，要帮着收拾碗筷的，傅雨旸让她放那儿，待会儿会有阿姨来收拾。

说话间，他们就预备着出门了。厨房岛台处，傅雨旸把一杯清咖装进旅行杯里，再把一个蓄着热水的保温杯递给周和音，她嫌重不想要：“其实我们可以喝瓶装水。”

“随你。”

她把保温杯搁回岛台上时，才发现上面有个楠木盒子，很精致的回纹图案。傅雨旸不经意地告诉她，是对甜白釉的压手杯，他回来就是为这个，要送上回视频会议的那个江老师的。

周和音很喜欢收藏杯子，她有次去景德镇带回好几套杯子，上次她招待他们喝茶用的就是她在那里买的。只是她买的顶多几百块一只，比不上傅雨旸用来生意往来的。

她好奇：“我可以看看吗？”

某人合目允许。说着揭盖，取出来。

她谨慎小心：“可是我手里有香水。不要紧吧？”

“你别给我摔了，就不要紧。”

有人更小心了。

就在她小心翼翼地托在手里，迎光欣赏甜白釉的白与透的时候，傅雨旸突然恶趣味地冷不丁出声一吓。

周和音如同被踩到尾巴的猫，瞬间奓毛，惊慌失措间，什么都顾不上，只握紧手里的杯子。等她回味过来："啊啊啊，我被你吓死了！"

她一口气恨不得啊个一万个，眉毛也都气得倒竖了："碎了怎么办，算你的算我的？我的天！"

"算我的。"傅雨旸浑不在意他闹恶作剧会有的下场，从她手里接过杯子，"我害你弄碎的，自然算我的。"

她以为他在说这套杯子，其实，他在说昨晚的"冷玻璃"。

再安抚她，只是民国复刻的，算不上精品，打了就打了。

周和音不太懂行，说即便是复刻的，她也觉得好好看，甜白釉真好看。

某人认同，嗯，是好看。走吧。

黄金周时下的B城，实行严格的交通管制，非本地牌照，严禁通行。

宝相寺山下的停车场更是车比人多。饶是傅雨旸鲜少来这里，也门儿清。他昨天关照朋友买票时，就已经安排了停车处。

驱车一个半小时，八点多一点，他把车停在朋友的工程院所里。

徒步过去也才十分钟脚程，时间足够。

朋友院所里植着株红枫，不算高大，胜在开得热烈。

红得鲜浓、开阔。

周和音说他们江南也有赏枫，不过得进十一月，他们公司今年预备还要去团建呢。

殊不知她从小到大去过多少回了，还去，啧。

傅雨旸由着她跑开去拍照，手里旋开旅行杯喝两口清咖提提神，再把后座上一件短款的防风衣拿出来，喊她："周和音，过来。"

等人走近，他把衣裳盖到她脸上去。

周和音一把揭下来，听到他说："穿上，你知道我们这里的枫树为什么比你们红得早了吧。冻得！"

这个人的笑话，永远这么……腹黑且幼稚！

周和音套上他这件乐斯菲斯的防风衣，衣摆还好，当BF风（男友风）穿也无妨，就是袖口太长了。

她低头预备卷的时候，傅雨旸快一步，快一步捞起她的长袖管，替她卷几道。

轮到另一只袖口，他如法炮制之时，听耳后有个声音喊他，傲慢且饶有深意。

“傅飞。”是汪幼实的铁瓷，宋晓喻女士。

[20]

汪幼实和傅雨旸的四年感情存续期里，她的闺密圈，好的时候就喊他老傅、雨旸；自己姐们一和他闹不愉快了，那几个女人就喊他傅老二、傅飞飞，你当你是谁！

汪幼实个没出息的，还不肯呢，不肯她们乱喊。傅雨旸的姐姐是早夭，家里就没给他行二，小名更是连着姐姐的音，更不肯她们喊。

宋晓喻说，那喊他什么，喊他祖宗啊。

宋晓喻很看不惯傅雨旸那副做派。傲慢冷漠，撩眼皮子看人的那股子轻蔑劲，宋晓喻说这个人是从娘胎里带出来的狂妄。

当初她们闺密局，在西山的温泉度假酒店，经朋友介绍，认识了傅雨旸他们。

其实那场攒局，汪幼实说话不多。但傅雨旸对她印象很好，好到第二天网球友谊赛，她们这边有人因为热身不到位拉伤了，傅雨旸径直越网过来这队支援了。

是成年人很“直球”的火花。汪家本身也不差，和傅家算是门当户对。

汪幼实和另一个在娱乐圈的发小自立门户的工作室，多少也得了傅雨旸的联络和资源。

一切往花好月圆处牵的时候，二人倒常常闹一出不愉快。汪幼实其实和傅雨旸很像，两个人都是务实派，正因为是同类人，当初能极快地被吸引，久处后，也能很快看到对方身上的自己。

傅雨旸认识老乔的契机就是因为汪幼实，她默认旗下的艺人和已婚金主来往过密，被媒体偷拍到了，眼见着搂不住的时候，老乔出面摁下了风波。事后，汪幼实要傅雨旸陪着去酬酢还这一波人情。

汪幼实私以为他们的问题就出在这桩事上，她和傅雨旸吵过：“你不该的，不该这么妇人之仁的，不像你！”

傅雨旸淡淡朝她：“我说什么了？我什么都没说啊，幼实。”

他是什么都没说，甚至因为这个契机，还入了老乔的合伙人。但汪幼实太懂这个男人，他谈生意归谈生意，识人心归识人心。

混凝土浇筑出的墙还能因为承重下沉的问题剥裂出纹路来，更别提人心隔肚皮营造出的感情。之后又摊上了傅父去世，傅雨旸有段时间，人颓靡淡漠极了，汪幼实跟她们说：“我感觉不到他爱我了。他连那事都在应付我。”

后续某一次日常争吵里，汪幼实意气之下，提了分手，这话她从前也经常说，傅雨旸最忌讳这一点，他以前就说过，吵什么都可以，就是不要把分手挂在嘴边。

那一次汪幼实以为还会和之前的每一次一样，傅雨旸气过了，也就算了。谁知，他平静地答应了。

“幼实，我们分手吧。”

汪家出来的姑娘，并不是任由人揉圆搓扁的性格。汪幼实即刻从他住处搬出来了，这两年，她并不缺伴侣，老的中的少的都经历过。

但就是不对。她和晓喻说，找一个男人，有性有爱有趣，太难了。

宋晓喻一向爽利，骂闺密：“你就是犯贱。明明就是心里还惦记着傅雨旸，可惜，这个男人什么都不缺，他身上没口子——让你能驯服他的缺口。”

当初傅先生在茶歇局上一眼相中她，也许就弄错了，他以为汪幼实和她们不一样，确实不一样，幼实才是她们当中最世故清醒的一个。

傅母此番过世的丧仪，外界太多人不请自来，傅雨旸疲于应付，到头来还是汪幼实过去帮他的。

二人私下聊过，她晓得傅雨旸并不领情。很多不知情的，甚者以为她就是女主人。

他去江南支援，汪幼实也是从别人口里知道的。那一刻她才彻底明白，有人已经move on（翻篇）了，可她还惦记着旧人。

惦记着当初拿球拍拨网越过来帮她的那个旧傅雨旸。

宋晓喻觉得眼前这一幕，证实了幼实的话。有人确实已经move on了，透透地。

老实说也不该勉强的，都分手两年了。就是丧偶的孝也守够了，凭什么要别人对你矢志不渝呢。

但是，宋晓喻怎么就这么不待见傅雨旸呢。尤其是看见他对面女生的模样，年轻过头了，要死的，有二十岁了吗？

她该说这是个小妖精呢，还是他傅飞飞昏君无道呢？

宋晓喻是陪老母亲和大嫂来烧香的，她侄儿才进高三，大嫂已经忙着求祷来年金榜题名了。

今天日头好，黄道吉日，宜出行、婚嫁及祝祷。

不然怎么偌大一座城也能碰到熟人呢。

宋晓喻朝傅雨旸走近，眼见着他手里松了女方的袖子。那女生低低垂眸，自顾自挽袖，也与傅雨旸站开些距离。不听不见，不卑不亢。

平心而论，宋晓喻是有着最客观审美的人，她欣赏一切漂亮的面孔。更明白，聪明的女人不该只和女人做文章。

这女生虽说穿着傅的衣服，但没那味，没那痴男怨女纠缠过的味。

“好久不见。”

“是有些日子了。”傅雨旸且应承宋女士。

“我听幼实说，你去江南公干了。”

“嗯。”

“你母亲尾七过了吗？”你就在这儿旷夫怨女的。

按理说不应该，他傅雨旸不是那种被小姑娘牵着鼻子走的人。宋晓喻的嘴一向厉害，不见到肉，也要你出点血。

傅雨旸永远是慢待人的那副尊贵德性：“上个星期才烧过尾七纸。你和幼实都知道我的，一向不信这些，都是我本家一个姐姐代祭。”

好意思的。宋晓喻剜他一眼，再过问他身边人：“女朋友？”

“朋友。来这里玩，我正好有空。”

宋晓喻再想说什么的时候，只听傅雨旸掼一般合上车门，动静大到地上的枫叶子都扑腾起来了，面上却是不显。

那头宋母听着女儿说话机锋满满的，连忙圆和，让她别耽误了时间。

宋晓喻这才勉强作罢，临去说：“汪伯伯住院了你知道吧？

“你知道幼实的，和她那个继母也不来往，她爸爸这次住院，她急得嘴上都燎泡了。

“傅雨旸，你去江南的事，幼实从别人口里知道后，狠狠哭了一场。哭自己有多傻，你母亲去世，她一心怕你顾不过来，才去帮你的，多少人笑话她上赶着做女主人呢。”

闺密始终是闺密。宋晓喻才不管谁和谁更登对，她只管她的姐妹，她的姐妹不痛快了，她就要当事人知道。

不然白担待了。

宋母却怪女儿多管闲事，你说了又能怎么样，不合适的人，就是这一时好了，下一时终究还是有疙瘩结。

你管人家的事做什么。

宋晓喻依旧愤愤不平，说没想到傅雨旸是这么肤浅的一个人。

宋家姑嫂一向有梁子结，嫂子不大认同小姑子，男人啊，你就别给他打任何保票。话又说回来，他和你怎么样开始的，也能和别人怎么样开始。

怎么就只能你单单不同呢？

宋晓喻没好气瞥一眼大嫂，大嫂却装糊涂得很："哦，我说的是人家幼实呀，不是说你。"

宝相寺大殿正门香鼎前。

初升的太阳还没拨开云雾，上山的人一身潮气，人影如织。周和音从傅雨旸手里接过一把香，他抖开手里的防风火机，让她把香尾抬高，香头低架在火上，细细地烧燃。

周和音几次要撤手，他一只手拿火机，一只手拢着火苗，说没好呢，没燃透。

他们周遭都是人，她挤在人潮里，微微抬眸看他，有人心神再镇静不过，比那大殿里受人间供奉香火的佛祖菩萨都平和。

都说世上最难画的就是菩萨低眉。别说菩萨了，她甚至读不懂眼前人的低眉。

他们一路上山来，都相安无事。她不问，他不说。

周和音是觉得没资格过问，傅雨旸大概是觉得没必要朝她分说什么。

从前竟不知，一把香，燃透要这么长时间。周和音的手都快要举麻了，她一晃，傅雨旸就让她："别动。"

"人家都拿到蜡烛上去过火的。"她嫌他火机的火不够大。

傅雨旸继续低眉，手里拢火，动作稳得很："你这么喜欢半途而废的吗？"说话间，火机上的火苗一抖，周和音有点吃不消这浓烈散开的线香味，微微打了一个喷嚏。

傅雨旸啧一声："讲究点好吗？对着人。"

有人自认理亏难堪，不出声。待到那香燃透了，傅雨旸撤了火，周和音第一时间去翻包里的口罩戴，她才戴上，听着晨钟声，预备擎香祝祷时，傅雨旸生生摘掉了她的口罩，他的强词是：“好不容易来一次，好好求，让菩萨看到你。”

说着缴了她的口罩，走离这群敬香的虔诚人士。他说过的，他不信这些。

直到晨起的头一趟香敬过，人潮陆续散开在这寺内，周和音去边上找傅雨旸。他一身黑色休闲穿扮，站在黄墙绿琉璃瓦的影壁边，在讲电话。看周和音过来，没讲多少便收线了，隔着不远不近的距离就问她：“求什么了？”

“宝相寺不是一直求事业前程的嘛！”她还能求什么。

“佛祖都能保佑前程似锦了，岁岁平安又有什么难？”傅雨旸说，他没有他们贪心，“我只求，岁岁平安。”

中轴线上还有七八个殿堂可以参观，傅雨旸将手机落袋，走过来朝她说，他们可以慢慢看。

她饿了，西偏殿后头有素斋堂，宝相寺的素斋一向可以，推荐她一定要尝尝。

就这样一路穿过钟楼、鼓楼、御碑楼，直到在那棵著名的古银杏树下，人潮再次攒动。傅雨旸说得没错，再也没有比寺庙更热闹的地方了。

众人都在拍照、合影。

他想起了她的Vlog：“这里不值得你录一下？”

“人太多了。”周和音觉得她的声音已经够大了，傅雨旸像似没听见，俯身贴耳过来，问她：“什么？”

她看着他再一次低眉过来，心忍不住被烫了下，是比香灰无意掉在手背上更具体的烫和热。

“我说，古刹古树就该冷落清幽才有意境美。”所以她不高兴这样拍。

傅雨旸听清她的话，一副不置可否的样子，微微直起身，没来得及说话，手机再次响了，他不得不走开去接，这一通电话足足讲了十分钟不止。

等他再折回来时，周和音也才回复好家里那头的短信。

傅雨旸试着续上她刚才的话：“这里晚上五点闭门。

“你要拍吗？要的话，我们晚上五点以后再过来。”

周和音从小到大，最怕一种话术，先礼后兵。每次老师找她谈话，上来夸奖鼓励一通，准没好事；爸爸也是，爸爸找她谈事情，先说的永远是不重要的，重要的永远在后头，在“但是”后头。

她直觉今日的傅雨旸也是，他突来的殷勤，应该是要弥补什么……

弥补他的爽约。他说，他可能得去一趟医院，没言明具体去看谁，周和音却不必点不必拨地懂了。

“我下午的机票，不能再改了。我爸妈去机场接我。”

[21]

晚上，许抒诚给傅雨旸来电话，问他回江南了吗？还没的话，来家里吃饭呢。昨天许家老大请客，剩了好几瓶酒，许父要喊雨旸来喝两杯。

大概许抒诚说得碎了些，傅雨旸在那头不高兴听的样子：“我什么时候成了回江南了？”

回字说得不好。

许抒诚心想：得，他又撞枪口上了。只当傅雨旸这两天事多人忙，气不大顺而已，不和他计较：“哦，那么你什么时候‘去’江南呢？”

“去你大爷的。”有人干脆爆粗。

那头的老乔可要笑死了，说从前只当某人天上有地上无地傲慢嘛，勉强还能接受；这段时间不知怎么的，整个一滚刀肉，胡搅蛮缠。

半个小时后，许抒诚过来。因着傅雨旸中间联络的关系，许抒诚跟着老乔自然有生意做，但他也识相，乔傅的联络局上，除非老乔开口点他来，不然，许抒诚是乖乖吃席的自觉。

今日老乔心情好，喊小许过来：“过来看看你这哥哥闹什么不痛快呢。”

且有意思了。他说：“认识雨旸这几年，就没见过他的酒底，今天大概老岳父开刀动了元气，我们雨旸伤了心了，焦心思了，这才不担酒了。”

喝多咯。

傅雨旸眼里从不把老乔当长辈，也从不管老乔私下的那些风流混账事，偶尔调侃起来，就是让老乔多保养：“别哪天我们醒了，会没开成，要去奔你的丧。”

人高马大的男人，不死在一线战场上，死在床头还是床尾的，说出去，他们共伙的人也没脸。

老乔一向豁达，说：“我死都死了，还去管你们活人什么脸。

“我快活一场就够了。”

男人的荤腔一向这么没边。

傅雨旸干脆祝他的合伙人，老不死。

一通机锋玩笑过后，老乔让雨旸说正经事：“和你那没缘分的老岳父，都谈什么生意了？”

要不怎么说傅雨旸这个后共伙的，一路几乎爬到老乔头顶上去呢。这两个人就是一路人，生意桌上就只有筹码，出牌的目的也很明确，合理合法地赢到钱就够了。

合理是人情及人品；合法是避险和原则。

傅雨旸弃了手里的酒杯，要抽支烟的，摸出烟，再滑火机的时候，才发现没气了。白天，给人烧香烧没了。

你说气人不气人。

某人一贯的脾气，烟可以抽别人分的，火不可以，不可以过别人的火。他喊侍者，给他找盒火柴来。

从前傅缙芳在的时候，对汪家的评价就有褒有贬。说汪齐鸣这个人，名字取得是真真契合得很，一朝发迹，自鸣得意。

但一女一子还算歹竹出好笋。可惜，小儿子太小，以至于汪齐鸣这个老家伙恨不得拔苗助长。

傅缙芳原来就提醒过傅雨旸，给这样的人家当女婿，得相当拎得清。

之后，傅缙芳过世，汪家也是正经来吊唁过的。傅母之后的二三年，汪幼实即便和傅雨旸分手了，时不时还是来探望傅母，最后一场身后事，她更是过来帮着傅雨旸料理。

傅雨旸说过，感怀这份人情，有的是方式方法。但不会拿感情偿，有些事情过去便过去了。

在宝相寺那会儿，傅雨旸从宋晓喻口里得知了汪父的情况，多少得过问一句，他第一通电话是打给汪齐鸣的主治医生的。

得知了是个腹腔镜的常规手术，原有的心情也就按下不表了。

第二通电话却是汪齐鸣亲自打过来的。傅雨旸用寻常联络的口吻，说：“才听说您的情况，我这边暂时拨不开空，晚上过去。”

汪齐鸣却脱口和傅雨旸聊起他在江南的标的。又说，他这边正好有几个江南朋友来探望：“雨旸，你和我们幼实分开了，倒是和我做生意的心思也生分了。”

傅雨旸心生冷笑，他一向公私分明。起初和汪幼实是和汪幼实，却不是和汪家的女儿；汪齐鸣这个时候抛这样的诱饵，还不是惦记着自己的儿子，想着多一条路走，总好过多一堵不通的墙好。

伸手不打笑脸人，那头汪齐鸣到底还在病中，他话都说到这份儿上。双方有生意人的自觉，傅雨旸这才勉强应下。

重回银杏树下，有人穿着他的外套，单单薄薄地往那儿一站，头顶上不时有那金黄的叶子落下来。傅雨旸承认他世故了，一路上山，她只字不提，好有觉悟地冷落着他。

点香的时候，也几次想从他的火上撤手。

他甚至分不清她是当真不在乎，还是闹女生自有的不愉快。

世故的人难得信奉世故的窠臼，他哄小孩，只要她愿意留下来，哪怕夜里他也可以陪她再来这里。

有人用再清醒不过的眉眼看着他，不稀罕他的窠臼，不稀罕他的留客，只淡淡说要回家了，依旧是把“我父母”挂在嘴边。

殊不知，她的父母才是世故人最紧要的“紧箍咒”。

医院那头，傅雨旸去到后，坐了病人吊完一袋点滴的时间，和汪齐鸣共他的几个友商聊了点，收获有，乌烟瘴气也有。临了告辞前，他借里头的洗手间洗手，汪幼实过来了。

汪傅二人各自点头，汪幼实谢谢他过来看她父亲。

傅雨旸有一说一，说正巧有点事务和汪伯伯谈。

汪幼实送他出来，直到身边没旁人了，她才换了个口吻：“小鱼一向心直口快，她说什么不中听的，你别往心里去。”

“没有。”傅雨旸始终是客观的态度，“她什么不中听的都没说。”

汪幼实抬眸看他。他甚至都不知道，她最不喜欢他说这句，什么都没说。

——我什么都没说，什么都没问啊。

她从前就和他辩过：“你什么都没说，比那些说了问了的还严重。”

汪幼实有自己的骄傲，她和雨旸说：“我去帮你母亲的事，是我自己愿意的。”

“我知道。”有些事情，不认同不代表不理解。但是他也只能到理解为止。

“幼实，父母的病与故，好像是我们每个成年人都该，也必然要去经历的。我晓得你什么都不缺，所以这趟来，我也什么都没带。

“我来探望你父亲多少有点假意，因为在病房里，我还是和他在谈生意。希望他好的本意，还是希望你好。

“之所以说宋晓喻什么都没说，也是因为她是真心希望自己的朋友好。我可以不喜欢她，但是作为你的朋友，她很值得。”

汪幼实短暂沉默后，露出世故的笑意，她坦诚地告诉对面人：“那天在你母亲吊唁礼上就想告诉你的，傅雨旸，我好像还是很喜欢你。那天太不合时宜了，可是此刻，我还是很后悔，后悔没有告诉你。以至于从小鱼那里知道，你有别人了，我很不甘心。”

可是不甘心归不甘心，有些事情还有人，不是说不甘心就有用的。

“我很确定，就是和你再试一次，我们依旧走不到一处去。”

就是这种无力感——你好像属于我，可是我没有一刻真正的富足感。

她喜欢的是最起初，什么都不说，冷冷撩眼皮看人的傅先生；是什么都不问，径直越网过来做她队友的傅雨旸。

最后，汪幼实问他：“你现在来往的人，是个什么样的？”

“一个鼻子两个眼。”听起来很盲目，却是他的话术。因为前言不该去搭后语。这也是人与人交际的起码礼数。

他唯一要做的，或者忠诚的，就是和她认真开始，携伴中觉察到不合适了或者彼此难成就了，也和平结束。这该是个比较理智的爱情观。

因为他们都是彼此独立的人。

许抒诚对汪小姐那一部分，没什么反应，因为他太知道傅雨旸的个性，就不是个爱吃回头草的人。

分手自然是不适合。傅雨旸是个最不爱得罪女人的人。

在汪小姐前头也有前任，没听说哪个要闹到他眼皮子底下的。都是好聚好散。

许抒诚领悟过来的是：“所以你这次回来，是为了周家那个小丫头啊。”

其实这个时候说，已经有点事后诸葛的意思了。但同为男人，许抒诚太懂不过，从一开始，傅雨旸就很明了了，他就是中意她，是一眼相中的地步。

只是这次有点棘手。顾虑很多，年纪太小，变数太多，以及，他爹风流债的后遗症。

许抒诚头铁："虽说周家比不上汪家，可是你我看在眼里，人家的女儿甚至比汪小姐还宝贝呢。独一个，乖乖，江南人惯女儿，你是晓不得。

"你和人家爹还有'称兄道弟'的孽……"那个"缘"字，被戳到肺管子的人扔一个火柴盒过来，打断了。

许抒诚笑得可欢了，再问哥哥："说半天，人呢？你这个东道主坐着喝酒，你招待的人呢？"

傅雨旸摁灭手里的烟，难得有副和身边人交底后的觉悟，骨子里的傲慢却难改，他回去的时候，人已经走了，司机说已经到机场了。

"恋家鬼，回家了。"

老乔说，这个朱丽叶小姐真是可爱又可坏。真真是无为才有为的典范了，太懂男人了，谁说年纪小的女孩子都愣头青的，这明明就是个小狐狸啊。

这顿酒喝到零点散了，各自分手时，许抒诚问傅雨旸什么时候回江南，回去带抒见一块儿走。

傅雨旸不耐烦，说教许家兄妹，都多大的人了，处处还不放心她。

许抒诚属于他的妹妹他可以说，谁人都不可以嫌弃的那种："我说，你也做个人吧，好歹也喊了你这么多年大哥哥的，见着你什么好了。"

"我给她哥哥生意做，让她哥哥养一家子，还不够？"某人一个晚上，处处不顺心，垮个脸，"谁家小孩谁管。少来烦我。"

说完，某人就上车了，他还是早上去宝相寺的那套休闲行头。

把手里的火机往防风衣口袋里归的时候，不时摸出个口罩，是那会儿敬香时，从某人脸上摘下来的。

伸手揿亮后座车顶灯，只看到口罩朝里那面，沾着女人的口红，淡淡一层轮廓。有人更烦躁了，再怨一句："恋家鬼。"

回去的路上，傅雨旸给秘书打电话，酒没喝多，还知道抱歉太晚了。

要她帮忙订回去的票，两张，还有一张，联系许先生要个人信息吧。

Chapter 08

金玉良缘

[22]

周学采上次这么替女儿鞍前马后还是高考那会儿。

周和音永远记得，最后一场考试结束，出来看到爸爸在外头等她的光景。树高叶阔，太阳辣花花的，周学采一身最朴素的蓝白调格纹短袖衬衫，衣衫下摆严谨地扎在裤腰里。这么个一丝不苟的男人，提着个保温杯。那杯子是周和音的，她的东西总是花里胡哨的，要么是联名款，要么搞一堆DIY（自己动手制作）。

总之那么卡通的大肚杯提在老父亲手里，别提多搞笑了。

小音有点嫌弃爸爸："不是说好，你们都不要来的吗？"

周学采接过女儿的笔袋，把手里的保温杯换给她。让她快点喝，快化了。

是冰可乐。考前一个月，邵春芳已经不准女儿碰任何生冷辛辣的东西了，说："准备了这么长时间，如果因为你贪凉贪冷，出了纰漏，不要我们说，你自己就得懊悔死了！"

周和音旋开盖子，冰块浮在咖色的可乐水上，如爸爸所言，快化了。

她笑话爸爸："你不要告诉我，你特地从家里带过来的啊？路边随便买一瓶，又冰还不跑气。"

周学采说："路边的有这么多冰吗？你不是一向爱喝冰块多多的可乐？"

周和音那一瞬间真是好气又好笑，她是爱喝冰可乐不错，但是冰在水里时间长了，会稀释可乐的甜啊。就不好喝了，亲爱的爸爸。

可她没有告诉他，没有告诉这个笨拙的男人。甚至有了几分领悟，领悟妈妈为什么会和这个笨拙的男人，从校服到婚纱地过了一辈子。

周学采皮相不差，甚者，女儿其实更肖父亲。

那年，他来接小音，说："这几天你认真过头了，家里都没你的声音，我很不踏实。想想，还是瞒着你妈来接你了。"

爸爸诋毁小音，也是知女莫若父。说她一向如此，小时候没动静了，不是躲在那个旮旯里折腾，就是睡着了。总之，孩子静悄悄，肯定在作妖。

这回，国庆去B城，三天了，一通电话都没打给他。

"我给妈妈打的时候，你在打牌，怪谁！"机场回城的路上，周和音坐在副驾驶位上，周学采来接的，他这个老爷车还是手动挡的，座椅也是又硬又旧。周和音回回调座位都要强迫症似的听到那声卡槽到位的声音。

"嗯，就只有你妈有手机，我没有。"这种醋，从小吃到大。

周学采是典型的"爱如山"式父亲。他再宝贝自己的孩子，都不放在嘴上，偶尔，抛一些任性的情绪，还要懂的人才接得住。

小音哈哈大笑起来："可是我只给你带礼物了，我妈没有。"被偏爱好像是每个人内心能被起底的无限的虚荣与向往。

"为什么你妈没有啊？"

副驾驶位上的人嘁一声："上一秒还吃醋的，这一秒听你老婆没礼物拿，又不答应了？"

周学采实事求是，坚决维护家庭内部统一："我可以没有。你妈不可以。你什么时候都要多向着她一些。"

好。说到症结上了，周和音逮住爸爸这句话："这不结了？"礼物都有，她说只是仓促，没买多少。她还是陪着客户逛的时候，顺手买的。

周学采听到她又给他买了什么牌子的剃须刀，自然怪她乱花钱："随便买几块特产点心我们尝尝就够了。"伴手伴手嘛，心意到了就够了。

周和音眼下的心情，听不得伴手二字。回来前，某人的司机说，傅先生交代的，这些伴手礼，带给周小姐父母尝尝。

她才不稀罕，更不高兴拿。

"他们那里的点心哪有我们的好吃，咱们的誠孚坊不香吗？

"那里还冷得要死。干得我脸都皴了。雾霾又重。交通又塞。东西也吃不惯……"

周学采听女儿牢骚，难免发笑：“你奶奶在又要怪你没出息了，一味恋家。”

邵春芳没在，在的话也要笑话丈夫：“你才是最没出息的，姑娘出门，不是出门子。才三天，你就觉得哪儿哪儿都缺了一块。”

有人恋家，而有些人，是恋人。

周和音没有反驳爸爸的话：“我觉得阿婆这种安土重迁的老思想是有道理的。我也一辈子不愿意离开江南。”

父女俩难得谈家常之外的话题，周学采问她：“那么将来处个B城的对象，也不愿意去了？”

有人心虚：“我为什么非得处个那里的对象啊？”

“打个比方。”

“不高兴去啊。”

“嗯。”

周和音直觉爸爸今天有点不对。她往常也出去玩，也有在Nana那里过夜的时候，爸爸一向很开明的。像上午那样，给她发消息，问什么时候回来，他去接。这种还是少例。

父女俩模样像，性情却不像。周和音脾性更像妈妈，所以她一向不相信各自冷静之类的话，有时候家庭或者亲子矛盾，最不能冷处理，只有讲出来，表白出来，双方才能懂各自的盲点在哪里。

“老周。我今天脑子不够用，很累。你最好直接告诉我，你怎么了？”

怎么了。

Nana听完周家小事一则后，笑死了，说：“周和音你该被天打雷劈。

“和老男人厮混，你爹都心灵感应到了，哈哈哈……”

只是周爸爸公式对了，代数代错了。

周学采联想到小音这些天前后的变化，以及她说国庆要出差，黄金周去B城三天，本来说好四号一早回来的。

又临时变卦了。周学采给她打视频电话，那一刻，小音心虚，挂断了，文字回复说下午就回去，把航班号发给了爸爸。

周学采就以为女儿和先前的男友复合了，他们之前不是没一起去过，又知道陆临在B城工作。

“天啊，他们可真能想！”

“还好啦，你爸要是知道你是和一个老男人在一块儿，估计废了你的心都有了。”

“我知道自己在干什么。”当事人有再清醒不过的一双眼了。

四号在家里窝了一天，五号周和音拉着Nana逛了两座园林，因为节后她的第一个外勤就是陪孙代理那头的客户。

客户大佬上年纪了，过来点名要游园和听评弹。骆存东把这桩差事派给了周和音，让她好好捋一捋，别当真带客户逛花园了。得心里有个谱，酒店那头也是她安排。

正常公务电话交代完了，周和音循例问一句，骆总还有别的事吗？

骆存东当真有，他问：“你和傅雨旸是亲戚？”

啊……不然还能怎么说。有人给她搭了那么大的台子，她不唱戏，不是挺辜负人。

骆存东这个老狐狸说，嗯，他就这么一问。看着不太像，虽然听口吻像很近的亲，可是傅先生听说是独一个的，母家也不姓周，他也不太像那种爱走亲戚的人。

周和音心里鄙夷，你瞎打听什么。纯粹话赶话，她说，不会啊，他很爱走的。

从北到南，从寺庙到医院，社交大王。哼。

Nana说，怎么听起来酸味这么大的。

“别的先不谈了，说真的，你跑回去跟傅先生说那里……”Nana听小音复盘完整个经过，有点惊讶，“但又合你的脾气。”

Nana认识的周和音就是这样明媚，她能嗅着你的香水味，很喜欢，悄悄地嗅，回味到眷恋，最后还是按捺不住，说很喜欢你，也喜欢你的香水味，如果不介意的话，能不能告诉她是哪一款。

Nana当时就被小音狙到了。她说换个别的女生来问她香水是哪一款，她没准会蔑视她。可是对周和音，Nana没有，她喜欢这样天然、直白的女生。

因为她说“喜欢”的时候，丝毫不冒昧，反而是三思后的勇敢。

问题是，她问：“你都跨了这么一大步了，为什么你俩还是什么都没发生？”Nana这个世故过来人不免怀疑，“不是你有问题，就是他有问题。”

“也许都有问题。”周和音干脆照单全收。

从园林出来，她们就近找了家咖啡店歇脚。周和音正巧看到喜欢的杯子，选了只，再即兴拿自带杯买了咖啡。

她就是这么个临时起意，喜欢自己安排自己的人。

两个人都好饿，又想空着肚子去吃别的，就买了一块蛋糕分着吃。Nana问：“你的问题是什么？”

“我的问题就是，我不想被他安排。我不过问他的过去事，但是也不想被他安排得明明白白，像一个行程或者行李，等着他轻重缓急地调停。”

周和音承认自己赌气了，那一刻，她如果顺从了傅雨旸，那种感觉就变味了：“变成了他的游戏，而不是我希望的感情。”

她这个人没有大抱负大理想：“我只想找一个我喜欢的、他也喜欢我的人。与其说是爱情，不如说是需要。我需要他，他也需要我。像我爸妈那样，踏踏实实，我能握得住他。”

而傅雨旸，他给周和音的怦然是真的。可是，他那一刻想安排她也是真的，等着他去，等着他来。

Nana见小音这样，多少也跟着沮丧。碰到一个给自己怦然感的人其实不容易，可惜，小音是个固执的人。她不稀罕那种燃烧后就各自成为路人的萍水相逢。

“往好处想，起码傅先生不是那种顽劣的人呀，他倘若真心想玩，也不必和你兜这么大的圈子。”

周和音咬着勺子，把刚才拍摄的照片，传到朋友圈。那木制的勺子，都被咬出牙印了，思量几秒，才把勺子拿开，也只有对着Nana她才敢吐露心声：“你说，会不会是我会错意了。他根本不喜欢我，也许真的只是想关照我……”

“他为什么要关照你，他闲啊，和你非亲非故的。”

“谁知道啊，也许年纪大了呢……”周和音玩卫衣上的两条帽绳，眉眼到心神，一半沮丧一半气不过。

Nana要被小音笑死了，说：“你完蛋了，人家那头我不知道，你反正真真的了，已经开始患得患失了。”

六号这天，天光大好。白与夜都是别致的温柔。

周和音答应晚上陪Nana去录视频，一期香槟酒的商务。

Nana很多的文案和创意都是小音帮着策划的，视频里但凡有属于小音的点子，都会署名，收益也会和小音对半分。

早期，周和音不在意这些。但是Nana执意，说工作归工作，友谊归友谊。

这一年多，Nana频道的很多粉丝默认了小音是Nana的闺密，也是团队合伙人。

Nana这期视频正好将商务和探店二合一，只是，她选的酒店是花都酒店。

这样老品牌旗下的高端酒店，Nana直言，没有赞助，她也来不起。

周和音却不大快，她的感情与理智都在拒绝来这里。

Nana这才想起来："哦，傅先生住这里啊。可是关你什么事呢？照这么说，你以后都别去B城了，人家土生土长的地方哦。"

谁说不是呢。

周和音今天为了配合Nana拍视频，特地穿了套新衣服，浅驼色双排扣的套裙，白色翻驳领短款上身、一步裙版型下身。

她们的套房已经预订好了，大堂前台登记入住的时候，前台接待看她们带着相机和相关设备，就友情提醒，他们酒店是禁止任何商务性质的拍摄披露的。

啊，这一点是Nana没有想到的。倘若这样，这个行程就基本泡汤了。

无奈之下，Nana在好友群里喊江湖救急。问有没有谁知道这种规格酒店的平替，可以接受商务性质的探店。

没一分钟，赵观原那头给Nana打电话，因为他就在楼上，问Nana走了没。

得闻她和小音一起来的，过了七八分钟的样子，赵观原从楼上下来了。吟吟笑意，懒懒眉眼，他先是应付Nana："他们这里确实不行，餐厅部分都不可以带摄像设备。你们改天拍吧，我给你们找地方。"

说罢，那恣意眉眼睇到周和音身上，赵观原一身酒气并若有似无的香气，是女人的香来不及洗去的那种匆匆下楼。他两手抄袋，来问候她："不认识我了？"

怪她不和他打招呼就算了，连看都不看也太骄傲了吧。

周和音没辙，淡淡疏离的一句："你好。"

赵观原油腔滑调地逗她："有多好？"

周和音没多少心情应付他，朝Nana示意："今天拍不成，我们就走吧。或者换个地方。"

Nana就去办退订手续。

赵观原趁这几分钟空当里，围着周和音逗她笑，说："上回在这里，你可是把我气着了。"

周和音实在受不了他身上的香，干脆堵他的话："你来酒店干吗的？"

赵观原浑不怕："你说呢？"

饶是周和音再镇静，也被这人的没皮没脸气到不自然。

他偏要多想："小音，你吃醋了？"

周和音淡淡一笑，服帖的妆容，红唇微启："我只想让你认清现实。现实就是，谁也不会离不开谁。"喜欢是多主观的事，掉头，就可以抛之脑后。

"我把你抛之脑后了吗？我没有和你拗。我一直很认真地拒绝你，事实也是，你不来找我了，我这段时间很清净。"

"你再说一遍！"

"我说……"

"周和音！"赵观原突然声音高了两度，大堂里来来往往的人都不禁侧目。

周和音被他吓了一跳，这公共场合，她可不想陪他疯。

刚想绕开他，去和Nana会合，赵观原一把扽住她的手腕，他就不明白："你到底跟我矫情个什么劲！"

许抒见两天前蹭傅雨旸的公务头等舱回S城，她和大哥哥嬉皮笑脸，说她人生第一次坐头等舱的愿望达成了，到底还是大哥哥好，比她亲哥哥还好。

某人眼皮都没抬，说："当真觉得我好，就给我闭嘴。"

飞机落地后，傅雨旸就把许抒见扔在了机场，让她自己回去，到了给她哥哥发个消息。

抒见问大哥哥："你去哪儿啊？"

他说："我去哪儿那是我的事。"

许抒见气得跺脚。没想到第二天，哥哥那头给她打电话，说她大哥哥要个东西，因着是许抒诚的助手跑的这一趟，东西原本是要送到傅雨旸手上的。

他人还在上海，没回头呢。

许抒诚就关照抒见去机场拿一下，他助手还有事，就不停了。

他嘱咐：“东西送到你大哥哥手上，切记。”

许抒见着急忙慌地拿到了，又等了一天，下午才收到大哥哥回城的消息，原本他秘书那头要过去取的。

许抒见这个活宝，偏要自己来送一趟，讨大哥哥的好，以备下次敲竹杠。

她原本要上楼的，前台关照，说傅先生马上下楼了。

她只能在大堂这里等，同前台接待说话的工夫，她发现身边的一个女孩子好眼熟，多看几眼，啊，是她一直关注的频道博主Nana。

她大着胆子地问了一句，得知是本尊。

许抒见开心坏了，小心翼翼地问对方：“能不能合个影？我很喜欢你的视频，也喜欢你的闺密。”

Nana欣然点头，才想扭头喊小音的，一回头，一个身高腿长、正装革履的男人挡着她视线了。

Nana给吓得差点咬到舌头，这不就是小音的老冤家嘛。我天。

傅雨旸一向记性不差，他见边上一女生直直盯着她，有些微的记忆回弹回来。

再看许抒见，疯疯癫癫的，手里早没东西了，只问丫头：“你来干吗的？”

啊。送东西的。许抒见连忙回头，在前台那里拿回了那个长长的漆木盒子，年限毫无疑问，比她年纪长。

傅雨旸把那楠木长盒携在手上，再看边上那女生，他想起来，那晚在便利店门口见过，是某人的闺密。

Nana一时间眼睛不够用，一面是傅先生边上的小姑娘；一面是不远处，小音和赵观原在那儿拉拉扯扯的！

好吧，就这方寸之地，想看不到对方都难。

傅雨旸顺着Nana的视线看到一对男女，年纪相仿，气场也相投，一个铆着劲一个不配合，好一对金风玉露。

傅雨旸冷笑，淡淡出声："你真是把我的话当耳旁风啊。"

Nana和抒见都没听懂。

但是许抒见认出了周和音，她一个劲地在傅雨旸边上蹦跶，说："我认识她，我看过她的视频。"

周和音用力挣开赵观原的手，下一秒，一抬眸就看到了个不想见的人。

他身边站着个与她年纪差不多大的女生，雀跃且明朗。

周和音一时别扭，脚步上不了前，就想扭头走的，却听到后头有声音喊她，喊她的名字，冷冷散散："周和音，过来。"

不等她回身，一阵脚步声贴近。有人一只手携着个楠木盒子，一手来牵她的手腕。径直朝酒店旋转门外走，他的一步，周和音得两步来跟。

车子就在外面。

傅雨旸松开牵她手腕的手去开车门，然后摁着她的后脑勺给她撵到车上去，不等她开口，他道："我上回怎么跟你说的？那小子不靠谱，是不是这么跟你说的？你刚在干吗，啊？"

"没干吗。遇上了，还不能说句话了。"周和音嘴硬，也冷漠，"他不靠谱那是他的事。他有多少前女友，和谁怎么样，那都是他的事，我又不是他的谁，谁稀罕他那点烂事。"

有人无故被流弹崩着了。短暂沉默里，车里的人裙子太短，跌坐在座位上，一直不自在地要起来，她要下车。

傅雨旸把外套脱下来，盖在她的腿上，也让她安分点。

周和音仍旧不配合，提醒他："你把你女伴给忘了。"大堂里那个女生。

傅雨旸欺身坐上车，坐在她边上，合上车门。他关照司机开车，再朝她："她不是我的女伴。许抒诚的妹妹，那晚说要喊过来给你做伴的，你又不要。

"这个时候又给我乱安名头。"

[23]

车子从酒店门口拨头，一路向北，周和音才不管他的什么名头："你给我下车。"

急得话都不会说，身边人慢调地笑她："我的车，你让我下到哪里去？"

"我说，你给我停车。我要下车。"

"我赶时间，停不下来，你要下便下吧。"

说着，周和音便当真要拨那门锁。傅雨旸伸手就把她拽回头："你这样闹，就真是小孩到没影了。"

"Nana还在那里，我和她来拍视频的。"

"她等不到你，自然会回去。"

"这叫什么话。"有人十足鄙夷，不禁朝傅雨旸翻了一眼。

傅雨旸扣着她手腕的虎口再收紧几分："人话。你不就是这样做的吗？等不到，一个飞的，就跑回来了。"

虎口里的人，卖力一挣脱，一副不听不懂的骄傲。她干脆不和他对话，拍拍前面的司机老田，喊人家师傅："靠边一下，我要下车。"

老田为难地在后视镜里瞥一眼傅雨旸，某人眉眼依旧，知会他："你开你的车。"

听到他这样说，周和音彻底奓毛了："傅雨旸，你在干吗？"

是呀，他在干吗。他也闹不明白了。傅雨旸这几天连轴转，行程把他安排得满满的。他腾不出手来，回应一些少年心性般的拉拉扯扯。

可是有人有大把的时光，大把的青春，可以挥霍乃至洗牌重来。

如果他没有记错的话，这是周和音第一次喊他的名字，带着些怨气，颐指气使，以及平等的对峙。她不再生分地喊他"傅先生"。

傅雨旸陡然生出些狡黠与侥幸："我能干吗，我去赴我的约。"

周和音闷闷瞥他一眼，他也生受，你看他他就看你，最后还是周和音败了，她干脆不予理会，背过身去。借着给Nana打电话的机会，阴阳怪气一通，说今天出门没看皇历，尽招邪魔了。

Nana在那头说，赵观原都快气炸了。

"他炸他的。关我什么事。"

"那你去哪儿了呀，你的老冤家把你带哪儿去了？"Nana在那头八卦且"吃瓜"。

周和音故意扯开嗓子："谁知道，反正我只知道拐卖妇女，五年有期徒刑起步。"

身后有人笑得开怀。

Nana也在那头快要笑疯了："你快拉倒吧，我可是眼睁睁看着你跟人家走的。"

言归正传，说酒店这里拍不成了，Nana也不等小音了，她先回去。或者先单独拍香槟的商务，酒店探店就暂时搁浅吧。起码花都酒店的探店，不能以商务视频呈现了。

周和音听到这儿，更急了，风一般扭头看一眼傅雨旸，甚至都没挂Nana的语音电话，她用严肃的声音说："我要下车，你不让我下车，我真的生气了。"

岂料傅雨旸不知是听到了她们的谈话，还是约莫猜出来了，他从手机里导出一个微信名片发给周和音："让你朋友去联系对方，直接说是老乔介绍你们来的。"

周和音不去领悟他的意思。傅雨旸干脆耐心解释给她听："不能商务媒介传播，就拿到他们的授权。"

有人悄悄挂了电话，再看他给她发的名片，并不为所动的样子。心里提醒自己，糖衣炮弹也是炮弹。

傅雨旸见她不说话，一时拿不准她："怎么，不稀罕？不稀罕把名片还给我。"

"你可以撤回。"

"我撤回个鬼。我直接跟酒店方说，不必理会她们，我改主意了。"

"你改呗，从头到尾也没人稀罕你的主意。"

"周和音，你属毛驴的是不是，牵着不走打着倒退。"

原本周和音是真的有气不顺，她憋屈好几天了，碰上正主还这么不讲理，她是真的在和他较真，更像较量。

可是不争气的是，她这个人泪点低笑点也低，一般人说这话，也就形容驴脾气什么的，傅雨旸说了句"毛驴"，很奇怪也很别致，不经意地让周和音破功了。

她忍俊不禁，再想收回的时候，已经被他捉了个正着，傅雨旸说她："哭哭笑笑，小猫儿叫叫。"

这是个俚语，形容三五岁小孩没个定数，一会儿哭一会儿笑。

阿婆从前也老是这么说小音。

"谁哭了，你才哭。"

"没哭但笑了。"她别着脸，傅雨旸说，"都映在窗子上了，我看到了。”

周和音下意识看一眼车窗，再别开视线，好像很不满意这样天然的镜子，泄露自己。

她低着头，气鼓鼓的，不言不语。

傅雨旸探身过来，头比她还低些，低着找她视线。目光交会那一刻，他本能地领悟到些什么，确实是他把她给气走的：“我听骆存东说，你说我很爱走亲戚。我哪里爱？嗯？”

“那他一直问我，和你什么亲？我只能和他打马虎眼啊。”

傅雨旸心知肚明骆存东在琢磨什么：“你和我什么亲，没亲。”

“下次他再瞎打听，让他直接来问我。”说着，他直起身来，懒洋洋地靠在头枕处。

闭目养神之态，细微动静里，他掀开眼帘来看边上人，一眼猜中她心思：“你怕他什么，他瞎打听，该怕的是他。工作只是谋生的活计，本质就是等价交换，我就拿你这些钱，自然只干分内事。”分外的事，要么加钱，要么不关你事。

就是这么简单。

周和音鄙夷：“你们合伙人的本质不该是资本吗？资本家不该都是和你谈理想、谈企业文化、谈未来发展的吗？”

“哦，抱歉，那叫你失望了，我不谈的。我有这个工夫，不如去多谈几笔订单，好叫那些个老家伙心服口服。”

周和音兀自一声笑，这一次笑，也被傅雨旸看到了，但她没有躲。

傅雨旸看在眼里，他发现，其实有人很好哄，再大的脾气，底色也是明朗的，不轻易跟自己找别扭。三天没见，他感觉她又像换了具皮囊一样，越发地鲜浓。

“回来都干吗了？”

“没干吗，去逛园林了。”周和音跟他解释，节后要陪客户游园。

“这也值当你提前去一趟？不会找个导游解说？”

“能一样吗？骆总选我就是因为我是本地人，哦，到时候人家以为你一个本地人多懂呢，其实，我从小到大都没去逛过几次，无聊不说还废腿。累死了，所谓的沉浸式，本质就是累。”

傅雨旸听她这么说，都能感受到累这一趟了。“除了逛园林，没别的了？”他好像在审讯一样，审讯周和音这些天都干吗了。

“没了。今晚陪Nana来拍商务并探店的，酒店不准商务拍摄。”

话又给绕回来了，傅雨旸还是那句话：“拿着那个名片去找他们酒店方，就说你们是乔董的朋友，我会叫老乔打电话给他们。”

“会不会很麻烦……”周和音有所顾虑。

“那你想不想拍？想拍就不麻烦。”傅雨旸问她。

“当然想拍。Nana很喜欢这家酒店，我第一次见你，那个蒙布朗，我之所以乐意打包，就是想给Nana尝尝的。”

“那是第一次见我吗？”某人的重点，误。

“第一次和你说话。”

傅雨旸满意地笑笑，再提醒她：“第一次见我，你狠狠瞪我来着。”

“因为你没事盯我看呀。”

“你不看我，怎么知道我看你。”

周和音闻这一句，整个人在座位上蹦了下，傅雨旸以为她要干什么呢，却听到她说：“你怎么说话和我爸一个逻辑，强盗逻辑。”

傅雨旸微微不快，生生掠过这个话题，再以生意人的自觉问她：“我帮你争取酒店授权，你有得益吗？”

“嗯？”

“我问你有没有得赚？替人家作嫁衣，我可不高兴。”傅雨旸再顺便给她上上课，说亲兄弟也要明算账，“你们同样有频道，如果你没有收益，我为什么不单独给你做，要去帮外人刷这个脸，白贴我一个人情。”

周和音这一刻深切领会了生意人的意义，不是市侩不是刁钻，而是最真实的现实。她没有怪他，很心平气和地跟他解释Nana有和她做分账协议。

“那就好。”

听他这么说，周和音好奇心作祟：“所以……你已经过了无条件相信一个人的年纪了，是不是？”

车子在他们说话间停泊下来，是他们第一次见面的地方，笼沙公馆。

傅雨旸率先下车，站在车外，伸手勾走了盖在她腿上的外套，再拉她下车，细细端详她脸上的妆容：“很好，不需要补妆。”

再回答她的问题：“也有。很少了。”傅雨旸说，这所谓的无条件，本来就不会多。一个足够。

来得早不如来得巧，他正好缺一个女伴，今天约的人，人家都带着太太，他正愁落单有点失礼呢。

“你就当卖我一个人情，充当我两个小时的临时合伙人吧。”

周和音淡淡地看着他，他却笑得静谧而浓烈，拉她下车。有人顾虑多多：“你约的什么人，我这样穿你确定可以？我可跟你说前头，我不会喝酒，也不会主动敬任何人酒。”

“我确定可以。没人比你穿得更好看了。也不会让你沾酒，放心了吧？”

有人撩撩被风吹散在耳畔的长发，归拢归拢，再把刚才说的话找补些余地回来：“也不至于不沾酒吧，好喝的可以尝那么一点点，我乐意的范畴内。”她俏皮地拿手比了个一点点。

“所以，这是答应了？”

“你都不怕，我怕什么。出了洋相，人家下次见的是你，又不是我。”

傅雨旸骂她没出息，怎么老想着自己出洋相呢：“还有，你又怎么知道，人家下次就见不着你呢。”

直到进了包厢，傅雨旸先开口抱歉他来晚了。今晚是江富春的东道，头两天都是傅雨旸联手周轸请的江及太太。

江富春说什么今晚要还一次席。

傅雨旸先给周和音介绍了今天宴客的主家：“江老师和师娘。”

他这么喊，周和音不能跟着喊，而是规矩地喊：“江先生、江太太。”

另一对，便是周轸和他的太太。

周轸率先过来和周和音握手，刁钻圆融的周二，在圈子里是出了名的：“我晓得你，那天老傅车上，吱吱吃饼干的就是周小姐吧。”他太太打了他手臂一下，示意他别没正经。

周和音耳根一热，她抬头看一眼傅雨旸，心里嘀咕，恨不得他可以听了去：看吧，你说没有洋相的，这不上来就是洋相。

再听傅雨旸介绍，周先生就是桐城周家，誠孚坊就是他家的。

周和音讶异，她和傅雨旸偷偷咬耳朵：“我前天还和我爸念叨，我们誠孚坊的点心比你们B城的好吃多了。”

傅雨旸也不恼被比下去，第一时间把这话递给了周轸。誠孚坊少东开怀一笑，说真不愧是咱江南的姑娘，咱江南的东西就是个个灵，个个好。

说就凭着和周小姐同宗的缘分，也要请她吃点心不是。

周轸说着想到什么，打趣傅雨旸："我现在才领悟过来你那句，找我联姻的意思了，嗯，傅周联姻是吧。"

傅雨旸说："话都给你说了，我当然没得说了。"

"要说笑，我们也坐下说，别带累师娘也陪着我们站着。"

和气融洽间，这才三方一一落座。

等主位上江富春连同他太太摊巾到腿上，侍者也开始倒餐前酒时，傅雨旸才把手里那只长长的楠木盒子递给江富春，说头两天在上海，匆匆忙忙的，也没个正式的见面礼给到老师。

这对纸镇，算是薄薄一点心意，他说："我原先听我父亲说过，江老师写得一手好字。"

盒子启封，是对上好的金丝楠木镇纸。江富春撩一手水，去开金丝楠上的花纹，是极品纹中的云彩纹。

正如傅雨旸所说，礼物，投其所好最紧要。

周和音看在眼里，听在心里，却稍稍不解。因为那天在B城傅雨旸家，他亲口说的，那对甜白釉的压手杯是要送给江老师的。

怎么又换成镇纸了。

正巧傅雨旸偏头过来，她迎上他的目光，微微讶异地朝他递一个眼神，希冀他解惑呢。

某人露出淡淡的笑意，抖开餐巾，不声不响地替她摊巾到膝上，用只有彼此听到的声音说："乖乖吃饭。"

[24]

傅雨旸从B城回来就去了上海，去接了回国的江富春一家，这几日也全应酬对方了。

江太太夸雨旸多细致一个人，她随口说想去看看旗袍的，昨儿个就领着她去会了个老裁缝。

从料子到手艺人工，一应给她包办妥帖。江太太儿媳都禁不住玩笑，这无论是儿子、女婿、丈夫，反正呀，都是别人的好。

江太太那会儿见傅家人机会少。江富春说："他们家是祖传的，他父亲那会儿就很会照顾人，也会逗趣人。"

人与人的际会里，没有现下，便不会去策划将来，所以只能遥遥地回望过去。

江富春一头银发，气度却很好，面色红润，有几分鹤发童颜的潇洒。他当年是伙伴圈里最早北上的一个，后来傅家一家搬过来了，江富春就再同傅缙芳联络起来。犹记得，他们一道去爬山，雨旸母亲那会儿也要去。辜傅两家结亲很早，傅缙芳对这父母之命而来的未婚妻不算满意，回回要闹一出红眉毛绿眼睛。那次爬山，还把辜小姐一个人扔在山上。

临了，又是他回去找。辜小姐也是脾气大，一路让傅二背她下山，两个人跌了好几处，傅二连下巴都磕破了。

明明是两个烈脾气的人，偏偏辜家就是看中傅缙芳，辜小姐也是一心只在傅二身上，看他跌破皮，气性早不知道哪里去了。

绷了两三天，到底还是辜小姐去傅家看他了。浪荡纨绔的某人躺在床上，问他为什么不出门，他就说，歇歇伤，择日重来。

周和音听到这儿，露出欣然赤忱的笑意，连同周太太也是。女人似乎都会向往圆满，听一桩已然有结局的故事，相伴到老的婚姻，抽出那遥远故去的一块碎瓷片子，无论过程多么鸡零狗碎，她们始终相信结局是圆满的就好。

何为圆满？在周和音这个年纪，觉得傅雨旸父母从年少相看相厌到相伴相知相老，就是圆满。

再联想傅雨旸当初租房子的初衷，她觉得："你们家的氛围一定很好。因为你很像你父亲，而你也很爱你母亲。"

"恰恰相反。"傅雨旸尝一口红酒，在舌上滚了下，才咽下去，面上是应酬外人的淡漠情意，出口朝周和音的话，却带着馥郁的酒气，"有些人一时不和，一世不和。"

坐下来分酒的时候，傅雨旸就提前打过招呼，周小姐不能喝，她的份都算在他头上。

周轸为了活跃气氛，也为了成全英雄惜美人的情意，自然百分百不为难女人。所以，第一巡酒，傅雨旸的杯子就没空过。

周和音听他难得说丧气话，说："你喝醉了。"

傅雨旸看着她："没有。我离醉还远着呢。"

"其实我也不是不可以喝，只是不喜欢有人强勉我喝。"周和音指指自己的高脚杯，示意他分一点给她。

傅雨旸没理她，让她继续喝自己的快乐泡泡。她一直喝的餐前酒，起泡酒倒出许多泡泡，周和音刚才跟他开玩笑，说灯下酒和灯下美人一样，好看，快乐的气泡。

那头江太太看周小姐可人儿般一直看着雨旸，还要帮他分担酒，不禁打趣："真是什么样的人遇上什么样的人。这两个会体恤人的碰到一块儿去，可真是赏心悦目。"

另一端周太太难得发声。刚才交换微信时，周太太说她姓倪，其实言语间就能感受得到，对方是个冷美人，正是因为这份冷，伴在圆融世故的周先生身边，才那么登对那么务实，有种冰与火的交融。周太太说："看到周小姐，大概就能明白所有母亲养女儿的心情了。"

到这儿，周和音才十分讶异，原来周先生和周太太已经有对龙凤胎了。她不是奉承，说周太太丁点生过孩子的样子都没有，还是对龙凤胎。

话匣子就此打开，周和音看了那对龙凤胎的照片，真诚感叹，真好看，粉雕玉琢的两个孩子。

她再把照片拿给傅雨旸看。某人一只手搭在她的椅背上，应付地看了眼再看她："你这也太自来熟了。都已经拿到人家孩子的照片了。"

"是周太太分享给我看的啊。夸赞一个母亲，唯有夸她的孩子，才是最高的赞扬。"周和音小声在傅雨旸耳边嘀咕，说她妈妈一向如此，看多了，她就慢慢悟到了。是生活经也是烟火气。

"是人家周太太先夸你的，夸你是所有母亲都心仪的女儿。"

有人满不在乎："拉倒吧，人家那是客套话。我妈一天恨不得嫌我一百遍，黄金周七天，我出差三天，我爸都等不及去接我了，我妈完全没感觉，因为我在家待着超过三天，她就会嫌烦。"

"可你还是想都没想地回来了。"

周和音闻言，抬眸看了眼傅雨旸，他饮过酒，整个人显得倦怠迷离，席上彼此说私房话的不只有他们，周先生也时不时和他太太说几句，还给他太太剥虾呢，都没什么。正是因为这种氛围，周和音才定定地看傅雨旸，他们和人家不同，人家是夫妻，他们什么都不是。

偏偏傅雨旸不时蹦出一两句，总能让她胡思乱想，像手里的香一样，总能具体嗅出什么味道来，或恋恋或不舍。

离得近的缘故，傅雨旸看到她没有耳洞。这才意识到，她耳上、颈项上乃至手腕上，都没有任何配饰。不和江太太这样的长辈比吧，总之，和周太太比，是逊色的，在身外佩戴方面。

他问她："你中意哪个牌子？"

"嗯？"

"选个礼物给你，问问你中意哪个牌子。充当今晚临时搭伙的资费。"

傅雨旸眼睁睁看着某人，认真地去想了他脱口而出的话，等再回味的时候，才意识到她生气的点。换作别的女人，或许还能世故圆融地跟他调笑两句，周和音到底是个孩子，如同她不稀罕敬人酒一样，有些事情，她愿意是她的情意，你主张你勉强，就成了你的不是，落成最下品的交易。

有人吃一口搭配鱼子酱的土豆舒芙蕾，漫不经心，对嘴里的食物也对身边人："我金属过敏，不戴首饰。傅先生要是再想送我什么大件的话，我又觉得自己不值那么多的资费呢。"资费二字，念得抑扬顿挫。

他的手一直搭在她椅背上，不设防地，周和音轻悄地掇掇椅子，害傅雨旸的手一时扑空。

心也跟着一空。

他即刻笑了，笑有人好大的脾气，也笑自己说什么不好，偏说了句这么个不招待见的话。

再端正侧目她，周和音拿出上课听讲的架势，目光始终迎合席上，就是不回应他。

傅雨旸半开怀半气馁。开怀有人有着好家教，气馁她半分余地都不给他。但凡她得寸进尺问一句，哪怕半句，傅雨旸也不会落到这般下乘。

第二巡酒喝到一半，江富春的儿子儿媳过来了，临时加进一个酒搭子，席上又一副洗牌重来的架势。

红酒喝到最后，竟换成了五粮液。所谓的中西合璧。

周和音自己不太会喝酒，但是见爸爸和茶馆的老师傅喝得多，饶是再经验老到的酒鬼，也怕混酒喝。

周学采就说过，旧酒拿新酒重、透都不要紧，混酒准浑！

她眼睁睁看傅雨旸用那二钱小杯，喝了起码十来杯下肚，再加上先前喝了那许多红酒。周和音觉得，他就差把"浑"字贴脑门上了。

原本她该是和他赌气的，看他一杯杯闷声地饮着，她同他打岔："我想上洗手间。"

傅雨旸没听到似的，周和音便伸手，摇他手臂，再说一遍。某人这才偏头看她，面上有微妙的笑意，周和音后知后觉，他就是故意等她开口的。

他要起身陪她去，周和音没让，但是说："你喝慢点，你醉了，连累我跟着出洋相。"

傅雨旸的眉眼已经置换成周和音不太熟悉的那种迷离状，他慢慢开口："那我就害你出洋相。"

周和音白他一眼，扭头去洗手间了。

从洗手间隔间里出来，洗手台前，周和音碰上了周太太，对方在补妆。

二人很自然地闲聊了几句，周太太告诉了周和音，她自己的名字。说周太太这个称呼太生分了，她不喜欢。尤其是遇到投契的人，她更喜欢人家喊她嘉勉，倪嘉勉。

原来倪小姐和周先生是青梅竹马。青梅竹马最后收获一对龙凤呈祥，周和音说太美好了。

倪小姐摇头，说其实有很多磕磕绊绊。她也从不相信金玉良缘，能走到眼前，有侥幸也有坚持，所以她很感恩。

"周小姐是我最喜欢的那一类女生，我希望我的女儿将来就是你这样的。

"当然，和傅先生闹情绪的样子也很真实。"倪小姐玩笑，说"老母亲"看在眼里好急。

周和音浅浅地笑，明媚元气，像一树开在春风烂漫里的桃花，风取笑它，它便轻盈地抖落，无伤大雅。

从洗手间回来，她还没落座，傅雨旸便问她："迷路了？"

补过妆的人，莫名精神了许多。坐回位置，也愿意搭理人了，她发现桌上多了瓶乌龙茶，是她常喝的那个牌子，但包装不同，这款是迷你款的。

"为什么有这个？"

"我让他们提前上甜品了，给你搭配解解腻。"

周和音看到他手边也有一瓶，已经倒出一杯喝得差不多了，心里受用也不显："哦，我百无禁忌的啊，不怕腻。"

傅雨旸侧目来，投她一眼，冷清清地丢一句：“你就是属毛驴的。”

她属不属毛驴不清楚，反正能气到他，就很爽，这点很清楚。

周和音一个晚上小孩吃席般的待遇，因为傅雨旸答应过她，不让她碰酒。这样携伴的场合，男人的劝酒经，他多少避无可避地担待了些，以至于，三巡酒过后，她不太清楚，傅雨旸到底有没有喝多。

反正周先生那头是多了，多到一个晚上下来，一直瓦上霜一般的冷美人周太太都开始嫌弃了，嫌弃周先生靠在她身上，她吃不消：“周轸，你胆敢有半分装醉，你就完蛋了！”

好家伙，神仙眷侣，一下子就有了烟火气。周太太凶起来，也是很有架势。

傅雨旸送江富春一家下楼，一路已经有点脚步虚浮，江太太见状，连忙着儿子儿媳帮忙搀上楼，说别送了，又一味怪丈夫，上了年纪的人了，不当惜自己的身体也就罢了，还连累晚辈跟着吃罪。

傅雨旸意识很清醒地回师娘的话，说不要紧，他没多。又赶在江家儿子过来搭把手前，一把扽过周和音，拿她当倚靠。

江富春见雨旸这般，也被唬住了，连连劝他上楼歇一会儿，不要送了。

客套连三，就只能应承下。于是，傅雨旸在楼梯半腰处止步了，略站了站，目送江家一行人离开。

再虚晃着身影地侧身过来，垂眸，看身边人。

这楼梯口不陌生，巧合的是，他们又站在这里了。

周和音问他：“你真的喝多了？”

“没有。”

“喝醉的人永远说自己没醉。”

“这也是在你爸爸身上总结出来的？”

“对啊。”

“周和音，你的生活经能不能换个男人总结啊？”傅雨旸站得晃来晃去的，“不是有前任吗？你的前任就没给你半点真知灼见？”

“那这么说，傅先生的真知灼见很多？”

“你少给我贫。我问你的前任。”某人一扫之前的好教养好风度，仿佛撕下画皮一般，突然换了副嘴脸，“双标”且不自知。

周和音生气就要撤手，由他晃跌到哪里去。她要下楼去，他作势上楼去，如同他们第一次见面那晚一样。

周和音笃笃地已经走出孔雀蓝墙裙的中庭门口了，还是一时心软，回头了。上楼回到包厢里，如她所料，傅雨旸真的喝多了，他屏退准备收拾包厢的侍者，一个人瘫息在旁边一张沙发上。

面上匀着热毛巾，松解了颈间的领带，一副颓靡之态。

周和音静默地走近，收敛声息地去掀他面上的毛巾，只见沙发上的人疏离倨傲地睁开眼，很清楚地质问她："怎么又回来了？"

"怕你被打劫。"

某人笑出声，呼吸里满是酒气："别贫。快点走。"

他赶她走，是周和音没有想到的。

她有点不开心。

"我问你，那对甜白釉的压手杯，你不是要送给江老师的吗？"

"改主意了。有另外重要的人。"

"谁？"周和音警觉地追问。

"你要知道了干吗？"傅雨旸莫名烦躁，他想唤侍者倒茶的，周和音把桌上那瓶他没喝完的乌龙茶拿给他。

某人醉得七荤八素的了，还一味嫌弃，问，别人喝剩下的？

周和音跟着生气："你自己喝的呀！"

她拧开了给他喝，瓶口抵到他唇边，傅雨旸依旧不看她，只说他歇会儿就好了："你先走吧。"

他越赶她，她越反骨生。偏要站在他面前，用戏谑的口吻说："你是怕别人看见你的酒疯？"

"是吧。"傅雨旸重重地出了口气，喝瓶中茶也急了些，蹦出一星点水珠子，缀在他的鼻梁上，一路往下滑。

周和音仿佛看到了什么恶作剧般跟着笑起来，她在笑，傅雨旸却满是不悦地盯着她，如同他第一次见她时那样冷傲。

四目相对，一坐一立，几乎促膝的距离，有人鬼使神差地伸手去拂那颗水珠子，她右手的食指碰到傅雨旸的鼻梁，点触从这一秒开始，后面的每一帧都成了本能，人呼吸的本能，人饥渴的本能，人……之欲的本能。

鼻梁上的手指，一路沿着曲线往下，最后点在了某人的唇边。

能感觉到他的呼吸和灼热的酒气，周和音固执地停在他这里，她也不知道自己怎么了，就很不开心傅雨旸为什么突然赶她走。

恍惚间，他问了她句什么。

“什么？”她问他。

“手上是什么香？”

“是香水。”

“没人把香水涂在掌心里的。”

“Nana教我的。”这样，和喜欢的人在一起，可以无意地在他的东西上留下你的香味。

傅雨旸继而沉默，他难得沉默，倒是换来了周和音的得寸进尺，她点在他唇边的食指，执意叩开了傅雨旸的唇齿……

吃痛的表情在她脸上蔓延开。

沙发上瘫坐的人，隔着下唇，不轻不重地咬了她一口，再戾气地想加剧时，轻易靠近的人想撤回，傅雨旸丢开手里的瓶子，一把扽过了她：“周和音，你太不听话了。”

他满心满意地要她走，她偏不听。

烫热的两张脸挨到一处去，傅雨旸本能地去寻活气，鲜活的濡湿的气，那是入口也是出口。

周和音如泥一般跌坐在某人身上，他再翻身在上，混沌里，她只感觉自己像是泥牛入海，而一只冷手，进水来捞她，捞她出水面，得以继续呼吸时，他再一口全部剿灭了。

暴戾汲取，温柔偿还。

Chapter09

女儿情

[25]

傅二：

见字如面。

这封信如愿到你手里的话，我想我已经从梁家出来了。时隔两年，重新提笔写信于我是生疏的，对字，也对你。

记得你北上前我们吵了一架，甚至都算不上吵，傅家缙芳一向有他的说辞和章法。于你，我始终是你同学的妹妹，小小梁珍。

像你袖上的一枚珍扣。我看到的是小，你却觉得，我可以时常伴着你。

骄傲如斯的傅缙芳，哪怕低一次头颅，也是千斤重的。我犹记得你的话：梁珍，事已至此，你唯有信我，我们才有机会争取到些什么，你不信我，我们只得到今晚为止。但今晚之前，我从来不曾假意对过你。我要你明白，我的婚约是我父亲定的，不是我许诺女方的。

傅家举家搬迁的那一日，听说你来找过我，很可惜，我没能见到你。因为我去了扬州姑姑家。

前一晚，我去找了父亲。谈让他肯我随你去B城的事。

到底我被你说中了，一心耿直，涉世未深。才会朝父亲坦露心声，我是当真喜欢傅二的，他也是一样想珍重我的。

父亲气得掼了手里的茶杯，二哥没了后，父亲真的变了很多。他指着我鼻子骂，当真珍重你，就不会干出如此荒唐的事。

天没亮，我就被勒令送到姑姑家去了。

这一去，一年半没有回来。是我心太痴，为难了父母，也为难了自己。

现在回头想，当初我忍下心割舍掉，也许还有忘记你从头开始的余地。

我求姑姑拍电报转达父亲，留下这个孩子，哪怕我生下来一眼不看他。你们现在从我身体里夺走他，我也许会随他去的。

不去，也会疯掉。

可惜孩子在八个月的时候无端胎停了。姑姑请赤脚医生来家里，终究难挽回，我清楚地感觉到，有什么热络模糊的东西从自己的身体里流出来，事后清宫的那种疼……

傅二，我决计一辈子不想经历了。

我的心也跟着被热腾腾地挪走了。

之后姑姑告诉我，为了小珍，父亲是朝傅家低头的，他去信到B城，说明情况，可惜傅家只字没回应。只说老二的婚事就在春节了。

再回来S城，我如同痴梦一场。唯有一桩事，不后悔。傅二，我可以对你像当夜的月亮，冷掉，但对那个孩子冷不掉。

我十五岁认识你，和你的过去，像秘密里的一笔被他们揭过去。父亲为我重说了门亲，我见过那人两面，到底还是没有点头。

他们给我两条路走：

一是从梁家大门嫁出去；

二是从梁家大门走出去。

我选择了后者。仅仅因为，我不想同一个我毫无感觉甚至害怕的人去度婚姻，度光景。

你当我事后怯懦也好，于事无补来找你求全也罢。

我只是不想让自己再后悔了。去了的孩子，我也想给你一个交代。

倘若你能看到这里，无论如何，给我个回信。

你晓得我的，我只想要你一个答复。

哪怕祝君安好。

梁珍亲笔

饶是江南天，没两日也要到寒露了，入夜总要染几分寒凉的。

蓝玻璃上冷热间起了雾，雾外有蒙蒙的月亮。

周和音额上生了汗。

她对男女之间的吻并不陌生，可是具体到一个人，那种感官全然变了，脱胎换骨地变。

这个人欺身的力量，他身上的烟草和须后水，以及烈烈的酒精，全是霸道世故的滋味。

以至于，她被他桎梏在一个角落里，很不舒服。可是情愫使然，像种子破土，像春暖花开，像风吹草动，轻易难违逆。她只知道这样比他赶她走好一点，甚至是好很多。

周和音像一束短焰，有人烫烫地贴着她的脸，听她不安的气息，最短的那一瞬，也最脆弱，他来扑灭她，彻彻底底。

直到傅雨旸汲取住她的唇，让她难退步，周和音才知道先前她那样去叩他牙关有多幼稚且危险。

为时已晚，傅雨旸一只手来托她下巴，一只手横抄她腰后，通通托她挨他近一点。扑通一下，周和音觉得自己的心好像都被他托散了。好长时间，他都只字不言，且只有他在掌握局面，他尝到你，却永远不让你衔到他。

周和音心头有汩汩的赤诚，一双手却满是笨拙，一直假势地推拒着他的胸膛。

温柔缱绻，像夜风拂月，没有道理，傅雨旸来捞她的两只手，闻她掌中的香，再牵引她往他颈项上攀的时候，周和音手里的香全化成汗，一手的湿潮，去到他脸上时……

暴戾纵情的人陡然间醒了。那封信，是他亲手烧掉的，傅雨旸说过，他从不信鬼神，更不信阴司报应。

从头到尾，都不过是些可怜人罢了。

得到的，未得到的，都是。

他捉她的手，把汗往他襟前揩。眼里一扫之前的风暴情绪，却还是欺身在上，撑着手臂看她，听她静静地问他："你喝醉了吗？"

“我叫司机送你回去。”傅雨旸不答她，干脆再用领带替她擦唇上已然花掉的口红。

他唇上也有。

老练的人，仿佛浑不在意。他从她身上起开，地板上有他一阵很清醒不囫囵的脚步声，他走离她好多步，往残羹冷炙的桌前落座。

拎起先前周和音喝剩下的那瓶乌龙茶，咕哝几口，全冷灌下了去。

再唤侍者，劳烦给他一杯茶。茶上来的工夫，老田也接到傅雨旸的电话，要他上来接周小姐，送她回家。

老田上来的时候，只见到傅总懒洋洋地坐在桌前，唇边隐隐的红。手里端着一杯茶，热香四溢，歪歪要洒，他也迟迟不喝。

“你送她回去。”

有外人在，周和音不便说什么，她想这也是傅雨旸叫他司机上来接的意思。他执意地赶她走。

这彻底欺侮到她了。周和音不声不响地拾起自己的包，头也不回地往外走。

却听到有人在后面喊她：“我想见见你父亲。小音。”

懵懂的人和他向来不在一个频道，她从来不清楚，傅雨旸也不想先告诉她。有些事情，不入局，永远可以冷漠地置之不理。

做了局中人，就谁也不能无辜。他得替傅家给个交代，也得替自己给个交代。

可惜周和音听不懂这一句，她恨他的陡然，陡然的兴致，陡然的冷漠：“我爸不想见你。”

无心无意之言，才最蜇人。

傅雨旸听到她脚步声越走越远，忽地，把手里的茶扔了。

次日不到中午，酒店那头就给傅雨旸致电，说授权商务视频的事情已经打点好了。

按照乔董的意思，给到的也是傅先生现在住的行政套房的主题。

这一闲篇，傅雨旸到底又给老乔打了个电话，老乔以为是朱丽叶小姐拍，才特地提高的待遇。

“她朋友，不是她。”

“我管是谁，我反正跟你要人情就是。你这轻易不低头的主儿，难得求回人，我还不得死死把你套住。”

“套吧。我干脆再给你一个机会，你套不套？”

老乔在那头，不除疑：“我怎么听着像你要套我啊？”

“多新鲜啊，乔董以为我和你还有多牢靠的关系呢？”

“雨旸，你说这话我可就要伤心了。”老乔说他傅某人什么都好，人美心善，做事张弛有度，畏威怀德，就是不长张嘴，就拿上回气走朱丽叶小姐的事来说，“你当她自己人，要留人家，崴了吧！

“别怪老哥哥没提醒你，女人啊，不写到一个户口本上，永远别把人家当自己人。”

“少废话。你抓紧过来一趟，江富春那头，你多少得露个面，就这么着。”

节后一应事务都很忙，上学的上班的都得忙着接上节前的尾，也忙着收拾这一周游散吃席的心。

才停当下来，又是一天单独的周末天。

Nana就是这天来拍视频的，这次她带的是合作的摄影师。酒店方给他们送了下午茶，说是傅先生请的。

不多时，本尊过来了。

Nana第三次见傅雨旸，也正式和对方说话。发现违和得很，因为小音口里的某人，和眼前这个，截然不同。

Nana也眼睁睁看到过傅雨旸拽走小音的样子，有些人的浓情淡意，大概只会待一个人。

“小音没有过来。”

傅雨旸面上无甚情绪，出口的话也极为地讲礼数，说他才从客户桌上下来，酒气没散：“Nana小姐不要在意。”

话音刚落，他才背手偏头地投来一眼，视为疑惑：“她人呢？”

“临时加班去了。”

“还会过来吗？”

Nana摇头，是不知道。

傅雨旸意兴阑珊地微微颔首，表示那就不多打扰，祝他们拍摄顺利。

临去前又道：“Nana小姐帮我转告她一下可以吗？”

“傅先生请说。”

“我晚上去她家。”

啊？！Nana看这个男人目光清笃的样子，突然参透，小音该是有什么瞒着她。她肯定错过了什么剧情！“这……”

“不要紧，你帮我转告她，她知道我去做什么。”

周和音的电话比傅雨旸料想的要来得早。

不等他下楼上车，其实他那里的应酬还没散，是听到酒店的通知，他溜号出来看看她的。

岂料她人没来，傅雨旸拿不准她是真有事，还是生气了。

“你晚上去我家干吗？”

某人去到自己车里，把手机调成扬声器模式，也无所谓司机听去什么。撑手托腮，是有点乏了，他垂眸瞥扶手上的手机屏幕，俨然人在他眼前一般聊天：“你这几天不见，上来连个称呼问候的话术都没有，很不礼貌。”

周和音的暴脾气，她才不能从这句话里转换出些什么惦念来。她只惦记着有人无缘无故要去她家里，还要见周学采，光想想就够天崩地裂了：“你快说呀！”

傅雨旸被她喊得有点更上头了，哂笑，闭目养神：“我说什么？”

“去我家啊。”

“我找你父亲谈点事。”

“什么事啊？”有人更爹毛了。

他偏要她更急：“谈她女儿……”

傅雨旸没说完，那头已经喊出一阵啊啊啊啊啊，秒怂：“我喝酒了，傅先生也是。那事就当成年人的错误，翻篇好不好！”

瞬间，某人撩开眼帘，目光，阴晴不定。

[26]

“你上次这么千方百计地讨巧女人是多大年纪？”老乔问傅雨旸。

某人答得倒实诚：“没有过。”

“就因为该欠人家？”

“我不欠她。”傅雨旸寥寥一句，点明二人。

“那这么费劲为什么？”

“怯吧。”B城的俚语里，怯不是个好词。

傅雨旸往六家巷深里走，弹格路，走在上面，步履不平。外面正值烧夜饭的时间，冷锅热油，菜一瞬投进锅里，水油相击，吱吱冒响。

谁家孩子作业还没做完，妈妈辅导的声音，隔着院墙都听得到，读书难，教养更难。

遛狗的两个主人在巷子里碰到了，互相家常几句，两条狗，仗着人势，互相对汪着，主人绳子一松，倒也乖觉地闭嘴了。

已过白露的深秋，饮水人家的门楼里还能飘出来淡淡的桂香，还有收音机里咿呀的吴侬软语。

周家对过的阿宝出来帮妈妈买酱油，弟弟也要跟过来，两个人用买酱油剩下的钱一人买了一根烤肠，钱不够，只能弟弟吃纯肉的，阿宝吃玉米肠。

阿宝看到几个人走过来，静默地觑来人，她识得其中一个，他和小音姐姐说过话。

傅雨旸一面往前走，一面发现有一高一矮两个孩子跟着他。某人顿步、偏头，阿宝怕叔叔误会，指指她的家，示意他们是一路的。

是当真怯。怯这一切，倘若没有当初的错着，也许他连这巷子里的阿宝也不会认得。

有人百无聊赖，两手背在身后，微微俯身，歪头来问阿宝：“你小音姐姐回来了吗？”

阿宝诚实地摇头。

“这样啊……”

话还没说完，他预备说，那没事了，快领弟弟回家吧。

有人穿云箭一般飞回来，皮鞋嗒嗒地踏在弹格路上，倒是轻巧。也对，这巷弄于她，是故乡。

薄薄夜色，周和音难得一身正统的通勤裤装，头发低低地束成低马尾。傅雨旸一向欣赏职场女性的裤装，并不比裙装少任何女性美。反而觉得中性的服饰，更能彰显女士的柔美、英气。

周和音的翻袖外套挽在手臂上，一路小跑过来，阿宝领着弟弟溜烟般和她拜拜。邻里谁家炒的尖辣椒，呛得咧，害她连打好几个喷嚏。

到了傅雨旸跟前了，他也无动于衷。

跟大哥哥一道来的许抒见，急急跟周和音打招呼，还拿纸巾给她。

周和音有点蒙，谢着接过纸巾，捂鼻子的空隙，她瞥一眼傅雨旸，想等着他介绍的。

某人依旧无话。

许抒见倒是自报家门了："我是许抒见。我大哥哥的干妹妹，是真的那种，我哥磕头认了干妈那种。"

"我知道。"

"你知道啊，大哥哥跟你讲的？"抒见其实还比周和音大两岁，但二人莫名反过来了。

"那什么……许先生跟我讲的。"

"哦……"

抒见的哦还没哦完呢，傅雨旸专业拆台："许抒诚什么时候跟你讲的？"

周和音瞥一眼，不回应，算是让他自行领会。

周和音越不理他，傅雨旸的火就越冒高。他偏头往里走，老乔还带着个随行，个个西装革履的，在这巷子里本就很点眼了。

周和音不敢多过分，只是一路跟着傅雨旸，小声问他："你不会真找我爸吧？"

"嗯，三缺一，邀你父亲打会儿牌。正好说点事。"

"傅雨旸，我求你了。"

"求我什么？"他也不懂了。

"就我和你的事，是我自己的事，我爸实在没必要知道啊。"周和音跟着他身边，像特务接头似的，跑得急，马尾都甩到右肩上了，歪着有歪着的别致、温柔。

"你自己的什么事？"

"我喝酒，和一个男人接吻了。这事。"声音小却笃定。

傅雨旸当真低估她了。她比他想象中勇敢多了，勇敢到让人心惊肉跳。

"哦。是你自己的事？"

"不然呢？"

"那我就问问你了，七度的酒，你拢共喝几杯，就能犯成年人的错误，还翻篇？"

"是你……"

傅雨旸没等她话说完："我当惜（怜恤、爱惜）你，一滴正经的酒没让你沾，你倒好。"

周和音也气不过："是你让我走的。那不是错误是什么？"

说话间，他们一行人到了周家门口。

是周家前楼，几步阔阶上去，红色院门的对联不在，横批还在，拿宽胶布粘得牢靠的一句话——姜太公在此百无禁忌。

傅雨旸客观陈情："我只是让你回家来。"

待在你该待的地方。

事实她也一直在这里，不曾逾距。偏偏，不知道是谁走错了一步，以至于，步步跟着错了。

甚者，当初谈租约的时候，周家不让细枝末节的女儿出面，也不至于此。

一杯茶的时间足以交割。傅雨旸知道，周家多半不屑傅家的赔偿，偿还这个词本身就够没有意义。从时效到情意。

可是他要替母亲亲口把这桩旧事讲出来，也厘清掉。

傅雨旸迈步上阶时，周和音一把拽住他手臂："我爸不会同意的。"

他们依旧说的不是一件事，傅雨旸却在这话里，冷静地剔出了些别的东西。那就是，有人自始至终都很清醒，她父亲不会同意，她也没想闹到她父母那里去。

成年人的感情，本意就该合则来，不合则散。

这一比，她比她祖母的清醒只会多不会少。不会被男人一时的情意围囿住，这才是女人读书的意义，男人有多少天地，女人也该有。

傅雨旸发现，他由衷地欢喜她，从皮囊到倔强。这样的周和音，哪怕不成为他什么人，他也是喜欢她的。

姊妹、情人、女儿，他无一不希望她们是周和音这样。

这样就够了。

今天茶馆没有晚市，收工得早。

周学采下午去钓鱼了，几条刀鱼和一条两三斤的黑鱼。

刀鱼剖了内脏，用盐码了下，短期腌制一下，明天红烧正好。

黑鱼正在院子边的水龙头下处理，剔骨去皮片肉，等着女儿回来做酸菜鱼。

邵春芳在给娘家那头打视频电话，嫂子一味要小音过去玩，说那个男生家里不错的，父母是做不锈钢生意的，过去就是管账的。

邵春芳嘴上不说，心里埋怨：真是眼皮子浅，我这么大的姑娘就冲着能管账嫁给人家？真是和你聊不到一块儿去……

姑嫂在这儿打太极呢，门楼进来一行人，有男有女的。领头的是位西装革履的商务男士，生得顶光鲜体面，周正俊朗，盘正条顺。无论是个头还是年纪，都是男人最好的状态。

邵春芳看这男人身后挤出个自家女儿，有些纳闷，又随即领悟过来。

果然，周和音给都在家中的爸妈介绍："这位就是租我们房子的房客，傅先生。他……北屋的钥匙丢了，来找我们拿备用钥匙的。"

周学采寻声回头，即刻在门楼的光影里看到了来人。

傅雨旸浅笑一记，笑周和音信手拈来的谎话，她不去编戏可惜了。随即，一步迈下门楼台级，院子里还风干着几张蒸笼上的纱布，傅雨旸慢步过来，撩开纱布，正式与周学采照面。对方的履历，他一应清楚。但面照面的交集，到底还是生疏的。傅雨旸甚至从周学采身上丝毫寻不到那封信亲笔人的延续。

不是他迷信血缘，只是，有点惋惜，惋惜那个孩子还在的话，今日也许是场不算圆满的圆满。

周学采无论年纪气度身高教养都比不及傅雨旸，后者按初次照面的礼数，不多不少，递手，表示幸会。

周学采短暂局促，揩揩手里的水渍，又想到沾着鱼腥味，一时退堂鼓，傅雨旸执意："不要紧，周先生。"

周学采应他的热情，交手相握，短暂后撤手。

傅雨旸表示，上回来，主家不在。这回……

身后的周和音到家后，换了个人，和妈妈牢骚也好，撒娇也罢，说今天很累，喉咙也疼，舌头也疼。

邵春芳不解："舌头怎么疼了，是上火长疮了吗？我看看呢。"

周和音在堂屋门口，一心顾着院子的二人，一股子有意打断的促狭，她用故意说给某人听的恶意道："不知道，反正就是很疼。捋不平说话那种。"

但凡女儿有点不舒服，邵春芳就是那套"你不肯穿衣服呢，动不动短袖短裤"的说辞："一定又是冻着了。"

然而还是没忘记正事，人家房客要钥匙，北屋的钥匙一应是女儿收的，她说："你先去把钥匙拿下来，给人家开门。"

周和音不听，哀怨地看着院子的两个人，盯着他们的一举一动。

"老周，你什么时候烧晚饭，我饿了。还有，你答应陪我去练车的，你最好记得。"

周学采一面应酬房客，一面怪女儿不分场合地黏人。

傅雨旸一直没回头，对背后的目光与声音却一清二楚。他继续他没说完的话："这回赶上周先生在，便过来打声招呼。"

周学采以礼相待："房子是老妈妈留下的，一应琐碎也就撂给了姑娘料理。不周到之处，还望……"

"傅雨旸。"有人说着，从外套里袋里掏出名片夹，郑重地挟一张出来，递给对方。

"傅先生……见谅。"周学采短暂出神后，微微喃道。

傅雨旸目光全无回避，老乔又适时加入，说："请我吃饭的，我站到现在了。"

周学采这才想起主家的礼数来："傅先生不介意的话，就在我们这里吃顿便饭吧。"

赤忱朴素的招待人情。老乔看在眼里，心想：这样的性情，终究不是傅家人。

傅雨旸鲜少打没把握的仗的，任何项目出手前，他能做的背调都要翔实又翔实。唯独爹妈撒手后这一桩事，老乔一个局外人看得世故且淡，他太了解雨旸了，不是沾个亲或情，他不会犯忌讳或者糊涂的。

来前，许抒诚就说也要过来，那头帮他打点好了。过来的时候，带一桌菜来。

老乔晓得雨旸的习惯的，他轻易吃不惯人家的便饭。哪怕在许家，他都很少伸筷子。遑论这种夹生关系的周家。

岂料，傅雨旸一口应下了："只是来的时候不知道，我干兄弟那头也带了热菜过来。周先生，我们就客随主便，主随客变吧。"

老乔想起中国有句俗语："那就两家合一家好吧。"

傅雨旸不做痕迹地偏头过来，横一眼老乔，目光再落到一直戳在落地窗门口的周和音身上。她整个人都很紧绷，是傅雨旸从未见过的拘谨。

她随他在社交席上都没掣肘过，到底，他连累她了，连累好端端不发愁的年纪，被无故扯进这套的俗务里来。

可是傅雨旸难以由衷，他已经是一脚探到泥潭的趋势了，再任性迈进去，下场好不过他父亲。

自幼冷情冷性独个儿长大的傅家雨旸，能坦然接受一切败与折。唯独，不想摊上他父亲的诅咒。傅缙芳的儿子，能差到哪里去；傅缙芳的小子，能好到哪里去。

傅雨旸和老乔联盟合伙，傅缙芳可以至死不同儿子亲近。

傅雨旸笑话老头：“你一辈子活成了自己的棋子，到头来，还不够，还要自己的儿子来继你的后程。

“我不能够。我一不步你的仕途，二不凭你差遣。我凭我自个儿的本事去吃饭。”

傅缙芳冷落儿子，只道：“你即便和那个老杂毛再合伙联络，终究逃不过你姓傅，没了这头衔，你看看，B城几个主能买你的账。”

傅雨旸对此心知肚明。

任何人都逃不过名字的诅咒，身份的诅咒。

父子俩这一架，吵过没多久，傅缙芳某天夜里发了病，傅母通知雨旸的时候，某人从酒里骤醒。

至死，白布盖脸，爷俩都没再交付一句。

那对甜白釉的压手杯，原本是傅雨旸朝父亲难得的低头。傅缙芳从前挂在嘴边的一句戏谑是——倒茶磕头认罪。

那头，周学采忙着亲自下厨烧酸菜鱼，又问春芳，这刀鱼要不要也红煮了呀。

邵春芳爽利地点头，煮了吧。

周家人忙着应酬客人进屋，邵春芳多少市侩点，她见这位傅先生衣着不凡，同行的人更是。

秉着生意人的自觉，猜也猜出，这类人有非富即贵的底色。

由着客人从堂屋穿过进北屋去，邵春芳张罗着去泡茶，催小音上楼去拿钥匙，忙中还不忘八卦：“那傅先生边上的女生是他的对象？怪年轻的啊。”

周和音一口否定：“不是。”说着，倔头倔脑地上楼去了。

有人从楼上找到备用钥匙，下楼来，弯过前后楼的拐角，也不交到房客手上来，径直去帮他们开门。

备用钥匙备用钥匙，自然还得她房东收着。

北面堂屋门打开，周和音侧身站在门口，由着他们几个人陆续迈进门槛，轮到傅雨旸的时候，她恨恨地看他，出口的话轻飘但尤为慎重：“我的是七度的酒，傅先生的可是五十二度的。”

“所以呢？”

“你醉了吗？”

“现在？”

“那晚。”

傅雨旸一只脚没迈得进门槛，只脚尖点在门槛上，这是个很没礼数的行径，被她逼得：“我反正醉了酒品也是有保证的，不会像有人那样，没事把手往人嘴里……”

周和音气得恨不得跳到三丈高，她不准他说！

火烧到眉毛了，她急中生智，干脆一把拽着傅雨旸跨过门槛，堂屋方桌边的三个人眼睁睁看着这房东小姐拖着傅雨旸进了房间。

房间门被关上的那一刻，许抒见直接傻眼了，问边上的乔伯伯：“这是我大哥哥吗？他是被拖进房间的！”

老乔笑许家小妞道行太浅：“你大哥哥就吃这套，就喜欢够他喝一壶的小妖精。”

门被掩上，房里许久不住人，有微微蒙尘的味道。

这里是周和音少时住了十几年的房间。

门是她关的，甚至背手拿身子抵着门。

傅雨旸饶有兴趣，低低的声音问她：“你这是在干吗，给你爹妈看到，我十张嘴都说不清了。”

“你不是来找我爸说什么的？”不然不会带这么多人，周和音恨恨盯着他，她觉得他就是来消遣她的。

错了。他正是来认真陈情的，才怯一个人，身轻路遥的。傅雨旸露出慢待的笑意，笑他们怯到一块儿去了。

周和音刚才上楼的工夫，已经换下鞋，眼下着拖鞋。白衣黑裤，马尾歪斜着，女儿情与女人色，一半一半。

她觉得傅雨旸是来捉弄她的，气不过般冷静质问：“是你让我走的。”

“我只是想你待在该待的地方。”蒙尘里，有她身上的香气，与那晚她手上的香，不谋而合。傅雨旸朝她进一步，垂眸与抬眸的距离，他很不想招惹她的，可她即便在自己家，也不听话：“别到时候你又朝你爹妈控诉舌头疼。”

啊啊啊，又气又恼，周和音背在身后的手，撤出来，要推傅雨旸一把的，被他预判地剪住，只手握在掌心里。

胶着间，邵春芳在前楼喊女儿的名字。

周和音害怕地心神一跳，欲挣脱，某人不肯。

傅雨旸说：“给你妈看看，她的宝贝女儿是如何拖男人进房间的。”

“那你不准跟我爸说什么！”有人全不是被威胁住的神色，一心，只惦记着这一条。

她明知道她父亲不会同意，也执意不肯傅雨旸说什么。

不说，就没有。

挨得近的缘故，彼此心神憧憧。傅雨旸才后知后觉出一个词——儿女私情。

[27]

节前，傅雨旸还陪江富春夫妻俩听戏了，昆曲《孽海记·思凡》，里头那赵色空唱得好。

> 冤家，怎能够成就了姻缘，
> 死在阎王殿前由他。
> 把那碾来舂，锯来解，把磨来挨，
> 放在油锅里去炸，啊呀，由他！
> 则见那活人受罪，
> 哪曾见死鬼带枷？
> 啊呀，由他，
> 火烧眉毛——且顾眼下。

外头邵春芳端茶来招待了，许抒诚晚一脚进来。

周家人在找他家女儿，许抒诚则问老傅呢？

许抒见这个“唯粉”，死不倒戈：“啊，大哥哥去外面上厕所了！”

至于周家女儿，不晓得，抒见说，给他们开了门就走了。

邵春芳以为女儿又上楼去了，嘟嘟囔囔：“讨债鬼，让你们发笑了。”

主位上的老乔呷茶，附和但情词恳切：“老板娘这是说哪儿的话，要晓得，小周这样的姑娘，是好些人家求也求不到的率真有趣。”

邵春芳略微受用，说就这么一个，从小跟着他们讨生活。人是开朗活泼的，但也有小脾气：“认死理。有时候和她爸爸也叫板的。唉，这养孩子，谁养谁知道。”

房间里头的周和音听着妈妈的话，大气都不敢喘，感怀妈妈的爱意，也反省自己有时是不是太任性了。

一时心神跑开。她两只手一直是被傅雨旸攥住的，冷不丁地，他松开了她，随即，周和音的心像被人重重提起一般，傅雨旸捞住她的腰，另一只手来别她的下巴。

不言不语，恣意罔顾。

他俯首过来的那一秒，周和音觉得她的心都停掉了，本能地移开下巴，伸手，圈住他的腰，埋头到他胸膛里。

他们谁都别动，一动都得死。她求他。

傅雨旸被她的香气扑了个满怀。这闷头闷脑的一撞，撞得他什么建设什么陈情，全散架了。他从没一刻这么小瞧自己，尤其隔着薄薄衣衫，扪到的人是纤瘦停匀的。这和酒精驱使之下的欲望全不一样，傅雨旸只想她好好的，他太懂这份喜悦感的阈值有多高，唯有她好，他才能跟着沾光的好。

门外的邵春芳说还差许先生一杯茶，她再去倒。门里有人细听妈妈的动静，一副随时要撤离的警觉。傅雨旸抱着她也由她抱着，不准她撒手，窸窣里问她：“你要你爸陪你练什么车？”

有人闷闷地在他怀里道：“就是练四个轮子的车。”周和音有驾照，但没独立上过路。她得尽快摸熟方向盘，因为他们团队里不允许有人不会开车子。这是他们骆总下的死任务。

傅雨旸听后发笑：“所以拿你爸一人练？”

周和音没有说话，确认妈妈脚步走远了，立马小猫翻脸般无情地挣开。门一开，也不管堂屋里几个人多么瞠目结舌，一溜烟跑了。

傅雨旸随后出来，面上松泛怡然。许抒诚拈两颗花生米丢到嘴里，不打趣说不过去：“你今儿个过来是提亲的？新姑爷！”

老乔说：“不，恰恰相反，吃断头饭的。”

“那这么开心是几个意思？”许抒诚跨过条凳，坐下来。

“红粉骷髅，快活一时算一时。”老乔说过，中文博大精深，他唯爱快活二字。

快活是个动词。

傅雨旸走过来，掇条凳坐下，喝茶不语。抒见不懂他们的哑谜，只悄悄问傅雨旸：“是你在追人家还是人家在追你啊，大哥哥，你刚才很……‘美强惨’哎。”

打抒见出生开始，许家就和傅家来往，干妈待他们兄妹俩一直很好。抒见喊傅雨旸大哥哥也是区别自家哥哥，小妮子多少对年长的兄长都有些倾慕或者占有欲，抒见也不例外，她一向喜欢傅雨旸，是那种直白客观的喜欢。傅雨旸饶是对他们兄妹俩时常嫌弃，但抒见分得清，大哥哥是真的待他们好。就拿抒见自己说，大哥哥但凡说教她几句，她虽愤愤，但终究还是买账的。

说实话，见傅雨旸和别的女生这般，她多少有点吃味。这也是抒见看不惯他从前的女友的原因。今天其实也一样，可抒见直觉，大哥哥待周和音不同，比待情人或者恋人更多一份意味。

是形容不出来的亲昵。也是外人挤不进的无间。

周学采的厨艺自诩不比店里的大师傅差。

周和音也最爱吃爸爸烧的酸菜鱼。她帮着爸爸把酸菜鱼和红烧刀鱼都端上桌的时候，抒见拉她一起坐下，再说了一遍：“我很喜欢你和Nana的视频。”

堂屋的方桌，规规矩矩，是可以坐八个人的。房子租给傅先生，人家也带了食盒来的，自然算人家是主，客随主便。傅先生队伍里有女孩子，正好，留小音一起坐。

周学采这才肯女儿一起坐桌。

老乔睇一眼雨旸，示意你这没名分的“哥哥”不好对付啊。起码够传统，这女孩子不上男宾桌，多少有点大男子主义。不过无妨，谁叫他摊上傅雨旸呢，他真是每一步都算好了。老乔来前就取笑雨旸：“你怕不是将来新娘子的伴娘都得替她亲自挑。”

傅雨旸带抒见来就是为了名正言顺，名正言顺与她一桌，名正言顺有契机和她说话。

桌上总共五个男人，许抒诚是带了酒过来的，可是下车急，白酒给落在车上了，他要去拿的。周学采没肯，说家里好酒也有，藏酒也有。

他有几箱封蜡藏了七八年的洋河大曲，问他们要不要尝尝。

贪酒的碰上懂行的了。酒不在贵，在于醇，越陈越香，绵软好入口。

周学采说着便要女儿去仓库里搬，一箱酒不重也不轻，周和音丁点不娇气地搬了过来，到了桌前她还打趣爸爸：“这不是你的命根子吗？谁跟你要都不肯的呀。”

周学采不置可否，只说酒哪怕藏了也还是喝的，再藏下去，怕是要挥发掉了。

“这还是你奶奶在的时候买的那几箱。”

周学采从箱子里提出一瓶，拿起子剥掉了封蜡，再擦掉了上面的尘土。旋开瓶盖，头一杯就斟给了傅雨旸，傅雨旸承情了这一杯，还的叩手礼也是晚辈礼。

酒桌上第一句寒暄便是周学采问：“傅先生是我们本地人吗？”

“不是，B城人。父母祖籍在这里，但家族北上得早。”

第一杯酒，大家碰杯，一起干的。傅雨旸仰头，一饮而尽。

这房子从头到尾，周学采就不主张租，架不过妻子的软磨，才赁出去。

“说是补贴家用吧，其实远不至于，就贴给女儿了，一应事务也都交给她历练了。

“她奶奶在的时候就一味同我们强调，不要矮了女孩子的见识，也不要还把她当小孩，很多事情你要由她自己蹚。”

“是。现在的社会、家庭，早不该还有男孩如何女孩如何的短见了。一样的培养，一样的教育。”傅雨旸附和着饮下第二杯。

周和音与他对面而坐，她坐在最下手的位置，在吃一盘四色定胜糕。

周学采再言声：“冒昧请教傅先生，当初一口价要租这房子五十年，是为了什么？”

傅雨旸听清主家这一句，手里的小杯斟得太满，酒都汪出来了，他手依旧很稳，缓缓凑近唇边，一抿而尽：“因为我母亲……”

周和音不时出声喊了声："爸爸。"

周学采寻声去望女儿，周和音夹一块粉蒸肉给爸爸。明眸善睐的人，有着最赤忱的共情，她微微摇头朝她父亲，示意避讳人家伤心事。

一时间，席上各怀心思。

因着好几道热菜久不动筷子，都冷了，周学采和邵春芳拿到前楼去热。

院子的门开着，夜猫儿闻着吃食的香气，悄悄钻进周家来。在门口一味叫唤，周和音把桌上吃剩的鱼骨头都拨到门口地上，给老猫吃。

傅雨旸当着众人的面，就这么刺刺地问门口喂猫的人："你把它养熟了，它不走了怎么办？"

周和音嘬着筷子抱着碗回头："它是不走的呀，我们家前面人家的。它的主人老了，顾不上它了，它就一直吃百家饭的。"

"明天去练车。"主位上的人，突然冒出这么一句。

周和音和其他几个都齐齐望傅雨旸，实在不懂他说的什么。正主突然探身过来，手到她面前，她给吓一跳，刚想问他干什么，才看到他落手到她跟前的一个盘子里。

是那盘四色的定胜糕。她好饿，吃了三块，还剩一块，被他拈过去了。傅雨旸一面吃，一面知会她："把驾照带着，明天带你去练车。"

"啊？"周和音是稍稍跑神的惊讶。

老乔和许抒诚互换眼色，了然于心：舍不下就不要舍。

唯有许抒见不懂且吃味，你追人家都追到家里来了，还有天理吗？！

待到周学采再回来的时候，傅雨旸换了个形容，后面两巡酒，他明显变得游刃有余。

有余的结果，就是喝多了。他最近真的杯杯干，盏盏尽，铁打的身子都经不住。

借着上洗手间的工夫，傅雨旸到底还是催吐了。催吐的途中有电话进来，傅雨旸实在疲乏，任由它响，没及时理会，一串振动之后也就熄灭了。

撩水漱口的时候，才看清亮屏上显示的名字，傅雨旸眉间微微一蹙，可叹心神有限，暂时按下了。

是当初帮他做周家背调的人。这一说，已经过去个把月了。

短暂休憩后，傅雨旸想给对方回电的，门外有人叩门。

里头的人将手机落袋，合上马桶盖，移门出来。

迎面与有人差点撞个满怀。周和音身边还跟着许抒见，两个人搭帮上厕所的架势，初中生都比她们好点。

“你没事吧？”周和音切切地问他。

抒见跟着打掩护，也悄悄告诉大哥哥，他离席太久了：“小音怕你醉死在马桶里。”

某人把卷至小臂的袖子松解开来，倚着门框朝周和音道：“放心，我掉不下去。”

下一句稍微正经点，他说：“我得回去了。”

周和音仰头看他。傅雨旸道：“公司那头还有事。”

他该满意她的慧黠，知道出来带上抒见这个幌子。才好过眼前，傅雨旸能好好跟她说声再见：“记得明天带驾照。”说着，他伸手拍拍周和音的头，手从头顶一直滑落到她脸上，冷热一时激荡，直至落空。

Chapter 10

亮月

[28]

周学采好些年没喝成今天这样了，五个大男人，约莫一箱酒见了底。

喝到散了席，他踉跄回房，和衣带鞋地就往床上栽。

邵春芳一味喊他去洗澡，不洗澡也得去把脸和脚洗一下。这一身酒气的，这床还要不要。

周学采哪管妻子的牢骚，只嘴里念念有词，五十年……

周和音帮着收拾北屋的碗筷碟盏，在井边全洗掉并汰干净才回前楼，就听到爸爸在里屋喊她的声音。

周学采靠在床头，邵春芳给他泡了浓茶，让他喝，他也不听。只醉蒙着一双眼，要小音去拿当初租房的合同给他看。

“怎么了，爸爸？”

“去，去拿。”

北屋这栋七架梁原本就是母亲私有的，周学采周岁不到就被领养在梁老师名下。为了这个孩子，梁老师当年真真体会了把人言可畏。也有人给她说过亲，有的是介意这个孩子，有的是梁老师连面都不愿意见。

周学采七岁的时候才知道自己不是母亲亲生的，他跑回来和母亲对质，梁老师坐在那北屋堂屋里，要学采过来，一字一字地告诉他：“你是不是我亲生的，我都只有你一个孩子。母亲爱孩子，天经地义。

“不告诉你，只是觉得你这个年纪不该琢磨这些。

“你姓周，周是你原原本本的出处。我一向没有瞒你的。

“倘若有一天，你要回归本家，我也不会拦着你。”

母亲生前和周学采两次私下谈话，都是交代后事。其中一桩，就是北屋这房子留给小音。母亲说："其实说不说都一样，你们夫妻俩最后也都是给她。只是我的私心，想跳过你，单独给她。她将来哪怕把房子置换掉，去干别的事伍，都随她去。这是我给她的心意。"

这才，房子租赁，周学采全程没去监管，都随女儿去。一次性收的五年租赁款，也由春芳单独存在银行户头里，就等着将来闺女出嫁，一次性全捧给她。

周学采从没想过，也许哪天，这个房子还能再进来个故人。

租赁合同上，乙方落款处，是龙飞凤舞的名字并签章，唯独那个傅字，看得出轮廓感。

合同附着的租赁人身份证明复印件上，写着清清楚楚的B城户籍及出生年月。

世上没有这么多巧合的。

周学采记得那张照片，斑驳泛黄，形容模棱，身段隐约。一双人齐齐的白衣黑裤，坐在月下春凳前，半个世纪的光景掠过，背面署名的字迹依旧苍劲有力——

> 请你坐在月明里
>
> 傅缙芳 梁稻珍 于辛亥仲秋

傅雨旸打记事起，就不能有丁点头疼脑热，因为母亲势必大费周章。

时若就是因为高烧引起的肺炎没的。从前的事，他都不知晓。晓得的是，傅缙芳那么个谨慎理智的人，女儿夭折，他整整一个月没有公干。

母亲说得对，他可以不爱她，可是爱极了他的孩子。

也恐怕这慈眉善目的父亲只将爱给了头生的女儿，傅雨旸是丁点没有感受到过父爱的。

傅缙芳是那种典型的抱孙不抱子的男人，印象里，傅雨旸动辄挨父亲一顿训斥打骂，做他傅缙芳的儿子，只能有荣耀，不能有半分耻辱带回来。

这个冷漠决绝的男人，浸淫在自己的仕途里，一辈子草木之心罢了。

Lirica进公司算是早的了，指纹打卡上来，早餐还没放下，就发现傅总的办公室门虚掩着。他的门禁是密码锁，只有他和秘书知道，别人不可能进得去。

Lirica微微叩门，推门而入，看到的一幕是傅总把他身后的玻璃气窗，从里到外，洞开了好几扇。

人是一身的通勤正装，外面罩着的大衣甚至都没及时脱下来。椅子朝着灌风进来的北窗，一副合目养神之态，不言不语。

“傅总，早。”

“嗯。”案后的人，倦怠地应一声。

“您今天太早了。”Lirica玩笑地寒暄。

傅雨旸依旧没转过身来，只淡淡回应秘书的话：“我十点半要出去一趟，通知他们九点准时开早会。”

“好的。帮您泡咖啡？”一贯这样的，傅雨旸日常开工前，一杯茶，一杯清咖。

“水吧。白开水。”

“哎？您昨晚又喝多了？”

傅雨旸这才转过椅来，一副无可挑剔的着装与皮囊乃至骨相，只是眉眼里沾着倦容，他难得朝秘书用话家常的口吻道：“是的，喝多了。”

事实如此，他从国庆开始，到昨晚，就没容自己歇歇。傅雨旸自嘲，他来江南，已经两遭因酒伤风了，真的是老了，十年前，傅某人在酒场上，一阵热汗过去，什么酒都没了。

Lirica安慰傅总：“年轻有年轻的闷劲，年长有年长的巧劲。您只是担待的太多了，这么密的酒局，钢筋铁骨也受不了的。”

傅雨旸付之一笑，回归工作模式的冷静：“给我一杯水，通知他们九点开会。”

周和音节后两天都陪着B城那头代理商的客户游园、巡厂、开会。

中间一个周末天，也没闲着，被捉壮丁般拉来加班。

一早进公司，又帮前辈对技术标的数据，十点半的时候，同事都在商量中午吃什么了，她接到傅雨旸的电话。

不是微信也不是语音，是直截了当的通话。

他让她一刻钟后下来。

“现在？”他昨晚说的，陪她练车子。周和音有点不敢相信他的执行力。

“嗯。我已经替你请了一个小时假。加上午休时间，足够你上高速再回头。”

等等，替她跟谁请假？还有，什么叫上高速？！

电话那头的人回答她的两个问题：“骆存东。练车不上高速，有个屁用。”

周和音严重怀疑有人酒没醒：“你别吓我。你要是被测到酒精，我还得去探你的监。”

某人提醒她：“是你开，不是我开。麻利点，带驾照，下楼。”

一刻钟后，周和音准时等在办公大楼之下。深秋里，她一身驼色的对襟长开衫毛衣，白恤衫，半身裙却是雪纺的，是夏天的款式，有人把两季薄薄地穿在身上，鞋子倒是规矩的平底。

傅雨旸没有自己开车，是司机开来的。到了后，老田自觉从车里下来，后座上的人也下车预备换到副驾驶座上来。

周和音手里握着两杯咖啡，一杯摩卡，一杯冰美式。她没想到傅雨旸是要司机开过来的，劳驾也好客套也罢，就要把自己的那杯摩卡送给老田。

傅雨旸看着有人的小世故，直到她把那杯摩卡转赠出去，再怯生生地跑到驾驶座上，他才朝她说：“我不喝咖啡。”

“啊？你不是喝的吗？我特地买的冰美式。上次在你家，你还特地带清咖去宝相寺的。”

“我今天不喝。”

“为什么？”周和音坐在驾驶座上，一不调整座位，二不牵安全带，只问他为什么。

她化着熨帖细致的通勤妆，长眉勾勒出的形状就看得出手很稳，眼影也很温柔别致，唇上是丝绒般的红。身上永远染着淡淡的熟悉的香。傅雨旸缓缓道：“我生病了。”

周和音闻言，几乎本能地探手，拿手背探他的额温。出手后，才发现哪里不对，想要撤手的时候，傅雨旸一把摁住她，问她：“烫吗？”

周和音是被他的手温吓到了，很烫：“你发烧了！”

“不要紧。”他安慰她，“昨晚和你爸喝多了。”

说到这里，周和音想起爸爸查点傅雨旸身份的事，她原本想说的，又觉得可能是爸爸看不惯傅雨旸和他合伙人这副矜贵做派，确认一下为人背景而已。

犹豫之后到底没提。

“我们还是别开了，我陪你去医院吧。”

傅雨旸欺身过来，徐徐低头堵她的视线，纠正她：“是你，不是我们。别㞞，今天不开，你永远不会开。”

是的，有人就是有点㞞。周和音眉头皱得咧，和他讨价还价：“那就在市里练练，别上高速了。”

“我没那工夫陪你过家家。你上高速跑一趟，就知道开车是多简单一件事。胆子不怕了，就什么都不怕了。”市里开车就是出事故也有限，磕磕绊绊怕什么，怕的就是大风险。

周和音依旧害怕，她没上过高速。

傅雨旸再跟她确认驾照带了没，驾驶座上的人委屈地点点头，从包里掏出自己的驾照。

傅雨旸翻开驾照本，细细端详二十岁时的她。

只听周和音愁眉苦脸的声音，是示弱也是陈情：“我害怕。”

“怕什么，有我在……”

坦诚地讲，女生都吃这套温柔计。周和音才想因着他的话而鼓舞自己呢，岂料某人下一句是：“出了事，我陪你死，你也不孤单。”

[29]

周和音很不满意这种行径，明明在办好事，偏偏没长张嘴。或许这也是世故人的底色，他需要你去领会他，越世故的人，越不稀罕最简单地陈述自己。

于是，简单的人反讽也好，给他打个样也罢，她知道他在玩笑，偏要认真给他看：“You jump,I jump?（你跳，我也跳？）”

中国的文学里，有异曲同工之句，且比他们老外的深刻鲜明多了：死生契阔，生死相随。

周和音说，小时候看《神雕侠侣》，印象最深刻的反而不是小龙女，是郭襄。两幕让她记忆犹新：一幕是杨过带她去黑泥潭捉灵狐，那段在泥潭上携伴飞鸿掠过，不消说郭襄了，看官都为之心动；一幕是杨过等不到十六年后的小龙女，纵身跳下了断肠崖，郭襄见状，想都没想，跟着跳下去了……

彼时同样年纪的周和音，看到这样的剧情，心痛不已。她一点不觉得“一见杨过误终身”唯美浪漫。

只觉得，郭襄明明可以避开杨过的。只要他没有那些一来二去的特为她。没有庆生的三份大礼，没有那三根允诺她的蜂针。

他甚至从头到尾并不爱郭襄。不爱，才是最大的原罪。

所以，周和音并不喜欢生死相随这样的话。或者说，这样忘我的情感，降临不到她头上。

爱人终归先爱己。独活从来不是惩罚，反而是一种清醒，是避世避你的断舍离。

傅雨旸听她这段闲篇，由衷地笑了，发自内心的。看着她抿一口咖啡，杯口印着她的口红，她把咖啡搁到杯架上的同时，傅雨旸把驾照也丢进杯格里去，打趣她：“怨不得抒见喜欢你，你就是那种吵架越吵越清醒的。抒见就不行，她脑袋一热，一句话都蹦不出来，只会跳脚。”

“抒见也很喜欢你。”周和音不喜欢在他口里听到别的女生。尤其拿她跟别人比。

傅雨旸冷漠极了：“那是她的事，与我无关。”

周和音一时语塞，傅雨旸催她：“请假出来的时间，请你当惜点。先调座椅，再扣安全带，快！”

周和音说，当初学车的阴影全回来了。她那个教练和周学采还是朋友，周和音那会儿每天早上天不亮就去练车了，夏天太热，都是起早去练习。

教练太会骂人了，即便认识周家，也难免一顿基本操作。

骂到周和音每天去练车跟上刑场似的，哭着跟爸爸说，不去了，不学了，一辈子不会开车也不会怎么样。

周学采发火，说他们那个小组里，五十岁的都有：“人家五十岁的爷叔都没放弃，你个年纪轻轻的怎么能放弃？年轻人没点闯劲干劲，还活个什么劲！”

就这样，周和音又去练了。日复一日，闺女每天一号啕，老父亲每天一骂经。一个暑假过去，好不容易周和音把驾照考出来了，且是他们小组里唯一一个没重考的学员。

拿到驾照那天，周学采特地请教练来家里喝酒。周和音过了河就拆桥，整个晚上没下楼，死活没肯下来应付教练。很长一段时间，她看到教练也是绕着走。纯粹学车留下的阴影太大了，太难了。

当然，半年以后，她又可以和教练说说笑笑了，至今偶尔遇到教练的太太，她还学着父母的老派口吻，喊人家师娘。

傅雨旸被她逗得开怀不少，面上还是嗔怪："你今天话很密。"

有人捣鼓半天，好不容易调好座位，一副从善如流之态："是的，我一紧张，话就特别多。不说点什么，脑子里更空。"

某人说教她："你教练就是被你唠叨烦了，才骂人的。"

周和音也顾不上和他斗嘴了，她才调好座椅，又觉得高了点，降低了些，又感觉后视镜视野不对。

就这么又折腾一遍，她一面调整，一面戏谑自己："我妈说我是即便上花轿也关不住的一张嘴。"

这话很老式，但足够鲜活。

副驾驶座上的人沉默了会儿，周和音才偏头过来问他："我这样可以吗？"

"我又不是你，我怎么知道。"

这叫什么话，他不是来陪教的吗？

还是说，她问："你很不舒服了？"周和音思量，"要不我还是先给你去买药吧。"

"开车。"傅雨旸无谓状，让她连导航，按就近路况走，上高架上高速。

这样，把该经的路，全过一遍。

什么叫赶鸭子上架，周和音算是领会得彻彻底底。

有些怕乃至恐惧，仅仅存在于你宣之于口之前。

踏出第一步后，后面的每一步，都是驱使于本能之下，人们谓之为，勇气。

这两年，周和音也不是没摸过方向盘，但全是周学采陪着，让她特地练练。

老父亲只是不放心她独自上路，周和音嚷着要买车，他也是一直不同意。

中午的太阳高高地在当中悬着，天干物燥，傅雨旸全降着车窗，右手肘架在窗沿上，手上夹着烟，由烟微微地在窗外燃。

时不时送到唇边吸两口。他和周学采那些老司机不一样，是鼓励式教育，慢洋洋的声音："这不是开得挺好的嘛。"下一秒又说，"就是有点费人费时间。"

费人，是指能把后面跟车的司机气死。太慢了。

费时间，是指这样天天深一脚浅一脚的，油耗不说，铁定迟到，全勤没了，油费没了，整一个白搭。

周和音顾不上他的贫。左拐道上，这个红绿灯路口流量不大，左拐和直行一齐。这面左拐，对面路口也可以直行，这个时候就需要相当的判断力和执行力。

周和音卡在出口的第一个位置，她迟迟不要位出去，后面的车子就一味地揿喇叭。

对手生且判断经验少的司机来说，这是个最要命的"社死"现场。

她越急，就越不敢出手。脚在油门上试探，又踩回刹车上去。

傅雨旸被她一顿一顿的犹豫，整得都有点晕车了。

他这才把烟咬到唇上去，左手去帮她扶方向盘："急什么。你出不去，他们也别想出去，他急他飞过去。"

再要她松刹车，脚放油门上去点，别急。

"这种路口，就看谁更顺畅，你没经验判断，老司机比你更会判断。你是怕，他是规避风险，谁知道会不会碰上愣头青呢。光脚的从来不怕穿鞋的。"

傅雨旸要她稳一点，点油门匀一点："你走起来，他不停也得停。"

由他帮着扶方向盘，周和音这才敢给油，车头伸出去了，才微微探出去一点，后面的车子有了空间，早就越位超车过去了。

虽说规定是拐弯让直行，可是实操起来，比的就是江湖经验。周和音领悟得也快，她跟着超车的车子，方向盘微拨，脚上油门均匀，这才左拐了过来。

等她过来了，这一段淤塞好像瞬间畅快了，车流即刻动起来了。

她的感悟很复杂。有罪过，也有欣然。罪过她耽搁别人了，欣然她过来了。

欣然之余，她瞥一眼副驾驶座上的人。还没来得及说什么，傅雨旸吸一口烟，偏头吐到窗外，提醒她："好好看路。"

两个路口后，周和音顺着导航，就近上了高架。在高架桥上，就是一个提速的过程，傅雨旸都不必看仪表盘，从推背感就知道她速度太慢。工作日中午当口，车流本来就不大，他要她去最左道，把速度提上去："你现在不提，待会儿上高速会更不适应。"

开车就是个将速度与判断力黏合的活儿。压根谈不上技术二字，傅雨旸叮嘱周和音："你就把你的速度控制在你的判断力之内就行了。"

有些道理是不能说给当局者听的。周和音已经眼睛手脚都不够用了，哪还领悟得过来他说的什么速度和判断力啊。

她只知道他一味要她提速，别动不动就踩刹车。

"我没有。"有人矢口否认。

"你再说你没有？"

好吧，她有。因为感觉速度太快了，她确实踩刹车了。

傅雨旸不懂，前面百米之内连车屁股都看不到："你踩什么刹车，啊？"

"我觉得太快了。"司机小姐秒怂。

"我的大小姐，不快你上个屁高架，不快你怎么赶时间，啊？"

"你别说了。我自己开！"周和音一时恼火，果然他也逃不过碎碎念的宿命，他和其他人一样，对她没耐心。

"没耐心"的人住嘴了。

周和音原本觉得该安生了，然而没有，她更慌了。因为傅雨旸彻底不说话了，一副也不管她的架势，掏出手机，一时回短信，一时回电话。

就在他接电话的途中，手机导航提示前方右边路口注意变道，进入高速匝道。

傅雨旸还在讲电话，周和音那个急啊，她不信导航，反而更信身边人，小声问他，是不是要右变道啊。

某人讲着电话呢，幽幽一句："你是和我说话？"

倒是把电话那头给吓着了，人家以为哪句说得不对，连连琢磨并抱歉呢。傅雨旸一面右手敲车窗，示意周和音变道，一面再和电话那头歉仄："哦，对不住，不是朝你。我在陪家里小孩练车子呢。"

周和音白他一眼，你才小孩，你是老小孩。

她结结巴巴地打灯变道过来，匝道的S弯又是一关。周和音后知后觉，甚至佩服傅雨旸选的这一条路线，好家伙，把能遇到的路况都走了一遍。

她虽说还没上手，但心得还是有的。起码知道克服恐惧的办法就是破防，破防后，才会觉得，没什么大不了。

好不容易通过了ETC（电子收费）闸口，傅雨旸催促着她提速，在刚才高架的基础上，再提三十码上去。

新手上高速的感觉，脑子里是一片空白。周和音只知道脚下油门都快踩到底了，那种推背感，让人感觉一切绵软，如同坐在浮云上。

白热化的路况视野里，全然看不到车子。开车的人依旧是害怕的，她老想去踩刹车。某人说，脚可以点在上面，别老想着睬，前头看不到刹车灯，就不要想着预判刹车，你顾前也得顾后，要知道你急急停下来，后面多少人预判不过来，都得跟着遭殃。

所以安全距离和安全感一样，都是互相给予的。

周和音受教他的话，把速度匀速控制在一百一十码左右。她急智着看路把控方向盘，心思自然顾不上其他，平和且毫不设防，她喊身边人："傅雨旸，我总觉得我的左边车头要触线了。"要触碰到隔离带了。

某人应声，左手伸过来，替她微微扶着方向盘，教她目测后视镜的距离："明明很好，那是你的错觉。"

是速度太快，她的理智跟不上的错觉。

车子如同马一样，驰骋起来，等你适应了它的速度，就好比过了磨合期。正午的太阳晒得天上碧蓝如洗，人间澄净光明。

驱车的人，似去追逐地平线一般的畅快。

傅雨旸问她："还怕吗？"

周和音摇摇头，想着因为有你在，不怕了。可是她到底脸皮薄，没好意思直接说："好像也没那么可怕。"

且开车的感觉很愉悦。她有点懂他说的，那种逾越时间的快乐了。

她又一时好奇："你多大开始开车的？"

"很早就会开。拿本儿自然得成年。"某人回忆他初次上高速，说太遥远了，将将成年，和他少时的伙伴一起开了辆临时牌照的新车，美其名曰去磨合车子，拉练车也拉练人。回头的时候，为这事，被他父亲狠狠训斥了一通。

说他胆大包天。自己都不能对自己负责的时候，还带人上去。

"然后呢？"

"然后就是一顿令行禁止呗。"傅雨旸说，"他就那么一说，我也就那么一听。”

周和音哈哈大笑：“原来你也是这样啊。”

“哪样？”

“反骨啊。”

周和音觉得有时候亲子关系就是个悖论题。人的成长很矛盾，是规训也是抛弃自己的一个过程，人总习惯在走过来后，忘记来时的样子。

“就像你说的，规避风险。成年人的通病，都是先规避风险再置换价值。”

傅雨旸无端问她，也是提醒：“你不是成年人吗？”

“是啊。是比你们慢一点染上那些通病的成年人。”

傅雨旸笑，甘愿被她“内涵”到。看着她越开越稳，也不需要他替她扶方向盘了，但是他的手还是过来了，过来替她把控方向。车窗紧闭，他不能抽烟，一支烟刚摸出来又塞回去，再郑重警告她：“嗯，那就慢一点。”

“嗯？”

“看路。”

车子再往前开了一段，就近下了高速，即刻回头。

回来的一路，周和音明显上手了许多，她一直是个聪慧的孩子。

傅雨旸问她：“我能不能闭会儿眼？”

周和音道：“不可以。”

“为什么？”

“你看着，哪怕你不说话，你得看着我。”有人难得霸道。

某人提醒她：“我带病上阵的哎。”

“下去后，我给你买药，请你吃饭。”

“我嘴巴很刁。可能会找很贵的餐厅哦。”

“无所谓。就当我自己打牙祭了。”

车子回头，光晒也换了个位置，傅雨旸这面车窗的追光打在她半边脸上，专心致志开车的人浑不觉。他把遮阳板拨下来，从侧面遮住些，还不够，便拿身形来掩。

直到光去不到她脸上。

出发前，她言之凿凿说了一通杨过。此刻，傅雨旸干脆报复她：“存着吧。你记住，欠我一顿饭就好了。”

他今天委实不舒服，下午还有公事："咱们就先撂开手吧。"

周和音闻言些许失落。许久没有说话，直到过了ETC快速下了高速闸口，傅雨旸才退一步，哄她："我回去歇个午觉，你不行的话，在我那里对付一顿中午饭？"

有人并不响应的样子。

他干脆提醒她："饭可以不吃，药要给我买。"

有人顺坡下驴的样子很俏皮，也足够骄傲。她不提这茬儿，提别的，说刚才过路的时候看到傅雨旸的公车ETC余额，是五位数的。

"所以呢？"

"没所以。就如实陈述一下。"

傅雨旸忍不住笑恼，伸手不轻不重地揪了揪她耳朵。

车子回城，依旧磕磕绊绊，犹犹豫豫，陪练的人倒是看得很开，一口吃不成个胖子，罗马非一天而成。

哪怕她把他开得快要晕车了，傅某人也还是放养的态度，不轻易说教、约束："我们都要学着摈弃成年人的通病。"

周和音被他逗笑了，中途，她看见药店，停车去给他买药："你这种酒后发热和感冒到底是不是一回事啊？"

傅雨旸懒得跟她解释，不吃药，他也能好。

吃颗治头疼脑热的药，他也不会坏掉哪里去。全由她做主。

于是，周和音下车去给傅雨旸买药。

某人在车里等，闭目养神。不多时，手机来电，看到那串号码，傅雨旸才短暂回神，昨晚对方就来电过，他一时忘记回电了。

眼下即刻接通，对方倒是先抱歉了："昨晚有给傅先生打电话，您没回应，加上今天周一，怕傅先生上午事务忙会议多，现下午休时间才敢给您打电话……"

傅雨旸没甚精神寒暄。让对方说重点。

当初给周家做背调，傅雨旸是足足等了一个多月才收到消息的。B城那头，他能过滤的有关他父亲的人手，都没有存疑之处。

适才，他才一应将焦点都放在背调这头。

收罗的消息基本属实，周家人的轨迹也很简单。但现在，背调那头的人临时追加补充："您父亲当年好像委托过人见过那位梁小姐。"

傅雨旸眸光一紧，面上不显，一副与会人的心神，就命题提问题：

“什么叫好像？委托又是什么意思？”

那头才要说话，被傅雨旸打断了，他要对方用最快的时间来他这里：“把你的资料带过来，我不想听模棱两可的定义。”

[30]

周和音买药回来，手里还端着一只纸杯，热气腾腾的样子。

直到她拉门上车，把纸杯小心翼翼递给傅雨旸，他才看清杯中的东西，是感冒冲剂。她买了维C银翘片，特地问过药店员工，这种酒后伤风可以吃。

又跟人家店员阿姨要了纸杯倒了热水，泡了一杯冲剂。

小小年纪啰唆精上身，一面说许多，一面抠药板上的药，拉他的手过来，直接倒两粒在他掌心里，让他就着感冒冲剂吃。

傅雨旸一手端着她的药汤，一手掌心上托着她的两粒药。

殷勤的人催他：“吃呀。”

傅雨旸有点不喜欢这过分朴素的一次性纸杯，无奈叹口气：“倒也不必这么急。”他说总感觉这杯子上有灰，脏兮兮的。

“脏什么呀。”周和音急了，“我从人家一摞杯子中间拿的，已经用热水投过一遍了。”

她再警告他：“你吃不吃？不想好就别吃了，回去拿你的金杯子喝酒吧，越喝越好。”说着，就要来夺回那纸杯。

傅雨旸比她快一步，快一步把那两粒药丢进嘴里，再拿冲剂汤药送服。

两口，解决问题。

周和音故意气他：“脏吗？”

“不知道，眼不见为净。”某人依旧把空了的纸杯握在手里，在虎口处轮转。

周和音再提醒他：“你吃了药，今天就不要喝酒了。”

被叮嘱的人，偏头过来，却不是回应她的啰唆，而是问她：“还去我那里吃中饭吗？吃的话，我叫酒店管家先帮忙准备。”

傅雨旸觉得，他从来没有强勉她。一步步，他想她认真走到他身边来。事实也是，她一直很清醒，脱离了她这个年纪该有的稚气、任性甚至青涩。

他很明白，周学采那里已然是觉察到些什么了。今天背调那头冷不丁的一句，更是坐实了这一点，傅雨旸不清楚他父亲那头到底是个什么地步，只清算自己眼下，正着反着，他的赢面都不大了。

生意人的自觉，该及时止损的。他还一味往里下注，赌徒心态尽显，越不可得，越想着翻盘挣个大的。

周和音喝一口早已冷掉的咖啡，才啜一口，傅雨旸给她择下来了：“怎么着，你也得送我回去，要喝咖啡，我给你叫新鲜热乎的。”

说罢，他捞她的手往变速杆上抓。要她开车。

抵达花都酒店，傅雨旸的房间在二十七楼。他一路牵着周和音的手，从地库到电梯上行，直到房间门口，周和音都一改平日的活络、雀跃。

此刻过分安静。

静得人心跟着滋长。

傅雨旸拿房卡开门，门微微洞开之际，房里有淡淡的熏香和鲜花的香味。主人第一时间告诉她：“我待会儿见个客，你自己吃饭。”

管家部都安排好了，他说：“你看着添，想吃什么告诉她们。”

周和音穿着一双外出的鞋子，刚去买药，又差点踏到人家装修拌水泥的灰上。她踩在长毛地毯上，才发现鞋底有多脏。

傅雨旸拿拖鞋给她换，再把她的鞋子归置好，一副玩笑的口吻，问她还有哪里不适应。

周和音难得局促，反问他：“那你呢？”

“什么？”

“你不吃饭？”

“我难受，不太想吃。”

听他这么说，周和音不声不响地迎面看他一眼，随即收回目光，走离他，远远的，在他的餐桌边坐下。

桌上今日新换的鲜切花，淡黄奶油色的花骨朵，团团一簇，水晶瓶下有管家部的morning card（问安卡），呈展开状——

和音玫瑰，祝傅先生新的周程，一切顺利。

周和音有点讶异，目光还未从卡片上移开，傅雨旸便走了过来，他脱了外套，随手搭在椅背上，再解散两只袖子的时候才发现她在看什么。

他看卡片上的字，和音玫瑰，于是问：“所以，你的名字出处是花？”

“不是。我阿婆取的，她不爱玫瑰这些的。”“玫瑰”小姐说着看着傅雨旸，是疑惑也是审视。

某人浑不在意：“别闹。我没工夫骗你来看几朵蔫儿吧唧的花。”顺便跟她解释，管家部每天都换的，今儿个是这个，明儿个是那个，“凑巧罢了，你来了，和花重名了。”

“它哪里蔫儿吧唧的了？”重名的人怪共情的。

“我说花，你答应个什么劲。”

周和音撇撇嘴，她才没有答应。她只是笑自己浅薄，甚至俗套。相比他说的凑巧，一天一换，她宁愿他骗她，骗她就是让她来看与之同名的花的。

可惜，傅雨旸不是那些年轻男生，他从来不稀罕做这些锦绣文章。

周和音多少有点气馁。边上的某人伸手拨弄了那团和音玫瑰，再招待她：“喝点什么？”

一路回来，很干很燥。周和音张嘴就来：“红茶玛奇朵加一份冰激凌。”

某人听后也不为难：“好，等管家部来，让他们去弄。”说着，去厨房拿了瓶乌龙茶和一只空杯子给她。

周和音看着眼熟的乌龙茶，拎在手里，准备旋开的，发现瓶口早已拧开。傅雨旸依旧站在她跟前，她看他，他便也看她，只要她不觉得不妥。

“这是之前你‘克扣’下的那一箱？”

“嗯，喝得没剩下几瓶了。”

“很好喝？”

“也不算。只是每晚回来，很累很渴，习惯喝一口。”

这是什么癖好，她道：“喝茶会失眠。”

“我不会。任何茶、咖啡对我都没有作用了。”

说到这儿门铃响了，傅雨旸一副儿戏口吻：“放饭了。”

管家部给傅先生送商务餐过来，后一脚，大堂前台那里访客电话也打过来了，傅雨旸允可对方上来。

今日的商务餐是淮扬菜，按照傅先生要求，特地加了两道川渝口味的小菜。

他一面知会周和音好好吃饭，一面跟管家部提刚才她的饮料要求，难得说得一字不差。

周和音只想为难他，不想为难别人的："算了，我又不想喝了。"

"到底喝不喝？"

"不喝了。乌龙茶就够了。"周和音心想：我差遣你，你奴役别人，有什么意思。

她一脸情绪地准备吃饭，筷子太滑，她干脆拿一支筷子戳起一个狮子头到碗里。

她再问他："你真的不吃饭啊？"

"不吃。"

边上的女管家一副吃到"瓜"的神色，傅先生和这位小姐离得老远，但是二人说话的痕迹里，满满的眷恋之味，属于情人之间专有的眷恋。

不多时，门外来人。

管家部自觉先行离开，傅雨旸把门口那个身量不高、一身规矩的白衣黑裤的中年男人往书房里领。他合门前喊餐桌边吃饭的人："小音，帮我泡两杯茶可以吗？"

周和音扭头看他一眼，傅雨旸强调："劳驾。"

周和音端两杯热茶进来的时候，傅雨旸和那个男人，各自夹着烟，不大的书房里顿时烟雾缭绕。

主人接过两杯茶，让周和音回去吃饭："困了就在这里歇个午觉再回公司。"

他手里有一沓A4纸的数据，周和音进来的时候，他很自然地反扣了纸张。

周和音也没所谓，以为他在谈生意，即便敞开给她听，她也不高兴。

送茶的人出去后，老宋才敢把惊叹浮到脸上："傅先生，这是……"

傅雨旸的一支烟抽得很快，寂寥的两口，一截烟灰掉下来，他不耐地掸掉："说你的补充。"

原先周家那头自从梁稻珍小姐搬去六家巷的背调，几乎清清楚楚。

她任职的学校，一应街道关系，户籍，领养这个儿子，再到周学采的……女儿。

轨迹都一目了然。

傅先生自己也说B城那头，有关他父亲的轨迹里查不到他和梁小姐的过往了。

老宋给傅雨旸的补丁资料里，冯家这一家，原先是傅缙芳父亲的旧从，也就是傅雨旸爷爷的下属。

这姓冯的因病早退了，回归原籍。早在傅雨旸出生之前。

早年都是老冯私下帮傅缙芳联络梁小姐。梁小姐失联那三年，也是老冯私下奔走。

那趟回归原籍，老冯遇上了梁小姐，也递话到了B城。

“信息只到这里，傅先生要详细的，恐怕还得您亲自出面去问那冯家人。”老宋客观陈述。

傅雨旸歪坐在椅子上，扶额的手上还点着烟：“我只想知道，我父亲见了那头吗，梁小姐？”

老宋摇头。

这是傅雨旸意外又意料之中的。

“您父亲要老冯出面见了梁小姐，聊了什么不得而知，只晓得，梁小姐之后再也没肯会面了。”

傅雨旸将手里的资料翻面，显示的年份，很巧合，是他出生那年。

“梁小姐那个孩子呢？”傅雨旸眸光很紧，问老宋，傅缙芳知不知情。

老宋做这行的，话术很谨慎，难得，朝傅雨旸说一回主观话：“傅先生不要怪我冒昧，我推算该是知情的，因为您父亲托关系查过周学采的背景，不排除亲子鉴定。”

傅雨旸轻蔑地笑：“哪怕年岁对不上？”

老宋见怪不怪：“您父亲有意信是他的孩子，他就会相信，是谎报背景。”那时候的孩子穷苦，岁把岁根本看不出来。

老宋面上无妨，心里嘲讽：不比你名正言顺出生的公子哥，三十来岁，光鲜亮皙地可以把周家的女儿公然带在身边。

老宋由衷佩服这爷的魄力与顽劣。

“他不是老头的孩子。”傅雨旸无端的一句话，冷酷且坚韧。

烟把他缭绕地只剩一个轮廓，而他心里也有了个轮廓。

傅缙芳必然在梁小姐那里吃了瘪子，甚者可能亲手手刃了这些年的情分。

男人的猜疑与无情，可以稳狠准地杀掉一个女人最后的眷念与慈悲。

只要找到冯家那头，这桩旧事故就可谓复盘出来了。可是傅雨旸全然不急了，一副无论底牌怎么掀，他已然是最差的那个郎当样了。

终究，他还是跟着他父亲吃了挂落（受牵连）——

倘若时隔十六年，傅缙芳真真断送了那轮亮月最后的惦念的话。

那么，傅雨旸最后“余情”的翻牌机会都没了。

陈不陈情都是一样的结果。他有个女儿，他也不会肯。

傅雨旸把纸上关于冯家的资料拍了下来，将几张纸悉数推进了碎纸机里。

抱恙发热的他，吃药也难缓解，混沌间，只觉得心像被投进那些锯齿里一样的碎。

随即，他做出端茶送客之态，一副在商言商的口吻，表示追加的信息，他还是会如实付账给老宋。

只是，今后，他该是没需求找对方了。

老宋一副银货两讫的自觉，起身要走：“那就祝傅先生生意兴隆，锦绣……前程。”

良缘怕是结不成了。

老宋走了约莫一刻钟的时间，傅雨旸始终在书房里，续上的一支烟夹在手里，久不吸，燃不起来，恹恹要灭。

周和音是敲了门的，里面的人不应，她当他睡着了。

推门而入，看到案前的人歪靠在椅子上，因为她的动静，才缓缓睁眼，本能地把烟放到唇上去，猛吸一口，燃口瞬间猩红。

她手里端着一杯喝的，傅雨旸懒懒之态，问她：“喝什么呢？”

“红茶玛奇朵加一块冰激凌。”

“不是不喝的吗？”

“他们又送过来了。”

“很好。”

周和音不懂他的很好是什么意思。她看他情绪不高的样子：“你生意赔钱了？”

“嗯，净光净。”

几回和他说话，周和音一个南方姑娘也学了点他们那儿的贫嘴了：“那是要卷铺盖回你老窝了？”

“差不多吧，我原本也不喜欢你们江南。什么都是甜的。人也是。”

周和音听他一副终究要回去的口吻："你父母不都是我们江南的？"

傅雨旸认真得很："他们是他们，我是我。"

"哦，那你回去吧。"周和音说，她是来跟他说再见的，她要走了，回去上班。

傅雨旸潦草结束手里的烟，把烟蒂摁灭在烟灰盘上："周和音，过来。"

她不解。

"过来让我尝尝你手里的玛奇朵。"

"很甜。"她提醒他，别打脸。

"我知道。"

可真等那杯甜饮到了他跟前，傅雨旸压根不往那上面看，依旧头靠枕椅，一副心神不佳的样子，朝书架上指了指，要周和音去："拿下来。"

"什么啊？"

"你拿了就知道了。"

有人这才搁下手里的奶茶，书房的书架很高，是径直到顶的结构。他把那盒子搁得也很高。

她够不着。

某人依旧坐着不动，没有丝毫绅士的自觉。他随意努努嘴，示意边上有带滑轨的移步梯。足够她登顶。

周和音拉过滑轨步梯，迈上去，这才拿到了那个楠木盒子。

她见过，也知道里面是什么。

在梯子上的人，穿着白鞋、半身裙，却迟迟不下来。

她问他："是那对甜白釉的压手杯？"

"嗯，归你了。"

"你不是说有更重要的人要送？"

"没了，生意黄了，也不高兴送了。这杯子算那晚你陪我应酬的答礼。"

"我不稀罕。"

"周和音，这是古董，不是复刻品，你给我拿好了。"

"那我更不能要啊。"梯上的人始终不承情。

傅雨旸怒火中烧，干脆拿她撒气："那要怎么才能要，送你做将来结婚的贺礼，好不好？"

周和音一时脸上烧，又即刻被冰水敷脸般清醒。

他说的是结婚礼物……

友人亲戚，局外人才会送结婚贺礼。

梯子上的人短暂领悟后，不声不响地把盒子放回去，再转头想下来的时候，傅雨旸阔步到了她脚下，两只手撑着梯子两缘，让她拿下来。

有人不听，他再勒令一遍：“拿下来。”

周和音即刻就没好脾气了：“我就是结婚，也不稀罕一个外人送我个什么古董杯子做贺……”

她话都没说完，整个人就被傅雨旸从梯子上掳了下来。

“你个笨蛋，你知不知道你穿着裙子站在高梯子上有多丑！”

“要你管，我丑我的，我爸都管不到我这么多……”

下一秒，周和音的坏脾气和坏言语，全被堵截了。傅雨旸原本就在低烧，他的气息拂过来的时候，周和音就好像被热腾的蒸汽灼了下。

她没想躲，可是有属于女孩子的娇羞，本能地一低头，有人全然气恼了，捞住她的脸，即刻衔住了她，重重地。

唇齿相依的一瞬，傅雨旸依旧深信他的话，江南的一切都是甜的，人也是。

她吃了一嘴的冰激凌，全是甜味。

戾气的人报复地裹挟她，仿佛要把她能说会道又爱吃甜的源头全吞到肚里才解气。

周和音被他野蛮汲取的力道欺侮到了，她觉得她原本该特别生气的，可是本能骗不了自己。他局外人似的说那些冷漠话，周和音怄都要怄死了，偏这样不轻不重地纠缠间，她反而能感受到他的软肋。

冷冰冰的盔甲之下的软肋。

即便是男人，再世故冷漠的男人，他的唇舌也是柔软的。

有人一半气、一半本能，她学着他的把戏，全还到他身上去。

气息粘连，怀里的人一面咬着他，一面双手来攀他脖颈。

傅雨旸五分受用，五分恼怒。恼怒这心惊肉跳的勇气，是从别的男生那里学会的。

心神齐齐激荡，周和音软绵绵往下栽，傅雨旸干脆打横抱起她。

他抱她到书桌边沿落座。

丢弃的理智像燎着的软纸，一时难覆灭，更难回头。

傅雨旸欺身到怀里人径直将背跌到书案上去，她拿进来的那杯甜饮滚到地毯上，一片洇汤，一片狼藉。

拱火的人，这时还不肯罢休。她一副隐隐的啜泣感，用咬牙切齿的声音，喊他的名字：“傅雨旸，我讨厌你。”

讨厌吧。喜欢跟讨厌，他总要她占一个，不然他就真的净光净了。

缠吻之余，傅雨旸去够他的那杯茶，拿茶浇手，打潮的手径直丢开杯子，来拨她的脸：“再说一次！”

周和音连他的名字都没喊全，迷蒙间，只觉得有什么攀附上来。

傅雨旸抱怨她穿得太薄了，浑身连骨头都是冷的。

偏就是这副冷骨头，他叮嘱自己不要碰，还是眼睁睁看着自己破戒了，着魔了。

周和音眼见着蜷缩起来，因为他的话，也因为他这个人。

她越痛楚，他越难回头。

看她凄凄婉婉地看着他，傅雨旸一字一字为难她：“小音，你跟我回B城，好不好？”

[31]

周和音被吓得不轻。

饶是如此，她依旧固执清醒地回答他：“不好。

“我不会‘跟’任何人。

“傅先生你回去你的，让人跟你回去，就很不该。”她眼底已经隐隐饮泪。

“不准喊我傅先生。”说着，他手里的力道重了些。

烫热的气息垂首过来，周和音被他领口滑落下的领带盖了下眉眼，他逗趣地替她拨开，这一刻她才彻底气恼。

脑海里径直蹦出那句——菩萨低眉。

世上最难画的丹青，就是菩萨低眉。

因为无欲无求一低眉，无情却沦坠一切众生。

在B城时，他轻飘飘地让她留下来；在这里，他还是，轻易地让她跟他走。

眼前，活生生的两个人，偏偏只有周和音是狼狈的。高高在上的傅雨旸甚至衣衫完整，全无半点失礼，下一秒，撤手而去，他甚至是可以去开会的妥帖。

周和音偏头躲开了他的落吻，脱口而出：“傅先生喜欢我吗？”

“当然。”他的动作彻底顿了下来，回答她的话却是干脆的。

干脆冷漠地撤离了她。

趁着傅雨旸还有理智回头，趁着他的残余慈悲里，还记挂着那个没能出生的孩子，他名义上的兄长。或者该是和时若一样的姐姐。

他确实该要有些慈悲心的，因为傅家三个孩子，独独他活了下来。

周和音的感官从一开始被蛮力欺侮，到心里缺了一块旁白。欢愉是真的，空落也是真的。

傅雨旸替她整理裙子，再要俯身抱她起来的时候，她清楚地盯着他的眉眼：“是和喜欢你书架上的古董一样的心意吗？”

有人触碰她的手陡然一顿，甚至都没料理干净，才扶到她脸，周和音肉眼可见地躲。

傅雨旸偏不让她如愿，一把捏住她的脸，出口的话，轻佻且违心：“嫌弃？”

周和音眉眼里的愤怒，像油画一般浓墨重彩起来。她从书桌边轻跳下来，不言语地要走。

傅雨旸也不拦她，只站在一片狼藉里，用刚才招待客人的那杯茶，洗手。

他喊了她一声：“周和音，我好像和你说过，论迹不论心。”

走到书房门口的人急急回头：“我不懂这些道理，我只知道傅先生的心思好难猜，你一会儿火热一会儿冷冰。我两次走进你的地盘，都是我心甘情愿的，我不怕发生些什么，也甘愿负担自己。仅仅因为我喜欢你，是的，我喜欢你，傅雨旸。

“我不喜欢你，你什么都不是。

“而我能感受到的傅雨旸，你起码没有平等地朝我坦诚，我在你眼里，始终只是个孩子。你待我的好，仅仅源自你的兴趣，你的兴趣就是操控别人的喜怒哀乐。”

书案边的人，浇手的动作停了下来，杯口歪斜，里面的茶汤一应全去到地毯上、他的鞋面上。这是周和音认识他以来，他仅有的狼狈。

傅雨旸莞尔，看来他真的吓到她了。即便这一刻，他也有心神开小差，看着她振振有词的样子，不禁联想，她如果说些什么伤她父亲的话，周学采会有怎样的心痛。

起码，这一刻傅雨旸奇怪极了，他有着亦父亦兄的痛苦，就明明待她再赤诚不过了，原来孩子真的体会不到父母的心。

好严重的一句话。

“周和音，你过来，我重新教教你，什么叫操控别人的喜怒哀乐。”傅雨旸捏着手里的骨瓷杯，面色寡淡。

“我只要最简单的那一句。”她紧紧看着傅雨旸，尊严褴褛。这是她这个年纪对爱情起码也是全部的希冀。

“那一句就是，我朝你坦诚，咱们就要真正天南地北了。”

“我不懂……”

“你不必懂了，你唯一要懂的就是，不要没脑子地和古董比。”

“傅雨旸……这就是你给我的答案，是吗？”书房里掩着厚厚的窗帘，只有书案上一点灯，晨昏不分。

良久，灯下人再次出声：“我倒是很想你是件古董，这样你不必为难，我也有底气。”

周和音陡然一声冷笑，笑自己今天在车上议论郭襄那一段多么浅薄可笑：“起码人家郭襄从头到尾没要她的大哥哥成为她的什么人。我是个俗人，我喜欢一个人，我就得看得见摸得着，而傅先生似乎不在意这些。你终究要回去的，倘若因为我一时不顺你心意，或者不能伴你左右，你便冷心冷情地从我身上撤开，那么我认了。

“实话告诉你，傅先生这样我不喜欢，我不是小孩，我懂你懂的那些，可是我不喜欢你这样，甚至气馁，因为丝毫体会不到你把我当一个你愿意眷恋的人。只是趣味范畴内的，是不是？”

“周和音，你走吧。”

她闻言怔住。

“我叫你走！”傅雨旸突然勃然大怒，“别怪我没有警告你，我对趣味范畴内的女人，没多少耐心，尝过就忘了……”

下一秒，周和音扭头就走。

书房外一阵她弄出的窸窣动静，直到她大力地摔门而去。

书房里，某人捏着手里的杯子，冷不丁地往桌上狠狠一磕。

瓷器裂碎……一地烂摊子。

傅先生出门前知会管家部上来帮忙清洁整理，做客房服务的员工进来的时候吓了一跳，地毯脏污倒是小事，桌案上一截白瓷片上，血渍醒目。

次日，书云难得过来看雨旸。

一进门就看到他左手上贴着胶布，问了才知道，是杯子划了手。

书云关怀这个堂兄弟：“口子大不大啊，你这样不行的呀，要去医院好好包扎一下的。”又念叨着，“带过来的糟鹅你还是别吃了，发物。”

傅雨旸这会儿正好要出门，原本是要好意谢过书云，到了楼下各奔东西的。看书云面上老是吞吐，他穿外套的当口问：“什么事，你大可以跟我直说。”

书云的老父亲那头，摊了笔公墓改造的费用，因为往上的老祖宗的墓碑费用是各个房头均摊的，轮到她老父亲那头，一万二的房头费，他没得，就来找姑娘要。

也是这一刻，傅雨旸才明白柴米油盐的生活，掰碎了有多不可思议。他怎么也想不到，一向妥帖干净的书云，连一万两千块的贴补都拿不出来给娘家那头。

“家务经”一声张，就全是豁口子。书云绞着手，才预备跟雨旸倒苦水，他悄然打住了，即刻转账了两万块给她。

不等堂姐局促道谢，他先开口了：“我爷爷原先下头冯永茂那家，你还有印象吗？”

“他那会儿多跟着二叔的啊！早年，清明回来祭祖，他都是跟着回来的。”

“就是他。”

傅雨旸面容清癯，理理领口：“我找他有点事，你陪我去一趟吧。”

桐城乡下庄子，歇得早。

傅雨旸刺刺地把车子停在桥口，书云随他一起下车的时候，想劝他挪个地呢，碰花了，这黑灯瞎火的，找不到人赔的。

“不要紧，说不了多长时间。”

按着地址，找到门户。还是书云上去交涉的，敲开了门，进了里。

那冯永茂看清三十来岁的傅雨旸，模样活脱脱是当年的傅缙芳。

冯永茂心里五味杂陈的情绪。说不是他坏了一条腿，傅雨旸父亲也不会保他回原籍，还给他安排好了工作。

傅雨旸一身黑衣正装，站在乡下门楼里，仰头就看到亮堂堂的月亮。

房屋靠着农田，还能听到蛙声与蟋蟀的动静，凉丝丝的新鲜空气直往人肺里钻。

傅雨旸抛了根烟给老冯，连冯家大门都没进，只站在月下，说是问他几句话："有关我家老头的。"

"他当年有个恋人，姓梁对不对？"他问。

老冯一时拿不准这小傅来的意思，思忖并琢磨。

傅雨旸慢笑："人都死了，你还忌讳什么？"

"他许你的拿不回去，我能许你的，就看你愿意给我多少。"爷俩一样的会谋算人心。

"傅缙芳认识梁在前，还是和我母亲有婚约在前？"

"认识梁小姐在前。"

"那么，搬到B城的那三年空白，他没有履行婚约，是一直在找梁？"

老冯摇头："傅家北上的时候，他们是说清楚了的、断了的。后头，迟迟不和辜家完婚，是你父亲在朝家里赌气。"

"那么后头呢，你递消息给他，他让你去见梁小姐，是为什么？"

老冯到此又沉默了。

傅雨旸手里的一支烟也燃到了头，他抛到脚下，踏灭："冯叔，因着你和我父亲同辈，我称您声叔。我实话跟你说，为了这遭家务事，我折进去的已经很多了，我能找到你，你就该知道，我已经了然得差不多了，朝你求证，不过是想盖棺罢了。

"老头让你找梁小姐，是因为她身边那个孩子对不对？"

傅缙芳知道了梁珍一个人搬离了梁家，只身养大一个孩子，他的信念訇然倒了。傅家并梁家一直说，她嫁人了。

而那十来年，傅缙芳早把梁珍抛之脑后了。

从来没有他们惧怕的深情不移。

他们一个个都被人心困住了，也枷住了。

孩子不是傅缙芳的，和他丁点儿血缘没有，和梁珍也没有。

他要老冯接她和那个孩子去B城，被梁珍拒绝了。

"为什么？"傅雨旸这话问的两层含义，他问他父亲接梁珍和孩子的意图，以及梁珍拒绝的意图。

老冯朝小傅脸上瞥了瞥，终究还是实话实说了：“他不计较那个孩子梁珍为什么愿意养，只要她愿意去B城……”

知子莫若父，知父也莫若子。傅雨旸陡然颓唐地笑：“那孩子要当真是傅缙芳的，他就认子归宗；不是，他也要接梁珍来，除了婚约，什么都可以给她……是这样吗？”

Chapter 11

已成灰

[32]

傅雨旸从冯家出来，一路疾步回桥头，都摸到车门了，又立身停住。要书云等他会儿，他抽根烟。

桥上栏杆处，他左手伤了，点火的时候一个没拿稳，火机咚的一声掉进河里去。唇上的烟没燃得起来，有人生生把一支烟揉得粉碎。

书云见状也不劝，预备回去跟冯家借个打火机。雨旸喊住她，他无人可诉，又是他一向鄙夷的这些家长里短。他十八岁起就不跟父母住了，平心而论，他的一对双亲，他都不喜欢。

两个人都把日子过给别人看。一个守望权力，一个守望体面。

“我倒希望他心里有点惦念，这样起码有一个女人没白活。书云，我妈临了和我说她担惊受怕了一辈子，我觉得可笑又可气，你说她那般像样的家世、模样，又何必和他陪绑呢。”

到头来，因为一己之私，葬送了三个人的一辈子，甚至更多。那个没出生的孩子，时若……

人是不能抱着遗憾过日子的，饮恨会让自己越想越不甘。其实，时若没了，是意外，谁也不想，可是正因为他母亲心里有愧，才让自己心里坠着个大疙瘩。

傅缙芳不爱任何人，只爱自己罢了。他甚至不敢亲自来一趟，见见他的梁珍。

见见这个当时当境敢从家里只身出来的姑娘，他怕她当真是为他活，为他等。

二十出头的傅缙芳就不敢挑衅家族，临近四十不惑了，家族、仕途、妻儿，哪一条都在禁锢他。他不敢踏进六家巷，因为他的身份，他的名望。他单单希冀，梁珍还记着他，如同十六岁懵懂地跟他去宝相寺那样。

只要她愿意，他会竭力弥补，只要肯无名无分地在他身边。

傅雨旸蔑笑："如我所料，老头亲手拉下了当年的月亮，掼到泥塘里去了。"如同刚才从他手里脱落的火机一般的宿命。

书云这个局外人，不声不响地听哭了，抹眼泪宽慰雨旸："关起门来的日子，家家如此。处处鲜亮的，那是电视剧。

"说句不中听的，那个梁小姐，即便当年跟着二叔去，两个人也未必成得了。"

不投契的人，无所谓对错，总要在一时一刻里见端倪。

婚姻与感情，从来是两码事。

傅雨旸不置可否，捻碎手里的烟草："都活得太痴罢了。"

说梁珍，也说他母亲。

周和音今天难得准时下班，因为骆总有应酬，每天最后半个小时给他们找活干的资本家哲学也来不及使了。

带她的两个前辈姐姐要小音明天给她们带包子吃，自从知道小音家开茶馆的，她们这个团队已经吃了好几天包子了。连带她们骆总也跟着吃了个烧卖，中肯评价皮薄馅大，难得不油。

最后还投桃报李地请了大家茶歇，顺带着偏帮周和音，要他们吃一次两次就罢了，回回要人家带，要给钱。人家小周家是做生意的，哪能回回吃白食。

前辈姐姐也中肯评价他们大佬，说算了算了，对感情问题渣是渣点，但是这个男人还是有趣的，只要不和他谈感情，不被他拿捏，单论作为老板，这个男人还是有点赏心悦目的。

小音在工位上收拾东西，没言声。她这几天都这样，沉默寡言，前辈姐姐问她，是不是失恋了，这都还算合理问候。

中午，她和朋友打电话，朋友大概问她吃什么，小音说没什么胃口，加上这几天一向雀跃的鸟儿突然瘟下来了，老色鬼姐姐们就问她，是不是怀孕啦？

天啊。周和音恨不得掐人中，这是进了个什么虎狼窝。

一起从楼上下来的时候，几个人临时起意要攒局，新开的潮汕牛肉火锅听说还不错，一起去AA制（各人均摊费用）打卡怎么样？

周和音对这种美食拼单一向来者不拒，但今天不行，她答应回去帮Nana写视频文案。

同事都知道她有自己的频道，私下都喊她音老师，或者网红妹妹。

因为确实有隔壁部门的同事认出她来，说她的Vlog很可爱日常，他们已经跟着打卡了很多吃喝玩乐的地方了。

还有穿搭心得。

电梯下行的时候，前辈姐姐市侩地问小音：“你那个不少挣吧？”

周和音一向不爱回答这种问题，说少了不信，说多了又生是非。春芳女士一向的家教，财不外露。

总之她二十岁开始，基本日常生活所需的经济就独立了，住在家里，父母不要她交家用，但家里水电煤的支出，都是绑在她的支付软件上。周和音没多大出息，但也有警醒觉悟，要做个独立的人，从精神到经济。

唯有独立才有选择权，也唯有独立才不会在被人取舍后而难以自处。

从电梯里出来，过了门禁闸口，小音和同事们招呼分了手。外面还没全黑，天凉有风，风里有晚桂的香气，还有过路素人的香水味，这一款周和音很熟悉，宝格丽的大吉岭茶，所谓的“干净男友香”。

她今天的通勤装扮很中性，长发散着，纯白T恤外面罩一件中性的蓝色衬衫，下身是黑色仔裤。才出来，她就从包里翻出口罩戴上，这两天有点感冒了。

周和音每天通勤的交通工具都是地铁，中间还要换乘。偶尔，她娇气起来打个车回去，妈妈都要念叨，早一趟打车去晚一趟打车回，还能挣几个钱。

爸爸便要偏帮女儿，说你指望她去立业还是怎么的，她能攒得住钱，就不是她这个年纪该有的活法。

所以，大多数时候，周和音都觉得她被惯坏了，惯得眼里早已脱离生计烦忧。才会遇到一点挫折，就能摆在心坎里盘来盘去。

她都有点不喜欢自己现在的样子了。

微信里，Nana截图给小音，是她刚预约上的甜点餐厅，约小音周末一起去，算是谢小音助她花都酒店探店成功的人情。她提醒小音甜点餐厅是家网红店，记得带身份证。

小音“吐槽”：“好烦。吃个东西，我还要带身份证。害我起逆反情绪了。”

Nana：“不该是饥饿营销吗？越烦越得不到的，越想要啊。”

小音：“我偏不。吃个东西让我这么费劲，我宁愿去吃大排档，多油多盐才好吃。”

Nana：“你怎么了？”

周和音的手指还在九宫格键盘上飞速地点，下一秒，有车子放了一记喇叭，她循声抬眸瞥了一眼，目光再收回去，那头亮第二声喇叭。

她离那车还有七八米远的样子，脸上还戴着口罩，月色朦胧之际，傅雨旸站在车身之外，车子驾驶座上是他的司机。车窗降着，傅雨旸把手探到方向盘上揿喇叭，两声，确认她听到了，这才收手。

周和音继续上前，她要过马路，去对面口子搭地铁。

走到马路牙子边，傅雨旸依旧在原处，与她隔一个车身的距离，他喊她：“上车，我有事跟你说。”

有人不理会。

“周和音！”

“你是在和我说话？不好意思，我赶时间，回家去。”

“送你回家。”

“谢了。我可以自己搭地铁。”

周和音说着，铆着劲要走，可是人行道上还是红灯。

一秒，一秒，她目光直视前方，侧面也没了动静。

红灯进入倒计时，听到边上傅雨旸关照司机的声音，说了什么周和音没有听清，她只知道信号灯跳绿时，有人走到她身边来。

二话没说，他隔着她的衬衫袖子，扣住她的手腕，急急穿过了马路。

“你要干吗？”她毫无好口气。

傅雨旸说：“不是去搭地铁吗？”

周和音一时无言。

他再言明：“我有事跟你说，既然你不响应我的路线，那么我来响应你，可以了吧？”

周和音戴着口罩，面上不露，眼里却有难忍的情绪，有不甘，有愤怒，也有期冀。

“说吧，就在这里。”她一副命令的嘴脸。

傅雨旸伸手来，她本能地躲了下。但这只手执意，执意地摘下她的口罩：“你确定在这里？”

周和音不快，要拿回她的口罩，某人不肯，也紧快接上话：“我为那天道歉，宿醉不醒也好，吃你的药犯浑也罢，总之，你怎么追究都可以。”

周和音一听这茬儿，属于“我才好点呢，你又来哪壶不开提哪壶”，立马不想理他：“我追究，就是要逮捕你。”

傅雨旸两手握拳，并举到她眼前，一副随她愿的意思。

周和音气到难以克制，一手打开他，扭头就走。

下班高峰期，地铁各个出入口都是满满的人。

她往里走，有人落后两步跟着她。

乘扶手梯下去的时候，他们已经被人流冲散了，中间有个带孩子的妈妈，怀里抱一个，手里还牵一个，那个大的顽皮，一路下梯去。好几个行人顾忌着孩子的安全，又是避让又是扶。到了傅雨旸脚边，他一把拎起了孩子，直到电梯下行完毕，才把孩子还给了那个母亲。

短暂插曲过后，他再去找周和音的时候，她不远不近地站在那里，做看客状，也像是在等他。

傅雨旸起码有十年没搭过地铁了，又是在他乡别的城市，他的印象还停留在现金买票，或者地铁通勤卡。

他两样都没有。

跟着周和音过了安检，她径直拿手机刷过了闸口，而他被挡在外口。

入闸的人头也不回地要进去了，傅雨旸结结实实地喊了她一声：“周和音！”

是狼狈也是提醒。他没有过去。

周和音回头，一副鲜活的眉眼，骂他：“你是猪。谁让你跟着我走的。”

然后她隔着闸口，要他的手机，帮他装S城的地铁通勤软件。

傅雨旸递手机给她的时候，她才看到他掌心里的伤口，她抬眸看他一眼，彼此汇视不语。

她不问，他也不说。

直到帮他装好软件，选择付款，扫码，闸口外的人才得以过来。

人流穿梭的城市地铁，最不缺的就是这样驻足的两个人，可以是家人、朋友、同事，乃至情人。

他们谈任何话题，赶赴时间的路人都不会有兴趣。

周和音站在原地，认真问过闻而来的人：“你要和我说什么？”

是催促也好，是命令也罢，无论如何，她就是要他开口讲那一句，对她很重要。

——你不说，终归是我和你之间，有不足以抵达的命运和缘分。

“说一个故事，离我们都有点远了，五十年之前。梁家有三个孩子，稻字辈，最小的女儿叫梁稻珍，家里人都习惯喊她梁珍……”

[33]

梁父在傅家爷爷手下干差伍，一家五口等着这份薪水过活。

大儿子是头一个老婆生的，原配是生病没的，才又续娶了一个，又出了一子一女。

梁珍就是最小的女儿。她跟着两个哥哥后面读书，梁家虽说不富贵，但在识文认字上一视同仁，这大抵也是读书人家最起码的公平与体面。

二哥和傅家二房的独子是同学，时常相伴出入。

一来二去，傅缙芳认识了梁家女儿。

“你上回说你阿婆去过B城，去过宝相寺烧香，那个带她去的人就是傅缙芳。”

傅雨旸说，原谅年限太长，他能收罗到的资料，加上合理复盘，也只能交出个梗概来。

他们悄悄来往了将近三年，梁珍要找傅缙芳说事时，傅二那头先说了，傅家要举家搬迁，随着他父亲升迁走。

这事计划半年多了，傅家上下都知情，连同结亲的辜家，一道北上。

也是那个时候梁珍才知道，傅二有未婚妻了。

这中间断了一条最重要的绳索，就是梁珍的二哥，一母同胞的兄弟，因为伤寒病没了，否则，他不会亲眼看着自己的胞妹沦陷于此的。

那日，梁珍果断提了了断。傅家举家北上前一晚，二十岁不到的姑娘，终究抵不过儿女私情的诅咒，她去求了父亲，一应全交代了，连同自己不太确定的身孕。

寻常人家，奉子成婚或许是个紧箍咒，傅家不会。傅家不会肯独子娶一个门不当户不对的女人。除非梁父不想要自己的饭碗。

儿女家的混账事，被非议的从来都是女方。梁父一副被剐嘴般的耻辱状，连夜把女儿送到了扬州妹妹家。

这一去，整整两年。因为梁珍不肯把孩子弄掉，一味写信给父亲也恳求姑姑，容许她把孩子生下来，她一眼不看，他们送走便是。

起码她知道这个孩子还活着。

可惜事与愿违，孩子在八个月的时候胎停了。引产下来已经夭折了。大人因此受了好大的罪……

傅雨旸说，那个时候的人不懂产后抑郁一说，现在看来，梁珍就是没有好好被陪伴，以至于她始终没有从失子的伤痛里走出来。

这一点，他深有体会，他母亲也是，一辈子都没从丧女的痛里真正缓过来。

从傅家搬迁，到她重回S城，整整过去两年。

梁父为她重说了亲，想着尽快打发她出门子。

梁珍写信给B城的傅缙芳，说明这两年的情况与眼下的困局，她不是去乞求感情或者傅二的怜悯的。

只是想朝曾经的恋人，交代情况以及微薄地示弱——如果他们彼此还有情意的话。

脆弱乃至懦弱，只会陈情给在意的人听、看。

信中留了万般余地与绝对清醒，倘若傅二没情了，也请告诉她一声。

她在S城等他回音。

那封信被傅家和辜家一道扣下了，一年后，傅缙芳答应和辜家完婚。

十六年后，傅二才有了梁珍的消息，不是那些年他寻不到，而是他早就淡忘了，忙着自己的事业、家庭，这中间，还有一桩丧女的痛。

至于如何寻到梁珍的，冯永茂又是如何去找她转达傅二的用意的，这是傅雨旸这两天得到的很准确的口供和资料，他如数客观白描，不赘述于一分感情。

前尘往事之所以有眼前的衔接，是因为梁珍的那封信。信一直被傅雨旸母亲保留在银行保险箱里，她没有勇气去碰，更没勇气去毁掉，尤其自己头生的女儿去了后，她更不敢，怕自己一时私心，再报复到她儿子身上去。

他母亲一心觉得是因为他们外人的干预，害一对良人错过五十年。

临了，唯有这桩心事。求傅雨旸找到梁珍，还这桩业障。

他差人背调才知道，梁小姐早已过世，在他父亲之前。

可是他还是联络了周家，初衷只是想尽孝，替他母亲打发掉这桩心事。

他觉得五十年的光阴，拿五十年的真金白银来换，倘若周家趋利，他愿意支付，哪怕更多。

可是没有，周家没有接受这五十年房租的诱饵，反而老老实实本着做生意的本分，降到五年。

傅雨旸实话告诉眼前人："倘若那天来的是你父亲，我想我早就和周家交割清楚了。"

周学采不稀罕弥补，更不稀罕傅家人的靠近。

也就压根不会有契约成立。原本就该天南地北的两家人，就该永远分南北。

偏偏那天来的是周和音，她身边还带着个男生，傅雨旸一打眼到她，交谈中就改主意了……

邪性的是，他再去登周家门，遇上的依旧是她。

站在梁珍的屋院里，听着周和音说话，傅雨旸是头皮发麻的，他觉得该是被诅咒到了。他问："你信鬼神吗？"

地铁轰隆隆地前行着，车厢里，人挤得像沙丁鱼般紧密。周和音站在最边角里，傅雨旸与她迎面而站，用身形替她隔绝周遭的嘈杂与干扰。

她的脸纸一样白，惶惶仰头来看他："我不信。"

她再加一句："你骗人。"

她比傅雨旸想象中冷静多了，事实上她一直这样，有着违背同龄人的冷静与自持。

十来站的路途，到了换乘点，周和音几乎逃也般挣出车厢，也不管傅雨旸还跟不跟着她。

换乘后，一路往南，错离了密集的人流量，车厢也松泛了下来，周和音找位置坐下来，傅雨旸去她边上坐，她也不问不看，随他去。俨然当作边上的就是路人，彼此是擦肩就会过的缝隙机缘。

漫长而赶赴的时间，这于傅雨旸是久违的。

也是今天，他才知道她每日通勤要走这么远的路。

良久，他来握她的手，想和她说点什么，或者企图她说点什么。

周和音冷冷地挣开了，她依旧直视前方，用幽幽低低的声音道："不要和我说话，我妈也不肯我在公共场合大喊大叫，那是疯子的行径。

“所以，别招惹我。”

七站后，周和音抵达目的地。

余下的路，她偶尔骑公共自行车，精力充沛的话，她就一路小跑回去。

从每日出入的口子一路头也不回地走了出来，这里的民巷于她，像是溶于血液般的熟悉，一青石一台阶，赵钱孙李，每家她都相熟。

这是她生活了二十二年的地方，从乡音到风俗，从春天的玉兰花到冬天的甜酒酿，她热爱她出生的巷弄。

可是她从来不知道，阿婆当年是以这样的心情在这里安家的。

阿婆从来没说过，爸爸也从来没告诉她。

这些都敌不过有人骗了她。

周和音一回头，她知道他就在她身后，隐忍了一路的情绪，已然沉静下来，恰恰是沉静下来的情绪才最真实：“傅雨旸，倘若你说的都是真的话，我不会原谅你的。

“我不会原谅一个从头到尾都戴着面具骗人的人。

“你害我变成了一个坏人。”隐忍的情绪溃了堤，周和音眼里的泪像断线珠子般往下落，她两手捧面，再移开手，泪花了整个脸，“我不止一次在你面前提过我阿婆，我说过我爸爸多爱她，我有多爱她，我说过的。

“我管你是什么出身什么家庭，你的父母多么显贵，那是你的事，你可以不爱你的家人，我不可以。我之前真心实意地心疼过你早亡的姐姐，你有那么多次机会可以和我坦白，可是你没有。

“你在见我第一面之前，就已经把我们家的背景和阿婆的过去，调查得清清楚楚。

“你有什么资格？你有什么资格！”周和音到底还是做了她口里的疯子，情绪跌宕到近乎歇斯底里。

路边许多商家行人已经侧目张望了。

这是傅雨旸平生第一次置身市井之处，面对被人发难的局面。他全然不在意了，在意的是周和音的话，她的反应如他所料，甚至过激，反而像是第二只靴子落地那样，他是平静的。

原本，他就是来好好跟她分南北的。

回头看，他真真混账极了。以一路游戏般的上帝视角，却还是把自己陷入这般困境。

不能自救，没有计划退路，是他这个年纪最落人耻笑的行径。

“那天在你书房，那个男人就是帮你调查的？”聪敏的人即刻复盘出来。

“是，对方来增补资料的，增补我父亲当年要接你阿婆和你爸爸去B城。”

“阿婆才不会去！”周和音怒不可遏。

傅雨旸朝她进一步，她便后退一步：“当然。去了，也许我就能更早见到你了。”事已至此，傅雨旸已经开始把手里原本就不靠章的牌，一一往外扔了，“哦，不对，去了，你爸爸就不会守着他的青梅竹马了。傅缙芳的养子，怎么也会匹配到更好门户的女儿的。和我们家老头一样的宿命。

“只是没有你了。”

“傅雨旸，这才是真正的你吗？”周和音眸光一冷，她质问他，“所以你今天来找我，只是要说清楚你早该在第一面就交代的事，然后拿你高高在上的出身，傲慢地来对我的家人嗤之以鼻？

“是这样吗？”

月夜里，她哭得泪眼蒙眬，巴掌大的脸上，先前明媚动人的通勤妆全被眼泪耽搁得失了彩。

饶是如此，依旧是动人的。漂亮、自信是骨子里出来的东西，这和家教一个道理，是经年累月养得成。傅雨旸的世故令他看得到，旁的男人也一样看得到，用他们江南的话来说，这么灵的姑娘，将来谈婚论嫁，总不会差的，父母也能在背后多少偏帮些。

他们终究输在时机不对，因果不对。傅雨旸不敢说了解她，而周和音也实实在在错会了他。

嗤之以鼻？

傅雨旸想说：你高看我了。

相反呀，我明明最艳羡你，姑娘。我有女儿也是要这样养的，才会昏了头地一味想你好，看你好，我也跟着快乐。仅仅如此。

“我只是比拟一种没有发生的可能。”也可以假设成一种残酷。

“没有这种可能！”周和音斩钉截铁。

“阿婆就是阿婆，爸爸就是爸爸。我就是我。”她隔着一段距离，看着他，“也许你没得选，我也是。

“傅雨旸，我不会原谅你的。我第一次和你说话，就告诉过你，房子是阿婆留给我的，你不该这样的，不该来打扰我的家人，不该来招惹我，不该由着我跟你说喜欢你！

“你甚至比你父亲更不该！”

一笔写不出两个傅。周和音承认，倘若起初他便和她开诚布公，她不会的，不会和傅家人有半点来往。这一刻她才懂他说的，他一坦诚，他们就天南地北了。

“对，我比傅缙芳更不该。”傅雨旸神色复杂，咽下这句，“所以，既然这桩前尘得以盖棺，有我预料到的，也有我没有预料到的盲点，总之，来给你一个交代，之后，也会给你父亲一个交代。

“周和音，我还是那句话，对你，你怎么追究我都可以。这也是我今天来的目的。”他总不能说不后悔对她那样。

“然后呢？你给我爸一个交代，然后呢？”

“补偿已经毫无意义了，也是对梁珍的亵渎。自然算我违约，解除与周家的租赁合同。”

然后，天南分地北。

说话间，傅雨旸的车子徐徐停泊在他们身后。他一直这样，每一步都打点好了，他的行程，他的人生，包括他的步步算计。

周和音看着他折回车上，以为他就这样走了，岂料，他探身到座位上，拿着东西再回头来，是那对甜白釉的杯子。

“你信也好，不信也罢。杯子当初确实是打算送给江富春的，是联络生意的酬情。那天你举着杯子看，回头我就改主意了。

“只觉得想把它们送给更投契的主人。

“它确实是古董，当初我高价从收藏家手里割让过来的，原本是打算送给我父亲，作为爷俩干仗遮捂过去的台阶石罢了。岂料，东西没送出去，他就急症送医，没熬过来。回头看，好在没有送出去，不然太不值了，是东西到他名下的不值。他甚至从头到尾没有当惜过我母亲，他只有妻子，没有爱人。

“他从头到尾认真教养过的孩子，只有时若。我不过是顶着傅缙芳独子的名头，成也他，败也他罢了。

“周和音，我把杯子转赠给你，它对应的价值，每一分钱都是我坦坦荡荡挣来的，干干净净。你可以不喜欢，挂牌拍卖出去也好，回头砸了也罢，只是别当着我的面。

“这不是什么弥补，仅仅是礼物。”

盒子塞到周和音手里，她却只凄凄婉婉地看着他。

看着他不再言声，转身回车上。

傅雨旸走到车子边，拉门侧身坐进去的那一刻，周和音几步追过来，她喊了他一声，没说什么挽留的话，只眉眼固执地盯着他：“我要那封信，阿婆写给你父亲的那封信。”

“正式来S城前，已经被我烧了。”

得闻如此，她更加痛心且恨他：“我不管你用什么办法，想也好，背也好，你把那封信复原出来！”是胡搅蛮缠的口吻。

车里的人看她泪未干，几分笨拙地捧着那个盒子，终究是没有当着他的面摔成个粉碎。

反而，赤诚的人倒像是捧着她的心。

傅雨旸几乎本能地伸手，来给她擦眼泪。

周和音糊涂了，他也跟着糊涂。两个人都忘记了这里离六家巷只有百米远，这里的街坊个个都知道周家的小囡出落得标致水灵。

小音二十出头的时候就有人和春芳开玩笑，要给她说毛脚女婿，让学采喝丈人酒了。

周和音心心念念阿婆的信，她无论如何要看看阿婆当时是以怎样的心情、怎样的勇气提笔给那个人写信的。

她没有想多少，可是等傅雨旸真正探手过来替她拂泪的时候，她又一时不设防了。

她始终不信他是那种无情无义之人，在地铁那里，他连一个陌生小孩都能照料到，是他自己说的，论迹不论心。

她看到他的论迹了呀。

思绪堆叠，她的眼泪又忍不住了。

蒙眬蓄泪之际，全然没看到身边有人走了过来。

周学采依旧一身最朴素的衬衫、长裤，袖口还套着塑胶的套袖，一副市井干活人的自觉。

不到五十岁的男人，勤苦半辈子，平日烟酒不离，风吹日晒地过日子，已然有了岁月的痕迹。

这样一个快半百的男人，倘若说最大的软肋，也就只有女儿了。男人对待配偶和子女永远有不一样的觉悟，尤其孩子是女儿。

正因为同为男人，有同类对劣根性的自觉，他们彼此更懂一个男人对女人的心境起伏是怎样的。

绕来绕去，总归离不开风月二字。

周学采远远没做好一个嫁女儿的父亲的觉悟。他甚至听到妻子说女儿有个恋爱对象都很不是滋味，生怕那些个男生欺负了他的女儿。

遑论眼前这一幕，将先前所有的存疑都坐了实。

母亲当年没绕开那个姓傅的，多年以后，他的儿子又出现在周家。

这俨然是作孽、诅咒。

周学采从前教育女儿的威严话就是："你要是儿子，我早就动手了。"

如今的他还是，饶是女儿犯了这么大的糊涂，他依旧舍不得动姑娘半根指头，远远地，威严地，带着一个父亲最大的怒意与隐忍："周和音，回家去。"

[34]

晚上茶馆没有晚市，周学采和店里几人约着喝酒。

邵春芳在家里打牌。夫妻俩一向这样，忙的时候脚打后脑勺般忙，歇的时候也认认真真歇。

家里牌桌上，邵春芳手气正好呢，连着四牌没下庄。听到门楼里有吱呀推门声，她不知是他们爷俩谁回来了，只在牌桌上嚷着，看一下厨房炉子上的水开了没，开了浇起来，再把炉子封起来。

手里的牌刚打出去，就听见门口传来周学采的声音，不知冲谁："去你奶奶屋里！"

"去！"再喝一声。

邵春芳这才离了位置，出来看，周和音不声不响地站在门口，丈夫冲女儿吆三喝四的。

她忙问这是怎么了？

周学采再出声："我叫你去那里站着，听见没？！"

牌桌上的那三家已然闻到不对劲了，这是教子的阵仗。姜太太立马也跟出来，问春芳这是怎么了。

周学采没好口吻，只要妻子将牌桌散了。

邵春芳那么个圆融的人，一半会意丈夫的不快，一半也怕街坊邻居看笑话。连连和姜太太她们几个打招呼，说不打了，不好意思啊。

姜太太哪里想走，她一副劝架的阵仗，实际上还是想探探出了什么事。

门口的爷俩，老周看说不动小周的样子，就一把薅着姑娘的后领子，拎着进了家门，直往老太太的北屋去。

姜太太从没看过学采这个样子，啧啧地喊："这是做甚呢啊，出了什么事了，小音都这么大了，哪能这样子的啊，伤孩子自尊的。"

邵春芳气都气死了，也顾不上脸上好看了，只催牌搭子走，一味全怪到丈夫头上，他就这么个臭脾气，火一上来，谁人都不看的。

直到打牌的人匆匆散了，前楼闭门落户了，邵春芳再赶来北屋，看堂屋里的爷俩一个冷脸一个低头。她才拿出当家人的气派来，事实上这个家一向是她说了算的："这是怎么了，啊？出什么事了，要这样？！"

周学采不回应妻子，只问周和音："你自己说。"

周和音始终不启口。她今晚的情绪实在太多，眼下是没有巧智面对了。

巷口，爸爸径直过来，要她回家去。

傅雨旸从车里下来，甚至都没来得及出声，周学采就给打回去了："傅先生从今日起，一脚不允许登我的门。你的租约，我双倍赔给你。连同你老子的那份。"

傅雨旸全不讶异周学采的话，只冷静提醒他："周先生有什么不快都可以跟我交涉，倘若为了外人为难自己的女儿……"

"你也知道是我的女儿，我的女儿，我管了二十二年，只要不打死她，谁也不能来做我的主。"

有人哑口。他确实无能为力："那么我等周先生教子回来，我有几句话代表自己也代表我父亲，想和你以及您母亲有个交代。"

"我没见过你父亲，但是今天算是见过了。傅家人名不虚传，干些惠而不费、偷香窃玉的事，信手拈来不说，还寡廉鲜耻。"

周和音手里一直捧着个盒子，刚才怎么趔趄，她都没松开。

眼下又怎么问都不肯张口，周学采几乎怒火中烧，两步上前，夺了她手里的东西，饶是不懂行，也看得出盒面的木料是金丝楠木的，抽开盖面，是一对古董式样的杯子，嵌在防尘布中，精致又典雅。

他问哪里来的，那个姓傅的送的？

为人父的痛心疾首，他这些年再苦也舍不得妻女吃半分苦。邵春芳老是念叨："我们老周多惯着他的丫头啊，都这么大了，他丫头吃不下的饭，他都可以拨到自己碗里来。"

他自问对待自己的孩子，是富足地供养着的，无论精神还是物质。

周学采周岁不到就被梁老师收养，是相伴了四十三年的母子情。老妈妈那些年没冲他高过一声，梁老师一辈子都轻声细语的。

老母亲临了交代两件事，一件是这个房子，一件就是她从前那段往事。其实谈不谈已经不重要了，只是他们母子一场，临了，学采都不知道，有些说不过去。

不是什么体面的过去，就不要告诉春芳和音音了。

"我这辈子不后悔，遇上的每个人，都是我该经历的。傅缙芳，那个孩子，后来的你，和你的妻子、女儿。都是我该经历的。

"我庆幸从梁家出来了，那样的盲婚哑嫁，不是我想要的。后头不嫁人，也不全是为了你，学采，我过惯这样清净的生活了，我不习惯和人睡一头的。"

周学采笑话母亲："你不习惯，还天天由着小音和你睡到那么大。"

母亲笑，说："你这个丫头啊，是哨哨子的性格，没事就在你耳边嚷一通。我后头耳朵不好，全是你丫头闹的。"

老母亲很平静地交代她的身后事。

"火化了就拉倒，别在家里办什么白事，我不喜欢，清明去探我，也别学人家那么多花样。带束花带杯茶就够了。

"学采，你们夫妻要好好的，将来小音出嫁也好，她不想嫁人也好，由她自己去，答应我。女儿家活明白最重要，清清白白地活自在了，比嫁什么有头有脸的人家都重要。"

最后说到这个房子，很惭愧，房子当初不是她自己的经济能买的。

这栋三间屋，是梁珍拿一块古董怀表典当的。

怀表是傅缙芳当初送给她的，她第一次去傅家玩。在他父亲的书房里，他请梁珍吃蛋糕，那块表正好送修刚回来，傅缙芳借给她看。

临了，他塞在她的挂线手套里了。

梁珍回头要还给他，他怎么也不要。

仅仅因为，他喜欢看她认真中意一件东西的样子。

所以，周学采才说傅家的爷俩，都是一样的偷香窃玉，惠而不费。

他再问一遍女儿："是不是那姓傅的送给你的？周和音，我把你养这么大，你奶奶把你惯到那么大，不是要你没骨头地收有钱男人的小恩小惠的。"

说话间，手起，物什落。

周和音想喊不，已经来不及了。

一对甜白釉的杯子，瞬间四分五裂。

这才，她的情绪到了底："爸爸，你不讲理，这是我的东西，你凭什么摔？！"

"你说我凭什么？！凭你不同好人来往。"现在想来，她之前去B城，压根不是为了工作，就是为和那傅雨旸来往的。

"你晓得他是什么人吗，啊？！"

"我今天知道了。那么你和阿婆为什么不早点告诉我，我也想早点知道。"

周学采闻言不对，毫无父女也有大防的自觉，只问她："你和他来往多久了，到什么地步了？"

周和音不言声。是她没有十足的底气来澄清自己，她很难违心地说什么都没有。

"我再问你一次，到什么地步了？"周学采是几乎怒斥的口吻。

邵春芳不清楚婆婆那一层，但也是听明白了些，听明白女儿是和那个房客傅先生交往过密了，上回对方登门，她就觉得有点不对劲。

可是在生意人来看，对方很体面。这一刻，顾着姑娘的名誉，她只勒令丈夫："你轻声些。要喊得人家都听见吗？"

"还要我喊吗？你女儿已经和人家公然在路边上就……"

这种男女安全距离的问题，越模棱两可地不答，越叫人误会。

有些事，没有就没有，不作声，过来人就是默许发生了什么。

周学采等着女儿来澄清自己，良久，她也没开口。一怒之下，把手里刚才盒子的揭盖，实实在在的木料，硬生生地掷到周和音面上去。

揭盖边角掷到了周和音的脸颊骨上，能闻到声响的地步，她本能地捂住痛处，声泪俱下，再移开，赫然一个破了的口子，见血了。

邵春芳见状，终究忍不住了，骂丈夫："要死了，你没轻没重的，你怎么不一下掼她脑门上，打死拉倒！"

周和音捂着伤口，蹲在那里，看地上一地碎釉片，头顶上是爸爸再严峻不过的声音："小音，你谈恋爱交朋友，我不管你。唯独那个人不可以，倘若你心里还惦记你阿婆半分的话，就记着我的话。不然，你就从我这个门里走出去。"

周和音因疼而冷嘶出来的泪，不禁流到脸颊伤口处，眼泪是咸的，渍到伤口上，微微地腌人。

她头也不抬地冷冷出声："是要我和阿婆一样，从自己的家走出去吗?

"爸爸，你猜阿婆还在的话，看到你这样驱逐我，她该有多心痛。"

当年，每个人都是推手。

而现在的周和音说："放心。我还不至于为了个男人要和自己爹妈到断绝关系的地步。

"但是，我依旧不会原谅你们。不会原谅傅雨旸他骗我，也暂时不会原谅爸爸，你问都不问，就摔了我的东西。

"他送我东西，仅仅因为我喜欢，我有辨别力。我没有自轻自贱去受男人的小恩小惠。

"爸爸，你可以把东西砸了，但也改变不了我喜欢它的事实。"

说完，周和音径直去南楼，上楼去。

而她最后的话，周学采一时难分辨，她说的"tā"，是杯子还是人。

傅雨旸直等到周学采肯出来，外面已经过十点半了。

二人约在茶馆，空荡荡的店铺里，卷帘门拉上去，电闸一推，白花花的日光灯一一跳亮，这是周家如今认真经营的生计，或大或小，都是产业。

傅雨旸一向认为生计没有贵贱之分。饶是他们一年的盈利，可能也抵不上他一单的抽成。

可是这样的日子，踏实。才能养出一家人的富足。

茶馆上下两层，当初许抒诚来过一次，跟傅雨旸念叨，说周家那小妞耀武扬威收银的样子，别说，还真有趣。

周学采挑了一楼最边张的桌子落座，一副也不招呼人的嘴脸，只把手里一沓资料摊在桌面上，有当初的租房协议，还有一张委实陈旧的照片。

傅雨旸跟着落座，说实话，这样老式的红方桌，清漆之上，油渍显然都没擦干净，他解开外裳纽扣，袖口往上搁的时候，有着上断头台的隐忍。

周学采说租房协议是他女儿收着的。他能拿过来，代表着什么，意味再明显不过。

对面的傅雨旸没去管那份协议，而是左手上前，拈起那张斑驳泛黄的照片，上面的一双人早已看不清形容，可是从身段依旧看得出，是他父亲。

尤其照片背后的一行字：请你坐在月明里。

很嘲讽，人像还没文字坚忍。傅缙芳的笔迹他再清楚不过。老头的字，在圈内是出了名的漂亮隽秀。

“我可以抽支烟吗？”傅雨旸问茶馆的主人。

周学采默认。

他这才徐徐摸出一支烟，很平静地点着。同为男人，能读懂这片刻的沉默，不过是在组织思绪罢了。

片刻，傅雨旸出声道：“其实早一天晚一天，我也是要约周先生的。今天你看到的情形，不过是我跟她讲了一下我父亲和梁珍的故事。”

他的话术很高明，不说你女儿，不提周和音的名字，但对方明白他说的是谁。

他要她成为一个独立的人。

“所以，实不该为难她。是我一味没和她讲清楚。”烟舒缓出口，蒙在他的五官上。看得出，是个老练世故的人。

“不怕周先生笑话，倘若一开始我的调查没有盲点没有失误，我知道我父亲后来是联系上梁珍了，且还有意接你们母子去B城。那么，我绝不会蹚这趟浑水的。

“好歹都是他该受的。保不齐，他最后的死，也和梁珍有关，谁晓得呢。我只晓得，他耽误了你母亲是不错，但也耽误了我母亲。

“他没有我母亲娘家一路的扶持帮助，没有光鲜无污点的履历，哪来那么高的威望。

“平心而论，周先生到了我父亲那个当口，四十大关，转折点上，你也不会允许自己犯错误的，更不会离婚。”

“可你父亲想着齐人之福，是不争的事实。也彻彻底底让我母亲放下他了。”周学采朝傅雨旸对峙，“你见过我的老妈妈就知道，她是个多不争的人。

“从头到尾，她没有告诉傅缙芳那个孩子的存在。甚至那封信，她知道信多半是路上丢了，或者被傅家扣下了，总之，他没看到。”

当年傅缙芳差人来找梁珍，周学采年纪也不大，只知道和那人谈了半个钟的时间，妈妈就送客了。

之后那人无论怎么上门，送什么来，妈妈都不肯见了。

“那封信是傅家和辜家一同瞒下的，在我母亲手里压了好多年。这是我当初想要联络周家的初衷，如今原原本本，我依旧要交代了。

“我知道于你们不重要了，但是这是我母亲的遗愿。你就当我们，各为其主罢了。”傅雨旸手里的烟燃到一半。

“那么，与我女儿有什么关？傅先生也是有头有脸的人，何必这么戏弄一个孩子呢？”

傅雨旸抖落手上的烟灰，再把烟蒂咬到唇上去，吸一口，郑重答复对方：“我如果说，不是戏弄，周先生信吗？事实上，我父亲当初对梁珍也不是戏弄。”

“我和傅先生这样矜贵出身的有钱人眼界不一样，我只看结果。我只看到我老妈妈辛辛苦苦一辈子，老妈妈我无力帮她，轮到我女儿，无论如何我不肯她这样的。”

周学采再不快地提醒他什么：“况且傅先生这中间和我女儿隔了一辈的。让人家晓得了，我们周家头都抬不起来的。

“所以，小音把合同拿给我了。她即便犯了什么错，我难不成真打死她？”

傅雨旸盯着租赁协议没有说话。

不多时，他是头一次自省也陈情的态度，同他父亲都没低过头：“我喜欢她，和任何人一点关系都没有。”

“傅先生听过上梁不正下梁歪吗？况且你算是两根上梁都不正。倘若你今天不和我说你母亲的事，我也许还不会这么吃心。

“你是游戏惯了的有钱人家，否则也不会这个年纪还不成家。我像你这个时候，小音都快十岁了。

“你父亲这样，你母亲偏私。这是都不在了，倘若在，你也堂而皇之地喜欢我女儿？傅先生，真心喜欢一个人不能这么自私的。

“我无论如何，不会肯我的女儿和傅家后人扯上半点干系的。我老母亲也不会肯。”

好一个上梁不正下梁歪。傅雨旸难得有被当头棒喝之感。

“那么，您听说过，因噎废食吗？”

“傅先生不必和我转文。你比我清楚，我答应和你谈的界限在哪里。我这儿已然顾忌着体面了，跟你挑明了，我和她妈妈都不会肯的，你的年纪家世阅历，都和我女儿不匹配，我们穷老百姓，攀不上您这样的大树。况且还是傅缙芳的独子，光这个名头，听起来都是要吃苦头的。因为你样样桩桩，都和你父亲如出一辙。”

否则好人品出身的人家，会无端招惹一个小姑娘吗？“这不是你父亲流给你的血，是什么？”

说到兴头上，周学采提到这北屋当初能买得成的契机。

源自他父亲施舍的一块怀表。

如今周学采没辙，寻不到一模一样的，但他会拿出他的积蓄来，连同那五年的房租一并还给傅雨旸。

有人听后慢笑，谈判惯了的人，知道怎样推进得了，怎样是无用功。事已至此，他再拘泥，就成了烂账了。

所谓的流着傅缙芳的血，所谓的上梁不正下梁歪，难道还不够耻辱吗？

或者人家没有说错。他上哪里去保证，不歪，又或者，他的血原原本本是自己的呢？

感情真有这一笔保票，那么，上一辈的人会个个活得很简单。梁珍是，他母亲是，或者傅缙芳也是。

傅雨旸有他的骄傲，这骄傲如皮如骨，倘若让他丢弃他的皮骨，那么他不但不能保证旁人，而且不能保证自己。

沉默许久的人，最后摁灭了手里的烟。拾起合同和那张照片，至于其他，不该他事。

“周先生不要怪我傲慢，男女之情，哪怕一朝怨偶翻脸，也不能去追溯送出手的东西。况且是五十年不止的东西，您母亲都可以坦然地置换成房产，您又何必这个时候拘泥地要还回头呢？又要还给谁呢，还给早已成灰的人？总之，不是我。”

周学采哑口地盯着这个体面光鲜的傅家人，哪怕他颓唐地笑都是十足的自持与冷静。看着他起身来，做告辞状，最后没头绪且傲慢地说了一句：“替我转告她，我是真心想过，倘若当年你们当真北上，我会不会更早见到她。

“幸会了，周先生。我猜，你也不会想和我说‘再会’的。”

[35]

周和音十三四岁起，爸爸就不怎么进她房间了。

周学采有着最传统的男性觉悟，对妻子迁就忍让，但人前绝不袒露一丝一毫，甚至还会摆大男子主义的谱。对女儿更是一味宠惯，从没半点上纲上线地要她去做什么。

他时常挂在嘴边的话：“我们不比好，但也不能比差。你得不到三好学生的奖状，但也不能差到吊车尾，让我去挨老师的训。

“我比你更怕见老师呢。”

周和音那时候在门楼里捧着个夜饭碗，她爱用红烧鱼的汤拌饭吃，阿婆回回说她，上辈子肯定是个猫投的胎。

她问爸爸：“那么你那个时候不在阿婆班上吗？”

“不在。是你阿婆不肯我在她班上。”

“为什么呢？”

“因为自己的孩子笨，看着实在闹心。”

哈哈，小音便说：“那就更别怪我了，我肯定遗传你。”

——是啊，你遗传我，怎么又落得要和你阿婆一个结果呢。

周学采到底不落忍，回到家，一个人在堂屋里抽了好几根烟，妻子也跟着睡不着。想来想去，还是跑出来和他论几句。

“你妈今天还在，那个木头盖子不砸到你脸上去，我跟你姓，周学采！你给我砸砸看，那个脸当场就肿起来了，明天肯定青好大一块，多好看啊！”

邵春芳到底闹明白是怎么回事了，她心里多番埋怨，可是又不敢说出口——那是你老妈妈的事，牵连到我女儿头上算怎么回事。

不是她，我女儿今天还轮不到这层苦呢。

可是邵春芳不敢说，一个字不敢，她知道婆婆在周学采心中的分量。

将心比心，她要是周学采也会看重母亲。一条命都是她给的，又给了他这辈子的安稳踏实，这不是愚孝，是打心眼里的母子情重。

她只能就事论事："周学采，你昏了头了。有事去朝外人，打自己姑娘有什么用。养到这么大，一个指头都没碰过，哦，为了个夹生的外人，你下那么重的手。"

"有些事情，黑不提白不提，遮捂过去就算了。你非要弄这么大的阵仗，等着吧，明天一条巷子全晓得了。"邵春芳分析给他听，"到时候你不承认也要承认了。

"你妈那事是你妈的，年代不同了。说些什么老子养什么小子的话，我反正不同意，正正得负的事还少吗？反过来，负负得正的也不在少数。这是你没亲爷娘的，我倒要看看你有一对什么样的父母。照理能把你扔掉的父母，应该也不是什么好皮料，我看你周学采也没坏到哪里去。"

周学采压不住火地抬起头来，扔了手里的烟："这能一块儿论吗？还有，我知会你，不要眼皮子浅地图人家什么啊！"

邵春芳手里有给丈夫倒的一杯茶，都快要搁到他桌前了，又收回头了，当着他的面，全泼到门口的台阶上了："我眼皮子浅图人家什么，周学采你活打了嘴了，我跟着你的时候，你是个过年五十块钱都拿不出来去我娘家的人。

"我这辈子没本事学人家养个儿子，但我依旧要感恩你妈，那时候我想要二胎，是你妈劝我，经济跟不上，不要一味看人家眼色行事，不然苦大人更苦孩子。儿不儿子的，实不该活成指望。闺女是一样的，我始终记得你妈这话，这才有了我今天的女儿。我没多大的本事，但我女儿干净漂亮，在这条巷子里都是拿得出手的，我始终信我如今多挣点，将来嫁女儿的底气也厚实点。

"我一应都为了她。我就问问你，她现在是干什么伤天害理的事了，啊，你要这样？！

"真要论，我还要怪你呢。周学采，我跟你这么多年，到了，你还是留着一手，你妈妈这些事，你为什么不早说？你早点告诉我们，没准小音就不会一头扎进去了。她就二十二，你要她有多大本事，啊？！

"你这样，和当年赶你妈出梁家的人，有什么分别？

"到了，你活成了你妈口里那种人，看人家眼色行事的人。"

邵春芳这张嘴，十四五的时候就没饶过人，更别谈到了女人最清醒的年纪了。

周学采说不过她，不耐烦之际，只问她："有没有上诊所看看？"

其实邵春芳知道问的是谁，为难他："谁？"

"你女儿。"

"那是我女儿，关你什么事。你把你脸面顾好最重要。"

夜里快十二点了，周学采思来想去还是上楼了，轻悄悄地推开房门，站在床边看着没吃晚饭又哭累睡着的女儿。

当真脸上肿了好大一块，冰袋应该是睡着了丢开了。

轻悄悄来看，又轻悄悄下楼去。

次日一早，周和音依旧去上班，穿着打扮没什么变化，就是脸上戴着口罩。

夫妻俩都没到店里去，邵春芳跟女儿说话，她也答，问她脸上还疼不疼，她也如实道："疼，还肿了。"

"那就请假一天，别去了。"

有人倒是比爹妈还市侩起来，说："那我这个月全勤就没了。不高兴。"

直到周和音彻底出了门，周学采才忍不住问妻子："她在想什么？"

邵春芳道："想亲爹都不牢靠，还得靠自己。"

有人面上一寡。

周和音脸上的伤，整整四天都没消退。

她报复性地涂修护精华，Nana看着小音把千把块的精华当孩儿面霜用，心想完蛋了，这是真陷进去了。

短短时间发生这么多事。偏小音和她说的其实很少，一面事比人快，一面她是认真了，越认真，越想独立思考。

"那么你到底怎么想的呢？"

周和音摇头，不知道。她只知道，她不能接受有人朝她不坦诚，也不能接受爸爸那么专制地摔她东西。

他们这样的面目，都是让她消极的原因。

Nana始终是理智派："小音，如果只能选一个，你预备怎么办？"

周和音沉默了会儿，微微地苦笑："我想阿婆还在，我想她见见他，我觉得阿婆会比爸爸客观些。可是又觉得这样对阿婆很残忍。

“所以，我恨他骗了我。

“可是，爸爸说他不是好人，我觉得这是一次否定两个人。否定我也否定了他。”

她知道那一晚，爸爸和傅雨旸谈了什么。不用去问，都知道不是什么好话，这几天她一直沉默地等着爸爸找她，可没有。

傅雨旸那边也没有。

周和音用嘲讽的口吻和Nana“吐槽”，嗯，到底老人家们就是沉得住气，他们都等着浮躁的人来浮躁地谈条件。

她表示学到了。

从Nana那里回来，外面已经约莫八点了。刚进门，周和音就看到堂屋方桌上放着一张A4纸，是房屋租赁协议提前终止的违约补充。

是租赁方违约，扣除违约金及押金，其余租赁款，依数打回租赁方。

租赁方已经签字落章，因为房主是周和音，要她亲自签字，终止协议才算生效。

周和音把这张纸拿到父母房间，只站在门口，问他们：“就这么光秃秃送来的？”

她的目光再落到周学采脸上：“爸爸，既然是我的东西，为什么不等我回来拆？

“要这样逼我？”

门口的人，二十二年来，都是个开心果，是贴心的解语花。这一晚，难得来了脾气，她把纸当着爸爸的面揉成团，丢进他们房间的垃圾桶：“我才不会退他一分钱。谁让他骗我的。至于其他，放心，我没有你想象中那么没出息，为了个男人要死要活。爸爸，我不妨告诉你，不要怕我发生了什么，即便发生点什么也是我心甘情愿的，阿婆当年也是心甘情愿的。”

说完，周和音扭头就走。

不多时，她从北屋拿到那个收拾起来的楠木盒子，东西是碎了，但他们到底顾忌着女儿的情绪，没敢扔了。眼下，周学采看小音拿着那个盒子一副要出门的样子，警觉地问她：“你要上哪里去？”

“你不是巴着我和房客解约吗？我去亲自找他解约。”她去见傅雨旸。

周学采不语。

“不只解约，我去找他……两清。如你们所愿。”

周和音在路口招到出租车后，才给傅雨旸打电话，那头迟迟不接，她再拨了一遍。

接通后，她甚至不等他开口，径直朝那头：“傅雨旸，我有东西还给你。”

那头有起身掇椅子的声音，很明显地从喧闹走到安静里：“我先叫车子去接你，我这里暂时还脱不开身。”

“我不要你接，你告诉我地方吧。我可以等你。”

“是要把什么还给我？”

“傅雨旸，如果我硬要你从正经交际桌上下来，和我耽搁半个钟头，是不是很幼稚？”

那头即刻接话：“我发地标给你。”

傅雨旸今晚是正儿八经的交际局，有官员有当地的头目供应商，连同他们几个合伙人，七七八八地分坐了两桌。

乔傅二人的东道，傅雨旸自然轻易脱不开身。周和音到了度假村酒店，是许抒诚出来接的。

许虽说出来接，但心里还是不免嘀咕：好家伙，这个小妖精不简单，闹到傅雨旸生意局上的，她是头一个。

搁往常，作精到这个地步的，傅雨旸怕不是早就拉黑了。

外面凉，人工湖上早就起了茫茫的雾。周和音衣衫单薄，手里拿的盒子，许抒诚很眼熟，他同她说笑，周和音戴着个口罩，也不睬人。

“和老傅闹别扭了？他就那么个人，老人家也要哄的，别和他一般见识。”

小妞依旧不说话。

许抒诚见好就收了，决定不招惹她，到时候哭哭啼啼，那个主儿正上头呢，他才不找他的不痛快。

依照傅雨旸的安排，他将隔壁包厢征用了，好吃好喝地招待她：“你等会儿吧，老傅几杯酒的工夫，就过来。”

周和音坐下来，也不说好也不说歹。这么个叽叽喳喳的人一下子哑巴起来，怪闹心的，许抒诚还是喜欢她在他们家茶馆当家做主的样子。

直到许抒诚走了，周和音才悄然起身，走到包厢的落地窗外看，这样二百七十度的视野看无边无际的人工湖和湖面上的月亮，真好看。

风的缘故，还能听到湖面卷浪拍打承重石柱的声音。

她出神看了会儿，也任由窗外湿湿的风拂在脸上，凉但清醒。

直到一只白衫袖口伸过来，那手径直去合那窗户的插销。

风一时停止，气息里有他满满的酒气。

月亮在天幕里，离人间看似很近，其实好遥远。

周和音抬头看他之际，面上的口罩被他拉了下来，伤口还没好，不肿了，但是破口就是破口。

他要伸手来碰，周和音一下子让开了。

让回到座位上，她把手里的盒子搁到几案上，傅雨旸踱步过来，原本他以为她只是完璧归赵，没想到，揭盖一看，啷当碎。

"你砸的，还是你父亲砸的？"

她没有回答他的问题。

从伤到碎杯子，很明显，是周学采砸的。

"所以，是还我这个？"傅雨旸砰地滑上盖子，已然碎了，就不必顾忌轻重了，随意掷在边上的沙发上。

他了然她来的目的了。

周和音看手腕上的时刻，她说好的，耽搁他半个小时。

"解约的那张协议是你签了送过来的？"

"是你父亲托人送给我的，揽责的是你们。我重新拟的，责任方是我。"

"那么责任方是你，我就不想退回房租了。"

"好。"

傅雨旸与她对面而坐，他身上酒气太重，一直喝茶来掩。

他酒量应该很好，始终四平八稳的，端茶杯茶汤都不动的。上次在笼沙公馆，周和音还是太嫩了，她竟然相信他会醉。

"我爸爸和你聊了什么？"

"该聊的，一个父亲一个儿子一个家主该有的态度。"

"那么都是你该受的，是吗？"

傅雨旸尝一口茶，一副冷面的模样，微微侧首过来，与她四目相对："算是吧。"

“所以，你同我们周家的来往，我爸爸是你最后一脚程。我不联络你了，就不会有下文了，是吗？”

“那么你教教我呢，小音，我一味和你下文，我永远成为不了一个好人啊。”

周和音立时就掉泪了：“不准这么喊我。”

“那就别来找我了。听见了吗？周和音。”他搁下手里的茶杯，懒散地往椅背上一靠。

面上瞧不出任何情绪，如草木如金石，没有感情。

“傅雨旸，我说过我要阿婆那封信的。”

对面人闻言，立即起身，从包厢的斗橱柜里翻出便签纸和笔，A5大小页面，傅雨旸当着周和音的面，洋洋洒洒，凭着记忆，凭着客观的感情，是速记的手速。

行云流水的将近一千个字。

不多时，给她复盘出来了。这是周和音第一次看他的笔迹，笔画里全是力，也透过他的文字看到了阿婆的陈情。

直到读到最后的，梁珍亲笔。

她终究难自处了，心里的天平终究还是因为亲人的砝码过重，倾斜了过来，她把纸对折再对折，揣回兜里。她不无嘲讽地开口：“傅雨旸，你有没有想过，也许你占据了阿婆那个孩子的人生。”

对面的人弃了笔，冷冷地朝她欺身来：“不要这样，气归气，小音，不要说这些幼稚话。你和你父亲都该晓得，没有我母亲也不会是梁珍的。

“傅太太从来不是梁珍。否则，当初傅缙芳就会毅然决然带她北上的。”

周和音的一只手当即就有了要迎面招呼的架势，被傅雨旸截了下来，死死扣在虎口处。

她闹，他干脆陪她闹。

不是问和她爸爸谈什么了吗？傅雨旸一把把她拽到怀里，用带着馥郁酒气的气息恶劣地告诉她：“你阿婆那栋房子是拿我父亲的一块古董怀表置换的。

“小音，我有点开心呢，起码从头到尾你就和傅家沾着边呢，一开始就有傅家的庇佑，你出生的房子，你们周家一步步挨到今天，都是站在那块怀表的基石上。”

被他困在怀里，周和音这才结结实实打了他一巴掌。

有人明明挨了打，却疯魔起来，捞住她的下巴就来尝吻他。周和音挣不开他，直不管不顾地喊人。

征用的包厢，原本就有对应的侍者值应。

听闻里头的声音，推门而入那一刻，傅雨旸满满的愤怒，一副骂人的嘴脸："滚！"

侍者逃也般合门而去。

周和音挣不开他，干脆工具人般任由他摆布。

直感到怀里人没情绪了，傅雨旸才偃旗……

"傅雨旸，上次我说过，喜欢你。那天在地铁闸口，我以为你要和我说什么，起码是我要听的那一句。结果你给我讲了个那么冗长的故事。

"现在，我依旧保留倾听的机会。

"你认真说，我就会认真相信。"

"认真相信什么，相信追你的那些小男生说的一生一世爱你？

"相信傅缙芳写给梁珍的那句，'请你坐在月明里'？

"最好别。"傅雨旸想：我可以辜负任何女人，唯独你不行，诅咒太沉重。

"傅雨旸，我不会给你第三次机会的。我再认真问一次，你和我来往的每一次，是什么样的心情？"

"有趣。鲜活年轻的脸蛋和灵魂，以及你说的操控别人的喜怒哀乐，我很中意你的快乐建立在我的基础上。

"也带着稍稍的补偿心理。看着梁珍的后人在我身边，很有趣，一种宿命感的有趣。

"但奇怪的是，我对你没渴求的欲望，我从没和一个女人周旋这么久过，和她们即便不是第一面，也挨不过第二面，总要上……"那个床字没说完整。

傅雨旸迎面被周和音从几案上抓起一盘蛋糕，倒扣到他脸上去。

是一盘蒙布朗，他第一次约见她，她愿意打包带走的。

她从他膝上起来，说谢谢他的答案，谢谢他绞尽脑汁地拒绝她，这样于彼此都痛快了。

"我不是阿婆，不是梁珍，即便有了那个孩子，我也不会要的。

"我有爱我的父母，他们没有把门户耻辱放在我前头。我跟我爸说，我不会原谅傅雨旸骗我，我也暂时不想原谅爸爸的粗暴不讲理，他养我这么大，没打过我，为了你，我挨了打。

“可你依旧不是最重要的。出了这个门，我总会找到人替代你的。

“也祝傅先生再遇到第二面就可以上床的伴侣。”

说完这些，周和音扭头就走了。开门那一瞬，门外径直站了好几个人，她才不去管他们是谁。

她一门心思离开这里，回家去。回到周和音原先该待的地方去……

老乔他们几个可真真吓坏了，见包厢里，椅子上落座的傅雨旸被扣了蛋糕，一脸狼狈。

“这是为什么啊？”老乔着实不懂了。

椅子上的人起身，沾在襟前的小骨瓷盘顺势落到脚边，被正主一脚踢开了。他丝毫没觉得不妥，甚至抹一块蛋糕往嘴里送，再拿消毒毛巾抖开，揩面上的糟糕，出口的话与他脸上的蛋糕全无关系，是吩咐许抒诚的：

“去，跟着她，太晚了，给她招辆车子。”

Chapter12

糖罐子

[36]

江南七月的雨，瓢泼人间。

雷阵过后，雨柱停了，枝枝蔓蔓的水，压得时令的紫薇花抬不起头来。

四人约会，最后那个夏明朗没有来。

周和音面上不显，但是，心里诋毁：真真白白辜负了这个名字，一点都不明朗。

她把带过来的古早麦芽叮叮糖旋开盖子，一口一个，吃了好几个。

Nana提醒小音："你小心蛀牙。"

周和音对面的赵观原伸手过来，往她的糖罐子里伸，周和音当看不见，径直把盖子盖他手上去。

赵观原干脆连她的糖罐子一起夺过去了，拈一颗往嘴里丢，还问Nana和她男友要不要。

周和音没好气，当即要走，赵观原笑话她："你就是走了，夏明朗和你也不会有下文的。"

"赵观原，我看你又忘记吃药了，是不是？你答应我什么的！"

"答应你不处情人了，处朋友。"捧着糖罐子的人，一双桃花眼起初没所谓般轻飘飘的，突然就凝重了，"但是你不能处我朋友。"

赵观原说，这过分了啊。是个男人都不能忍"绿帽子"。

朋友妻不可欺。朋友追过的女人也不可欺。赵观原说着说着，声调就高了起来。

周和音一屁股又坐回头，纯粹是不想惹他疯，疯起来大家跟着出洋相。

“他家开书店的，他答应帮我找本玫瑰图鉴的工具书。我这才拉着Nana一起……”

确实是四人约会。

上个月周和音出差，一本书落在了座位上，是邻座的夏明朗提醒她的。

回城正好顺路，周和音要求拼车，可是夏明朗很绅士地一个人付了账，还一路送她到家。

他们在观光老街又碰上一次，小音和Nana去拍视频。

夏明朗看着周和音拿两根小竹棒在搅麦芽糖。

麦芽糖搅绕发白的时长里，二人一路聊了会儿。

最后，夏明朗问她：“你会吃掉吗？这个搅搅糖。”

会啊。周和音当着他的面，把搅得发白也再搅不动的麦芽糖放到嘴里。当真吃掉了。

夏明朗略微鄙夷，“龟毛”洁癖的表情很有趣，他嫌这糖脏。

周和音问他小时候没吃过吗？

没有。对方摇头。

她给他介绍，这样吃是有点怪怪的，固状的叮叮糖很好吃的。

于是，二人约好，找个机会，他找那本玫瑰图鉴给她，她带叮叮糖给他吃。

Nana有点惊讶，惊讶于，小音这是接受人家的约了？

周和音很平静，只能说不讨厌对方。且欣赏对方的平和与直接，还有……洁癖的样子。

巧也不巧的是，夏明朗和赵观原是高中同学。赵观原知道了周和音这周约的人是他，终究还是给搅和了。那个夏明朗没能来，赵观原都到了，对方才姗姗来迟发来一条短信，只说实验室还有数据要跟，对不起，他不能去了。

周和音连同对方的微信号一齐删掉了。

赵观原看她倒腾手机的样子，给她发来一个表情包，有点意外，她没有把自己拉黑。

捣包的人，还一副要把自己择干净的样子：“我只说我追过你，我有点介意我朋友也去追。”

夏明朗就知难而退了。大概他觉得和赵观原交往过的女生，不太适合他吧。

天晓得。

周和音一副没所谓的样子，也不气恼赵观原，按部就班地接着约饭局。毕竟有Nana的新男友在，不好拂了人家面子。

点菜的当口，赵观原不作声地看周和音好几眼，当着Nana他们的面问：“你在想怎么骂我还是打我？”

周和音把那糖罐子收起来，怪丢人的，这种消费级别的餐厅，吃外带食物是很失礼的行径：“不，我在想一个故事。一个好心人领养了条狗，起初百般融洽，后来偶然反目，狗咬了那个主人，大家都以为主人要死了，结果……”

周和音一身浅姜色雪纺灯笼袖的翻驳领衬衫，白色波点长裙。盛夏，她难得辫了发，是两股汇一股的复古摩登款，人也凉爽些。

他们都等着她的结果，她说：“结果，死的却是狗。”

“为什么？”赵观原追问，他再愤愤看小音，“你骂我是狗。”

“因为它的主人也并不是好人。”善意不能被高歌，讲故事的人，只着陆重点，“重点就是咬人的狗死了。”

赵观原从来不懂她的脑回路。但知道这绝对不是什么好话。

点菜之余，他给周和音要了甜品，拿破仑。

他记得她视频里说过，能把拿破仑切分好的男人，在她这里可以看作具备一个品格——温柔耐心。

这都有大半年了，赵观原觉得周和音总该从失恋的乌云里走出来了吧。

去年双十一前，赵观原才从Nana那里知道，那个男人就是租周家房子的，他还见过！见鬼的，他竟然毫无印象。

到底出了什么幺蛾子，他知道的不详细。只知道，周和音和那老男人掰了，她爸妈也不肯。某天，他去周家茶馆吃早茶，招待他的就是周和音，她给他免单了。

最后，周妈替了她的收银。她便捧着茶杯和赵观原一起吃了，那一刻，赵观原都觉得时机对了，他认真喊她小音……

周和音吃一个豆沙包，擦擦嘴，说："你当真喜欢我，就试试吧。看看我有没有感觉。"

她指指自己的嘴巴。

赵观原都快被她气死了，也拿话激她："你别以为我不敢。有些事，你不尽兴，我也能一个人尽兴！"

周和音冷漠极了，她说："我知道。"她一味怂恿他，还说些魂都没带出来的话，"即便你当着我妈的面亲我，他们都不觉得有什么的。因为他们觉得你和我般配，年龄、阅历、家境。"

赵观原气得咬牙切齿，把手里的筷子都扔了，说："那个男人就那么好？让你这么急着忘掉他！"

周和音看他老实了，才继续吃豆沙包，一边吃，一边答赵观原的话："不，他一点都不好。否则我为什么要想办法忘了他呢。"

打那以后，赵观原时不时去找周和音，他去吃早茶也从来不要钱。周家店里都以为他是小音的男朋友，之前传的小音和一个社会上的男士走得很近的风言风语没多长时间也就消停了。

周妈对赵观原印象还不错，周爸却不喜欢他。因为小音说他前女友很多，这回说了，下回周爸就不理他了。

赵观原没去几次，就懒得去了。

因为周和音就不是好人。她存心不想她父母喜欢他。

"你前女友难道不多？"

"周和音，你就真的对我一点感觉都没有吗？"

"也不是。多少有点，你偏袒我，你来看我，你生怕我不开心，我都能感觉到。但是我不期待和你在一起呢，赵观原，我只会想到，你和我来往一段时间，就烦了我厌倦我的样子。"

"小音，我不会厌倦你的，我保证。"

"呵，还真被那人说中了。说你们小男生轻易就会保证一生一世……"

赵观原当即就撒开了手，他很不喜欢这个女人心里老装着别人的样子。

他多中意周和音的鲜活俏皮，就有多反感她的自我主意。

无论他怎么哄，她就是不上钩。

春节那会儿，他姐夫工厂部分车间国假开工的，一直到初七的员工三餐伙食，赵观原都外包给了周家。

为此，周和音特地给他打了电话，认真谢，也说她父母很感谢他。

有节礼送给他。赵观原不要，他和小音说：“你知道我要什么。”

周和音在那头硬邦邦地说：“那么以后我不会让我妈答应接你的生意的。”

赵观原的兴致彻底被她磨没了：“算了算了，周和音，我投降。我决定不和你耗了，因为再这样耗下去，你都快不可爱了。

“我喜欢的就是你的可爱、有趣。”

他也死心了。如果当真把周和音沦为前女友，怪没意思的。

她就这么鲜活地存在于他的世界里也挺好的。

事实也证明，赵观原和她成为不了情人。做普通朋友，打打游戏、约约饭、斗斗嘴挺好的。

Nana说赵观原就是没事找蜇型。没事来找小音蜇一下，他就能清醒老实了。

赵小爷没什么不能承认的。

总之，他舍不得和她变成路人。情人不及格，那就争取做好朋友。

这是他在任何女人那里都没有得出的反省。

但是，他的朋友再去认识周和音，甚至还约她，就是不行!

“是不行。”周和音饮一口气泡水，答复赵观原，“他连问都不问我，就否了我，确实不行。”

她再提醒赵观原：“交友的第一原则就是界限。我和Nana玩得来，就是彼此尊重对方的界限。赵观原，如果你的交友界限就是我不可以和你的朋友正常社交，那么，我想单方面‘友尽’了。因为Nana不会这样胁迫我的，她会很自然地把朋友介绍给我认识，你当初就是这么认识我的。”

赵观原平生最恨说教。他的一对父母，他的姐夫姐姐，个个都很爱说教。

所以，但凡看到有人认真朝他两句，他就浑身不自在。尤其周和音这样，他头皮都发麻。

侍者把拿破仑布到他们当中，要帮他们切分。

赵观原说不用，他自己来。横刀下去，切得零碎且散。

他手里不如意，心口也一致跟着不痛快：“那个夏明朗就是个书呆子。你喜欢他个头！”

“我从来没说我喜欢他呀。可是，赵观原，好朋友之间只能劝诫与鼓舞，Nana不会强迫我喜欢谁或者不喜欢谁的。”

有人被周和音念叨得终究挂了相。他自认理亏，但也不服输，只吊儿郎当地说：“我又没不让他来，他孬怪谁。”

周和音懒得去追究他具体和夏明朗说了什么，总之都是不必放在心上的人。

外面又开始滚雷了，这个餐厅新开的，很多食客是和他们一样来试菜的。

他们邻桌是两个大学生模样的男生，二十出头的样子，其中一个个头很高，人难得不单薄，肩膀很宽阔。

对方坐下来好久了，一直往他们这桌看。

看到Nana的男友都察觉到了。侧目过去，眼神警告。

对方不但不收敛，反而轻蔑地笑了声。

目光再一次投在两个女生身上，最后落定在周和音脸上。

赵观原眼瞅着小音和他找别扭，正郁闷得一肚子气呢，Nana男友和他接耳道，边上有两个小畜生在看这里呢。

赵观原这块爆炭，当即就吆喝了他们：“小子，没见过女人，就回去看你妈！”

周和音听着就拧眉了，她最反感有人挑衅的时候带上父母。

她在桌下踢一下他，让他别理那人，也别大呼小叫的。

岂料对方也不是善茬儿，不但不老实，还阴阳怪气地丢话过来：“有些人好朋友还没挣上呢，就在这儿学人家的‘男友力’。你最好问问人家，承不承认。”

周和音还在吃那块早就被赵观原切得稀碎的拿破仑，嘴里都没嚼开，就看见赵观原起身，绕开他们去邻桌了。

她直觉不好，喊他回头：“赵观原，你干吗啊！”

那个男生也是狂悖无礼，冷漠挑衅：“呵，人家不稀罕你出……”那个头字都没说出口，两个人就扭打在一起了。

听到桌椅移动、刀叉白盘落地的声音，周和音整个人都蒙了，这……怎么打起来了？

发生什么事了？

Nana男友原本是去拉架的，也被抡了一拳头，好家伙，不打也得打起来了。

两方四个人混战，赵观原更是一脚把那个挑衅的男生踹退到墙边，墙上一幅工整的油画被蹭碰落地。

不单薄的男生当即抡圆胳膊，给了赵观原一拳。

随着画框玻璃碎裂的声音，其余客人见状连忙回避且嫌晦气。

当值的侍者即刻用手台通知值班经理，联络保安部。

周和音根本顾不上别的，她想上去拉架，又被赵观原一把搡回头，她只能跳脚地喊他："赵观原，你给我停手！"

"你在干什么！"

Nana也是跟着喊男友，怎么也不听。

周和音真的要被赵观原气死了，她再试着上前，拼命地喊："赵观原，你给我停手，听见没？！"

那头，保安部两个员工已经闻讯赶过来了，有人一步踏在了保安的前头。

只用冷清清的声音，喊人的名字："宋堰桥，你在干什么？"

杀红眼的两方，其中那个挑衅赵观原的男生，就叫宋堰桥，他冷不丁地被点名，且听到是谁的声音，这才狼狈地收了手，也喊住他的同学。

大出气之余，口里啐出一点血沫子。

勉强分开阵营了，周和音死死拉住赵观原的手臂，她径直怪罪他："你干吗，干吗？你在打架！"

真是气死她了。

她气得正晕头转向之际，再听那个轻易制止"战火"的声音徐徐问道："我让你来干吗的？没道理是打架的吧。"他在质问那个男生。

惶惶间，周和音从声音寻到那人的形容上去……

傅雨旸一身正装，一副一切如旧的冷淡，唯一的变化就是头发更短了些，轮廓也清瘦了些。

他看到周和音了，目光短暂停留，再去到他质问的男生脸上，极为严肃的家长做派："回答我。"

[37]

"是他们先动手的。"

"我不管谁先动手的，我只晓得你妈还在医院里。"傅雨旸依旧是四平八稳的气度，他指指少年脚下的烂摊子，“那么，你自行负责这一切。”

说罢，就转身离开了。

他在楼上的酬酢席上，二楼有一面落地窗，能瞰尽楼下的一切。

餐厅这头最终报了警。新开业，做生意的都图个风调雨顺，这倒好，有人上门找碴儿，跌了盘碟还是小事，他们还碰坏了大厅里装饰的一幅油画。

餐厅名义上的负责人是位海归的年轻女士，实则背后的金主也是有头有脸的人物。

餐厅方提供的损失明细里，刨去影响的流水，大项就是这幅画，不多不少，七十万整。

他们店长跟民警交涉，滋事双方都不认可的话，可以找第三方机构鉴定。

总之，得不到合理的赔偿和致歉，他们会全权委托律师追究到底。

事务是在餐厅行政办公室调解的，因双方涉事人都是成年人，民警也一板一眼地做笔录及要其出具身份证明。

看着办吧，赔钱道歉，反正是哪样都没跑。追究到底，还要治你个寻衅滋事、打架斗殴的罪。

赵观原到此都没觉得有什么大不了，只给他姐姐打电话，那头嘟嘟囔囔骂了几句什么，倒也回头了，只要他在那儿等着，和他姐夫这就过去。

两方参与，调解不停当，谁人都不能走。

周和音远远地坐在边上，气得一句话都不想说。赵观原蹲在她跟前，都挂了彩了，还一副嬉皮笑脸的样子，逗她：“追究我，你气什么啊？”

“赵观原，你真的是被家里惯坏了。”她什么都不想过问了，只想抽身走。

“你听到那个家伙说什么了，他眼睛不好好长着，难道还不该打！”

周和音无辜地做了个风口浪尖，好像他为她出头，她实不该说些什么。可是，不是这样的，她苦口婆心地劝赵观原：“任何事情，冲动挥拳头总是要付出代价的。”

试问，今天如果不是赵家有钱，不是他姐夫愿意来料理妻弟，这么大的经济责任，要怎么了？

周和音无论如何，对这样暴躁戾气的人，总是不能认同的。

她心灰意冷："你不听我劝不要紧，只是，我有必要说清楚，下次再有这种情况，你挥你的拳头，不要说为了我。"

这是一幅画呢，哪天，他为她戕了人命，也是应该？她担不起这样的"情分"。

赵观原满腔心血，全被她浇凉了。他依旧蹲在她跟前，周和音蹙眉不安的样子真真惹怜，拒他千里之外的样子也是决绝极了。

搁往常，他暴躁了，她劝他一句，或许他还识劝。他姐姐也一向和父母念叨，观原这个脾气，就得找个管得住他劝得住他的人。赵观原无论从什么出发，都觉得周和音是最适合他的人。

偏她就不愿意看他。

这个当口还一味和他撇清，不要他说为了她。他问："是因为那个姓傅的对不对？"

周和音眉眼里明显有什么类似火苗的东西，一动荡。

赵观原气馁极了："他有什么好？小音，他当真在意你，就不会这么甩手掌柜地走，也不会扔下他的人不管。"

周和音一半理智一半情绪化："赵观原，我先前的那个故事还作数。别人说你是别人说，我一直把你当Nana一样的朋友来往，是因为觉得你这个人秉性不坏，你的感情是你个人的事，我同你来往是朋友交。我劝你，也是朋友劝。你听不进去，还要攀扯别人，那就只能我来做那个坏人了，别来往了，普通朋友都别……"

说话间，门口进来一人。生生刹住了周和音的话，而赵观原看清对方，也一屁股挨着小音坐下来，不让她说了。

男人天生的圈地意识告诉赵观原，他好不容易规规矩矩守着小音这么久，这个时候他真闹情绪惹她不痛快，才是为他人作嫁衣了。

傅雨旸进来，径直和餐厅代表以及民警方一一打招呼，表示他是宋堰桥的舅舅。

交涉间，他听到边上画外音，赵观原和谁说着："我听进去了，好了，别生气了。"

傅雨旸一副无边的冷漠状，甚至浮浮嘴角。

他继续交涉眼下，表示今日的唐突，他会一应替孩子担下来，那幅画他也会请第三方鉴定，是多少就多少，涉事双方对半开的责任。

说着，傅雨旸视线往他身后一横扫，用处事不惊的态度朝餐厅店长："替我跟你们钟小姐和孟先生说声抱歉，小孩胡闹，砸了孟先生的场子。无论如何，这次万万看我们老乔一回面，该赔的，傅某绝不会少一分钱。"

店长那头已然接到钟小姐的电话了，很是客套地回敬："钟小姐不知道是傅先生外甥，刚还说赶过来呢，大水冲了龙王庙了。"

傅雨旸把太极打回去，说哪里，是他没脸了，由着小孩在眼皮子底下胡闹了。

等着赵家人过来的当口，傅雨旸当着众人的面，一副在办公桌边教子的嘴脸。

他在案前坐下，店长给民警和傅先生都招待了茶。

傅某人合目间揉揉太阳穴，知会眼前的少年："说说吧，为什么动手？"

宋堰桥也是倔强，这半年多，他们母子确实受了傅雨旸的恩惠甚至"接济"。但他还是有他穷人的骨气，尤其这事原本就和傅雨旸有关。

宋堰桥很少喊他舅舅的，本就是堂的，又不是亲的。傅雨旸又一向是这傲慢冷漠的样子，他懒得去奉承他。

但理亏也还是有三分理，他说："您确定要我在这里说？"

傅雨旸冷不丁睁开眼，瞥一眼对面的堰桥。甥舅二人当即心领神会，傅雨旸更是冷哼，他就知道不会有便宜仗干的。

就这么着，一穷二白了，还敢和他要挟点什么的样子，倒是有点男儿的狡黠与血性。

但傅雨旸依旧不会轻易原谅他。

"你妈还在医院，我叫你来是见人的。按理，我和你这甥舅关系假得很，说实在话，我和你妈也没根深蒂固的情分，我这人凉薄，不稀罕别人投我的好，更不稀罕去还报谁。你妈从前待我爹妈不错，迁坟回来又是一桩情意，她既托到我，我总得顾着姓一个傅的情意。我可以依她的意思，给你联络实习单位，但今儿个，宋堰桥，你告诉我，这三十五万的账单，我凭什么替你付？

"就是我嫡嫡亲亲的孩子，他给我捅这么大的娄子，当着我宴客人的面，你信不信，我也早就巴掌招呼他了。"

"我不要你替我付。"宋堰桥逞小儿之舌。

傅雨旸蔑笑："正合我意。那就回去和你妈商量吧，确实，我们的交情，不值当我付这么大笔单。”

某人说着端起茶，他不喝，用脚勾过垃圾桶，不紧不慢地把一杯茶全浇到手上去。

他拿茶洗了下手。

不远不近之外的周和音突然坐不住了，她站起身来，问警察叔叔，她能不能上洗手间？

纯粹想眼不见为净。

等她再回这间办公室的时候，赵观原的姐姐、姐夫已经到了。三方交涉得都还算顺畅，答应赔付也很痛快。

赵观原姐夫甚至认出傅先生来，听说是妻弟打了傅先生外甥，更是连连揽责过来，说画的钱就他们来赔，无论如何，先动手的总归是混账。

傅雨旸一副疲于应付的眉眼，更不领赵家人的情，只说五十步百步的全没意思，小孩犯错就该让他知道代价是什么。

“不然耳旁风热气一过，皮又紧了。她光会说，听进去了。下次还敢。”

赵观原听这话不对劲，跃步上前，一副要和傅雨旸掰扯的嘴脸：“你阴阳怪气说谁呢？”

姐夫立刻呵斥小舅子：“你给我闭嘴。你好意思的，这钱你管你老头要，我倒要看看他抽不抽烂你！”

姐姐到底还是袒护弟弟，推推丈夫，在外头就不要说多少了。要教训回去教训。

她又看到了周和音。她听弟弟念叨千把回了，这回总算见到真人了。

怀着助攻弟弟的心情，她拉着周和音不放手，说：“我们观原一天不念叨你他就难过，以至于我们家每个人都知道你的名字，连我们家猫怕不是都对你耳熟了。”

周和音一时局促，抽不出她的手。赵观原更是抱怨姐姐：“你这样很神神道道，和七八十岁的老阿婆没区别。”

姐姐看周和音越看越喜欢，再打趣弟弟：“我难不成说错了？”

周和音眼神闪躲之际，与一道目光不经意相会。

她这才摘开了她的手。

既然两方都交涉无异议了，她和Nana也可以走了。

一应人签字具结，这才作散。

交谈里，赵家人要送和音。她言明，自己开车子过来的。

短短时间，周和音早就习惯了车来车去的通勤了。

数月前，她还在戚戚速度太快。原来，小孩长起来就是很快，书云说的一句话很形象，孩子就跟春天的菜一样，见风长。

回到包厢，傅雨旸的客人已经被他安置回去了。临时出状况，他打过招呼，说改日重请。

今日实在不像话。

宋堰桥站在门口迟迟不进来。他是从这个包厢里下去的，他和同学两个来见傅雨旸的朋友，对方允诺了他们实习的机会。

包厢落地窗边，傅雨旸和堰桥交代几句的时候，看到了楼下的一个人影，短暂出神。

堰桥听妈妈说过："你舅舅来往过一个女孩子，喏，有缘无分吧。"

傅雨旸让他们下楼去，自行解决晚餐，账挂他名字。

堰桥这才好奇心作祟，和同学挑了邻桌的位置。两个女生，他来回审视，最终确定了是那个编发的女生，比他大不了两岁的样子。

说实话，他有点不信。不信傅雨旸会和这么年轻的女孩子来往。

对方对面的男生还明摆着企图心十足。

这才一言不合干起来了。

傅雨旸坐在桌边抽烟，听堰桥单独陈情，慢笑吐烟："这么说，我还得谢你了。"

他还是那句话："人家有动手的底气，你有吗？宋堰桥，你父亲是个轻易朝别人挥拳头的人，你也要成为这样的人吗？

"我确实不缺钱，但这三十五万的账单，我不会平白无故替你付的。一来，你妈必须知道；二来，你必须为你的莽撞买单。你可以不听我的安排，从我这门走出去，我绝不会喊你回头。说到底，你妈不归我管，你更不归。"

甥舅二人不算和谐的谈话，被外面不时的敲门声打断。

是楼下收拾残局的侍者，因为知道一方是傅先生的外甥，捡到一个袋子，就想来确认一下，是他们这边的吗？

那种编织的麻布拎袋包里，傅雨旸伸手进去，翻出一个塑料盒装的糖罐子。

里面还剩一大半的麦芽叮叮糖。

堰桥眼见着某人，按灭手里的烟，拈一块糖到嘴里，他都能“脑补”到的甜，偏某人一副不形于色的冷漠。

[38]

周和音回到车上，忙不迭地发动引擎，拨挡。没等车子全热起来，她就动了起来，车头探出去，倒是比对面Nana男友还利索点。

周学采教育过她好几回，不能这样，很伤车子的。还有次，车没停稳，她就急急挂了P挡。周学采训斥女儿，蹭了刮了都是小事，三大件坏了那就真的坏了。

这就是不放心她开车的原因。毛毛躁躁。

车子是去年十二月份买的，周学采给付的全款。父女俩默契得很，一个没问一个没答，小音私下和Nana说：“这是我听话的奖赏。”

听他们的话，和某人两清的奖赏。

周和音说到做到，她说去和傅雨旸解约的，回来后就把北屋的钥匙交给了父母，从今以后，任凭他们处置。

第二天，她依旧上班去，周末和Nana出去玩。

回归到她从前的轨迹，认真工作，好好生活。

脸上的伤口没多长时间也好了。

六家巷的小音依旧是见人三分笑。唯独，和爸爸，声张了一个多月没说话，她无妨地告诉周学采：“我说过暂时不想原谅你，因为你打了我，摔了我的东西，逼着我签解约协议。每一桩，都在替我做决定，但站在一个父亲的立场，又好像全能理解。”

她从小到大的歪理一向很多，她没有怪爸爸，但是不影响她暂时不原谅他。暂时。

直到周学采不声不响地给她买了她一直看中的车子。

那一刻周和音丝毫的喜悦都没有。

原来爸爸也有这样拿钱哄人的时候，原来父亲就是父亲，他们之间有抛洒不开的血缘。她可以轻易接受爸爸的馈赠，而她拿别的男人的东西，就会衍生出那么多的人言可畏，她的喜欢丝毫不重要。

原来，她可以轻易原谅爸爸。原来她真的可以轻易忘掉一个人。

春节后，周和音跟家里提想自己一个人出去住了。这是她一直以来的计划，无论是经济上还是精神上，她都想试着自己独立。

春芳女士倒是没说什么，周学采让她再等等，等到自己的经济再绰余些，他们资助她点，买个小公寓，把钱拿去付按揭，也好过去租房子。

周和音主意已定，她不想让爸妈觉得她在赌气，事实上她毕业前就是这么和他们商量的。

搬出去的前一个晚上，妈妈和小音聊了好久，说："你爸爸还是没转过弯来，现在你一点风吹草动，他都觉得你在跟他赌气。"

周和音跪在地毯上叠衣服，一副没所谓的口吻："他比我知道，我不可能永远活在他眼皮子底下的。

"我只是搬出去住，又不是不回来。"

邵春芳停顿了好久，才问出口："小音，你跟我说实话，有没有，哪怕一丝一毫的赌气，朝你爸爸？"

邵春芳自己身上掉下来的肉，她再清楚不过，这事，姑娘从头到尾没闹，太不正常了。懂事得过了头，有些事过头就不对。她也和丈夫提点过："你女儿闹一通，发泄出来，人倒会松泛点。她头一个男朋友，交往也不长，分手那段时间，什么情绪都放在脸上，问到她，她也是直说的个性，说分了，对方奔前程去了，也没什么。"

伤心失望都有。但分就分了，一副不值得眷恋的觉悟。

这次不同。邵春芳作为一个母亲，也有过来人的觉悟，觉得女儿没放下。她头回恋爱都可以朝她坦白和男友亲密，偏这回，无论怎么问，小音始终不正面回答。

不说有，也不说没有。

与所谓的米已成炊相比，邵春芳反而怕什么都没有。她怕女儿痴心错付，人家压根没把她当回事。

做母亲的看着女儿一天天心思重起来，难过不已。她怪周学采："你逼呢，和那些逼着学习的爹妈有什么二式。逼急了，出了毛病，你懊悔都来不及。"

二十二年来叽叽喳喳的性子，这大半年家里都快静得长草了。

"没有。"周和音斩钉截铁地告诉妈妈，"我没有和你们赌气，妈妈，我很知道我在干什么。

"有些事情，我难过，也仅仅因为不如愿。"

原来人不过活一口如愿的气。

好比宝相寺，香客们都说了，求事业前程最灵验，偏周和音那天求了姻缘，她怪得了谁。

现在回头看，是真灵验。傅缙芳带着梁珍去，后来他前程似锦，只是他们失了姻缘。

周和音现在租的房子是Nana帮着看的，在一个小区，但小音默认不和闺密一起合租。因为Nana有来往的男友，属于腻起来不分白天黑夜的，倒是弄得小音好尴尬。

她到家没多久，Nana来给她送一半西瓜。

外面是白练般的霍闪和訇然的雷，周和音正巧在和春芳妈妈视频。她一边视频，一边把家里能拔的插头都拔了，她怕打雷。

Nana笑话她，上辈子做了多少亏心事，才怕雷劈。

春芳妈妈说她小时候被她阿婆惯的，一到夏天雷雨，就哄她到床上去，祖孙俩把什么插头都拔了，风扇都不开，老太太给小音打蒲扇，哄她睡觉。

久而久之，养成了她这种惯性。

Nana听在耳里，叹在心里，再联想到今天的局面，心里狠狠骂傅雨旸：真的和他老头一个样，怎么可以这样，你父亲辜负了人家，你还从千里之外跑来戏弄二遭。

偏偏，又这么冤家路窄地遇上了。

看小音一路气冲冲回来的样子，就知道，完蛋，没翻篇。

饶是两个人一句话没说，Nana都可以打这个保票。

小音就是那空落落屋子里的一点烛火，架不住有穿堂风来过，倏忽已至，她才明白过来，自己早已熄灭。

避讳伤心事也好，看她能撑多久也罢，过来吃瓜的空闲，Nana愣是一个字没提傅先生。

只说赵观原这个莽张飞，今天真是把人气死了。

气着小音也气着某人。

好端端的交际局，一下楼，就做了冤大头。

不过都是些二世子，Nana先入为主，觉得赵观原这样，傅雨旸的那个外甥自然也好不到哪里去，反正都是些不用愁生计的有钱闲散。

一个个的，意气一挥拳，几十万没了。这还不够废的？

周和音的住处只留着冰箱的通电和冷气在运行。三十来平方米的小公寓，没正经单独的客厅，只在阳台与卧室当中有一隔断，是勉强放一张小圆桌的空间。

她不爱开顶灯，有盏落地灯在圆桌边。她回来总要踩亮它，像她移动书架上《龙猫》绘本里，草壁月背着妹妹在雨天等爸爸回来的巴士站台那样，有一盏灯，光明如塔般照亮着她们。

小音总爱这样的氛围。

她在灯下用勺子挖西瓜吃，慢条斯理地把籽全吐到一个盘子里。明明Nana几次三番想往某个名字上扯，小音却都岔开聊别的："我的叮叮糖忘了。"

"算了，给那姓夏的，不要也罢。他都琢磨起你的名声来了，这种男人可见一斑。赵观原'狗'是'狗'了点，但起码'狗'在明处。"

周和音没所谓："就是可惜那盒糖了，我找了好久的。"

次日周一，一上午焦头烂额的部门会，他们骆总把上周五团队提交的各小组数据报表全挨个呲了个遍。

他直系的人也没能幸免，属于自己人骂起来更上头那种。

周和音的借调还没结束，人事找她谈的意思，是她满一年的调薪申请表，不由原来主管签了，要等骆总签。

同期里，也就只有她的调薪申请没落定。周和音到底有点不痛快，想趁着临近午休的时候找骆存东聊一下她的诉求。

但看大佬左一顿火右一顿火的，连忙打住了，这个时候进去，灰都能给你烧没了，谈钱更是找死！

万恶的星期一，属实是胃和荷包都空空如也，人的情绪自然不安定。

周和音收拾工位、锁屏电脑的时候，接到楼下前台的座机来电，说楼下有人找她。

周和音循例问了下是哪位？

前台姐姐属于办公大楼物业行政单位的，和小音他们几个还算相熟，只告诉她，一个男生，长得还不错的男生。

周和音下楼吃饭的时候，看到了对方，白T恤、黑裤。昨晚的雷阵雨，陆陆续续下了好几场，对方要朝她走过来的时候，前台姐姐提醒他，伞，伞别忘了。

宋堰桥走过来，自我介绍。他个头很高，周和音得仰头看他，昨晚傅雨旸言语里透露，对方是快要实习的年纪，跟同龄即将毕业的男生相比，他反而是老成的。都说外甥多似舅，对方和傅雨旸完全不像，眼前的人是务实的，不算白皙的肤色，勉强周正的长相。是那种脚踏实地、勤苦读书的男生。远比他舅舅具象多了。

“你找我？”

宋堰桥摸摸鼻子，看一眼精致妆容的周和音，难得眼神回避，几番吞吐。

周和音的心理状态属于“我和你不熟，甚至和你舅舅交恶，你有话就说，不说拉倒，我还饿着肚子呢”。

没等到下文，周和音径直就走。

宋堰桥这才表明来意，他是来道歉的，跟昨天和他动手的男生道歉。但是他不太想和赵观原会晤了，无奈之下，他只能来找周和音了。

傅雨旸愿意帮他支付账单的前提，就是宋堰桥过来道歉，得到对方准确的谅解，以及餐厅书面上的不予追究，这一茬儿才算完结。

周和音冷漠回应：“那么，你找赵观原讲和去，来找我有什么用？”

宋堰桥的脾气紧跟着：“我不想去。他也实则该打。你甚至要跟老傅替我正名，明明是他先动手的，他说了什么，你不是没听见。”

周和音一脑门子官司，一肚子饥饿的气。她没好话，因为他提到某人的名字：“我为什么要去帮你正名，你们轻易挥拳头的时候就该想好代价啊。”

“呵，你这话和老傅简直天生一对。”

走在前头的人，霍然回头，一副用目光警告宋堰桥的样子。

岂料对方非但不领教，还跟着她一路到了附近的美食广场，周和音和同事几个走散了，也就自己随便点了个炒面对付了下。

宋堰桥坐在她对面，给她讲昨晚的事情始末。

“我只是确认你和你朋友，你俩哪个是……是老傅的前女友。”

“你住口！”周和音把面搅在筷子上，才要往嘴边送的时候，听到宋堰桥如是说，气得当即就拍下了筷子。

“谁是谁的前女友？你瞎说八道什么！

“你到底来干吗的，是傅雨旸让你来的？那就回去告诉他，他真是一点没变，不算计别人就不能活！”周和音觉得宋堰桥这趟过来很没道理，尽管他口口声声只是不想跟赵观原会面，但是他跑她跟前说些有的没的，什么意思？是他们甥舅二人觉得是她的问题，害宋堰桥和赵观原动手了，要她来赔这幅画呗？

宋堰桥自说自话："我只是赌我来找你一趟，也可以勉强回去交差。"

他觉得老傅压根不是为了他才愿意付这笔账单，哪怕赵家不付，老傅也会愿意为她单独付。

周和音终究没把一盘面吃完，略微不快地横宋堰桥一眼："同学，别碰黄赌毒，会死得很惨。"

第二日午休当口，周和音抽空出去了趟。

当初北屋那五年的房租，是她意气之下，不打算还给他的。

回回想到他最后的那些话，周和音就气不过，气着气着就忘了，把这笔钱搁在闲置的化妆包里，久不处理给淡忘掉了。

今天趁着下午银行上班的第一波时间，周和音到柜台调出了她去年九月的流水，全数给对方打了回头。

柜台当值的人员再三跟她核对收款人姓名，傅雨旸，对吗？

对，只要名字对，她才不管他有没有看到这笔钱。

办完这桩业务，她又匆忙回去上班了。

下午不到四点的时候，骆总的助理给小音打电话，说骆总找她。

周和音心里盘算什么事，又想着要不要趁机跟他提调薪的事。

于是，她醒醒精神去大佬办公室了。

敲门进去的那一刻，只听到骆总心情很好的样子，办公室里全是他的笑声还有二手烟。

见女下属进来，这才略微收敛。他抬手赶赶面前的缭绕，对沙发上落座的客人道："傅总，我还有个会，少陪。你先坐会儿，晚上一起吃饭。"

周和音的左耳后，有徐徐起身的动静，有人应承骆存东："好，你先忙。"

直到骆总离开了他的办公室，周和音也要跟着扭头出去，她觉得眼前人真是病得不轻。

傅雨旸也不拦她，只言语上喊她半声："别忙着走，有事问你。"

说罢，把手机里银行新添的一笔流水翻给她看，问她："是你打给我的？"

周和音不说话。

傅雨旸也不急："是你的就行。跟你确认一下而已。去吧。"

他一副赶她走的样子，还不忘提醒她："把门带上，我的冷气都跑了。"

周和音跃跃发作，这到底是谁的办公室？！

她一时不移动脚步，倒是惹得某人多言语了几声："堰桥昨天和你谈得很不好？

"你觉得我是故意叫堰桥来找你的？

"不至于，我还不至于利用个孩子。"傅雨旸一副衣冠楚楚的样子，笑起来，人畜无害。

单单他这一句，周和音就很想他打脸："傅先生说这话，倒也不脸红。"

傅雨旸由她这么一蜇，老实且受用，但依旧不把他骄傲的头颅轻易低垂下来，他一只手闲抄裤袋，微微歪头来打量她，甚至忘记他是在客场。他一副微微出神貌，身上有须后水的香气，混着烟草味。

"周和音，我能和你商量件事吗？

"不和那姓赵的来往，是不是就不行？"

[39]

周和音闻言就笑了。冷冷地笑，笑傅雨旸的话，也笑他的心迹，犹如破绽一般，昭然若揭。

他几回说赵观原不是好人。带着十足的傲慢与偏见。

可是事实呢？她说："旁人说是旁人说，事实就是他待我很好，找到我们家茶馆来看我，千方百计讨我父母欢喜，拿他姐夫的外包生意投巧我妈，我认识他两年多，他一个指头没碰过我。

"因为什么呢？因为我在他眼里是平等的同类，他甚至高看我一眼，等着我点头，饶是我一而再再而三地拒绝他。

"是的，他是莽撞、暴躁，容易寄情也容易移情，仗着家里有钱，不可一世惯了。可这都不是我拒绝他的点，我拒绝他，仅仅因为我和他的喜欢不对等。

“我不需要任何人的说教与管教。

“我和我爸说过的，赵观原前女友不少。我爸虽说不满意他，可也没说过让我不和他来往的话。因为他现在生怕再伤了我的心，事实上，他也就管教了我一回。”

这一回说的是谁，他们彼此心知肚明。傅雨旸依旧那样懒散地歪头看她，合眼间，连长长的睫毛都是漂亮的。听她说了这许多，他只着重在一句轻飘飘的话上：“是的，你也就遇到过我一个歹人。”

随即，他换上冷嘲热讽的口吻：“他一个指头没碰过你，你觉得是好事是情意，我倒要泼你冷水了。周和音，别高看男人，千万别，他不碰你，只是和别人消遣去了，回头再来和你谈情，仅此而已。”

骆总的办公室，外头就是他助理的隔间。

门大开着，周和音发作不得，她只恨自己今天没穿高跟鞋，平底的小白鞋踩在他的皮鞋上，纹丝不动，从他的身形到眉眼。

傅雨旸看着她摇摇欲翻的怒意：“我说那姓赵的，你肯定也觉得我在说自己，我知道。”

周和音狠狠推他一把，傅雨旸任由她推，懒懒跌到边上的沙发上去。

她瞥一眼沙发上的人：“你说他也好，说你也好，都与我无关。”

澄清的人径直出去，等电梯的空当，看到骆总的助理亲自送傅先生出来。他们一面走一面交谈，傅雨旸让助理转告骆存东，晚上的饭先存着，他今天实在有事。

周和音甚至等不及电梯上来，直接从逃生楼梯口下去了。

晚上七点，周和音从公司下班。

她才到地库取车，手机来电，归属地指向B城。当初周和音存了傅雨旸的微信，他的手机号码没有特意存，但末四位她还有印象。

他的微信她早就拉黑了，眼前这一通来电，九成九是他。

周和音任由手机响，自顾自上车，发动车子，这一回，她依照爸爸的要求，稳稳当当地等车子热起来。

她在车里磨蹭了将近十分钟，等车子顺畅开出去，外面朗月疏星，下了几日的雷阵雨后，天终归放晴了。

映了一片蓝墨天际。

她每日上下班的通勤路线很齐整，每一个拐向都属于必经路线。

才右拐出来，就看到一辆车子在路边跳着双闪。

周和音一脚油门就过去了，可巧路口是绿灯，下一路口依旧直行，但晚归的高峰期，一截路，满满当当的车子。

信号灯变红，周和音把挡位挂到空挡上去，她前后左右都有车，等信号灯的这十几秒，有人徐徐从机动车道的缝隙中穿行了过来。

直到傅雨旸敲她副驾驶位这边的车窗玻璃，周和音才意识到他是从他车上下来，走过来的。

信号灯一秒秒过去，这个路口的车子都等着信号的放行。

傅雨旸却在不紧不慢地敲她的车窗，前几下是用手敲的，再几下是拿手里的盒子，那个盒子周和音识得，是她的叮叮糖。

信号灯最后五秒，前面有车子缓缓往前探动，后面的车子见这辆白车不动，狠放喇叭催促。

周和音拨回到前进挡上，脚才点了下油门，就能感觉到车牵动了下人，他拽着副驾驶位的车门把。她倘若真的放开速度，这是个很危险的行径。

路口机动车道也是不允许停车上人的。

周和音这才降下副驾驶位这边的车窗，骂他："你要疯自己跑一边去疯，别连累我……"

车外的人得到这一开窗的缝隙，稳狠准地探手进来，反手拨开了门锁，拉门上车。

他坐上副驾驶位置，牵安全带过来系，车子主人再不开车，那就不干他的事了。

后面车子的喇叭放成一条河。

周和音一脚油门冲出去的时候，副驾驶位上的人先笑了："起码有进步，利索多了，不深一脚浅一脚了。"

开车的人专心顾路况，看着车前和两边后视镜，一副严阵以待的态度："请你下车。"说着车子要往右边靠。

傅雨旸把那盒叮叮糖放到她的中控台上："我来还你的东西，也来正名一件事。"

他一副无所谓她将车子往右边靠的样子："周和音，我说我还不至于利用一个孩子，你说我说话也不脸红。

"堰桥是我堂姐的儿子，我和他妈妈共一个老太爷，你说这关系是不是远了去了。可是书云是时若的发小，时若唯一的玩伴，好些年，我妈都看在这个情分上对她另当别看。去年我父母和时若迁坟回祖籍，书云又是替我从头到尾料理了。我不爱这些假模假样的旧俗，这一年四季的烧纸祭奠也是她提点着我。

“就连去年我查我们老头的事，她也陪我走了一趟。也是那个时候我知道她过得不如意，穷是原罪，一穷百事哀。那么大的儿子在上大学，她丈夫对她动手了好些年，她都忍了下来。”

周和音把车子利索地靠边停了下来，满不在乎他的家务经：“那是你的事，下车。”

“忙什么，我还没讲到点子上呢。”有人不紧不慢地胡搅蛮缠。

“老子轻易朝人挥拳头，轮到儿子又这样，打了人犯了债，书云一味托给我，我既然要替他付账，要不要训斥几句?

“周和音，我问你，这算不算上梁不正下梁歪？”傅雨旸偏头来看她。

他说他当着书云的面，把这桩事前因后果都讲了遍。账单傅雨旸愿意付，但是堰桥必须去跟动手的人，道歉也好，讲和也罢，这桩事才能了。

是宋堰桥自作主张来找了周和音。

“你要是因为他的自作主张来揣测我的用心乃至算计，那么，我就要来正名一下。

“堰桥是晚辈，和我都不算亲的晚辈，我就是不会利用一个孩子。

“你那桩事是你那桩事，且，你不是晚辈也不是孩子。”

“你说完了吗？”周和音依旧是赶他下车的嘴脸。

“没完，因为你显而易见不信。”傅雨旸说着，伸手来拿中控台上的糖罐子，他当着周和音的面，打开盖子，拈了一块到嘴里。

周和音要来抢她的东西，傅雨旸揿下车窗，把手里那罐糖径直伸到窗外去。

她够不着了。

“傅雨旸，你有本事就把这盒糖全吃了。”

“吃了，你就信了是吗？”某人满不在乎，问她，是不是全吃了，她就信他刚说的了。

周和音气得沉默，驱逐不了他，她反而气得鼓鼓的。

岂料副驾驶位上的人一副当真要吃的架势，又拈了一块到嘴里，吃到第三块的时候，明明是糖，某人脸上的表情比吃药还凝重。

周和音一把夺了过来，她把盒子旋紧，依旧是油盐不进的样子："你就是把罐子都啃了，跟我有什么关系。别糟蹋我的东西。"

"那你跟我去见见书云。"

"傅雨旸，你有完没完！"

"谁叫你不信的！"某人跟着她情绪化起来，"我怎么就这么不待见你不信我呢？我是人贩子吗，没事就利用小孩？我怎么就利用小孩了？你是小孩吗？你告诉我！"

他今天还就跟她别这个劲了："你非得跟我去见见书云，问问她有没有这个前因后果，我有没有骗你一个字。

"周和音，你今天不和我去，我即便江南这趟事务了了，我也要和你掰扯完再回B城去。

"梁珍的事我瞒了你，是，我认了。可是，堰桥动手这事，你轻易武断地认为是我要他去找你说些有的没的，就太轻瞧我了。

"周和音，你父亲说上梁不正下梁必然歪，我比你更怕这个诅咒。

"我怎么就不能让堰桥去找赵观原了。算起来，是你的人先动手的，依我的性子，他伸脸过来喊打，还不该吗？可是我还是要堰桥去了，提醒他，别和他父亲沦为一路人。"

驾驶座上的人始终沉默，傅雨旸的手机突然响了，他倦怠地接完一通电话，收线后，拾回严阵以待的理智："我累了，不想动，你无论如何送我一趟。"

车停着，冷气缓而足。

密不透风的盛夏，香樟树的一叶叶都在白日暴晒里没有醒神。明月别在天空，却不是皎洁的，反而，晕着铜钱黄的，陈旧的色彩。

有人于安静舒缓的氛围里，短憩了精神。

直到身边人有了拨挡起步的动静了，傅雨旸才缓缓睁眼，他捕捉她的情绪，于车前后视镜里，不期然，二人的目光叠一处去了。

掌舵方向的人不动声色地移开，傅雨旸也当作未觉。

唯有未觉，才不会吓走一些心迹——

或猫儿的觅食，或小孩的回心转意。

Chapter13
蚊子血

[40]

车子动起来，傅雨旸就给她第一时间指方向。

周和音把她的手机丢给他：“输入地址就够了，闭嘴。”

一切听导航的，科技才是第一生产力。

傅雨旸在导航软件里输入地址，启动后，周和音把手机连到了她的车载蓝牙上，有模有样地上路了。

她这辆车子是日系车里性价比较高的B级车，空间供家庭用都够了，只是她这个年纪的人买得很少。

傅雨旸客观评价：“你上路还是该买辆德系车的，尤其跑高速，日系车底盘轻，你开起来会更有‘耍滑感’，就是你说的，左边触线感……”

“我爸给我买的。打我的安慰奖。”周和音噎他。

其实不是，周学采和傅雨旸一个态度，他更中意德系车。是周和音一直喜欢这款，她大学的精读课老师就开的这辆。一个很漂亮的女老师，温柔解意。周和音很喜欢她的老师，顺便也就“种草”了老师开的车。

她一直跟爸爸说，她要是开车，也要这辆。低调踏实地上路，载朋友载家人也方便。

副驾驶位上的人忽地良久沉默。

这一沉默一直到目的地，他都没再开口。

他要去的地方已经出老城区了，临近桐城区的一处城乡接合地。

但S城城镇化辐辏发展迅速，如今哪块地皮都不缺生计。有人开工，就有人吃饭，跟着形成的就是顺理成章的经济圈。

周和音的车子从一条省道下来，汇入一条水泥窄道，单单够两辆车会当的宽度。这个时候，还有运货的大卡车出去，与她的小车堪堪会当。

她放缓速度，对面司机也等她先过。

哗啦一下，她右边的车窗已经刮了路边的植栽了。

“走。”傅雨旸不时出声，提醒她，也是鼓舞，说足够了，你走你的，“他比你有数。”

驱车的人这才脚下再给了点油，过来了，卡车得了空，也马不停蹄地轰隆扬长而去。

小路上留一路的黄沙。

周和音顺着这一路黄沙，徐徐开到了目的地，这是一处空旷的停车场。

过去就是住了人家的深巷子。

外面快到八点时光，民巷里里外外都亮起了路灯。停车场这块更是灯火通明，她才把车子停下，停车场边就迎来两个人，一个中年妇人，还有一个就是那个宋堰桥。

书云左等雨旸也不来，右等也不来。又不敢一味给他打电话，怕他开车子。她是知道他的，答应的事，即便来不了也要说一声的。

这才到停车场来等。

好在等到了。却不是雨旸的车子，但她还是一眼认出了人。

以及，开车的是个小姑娘。堰桥说：“就是她。”

“她？”书云先是磕绊了下，随即就懂了。

月下，灯明。书云虽不比傅家那些个人精，也不比雨旸有本事，但这些儿女之情的事，她还是看得清的。雨旸是个什么性子，她再了解不过，原先在B城，她去他父母那里，就没见他领女朋友到家里过。更别提见他们这些局外人了。

二婶原来在的时候，就说傅家爷俩的头都是铁做的。他哪回能朝你低一次头，天上就要下刀子了。

今晚的天可是油汪汪地好啊。没风没雨，更没刀子。雨旸倒是新鲜，第一回坐别人的车子来这里。

书云赶在雨旸降下车窗前，和车里两个人齐齐打招呼：“我以为你们不来了。”

“快，等着你们炒菜呢。”书云说凉菜熟菜都好了，等着人来炒菜。

周和音看那妇人，大夏天，她穿一身长袖长裤的睡衣。

傅雨旸在她身边微微提醒："书云刚做完一个腹腔镜手术。"

周和音横他一眼，心想：要你说什么，还有，请你快下车去。

副驾驶座上的人这才悻悻推门下车，书云见小姑娘没有往里停车的样子，连忙绕过车头来敲她车窗，周和音无奈，也不想迁怒无辜人，只能揿下车窗。

书云讲着熟悉的俚语，人很朴实也很亲切，甚至和春芳女士是一挂的。

她喊周和音囡囡，说："难为你这么晚送他来。他就那么个人，老来子，家里两头也都由着他。十来岁就自己做主惯了，和两头的兄弟姐妹又三不靠。

"怪他太吊车尾了，老幺儿。人家老的老，都五六十岁了，中间的也都是我们这个年岁，就他一个三十出头的。

"嗐，没人带他玩，他也傲慢，不稀罕那些老骨头。"

傅雨旸站在边上，有些怪书云说这些有的没的。

书云作势剜堂兄弟一眼："才不是有的没的。说的就是你这个脾气，总有个缘故。"

她再好脾气地俯身朝车里的周和音说："来都来了，家里又是现成的夜饭。就一道吃点吧。"

周和音体恤对方刚动过腹腔镜手术，又和春芳女士一般年纪，人家好言好语的，她不好轻易拂了人家情意，只推脱太晚了，她回去还有事。

书云再真心挽留："倘若小姐回去真有工作要忙，那我不好耽搁你的。可是如果回去还要自己对付一顿，我真心里不落忍。这么远开过来，就不看雨旸，看我的面吧。

"我家小子和你的朋友动了手，害雨旸生意都没谈得成，他那天还是给堰桥介绍实习单位的。我在医院知道这事，恨不得够过去打他。

"就这理也好，法也好，都要我们堰桥给你赔杯酒的。"

主家一味盛请，书云又一直弯腰站在周和音车窗前。车里的人终究没忍心，点头应允了。她把车子往里开，停去停车场。

那头，书云热络地说先回去准备。堰桥还站在原地看停车的人，书云踢踢儿子，要他跟着先回去："你还戳这儿干吗，当电灯泡啊，没眼力见。回去泡茶。"

周和音把车停好，拿了她的包，转身往这边走的时候，才看到傅雨旸在原地等她。

路灯把他的影子拔得长长的，她一步步走过来，终究，有一步踩在了他影子的头颅上。

她都已经走到他面前了，傅雨旸依旧没动身，他只淡淡看着她，周和音横一眼，再要越过他去，催促他："你走不走？你不走，我不认识路。"

"你车子锁了吗？"他提醒她。

啊，好像没锁。周和音这才掏出钥匙，按了落锁。

所以他刚才就是想看她什么时候锁车？

七月天，正值暑假，巷弄里这个点还有小孩在追闹嬉戏，不远处小桥上也有大人在纳凉。

蚊子太多，一行人作鸟兽散，拿着蒲扇搬着小板凳回家去，看到停车场处一前一后一男一女，光鲜亮丽的两个人，正往巷弄里走，明昧的光线里，有人便闲打听起来，这是上谁家去啊。

落雨未干的石砖路上，有缝隙有摇动，就会积雨水。踩一脚上去，会蹦出泥点子来。

傅雨旸比谁都讲究，走一脚看一脚，回头再看后面的人，他提醒她："当心脚下。"

周和音无所谓，她走惯这种路了："脏了回家换鞋去。"

前头的人点头："嗯，我多这个事干吗。"

结果转过弯来，犟嘴的人就挨"现世报"了，周和音一脚踩在块空心的砖上，扑哧一声，崴出一水的泥。

全浇在她的鞋面上。

她啊了一声。呆在原地。

傅雨旸回头来，这一回终究不和她打嘴仗了："我说什么来着，你不听我的话。"

一双白鞋全脏污了。连同她脚踝处都是泥，好难看。

前头的人先拉她一步过来，再问她要纸巾，以一膝微微跪的姿态蹲身下去要帮她擦，周和音本能地退了一步。

她说她自己来。

某人一把抓住她脚踝，拨开纸巾，先帮她把脚踝上的泥揩干净了，那一记的力气，让周和音想起小时候爸爸给她擦鼻涕了。一样的故意，故意看她疼。

至于鞋面上的泥，擦也擦不掉了，他说："去书云那里再说吧。"蹲身的人仰头看她，一副冷峻的神情，也问她，"还要不要听话？"

周和音挣开他握她脚踝的力道。

不言不语，走到前头去。

过了一户人家，迎面是开阔的一道小河，有些微流动的风。一架平坦的过桥，头顶上，高高的悬月亮堂极了。

周和音走在桥面上，听后面的人提醒她："直走，右手第三家就是。

"他们家春联下联是，'三春报好音'。"

她听着他咬重最后一个字。

周和音没理他也不回头，只往前走，可是当真走到人家门口了，她又觉得不好大剌剌地直接进去。只得停在门口等后面的人，等他徐徐从晦暗里走过来，迎面是门楼里倾斜出来的光。

傅雨旸不解，问她："怎么了？"

她等着他先进去。

他笑话她："这是小孩跟大人去吃席的觉悟吗？"

周和音纠正："这是礼貌。初次上人家的礼貌。"

于是，傅雨旸领着周和音上了台阶，进了门。

书云要招呼他们进里喝茶的，傅雨旸说不忙，她鞋子脏了，先给她找双干净的拖鞋吧。

周和音在书云的房间里，等了差不多二十分钟的样子，傅雨旸才把她换下的一双小白鞋拿回头。

她接到手里时，还带着热热的干燥的温度。

是他帮她刷掉了泥点子，再用吹风机吹干的。

看着她上脚系带好了，才喊她出去吃饭。

书云这一会儿炒了好几道热菜，因为添了位客人，书云还要再忙活两道，傅雨旸喊住她，说够了："你才出院，别忙了。"

"不要紧的。炒几个菜而已。"

周和音连忙也跟着劝："傅阿姨，我答应您过来就是吃便饭的，您这样倒让我很过意不去了。"

她看桌上已经一桌子菜了，真是和春芳女士一个路子，桌子都搁不下了，还要喊一句："也没几个菜。"

书云听他们两个人一条声的口吻，将手上的油往围裙上揩，笑吟吟看雨旸一眼，炒不炒菜还在其次了，她说："周小姐是雨旸的朋友，我们就按辈分论，不按年龄论啊。你跟着雨旸后面喊我书云就好了，不好喊我傅阿姨的啊。"

[41]

刚才水井边，傅雨旸拿刷子刷鞋。书云要帮他，他没要，一味自己来。

书云就在边上直咋舌，说："反正我今天已经冒进说了些你不爱听的话，干脆黑脸唱到底。"书云念叨雨旸，"你啊，都甘心到这个地步了，还有什么磨不开的。

"你自己都说了，有个女儿也不会肯同这样人家的两代有瓜葛的。人家爹妈说是这样说，但时代不一样了，你见过几个老的能拗过小的的。

"哦，你为人家好，两清掉。当真两清了吗？依我说，你早干吗了，我是人家爹妈我也要说你啊，你早不招惹我姑娘，还没事呢。

"真两清，人家姑娘就不会来了。说到底，僧面佛面都是假的。人家愿意下来这一脚，才是真的。

"雨旸，你别怪我说话重啊。你爹妈都这样强绑了一辈子了，你千万别学他们。要么别成家，要么就真心真意找个欢喜的人。把日子过简单点。"

书云说到切切处，自己先淌眼泪了。她的婚姻千疮百孔，远没有资格说教别人。为了家庭的体面，为了孩子的读书，她这些年隐忍了多少。

去年和周家谈停后，雨旸亲自找书云聊了聊，起初是借着给她介绍工作的由头想变相接济一下她的。因为说实在话，他完全不能想象她这个年纪，拿个万把块的余钱去贴补老父亲还要求人借的。

书云换到酒店做后勤工作，丈夫找过来要钱。夫妻俩大打出手，酒店方才报备给了傅先生。

书云这才和雨旸说了实话，所谓贫贱夫妻百事哀。傅雨旸光看她胳膊上的瘀青好一块坏一块的，就已然恶寒了，当即冷漠地劝她，离婚吧。

书云舍不得让儿子知道，傅雨旸反驳她："你养儿子是为了看他去独立的，不是一味要你大包大揽的。

“二十岁的小子，爹妈这样动手，他全不知情，说得过去吗？！

“去，现在就把他叫过来，我来和他谈。”

那一次动手，那姓宋的就把书云手里的积蓄全扒走了，和狐朋狗友跑出去赌了。

好几个月没再露面，因为他也知道傅家那头有人知情了，尤其是B城二房那头。原来他们几个房头就老笑话书云，说她嫁出去的人了还一味奉承二房，鞍前马后地替雨旸忙活。仗着和那死去的时若一边大，朝二房打秋风呢。

这些傅雨旸都不在乎，他来S城快一年，和那些本家也没会过几回。清明约他吃家族会，他也是略坐坐就走了。

傅缙芳的这个独子一向如此。如今二房就剩他，母家也是一门家族。加上他自个儿又能挣，那几个本家老骨头同辈念叨起雨旸就是：“他也有钱，你们有几个能在B城有好几套房产的，正经带花园院子的啊。这老小子啊，挣钱没数，花钱没边。我看他，比他老子还狂三分呢。”

傅雨旸不止一次跟书云说过：“我帮你自有我觉得要帮的道理，也自然有你让我愿意帮的缘故。

“你不需要有太多顾虑，有这个顾虑，还不如娘俩尽快齐心协力地把日子过好。”

真计较，那就是吃了时若的红利了，又怎么样！

傅雨旸待书云，给她介绍工作、给堰桥联络实习单位是其次，还有两处大头支出，一是眼下这套房子，正巧这个业主玩期货坑了亲戚朋友不少钱，拿这套房子部分抵债的。傅雨旸托中介买了下来，名字还是他的，但是给书云母子俩住，就是要她下定决心断舍离。

一个朝妻子动不动挥拳头的男人，实不值得任何留恋。

二就是那幅油画。傅雨旸虽说训斥了堰桥那许多，可是一掉头又安慰书云，不要吃心，这幅画，也不是单单给他买教训。

“不为我，他也打不起来。”

和书云，傅雨旸把话说得很敞亮：“就当我为她买的吧，别吃心。”

出院那天，书云好奇，问雨旸：“漂亮得不像话吧？”

有人难得一副和书云说笑的口吻：“嗯，你们江南的姑娘总不会差的。”

书云笑话他，别一味摆谱：“你爹妈都是江南的。你也是！”

今朝夜里总算见到了。

姑娘水灵是当然的。灵也灵得巧，四两拨千斤地喊一句，明明人美嘴甜，偏叫人来不得来，去不得去。书云倒还好，她这个年纪，人家喊她阿姨，是应当应分的，就是雨旸面上不大好。

他不动声色地瞥一眼边上人，正主倒无谓得很，听见书云的话，她避而不答。

周和音哪有这么多心眼。是他们心眼多想复杂了，她就是看书云和妈妈差不多年纪，那怎么喊嘛，不称呼人家不大好，称呼傅小姐又显得很怪异。叫宋太太嘛，都听傅雨旸那么说了，这么喊不是更戳人家伤心事吗？

她就只能喊傅阿姨。

等她领过神来，看他们姐弟互递眼色的样子，周和音才越发拿乔起来了。就是阿姨，就是阿姨。气死你！

书云烧得一手好菜。

周和音尝了几道凉菜，以为是买的现成的呢。岂料听她说，这道糟鹅是自己做的，书云劝傅雨旸尝尝：“我晓得你嘴巴刁，光这个鹅，用镊子镊毛就费了老大的人工了。”

傅雨旸点头，他又不习惯人家夹给他，书云抓起公筷的手又放下了，劝他：“你吃吃看呢。”

他在喝茶，不是什么好茶叶，普通的夏天解渴的大麦茶。已经第二杯了。

“你们吃你们的。我先喝两口解解渴，来的时候吃太多糖了。”

周和音吃一块翅膀，不作声地啃，悄悄然看一眼坐北朝南主位上的他，不幸的是，被他逮了个正着。

啃翅膀的人筷子没搛稳，哧溜一下，掉回碗里去。

这下连边上的堰桥都跟着笑了。周和音没所谓地重新搛起来吃，确实很好吃，她夸书云的手艺，就是去出摊都绰绰有余。

书云劝不动主位的人，干脆催捧场的周小姐：“你喜欢吃就多吃呢。”

桌上喝的是冰可乐，书云不忘前头说的话，当真要堰桥敬酒：“不是你舅舅出面，你在学校那头保不齐要背个档案，你这脑袋不得掉了呢。给你舅舅敬一杯，也给周小姐赔个不是。”

那头傅雨旸还没出声，周和音倒是第一个喊不了：“不要了。他也找过我了，那什么，我朋友也出言挑衅了，都有不对。也不全是他一个人的错。”

书云紧接上周和音的话：“就看在人家周小姐给你打圆场的分儿上，你也要惜恩。快！”

书云无论如何要儿子敬雨旸和周和音一杯。

周和音一副眉头打结的尴尬，看一眼傅雨旸，这一眼是实实在在的，一丝一毫避让没有。她是示意他：你快喊打住吧！老天，我不要别人敬我酒！

她看了又看，瞪了又瞪。那头堰桥也为难，最终某人牵牵嘴角，搁下茶杯，一副家长发话的口吻：“行了，我也被闹了一天，脑仁疼。敬不敬，无所谓，你记住就好，敬我一杯倒不如多体谅你妈一分，她这些天不大方便，你能搭把手就搭把手，实习那头也尽快去。”

堰桥这才痛快应声。

傅雨旸也才开始动筷。他认真尝了块那糟鹅，没说好也没说不好，就那样细嚼慢咽地吃完一块，没动第二筷。

周和音抿抿唇边，不服气，她又吃了块。

中途，她突发奇想地和宋堰桥攀谈起来。问他哪个学校的，什么专业。

聊着聊着，聊到游戏上去了。

周和音对“英雄池”深的人一向是怀着求带的心情，没想多少，就问宋堰桥：“你介不介意加我啊，等你上小号的时候，带我一起玩吧。”

宋堰桥面上好一阵堵，比吃了块骨头还鲜明些。

就直觉这样不太好，他甚至悄没声地睇一眼老傅。

那头，周和音自觉人家犹豫了，立马反口，哦，没关系，不加也不要紧。

一顿饭吃到差不多了，书云要堰桥去盛饭，周和音吃席一向不吃主食的，她诚实地表示她饱了，不吃饭了。

傅雨旸菜没吃多少，这当口饭也不想吃，却问书云，有没有面，他想吃碗猪油面了。

有。面和猪油都是现成的，书云要去给他下。

主位上的人起身来，说他自己来，让书云歇歇。

说着他往外头走，用很寻常的口吻问周和音："你要来一碗吗？"

周和音其实已经八成饱了，这已经超出她晚餐需求很多了。真真是书云手艺好，她今晚才破戒了。

已经一肚子肉了，她并不想再吃面。

本意是不搭理他，结果某人故意曲解她："不作声就给你带一碗。"

周和音这才出声，拧眉状："我吃不下了！"

有人也不理她，挑帘往外去。

原本一个晚上周和音都故意不和他对话，可是等这个人走离她的范围，只留她一个人面对人家母子的时候，她又极为地落索。

就很生分很怪异。

饶是书云一直热络地和她聊天，周和音还是觉得很不自在。

她挨了没几分钟，就指指外头："那个……我去看看他，我真的吃不下，不要给我带，浪费……"

书云了然地笑："去吧。"

这种老式的房子，除了堂屋和客厅会安空调，一般人家的厨房都没有。

因为跨院子了，以前的人也没这么讲究。

安空调要重新布个单独的线路出来，又觉得也就是个烧烧饭的地方。

周家厨房的空调就是周和音嚷出来的，爸爸觉得没什么，小音说："因为烧饭的不是你，你不知道夏天的厨房是个什么滋味。"

周学采架不住女儿念叨，才给厨房重新接线路，安了空调。

眼下，她才从冷气间里出来。厨房就是个货真价实的火炉子。

这是处两面开向的小厨房。朝东和朝北都留着门，周和音拨开纱帘侧身站在门口，灶台前的某人回头看她一眼："你出来干吗？这里很热。"

傅雨旸挽着袖子，当真在煮面吃。

周和音提醒他："我不吃。"

他没接她的话："要么回去，要么进来，你把蚊子都放进来了。"

周和音这才侧身进来，手细致地把那磁吸扣的纱帘对缝合上。

"我要回去了。"

"嗯，等我吃完这碗面。"他的意思是和她一起走。

“你很饿？”

某人在两只碗里调料汁，他应她的话，却没偏头：“饿啊。我忙了一天，能不饿吗？”

一个落地风扇朝他的方向呼呼吹着。他调完手里的料汁，脚尖勾过一个板凳，示意她坐这边来：“很热。”

周和音没理他，而是在朝东的一只小方桌边上坐下来，百无聊赖，玩手机。

忽地，一阵热风拂了过来。

傅雨旸把风扇掇了个方向，朝着她了。

锅里热水烧开，他先舀了两勺到碗里，化开猪油、生抽和老干妈豆豉，还有些微的醋香，底汤已经有猪油的滋味出来了。

再往锅里添些水，等烧开的工夫，捞出几根烫好的鸡毛菜。

最普通的挂面，水开后，抽一把下到锅里。

没几分钟，两碗宽汤少面的猪油面就下好了，胡椒粉佐在汤头上。

傅雨旸将第一碗端到她跟前，周和音依旧不受用：“我不吃。”

“尝尝，就一筷子。吃不下给我。”

连筷子都递给她了。

周和音赌气般看着他，某人也不恼，再端着他的那一碗，在她边上坐下来。

风扇依旧朝着她，傅雨旸只是把朝东的两扇门窗打开，是真热。

两个人都出汗了。可是都没提回堂屋的话。

周和音将筷子握在手里，酸辣口的猪油汤头加上胡椒粒的香气，她终究没耐住，挑了一筷子起来，也就只有一筷子。

她心想：这喂猫呢。

春芳女士有句话叫，到嘴不到胃。

就是周和音眼下的滋味，好吃，但没有了。

她最后连鸡毛菜都吃光了。

傅雨旸碗里却没怎么动，看她吃完，也不笑话她，问她：“还要不要？”

“不要。”

“好吃吗？”

“就是面味。”

“没有书云的糟鹅好吃？”

那不废话吗？你拿面和人家肉比。

他端着碗，挑着面，就是不往嘴里送。

周和音催他：“你快吃，我还要回去呢。”

洞开的东落地窗，夜微微凉下来，偶尔吹来一阵轻飘的东南风，比任何冷气风扇都沁人。

“那我就要慢慢吃。”

周和音鼻尖都冒汗了，热得，她听着他的话，良久没接话。

傅雨旸依旧不动筷，和她聊些有的没的，说这套房子是他买的，地段原因，钱不多，老式的屋子他也没觉得多好看，唯独中介给他看大门照片的时候，他拿定了主意。

因为大门处贴的下联——三春报好音。

春节当口，他觉得是再好不过的彩头了。

再往遥远说去了，说等堰桥将来能自己立门户了，就接了他母亲去：“我依旧要把这房子收回来的，是我的就是我的，这是生意人的本色。

“因为我今天突然觉得这房子还不赖，你觉得呢？”

“我的觉得不重要，重要的是，傅先生你的面坨了。”

“不准喊我傅先生，也不准喊书云傅阿姨。”他突然搁下筷子，碗里的面压根没动。

周和音才不怯他，直面地看着他，想说，我喊谁什么，你管不着。

橘黄的灯泡下，开窗的缘故，有飞虫进来了，光越剧烈的地方，它们越本能地靠近。

好像生物都拥有这种本能。

最本能的便是求生。所以，最狠也最剧烈地毁灭一个人，就是等他走到独木桥中间的时候，砍断他唯一的生机。

曾经，理智的人觉得，在他们彼此都没迈步到独木桥上，也没走到中间的时候，趁早打消上桥的念头吧。

这是一个成年人该有的理智和趋利避害的本能。

他可以允许自己从中间掉下来，只是不忍也舍不得有人陪他一起掉。

可是他的本能被另一种本能再一次支配了。

他甚至觉得哪怕走到中间，桥被砍断又如何，要么他们齐齐上岸，要么就干脆和她一起囚溺吧。

起码那样她是眼里心里只有他的。

也好过这样，坐她对面，不相识的距离。

“周和音。

“我想再见一次你父亲。”

周和音的心，最诚实地被烫了下。

她怪今晚的月亮太亮了，亮到一切都披着银色的朦胧。

像最完美的滤镜，也像最完美的月华主题曲。

所以她再次违心地走进来，坐下来。

坐在月明里。

甚至一时，她已经忘记了她要回去的。

月亮再亮，日夜一换，光明总要驱散黑暗的。

她有点害怕光明，也害怕一切的诚实与现实。

所以她讨厌他突如其来的真实，真实地去面对他这个年纪实该担负的责任。

她宁愿他蒙住她的眼骗她，骗她天永远不会亮。

也怕爸爸再一次折辱他。原来，爸爸诅咒了他上梁不正下梁歪。

所以，眼下，周和音只有本能地讨厌他。

四目相对，不算良夜，因为炎热，因为蚊虫。

傅雨旸一直等着她开口，太过专注，太过沉默。右边下颌处被蚊子叮住了，他也浑然未觉。

周和音本能地伸手来，不轻不重地扑住了那只蚊子。

移开手，翻面到掌心，沾着赫然的蚊子血。

堂屋里书云见他们许久没回来，怕雨旸弄不来，才迈进院子里，就看到周小姐伸手朝他拂面的一幕。

她一时误会了，站在门口，不敢进来。

周和音也红着眼，懒得解释。

倒是被“打”的傅雨旸，懒散开口，是解围也是打趣：“不要紧，她也不是第一次打我。”

Chapter14

沉默里

[42]

周和音站起身来，去水龙头下洗手上的蚊子血。

听到傅雨旸在她后头朝书云说：“我们先回去了。”

“你面还没吃。”

过了锅气了，不劲道了。他说不吃了：“余下的就由堰桥收拾，别不放心他，你越不放心他，他越长不大。”

书云听后笑也点头：“难得见你这么啰唆，没准将来是个大包大揽又细致的爸爸呢。”

水龙头边上的人，因着没有洗手液，她干脆按了一泵洗洁精，搓了一手泡沫。傅雨旸走到她身边的时候，她还没洗干净。

流水细细地淌着，人在边上等着。等着她洗干净手，也抽着几张纸巾，等着递给她。

周和音不作声，头也不抬，耿耿地接过他的纸巾，揩手，出厨房。

她回堂屋拿自己的包，以及跟书云道再会。

书云的乡下小姐妹来给她送了好些田里栽的瓜，有那种青皮的水瓜，也有小西瓜。

她问周和音，不嫌弃的话就带几个回去尝尝吧：“本来要切给你们吃的，你们急着走。雨旸啊，我就不想他要了，就是带回去他也没那工夫切着吃的。”

书云说着再念叨堂兄弟，说他一味住在酒店，就是守着那么大的厨房，一年到头也开火不了几回：“我每回去看他，看他那房间里永远齐齐整整冷冷清清，都浑身不自在。”

书云像极了一个长辈，临走塞吃食给孩子，满满当当地给，也苦口婆心地劝：“他一向就这么长大的，不瞒你说，他爹妈先后走了，是他来江南工作，把父母和他姐姐的墓迁回来，我才和他真正来往起来的。以前也是不敢和他说话，生怕他觉得我高攀了他。其实，他就是看上去没活人气似的，人还是挺好的。尤其和你待一块儿……”

书云和他姐姐一边大。书云说，时若活着，只会比她更积极，积极地待周小姐好。

因为实实在在，周小姐让他们雨旸有活人气了。

“你看他，其实会下厨房，就是没人和他一块儿，他就懒得弄。”

这和过日子一个道理。

男人说再多的锦绣话，都抵不过他把他的经济全交代给你，然后知冷知热地给你一碗汤或者一杯水。

书云找来一个马甲袋，要给周小姐拣几个瓜。周和音体谅书云，让她别轻易弯腰用力了：“我自己来。”

她当真挑了两个，那青皮的水瓜还好，小西瓜是那种俗话叫的爆炸瓜。

太新鲜的缘故，她才拎着瓜藤牵起来，兀自一声，瓜就爆开了。

周小姐比那瓜还鲜活，哎呀一声。

惹得堰桥都跟着笑了。

书云要她重换一个，周和音摇头，说不要紧：“正好我回去吃。”

一番琐碎无边的家常话，傅雨旸站在门口，隔着纱帘，没参与她们，但也没有走开。

直到周和音拎着袋子从屋里出来，她再三劝书云别出来了，做了微创手术也要注意保养。

门外的人，干脆替她把着门，再把她手里的袋子拎过去。

周和音依旧没和他说话。书云也没坚持，只让堰桥去送送，小子还没送到门楼，傅雨旸就让他回去收拾锅碗瓢盆了。

做客的人，一前一后走下台阶石，傅雨旸更是随手把大门掩上了。

厨房没熄的灯，薄薄映出一层光明，周和音回头就看到了大门右扇上的春联，和上面的字。

傅雨旸拎着那个袋子，下阶梯的时候跟她说：“走吧。”

六家巷里时常能看到这一幕。子女大了，搬出去住了，或者成家了，一家几口回父母那里吃夜饭，临了，再大包小包地带着走。

老两口还要一味叮嘱几句，路上慢点开，小孩看好，别老是逼着他学那么多东西了……

开心健康最紧要。

傅雨旸的外套挽在手臂上，两袖也打散卷到小臂。他这种几乎二十四小时吹冷气的人，赴这样的席，简直是吃苦头。周和音看着他朝自己走近，也闻到他身上那熟悉的香气，不等他再说什么，扭头朝前走。

来时不熟悉的路，回头她已经全记住了。

很快就走回了停车场，傅雨旸主动请缨，要帮她开车子："你可以把那炸开的瓜吃了。"

"不用。我的车子，至今没给别人摸过方向盘。"

"小音……"

二人各站车门一边。周和音很敏锐地堵住了他的话："不要再说见我爸那样的话了，你和他聊的事情早聊完了。"

"我不和他聊傅缙芳和梁珍了。"

"那就更没必要再碰头了。"

她的钥匙没感应车门，驾驶座的车门不牵开，副驾驶座的门也跟着打不开。

傅雨旸与她隔着车宽的距离，月下场地空旷，稍微高声些就会起回音："我想和他再谈一次，除去我父亲的过错，除去我起初不告知的过错，我从头到尾没有戏弄他的女儿。

"反而，我再认真不过地喜欢她。我和周学采说过的……"

"你住口。我才不要听。"

"你父亲说得对，傅缙芳始乱终弃是一重罪；我母亲私心瞒了那封信一辈子是二重罪；我千里迢迢来江南，明明一开始就能说明白的事，却瞒着与他女儿私下来往，这是三重罪。

"任哪个父亲都不会肯的。可是，小音，我唯一的盲点，是傅缙芳最后想在外面养梁珍这件事，我没有算到。

"但凡我早点查到这一点，都不会有任何下文的。

"可是我又庆幸，庆幸我晚查到这一点，不然我就当真和一个人全无交集了。

“那天和你父亲谈得不可开交，临了，我说了一句，他一定当我是傲慢或者气话……我说我宁愿当初梁珍愿意带着你北上，这样我就可以更早见到她。”

哪怕错了也无妨。

“只要那个人是周和音就行了。”

“你住口！我说过的，不会给你第三次机会。”驾驶座车门边的人，急急出声，月夜里，潸然泪下。

两行泪掉得飞快，甚至没在脸上留下痕迹。

“你说了也没有用，傅雨旸，那天你就是说了，我也还是会和你说再见的。”

“我知道。”他很清楚这一点。

“阿婆从头到尾没有提过你父亲一个字，证明她已经释然了。否则，她会告诉我的，她一定会的。”周和音觉得说这话，毫无支撑的力量。她明明在父母跟前也一个字没有提过，可是她心里难过极了。

难过到她拼命想忘记一个人，却又无痕迹地在别人身上找那个人的影子。

那个夏明朗，他说他的工作，周和音全无兴趣，说他家书店也是。唯独，他皱眉嫌弃那麦芽糖的样子，让她觉得有趣。

等她意识到这一点，她才明白，只字不提，不代表过去了。

阿婆临终前，还是正式和爸爸谈了那个人就是证明。不爱不代表忘了他。

或者，梁珍自始至终愿意记住的，不过是那个月下和她合影的傅缙芳。

周和音朝眼前人说：“我恨你答应我去宝相寺，我说阿婆和她的朋友去过，你那个时候就知道是你父亲。”

傅雨旸适时缄默。缄默里，有足够的答案。

她从来没有他想象中脆弱。甚至，她从来有自己的思索与顾虑。

正因为他看清了她的顾虑，那晚，才选择彼此“成全”罢了。

梁珍从梁家走出来，只为了自己能活明白，从来不是为了傅缙芳。

她的孙女也该是。

“小音。”傅雨旸搁下手里的东西，绕过车头来，缓缓朝她靠近，“答应你去宝相寺的那一刻，我不知道，不知道她是和我父亲去的。

“你知道我坐车里看到你跑回头，我是什么心情吗？十年，甚至更多，从来没有过的喜悦。

“宝相寺是求前程的，那天，我虽说没有烧香，可我没有骗你，我求的岁岁平安，替你求的。”

因为有人的岁岁平安，对他来说，是福报。

“我之所以要和你掰扯清楚堰桥找你的事，就是不想你误会我骗你第二遭，多一厘都不行。

“你不是信佛祖吗？那我拿点什么赌咒好吗？拿我自己吧……”

“你住口！”周和音狠狠喊住他。

她低头去开自己的车门，傅雨旸一把扶住她的门边，说她现在情绪不大好：“我给你开。”

周和音挣不过他的力道，又不愿意去副驾驶座。

她径直开了后座门，一股脑地钻进车里，不言不语。

傅雨旸也依她，配合着她的沉默，给她开车，回城。

周和音忙了一天，又周旋了一天，吃得不能再饱了。起先还是一脸情绪，安静浓稠的氛围里，冷气一拂，人歇息下来，年轻的缘故，像小孩一哭就容易睡觉。

用睡觉来补充元气。再拿元气对付下一顿饥饿与拉撒。

她也不知道什么时候睡着的。

更不知道车子什么时候停的，他们什么时候到的。

直到有人来开她这边的车门，一只手来拨她的脸，喊她醒。

周和音迷糊睁眼，坐正自己，能感受到车里熄火后余留的冷气和外面的热意一对冲，消散殆尽。

车外的人俯身进来，声音微微的，足够喊醒人的程度。

“到了。”

是到达她住的地方了，周和音偏头往外看，车子竟然准确无误地停在她租的地下车库上。

困倦的精神，随即就醒了。

她看他一眼，傅雨旸结束点到为止的唤醒服务。

随即去副驾驶座上拿他的外套。

周和音也跟着下车，作为临时代驾角色的他提醒车主，把瓜带上：“车子记着锁。”

被嘱咐的人，有条不紊地提上瓜，锁车，往她要去的电梯口走，全然不顾站在她车旁的人。

他们这一楼住着户学琴的人家，儿子每天晚上要拉好几个小时的大提琴。这种房子隔音又不太好，妈妈为了不影响上下楼邻居，干脆每天晚上陪着儿子在地库练。

这个点，十五六岁的少年在拉一首曲目，是那首著名的《绿袖子》。熟练流畅，听得出技巧与勤奋，但总差一味什么。

周和音最爱大提琴和竖琴合奏的版本。

她走出几十步远，一回头，傅雨旸依旧在她车子旁。没有跟过来，也没有走。

有人冷冷地提醒他，也是警告：

“傅雨旸，你去找我爸爸的话，我一辈子不会原谅你。”

[43]

周和音从地库进电梯，却没有上楼，而是在一楼出来了，直奔Nana住处。

Nana和男友在家里拍日常Vlog，正要重拍呢。

小音火急火燎地进来了，把手里的瓜递给他们，然后说，想喝水。

她开了Nana的冰箱，猛灌了一瓶冰矿泉水。

再翻下面的冷冻格，没有她想吃的冷饮。她说她想吃一种类似气球包装的冰激凌，咬开封口，稍微在常温下融化些，气球的包装就会挤着里面的冰激凌直往嘴里蹿。

Nana翻出一个鲷鱼烧给小音吃，问她：“怎么了，谁又刺激你的‘脑洞’了？”

“脑洞”少女但凡有点出格，总有个缘故。

小时候和阿婆一起去逛菜场，暑假里，小音中午要吃螺蛳，阿婆等着人家小贩剪螺蛳的当口，遇到她的一个学生。

学生带着女儿来买菜的。师生聊了好一会儿，外头才七八点的太阳，就辣花花的了。

学生给女儿和小音一人买了一个冷饮吃。

小音咬开那个球状的冰激凌，回家的路上，那个冰激凌就控制不住地往嘴里冒。

阿婆劝她别吃了，扔掉吧。

她死活没肯。狼吞虎咽地吃完一个冷饮，没到中午就拉肚子了。

为这事，婆媳俩还声张了几句。邵春芳怪婆婆："您也是，哪有一大早肯孩子吃冷饮的。"

阿婆任由媳妇说嘴了。说确实怪她，她就是看小音馋兮兮的样子，终究没落忍。

周和音把手里的鲷鱼烧扔回冷冻格里去，说："这么多年，我就吃过一回那个冰激凌，什么味道早忘了，就是那份洋相很深刻。"

它不停地融化，不停地冒出来，让你措手不及。尽管洋相，但很好吃，味道不记得了，只依旧记得是好吃的。

Nana闻小音身上的味道："你喝醉了？"不然为什么一直说胡话。

周和音开着冰箱门，由冷气往她身上来："没有。"但很不平静。

Nana男友是个"宇宙直男"："是赵观原惹你生气了？"

Nana鄙视："赵观原才没这个本事，不过我知道是谁了。"

Nana语不惊人死不休，甚至都不避讳男友在，径直问小音："说真的，你和傅先生睡过没？到底有没有，我可太好奇了。"

有嘛，不太像。小音的反应太小朋友了，不是不经事，而是不经人。一对男女，有没有沾过风月，连视觉粘连度都不一样。

换言之，睡过的男女，他们怎么也择不清。这就是很多情人会莫名旧火重燃的原因，记忆里的欢愉可以抵消一切耿耿。

但说没有嘛，小音这么念念不忘属实说不过去。

"到底有没有，你和我还有什么不能说的！"Nana可都要急死了。

边上的男友也一副"吃瓜"的表情，竖着耳朵。

周和音恹恹地把冰箱门合上，就在Nana以为她又要避而不谈的时候，本尊很冷静地回答："大于没有小于有。"

什么鬼！

Nana个女流氓当即拆解她的答案："没到最后那步？"

周和音突然就后悔了，后悔告诉他们，告诉他们这对不分场合、日夜耕耘的臭男女。

她拾起包就要回去了，Nana说她这副委屈兮兮的样子很搞笑是怎么回事。

"你还记得我租车位的那个业主吗？"

“啊。”

周和音租的房子是Nana房东介绍的，但是那个房东没有车位。周和音刚租过来的时候，天天打游击似的停临时车位，一趟趟的临时缴费，贵且不说，还很不方便，耽误工夫。

没多久，她那个房东又联系她，说朋友空出一个车位了，问她要不要。

“嗯。然后呢？”

周和音一口气把今晚的去向以及回来的状况全说了。

“你的意思是，车位是他帮你找的？”

“我的意思是，他要么不让我知道，要么又想方设法地让我知道。”

哈哈，Nana笑了，说果然自己的男人还是自己懂些。

周和音白Nana一眼。白完，她要回去了。

Nana还等着她的下文呢：“那你怎么说啊？”

“我不想他见我爸。”其余不知道，只这一点很笃定。

“这就是答案啊。”

周和音迷惑，看旁观者，看好友眼里的“清”。

“我们一起看的老剧里怎么说的，沉默就是暧昧，暧昧就是偏袒。”

Nana说：“明明你和他都是。”

周和音一下就红了眼，扭头要走，临走提醒Nana，把那爆炸的瓜吃掉，不然会坏掉。

一直到周五，周和音都没有回应傅雨旸。

他给她来过一通电话，她没有接，也没有挂断。

任由它响，像极了他们。

最后是被客观的信号叫停了。

傅雨旸没有再拨过来，周和音也没有把他从微信黑名单里释放出来。

周五下午，她收到一束很小束的玫瑰花，淡奶油黄的玫瑰骨朵，十一支。

和音玫瑰。

那次在他酒店房间，他们一齐发现的玫瑰品种。那时的傅雨旸甚至不屑将错就错。

花束之外，有要单主亲自签收的信封。

信封上印有花店标识的火漆，揭开是一张手账打印的照片——

周和音站在阿婆北屋的门楼里，穿着一件小王子联名款的圆领长袖T恤，巧合的是，衣服与和音玫瑰的颜色很一致。

她不记得什么时候，有过这张照片。

三寸的照片背后，有新鲜的笔迹：岁岁平安。

爸爸和他谈的那晚，周和音看到了阿婆和傅缙芳合照的那张留影。

那是一双人，背后的寄语与落款，也是浪漫的，有欢娱在今夕之感。

可惜，浪漫成了诅咒。

所以傅雨旸只给她一张独照，以及后头是简简单单的关照与期许，岁岁平安。是最小也是顶级的愿望。

没有落款，没有两个人。

下班之前，骆总找了周和音。谈了她满一年的调薪申请表，比她期许的还多了百分之十。

骆存东依旧有在女下属面前抽烟的傲慢习惯，他一边咬着烟，一边捡起签字笔签她的申请表。

这一笔下去，她就正式不是借调的了。人事关系直接划入骆总直接管理名下了。

申请表会随后送到人事部那里去，骆存东很公事公办地和她先礼后兵，先是几颗枣，然后开始骂骂咧咧她的跟进。

“那个德系项目，负责人叫沈致，他每年的设备维修指标是多少你要心里有个底。别听他打哈哈，就是一个顶针拉回来修，也给我把报价单丢他脸上去。”

骆存东一副真心教徒弟的嘴脸，说：“别怕，你不得罪他，我怎么有工夫去哄他呢。人就是来往出来的，不来往就等着一个字，死。”

周和音在工作上面一向比较耐受。学经验学话术的时候，她一向比较服管教。

骆存东说她来这儿大半年，进步肯定是有的，敢和同仁吵架就是事实。不归她做的事，摊到她头上，她绝不和你捏软面，有一是一，掰扯清楚。

能在邮件、工作群里说清楚的事，绝不线下废话一句。

跟个滚刀肉一样的时候也有。陪同客户、联络客户时过于中性了，骆存东说，还是太小了，不会利用女性在社交上的天然优势。

周和音听这种话，固执地昂头不语。

骆存东笑，一副随她去的架势。有些事情，不是靠教的，要靠悟，年龄、阅历慢慢磨合的悟字诀。

最后淘沙出来的人，或凭本事或凭手段，但大抵离不开一个悟性。

“骆总，我有事请教您。”

“讲。”骆存东又点燃一支烟。

“您给我的升薪幅度，有没有谁的人情？”

“谁？”

“傅雨旸。”

骆存东心知肚明这小家伙和傅雨旸的关系，绝不是什么亲戚。但说她是那种俗套的小情人又不至于，骆傅几回交手，傅雨旸从来不主动提周和音。

倒是骆存东按不住提一嘴，那傅某人便轻描淡写地来一句：“她在骆总手下，我放心。”

一句我放心，比什么震慑都好使。

不过他傅某人到底敞亮。B城那头一个单位所连同上海的兄弟所，询价到了骆存东这里，因为是上海这头纳入交易，所有的业务实绩全归在骆这里。

回头，骆存东想找傅雨旸联络时，后者把太极打回头，说：“我只是在朋友当中牵个头，成交是你们各取所需，后续再稳固也是你们各自修行。”

傅雨旸从头到尾没跟骆存东要什么担保和人情，倒是他自己贴了不少。说老父亲也不为过了。

唯独的一次，就是前几天，他说顺路经过这里，来会会骆总，顺便帮他找一下周和音。

“傅先生的人情就值这百分之十的梯度？”骆存东干脆笑话她，“你直接跟他要，不是更多？”

骆存东说这额外的百分之十是他奖赏她的勤苦，没有被他骂走。

她也是他们团队里最小的兵。记住，兵就是兵，没有其他角色。

“你当初过来的时候，我可不认识傅雨旸啊。倒是他，为你在B城摸到我们桌面上来。

“论起来，怎么都是我赚了。

“我骆存东这个人好个面子，同级别的员工，我名下的必须比其他个高一些，不然我面上过不去。

“这么说，你听懂了吗？

“懂不懂，都这么着了。

“去吧。下班之前我要准时看到我要的数据。”

周和音赶在死线前把老板要的报表做了出来，又和客户那头掰扯了半个小时，她头一回咬住价格不松口了。

“这个数目，都不必到我们骆总那儿了，送签的路上，我就会被骆总秘书撕得粉碎了。”

沈致说小妮子学坏了，脸皮厚且不说，开始玩破釜沉舟这套了。

周和音不置可否，俏皮地回沈工：“因为我们骆总说我老是得罪您，害他老是跟着我后面擦屁股，他说我了。”

沈致骂骆存东：“他才是屁股。你听他的就完了，他是最坏的，坏人全是别人做，全天下就他一个好的。”

周和音在电话里三分软糯七分公事公办地说：“总之，这价格您不肯，我就只能和您死磕了。”

对方没有即刻驳回，也没有即刻答允下来。周和音就领悟了，沉默里，不仅有暧昧和偏袒，还有松动。

不等她收拾好下班的东西，沈致又给她回电：“通知你们维修部同事明天八点到工吧。”

这笔过保的设备维修算是谈下来了。沈致是周和音手里最稳固的使用单位兼大宗采购总工程师，她突然明白了骆总说的“你要知道他一年的维修指标有多少”。

谈判就是对底气的谈和与审判。

周和音说话间就收到了沈致回签的报价单，她开心极了，周末前收兵，没有比这更开心的了。她甚至跟沈致说了，周末愉快。

对方说：“你当然愉快，看到钱了，我不愉快。”

余下的就剩一鼓作气。周和音下班前跑到骆总办公室告诉他，沈致那头签字了。

骆存东做无谓状：“嗯。有进步，起码骗到他了。”

“因为我说你给我擦屁股，他不开心了。”

“随便吧。拿到订单就是好的。”

“那么，骆总，我先下班了。您……周末愉快。”

说话的人一溜烟跑了，骆存东倒是有几分开怀，小雀鸟今天是怎么了，活过来了！

开窍了！

周和音抱着那束和音玫瑰，下楼进电梯，隔壁部门的同事看到小音，问她能不能捎她一段。

这种顺风车，小音一向乐意的。

不过今天不行，她说：“今天有点事，不顺路了，不好意思。”

电梯下行的时候，她把谁的名字从黑名单里放出来。

犹豫了很久，她一路直走到停车处，坐进车里，才两手抓着手机，思索了很久，只打了一句：“照片哪里来的？”

没一分钟，傅雨旸简短回复：“许。”

周和音发了个问号。

傅雨旸：“许抒诚替我去租房子的那次，他拍给我的。”

几秒后。

傅雨旸：“点太快了，发出去了。你不要急。”

周和音回了串省略号。

下一秒，傅雨旸依旧打电话过来。

接通那一刻，他的开场白是：“电话讲，清楚些。”

周和音依旧没说话。

“小音，我现在有事，在上海这边。或者你先说你找我什么事？”

等不到她的答复，傅雨旸便在她的沉默里自行领会，片刻后道：“那么，你等我，我有话和你说。那晚没说完的。”

周和音才从工作里汲取收获，她始终觉得琐碎不该耽误正经：“你先忙吧，我只是……确认一下照片从哪里来的。”

“不，小音，我什么都不想忙了。只想和你说话，听你说，也把我想说的都告诉你，可以吗？”

Chapter15

第十七根火柴

[44]

原本周末都是回去的，周和音临时改了主意，路上给春芳女士打电话，说了一半真话，明天确实要去一下工厂那头，也要去客户那边会一下沈致。

这是必要的客户联络。

邵春芳听到说明天再回来也无妨。周家朴实的教育观里，一向以学业为重，工作为重。

当然，还有一半是假话，周和音没有交代。视频通话里，她一边开车一边甜甜地问："爸爸呢？"

"在看电视。"

"看的什么？"小音问。

周学采还没说话呢，邵春芳把镜头拨到后置上，周和音瞥一眼电视画面，不禁笑出来，说："不敢相信，老周你堕落了，竟然也看宫斗剧了。"

"都是你妈非要看。"

"然后呢，你跟着上头了？"

周学采客观评价："确实还可以吧。"

"妈妈的会员还是我帮她充的。"小音邀功。

"嗯哪，你们娘俩一向最好，我是多余的。"

电视里如火如荼地上演着争宠失宠再复宠的戏码，虽说这些套路老掉牙了，但事实证明，普罗大众就是爱这种爱恨推拉的纠葛。包括男人，不苟言笑的男人。

“爸爸。”周和音突然软糯又甜美地喊了声周学采，她深谙小时候和爸爸撒娇的力量，抱着爸爸的腿或者围着爸爸打牌的桌边叫唤两声，总能求到她要的东西，“我爱你，和妈妈是一样的。”

从前阿婆在的时候，就说小音肯定是在医院里抱错了。他们家就没这号人，嘴巴甜得跟抹了蜜似的，这幸好是女孩子呢，男孩子还得了。

邵春芳点出关键来，说：“就是因为你们娘俩一起宠她啊，把她宠得不知天高地厚。”

周学采抱着七八岁的女儿，无限娇惯，说她就豆子大的人，要知道天多高地多厚干吗。

眼下，周学采听到女儿的话了。他的回应方式一向是沉默的，寂静如山：“你当心开车子，好好看前头。”

周和音回应爸爸：“我一直开得很好的，你放心。”

挂了父母的视频，周和音掌舵的一只手离开方向盘，抹了几滴泪。但她脚下的油门没松，方向盘也没偏。很冷静的几滴泪，仿佛掉完，她更清醒了。

她现在不能告诉爸爸，否则一切还是死局，原地打转。

她只想试一下，因为感觉骗不了人，怦然骗不了人。

她不想在原地就被别人判了死刑。她还一步都没有迈。

因为别人的诅咒，因为别人的“欢娱在今夕”的毁灭。

尽管傅雨旸只是只言片语般说了一句上梁不正下梁歪，但她也猜到了，爸爸定是说了很多重话，诅咒他的父亲，也诅咒他。

她两头都不怨，只怨那血淋淋的事实。

她保证不了别人。保证不了爸爸会不会认可傅雨旸，也保证不了傅雨旸对她的欢喜能天长地久，反之，她也是。

爱情，如果可以这么保证的话，阿婆就不会只是梁珍，她就会成为傅太太。没有爸爸，没有傅雨旸，也没有她。

周和音唯一能保证的，是自己，她可以跟爸爸保证，跟阿婆保证，会好好爱自己。

爱情只该有合散，不该有血淋淋。

傅雨旸到的时候，外面已经十点多了。

周和音洗过澡，头发都吹干了，她在吃杨梅冰。

门是朝外开的，她只轻轻推开一个口子，傅雨旸便左手上前，拨门到最大化。

他依旧是那样低调但足够鲜明的商务扮相。

房里的冷气和杨梅冰的味道，对抗着门口的热浪和酒精的余威。

“你起码问一下是谁？”他提醒她的安全态度。

“你不是从一楼上来的。”一楼有门禁。

“从地库。”傅雨旸没有瞒她，确实从地库上电梯更方便点。

“因为你也是租客或者业主？”

这里的车位一向很紧张的，房东也狡猾，不赁他的房子，鲜少会把车位单独租给你。除非他的租客不需要车位。

傅雨旸说他没到处买房子的习惯：“不过，这里确实车位和房子绑着租。我不租房子，你就没车位用。”

“那你为什么不干脆搬过来住？”周和音狠狠笑话他。

门口的人露出徐徐的笑意，微微俯身来，来打量她眼里跳跃的火焰：“我搬过来干吗，跟你抢车位用？”

周和音手里的杨梅冰愈来愈化了，她从袋子里挤出一颗吃到嘴里，正巧傅雨旸欺身过来，她眼里的火焰迸发出来，不肯他过来，才伸手推了他一把，用五指攒成的力量，拳拳地抗拒门口的人。

她才碰到傅雨旸心口，有人就一把攥住了她的手腕，不让她撤手，人也跟着闯进来，另一只手很自然地带上了门锁。

周和音还在合门的动静里没反应过来，傅雨旸已经捧住她的脸，狼狈与不妨里，她往后仰了两步，跌靠到墙上。

傅雨旸干脆一只手横抄到她脑后，替她枕着，另一只手来别她的下巴，热络地去找她的时候，却被她嘴里一口又甜又酸的冰给激灵到了。

酒精再一挑衅，是昏头的地步，他捞起她的下巴，暴戾地勾勒出那颗杨梅冰，圆圆一颗，融化在二人的热意里，傅雨旸衔到嘴边，偏头就吐掉了。

他不要什么杨梅冰，他这夜奔回来，只要她。

声音和言语都可以骗人，唯独气息不会。声与话都属于人被教化后诞生的产物，唯独气息是天性，人可以制定最森严的规则、法律约束前者，唯独圈不住天性。

傅雨旸用耳朵听怀里人的气息，听她窸窣的天性，她愈沉默，愈纵容，他愈要平复他的欲望。

才当得起他的小孩待他的好。

于是，他这个殷切的吻，是欲望，是想念，是圈不住的天性，也是投诚。

他拿理智逼自己停下来，然后在跌宕的呼吸里，看着怀里的人，微微睁眼。傅雨旸扶住她的脸，闻着她一身的香气，本能地告诉她：“周和音，我后悔了。后悔和你父亲谈得不欢而散，也后悔跟你说那些混账话。

“他说我们傅家上梁不正下梁歪，我当真被折辱到了。可那还不是压倒我的最后一根稻草，最后那根稻草是你，小音。你把那摔碎的杯子还给我，我什么心气都没有了。你当着我的面，那样质问我，说我或许占据了梁珍孩子的人生。小音，没有过，我活了三张的年纪，没有被人这么折辱过，旁人也就罢了，唯独是你，我生怕我俩一不小心当真掉进那诅咒里，不得善终。”

那就真的辜负了梁珍，也步了傅缙芳的后尘。

周和音微微啜泣起来：“你瞒了我那么大的事，那封信洋洋洒洒凭着记忆写，都已经那样了，我不敢想象阿婆当年是以怎样的心情写信给你父亲的。

“爸爸又那样紧紧地逼我，他甚至把那解约的协议书摊在家里的方桌上。

“我不知道，不知道要怎么办，我问过你的，问你和我在一起是什么心情，那是我唯一能让自己动摇的理由，可是你没有答复我，甚至用那样戏弄的口吻……”

傅雨旸一把扪住她，扪住她的人，也扪住她的眼泪：“我认真答复你，你就会动摇吗？”

周和音依旧摇头，不知道。

四目相对的短距离，再诚实不过的两具灵魂。傅雨旸忽地叹了声气，她连骗他一次也不愿意，这就是最好的答案。

当时当境里，他一味地绑架她，未必能好过眼前。

无论如何，他不会看着她去对抗她父母的。他舍不得。

“我喜欢的周和音，就该在那个无忧无虑的家庭里，当个恋家鬼。”

可是他更舍不得抛下她，和她什么都没试过，就成了路人。哪天提起她来，从旁人口里听说，她嫁人了，他道：“小音，那样的话，你无论是过得好，还是过得不好，我都会饮恨一辈子的。”

怀里的人，脸上坠着泪，无来由地问傅雨旸：“倘若你父母还在，他们不肯你和我来往，你会怎么做？”

傅雨旸的答案脱口而出，仿佛不必思考这些没营养的问题：“不存在。我喜欢的人，他们没理由反对。也不需要他们反对，因为没一桩事需要他们经手和打点的。”

傅雨旸说着说着就又离不开他们B城人的贫嘴了，他反问周和音：“我是缺钱呢，还是缺人呢？”

不缺钱，丈母娘开多大的口，他都不怕。

不缺人，洞房花烛，他又不要他们教。

周和音那挂在脸上的泪还热烫烫的，生生被他气凉了。

她像只刚洗完澡的猫，温驯，眼睛澄明。盯着傅雨旸看，看得他心里痒痒的，有无边无际的波澜，像蓝湖上的水，也像风吹过的麦浪。

傅雨旸再一次轻拥住她，拿脸颊去贴她，摩挲里，再次强调这一点：不存在。

他一点这种烦恼都不会让她有。

安静的呼吸声，是热络的，短促又鼓噪的，一息息地袒露着彼此最真实的心与迹。

傅雨旸撩撩她耳边的发，不轻不重地咬了她一下，周和音吃痛地张口，有人窥准时机，拨她的脸过来，明火执仗般衔吻起来，逗趣着她的沉默与偶尔还过来的情绪。

某人任由她学他那样裹挟她，她痴迷于让他疼痛，让他也吃苦头呢。

傅雨旸俯身迁就她，甚至宽解了他的外套。

下一秒，他来托抱她。周和音像只轻快的雀鸟，一下被他托抱上身。她穿的睡裙，与他这样迎面相拥，甚至被他掂得高高的。

很难为情，心神还来不及推拒他，不防地，屋里停电了。

夜阑人静，不出声的话，是可以听到整个小区空调外机轰隆隆的运转声的。

周和音只觉得屋外巨大机械运作的声音突然停了下来，不仅他们这栋楼，前面一栋楼也没了光亮。

“停电了。你放我下来。”

“用电过荷了。”傅雨旸一副戏谑的口吻。

他抱着她在黑暗里摸索地走，逼仄的小屋里，他才走两步，就被什么绊倒了。动静牵动了什么瓶子滚落到地上，不一会儿，六神花露水的味道打翻了般弥漫起来。

确实打翻了。是周和音把藤条挥发棒插到六神花露水瓶里，放在边几的角落驱蚊用的。

被初入境者踢倒了。

屋子里有浓郁的花露水味，傅雨旸连打了好几个喷嚏。

周和音趁着他狼狈之际，才从他身上逃下来。

她去找她的手机，借着茶几上笔记本电脑的微光。

傅雨旸则是等着视线适应黑暗，然后借着这一隅的光，转个圈就看清了她的屋子。三十来平方米的单身公寓，几步就能丈量完的空间。

趁着她找手机的空当里，某人适应着黑暗踱步到朝南的厨卫空间去，所谓的厨房和卫生间都很小，转个身都不够。

他移开卫生间的门，能嗅到里面湿热的空气，还有橙子味的沐浴露香气。

参观者很自然地借她的水龙头。冷气断了，这一会儿，人就开始跟着失去凉意。

傅雨旸捧了把水洗脸，有人开着手机上的电筒，幽幽地，隔着一些距离看他，也把光照到他脸上来。

台盆前的人干脆看清了台面，抽她一张纸擦脸，也擦手。

傅雨旸是迈出卫生间的门，走到光束的后头些，才看清周和音面上的神色的。

她那幽幽的，恨恨的，赌气般的嘴脸。

他几乎秒懂了她，手刚抬起，接她手里的手机，她立刻就松手了。

像只随时会奓毛的猫。

逗趣的人笑吟吟道：“看来，我真的吓到你了，是不是？”

周和音也拆穿他：“你就是故意的。”说他那天在餐厅那里，当着人家民警的面，当着他外甥的面，那样拿茶浇手。

“谁让你没事就和那姓赵的捣鼓到一起。”

“你不是偶然在那里请客？”

傅雨旸嗯了一声，然后把她手机的电筒关了，太扎眼。人在就够了，不需要这多余的光。

周和音疑惑：“你怎么知道我会去哪里的？”

“你自己说的。”傅雨旸喊渴，他问主人，能不能招待杯水喝。

黑洞洞的，周和音跟在他后头，福至心灵地明白了：“你看我频道了。”

某人不置可否，声明一点：“但是你们打起来，我是没想到。”

周和音去冰箱里拿水给他喝，等他入口时，才告诉他，那天并不是约了赵观原，而是另外一个男生，只是那男生被赵观原劝退了。

傅雨旸听后，看不清面上的神情，矿泉水瓶子倒是被捏得嘎嘣响，他嘴里大度：“哦，这样啊。那怨不得赵观原会暴躁了，换我，也会打人的。”

“傅雨旸，如果我忘了你呢？

“和别人开始了呢？”

周和音问他，这样沉默的暧昧，暧昧的偏袒，如果为他人做了嫁衣裳了呢？

黑暗里，只有适应彼此存在的光明。傅雨旸把手里的瓶子旋上盖子，一副不无愿赌服输的态度：“那么我就甘心回B城了。

“在它们修复完之前。”

周和音不懂他的意思。傅雨旸便去门口拾他的外套，从外套里翻出他的手机，给她看聊天记录，确切地说是对方的报备进度。

一个古董修复技师发给他的这几个月的进度报备，是那对甜白釉的压手杯。

“小音，我或早或晚，也会再找你一次的。”

原本是想有足够的理由，足够让她即便不原谅他也信他一次的理由。

“倘若，这段时间，你爱上别人了，我也只能祝福你。”

“是真心话吗？”

“你要听我的真心话吗？”

周和音不言。

“真心话就是，周和音你没有心，你甚至一年都等不得。你等我闭眼了再找不行吗？”

“我不喜欢他。只是朋友间的社交范畴，即便和他约饭了，也还是这个结果。”

傅雨旸在黑暗里沉默，周和音看不到他的情绪，就悄悄地挪到他跟前，想拿手机的光确认他。

他不准，夺了她的手机："追光的感觉，像我是你的犯人。"

"那么，杯子会修好吗？"气息前头的人，软糯糯地问他。

"已经不重要了。"

"哦。""脑洞"少女还是很心疼钱，她问他，要多少个零。

"我会给你再赚回来的。"

"又不是我的钱。"

傅雨旸逮住她，是说教，也是世故经："那么你要努力把我的钱变成你的钱。以及成为我的第一顺序且唯一继承人。"

周和音即刻就不开心了，她冷冷地推开他，她并不喜欢这种话。

扭头就走回茶几边坐下了，断电断网的笔记本电脑前头，能玩出什么花来，她偏正经八百地看屏幕。

傅雨旸轻悄地跟过来，在她边上坐下，地毯上正好有本杂志，他拿杂志给她扇风，风里全是花露水的味道。

"生气了？"他说着来拨她的脸，用严阵以待的口吻纠正，"继承人这个说法不好，下次再也不说了，嗯？"

周和音任由他拨弄，也不睬他。

傅雨旸假意地往后头的沙发上一靠，垂手间摸到了什么东西，是周和音点香薰蜡烛的火柴。

熄灭了的光与声里，他干脆玩性起，划一根火柴到她眉眼间，跟她说话："那天周家的背调资料一撂开手，我就拉着许抒诚来S城，在笼纱公馆正巧听到个半生不熟的名字，周和音。"

火苗窜动，被她呼吸惹得。随即她便吹灭了。

顽劣的人再划第二根："酒店会面，房东迟到了，我已经走出去了，是看到了她人，才折返回头的，也暗示她，她迟到了。起码出现在和我的交集里，她迟到了。"

房东小姐吹灭第二根。

"正式去周家，是老乔嚷着要去看的。告诉你，这个老杂毛还没能做我的主。"傅雨旸不点头，没人能去到他的营盘。

有人吹灭第三根。

"周小姐站在二楼的北窗边，确实像极了朱丽叶。"

第四根。

"牛奶乌龙确实喝起来没有奶味。"

第五根。

"看你煮螃蟹是假，就是想逗你说几句话。"

第六根。

"卖螃蟹的事是真不能忍啊，但是逼你去便利店买东西，纯粹是逗小孩玩。"

第七根。

"扣了你一箱乌龙茶，那晚你没有回我短信，我一个晚上都没睡好。"

第八根。

……

琐碎说到B城的时候，火柴盒已经见底了。

"没有啦。我的大小姐。这一千零一夜，当真要没完没了地说下去了？"

还剩最后一根。

周和音接过手，划亮了，她问他："这是第几根？"

"第十七根。"

"你会跟我说实话吗？"

"我保证。"

火柴横着，一截跳动且亮橘色的三角形火焰，周和音在光圈的后头，耿耿于怀地问他："你说你对我没有渴求的欲望……"

"别听他瞎说，他只是等你心甘情愿。也别在这个时候说这样的话。小音，我会当你引诱我。"

横着火柴的人无端地沉默，傅雨旸伸手过来，牵她的手到他唇边，吹灭第十七根火柴。

于暗淡朦胧里，二人渐渐地生发出汗来，傅雨旸描摹着她的影子靠近她，两手来揽抱她，拖她到膝上，引导她俯首，来吻他，来感悟，他到底对她有没有渴求的欲望。

膝上的人被他闹红了脸，黑暗里正好藏身自己，才嘟囔了一声，撤开手，屋里空调提示音响了一下，随即沙发边的落地台灯、玄关门口的灯也同时跳亮了。

恢复了通电，周和音心神的电闸也跟着醒回来。

面面相觑里，她的脸红红的，傅雨旸却隐忍地受用，以及无意识地低吟。

曝光般的亮，如白昼，如雨后晒晴般驱散了沉默里的所有暧昧与混浊，周和音想要从他身上起开，岂料傅雨旸翻身而上，地毯上，交颈一双人，先前用来扇风的杂志上是十七根火柴燃烧的证据。

“小音，天亮后我还得回上海，你是让我留下来，还是跟我去酒店？”

“第三次。”

“嗯？”

“你欠我的，所以，我也第三次答应你。”

急火攻心的人在她耳边反复吞气般喊她别闹，会出人命的。

周和音伸手扶他的脸，描摹他好看的眉眼以及里面鲜活的情绪。她身上甚至有他的味道，是安抚也是惩罚：“是你自己说的，等我心甘情愿。”

第三次？

傅先生干脆耍赖：“我把三次机会一次性给你问完！”

周和音狠狠啐他，不要脸。

被骂的人反而一脸快慰，牵她的手，咬她指尖：“那么我可不可以提前买一样东西？”

“什么？”指尖的痛汇到心头去。

“你猜？”

[45]

“猜不着。”周和音才不去他的圈套里，也狠狠推一把他的脸，提醒他，她要去洗手。

傅雨旸满不在乎，扶着她的手贴在他脸颊上。

然后用再正经不过的神色，说他要买的东西有很多，有他们必需用的，也有他想给她，但她未必肯要的。

就比如，他想给她买公寓，她就未必肯要：“可是我听你说，你的车是你爸打你的安慰奖。周和音，你真的是怄我第一名。”

公寓她当然不要，只问：“还有什么，你要买的？”

“你想要什么？”

“可以存着吗？我想到再告诉你。”周和音俏皮道。

"你陪我应酬那次。"傅雨旸提醒她，他看到江富春和周轸太太，衣衫之外都有傍身的珠宝，"我只是想给你买件礼物……"她那么骄傲地拒绝了他。

傅雨旸说，他是真的暗示过她很多次。可惜，世故反被世故误。

车子、房子、珠宝、手袋、鲜花、香水……这些世俗又务实的讨巧一个女人的手段，他偏不能对她做任何一样。

那日，在他书房，做背调的人补充说他父亲之后其实联络上梁珍了。

傅雨旸的最后一张底牌也没了——寄希望于他父亲这些年，始终心里还有一轮白月光。

所以，他才想把那对杯子送给周和音。

"小音，那时我已经在和你说再见了。你站在移步梯上，两三步远，我却觉得你离我远了去了。"

远到，他看到她背后的人生，花团锦簇，欢声笑语，就是没他的痕迹。

所以，他们能到眼前这一步，傅雨旸要把欠她的一次性补给她，无论她要什么。

周和音微微抬首，来攀附他的颈项，眉眼认真："我要……不成为你的白月光。"

"嗯？"

"月亮天上就有，为什么要心里还沉一轮白月光呢。"

月亮是会凉的，人也是经不起怀念的。

"我要的就是那个哪怕出一身汗，也愿意在厨房里忙一碗面给我吃的傅雨旸。尽管我知道，他做面是假，骗我去厨房说话才是真。"

"我没有骗，我很确定你会过来。"

二人在四目相对里微笑，时间变得多余，久到在细细的吻里，有人又反口了，他张口就来，捏着周和音的下巴："要么我去买，要么叫外送，可以吗？"

"不可以！"

"为什么？"

"因为你欠我的，说好的第三次。大丈夫怎么还和小女子扯皮呢？"

"那刚才问的，是第二次了？"

"第一次！你今晚就算问一百遍，也是第一次！"

傅雨旸气极，骂人："狠毒的女人！"

周和音很轻易地推开了他，她去洗手间，洗手、洗脸，甚至想重新洗个澡。

而傅雨旸也跟着起身来，他的衣衫下摆甚至都没整理好，就这么懒洋洋地由它松散在外头。

他倚在门口看周和音用洗手液洗手，足足一分钟不止，再搓下去，他不能忍了。

他一步跨进来，夺了她的手去水龙头下冲："够了，别跟我学啊。"

逼仄的洗手间，甚至挤不下两个人。

傅雨旸干脆建议她，搬去他租的那个房子里拉倒，起码大一点。

"我爸妈都来过这里，我怎么搬到你那个房子里啊？再说，我这里很好啊，是你嫌小。"

确实小啊，小到他转不开身。

他还饿，是真饿，席上一巡酒都没过，他就空着肚子跑回来了。

别看周和音守着家里一个茶馆的那些个老师傅，父母又都会烧饭，但她其实很假把式，属实被爹妈惯坏了。

她其实不大会干厨房里的活。仅有的手艺，也就是炒个蛋炒饭，煮个方便面。

且眼下她冰箱里也只有冷饮和鸡蛋了。

"你要么吃个棒冰，要么吃碗泡面，要么回你酒店享受你的管家服务。"

"那就泡面吧。"有人入乡就随俗，一点都不矫情。

说话间，他给周和音洗干净手。轮到他，他说借她地方洗个澡。

主人小气得很："你为什么要在这里洗澡？

"傅雨旸，我求你，不可以！我明天中午要回去的，我妈那个人，她最灵巧了，有什么，她一眼就能看出来。"

"看出来什么？"傅雨旸好笑，原来她顾虑的是这茬儿。

"看出我和别人交往，甚至会看出我和你交往。"

"所以你是答应我了？"

"嗯？"

"你自己说的，交往。"

周和音愣了愣，然后双手来圈抱傅雨旸的腰，是孩子气的依偎，也是舍不得，那种清醒的舍不得："我不想他们过早知道，也不想你去找他们。

“这不是谈生意，你的那套成年世故经，对我爸没用的，我比你懂他们。”

“然后呢？”

“然后就是，我觉得时机成熟，就会去找我爸谈。”

“什么是时机成熟？”

“就是你说的，无论我过得好与不好，你没有和我试一下，都会饮恨一辈子的那种。”

“小音，我依旧想去找你爸爸，不是你说的世故经，我也愿意等你说的时机，我只想告诉你爸爸，我可以肯定的是……”傅雨旸来捞怀里人的脸，道出郑重的心声，“我这辈子大概再也遇不到她这样的女生了，就是遇到，我也不稀罕她们。我只迷信周和音。

“大概、也许、可能，即便她不嫁给我，我也不会甘心她和别的男人一起的。”

“你要怎么做？”周和音问他那种假如。

“勾引你，和我一起做一个坏人！”

周和音狠狠朝他翻白眼，然后一味把他往外推，某人也委屈：“我什么都不干，我就想冲个澡。天亮我就走了。”

“你不可以宿在这儿。”

“为什么啊？”

“我怕我妈明天一早会过来。”有人心思重得，仿佛她当真和人在偷情。

傅雨旸提醒她：“你们家开茶馆的，双休日你妈有空来捉你的奸？”

好像也对。可是她还是很不安心。

因为房子太小，他人太大。

傅雨旸当真在这里洗了个澡，周和音一副催促也勒令的口吻，要他把衣服全穿上。

某人好笑：“为什么？”

“因为男人只有在祷告和穿衣的时候，才是善良的。”

于是，有人笑得开怀地把他的善良一件件全都套上了。

回到茶几边，周和音招待了他一碗泡面，上面还卧着荷包蛋。

两个人一起吃。

傅雨旸聊他手里生意的进度，告诉她，他这段时间都做了什么，包括和桐城周家合作的那个项目。

周和音则是反问他，她升薪这事真的和他没有关？

“多少？”不锈钢的圆头筷子，别提多难捞面了。傅雨旸捞了一筷子，全溜回碗里去，他的家教快被一碗面给杀得净光净了。

周和音又去给他拿叉子，回到聊的话题上，告诉他，额外的百分之十。

某人的嘴脸和骆存东的差不多：“就百分之十瞧把你愁的。我给他介绍的生意，够他给你多少个百分之十做人情。猪！”

冲凉过后的傅雨旸，短发半干，身上的衣服也穿得懒散，佩戴一应全摘了下来，毫无刚才进门时的规整与锐气。

那是一个职场人作战所需的冷漠与戾气。他解了他傍身的那些物件，犹如解除了他的武装。

头发微微干，衬衫也没束到西裤里去，像个老小孩。全无防心。

他吃东西永远那么斯文慢嚼，才会被一碗泡面难住，嚼着嚼着，眉眼里有什么情绪停住了，他审视着周和音，然后抽一张纸巾，吐出嘴里的一截异物，是指甲盖大小的鸡蛋壳。

“小周小姐，你解释一下！”一股子“甲方爸爸”客诉的嘴脸。

周和音才不买账：“我刚就说过了，要完美无缺的服务，回去找你的客房管家。”

“这不是你把鸡蛋壳磕里面的理由。”

说着，傅雨旸要拿手机拍下来，说发给骆存东瞧瞧，就这样马虎的小孩，还给她额外的百分之十，他可不担待了……

周和音眼见着就来抢他的手机，这个点，他当真发过去，成什么了，不是摆明了告诉人家有什么吗？

狩猎的人等着小鹿自投罗网。手机任由她抢去，他抢住人就够了。

二人栽到一边，耳鬓厮磨地闹。

傅雨旸则告诉她：“我就是啊，就是摆明了想告诉所有人啊。”

告诉所有人，周和音是他傅某人的女朋友，请多担待。

次日一早，傅雨旸是六点多走的。简单洗漱后，他还得回酒店换衣服，上海那头的谈判昨天就这么撂下了，老乔气得脸都绿了。

他在床边喊睡得迷糊的人，周和音困意正盛，呜呜应他两声，继续睡。

他干脆拿手去叫醒她，冷手才碰到热身子，就两相激荡。

困意浓浓的人，喃喃了那两声，都不成调了，只汪成一摊水。

傅雨旸学他母亲从前的江南腔调，喊怀里的人，喊她："囡囡。"

周和音一下就醒了，迷蒙着眼，扭头来看他，说他喊得一点都不标准。怪腔怪调的，南北之别一下就出来了。

不重要，她听得懂就行了，他说："或者，你可以慢慢教我。"

傅雨旸一把把她捞到膝上，临走再腻歪两句，问她今天干吗。

"去工厂见客户，中午回家。"她说。

傅雨旸替她想明天的行程："明天晚上我回来。你想好买什么，还有吃什么。"

"买什么？"

"买你想要的。"

"多贵都可以？"

"都可以。"傅雨旸合合眼，笑话她，额外升薪百分之十都发愁的人，谅你也开不出多大的狮子口。

他真要走了，拍拍她屁股："下去吧。再睡会儿。"

周和音提醒他："你记得吃早饭，老年人更要按时吃饭。"

"老年人"三个字惹到他了，惹得他快要把她的腰都捏断了。

"我比较好奇你家茶馆的味道。小音，我什么时候可以吃到？"

"我明天带给你吃。"

"不要。你知道我说的什么。"

周和音暂时没辙，她只能去招惹他，也是宽慰，不轻不重地咬了他的喉结处。

她再去冰箱里拿养乐多给他，是临行出征唯一的口粮了："谈判顺利。"

傅雨旸走后没多久，周和音也起来洗漱了，她才去到洗手间，就被眼前一幕杀到了——

她的牙刷被挤好了一截牙膏，横架在盛着满满当当水的漱口杯上。

台盆镜前上有人拿她的口红写了一截话：早安，My Miss.

[46]

周和音在会客室等沈致的时候，收到了傅雨旸的回复。

她出门前在微信质问他："你拿我口红写字！"

一分钟前他才回复过来，是张拍图。

拍的他自己的手，左手虎口处，一团熟樱桃红。该是他拿口红试色般在虎口涂了几圈，再拿手指沾色写到镜子上的。

现在已经快十点了，周和音一时没转过弯来，问他："你还没擦掉？"

那头回复了一个emoji的"猪"表情。

哦，擦掉了。是提前拍的。

周和音再回他："字我没擦，你回来给我擦！"

某人依旧惜字如金："好。"

周和音："你手好白。好适合做口红试色哦，我突然有视频更新的主题了。"

半分钟后，某人回复："和手过不去了，是不是？"

周和音低着头，对着个手机，抿嘴笑，莫名红了脸。

沈致拿着罐即饮咖啡过来的时候，周和音抬头，满面的绯色。

沈致同她打交道的时间也就半年多，之前是她前辈带她过来的，他犹记得周和音第一次过来的样子，并不局促，就是看着不大开心的样子，认真但不投入。

"外面这么热了？"他把冰咖啡递给她，抱歉说今天的会耽搁了会儿。

周和音开车过来的，哪里会热到。她已经去他们工厂转了一圈了，循例就是过来跟沈致打个招呼。按流程，得客户正式走完PO签程，后续的维修保固才会到工。

但联络稳固的在案大客户一向是有了使用单位的签字，维修保固就可第一时间跟进了。

周和音过来就是确认他们的同事按时到工，她今日穿了短袖的针织连衣裙，黑色，绲边是金色的明线。

长发散着，白肤红唇，素但不寡。她和沈致对了几个细节，确认无误后，也就当面撰写邮件了。

沈致收到后，今日的短暂拜访也告一段落了。周和音合上笔记本电脑，说那就不耽误沈工加班了，她先走了。

今天周六，沈致他们加班是家常便饭，且有加班费拿。周和音每次双休日联络客户却是无偿的。

沈致见她要走，也不多说什么，只问她："中午有约？"

"回家。"

"你今天看上去心情不错。"

"因为沈工这批维固费用给我的Q3（第三季度）开了个好头啊。"

"少来。"

周和音委屈，明明说的是事实呀。临走前，她给沈致送了上次答应带给他的活页本。

上次一起开客诉会议，两厢争得不可开交，周和音出来打圆场，给他们买咖啡喝。周和音的记事簿记得细巧且明朗，沈致一肚子气，在茶歇工夫，说她这本子不错。

她就答应带本给他。

眼下活页本送到沈的手上，对方很坦然地接过。说实在话，周和音和沈致对公交涉这半年来，那种真正的供应商与采购负责人间的世故输送，她没经手过。这一层，似乎她还不够格。一直都是骆总亲自和沈致谈的，周和音做的事务，不过也是大佬定了调性后的具体执行。

不是因为成了骆总直系的员工，她也够不到沈致这种级别的客户。

周和音把笔记本电脑收到包里，公事公办地与沈致说再会了。

一边落座的沈致也随即站起来，喊了她一声，淡淡地，最后只是提醒她："咖啡。"

从迷你冰箱里刚拿出来的那罐即饮咖啡，就这一会儿工夫，上面已经坠着满满的水珠子。

周和音谢谢沈工的招待，二人一前一后出会议室。

沈致站在门口，看她下楼去。

周和音有着她这个年纪逃不开的稚嫩，再早慧，也藏不住喜悦，从眉眼里的闪耀，到小碎步的雀跃下楼。

次日一早，小音老早就到茶馆里帮忙。

后厨的万师傅换了个手机，不大会弄，正巧小音过来了，说待会儿闲落下来，教他装几个软件呢。

周和音满口答应，又想到什么。早市收银最忙的那一波过去了，她就把摊子丢给春芳女士。她心血来潮，说要跟万师傅学烫干丝。

店里的几个员工都开她玩笑："怎么啦，这是要回来接你爸妈的班了？"

"嗯哪。"小音爽朗地应一声，然后就溜到后厨偷师去了。

她十岁不到就在大家眼皮子底下了，万师傅更是把她当自己孩子。厨房热得能蒸死人，万师傅看小音一副当真拿手机拍的样子，认真劝囡囡："不能啊，你上了那么多年学，人又漂亮，哪能干这行。别听你妈那眼皮子浅的话，她的家当废就废掉，你也不能接她的班。早起晚归的，图什么。"

小音和万师傅一道热得一头的汗，鼓风机的声音很大，她喊着嗓门告诉万师傅："就是有个朋友他想吃，我想试着自己做做看呢。"

"那带到店里吃呗。"万师傅一副张罗的口吻。

周和音微微胆怯："他太忙了。"

心直口快的话，出口就反悔了。小音扽着万师傅的围裙："别和我妈说，好师傅！"

万师傅的孙女都八九岁了，最是个和善的人。听小音这么说，猜到八成是有对象了。

他一向旷达，不然小音也不会松这个口。他和外面那些人不一样："谈恋爱就谈恋爱，别动不动就往家里带。对象是对象，结婚是结婚。父母顶多就给你结婚把把关，看人识人，得由你自己，不然时代别进步了，盲婚哑嫁包办婚姻不挺好的，都听父母的。"

万师傅说小音还小，不知道婚姻本身就是槛。不必去焦心思，焦了也没用。

有些人处得好好的，一到谈婚论嫁倒是露出真面目了，这个不肯那个没得，一味听爹妈的，这种男的没出息不说，跟着过日子，全是窝囊气；而有些人，一味听爹妈的，嫁个有头有脸的人家，觉得拿住了女孩子的第二次命运，其实不然，门户观念，到任何时候都不会过时。

门当户对很重要，两个人投契更重要，彼此跟得上对方的脚步，一个愿打一个愿挨的婚姻才会长久。今天我打你挨，明天换过来。像她爹妈这样。

周和音下午在家睡了个午觉，四点多的时候，傅雨旸给她发消息，是实时地标。

他回S城了。

他说过去接她。

周和音说要把车子开走，让他去她住处等她。

傅雨旸一副听她安排的样子，只说好。

周和音便忙着洗漱吹头发，换衣服化妆。笃笃下楼来，周学采在堂屋里打牌，见女儿要走的样子，要她把炉子上炖的老鸭汤带走。

“我晚上和朋友出去吃，不要了。”

“不要，你妈也要给你送过去。”

周和音立刻打退堂鼓了，只能把炉子上的老鸭汤倒到保温桶里。

就这一会儿工夫，周学采还从牌桌上下来了，怕她烫着。一只鸭子劈开炖的，这半只鸭子炖了好几个小时，周学采知道丫头不爱吃料，将炖烂的肉全给她搛出来了。

只留酸萝卜和鸭血。

让她带回去，敞开，别搁冰箱里，玩回来了，哪怕和娜娜一起分着喝，也别过夜。夏天喝老鸭汤最解火暑，放过冰箱后再加热，汤头味道就不对了。

“爸爸，你不要跟你太太学，是Nana，不是娜娜。”

“谁叫你们没事起这怪腔怪调的名。”

炉子上的炭还没熄，周学采换了个蜂窝炭把炉子封起来了，晚上烧水用。

周和音提着保温桶，刚要急着走，一时又困住了。

她认真喊了声爸爸：“你今天输钱没？”

“输了。”

哈哈，周和音即刻用微信给爸爸转账了一千块。

周学采摆出一副不大受用状，问她干吗。

小音逼着爸爸点收：“给你打牌的钱啊。不然我妈又要念叨你了。”

她再可人儿般道：“以后你老了，我每个月给你一千块打牌基金，好不好？”

周学采傲慢道：“我还稀罕你的钱？”

小音也跟着臭屁起来：“你会稀罕的。等你老了，拿不到家里钥匙，春芳女士不给你钱打牌，你就稀罕了。”

周学采被女儿“脑补”的惨兮兮老年生活逗笑了。

催她快走，牌桌还等他呢。

父女俩在门楼口说再会。老周说着始终如一的提醒词：“开车子当心。”

小周坚定地答复：“我知道。”

周和音开车回到自己住处，她从地库上楼的，这样的单身公寓，一层四户，她的这间在最东边。

门锁是最普通的机械钥匙。

所以，傅雨旸即便上楼来，也只能在门口等她。

她才从电梯里出来，就看到门把上挂着他的外套，门口有两箱车厘子，再回头看，逃生梯那边的门被格开了，边上的窗户正移开着。有人白衣黑裤地站在窗边，百无聊赖地吞云吐雾。

烟灰全弹在烟盒里，看到她回来了，才灭了手里的烟。

窗沿边还有一只他的车载水杯，他揭盖咕咚灌了好几口，出口就抱怨：“热死了！”

就这一会儿，周和音也有点热。

“你没开车过来？”她问他，为什么不在车里等。

“司机开的。”他把司机打发掉了。

人走过来，他闲话少说：“先开门，我热。”

周和音这才翻包里的钥匙，一面翻，一面问他脚下的东西：“这是给我的？”

“嗯。供应商送了好些东西，也就这个，你用得上吧。”傅雨旸说，还有好些在老乔的冷鲜库里，“你先吃，太多，你这里也放不下。”

好的。这个周和音倒是很欢喜。“车厘子自由”也是一项自由。

傅雨旸不高兴听她这些废话，握着她的手，牵引她的钥匙去开门，才旋动锁芯，有人就迫不及待地开了门，拔了钥匙。

然后，宾做了主一般拉周和音进门。

她肩上有包，手里还提着保温桶，忽地被傅雨旸拦腰抱了起来，脚腾空的缘故，她本能地喊了声。

“喊什么？”他怪她。

“还有东西在外面。”她提醒他。

车厘子、衣服、他的杯子，通通都在外面。

“我在里面就够了。”

即兴的事，即兴的发言，傅雨旸也是说完才笑的。

他不笑还好，一笑，周和音回味过来，就要打他。

打全天下的男人一个样，永远离不开急色二字。

又舍不得手里的汤，她要下来，说汤是她爸煲了很久的：“打你是小事，洒了汤是大事。”

傅雨旸当即就不快了，择开她手里的保温桶，一路抱她去到洗手间，说要看看镜子上的字被她擦了没。

擦掉了。他不开心：“擦了干吗，留着天天跟你说早安。”

然后他抱她坐到台盆上去，细细端详她的样子，没两秒钟，便俯首过来，吻得眷恋也急切。

窸窣的相拥里，傅雨旸怪自己，也替自己正名：“小音，我从来没有拒绝你啊。一次都没有。倒是你，你为什么要和我说？不说我就不会拒绝，也就没有今天这般田地。对不对？”他一连问了周和音三个围剿她目光般的“对不对”。

周和音十足被他逗笑了。

目光粘连般的笑意里，有人求她：“不答应我，也亲亲我，算是安慰奖吧。小音，我已经游魂一天了。”

于是，周和音当真乖顺地去吻他。细碎且绵密。

再想起什么，她告诉他：“我跟我们万师傅学烫干丝了。”

“嗯？”骤烈的换气里，傅雨旸问她，“什么？”

“就算暂时吃不到，我可以做给你吃，一样的，周家出品。”她姓周就够了。

傅雨旸瞬间被这丫头抚平了所有的毛躁与郁闷。她总有这个本事。

小巧柔弱的手，不抓拉倒，一旦下手来抓，必然要你最紧要的东西，皮骨全是假的，她要你一汪心头血。

嬉闹一阵，两个人唇上都跟吃了人似的——怪周和音的口红涂得太红。

她哪里顾得上唇，心心念念门口的东西，要把车厘子和他的外套拿进来。

傅雨旸外套里的手机振得跟个陀螺似的没停。

是老乔，他晚上安排了饭局。

傅雨旸就是来接她一起去的。

“你们谈事，我不想去。”

“闲话局。老乔请了几个合伙人，还有几个当地的朋友，他买了条金枪鱼，特地喊B城的一个主厨过来切解的。”

傅雨旸哄她去，去看看切鱼也是好玩的。

“有我在，他们不敢玩笑你。”

周和音为难他：“我原本还想和你一起去吃火锅的。”

“好。那就叫火锅，他们吃他们的，我陪你吃火锅。”

啊，那多难看啊。

某人无所谓：“他们不会说什么的。小音，我只是想让他们见见你。”

也让她见见他的交际圈。

周和音到底还是被他说动了，想再换件衣服的，傅雨旸没让：“就这样，已经很漂亮了。不必为他们费任何心思，把心思留着给我单独看。”

周和音狠狠白他一眼，也白他唇上的红，要他擦干净。

临出门才想起保温桶里的汤，她要倒出来些给傅雨旸喝：“我爸煲了好久的，他做老鸭汤很绝，你试试呢。”

某人心虚得很，问她：“你这样转手给我喝，不怕天打雷劈吗？”

“我怕。你最好不要吓我，我真的怕打雷。”

忙着出门，急急喝这汤，浪费了。

傅雨旸让她提着吧：“去老乔那里，热一下，我慢慢喝。天打雷劈，我替你受。”

【上册完】

MEMORY
HOUSE

My Miss.

上架建议：青春文学 | 都市言情

ISBN978-7-5594-7874-0

9 787559 478740 >

定价：72.00元（全二册）

Memory House

八月十五，阖家团圆

请你坐在月明里

傅周　拜上

请你坐在月明里

（全二册）下

Fu & Zhou

勖力·著

江苏凤凰文艺出版社
JIANGSU PHOENIX LITERATURE AND ART PUBLISHING

图书在版编目（CIP）数据

请你坐在月明里：全二册 / 勖力著．-- 南京：江苏凤凰文艺出版社，2023.9

ISBN 978-7-5594-7874-0 -2

Ⅰ．①请… Ⅱ．①勖… Ⅲ．①长篇小说 - 中国 - 当代 Ⅳ．① I247.5

中国国家版本馆 CIP 数据核字 (2023) 第 130862 号

请你坐在月明里：全二册

勖力 著

责任编辑　白　涵
策划编辑　朱　雀
营销编辑　杨　迎　刘　洋　史志云
绘图支持　镜　子　木火旬　TUTU
封面设计　小贾设计
版式设计　段文婷
出版发行　江苏凤凰文艺出版社
　　　　　南京市中央路 165 号，邮编：210009
网　　址　http://www.jswenyi.com
印　　刷　三河市国新印装有限公司
开　　本　880mm × 1230mm 1/32
印　　张　18.5
字　　数　629 千字
版　　次　2023 年 9 月第 1 版
印　　次　2023 年 9 月第 1 次印刷
书　　号　ISBN 978 - 7 - 5594 - 7874 - 0
定　　价　72.00 元（全二册）

目录

Chapter16 正正好 … 001

Chapter17 孔雀石 … 028

Chapter18 夜长梦多 … 040

Chapter19 偷得浮生 … 079

Chapter20 傅周 … 102

Chapter21 路 … 121

Chapter22 一滴泪 … 135

Chapter23 分享 … 152

Chapter24 我们 … 174

Chapter25 纤手破新橙 … 193

Chapter26 一半 … 207

Chapter27 致你 … 235

番外01 双城记 … 246

番外02 1：52：00 … 270

番外03 渔舟的夏天 … 277

目录
CONTENTS

Chapter16

正正好

[47]

去的路上，周和音问了些傅雨旸跟老乔之间所谓合伙人的琐碎。

比如，怎么认识的，毕竟他们差一辈；又比如，他们之间的互为利益与风险怎么摊。

后者她知道，无非是分成股东制。

前者，傅雨旸给她的说辞是："我家老头认识他在先。"

哦。周和音见他不想展开的样子，只当他不想提他父亲这个症结，也就岔过去了，在他副驾驶座上补妆。

太热了，又闹了通，周和音细细地补了层气垫粉底，唇色是两支口红叠出来的。

她再拿高光点唇峰那里时，傅雨旸好奇："包不大，装的东西倒不少。"

周和音在认真对付她的妆容，没理会他的话。

不一会儿，好了。掌舵的人趁着路口等红灯的空隙，喊她："看看。"

周和音偏头来，妍丽姣好，所谓芙蓉面，一点都不为过。

傅雨旸违心地点评："太红了，口红。"

自信的人才不受打击："我喜欢。这个色号是我和Nana试了几十管，叠涂出来的第一名！"

Nana的视频他总不至于也看吧，周和音心里嘀咕：这个第一名是用来"斩男"的，"斩杀"一切急色的男人！

周和音点评一个人的车技是否稳的标准，就是看她能不能在车上睡着。下午那个午觉有点囫囵，加上傅雨旸往夜色里开，稳当里有凉凉的冷气，她歪头在座位上睡着了。

车子什么时候停下来的，她都不知道。

直到傅雨旸站在副驾驶座车门边，来回拨她的脸，喊她醒："给你卖了也不知道。"

她身上披着他的外套，懒洋洋回应他的话："春芳女士说得比你形象多了。"

"怎么说？"

"说半夜把我抬了扔河里，都不知道。"

某人莞尔："嗯，绘声绘色。"

傅雨旸牵刚睡醒的人下车，周和音两只脚落地，才看清眼前是座新中式的庭院，客人的车辆该悉数停在河对岸的一处停车场的，走小桥过来进主家门。

傅雨旸反骨，他把车直接停在庭院门口一处空地上，四四方方，正好够他侧别进去。

这是处三进式的庭院，倒座房的东侧开着大门，门面不大。已经入夜，门楼中间别着灯，傅雨旸牵着周和音才跨进大门，就闻见了今晚宴客的热闹与锅气。

再过垂花门，才是一座别有洞天的新中式屋所。

七月天里，院子里的合欢很香。几个小孩围着酱色大缸里养的鲤鱼，死命地喂鱼食，傅雨旸走近的时候，看到一条鱼已经翻肚子了，随即扭着那三四岁小子的脑袋，问他："你爸爸呢，啊？你在你家祸祸还不够，还跟到江南来祸祸人家的鱼。去，叫你老子来赔！"

喂到鱼翻肚子的是老冯家的二小子。

老冯出来，见状，只把那死鱼从缸里捞出来，丢到一边的荷花池里，嘴里喊着原汤化原食。

傅雨旸一副骂人的嘴脸："你就这么教子的啊，怪不得他跟你一边胡闹。"

老冯再假势地一断喝，几个孩子作鸟兽散，又跑去祸祸别的了。

周和音今天穿了件泡袖V领的灰格中长裙，样式很复古，正因为这灰蒙蒙的色调，才更考究人，明白肤白貌美是那么重要。

也正因为她衣服上的灰，才衬得她唇上的红，怎么也不妖娆。

老冯去过周家的北屋，这南南北北地也看过周和音几回，现下看到她人乖觉地站在傅雨旸边上了，才敢开句把玩笑："我说怎么来晚了，原来跑去喝一壶了。"

说话间，许抒诚也端着茶杯出来了。

昏惨惨的院落里，不时低飞过几只蜻蜓，指不定明日有雷阵雨，或者台风过境。江南年年这样。

许抒诚看到周和音先是噎了口茶般的想不到，一秒钟后又什么都想通了。他只怪周和音："你上回可把我吓得不轻。"

既然都牵着手了，许抒诚说，那他说什么，某人也不会挂相了。

"你俩吵架，我们小鬼跟着遭殃。哦，你头一扭气鼓鼓地走了，老傅呢，又不放心，让我去给你招车子。"

周和音那时候一门心思地委屈着，哪有工夫顾得上许抒诚啊。许跟着她两步，她小狗汪汪叫地让他走，说："你们都不是好人！"

许抒诚这头没落到好，回头再找傅雨旸，又是一通骂。老傅怪他办事不牢靠，说："我让你去干吗的？我让你看着她上车的，记下车牌号的。"

那晚，一行人都无端做了他傅某人的出气筒。

傅雨旸面不改色地陪完官员和供应商那头，散了场就一个人自行回酒店了。老冯说，得有好几个月，傅总都那个德性，万事不上心，你问他个什么，要么公事公办，要么吊儿郎当，连老冯的二小子也跟着连坐。

傅雨旸说烦小孩哭，这谁家小孩，有人管没人管？怪老冯，你这谈事呢，还是托儿所呢，回回把孩子拴裤腰带上算怎么回事！

所以他们老哥几个私下咒怨，这年纪大了失恋跟伤筋动骨一个道理，人家年轻气盛，好得快；年纪大了，轻易别摔跤，一跌跤可就爬不起来了。

当然他们几个也就私下叨咕，真正敢说雨旸的也就乔董。老乔说雨旸啊，这是碰上对手了，人家年轻，无惧无畏，脑门上刻个勇。

这朱丽叶小姐，无论是当情人还是做妻子，都够某人喝一壶。

你们中国人说的，惧内。

周和音耳根都红了，被他们连环说得。偏傅雨旸一句"打住"都没有，来前怎么说的——有我在，他们不敢玩笑你。

这是什么。周和音捏傅雨旸的掌心，某人这才假模假样地出来喊住：“够了啊，已经在这儿掐我了。”

周和音来不及难为情。许抒诚啧一声，说某人这是缺啥补啥，他要把当初被人当面拍蛋糕的脸全捡回来。

女主角这才想起，那晚，她多冲动!

“我真把蛋糕糊你脸上了？”一行人说笑完，前后往北屋正房去的时候，傅周走在最后头，周和音问傅雨旸。

“还有假的不成。”第一次，傅雨旸说他活这么大，第一次被人糊得那么狼狈。

也是第一次把一个女生招惹得这么惨。

“哦，那你到底招惹过多少个呢？”

这个问题属于不可追溯范畴，谁回答谁傻瓜。傅雨旸手里还提着那一小桶汤，漫不经心地打趣她：“老乔说得没错，你就是那一壶。”够他狠狠喝一壶。

傅雨旸作为最后一个宾客总算到场。老乔怪他如今婆妈起来了，吃顿饭三催四请的。

而对周和音，他这个混血老公子，自有他的见面方式。

依旧一副莎翁上身的戏谑口吻，称呼她朱丽叶小姐，他穿一身三排扣的晚装西服，正经地与她行碰面礼。

他说朱丽叶终究让罗密欧复活了。他们雨旸做生意什么时候跳票过，前晚说什么都要回来，给老乔的说辞是：“生意黄了，我可以再给你笼络回来，人不行！”

他很确定。

“他没有过。当初我和汪小姐因事故结识，他被拉过来作陪，丧眉搭眼的，即便是女友，也不给我这个颜面呢。因着他父亲，人家傅公子可是轻易瞧不上我们这流……”

“你厨子带过来没？我是说金枪鱼切分。”傅雨旸冷不丁地打断了他。

老乔瞥一眼雨旸，说：“等你们来，主厨先生的刀下一条鱼都切完，收起来保养了。”

他再满是不以为意地冲朱丽叶继续道：“我要说什么来的，被他打断了，真是的，上了年纪，不服不行。哦，就是那个……少年心性就得少年磨。”

老乔暗指，朱丽叶年轻有年轻的资本和锐气。

周和音面上不显，甚至露出无可挑剔的笑。刚才那个喂鱼的小孩溜进来给姐姐送他新摘的菱角，找了一圈，没找到姐姐。小孩天性使然，觉得其他人都是大人，都是和爸爸一样的人，唯独周和音，他喊她，也叫姐姐，问她：“姐姐，你要吗？”

周和音正巧从老乔的话术里择出来，微微俯身，摊开手掌。小孩把一只菱角放到她掌心里。

菱角本身不脏，是小孩手脏。一搁，周和音掌心黑黢黢一片。

好家伙。

老乔啧啧避之不及，说冯家这个小二子真是脏得狗都嫌。

老冯自己亲生的，当个香饽饽，说教他们：“你瞅瞅，要不然说你们不招人喜欢呢。小孩最有眼力见了，转一圈，他宁愿给人家朱丽叶，也不给你们几个眼熟的，个个给我反思去！”

里间还有一桌牌桌，酬酢之声朗朗，等着开晚席。

老乔拉着雨旸进里打招呼。

周和音手里的菱角当然不能吃，她还要去洗个手。

借问主家洗手间在哪里，傅雨旸说他陪她去，她说：“不用。我自己去。”

朱丽叶走开的那一瞬，傅雨旸立马掉了脸子，老乔吁吁勒马一般劝合伙人打住，说别急：“这是你该受的。谁让你个老小子跳票我的。二则，你怕什么，你别怕她生气，就怕她不在乎。”

老乔说雨旸当局者迷得很，殊不知，感情嘛，要么醋，要么灾。

“我又不能当真怂恿你有个三灾六难的，我还指望你和我并肩作战呢。

“就由她醋醋吧。”

傅雨旸翻脸就不认人，骂人：“去你的，你懂个屁！”

他前脚才和她在车上说，和老乔是因为他父亲而联盟的，哦，这个老杂毛反手全给他卖了，本来没事的，硬是给他生出三分事！

这下不崴也崴了。

外面一屋子男宾，北屋后头还有个小院子，家里帮着料理晚宴的阿姨请周和音到后头的洗手间，说清净，女孩子用方便些。

一脚踏进这后院，就看见院子里有一处歇脚的四方亭模样的地方，点着灯，灯下有个十五六岁模样的女孩歪坐在藤椅上，在看书，那种闲书。

阿姨关照周和音，说是冯先生家的大女儿。

哦，刚那个小孩找姐姐，就是找的她。原来姐弟差这么多。

周和音要阿姨不必陪着她了，她自己能找到的。

说罢，保姆阿姨才回头了。周和音去里面洗手间洗手出来，没急着回前头，很自然地绕到凉亭里，藤椅上的女孩正巧看小说到最焦灼的时刻。

根本没时间理会陌生人。

周和音问她："这里没有蚊子吗？"

翻书的人看罢最喜欢的情节，心满意足，随即抬眼瞥一眼周和音："有也比前面的烟味好。"

周和音莞尔，抬头看天上，明月藏在浮云里，稀疏几点星，天不大好，风也很大，驱散白日好多溽热。

小女孩看周和音年轻貌美，大不了她几岁的样子。爸爸那些朋友，个个都是老狐狸。她一时误会了来人，以为她是乔伯伯的那什么人，毕竟乔伯伯的女伴换得比封面杂志还勤繁。

她问周和音："你叫什么名字？"

周和音歪歪头："我为什么告诉你？"

"不告诉我也无所谓，就是提醒你，离那些老狐狸远一点。没一个好东西。"

"包括你爸爸？"

"他不敢。他身上但凡有点别的女人的味道，我妈就会撕了他。"

哈哈。周和音笑得极为畅快。于是，她大方地告诉女孩，她叫什么名字。

女孩也告诉她自己的名字，冯姮。

"哪个'héng'？"

"女字旁，一个亘古不变的亘。"说话间，有人从阴影里走过来，替她们说文解字。

周和音没理他，有人继续道："冯家那个小二子叫冯桓。木字旁那个。他们妈妈是高中语文老师，起得都是咬文嚼字的名。"

冯姮听到有人说她妈，扔了书，怪傅叔叔："哪里咬文嚼字了！"

傅雨旸手里端着碗热汤，是带过来的老鸭汤。他热了下，是端过来依旧烫得要丢手的地步，因为上面浮着油，保温得很。

他端过来给周和音喝。

冯姮这才领悟过来，周姐姐是傅叔叔的女伴。

周和音见傅雨旸过来，更不要回前头了，索性在凉亭里坐下来，汤也不喝。

但是也没之前出门时的那般殷勤了，不再要他尝尝。

傅雨旸陪她坐下来，再看一眼边上的小孩，问老冯的女儿："你非得在这儿？"

冯姮委屈且暴躁："傅叔叔，我先来的！"

哦。这样啊。

小孩干脆忽略不计，端过那碗汤，自作主张地要喝，才拨动了下汤匙，就被周和音抢了去。这是她爸爸煲的，不是给外人喝的。

随即，她舀一块鸭血到嘴里，滚烫的鸭血，上面有细细的孔，钻满了汤和油。

她心急般一口吃到嘴里，才抿一口，就烫得……

咽不下去，吐出来又不像话，她这才出了洋相，傅雨旸竟又捏着她嘴，凑近给她吹。

事发突然，边上的人都吓傻了。

就……冯姮看着傅叔叔："你们真不把别人当外人啊。"

周和音被一个小孩说红了脸，随即一把打开了傅雨旸的手，猪八戒吃人参果般吞下一块鸭血，烫得她胃里跟脸上一般疼。

傅叔叔脸皮厚得很，还冲冯姮有模有样地说教："你周姐姐现身说法地告诉我们一个道理……"

冯姮继续傻眼听他瞎掰。

"心急吃不了热豆腐。"

[48]

"哦，不对，是热鸭血。"傅雨旸浑不懔地再改一句。

周和音彻底恼了，她要起身，边上的人早料到如此，两手来并她的膝盖，连人带凳子地掇到他跟前。

"别听老乔他们瞎说。"

“是瞎说嘛，反正你们说辞不统一啊。总有一个人在撒谎呀，反正不是我！”

有人急急地解释，有人急急地审判。

傅雨旸慢待地笑，笑他们江南人：“语气词真多。像晚上的一道前菜，桂花糯米藕，藕断……丝连。”

去，周和音狠狠骂他。也不肯他碰自己。

风里依旧有合欢花的香气，也有前头忙活的烟火气。傅雨旸捏着她的手骨，自己也委屈：“你问我和老乔怎么搭伙的，我要怎么说？如实告诉你是因为汪幼实吧，你不开心；哦，选择性隐瞒吧，又被那老杂毛背刺了。

“我反正是哪儿哪儿都不落好。”

“她叫什么名字？”

“谁？”

“你的前女友。”

“周和音。”

“去！”

“不是吗？前头的人都以为我们是破镜重圆，所以不是前女友吗？”

周和音才不被他绕进去：“谁是你前女友，汪小姐才是！”

风里一时添了醋坛子翻了的味道。

傅雨旸捏她手骨的劲再大了些：“那么，都是前任了，就别气了。眼睛只长在前头，是用来看眼前人的。”

“宝相寺那会儿，你明明回头了。”

傅雨旸拖她的手按在他胸膛处，扪心，陈情着：“宝相寺那回是我不好，我奔着生意去的，也以为可以多留你一晚。”

结果搞砸了。

“所以前天晚上我才和老乔说，多少本我都亏得，这一趟我必须回去，这一次不抓住，我和她就真的要分南北了。”

周和音沉默不语。再开口还是没翻篇，仿佛全天下女人一个样，耿耿于怀过去式。

“汪小姐好吗？”她问对方，人是不是很好。

傅雨旸坦荡：“是，她人很好。”

成年人的聚散离合，也不是动辄涉及善恶的。只是不投契，她自有她的良人。

也只有对着周和音，傅雨旸才会交代他的怯："她和她父亲的感情一向是孝道比仁义多，她也觉得我们是一路人，正因为是一路人，才彼此难融合吧。

"小音，我觉得不和你谈前任是尊重。当然，再问我一百次，我依旧是这个态度，她是个好人，独立的好人，与我无关的好人。"

周和音再一次沉默，只是这次的沉默里，思索大于踟蹰，片刻，她淡淡地开口："不，你不是汪小姐口中的孝道比仁义多。"是批判，也是剖析，"你明明是仁义比孝道多。"

仁义是缄默的，孝道是难宣之于口的，所以他才会痛楚。

那对压手杯就是证明。

他说过，是想送给他父亲的。可惜没送出去，那是傅雨旸平生第一次低头，可惜没能遂愿。

终究，那杯子还是被砸了。

所以，那晚，他当着周和音的面，才说那么重的话。

捏玩她指骨的人，于一瞬里，与她十指交握。因着老冯女儿在，儿女私情之事点到为止，免得带累坏了小孩。

正的说完，反的来，傅雨旸提醒周和音："老乔他等着你吃醋呢，这样他们好看笑话，咱们有事回去说，敌我矛盾永远大于内部矛盾。"

周和音打小受邵春芳耳濡目染，尤为地看重家庭关系，也眼睁睁看到过爸爸无论怎么样被妈妈唠叨都不要紧，但是人前嘛，男人多少惜他那三分大男子的面子。

其实女人也一样，回过神来，她觉得傅雨旸说得也有些道理，他们这些千年道行的老妖精，当真有心隐瞒，她难能知道这茬儿，无非是那个混血老头存心要她知道的。

不过这样也好，知道有知道的好。

知己知彼才能百战百胜。

即便如此，她依旧三分拿乔，不理会傅雨旸，径直喝碗里的汤。

一匙一匙的，一半下肚了，身边人也没声响。最后，周和音将汤匙一丢，说喝不下了，还有半碗汤，汤里有酸萝卜以及几块早已不烫的鸭血。

那头，保姆阿姨来喊傅先生，说："乔先生他们已经在等着您了。"

傅雨旸这才不慌不忙地端起那半碗汤，连汤带料地吃完了。

一向嘴刁的人，大加赞赏："嗯，你爸的手艺确实不差。"

周和音觉得他故意逢迎："伪善。"

某人啧一声："客观评价呀，你爸的鱼也烧得不错啊。"

说着，他牵着周和音往前头正席去，不忘叫上冯姮，说："你们小孩少吃点，待会儿你们周姐姐请你们吃火锅。"

周和音这才想起她馋嘴说要吃火锅的事："你当真叫了啊？那让乔先生怎么想，很失礼。"

"不要紧。我说了闲话局，老乔一向不管这些。"

冯姮先溜到前头去了。

傅周二人走在后头，院子里有竹影在荡动，傅雨旸想起什么，与她闲话："《红楼梦》里，王熙凤打趣黛玉，你既吃了我们家的茶，怎么还不给我们家做媳妇？"

他问周和音："我吃过你们家的茶，也喝过你们家的汤了，要怎么了？"

"入赘吧。"周和音张口就来，全无思索。

某人无所谓得很："也不是不可以。我这个傅，也没有多贵重。"

话音刚落，周和音便顿住脚步，浮光掠影里，她仰首看傅雨旸，面上是难得的较真神色。

他捕捉到她的情绪了，带着笑意问道："不愿意？"

"是的，不愿意。

"傅雨旸，我说过，不想爸爸折辱你，也不想别人拿什么威胁你，来做所谓的成全。

"我就想简简单单地来往，你姓傅，我姓周。"

傅雨旸笑她小孩心性，或者因为小孩没在赌桌上经营过，所以不知道得失心带来的利弊。

不知道得之泯笑，失之癫狂的霸道。

听闻她的话，他把刚才碍于小冯姮在边上，没出口的那半句话也告诉眼前人，他捞她的腰，要她靠近些："不，小音，你越这么待我，我越不会允许你成为与我无关的好人。

"多坏都不要紧，只要我一伸手能摸得着你，够得着你就够了。这对我很重要，超过我的姓氏的重要。

“你必须相信。”

晚宴在偏厅里摆了三桌。男宾两桌，女宾并孩子一桌。

傅雨旸即便有心把周和音往主桌上领，她也不愿意，因为全是喝酒的男人，她才不高兴干坐那里去。

她乐意坐女宾那桌。

傅雨旸问她：“你和那些太太也不认识，会不会很无聊？”

“聊聊就认识了啊。”

嗯，他相信她的社交能力的。于是就近把她安置在圆桌的一张椅子前，因为她伸手就可以夹到那道他说的桂花糯米藕——藕断丝连。

临去前，周和音嘱咐他，一副耳边私语的样子，傅雨旸俯首来听，听清她的嘱咐：“不准喝醉。”

某人道：“遵命。”

火锅外卖到的时候，那边席上一巡酒已经过去了。

几个孩子立马扔了筷子，要去隔壁间吃火锅了。属冯家的两个跳得最高，冯姮没一会儿便和周和音混熟了，带着弟弟去隔壁吃火锅。

另外几个孩子，有八九岁的，也有十来岁的。

吵吵闹闹，房顶都能掀掉。

外卖是许抒诚叫的，他和傅雨旸一道过来的时候，周和音根本没怎么动筷子，全由小孩在捞。她在吃冯姮自制的樱桃酸奶。

“怎么，没抢过小孩？”傅雨旸笑吟吟地过来，问她。

周和音喂一勺樱桃酸奶到他嘴里，盖他身上的酒气。

“又不想吃了，不想吃得一身味道。”

挨着她椅子扶手坐的某人，微微俯首来打探她一眼，探究她的情绪以及意会她。

许抒诚倒是吃了几筷子毛肚，提醒周小妞：“老傅不能吃辣。他喝多少酒都不要紧，就是沾不得辣。”

“是吗？”她问正主。

“嗯。千真万确。”

那头，冯姮已经从乔伯伯的影音室里借出了投影仪，他们要在院子里的白围墙上放露天电影。

看那部经典的动画电影《千与千寻》。

冯姮和周和音看过，其余孩子都没看过。

放着好好的影音室不去看，非得折腾到院子里来。

傅雨旸说随他们去，只当小孩心性，好玩。岂料周和音拉着他一起去看："你也得看。"

"为什么？"

"因为你也不可以丢了自己的名字。看了电影你就懂了。"

要在院子里放这电影，可为难了大人。因为没有接电口，最后傅雨旸让老乔把备用发电机的长线缆都用上了，才勉强拉出一道临时的线路。

青砖黛瓦白墙之地，围成一方天然的幕墙，墙上照映出一部经久不衰的动画电影。

虽说是动画，却是讲给成年人听的童话。

小孩只会在里面汲取色彩、热情、笑趣。

唯有成年人，会在里面感悟、共情一切的喜怒哀乐，种种得失。

只有在泥潭里打滚，从血淋淋里抽身的人，才会无比向往或者嗟叹，桃花源当真存在吗?

无论如何，不可以忘记你的名字。

周和音站在边上的花坛子上，远远地，高高地，不知第多少次重温这个电影，千寻与白龙的初遇，白龙一眼识出了她是人类，要她赶快离开这里，否则她会有危险的。

她告诉站在边上的傅雨旸，悄声地，两个人听到的音量，说："无论看多少次，我都好爱这个初遇的场景。"

别的孩子，她不舍得剧透给他们，但是可以剧透给傅雨旸："因为他们不是第一次见面，小时候千寻掉进河里，是白龙救了她，他是那条河的河神。他的名字叫，赈早见琥珀主。"

他是有名字的。

我们每个人都不可以舍弃自己的名字。

名字才是我们起初的一切。

窸窣私语里，屏幕前有几只流萤在飞，没入戏或者沉不住气的小孩最先看到，从凳子上起来，高喊一声："有萤火虫！"

冯姮喊弟弟回座位，也让他闭嘴。

弟弟不听，还要回去告状。姐姐才不怕，弟弟提醒她："我是告诉妈妈！"

冯姮抬手就要打弟弟，示意：“你告个看看，给我坐好，看电影。”

弟弟哭得哇呀呀，电影是一时看不成了。

冯姮一把抱着弟弟，要把他送到在酒桌上正酣的老冯手里。

周和音看戏般喜悦，她俯身问边上的某人：“你姐姐还在的话，你们会不会就是这样子的？”

傅雨旸的手一直在她腿上，时不时拂两下，替她赶蚊子：“不会。老头工作性质的缘故，不会允许他生两个孩子，有时若，就不会有我。”

站在花坛上的人，这才意识到自己说错话了。忽地，她从高处跳下来，石榴花枝跟着晃动了两下。

花下的人，是恋家了，还是应酬累了，总之，她懒懒地朝他：“我想回去了。”

“好。”

傅雨旸朝老乔打了个招呼，也和来往的几个人一一握手，表示下次再会。

出来时，保姆阿姨说乔先生交代的，一些见面礼送给傅先生女友，有吃食，有红酒，还有拆分的金枪鱼。

傅雨旸说：“拿回去给你爸妈吃吧。

周和音小声提醒他：“不要了。”

某人意会到什么，面上是无妨的样子：“哦，那明天我让书云拿回去。”

老乔给他们安排了司机，因为傅雨旸沾酒了。

司机都到他们身旁了，周和音看着傅雨旸面上的落索感，提议：“我来开吧。”

她要来开车，傅雨旸也没反驳。

一路，周和音顺畅且不要身边人多嘴一句的那种，将车安全无误地给他开回了酒店。

地下车库的停放位置，她却是不记得了。

到了地库，她一路问身边人方向，傅雨旸也不指引她，只问：“你给我送回来，你怎么回去？”

“在哪里？”她还是问停车位置——不然她得一直在这儿绕圈呀。

傅雨旸这才给她指方向。

直到车子停泊到位置上，车里两个人才开始一致沉默。

周和音等了许久，身边人都没有说话，好像是倦怠了，也好像是单纯酒喝多了。

隔着扶手箱，她扭头问他："为什么今天一直没有问？"

"问什么？"

"你的三次机会。"

某人懒散地靠在头枕处，松了安全带，右手肘支窗，来托腮："不想问了，我说过等你心甘情愿。

"也被你今天一而再地拒绝我，伤心到了。"

"哪里？"周和音是问他——我哪里拒绝你了。

喝了酒的人，情绪飘浮，一把扽过她的手，来指他的心："这里。

"小音，我说我连我的姓都不在意了，难道你还不懂我吗？我不要那些虚头巴脑的，我只要你实实在在地在我身边就够了。

"我只想实实在在待你好，也想像别的男人一样待妻子的娘家好。

"我让你为难了，这让我很伤心。"

"是真心话吗？"

"又哪来那么多假的呢？"

"我是说，妻子这句。"

"假的。远了去了，想什么呢？"某人说自己，却来推周和音的脑门。

她气不过，从座位上爬过来，仗着自己身量纤细，径直爬到傅雨旸膝上。

某人也不惊讶，按着按键将电动椅往后最大化，最大化地来迎接她的胡闹。

车库都有闭路电视，周和音穿的裙子，傅雨旸即便纵容，也不允许她拿自己胡闹，拿衣服给她裹着："姑娘家，这样多难看，不准这样！"

"那你再说一次，说待我好，待我娘家好。"

"你是觉得我做不到？"

"就要你说！"周和音吓唬他，"你不说，我就不知道啊。"

"光说有什么用，我做了，你也没要啊。"说后备厢那一堆东西，心意无人可付。

她就知道他为这个生气了："小气鬼。"

“恋家鬼。”

恋家鬼在他膝上窸窣得没安分，惹得某人跟着不安分。

他催她下去，膝上人才动了半分，傅雨旸又一把按住她。

寻着她的气息觑到唇间的缝隙里去，去要她的活气。

周和音被他一息是，一息又反口的样子惹笑了。这笑招惹得某人全没了风度，唇舌不够，便来咬她，咬她的没心没肺。

“我有话问你。”

“嗯？”

“你有没有和别的女人过，从认识我起。”

“你觉得呢？”

“我觉得有。”她想：谁让你问我的。

周和音脸上剧烈的形容像打翻了调色盘一般，因为有人箍着她的腰，要把她捏碎才甘心。

她都没来得及喊疼，就被他掳一般抱下了车。

傅雨旸只拿了车钥匙锁车，其余一切都在车里，他甚至不肯她拿手机：“谁的电话都不准接。”

直到上了楼，到了他的卧房，周和音才敢喘一口气出来。

她一路跟他上来，都是屏气一般的。

她知道要发生什么，事实也是，她一个晚上都在暗示他。

所以，傅雨旸抱着她正经八百地到他床上时，都来不及脱解自己，只重重地欺身压制她：“把刚才的话再问一遍！”

周和音被他压得没气可出，活命的本能使然，她要他起开，手脚并用。

“再问一遍，小音。”他说，是命令也是祈求。

“傅雨旸，如果你有别的女人，那就不要碰我。”

他捞她的手来咬，全无顾忌，猎杀时，就不该对小兽保留任何仁慈的余地。

“没有，天地良心，我每天忙得跟鬼一样，要么没时间想你，要么就全在想你，我哪儿还顾得上别的女人啊，啊？”

说着他的手就去扽她身后的裙子拉链，只扽了一半，某人就没了耐性。

宽解了自己，傅雨旸再次欺身过来时，形容一改常色，却不是温柔，像一件冷峻的瓷器，盛满了晃荡的东西，但从表面是看不出破绽的。

唯独去触碰他，感悟他，倾听他，才能窥探到，哦，原来那满满晃荡的是，欲望。

他喝了酒，又在这个当口，周和音用残余的理智来提醒他什么。

却不奏效，热意相触，周和音比始作俑者先起了反应，是最本能的颤抖。

这一微微颤抖，像花坛枝头里的石榴花一样，让人禁不住去分拨、撩动。

也像科学实验课上的玻璃晴雨表一样，他的冷玻璃上，终究蒙着厚厚的雾，沾着湿漉的露珠，是满满的要来风雨的信号。

于是，始作俑者伸手来蒙她的眼，也来堵她的声，某一瞬间，周和音呜咽的声音从缠绵的吻里逸出来。

傅雨旸果断撤离了。

怀里的人像去年她在周家北屋门口喂的那只猫，有了眷恋饱腹的渴望，她怎么也不肯他离开。

周和音才被填补到的安全感，又生生落空了，羞赧没有战胜天然的本能，她不肯他走。

傅雨旸抱着她，热络地吻着她，安抚道：“乖。”

刚那样已经是破防般的任性了。

他哄她先去洗澡好不好。

他要打电话给客房服务。

周和音不解。

某人在她耳边提醒，计生用品。

周和音再一次被他气得不轻，哪有人连这个东西也要假手他人的。

她拿床上的枕头丢他，某人不以为意。

他先抱她去洗澡，卫生间里，周和音依旧觉得他厚颜无耻：“所以人家都知道你那啥了……”

生意人满腹的生意经：“不，这是客人的必需品。他们的保密协议里有严格规定。”

傅雨旸说这和女士跟他们要卫生棉是一个道理，一样稀松平常。

说话间，卫生间里起了馥郁的热气，有人这才解开了她的裙子。四目相对，周和音在阵阵热水投注间，光秃秃的手臂上沾着细碎的水珠子，她来攀附傅雨旸，也狠狠咬他，咬他的瞎话。

一滴水珠蹭到他脸颊上，别致又有趣："别闹，小音，别招惹得我连几分钟都等不得。"

[49]

傅雨旸端着一盘日用品进来的时候，周和音已经浴在水里了，虽然闹了一通，但要真正坦诚地面对对方，她还是有点难为情。

于是越发地把自己藏在水里，只露了脑袋在外面。

傅雨旸把管家送来的一盘女性日用品搁在浴缸的移动置物架上，从卸妆到护肤护发，再到一次性内裤，七七八八，女生在外面过夜用得着的都备齐了。

毕竟这里是酒店。

她没用精油，于是，傅雨旸替她剥开一颗，丢进水里去，看着圆球逐渐融化开，泡沫般散开彩虹一般的颜色，还有橙子的香气。

周和音像只浮游的小鱼，吐吐嘴边的泡沫，恨一眼坐在边凳上的人。

傅雨旸捞浴缸的水洗洗手，他衬衫襟前和袖子都打湿了，刚才被周和音闹得："你洗吧，我也去冲一下。"

男人冲澡永远就那么三两下。小时候周和音都是去澡堂子洗冬澡的，包月的那种，家里就属她和爸爸洗得勤繁，天天去。周和音洗澡很磨叽，爸爸冲澡完了出来，等了她一两回就嫌她烦了。有次周学采自己先回去了，想着就在这巷子里而已，他照应澡堂的老板娘："等我们小音出来了让她自己回去。"

结果，老板娘临时回家烧夜饭了，换儿子看店。周和音坐在门口等了爸爸足足一个小时，还托相熟的人去男宾澡堂里看，小音怕爸爸热昏在里头了，都快急死了。

周学采再回来寻女儿的时候，她在门口哭着跳老高。

周学采买了两杯甘蔗汁才把她哄好了。

傅雨旸再过来的时候，周和音在不紧不慢地擦身子，裹了浴袍，坐在吹风机下干头发。这里的吹风机可以别在支架上，然后她被解放了双手，懒洋洋地等着风干。

某人听她这样发散思维般讲过去的事，说有两种行当她不能做。

“哪两种？”盛夏里，洗去劳作一天的乌糟感，干干净净地坐在房间里，闲话家常，这种感觉对周和音来说再稀松平常不过。

对某人却是久违，乃至从未经历过。她总是后知后觉，原来他在卖关子呀。

傅雨旸笑着，且有意拖沓。周和音没穿鞋，脚踩在干水的地垫上，无意识地跺一下，催他说。

“说书先生，教书先生。”

前者没完没了地且听下回分解；后者没完没了地跑题，这堂课且有得拖。

周和音听出他的弦外之音——故意磨蹭。

随即，他问她：“甘蔗汁好喝吗？”

“好喝呀。”她很喜欢洗完热澡出来，喝一杯凉且甜的饮，最好是青皮甘蔗，紫皮的那种太甜。

甜品这种东西，人们对它最高的褒奖却是——不是特别甜。

头发吹得半成干了，周和音往发梢上抹护发精油。再继续吹，打算吹到七成干。

她头发很多，这样吹得蓬蓬的，像刚洗完澡奓毛的猫。

因着要吹发梢，周和音这才起身，要拿下吹风机来。她赤着脚，那别吹风机的支架本来就架得高，因为用它的主人很高。刚才她就是站在凳子上才够到的，现在还得站在凳子上去拿。

结果，才够到个边，身后人就过来一把拖掉了插头。

傅雨旸忘记告诉小朋友，置身危险的时候，别轻易把后背留给猎手或者敌人。动物如此，人在职场也如此，人本来就是高级动物。

他从她身后整个圈住她，再捞她膝弯，抱她下来：“够了，吹了也是白吹。

“待会儿还得重洗。

“小音，别故意折磨我了。”

他甚至等不得她再开口说些什么，生怕她又没完没了地开“脑洞”，小小年纪，怎么这么啰唆的啊，不是故意折磨他是什么！

她坏透了。

傅雨旸抱她在洗手台盆前，分她的手来缠他的颈，也捞她的脸，来尝她。教她息声，只要回应他就够了。

静默的人，温顺地听由他，身上是橙子的香气，唇间是清新的薄荷味。

她一直喋喋不休，惹傅雨旸闹心。

她一时沉默不语，更叫他不安。

气息纠缠里，镜前人端正住她的脸，问她：“愿意吗？”

傅雨旸刚洗过短发，根本没细致擦干，发梢上沾着水气，擦到周和音的脸颊，是凉凉的，针尖般的触感。

她没有平复气息，心口里那颗肉团也怦怦直跳，也许是仗着他的温柔，她越发地促狭：“不愿意你会停下来吗？”

“不会。”他按着她后脑勺，另一只手去逼供她的真心话，“停下来我会死的。

“我要你也是。”

周和音的眉眼里，瞬间起了风雨拂花的痕迹。

她去摘他的手。

周和音微微摇了下头，她不要在这里。

傅雨旸抱她回床上，因为光太亮，她一直闭着眼睛，她求他把灯关掉。

周和音一直往羽绒被里钻，甚至能闻到被子上有与他身上一致的香气。

房间灯带里的氛围光全熄掉了，只留一盏床头灯。

傅雨旸在短暂的窸窣动静后，掀被来找她，他笑话里头的人，原来纸老虎得很，花拳绣腿一大堆，真要动真格了，在这儿躲猫猫呢。

他捞出她来，欺身过去，床头灯在他们的头顶上，周和音要他把灯灭了。

“不要。我要看着你。”傅雨旸用再认真不过的眉眼与声调说。

看着她，也要她看着自己。

一隅光明里，高楼之下是寂静的夜。周和音才发现这里隔音效果特别好，好到她能听到自己的心跳。

她告诉他，今天她也有点难过，因为看到冯家姐弟，她问傅雨旸，倘若他姐姐还在，会不会像他们这般样子。

傅雨旸答，有姐姐，就不会有他。

那一瞬，她好难过。

为他所谓老来子的光鲜背后的苦楚，也为这个莫名的假如。

“我还是喜欢眼前的现实。命运就是命运，没有假如。”

傅雨旸挨在她耳侧告诉她，他没有见过时若，饶是家里有姐姐的照片，墓碑上也有，可是他从来没认真看过。

他不想记得她，因为他父亲真正教养过的也只有时若，真真当作掌上明珠的那种。

他可以不爱妻子，却格外爱自己的孩子。也仅仅是时若，有过这般荣耀。

傅缙芳前后三个孩子。

临了，他也不是多爱傅雨旸，因为后者的存在，时时刻刻提醒着一个父亲，他的长女夭折了，头生的一个孩子也没了。这个活下来的独子，是他维系婚姻的一枚筹码，而婚姻又是他仕途的奠基石。

“可是，小音，我在酒店见你的那一面，回来后，我梦到过时若长大的样子，就是你这样的。”

他瞬间体会到了他父亲爱长女惜长女的心情。

任何感情，都有缘聚缘灭。

他和他父母没什么缘分。傅缙芳前后知道他没了两个孩子，等到傅雨旸出生，这个父亲早已经心死了。

周和音心里无端一痛，她怪他：“那么爸爸说你上梁不正下梁歪的时候，你该告诉我的！”

傅雨旸不答她的话，稍稍起身，去捞床头柜上的一杯水。冰冰凉凉的水被喂进来，她才尝到是乌龙茶。茶里有冰，小孩执迷于那块漂浮碰壁的冰块时，有人趁她分心之暇，决计且不由分说地……

一息间，周和音的心神与气息全松散了。

二人一道出声，虽然她心疼他，但也不妨碍她骂他，浑蛋。

有人闻言却是受用地笑，下颌的线条里紧绷着收敛的力。

他鼓舞她：“再骂一次！”

周和音紧闭着双眼，不由他说。

于是，沉默里，一发不可收拾，傅雨旸哄着她睁眼看他，而她不在言语上听从他，身体亦是固执，如同他见到她的每一次一样。

鲜浓灿烂，逼着他的理智一次次地与精神悖逆。

他喊她的名字，无比地耐性与臣服，认真问她：“我是谁？”

周和音声音恹恹的，一息低过一息，饶是如此，也不肯睁眼看他，更不肯喊他名字。

傅雨旸总有法子。

他抱着怀里人，拖她到灯下，臣服的人，狼子野心，于灯下审视。不言不语，意味却很深长……

忽地，她听到远处天空有轰隆隆的什么声音，饶是酒店房间的钢化玻璃隔音效果再好，也挡不住这訇然的雷声。

夏天的滚雷，再平常不过了。

周和音却真的被骇到了，心被丢进滚水锅里一般，她喊傅雨旸的名字，她想说什么，言语却被淹没在天性里。

深陷。

[50]

走失魂魄的人，喃喃着眷恋人的名字，是目光所及，也是满心满意。

她告诉他，她怕打雷，从小就怕。

夏天有雷的时候，她和阿婆……

下一秒，她脚边的人扽她过去，拨她鬓边的湿发，断续的气息拂在她眉眼上，取悦的吻重回她的唇间，沾着彼此的气息与味道。周和音稍稍抗拒，却不及时。

傅雨旸再喂一口水给怀里的人。

乌龙茶是淡苦味的，余味里的甜却是两个人的。

夜可以无休无止地长。

但他们得有出路。这个出路得是光明，得是抵达，得是两不辜负。

傅雨旸该是被她影响了，影响得容易发散情绪，容易拖沓磨蹭，明明这样很煎熬，明明这样不畅快。

于是，他越发任情起来，要冲破她牙关后头的缄默。

心有羁绊的小孩，仿佛抱着满怀的宝贝，经不起颠簸，丢盔弃甲般撒了臂弯里的东西。耳目全作了废，只由着本能上前，上前抱住最后的海市蜃楼。

抱住给她愉悦的疯魔人。

疯魔人偶尔低吟几声，含糊的，混浊的，总之与他平日的神色全不相符，周和音不敢细听。她“双标”得很，自己如何，都仿佛没长耳朵似的，却不肯别人有动静。

惶惶之际，她来捂他逸出的声。

这动作极为孩子气。

傅雨旸懒散地笑了笑，眉眼里全是愉悦，像风中燎红的炭，噼啪蹦着火星子，一星半点掉进她的眸光里，都会尽失光明。

他笑着摘开她的手，来贴他脸。

喊她州官，只许州官放火的州官。

周和音愈来愈明白他的性情，慢条斯理时，他只有他的教养与理智，以及社交哲学；沉默时，才是他的真相，才是他人性的背面。

扶他脸的手，终究倒塌下去。

傅雨旸扪住她，挡住光，挡住外面碾磨一般的雷，以及可能匍匐而来的风雨。

随即，一切接踵而来。

快乐之后，相拥着的是两只疲倦的兽，困顿在一起，绵延起伏着，彼此找回各自的呼吸。

周和音左手无名指的指甲，因为刚才的“决斗”，脆裂开了个豁口。

她的情绪耷拉着，奄奄一息般，侧身钻在被子里，拿嘴来咬这块指甲。

傅雨旸冲洗后过来，掀被就看到这幕。他捉住她的手，不肯她咬，再去外头的杂物箱里翻出指甲剪来给她剪。

坐在床畔的人一面剪，一面听她懒懒开口：“我要回去了。”可是起不来，浑身泥一般重。

她的手机还在他车里，还有后备厢的东西，她要他下楼去拿。

傅雨旸专心对付她的指甲，剪得有点狠，周和音怪他：“剪太多了。”

剪完的基础上，他精益求精，要给她修圆了。然后就导致其他指甲修长齐整，唯独无名指圆秃秃的。

周和音怪他：“丑死了。”

某人受教：“谁叫你断了呢。”

手机重度依赖症患者要她的手机，要他下去拿，并说：“鱼到时候坏掉了。”

“坏掉拉倒。反正也没人稀罕吃。”

他还来。

周和音说他这叫得寸进尺。

某人笑得沉静，拖她到膝上，然后俯首朝她说：“我抱你去洗洗？”

“好累。”周和音躺在他膝上，闻着他身上还未干的沐浴香气，迎面回应他，“不想动。”

“所以，我抱你去啊。”

他来帮她洗。

不要。说不的人，说话间，眼皮就打盹般往下合。

傅雨旸是怎么抱她去洗，又是怎么抱她出来的，她已经不省人事到完全不知道了。

困得犹如一座山压在自己身上。

等傅雨旸如愿把她手机拿上来时，床上的人已然睡着了。

一觉睡到凌晨三点多，黑暗里周和音睁眼，在陌生的触觉与气息里，径直看到床头柜数字闹钟的夜灯模式上，清清楚楚的字。

啊！

周和音忽地爬起来，膝盖直接跪在某人的手臂上，她摇醒他，怪他不喊她，说好她要回去的。

傅雨旸也才眯眼一个小时不到，又被身边人咋呼醒了，大半夜，她要回去，也要他开灯。

模糊里，傅雨旸伸手拧开了床头灯，好整以暇地一手枕在脑后，一手来揽她：“外面下雨。”

“我要回去。”

“回哪里去？”

“我手机呢？”

在另一头床头柜上。

周和音去够过手机来，她身上的浴袍是系带的，又是男士款，宽松得如同里头没有人。

她在检查她的手机，除了一些微信工作群的消息，就是Nana给她发的短信。

还有两通没被识别成广告推销的正常陌生号码，应该是快递小哥的。

没有家里的。周和音这才松了口气。

傅雨旸看在眼里，她依旧说要回去，他便来揶揄她："我不喜欢你这样，一副吃席的嘴脸，嘴一抹，就要走！"

"我怕……"

"怕什么？"

"怕我妈查我的岗啊。"

她依旧跪坐在床上，床垫太软，人软软地陷进去。

早一天前，傅雨旸依旧是一副世故的持中态度，他觉得他有成年人的担当，该去再找周学采聊一聊。可是此一时彼一时，他豁然开朗，原来她说的是对的，儿女之事，那些生意谈判上的技巧丝毫不起作用。

有点窍门又好像和职场工作类似，比如层层问责。

他跑去跟周学采谈，反倒是犯了职场的大忌，越级申诉。

他的直接领导应该是眼前人，一切事务节点，和直系领导汇报沟通就够了。

领导上层的事，自有领导去会晤。

所以，他要攻略的碉堡，从来不是周学采，或者远远不到那一步。

傅雨旸的手在周和音的系带上，摩挲，在沉默中暧昧着。霍地，他翻身下床，周和音倒是被他吓了一跳，她问他："你做什么呀？"

傅雨旸当真往衣帽间去："换衣服，送你回去。"

"你喝酒了！"她提醒他。

"不要紧，早没了。"某人言语中肯，又夹带轻佻，说某些运动能醒一切不能醒的酒。

三五分钟，衣帽间里的人换装出来，凌晨三点半，他随意地着好衬衫和西裤，回床畔来，殷勤地要送她回去。

周和音有点气，她说怕爹妈查岗，他就当真送她回去，一句安抚都没有。

"我的衣服呢？"大小姐事后脾气比外面的风雨还盛重。

在烘干机里。傅雨旸去给她拿，然后再一副好脾气地要给她穿。

床上的人要他出去。

"不要紧，我都看过了。"

有人气得更剧烈了："流氓。"

傅雨旸再笑："那么我把眼睛闭上？"

周和音气得不和他对话，也当着他的面解浴袍，白袍下的人，肌肤奶白，正因为过分地白，才衬得痕迹那么醒目。

床前的人这才愧疚地上前，要来捞她的人，想求她别走了，岂料没把握住这几分钟的时机，已经酝酿出一场暴风雨。

周和音执意要回去了。

她解了浴袍，可是换洗的衣服还在傅雨旸手里。

“你回去，我也跟你回去。”

周和音懒得理他：“我回我的，你的家在这里。”

“我的家不在这里。”某人纠正这句。

“哦，我忘了，傅先生家在B城。”

傅雨旸再气她：“只要我愿意，我可以在任何地方落户。”

“随你高兴。把我衣服给我。”

傅雨旸气得真的把衣裳丢在床尾凳上，周和音随即去捡，她才穿了一件，傅雨旸就将她拖过来：“闹什么，大半夜，外面下雨呢。”

“是你要送我回去的！”

“谁？谁这么不开眼要送你回去，天地良心，是你小僵尸诈尸般起来要回去啊！”

傅雨旸一把将她的衣服扔开，然后拿袍子给她披，他蹲在床尾凳边上，灰心丧气：“我听到你要回去，难过死了。”

周和音裹在袍子里，盘腿坐在床尾，赌气般委屈。

她气他根本不会哄她。她明明心里很慌。

“我知道。”傅雨旸依旧蹲在她脚边，替她合拢浴袍，也替她归顺耳边头发，“小音，我决定听你的。”

“听我什么？”

“听你的话，和你好好来往，我起码先争取到你，再由你替我去争取你父母。我说过的，结果对我很重要。”

“那你还急吼吼去换衣服！”

“我等你喊停。”

周和音啐他：“臭人！”

傅雨旸喊她：“领导。”

他说决定了，他要把她微信名改成，领导。

“那么你改口喊我什么？”

周和音冷漠地瞥他一眼，久久，出口一个字：“狗。”

狗顺势来咬她，嬉闹间，周和音说她饿了。

她还要吃他做的猪油面。

“没材料。”傅雨旸让她换一个，或者叫个酒店可以在这个时候送到的。

老乔给的那一堆伴手礼里，有一块宣威火腿，是已经拆分开来的。傅雨旸临时切了几片出来，让她配着蜜瓜吃。

还有用冷链也藏不住的银鱼，他用微波炉做出一份银鱼鸡蛋羹。

周和音好久不吃鸡蛋羹了，还是大半夜，她舀一勺，某人问她咸淡。

“正正好。”

“这么高的评价？”

周和音嘴硬：“高吗？明明是正正好，正正好的意思就是不咸不淡，不多不少。”

傅雨旸坐在边上抽烟，她吃东西，他看着，还懒洋洋地大言不惭：“谁给我烧个东西吃，不咸不淡不多不少，我就视之为最高评价。

“食色，一样。”

性也。

周和音瞥他一眼，臭流氓。

大半夜加餐的这一顿，她吃到饱，是真饿了。饿到原本要将最后一块蜜瓜火腿喂到自己嘴里的，最后把盘子往洗碗机里放的时候，顺手塞到抽烟人嘴里了。

夜宵这东西，就是吃的时候爽，吃完又后悔。

傅雨旸料理厨房的工夫，周和音绕着外面的落地窗接连走了好几圈。

坦白讲，她好久没这么纵容自己了。

直到她重新刷牙后，依旧觉得躺下是个罪过。

她趴在飘窗上听高楼之外的落雨声，偶尔一些扑在玻璃上，那种类似白噪音的感觉是真的治愈，也催眠。

傅雨旸收拾完外头，回来房间，手里端着杯水，看见有人猫在飘窗上，他干脆逗她，把飘窗上的电动窗帘按得合上了。

良久，被围困在里头的人也不言声。

他走过来，挑帘而入，看她：“干吗呢？”

“听雨声。”

“然后呢？”

“睡不着，后悔吃多了。”

“过来。”他伸手，要她从飘窗边过来。

周和音懒懒不想动，某人便跪膝来抱她，捞到人，便侧身从帘后出来：“睡不着那就消化一下。”

周和音还没听过神来，傅雨旸已经去解她睡袍上的系带结了。

松松垮垮的一个蝴蝶结，一扽就开了。

如同袍子里的人，几分钟后，周和音就后悔了，后悔留下来，更后悔吃他点破东西。

“你就是故意的，故意弄东西给我吃……”

“是你自己嚷着饿的……我的……领导……大、人！”

Chapter 17
孔雀石

[51]

所谓情爱里无智者。

因为吻和性都是盲目的，是闭上眼睛的。周和音前天晚上说过的，男人只有祷告和穿衣的时候是善良的，剥去信仰和光鲜衣着的他们是恶劣的，是与善良对立的。

席卷重来，周和音整个人是眩晕的，潦倒的。像滩涂里的鱼，囫囵里，她喊了声疼，随即感官全然跳闸。

良久，等她缓过一口气来，傅雨旸才在她耳边说了句什么，惹得复活的人重重地去咬他。

她从来不知道，原来这个情境里，男人违背了他平时的端正自持，跌宕出来的言语或者声音，也会叫女人着迷，起码叫人冲动。

冲动地去毁灭他金漆神像下的菩萨低眉，看着他登高跌重，看着披着薄醉似的迷离逐渐趋于崩坏，看他眉眼里的冷静一扫而空，取而代之的是痛楚，狰狞般的痛楚。

最后，直至燃烧成灰烬一般。

快乐这个词本身就无解，且悖论。

快才会乐，乐也必然是快的。

酣畅的尽头，是一身热，但很快就会冷掉的汗。傅雨旸要退开，周和音不肯，她依旧攀着他，也喊疼。

他要看，她又不让。

嘴里和心里依旧惦记着回家去，还有，天亮后要去上班，傅雨旸笑了半声，不知要说她是小孩呢，还是敬业呢。

她要他抱抱她。

认识她这么久，傅雨旸头一次发现这丫头其实好会撒娇。倔强，却不影响她会卖乖和撒娇。

她小孩般问他："你喜欢我吗？"

他依旧是她第一次问他时的答案，从来没有变："当然。"

"那么，爱呢？"

"爱，由你去慢慢体会。"

小孩顽固，唱反调："我要是体会不到呢？"

"体会不到，你这辈子就白活了。"他来咬她鼻子，说一辈子都解不开一道题，不是白活是什么？

他离开她，赤脚下床，周和音被他带坏了，坏到她可以堂而皇之地看着他，看着没有穿上"善良"的他。

"如果哪天，我们分道扬镳，你可不可以答应我一件事？

"永远别来江南了。"

"那可由不得你。"傅雨旸套上浴袍，在她边上歪头点烟，用沾汗的手来贴她的脸，"小音，我死后也要回归江南原籍的，所以，由不得你，江南从来不是你一个人的。"

她气鼓鼓地拖他的手来咬，先前怎么折腾，她都没掉眼泪，这个时候倒是哭鼻子了。傅雨旸吸一口烟闷在喉头里，来渡给她，情太急，她也不懂如何吐烟。

呛得她直咳嗽。

眼泪也被打断了，傅雨旸问她好些了吗？

又问："事后烟怎么样？"

周和音不懂男人抽事后烟的意义。

傅雨旸说："压惊。"

也警告她："不要胡思乱想，眼睛闭上，睡觉。"

周和音这一觉睡得虽浅，却轻易醒不过来。

她只觉得傅雨旸走开了许久，再回来……外面有滴滴答答的落雨声，还有人说话的声音，一时严肃正经，一时嬉笑怒骂。

她筋疲力尽地睡着，也心心念念着手机的闹钟铃。

有一种末日前的贪得无厌感，死期不到，她总要尽力地去睡，这是她作为通勤人的每日自觉。

床垫太软，阴天太阴，人太累，总之是天时地利的迷信。周和音这一眠，睡到勉强体力恢复才睁眼，睡醒的她，第一时间没摸到她的手机，而是看到床头柜上的数字闹钟。

再看床上，除了她，没有人。

她浅浅喊了声，第一警觉是她迟到了。现在已经十点一刻了，天啊！

赶通勤的本能，她支撑着疲乏泛酸的四肢爬起来，穿衣洗漱只用了十分钟的光景。

再从洗手间里出来，找她的包还有鞋子。

地毯太软，高跟鞋都勾不上脚，着急忙慌间，她提在手里，径直往外奔。

主卧去到会客厅距离最远。隔着一道长长的廊道。

周和音只以为傅雨旸这个家伙自己去上班了，留她呼呼大睡，岂料，她一门心思往外冲，冲到会客厅这片了，才闻得这边谈笑风生。

老冯和那乔老头几个都在。男人谈事的地方，烟比议题多。

饶是北面的窗户洞开好几扇，周和音还是被这团缭绕呛得咳了好几声，老冯喝茶的手一顿，第一反应不是房里冒出个人，而是："这就是雨旸今天在家办公的缘故？"

周和音当真赶时间，没工夫忸怩什么，索性赶鸭子上架，急急冲里头的傅雨旸交代两句："我要走了，我手机呢？"

话说完，就擦身走开了。

里头落座的傅雨旸当真起身出来，玄关门口，周和音坐在穿衣镜前穿鞋。

傅雨旸把充好电的手机拿给她："我给骆存东打过电话，替你请过假了。"

周和音蹬上高跟鞋，站起来依旧没他高。但气焰很高，气得，气他自作主张。某人任由她推搡，再把她拉回头："闹钟放你耳边响了八百遍，你都不肯醒，我有什么办法！"

这才临时改变行程，他也干脆不去公司了。

将合伙人会议改到这里了。

他倒是两不耽误，周和音却两头洋相。

反正都怪他。

“嗯，怪我。你反正都请了半天假了，就好好地吃完饭再去，以及，你这样我不放心。”

傅雨旸拧眉嘲讽：“样子很不好，长眼睛的都看得出来。”

周和音不肯他碰她，说他耽误她正经事了，周一好几个客户电话会议，他们骆总是答应他了，可是工作还在那儿！

傅雨旸当即认领：“那么我送你去。”

“不要。”

“那你吃点东西再去。”说着，他便去拿三明治和牛奶给她。

老冯正好出来续茶壶里的水，看到一向十指不沾阳春水的傅公子殷勤地拿着早午饭给他的小情人，去到门口，哪儿还有人，小妞早就跑了。

正主也是苦主，一时有点失落。害老冯还要上来宽慰几句：“这南方的姑娘就是蛮且俏，谁叫小爷乐意呢，是不是！”

千金难买爷乐意。

一个愿打一个愿挨，才是有关风月的乐趣。

傅雨旸懒得听老冯念经，把手里的殷勤转手给他，也要老伙计回去谈正事。

老冯没有吃早饭的习惯，又说空腹喝奶不好。

傅某人挤对，或者说拿他们老伙计撒气：“你生下来就喝奶的，也活得好好的。”

他们几个聚在一起，说话从来荤素不忌。傅冯回到谈事局上，老冯把手里的三明治投到垃圾桶里，接着笑话落座点烟的雨旸：“所以啊，男人别轻易旷着，也别轻易沾女人。沾不着苦，沾着了也苦，瞧有人这心里长草的样子，丢个烟头下去，烧成骨头灰！”

说话间，会议牵头人猛吸一口烟，一截烟灰掉在架腿而坐的西裤上，失神也好，落魄也罢，反正被他们说中了。

引出一条声的笑。

老乔说：“反正啊，有人回不去也挺好，我巴不得。”

傅雨旸面上不显，只问他们几个，也算招待：“中午吃什么？”

老乔说：“素吧，水八仙。肉吃多了，得消化消化。”

周和音上午缺勤了三个小时，手里的活计得她晚上留下加班补回来。

正好周一有关沈致那头的维修PO签呈也走下来了，晚上八点多，沈致这个加班怪，临时写邮件给周和音。

她的已读回执刚发过去，沈致就给她来电了，座机。

问她今天怎么这么劳模，还没下班?

“啊，上午请假了。”

“干吗去了？”沈问。

周和音含糊了声，家里有事。

沈那头没执意，再问她：“几点下班？”

“快了。”她准备九点走。

那头，回应了声也就挂断了。

十分钟后，沈致给她发消息：“吃烧烤，高兴吗？”

周和音：“今天太累了。想回家了。”

沈致：“好。本来想顺路把新项目的产品图拿给你的。”

周和音：“烧烤下次吧，产品图可以先给我，我等沈工。”

沈致：“可真是个市侩的人啊。”

周和音：“打工人打工魂。”

沈致那头没说多少，简单回复：“半个小时后见。”

短信收梢没一分钟，周和音的座机又响了，她正好看到PO上的账期和上次比有变动，很自然地应付对方：“沈工，账期变这样，我很难做哎！”

微微地示弱，微微地陈情。

“是我。”傅雨旸提醒她。

周和音这才看来电显示，怪他：“你打座机干吗？”

“查岗！”

周和音骂他。

电话那头的人这才言归正传：“还要多久？”

“九点吧。”

“抓紧忙，我在楼下等你。”

“你等我干吗啊！”

“你说呢？”

周和音抱着听筒，用做贼般的声音说：“纵欲的人会死。”

电话那头的人开怀大笑：“快忙，带你去挑样东西。”

“什么？”

“先下来，去了就知道了。”

“我现在就想知道。”

“急性的人也会死。”他咬重某个字。

周和音气得咚的一声挂了电话。

说在楼下等人的人，压根是开空头支票，他还没到。

周和音收拾完手头工作，下楼来，左右张望都没看到傅雨旸的车子。

刚想打电话质问他，马路对岸有人揿喇叭，是沈致。

他们公司行政办公楼离周和音他们不远，周和音越过去，沈致也下车来，当真将牛皮文件袋递给她，是研发中未公开的项目系列产品图。

沈和骆存东这头，一向这么交涉。

也是密切合作的一级供应商才有的待遇，所有正式立案前的项目，都不会通过任何邮件来往的。

沈致言简意赅：“拿给你们大佬先琢磨琢磨吧。”

周和音充其量也就是个传话的人物：“好。”

上午下了半天的雨，下午三四点停住了。眼下，天阴未见月，不算特别热，闷还是有的。沈致一手抄袋，细细端详周和音：“你今天气色不大好。”

周和音都没解开公文袋，只微微点头：“啊，熬夜了。”

“今天没开车？”沈致主张，既然不高兴吃夜宵，那么我送你回去吧。

周和音这才想起什么：“哦，不用了，我还……”

她刚想说，我另外约了人。

对面一辆黑色S级商务车正巧停下来，后座上的人没看清这边，下了车径直往他们大楼门口去。

周和音急急喊住他：“傅雨旸！”

夜色里，不远处的人回过头来，看清这边的事故，一时停住脚步，两三秒的空白后，他再折回头。

走回车边时，他脱了身上的外套，随意丢给司机。

越过马路，傅某人不疾不徐地过来，直到他到了眼前，周和音才有点尴尬，喊他干吗啊，他又过来干吗啊！

因为他不言不语地丢给她一个难题——她要怎么介绍他啊？

傅某人一副慢条斯理的教养与笑意，会一眼对面人，却不言声。

他只和周和音说话，开口就有点“茶言茶语”：“老乔这个事务精，他临走还把你爸的那个保温桶给我送过来了。”

再回到眼前，傅雨旸缓缓递手出来，是社交言辞，且矜持：“先生贵姓？”看似问候对方，随即一偏头，却是问周和音，“嗯？”

[52]

沈致也看一眼周和音。中间人这才硬着头皮开口：“傅先生。”她介绍傅雨旸。

轮到沈致，她说：“合作的客户，沈工。”

“傅雨旸，幸会。”傅雨旸自报家门。

“幸会。”

两个个头、年龄都差不多的男人面不和心不和地握了下手。

“结束了吗？”被介绍成傅先生的正主，撤回手，随即落袋。他微微偏头过问周和音，一副不咸不淡的口吻。

周和音的链条包背在肩上，手里捏着一个公文袋，微微点头。她朝沈致说：“那么沈工，今天烦劳你跑一趟，明天我和骆总那头报告。”

沈致傲慢地一颔首，转头就要回车上，拉门那一瞬，他再来瞥一眼周和音，审视大于注目，不经意溜到傅某人面上浅心肠的笑。他坐回车里，也不急着发动车子，而是低头回复短信或者邮件。

傅雨旸当真笑了。笑他们两个大男人倒没有一个小女生沉得住气。

人家是无欲则无求，无求便成刚。

傅先生落袋的手重新探出来，来牵身边人的手，还不忘局外人般“客观”地说几句：“你这客户不大好相处啊，看人，下巴朝上。”

周和音瞪他一眼：“谁还能比你深谙其中之道。”

“看来是个大客户，维护得很！”傅雨旸不等她反驳，一把捏住她的指骨，周和音疼得叫出来，他这才委屈上了，“小音，我仅仅说你客户，你拿我跟人家比！”

周和音被他捏着手，隔离眉眼之下的距离，她有点难为情，又是当着不远处的沈致。才想劝傅雨旸走，对面的他微微俯身过来，目光认真探究：“好些了吗？”

周和音瞬间感觉被他倒了一身防不胜防的炭，又烫又灼。站不住，她拉他走，某人不为所动，周和音一只手不奏效，就两只手来，才勉强拖动了他身。

傅雨旸替她揭下肩上的包，至于她手里的公文袋，他不稀罕，也警告她："哦，看好你的商业机密。"

随即，领小孩般，他扶着她后颈，一路带她过马路。

塞她进后座，自己最后侧身坐进来时，知会司机去他交代的地方。

傅雨旸的车子往南，沈致的车子往北。

呼啸交错的时候，傅雨旸盯着周和音的目光，后者被他看得毛毛的："你看什么啊？"

"我看有人的魂有没有跟着跑北面去。"

周和音不气反笑，用嘴型揶揄他：你，吃，醋。

"大点声！"某人才不顾忌有司机外人在。

周和音被他唬得心神一跳，抿着嘴暗自掐他，怪他没喝酒便发酒疯。

某人正名自己："我从没那么差的酒品。如果你看到我发疯的话，那么，就是真疯了。"

周和音掐他掌心的力气再大些，不让他说话。

"沈致，骆总的客户，我也就跟踪半年吧。他过来给我送产品图的。"

傅雨旸盯着周和音的眼睛，再到她眼梢末端，浅浅的泪沟。

她还急了："是真的呀！"

某人来摸她眼角："我说你假了吗？"

"你跑过来，贼喊捉贼。"周和音怪怨。

哼，傅雨旸不想给她挑明了，或者她坚信没什么也好，他总不能提醒她：我比你了解男人。

这姓沈的，可不是赵观原那种小朋友。

因为傅雨旸货真价实地闻到了同类的味道。

他摸到她凉且滑腻的脸，心也跟着服帖起来，其他暂时撂开不想。不想不代表就翻篇了，傅雨旸上午在他酒店住处开了半天的会，下午又和老乔单独开了半天的客户视频会，烟茶不离手，晚上老乔他们几个回B城前，说好约一顿饭局的。

傅雨旸不高兴去了，嚷着头疼，被他们聒噪得，也被烟缭得。

眼下他太阳穴真的有点涨，于是合目养神。

边上人问他："这是去哪里？"

"送你回家。"

她还真信，说方向两边都不对："到底去哪里啊？"

"别吵，吵得我脑仁疼。"

稍稍的沉默后，傅雨旸再睁开眼的时候，一阵醒脑的薄荷味道钻进他鼻息里——是周和音用来对抗超荷用脑的法宝，清凉油。

她抹一点到指尖，揉到他太阳穴上。

过分醒神的东西吸入肺里，竟然比烟和咖啡因都好使。

傅雨旸说，再擓点。

周和音依言照做了，就是有点好奇，他说的那个"kuǎi"字，怎么写。好生动的一个词，她很少听过。

傅雨旸牵她掌心过来，一笔一画写给她看，写完在她巴掌上打了一记，问出口的话，已然前言不搭后语了："吃了吗？"

好吧，忙到现在，也只有他认真问她吃饭了吗？

周和音点头也摇头，因为对付了一点，但现在已经九点多了，又有点饿了："我想吃烧烤，你可以吗？"

"我怎么不可以？"

"你不会嫌脏吗？"

"别给我看到。"

她笑他，虚伪。

虚伪的人牵她的手再去太阳穴那里："做事不要半途而废，好不好？"

于是，她再给他抹另一边太阳穴。

车子抵达目的地，是一个奢侈品牌的珠宝店。店里已经打烊了，今日当值的是他们的店长，人情是上次餐厅打架那茬儿后，钟小姐关照的。

傅雨旸赔了那幅画的全款给钟小姐，由头自然是自家小孩胡闹，钟小姐背后的孟先生和老乔有几分交情，不看僧面看佛面。钟小姐亲自打电话给傅雨旸，几发寒暄下来，说有个朋友在代理这家店："傅先生不嫌弃的话，就带女伴来挑几件礼物，也算是我和我们老孟的一点见面礼。"

礼物自然可以挑。但是傅雨旸有言在先，说："无功不受禄，钟小姐就当卖我傅某人一个人情，一个闭店由她单独选的人情，其余，我们自己料理。

"我买东西给她，自然得亲自掏腰包。"

否则有什么意思呢。

夜里他剪坏了她左手无名指的指甲，他就有这个打算了。

周和音知道他还惦记那次送她礼物的事，眼下在贵宾室里，她扫着岛台里一框框陈列着的首饰，以及手里平板电脑上的细节图。

不想拒绝他的好意，但也没多大的热衷。因为都太贵了，不是替他省钱，而是从诚实、经济的角度：“我现在戴不着，且容易被我妈看穿。你折现给我吧，我想买自己要的。”

店长女士轻盈地笑一声，看座位上的傅先生没有回应他的女友，立刻警觉，露出端正的礼宾态度：“傅先生，您和您女朋友慢慢看，有什么事情可以直接揿铃找我们。”

傅雨旸招呼周和音过来：“你要买什么？”某人面上不大快的样子。因为她当着外人的面拒绝他。

周和音狡黠地回击：“反正是无名指不需要的东西。”

她站在他边上，对身后那些耳饰倒是有点兴趣。才一回头，就被落座的人伸手够过去了，一副针尖对麦芒的骄傲，傅雨旸打趣她：“想太多了，这里这么多系列，你比我懂哪个是‘婚嫁’系列。不是戴无名指上的就是那玩意儿，猪！”

周和音被他箍着腰，都快喘不过气来，明明殷勤地带她来挑礼物，还要骂人。周和音说你这个人还好意思说别人拿下巴看人：“我才不懂，我哪有傅先生懂，你送过多少个‘无名指’才会这么驾轻就熟，我当然不懂。”

傅雨旸转脸就笑了，箍着人不松：“是有什么癖好吗，啊？动不动翻旧账。”

他干脆警告她：“别翻，你越翻身上醋味越重，你越吃飞醋，我兴致越高！”

周和音这才来打他，傅雨旸抱着她，任由她捶了两拳，也只浅浅地在她眉间贴了贴，叫她别闹，这种VIP室里全是探头和红外线。

他也正经告诉她，这么晚带她来的原因：“我得回B城料理点事务，老乔已经回去打前站了，要一个星期差不多的时间。”

臂弯里的人这才松泛了点固执。

傅雨旸哄她也是安抚：“答应给你买点什么，就得先做点什么，不然我不踏实。

"剩下你慢慢想，想到了告诉我。"

周和音却只问他："什么时候走？"

"天亮。"

说话间，周和音嘟着嘴站起来，一副老大不情愿的样子，张嘴就来："我要这里最贵的。"

说是这么说，最后，有人也只认真挑了几对耳饰，她不爱项链这些，在戒指系列里看中两款，价格都不算特别出挑，当然是对傅雨旸而言。一只红玉髓的，一只孔雀石的。

她拿不定主意，原本以为傅雨旸肯定不让她选了，两只都要了。

岂料他端正立在她坐的高脚椅边，逼着她选一个，周和音不满他的抉择嘴脸："小气鬼，我两只都想要。"

傅雨旸右手食指屈指，弹一下她的脑门，目光很近，心思却浮云般远："昨晚可以，十只都可以，今晚不行，只能选一个。"

他选中那只孔雀石的，替她套到左手无名指上，不大不小，应了他的那句——正正好。

傅雨旸说："无名指上，这种套住人的东西，只能选一只。不准贪心。"

他捏着她的左手，眯眼端详说："嗯，绿色更衬你。"

至于耳饰，傅雨旸喊来店长，把周和音刚才用目光取舍的那两盘都要了。

不叫她挑了。

她不肯，说太多了。

某人莞尔："你喜不喜欢？不准说假话。"

"喜欢。"

"喜欢就好，留着慢慢戴。不是怕你妈看穿戒指吗？耳饰不会。"他干脆替她虑到了。

说罢，把那两盘耳饰和那枚孔雀石戒指交代给店长了。

店长女士认真谢过傅先生。

所有珠宝饰品会一一打包连同账单送到傅先生秘书那里去。

傅雨旸认真同周和音交代："Lirica你也见过，她到时候再把东西全拿给你。"

周和音不大习惯他做这样细致的交代："说得你好像不回来了。"

“你要我回来吗？”他问，“认真告诉我。”

“嗯。”

说好选定礼物去吃烧烤的，回到车里，周和音又改主意了。

她说困了，想回去了。

是回自己住处。傅雨旸那里再好，一件她自己的东西都没有，她不喜欢，她还是喜欢用自己的卸妆油，自己的护肤品，自己的面膜，穿自己的睡衣。

当然，她也没有驱逐某人。连同他明日飞行的行李。

主人先洗的澡，傅某人这个临时借住旅客是后洗的。

等他洗完出来，周和音的一通护肤流程还没倒腾完。

她在敷面膜，上下两片的那种，她抚了又抚，直到面膜上没有一片褶。

傅雨旸坐她床边，将她连人带凳子掇过来朝着他：“够了，这么细致，晚上还睡不睡了。”说她把工夫全耽误在这上头了。

丫头实事求是：“这比睡觉重要多了。”

说着，把袋子里剩下的精华液全倒在手上，要给他抹，说别浪费。

傅雨旸眉头倒了一片官司，说不喜欢这种黏糊糊的东西。

周和音坚持要给他抹：“待会儿可以洗嘛！”

她带着一手的黏糊和一身的香气朝他来，某人任由着她，顺势拿一只手圈住她，她顾她的护肤，他问他的问题：“好些了吗？”

敷面膜的人摇头。

“摇头是什么意思？”傅雨旸耐心地笑且招惹。

“就是还疼，你不准碰我。”

“那你跟我回B城吧，去玩一周。”

“想都不要想。”她还要工作呢。

“我怎么就找了个这么上进的女朋友呢！”

被表扬的人笑了，可是掩在面膜下，笑也看不大清。

傅雨旸来揭她的面膜，声音轻但足够温柔：“让我看看你，好不好？

“小音，我要亲自确认你好不好。

“也要亲自教教你，该怎么跟别人介绍我，不是简单的‘傅先生’三个字就能打发我的！”

Chapter18

夜长梦多

[53]

次日周二，Nana晚上过来的时候，周和音正巧在换床单、被单。

白天上班太急，没来得及整理住处，明明那个男人已经走了，周和音却始终觉得，处处都有他的气息。

Nana这个死女人过来时，正好撞见这一幕，浮想联翩，摁不住“脑洞”大开：“这得多激烈啊？”

周和音拿床上的娃娃丢Nana，说自己倒了血霉了，怎么尽认识流氓了！

说Nana色坯她认，但是，还有谁是流氓吗？

“傅先生看上去可不像哦。”Nana打趣小音。

中午午休的时候，周和音在线上告诉了好友最近的进展，Nana回了满屏的啊字，说：“也就两天没跟你碰面，我的天，这是什么神速？”

小音却不以为然：“成年人自然而然的速度。”

她对闺密也不藏着掖着：“就……我知道他想，我也很想他想。”所谓想他想，是喜欢他这样眷恋着自己的感觉。

晨起，傅雨旸要去赶八点的飞机，周和音这里的厨房太简单，他一早起来想喝杯咖啡都没有。

只用现成的材料给她做了份三明治。

周和音趴在枕头上，迷蒙里听他的动静，他在给她手机多定几个闹钟，免得她今日再迟到。

床上的人嘟囔：“你不碰我，我就不会迟到。”

某人把她的手机搁回床头柜上，房间小，冷气又围了一晚，里头的气息很暧昧。傅雨旸再伸手去捡地上的杯子，是夜里喂水给她喝的时候随手搁在地板上的。床太小，折腾一通再紧着她睡，傅雨旸压根没睡着，肩膀还被她枕麻了，他也来念叨她："有个小孩明明馋坏了，口水都淌到我身上来了……"

周和音跃起就来够他瞎说八道的嘴，再干脆任性些，不肯他走，昨晚被逼供般都不肯说的话，眼前倒了一箩筐给他。

还坏心思地学许抒诚妹妹的口吻，喊他，大哥哥。

傅雨旸并不满意，说那是许家兄妹喊的："不是你喊的。"

"我比许先生妹妹还小两岁，为什么我不可以喊？"

"他们是他们，你是你。"

周和音被他纵坏了，几个回合下来，她习惯了在他腿上和他说话的感觉。喜欢他抱着她，不安分的手扪住些什么，仿佛扪住她的心跳。

时间紧迫，他再催促她："喊我什么？"

他说过，他宁愿阿婆当年带着爸爸北上，这样他就可以更早见到她，可是那样的话，她道："叔叔。"周和音提醒他，"那样我就要喊你叔叔了，你愿意吗？"

"愿意。"傅雨旸合合眼，由着呼吸去停匀，与昨晚沉迷的样子判若两人，眼前的他已然穿上善良的外衣了，是冷漠的，镇静的，纤尘不沾的。他面上处变不惊，手去确认她，去确认她的赤忱与热情，再出口的话，与睁开的眼一样笃定分明："小音，无论如何，你要相信，他们始终是他们，你是你。"

司机已经在下面等着了。忙正经事务的人当真要走了，周和音偏这个时候和他闹，闹得他一身邪火，她自己也不痛快。

傅雨旸再一次半真半假道："要么你跟我去，嗯？"

才不要，周和音决绝地摇头，也有点不快他一再有这样的念头："那样的我，你当真喜欢吗？"

"什么？"

"完全依附一个男人的女人。"

"我喜欢。"傅雨旸预判到她的情绪，赶在她挣开前，满怀地圈留住她，浓情淡意地说些闺房趣味话，"你不愿意依附我，我还披星戴月地去忙活什么，我就要你全心全意地依附我。"

说话间，某人决定要做昏君，要不事生产了，偏偏他给她设的第一个闹钟响了。

周和音这才从他身上下来，去关闹钟。

傅雨旸扑了空，笑意懒散，怪她，小孩脾性，想得多，做得少。

他赴早班机是要赶上中午的宴请，实在不能耽搁了，明知道床上人有点小脾气也由她去，起身去行李箱里翻防尘袋。

周和音看着他利索地打领带结，她认真告诉他："我还不会打领带。你过来，我要看。"

某人瞥一眼她，警告般嘲讽："少耍花招。"他再去掖衬衫下摆，先前他的衬衫没掖进裤腰里去，任由周和音坐在身前，眼下下摆处拂到了什么，傅雨旸笑问床上的人，是不是，是不是馋小孩?

啊！周和音被他取笑得烧红了脸，拿床上的娃娃丢他，也要他换一件!

"不准穿出去。"

某人才不听她，忙活着掖衬衫下摆，再去拾外套、合行李箱："就要把你带到B城去！"

周和音气得骂人："下流！"

傅雨旸临走前，把脚边的娃娃捡回给她，他只知道是个动画片里头的猪，正好，也和他的猪宝宝再见："好好吃饭，佩奇，等我回来。"他拍拍那个玩偶的脑袋，却是过来吻周和音的脸颊。

"他是乔治。佩奇的弟弟。笨蛋。"

"我管他们是谁，我只管你。"

Nana一言以蔽之："妖精。"

老妖精带坏了小妖精。

又点评他们当真是老冤家和小冤家，不碰在一起苦大仇深，碰到一起又激情四溢。

也就只有傅先生了吧，能这么牵掣着小音的情绪。

周和音喊Nana过来，就是为了边上那两礼袋的耳饰和那枚戒指："你看你喜欢哪个，挑几个，其余的先放你那边吧。"

傅雨旸一下子给她买了这许多，即便是耳饰，周和音也怕父母过来看见了会露馅。

“我天，别人家的男朋友果然从来不叫人失望呢。”Nana也不禁感叹，因为确实是小音喜欢的牌子和款式。

“你这能瞒住多久啊，我可警告你啊，再腻歪也不能怀孕啊。”Nana说，“你俩弄出人命来，你爸不杀了傅某人我跟你姓！”

“不会的。”小音跟Nana讲傅雨旸父亲和阿婆的事，前车之鉴，傅雨旸不会肯再有一个孩子受这种无辜的罪。

周和音把床单被单拆下来，抱着往洗手间去的时候，看见床沿防尘罩的缝隙里有一张塑料包装纸，过来人一打眼就知道是什么。

Nana跟在小音后头胆战心惊：“我求你们了，偷情也偷得谨慎点吧，我跟着紧张。”

这头话音还没落，外面传来敲门声。

Nana玩笑：“傅先生太想你，杀回来了？”

周和音叫好友住口：“我点的外卖啦！”

于是，还没来得及拿掉那片安全套的包装纸，周和音先去拿外卖了。

开门那一刻，她傻眼了，父母齐齐站在门口，邵春芳手里提着几个保鲜盒，而周学采手里提着一个外卖袋子。

周和音的外卖。

邵春芳不会开车，她要过来，势必要周学采开车送她来。

这两天刚下过雨，一股懊糟的热，春芳女士站在门口就感受到里头的冷气有多低：“打这么低，要伤风的。”

说着，春芳女士也不等女儿开口，侧身就进来了，再指着丈夫手里的外卖说：“电梯里碰上人家小哥了，我就知道是你的。”

里头坐在床边的Nana看清来人，学着小音甜糯的江南口音喊了声：“春芳妈妈！周爸爸！”

然后她不着痕迹地一屁股移到那安全套包装纸的着落处。

周和音的心在短短几秒内坐了趟过山车，在冷气里冒了一身汗。

邵春芳看到Nana也在，连忙招呼着一起吃烧腊，都是热腾腾刚叉出来的：“你周叔叔让斩了好多猪头肉，还有猪脚、素鸡，这东西一冷再放过冰箱就不好吃了。”

邵春芳招呼Nana比招呼女儿还热情，她知道人家有男朋友：“喊你对象一起来吃呢！”

Nana笑得跟朵花似的，悄没声地把那薄膜纸抠出来，在掌心里揉了揉，揣进裤口袋里。

“不了，春芳妈妈，他在家打游戏呢。我就是过来……和小音说一下，我下个商务广告想请她写文案的。”

说着指指边上那两袋印着品牌标识的礼袋。

邵春芳勤苦半辈子，唯一的首饰也就是脖子上那条周学采买的金项链，连个像样的戒指都没有。她哪里看得明白什么奢侈品牌子，以及这两大礼袋里负荷得满满当当的首饰代表的价格。

只夸Nana有本事，再殷勤地招待人家吃东西。

当作晚饭也好，夜宵也罢，她说：“就是送过来给你们趁热吃的，原本她爸爸说明天送过来，我想了想还是今天过来一趟呢。”

周学采那头掂量着手里的外卖，问小音这是吃的什么东西。

“麻辣香锅。”

老周头不乐意了，不谈干不干净：“这忙活一天，吃这个东西就没营养。”

周和音从善如流，抱着手里的床单被单往卫生间去，又要Nana拿冰箱里的冰可乐，要好友一定尝尝，说这家店做烧腊的时间赶上她爸的年纪了，特别好吃。

邵春芳看女儿这么晚洗四件套，又怕洗衣机洗不干净，要过来帮忙洗头一道，周和音哪里肯，三下五除二地全塞进洗衣机里：“哎呀，你不要操心了呀，你这样，人家Nana会笑话我的。”

“笑话什么，有什么好笑话的。养儿一百岁，常忧九十九。”

周日那天，邵春芳出去打牌了，回来的时候小音已经走了，周学采跟她学了女儿下午干的事，示意这些时间过去，父女关系似乎有转圜了，从前的小音又回头了。

老父亲收了女儿一千块的转账，当真觉得跟捂在手里的钞票一样实在呢。

邵春芳笑话丈夫：“只有你还当她没有长大，一味勒住她。

“事实你女儿老早长大了，这姑娘大了，心思就跟园子里的花一样，不给冒头也要冒出墙头去的。反过来，再过个几年，你家花儿不冒墙头了，你又急了。”

周学采不服死，说：“她就是三十岁不嫁，我也养得起她。”

邵春芳叹气，说：“当初啊，就该再生个小二子的，这样你就不会一门心思全在她身上。”现在的实情就是，谁来跟周学采说个牵媒的事，都没商量，老父亲就是觉得他女儿是最好的!

这两天都是小音白天给他们打电话，晚上老夫妻俩轻易不打电话给她，一是怕她忙，二是怕太晚，她睡着了。

今晚是邵春芳看透丈夫的心思，干脆过来望望。

说来也奇怪，邵春芳对儿女心思反而看得开，起码比丈夫旷达些。她自诩，哪怕小音是儿子，她也会是个好婆婆的，绝不掺和儿女的事，好坏凭他们自己去。是为清醒可爱。

周和音用的是那种洗衣凝珠，她把凝珠投进去，邵春芳好奇：“这就可以了？它自己会化开？”

“嗯哪。你要不要试试，我买给你。”

母女俩在这儿研究洗衣新大陆呢，外头，周和音的手机响了，是微信，语音和视频的提示音是一样的，周和音一看时间，心上不大好。

她连忙出去寻手机，那头带着工具过来要给女儿换一个插头面板的周学采，正巧离她手机最近，手机插头正插在那个活动了的面板上充电呢。

周学采把充电器拔下来，目光无意瞥到手机屏幕。锁屏情况下看不出是谁打来的，但是周和音湿手走过来，一时困顿。就这逼仄的地方，倘若真是傅雨旸打过来的，她接了这通电话，避无可避地要露破绽；不接的话，更是明明白白的，此地无银三百两。

[54]

周和音从来没有什么电话避讳父母的，今日这通也是。

急智也就这些了，她解锁手机，跳出的语音来电画面让她无形地松了口气。

是沈致。

周和音本意只认为工厂那头出什么事故了，她直接接通顺便按了免提，像是一种有点矫枉过正的心虚或纾解胸臆。

“沈工，有什么情况？”她只是想跟父母证明她在认真工作，认真地知道自己在做什么。

那头沈致应该在开车，能听到打灯的节奏音，他出口的声音懒洋洋的：“没情况，就不能拨电话给你了？”

周和音脑海里有根弦仿佛拧着了，她觉得哪里不对或者不好，又别扭地把扬声器切回听筒模式，为时已晚，边上的父母已经盯着她看了，更像刺探。

Nana吃一口烧腊肉，嘴边油汪汪的，朝她的猪队友横一眼。要被气昏过去了。

周和音的喉咙像是有痰糊住了，她清清嗓子，佯装去卫生间看洗衣情况，嘴里一副公事公办的口吻："您请说。"

沈致说顺路经过她这边，想问昨晚的邀约，今晚她得不得空，他顺便有点事跟她说。

周和音不想问他什么事，因为张口又是一个来回，反正如果是正经工作对接，以沈致的性格，根本没有白给你描的。今晚九成是私事，如果是私，她有权利拒绝他，且必要得很。

"不好意思，沈工，我父母还有朋友都在，在吃晚饭。或者您电话里直接告诉我，我再和我们骆总沟通？"

那头沈致听后大差不差地笑了笑："好。不要紧，你先吃晚饭。回头再说。"

一通电话，不速之客。

周和音握着手机再回去的时候，Nana按兵不动，倒是邵春芳好奇得紧："谁啊？"

"客户。"

"听起来可不像。"

"就是客户呀。"周和音摊手，回到茶几边吃东西的时候，顺势把手机拨成静音，再手速很快地给傅雨旸写了条短信：我爸妈在，晚点再联系。

邵春芳再玲珑世故不过的一个人了，这里也没外人，有一说一："听声就不对，绝不只是谈工作。这人多大年纪啊，做什么职务的？单身？"

那头螺丝抿在嘴边的周学采朝妻子嘟囔一声，示意她问这些像什么话。

周和音拉开一听可乐，看着爸爸换面板的背影，心里感怀又苦涩。有些事情，没有模子的，只有人不对。她相信，按傅雨旸的所有条件换个人，爸爸绝不会那么反对。

于是，她干脆试探着放烟幕弹："我们骆总那头的大客户，就这一个拨给我追踪的。三十三岁，不是本地人，采购总工程师，兼管他们两大制造车间的设备运营及维护。晋升空间就是要拿年薪了。”

这样的条件放在六家巷那些有女儿的家庭，即便再挑挑拣拣，也起码是中上游择婿水准。邵春芳也不例外，春芳女士是个“颜控”，且相信教养这东西不是一夕能装得出来的，她拉拢Nana来，说虽说没过见面，但从声音就听得出来，是个斯文的慢性子。

Nana吃两筷子肉，腻住了，也看出了小音的心思，替好友开口，试探春芳妈妈：“会不会年纪大了点？”

邵春芳回过神来，说：“也是，我总要见一见的，太老相的我不欢喜的，又是个外地人。”

“外地也要看外哪里呢，春芳妈妈，有些地方的户口，可是多少真金白银也买不到的。将来你孙儿上学考公，想想看嘛。”

谁说不是呢，邵春芳可算找到体己人了。现在为了一个学籍打破头，邵春芳始终是个市侩人，她不肯女儿找外地人，即便外地人要比他们门户高，不然她这个女儿白养了。

说来说去，又绕到这个客户头上来，她道：“找机会让我们见见呢。”邵春芳怂恿女儿，话里话外，好像小音已经和对方来往了。

周和音哭笑不得：“见什么啊，人家知道你门朝哪儿开啊，妈妈，真的只是客户。”

邵春芳一副“我懂，我都懂”的神色。可把周和音给愁死了，一波未平一波又起，妈妈提醒小音：“见我是次要，让你爸爸见见是主要。”

春方女士说：“我负责稽查人事背景，你爸爸主要负责审核人品。”

既然有意说和父女俩，邵春芳免不得多念叨两句了：“你看吧，到底你们爷俩一个姓啊，我终究没得到你的打牌基金啊。你爸爸得了一千块，宝贝得跟什么似的。才隔了一天，又生怕你不好好吃饭了，又是要来给你换面板，又是要买烧腊给你吃。”

周和音这个人泪点低得很，再疾言厉色她都不会低头，唯独这些软和话，做小伏低的话，她从来招架不住。

她当着Nana面就淌眼泪了，嘴里吃着块素鸡，边嚼边说：“那谁让你打牌那么精的，我爸他就是菜啊。怎么办呢！”

周学采那头换好一个面板，看着女儿掉眼泪，心里很不落忍。借着去洗手间洗手的空当，投了个冷毛巾过来，当着Nana一个外人的面，给女儿擦脸，嘴里念叨妻子：“你招她干吗！”

本只是淌眼泪的人这下全然刹不住了。就是要命得很，毛巾架上好几条毛巾，她用来擦手的、擦头发的，爸爸偏拿了条最新的，是她昨晚拿给傅雨旸擦头发的。

她已经提醒傅雨旸："不准留你的任何东西下来。"他该死，还是全中了。

周和音成了最不可饶恕的罪人。她像个叛徒，背叛了自己最亲爱的人，背叛了最稳固的城池。

她怎么能不哭呢。

她哇呀呀哭得好大声，周学采却十足地被女儿逗笑了，要她先把嘴里的东西咽下去，像什么样子。

"爸爸。"周和音拿毛巾揩掉眼泪，仰首看周学采，"无论你信不信，我从来没和你生气过，我知道你是爱我的，仅次于妈妈的那种爱。"

"什么叫仅次于？"

"因为妈妈十来岁就认识你了，且要陪你一辈子。爸爸，我从来没和你说过，我最引以为傲的就是我的父母，他们从青梅竹马到婚姻到一辈子。他们让我骄傲也羡慕。"

知女莫若父。周学采看着女儿眼角汪着一汪泪要掉，却丝毫不往她刚才那通电话上牵连，也觉得妻子好奇小音那大她十岁的客户是无稽之谈。

女儿这行清泪，绝不是为那不知名的男人淌的。

为人父的，怕只怕，这些泪是攒着的情绪，郁结，难以释怀。

送父母下楼的时候，正巧Nana一起走，目送着周爸的车离开。老远，尾气都快散了，Nana才敢问小音，什么鬼啊，这又是谁啊，横插一杠子。

"未必不是好事。"

"嗯？"Nana都糊涂了。

"我爸根本没问沈致的事，要么他觉得不到时候，要么他觉得压根不是，反正他并没有就年龄还是外地人跳脚。"

他压根在意的傅雨旸的那些问题都不是问题，他只是主观上对傅家有偏见而已。

以及，周和音说："你不懂我们家的家庭地位。我爸听我妈的，这事必然得我妈先点头，我得把我妈先策反了。"所谓擒贼先擒王。

这点Nana信："春芳女士还是'颜控'，你没听她说吗？年龄不是问题，但不要老相，不要难看，傅先生的条件怎么也满足春芳女士的女婿人选了吧。”

听着Nana口里的女婿人选，周和音陷入沉思，沉思于原来从一开始她就想那么远了。

傅雨旸的电话比周和音想象得晚多了。

晚到他压根没看到她的提醒短信，他也不会像她想象中那么愣头青。

用他的话概括他这一天，忙到脚打后脑勺。

十一点多快零点的时候，他才给她来的电话，因为这个时间点，他知道她必然躺下了。

周和音把前因后果给他学了一遍，傅雨旸在自己的住处，书房里，在等一通国际长途，拿他房里座机打的，他这边的视频没挂断，周和音看着他讲完一通电话，再把手里阅过的临时标记数据悉数投进碎纸机里，这才回神于她今天的起伏，他抓住两点，一是：“回头请Nana吃饭。”二是，“沈致打电话给你做什么？”

周和音只说过一次对方的名字，傅雨旸就细致地记住了。

“聊公事啊。”

某人鼻孔出气：“哦，他可以再晚一点，像我这么晚，和你，聊公事。”

躺下的人，一半心虚，一半义正词严。

傅雨旸见她不作声，继续念叨她：“夜长梦多这句话诚不我欺。”

“什么啊？”

“说你小孩心性，没定数，且‘双标’。我要是和哪个女人这样，你怕不是早跳多高，要和我两清了。”

“你去嘛，我又不是那种寻死觅活的女的。也不会在一棵树上吊死。”

“可不嘛，这不来了棵歪脖子树了。”

“你啊？”

“嗯哪，我啊。事实也是，也许没我，那位姓沈的，哪儿哪儿都和你挺配，只要你肯牺牲。”

“牺牲什么？”

“你还来劲了，是吧？”

某人突然咬牙切齿起来，周和音笑得在床上翻了好几个身。

“你……”

“你……”

沉默几秒后，二人异口同声。

傅雨旸让她先说，周和音说她上次去他家，只看过他的客厅和那个客卧房，其他哪里都没看到。

他都没有请她参观。

“看什么，别看，你这到处乱走乱闯的，没准害我犯罪吃牢饭。”

周和音一时没跟上他的思绪，再反应过来：“你能不能有一分钟正经说句话。”

傅雨旸在案后抽烟，去开净化器的时候，把手机放在桌案上，开的前置摄像头，正好能让人看到书房顶上有一处角顶的气窗，很别致，但是B城空气质量太差了，她说那扇气窗里，肯定看不到月亮。

傅雨旸告诉她，这处天窗当初就是设计师考虑到他抽烟的缘故，刻意建议业主留的，全自动感应的，落雨下雪都可以自动闭合上。

周和音由衷称赞：“很有意思的设计心意。”

“你要吗？”

“什么？”

“B城看不到月亮，你们江南也许可以呢。我复刻一套房子，带这样的书房送给你，好不好？”

“神经，我为什么要你的房子。”说话人骄矜地骂人，声调的尾巴里，却满是女儿情。

好端端一段隔空夜话，下一秒又被某人毁了：“哼，把你锁在那里头，也好过我这刚一离营，有人就去惦记别的好哥哥了。”

周和音气得直接坐起来，她原本戴着耳机的，一时动作大了，左边耳机掉在床上，她去捡起来，塞回耳上，那一鼓作气的士气就对半砍了：“你瞎说八道，我要撕你的嘴。”

傅雨旸越说越上头了：“怎么就瞎说八道了，我还要在院子里只种一种玫瑰。”

和音玫瑰。

周和音这才陡然地沉默下来，沉默地看着那头咬着烟全无深夜自觉的人：“已经快十二点了，可不可以不抽烟了啊！”

“这是管我吗？”

“对！”周和音难得厚脸皮。

结果，某人从善如流，即刻按了手里的烟，嘴里喊着遵命：“那么既然管我，就得有一家人的觉悟。派桩事给你做，管家太太。”

傅雨旸这才说他要说的话：“书云白天打电话给我了……”傅家长房那头，和傅雨旸同辈的堂兄老大突然脑出血，住院了，估计凶多吉少。几个房头都去探望了，书云这才联系傅雨旸，问他的意思。

傅雨旸没甚意思，无非是出钱。他人在江南还好说，这一趟生意实在紧要，几发报价都是傅雨旸亲自做的成本分析，所以，他暂时也脱不开身，以他二房出的慰问礼金，就托付周和音拿去给书云了。

“正巧你让书云把我酒店里的那些吃食都拿走。钱你给她，书云就是要你去，你也推到我身上，说我不肯。”

“为什么啊？”周和音是问他，为什么不肯。

“不想到时候你爸又给我添一条新罪名——名不正则言不顺。”

[55]

傅雨旸告诉周和音要出的慰问金数目，示意她先替他添，回来再给她。

周和音笑话他：“什么啊，我帮你办事，还得倒贴钱咯？”

“是拿不出？”某人反问她。

“你才拿不出。”

“哦，拿得出就先帮我垫一下，这才是管我该有的样子。”

原来他在这儿等着她呢。周和音满是不以为意：“我才懒得管你，吸烟有害健康，三岁小孩都懂的道理。我反正不懂，为什么男人都那么离不开这玩意儿。”

“癖好吧。人无癖，不可交。大抵就是这个道理。

“癖也好，好也罢，都是软肋。再钢筋铁骨的人，总要有几件软肋，才能由人来亲近、攻略，甚至降服。

“很不幸……”傅雨旸端起手里的烟灰盘，再磕回桌面去，“我的癖好就是这个，还有……你。”

周和音狠狠啐他一声。

傅雨旸老僧入定般诘笑，看时间不早了，催她早点睡。

“那你呢？”周和音问他。

“我当然是好不容易回来一趟，尽情去风花雪月一下了。反正怎么着，有人也不知道。”

“你可以去，但我一定知道。”周和音难得发表她的两性观点，男人无论是分心了还是当真出轨了，把正牌女友或者正经妻子当不知情，才是最凉薄也最愚昧的行径，“因为她们一定知道，心知道。一个男人的心在不在你身上，就和上午后第一节数学课那么一目了然，清醒就是清醒，瞌睡就是瞌睡。”

傅雨旸被她逗笑了：“午后第一节数学课，这个比喻要不要这么形象且现实。”

“我妈还说过，偷情这种东西，永远别苛责外头的第三者，因为男人不主动不响应，这事多半成不了。”

“你妈和你谈到这么深刻的地步了？”

“不，这话是我偷听来的，她和她那些牌搭子打牌闲话，我偷听过来的。”

“真是个小机灵鬼。”

说着让她挂电话，二人还是漫无边际地多聊了一刻钟，临了，傅雨旸问她：“有什么和我说的吗？”

“没有。”

“好，那我有一句，作为今晚夜会的结案陈词。

“小周小姐，我今天自作主张记挂你了。”

周和音大红冠头咕咕叫般骄傲，勉强受用。那矜持的笑，像小孩手捧的一杯水，摇摇晃晃，不注意就全泼洒掉了。

临了她也自省地问某人：“为什么女人都爱听这些锦绣的话？”

“因为耳根子软吧，你耳根子确实很软。”某人说亲测过。

这头的她，不想深更半夜听他说没完没了的轻佻话，咚一声挂了视频通话，两个字回复对面：“睡觉！”

傅雨旸没再言声，只给她转了两笔账，一笔是托她转交给书云的慰问礼金，另一笔数目是礼金的十倍。

周和音两笔都没点，却也问他，第二笔是什么意思。

傅雨旸：“管家太太的备用金。”

傅雨旸：“点去，麻利点。”

第二天趁着午休的时间，周和音去给傅雨旸办这件事，取出来的现金用一个牛皮信封封住，上面写的是傅雨旸的名字。

他的酒店套房有备用钥在管家部，客人提前知会了酒店方，管家部那位年轻小姐拿了备用房卡给周小姐，也转告周小姐，傅先生交代了，这个房卡就给到她。

书云母子过来的时候，周和音在理厨房冰箱里的东西。

她急急给他们开门，书云的手术病假休到周三结束，按理明天她也该正式复工了。客房部的经理得了关照，这才额外给了她两天假，休到周五。

雨旸说合伙人那头分了一些吃食，他也用不着，要书云全拿走。

说是全拿走，可是看到房里的“女主人”时，书云有分寸得很，说全由周小姐分配。饶是对方比堰桥也只大了一岁，但她上回就说过了，按辈分论。这个姑娘年纪再小，只要能和雨旸成，都得按弟妹平级论。

早一天前，周和音还觉得不要打草惊蛇为好。可是昨晚会过父母后，她又改主意了。这冷鲜柜里的东西，原本当初傅雨旸就是想投她父母所好的，眼下全转给别人，她不是小气，只觉得太辜负他的心意了。

于是，她从冷鲜里挑出两块金枪鱼和三文鱼，其他全转交给了书云。

书云只说好，哪怕她一样得不到，也没有怨言。她看着周小姐在雨旸住处这般出入，难免打趣：“周小姐这是在和我们雨旸来往了，我没有会错意吧？”

在边上打游戏、等着给老妈当劳力的宋堰桥无痕地瞥了一眼在厨房岛台边忙活的人，看对方不咸不淡地微点了点下巴，守自家水晶的手顿了顿，终究，还是输了。

愿赌服输。

他们这个年纪，竞技精神比什么都重要。

周和音再把傅雨旸叮嘱的慰问礼金拿给了书云，出于傅雨旸的立场，多嘴问了下傅家长房这个人的情况。

“就是共的一个老太爷，对方都和我二叔，也就是雨旸他父亲差不多年纪了。这个年纪有个什么，大差不差也是个三长两短的命数了。

“我晓得雨旸没工夫的。这么多年，他父亲那头也回来得少，基本都是人不来钱到的往来而已。

“后头几年，他替他父亲回来过几回，也都和这些族兄和不来，他们晓得二房有本事，也晓得雨旸挣得多，说些调侃话，他是一句都懒得过耳。加上辈分大，过年那阵仗，你是没看见他，他哪里会方方面面照料到那些族里小宁（小孩）啊。只会把我喊到边上去，把一扎子钱全交给我，要我去替他发那些压岁钱。”

周和音听后，“脑补”出某人不稀罕那些繁文缛节的臭屁嘴脸，不禁好奇：“那么他辈分最大，小宁喊他什么呀？”

书云说长房在的老大家都进重孙了。

爷爷，太爷爷？

周和音笑得咯咯的，边上打完一局游戏的宋堰桥冷不丁讥讽她：“有人岂不是太奶奶？”

笑到半路上翻车的周和音偏头横一眼宋堰桥，书云也跟着缓和这个不争的事实：“嗐，现在的孩子哪会那么认真喊啊，再说，你们到时候一年到头又能回来几回呀。本家兄弟，一辈一辈就这么淡下去了。”

“无论如何，他还是很看重你们的。”周和音替傅雨旸转达这份客观事实，她告诉书云，傅雨旸是真心希望他们过得好。

“因为，他在你们身上，多少寄托了他姐姐的希望。”

书云说话间就红了眼，不住地点头，说晓得的：“也幸亏有你，周小姐，我不是说奉承话，是真心的，雨旸和你一处，他看上去可务实多了。

“这才是他这个年纪男人该有的奔头。”

周和音听后却只是勉强受用，她心里也有不如意，难朝外人道。午休时间有限，匆忙和他们会面，交付完，周和音还得回公司去。

临去前，宋堰桥来搬东西，周和音从恒温酒箱里取出一瓶酒，额外转赠给他。

“干什么？”

“送你和你同学喝啊。”

宋堰桥知道老傅的酒都不便宜，取笑她：“你可以替老傅做这个主吗？”

周和音面上骄傲：“当然。因为这些酒原本就是给我的。”

她再问他：“那天在餐厅，为什么确定是我？”Nana明明比周和音更醒目、显眼。

“直觉。”

“去我们公司楼下找我，也当真不是傅雨旸的授意？”

“不是。就是确定去找你，更能让他消气。”

“哼。外甥多似舅，这话一点没错。”

“他不是我嫡亲的舅舅。”

“可是他管你和你妈，可也比嫡亲的舅舅做得多。傅雨旸说过，给你和你母亲住的房子，希望有朝一日，你能凭你的实力再还给他，接你母亲去安生度日。”

宋堰桥一只手掂着那瓶红酒，饶有趣味地看一眼周和音：“这是代入老傅辈分，来行使你长辈的说教权利？”

周和音一副正经颜色：“你要是这么想也不是不可以。我个人而言，只是觉得他做得多说得少，想替他，白一白。”表白的白。

最后离开二十七楼时，周和音还和书云互换了微信，顺便也加了宋堰桥，她调侃后者，她是个“分奴”（指将输赢看得很重的人）性选手，保不齐会厚脸皮地找他打游戏，蹭他的星星上分的哦。

宋堰桥丢一句“吐槽”给周和音：“幼稚的小老太太。”

毕竟她是个二十三岁就有可能被喊作太奶奶的人。

周和音晚上再回了一次花都酒店，把她单独留下的那份真空保鲜的鱼拿出来，预备拿回去给春芳女士，无论如何，她想慢慢做渗透。

才拿到东西回到车里，骆存东突然给她打电话，说她今朝提交的一个数据有误，即刻回来一趟。

这种被大佬一通电话喊回头加班的事例屡见不鲜，饶是她在邮件里再比照了下数据，根本没有问题。可是电话里，骆存东一副不和她扯皮的架势，只一股要她回会议室里当面谈的急促。

周和音嘴上有怨言，骂骂咧咧地拨挡动身，回头往公司去了。

回到公司，周和音抱着笔记本电脑进会议室的时候，一时讶异，沈致也在。

他过来和骆存东提前开产品试讨会，对周和音做的报价书很不满意。成本分析里被圈出了一个存疑处，沈致的意思是，他要看这条成本的同比数据，起码要十家成交实绩里的分析数据。

骆存东这才把周和音召回头。

现在已经下班了，周和音手里没有这么多成交实绩，她得到同事成交的数据库里去借调：“明天午休前给你，沈工？”

沈致把笔别在耳上，无线蓝牙鼠标发出一阵滚轴声，他才从屏幕上移开目光，瞥一眼周和音，最后，淡淡道：“好。”

“那么我和你们老骆的会，今晚是谈不成了。”这是把不作为又打回周和音身上了。

她也不气馁，更不忌惮：“因为我确实缺数据支持。得求同事支援。”

骆存东叼着烟的唇边勉强漏出声，听起来还挺护犊子：“那就先到这里吧，沈工，一起去喝一杯？”

沈致不置可否地起身，从椅背上拎起外套，不太响应：“不了。下回吧。”后半截的话是朝周和音说的，他把耳上的笔摘下来，合上笔记本电脑，“尽快给我数据。”

骆存东被烟烧得迷了眼，面上糊涂，心里却明镜得很：“我做东呢。你把我的人一声吆喝喊回头，也得跟人家赔个礼，小音一起去。”

“骆总，我开车回来的，不能喝酒，晚点，我还得给我妈送东西。”

“什么东西啊？”

“鱼。”周和音没好意思挑明了，是傅雨旸送给我爸妈的鱼。

“哦，那就晚点再回去。喝东西，也未必一定要喝酒。”

这一回，周和音没有说话，会议桌对面的沈致也没有说话。

直到三人驱车到了隔着街的酒吧，这是一家正经做商务议事的美式酒吧，也经营晚餐。

沈骆二人一辆车，周和音自己开车。

在吧台附近的一个卡座落座后，沈骆二人自然地点了酒，周和音喝的苏打水。

沈致问她：“要不要吃点正餐？”

“不要了。吃过了。”周和音礼貌疏离地摇头。

临时聚首的一场微公务酒局，周和音浅尝辄止，也识相得很，做个倾听者，任由两个老板聊。

一盏酒喝了不到四十分钟，骆存东接了通电话，就要先走了，他家那个住家的保姆阿姨说他女儿吃坏了什么东西，询问东家要不要送医院呢。

骆存东急得跟什么似的，忙慌地要赶回去。

酒局的牵头人走了，周和音也提议今晚到此为止吧。

沈致喝了一杯纯饮威士忌，面上无伤大雅得很。

和周和音一道出酒吧，问她是不是回去，回去就捎他一段吧。他们住的地方确实顺路。

“我今天回我父母那里住。”

“那就是不顺路了？”

“是的，我要送鱼回去，再晚冷鲜里的冰全化了。”周和音嘴里口口声声的鱼，别人才懒得关心。

“沈工，我帮你叫车？”

“周和音，你和那位姓傅的是怎么回事？”

“这和沈工明天跟我要的数据有关系？”

“没有。我想知道。”

“沈工觉得是什么关系？”

沈致身上有薄薄的酒气，出口的话，和他平时傲慢的情绪很一致，证明他没有醉：“我觉得是不大明朗的关系。起码我认识的周和音不该稀罕这样的关系。”

“什么关系？”周和音懒洋洋地笑起来，是很乖觉也很慧黠的那种笑，猫儿般，“沈工觉得我是图傅先生什么的那种女生？因为他的年纪，他的出身，他的社会地位，让你约定俗成地认为他图我什么，或者我图他什么，是不是？”

周和音说着想起什么来，昨晚傅雨旸转账给她的两笔钱，第一笔她依旧没点，但是第二笔点了。一笔不多不少的钱，他所谓的备用金。

沈致高大但晦涩地站在周和音面前，看她笑，看她一阵动作，再听她慢悠地开口：“怎么说呢，他确实图我什么，我也图他什么，他才会想方设法讨我父母的巧。可我不觉得他和我是什么不明朗的关系，我把他当男友来往的，不是当，是就是，就是男友。”

[56]

周和音穿一件亮月蓝颜色的衬衫，黑色长裤，腰束得人很纤瘦。

扎着低低的马尾，再中规中矩不过的通勤穿着。

沈致第二次单独见她，是在他们工厂车间外头的茶歇室，周和音在买贩卖机里的罐装咖啡，她付钱了，机子没吐东西出来，正巧沈致进来，他从她身后过来，一记握拳砸在贩卖机上，咕咚掉下一瓶咖啡来。

周和音一面谢谢，一面蹲身去掏东西。

再扭头过来的时候，沈致已经走了。

大概第七八面，沈致才记住这丫头的名字。

谈不上惊艳，但总有几分遗憾。

出口的话，像入木三分的钉，总有着这个年纪自有的固执，分分钟认错，那是小孩才识相做的事。沈致听着她口里的“男友”，深不以为然：“小音，越过阶级的人情世故都难维持，更何况，越过阶级的感情。”

按照周和音的个性，她会即刻回嘴：“你觉得我和他是越过阶级，那么和你呢，就一切将将好？

“他不能给我什么保证，那么你就可以了？”

她真的不喜欢每个人都跳到上帝视角看事，且会适得其反，会惹出她一身反骨来。

她不稀罕反问沈致，因为那样反而坐实了她领悟到了他的冒昧，实则她一点都不需要。

如果可以，她希望大家点到为止。明日依旧公归公，私下只是普通社交。

即便这一刻，她依旧觉得沈致是个好人，很中性色彩的好人。

“沈工，谢谢你。谢谢你作为前辈乃至世故兄长的忠告，很多事我也很难事无巨细地朝外人道，只能说，傅雨旸对我来说，不是越过阶级。但我们之间确实有障碍，哪怕这障碍我们没有越过去，我也不后悔。

“因为我的确实心实意地中意他，是很私人很自我的那种油然的情绪。”

迈进八月天，盛夏的S城，满是鲜浓香甜的桂花香。

这是沈致来这座城市的第十五个年头，没有意外的话，他会继续待下去。朦胧四合的夜色里，抬头看，蓝月亮清楚地别在天幕中。

看着近，其实很远。

远到他尤为戏谑地看待“近水楼台先得月”这句话。

与精密仪器和产品打交道的人，理性上前，很知道破坏职场社交规则需要付出的代价。

沈致该感谢这样一个清醒的后辈：“周和音，今晚月色着实不错。但不影响我催你明天上午的死线，等着你的数据。”

“好。”有人爽朗地应答。

沈致莞尔："去吧，去送你的鱼。"

周和音纯善地询问："你确定不要我帮你叫个车子？"

"少啰嗦，在我后悔前，去。"

于是，没有羁绊的人当真掉头走了。

是很明朗的不该不欠。明朝起来，再会面，他们依旧是普通的社交关系，你好，再会。

周和音开车到家已经快十点了，她把冷鲜保存的鱼第一时间塞到冰箱里，也叮嘱春芳女士，要及时吃掉，他们吃不惯刺身就煎着吃，因为周学采秉持最淳朴的饮食观念，万物都得熟。

"哪来的这些多鱼啊？"看品级就知道不差，邵春芳都躺下了，听到门楼里有动静，以为进贼了。

原来是个家贼。

"朋友给的。"周和音笼统地说。

"那个客户呀？"邵春芳很难不往那男人头上想，这样信誓旦旦拿回来，还嘱咐他们怎么个吃法，还不是有猫腻？

"妈，你连人家面都没见过，怎么就这么积极呢？"

"真是人家啊！"邵春芳穿着一套短袖短裤的丝绸睡衣，一身萧薄的冷气，走到厨房没两分钟，又热出汗了，更像急得。

周和音并不是将错就错，而是得缓缓而治，她总得慢慢摸准春芳女士的脉："妈妈，你就这么巴着我嫁人吗？"

"瞎说。我怎么巴着你嫁人了！"

"那你急什么，我这样不是挺好的嘛，新时代的女性，早该脱离婚姻命运论的枷锁了。"

邵春芳被说糊涂了："什么意思啊，这是不打算结婚的意思了？"

"就是觉得你们供我读书，该是教我脱离低级趣味，教我懂得大局观，教我爱国爱家。婚姻真的没什么值得追求的，我该追求的从来是高质量的生活和精神。"

"你少给我转文。"邵春芳原本要切西瓜的，刀都拿在手里了，不高兴切了，"我供你读书识字是不错，可没教你跟我说些我不懂的经啊。这才哪儿到哪儿啊，我都没催过你半句，你就在这儿一通要出家的长篇大论。"

周和音笑："什么出家啊？"

"是，时代是在变，婚姻不再是必需品。但周和音，你不可以，我是看着你阿婆一个人过来半辈子的，我不管别的父母怎么开明，你反正不可以。"

一个人的谨慎与孤独，不是外人想得那样洒脱与自在的。

"你要是小小年纪因为一个坎，而所谓看开或者看不开，我就是爬，也得爬到那个人家门口，朝他理论的！"

"谁啊？"周和音心口一跳。她万万想不到妈妈会来这一句。

"谁？你说谁？傅雨旸。"邵春芳咬牙切齿地说，"尽管我还没闹明白他的三个字怎么写，但我总要找他理论理论的。凭什么来招惹我女儿，又凭什么听她爸爸为难两句，就招呼不打地，把我女儿撂到脖子后头了。

"今朝就这样受不得半点委屈，明朝还了得。这男人的头颅过分金贵的，才是真真惹不起的。"

周和音一点都不响应，也不热衷。等着妈妈把话说完，她才清冷冷地开口："好端端的，你又提干什么。"看似埋怨，又道，"还有，妈妈，就事论事，爸爸的话也着实说得不轻。倘若我被人家父母说，你们周家上梁不正下梁歪，你觉得我该不该气？"

邵春芳一时失语。她看出女儿的气短与惋惜："当初我和你爸谈婚论嫁，要你阿婆出面，也是一门子经。"因为周家没个男主人，邵家不太中意，觉得没主心骨，没人挑大梁。

周学采还和邵春芳闹得很不愉快。理由就是他母亲从没受过这样的委屈，被人评头论足，好端端的两个人的感情，凭什么要父母代过。

"你爸啊，是只有嘴说别人，没嘴说自己。"

周和音依旧按兵不动："那后来你们怎么又成了呢？"

"你外婆让我晾着他，他不来低这个头，想都不要想。"

"爸爸低头了？"

"废话。他不低头，还能有你？"邵春芳说起她的少年时光，总是有滋有味的，酸甜苦辣都有。

再辛苦波折，几十年过去，眉眼里始终有着旖旎的影子。

因为确实彼此存情且长。

周学采过来的时候，母女俩正好话题终止，他来瞧瞧娘俩猫在厨房干吗呢。

“聊什么呢？”

“聊爸爸当初怎么低头，求妈妈嫁给他的。”周和音大胆抢答。

周学采面上一赛，怪妻子没事做，大晚上的扯这闲经。

邵春芳也跟着下丈夫颜面：“难道不是？你不低头，我还睬你？”

周学采继续噎语。继而拿出家主的气魄来，催娘俩去睡觉，明天还要开工！

邵春芳泼蛮地拿手里的刀，把西瓜一剖两半，说：“你睡你的，我们还要吃西瓜。”

周和音哈哈大笑，说先上楼洗澡。

妈妈再问她：“那么，鱼到底是谁送的啊？”

周和音没言声。

邵春芳在楼梯口等着女儿下楼吃西瓜，也教育几句：“我跟你讲啊，不接受别人就不准要别人的东西啊。”

周学采不明所以，问今晚是怎么回事。

邵春芳答非所问：“院墙西岸的丝瓜藤，你去摘几个丝瓜呢。”

“搞什么鬼？”

“就是让你去看看，不熟的瓜，强扭下来什么滋味。”

“她当真和那个客户谈恋爱了？”

“谁晓得。我只晓得，什么藤结什么瓜，结果总比那藤架倒掉或者自此不开花要好。”

周三到周四，傅雨旸因为客户研发产品保密级别的要求，连续两天的研讨会议都不可以带任何摄像头配置的通讯手机、拍摄仪器、录音设备。

他的通话要么转驳到助手那里，要么就是用他最古早的一支通话手机。

且日夜颠倒，其间也只和周和音联络了一通电话。

是周三中午，他从午餐会议上脱身出来，问她在干吗。

吃饭。周和音如实告诉他。也告诉他，书云那头她给处理好了。

“嗯，奖赏一下。要点什么，我回去带给你。”

“我可以拿你的备用金买东西吗？”

“当然。”

“要报账给你吗？”有人假惺惺地问他。

“只要不是给别的男人买东西。”

周和音中午正好吃的香煎三文鱼，她和他扯一段闲篇，说额外带了份金枪鱼和三文鱼给她爸妈了。

“以谁的名义？”傅雨旸问。

“我得诚实告诉你，我妈暂时误会成沈工了。”

傅雨旸在那头短暂沉默，随即再开口：“哦，那还不如不送。”

“可是……”

周和音的话没说出口，那头已经有人在催傅雨旸回席了。

“那你先忙。”她潦草结束。

傅雨旸也简短告诉她：“我明天回去。”

明天？不是说要一周的吗？

傅雨旸原本的计划是周末回头，结果，行程紧缩了下。因为临时的人脉疏通需要，他得去嘉兴会他父亲旧日的一个同僚。

没有直航，和到杭州那头转程相比，他宁愿在S城这里转程一下。

这样他今晚可以停留几个小时，明早一早启程。

周和音由他的司机老田接送到他今晚宴客的地方，她才发现，傅雨旸的座上宾有骆存东。

他和老乔一起折返的，今晚是私人局。

除了他们S城分司这头的几个高管，额外宾客也就骆存东。

周和音被做东的人牵手引进来时，就听到老乔打趣：“我们傅总是在前线杀敌还惦记着后院的人呢。这不，还忍不住假公济私改道回来，瞜一眼才放心。”

傅雨旸回应老乔的取笑：“我既然决定回来瞜这一眼，就不存在假公济私。大不了，乔董你不给我报这趟机票钱咯。”

冷气沉沉，酒香就格外出味，竟然是甜的。

周和音面子薄，到此都没说话，傅雨旸的话更是把矛头全牵到他自己身上。

只是在座的人也瞬时明白，这种商务酒局，光明正大带在身边的，就不只是简单女伴那种程度了。

事实也是，乔董的这位年轻合伙人，向来不是外头那些眠花宿柳的主。

骆存东看在眼里，更庆幸他的那通电话没有打错。

傅沈两头他都不想得罪，也只想维系生意关系。可是老沈那头，不知突然抽什么疯，几发刁难人，骆存东这个老狐狸也只是把周和音召回头，才醒过味来。

醉翁之意在这儿呢。

他那晚临时择出来，算是卖老沈一个面子。可是越想越不对劲，为了哪头得罪另一头，都是不划算的买卖。

他还不如装糊涂，装不明白傅雨旸到底是以什么意思在和这小妞来往。

借着问候傅某人近况的由头，旁敲侧击地点明，一家女百家求的事实。

他这里只是工作的营盘，不是他们婚恋的中介所。

反正，骆存东把自己择出来，至于他们两只老虎怎么打破头，都只关乎他们自己的颜面。

关他鸟事。

不承想，傅雨旸回城安排的提前庆功宴，却单单喊了骆存东这个外人。

还不够，傅某人同自家的几个高管打招呼，说："我们小音酒量有限，就不要为难她了，她欠你们的，都算在我头上。"但唯独要敬一杯他们骆总，"为着骆总父兄一般的维护。"

说着，傅雨旸把手边的白酒小杯擎给周和音。

用目光鼓舞她，当真要敬这一杯。

骆存东不等席上唯一的女宾开口，就急急打住了："别，傅总在这儿，你要她敬，就是你敬。还托大这么一顶高帽子，我可不敢承受啊。都是分内的职责，被傅总这么一说，倒显得我多徇私了。"

傅某人一副饮酒后的冷静，浅笑着，再把手里的白酒小杯端回头，凑到唇边，一饮而尽，杯底朝下，示意算是敬过他了，嘴里有词："徇不徇私，我都要替她敬你一杯酒。

"于我傅某人是世故；于她，是人情。"

——于你骆某人，是给你过条明路。

酒阑人散，傅雨旸亲自出去送客，他和骆存东是并肩一起出去的，一副言笑晏晏之态，相谈甚欢得很。

送客回头，所谓假公济私中途折返的人，才有工夫和身边人说几句体己话。

傅雨旸在周和音对面椅子上落座。

他细细端详她，缓且柔的呼吸吹拂到她脸上，带着温热的酒气。

他不说话，周和音也就跟着不说话。

几个回合下来，某人伸手推一下她的脑门，问她："哑巴了？"

证明自己没有哑巴的人，干脆开口："你真是中途溜号回来的？"

"这里去嘉兴也很方便。"他这样回答，市侩但也正面。

"干吗请骆总？"

"不能请？"傅雨旸歪头过来，靠近她的眉眼，她因为他温热的气息太迫近，本能地合眼。

对面的人将这视为默许，甚至是乖顺。

将人扽到怀里就圈住了人，他一只手来别她的脸，俯首来吻。

更像是果腹的人，狼吞般把人嚼到肚子里，不然，他怎么都不安心也不甘心。

钻营的人尝到软绵的人，非但没有落定感，反而予取予求地将心横陈开，他抄过自己分酒器里余下的一口白酒，度数很高，即便温在嘴里喂给她，也有分寸得很，只舌尖上那么一星半点，其余全咽到自己肚里了。

就这样也把周和音折腾得声泪俱下，嘴里辣花花的，呛得直咳嗽。

傅雨旸扪住她，拿手贴她的脸，俯首问怀里人："我不能请骆存东？"

周和音呛着说话："你请你的呗。"

"来，小周同学，你来告诉我，这几天你都干吗了，一桩桩一条条。"

"神经，我为什么告诉你。"

"我想听。"傅雨旸忽而换了个口吻，一副慢调且足够有耐性的诱导口吻，"或者我先一桩桩一条条和你报备一下呢。"说着他再来缠吻她，辖制住她不肯朝他说实话的舌头。

昏昏间，周和音像是被他的一口酒喂醉了。

胃里烘烘地烧着，脸也腾腾地热。

恍惚间，傅雨旸伸手别开她回应般的吻，也替她揩蹭花的口红，拿他的领带。

"告诉我，那晚和你们沈工都聊什么了？"他扶着她的脸，人在他膝上，他听她呼吸慢慢停匀。

周和音没来得及开口——因为有些不快于他和他们骆总这样私相授受。

傅雨旸再道："有什么公务，值得你那么晚答应陪他们一起去喝一杯，小音？"

"我没有喝酒。"

"嗯，现在喝了，感觉如何？"

"难受。"

"难受也得受。"傅雨旸箍她腰的力度更紧了些。

周和音一时气愤，气他这样强制的态度，她要挣脱他，然而傅雨旸三分薄醉之下的力道也能轻易制服她，他面不改色地扪住她，再在她耳边说些什么："沈致有未婚妻他告诉你了吗？"

二人之间有十年不止的感情，对方条件比他好。

本科毕业的时候，对方不顾家里的反对和他订婚了，也算是和家里变相决裂。

沈致读研期间，对方出国了，中间断续回来过两年，但始终觉得国外的环境更适合自己。

自此二人一直持续着这样的异国恋。

至于为什么彼此迟迟不完婚，也迟迟不结束，只有一对当事人知道。

唯一足以叫外人确定的是，他说："他和他的长跑女友没有解除婚约，更没有两清。"

抛开这些都不谈，沈致和周和音之间是职务交涉关系，哪怕他是干干净净的单身，这样贸然地和供应商联络人牵扯出个人感情来，也得因为利益关系而必须终止掉一个人的工作。

总之不会是他沈某人，那么就得是周和音。他要自己的感情，就得牺牲掉女方的工作岗位乃至晋升。

"于情于理。"他道，"这个沈某人都很不该。"

周和音被动听了不相关人的不相关事，她毫无波澜，就是有点不快："你背调沈工了？"

傅雨旸没有反驳，仿佛他有没有做都不影响这个事实。

周和音却一再问他："是不是有关别人的事，你唯一要亲力亲为的，就是先去背调别人，也不想来问问我？"

傅雨旸眼见着怀里的人固执地认真起来，因为一个稍微嫌隙的词。

“我打算问你来着，你跟我说，鱼的功劳都摊到沈某人的头上了。”

“你就是不相信我。”

“没有的事。别冤枉我。”傅雨旸死死扪住她。

“那和我说些有的没的干吗，谁稀罕听。”

傅雨旸难得在她面前沉默了，沉默里，缓缓告诉她：“因为我说过夜长梦多，小音，你知道他是目睹过我们二人一道的，他却依旧利用职务之便约你，这样的人……”

“沈致对我而言是个中性色彩的好人，而你，傅雨旸，却是个彻头彻尾的坏人。

“傅先生习惯和人谈判前，先把人底摸清楚。”

“我才不稀罕背调他。”这个当口，傅雨旸干脆澄清自己，可也顾不上说明是从哪里得知的，只是捉住她口里的话，“什么叫我是彻头彻尾的坏人？”

“你觉得沈致来找我说些有的没的过分了，那么你呢？你跑过来警告我不准和赵观原来往的时候，就哪儿哪儿都正确了？”

有人一副被指摘了的眉眼，情绪上明显一跌宕：“所以，小音，我在你眼里，和别人是一样的？”

话赶话，周和音也任性上前：“又哪里不一样，不都是一个鼻子两只眼睛？

“哦，也有不一样，沈致挤对你，也就是捕风捉影的傲慢与偏见。傅先生不同，傅先生是学术派，凡是要有理有据，才能攻讦到对方。”

“都说了我没有背调他！”他还急了。

“不稀罕知道。”周和音也疾言厉色地回嘴他。

气氛一时沉默，沉默里，能感受到某人求和的心与迹，他去摘开她抗拒的手，捏在掌心里，用微哑的声音委曲求全道：“我回来不是和你吵架的。”

周和音并不领情，一口酒还在胃里积攒难消，她干脆也怄他：“对不起，傅先生如果是为了那事回来的，我得遗憾地告诉你，你白跑一趟了，我来例假了。”

如果说在此之前都是情人会面的吃味、机锋般斗嘴，偏偏这一句中伤到某人了，他听后，面上不显，只冷冷松开周和音。

膝上人一时没动弹，傅雨旸也气恼，一恼之下，给她抱回到自己的座椅上了，一副随她去的样子。

他的神色松散淡漠，伸手臂去够桌上的烟，摸出一根，烟蒂朝下，在桌面上磕了好几下，这样烟草会砸得瓷实些，吸起来更加浓郁。

抽烟的人，滑出火机上的一簇火，跳跃在彼此眉眼之下，他用质问的声音说："小音，你当真这么想我的？"

[57]

防风火机上的蓝色火焰跃跃地烧着。傅雨旸捏着指上的烟，再问一遍："当真这么想我的？"

"重要吗，我的想法？"

"当然。"

"当然的话，你为什么不第一时间来问我？

"阿婆的事，沈致的事。傅雨旸，明明两点之间直线距离是最短的，你偏偏每次都绕多少个弯。"

傅雨旸被周和音点中心思，更像是一则没有翻篇的履历污点。

也是事到如今，他才知道，背调周家的事，在她这里，远远没有过去，或者抵消。

傅雨旸很难轻易说抱歉，事实上背调只是一种工作模式。他一副客观论事的态度："小音，我们每个人都活在规则之下，诚信的背书，往往需要长篇累牍的数据支持，我说这些不是替自己开脱，我只是想告诉你，背调周家只是我工作的一种手段，谋取诚信背书的一种途径。正因为我绕了多少弯才和你走到这一步，我当自己在建造一座大楼，偏偏根基还不牢固，才不想被人纯心使绊子。"

"你可以直接来问我。"周和音始终是这句。

傅雨旸沉默审视。

她继续道："我的答案敌不上你调查来的结果？"

"我再说一遍，我没有背调沈致。事实也是，不是任何阿猫阿狗我都稀罕去背调他。他的背景是骆存东出卖给我听的，反过来，我的信息，骆存东也会对等地透露给沈致晓得，这就是在商言商。"

他回来第一时间宴请骆存东，不过是给他颗定心丸吃，让他别乱琢磨，傅周二人既不是亲戚，也不是那种消遣的关系："我是正经在和周和音来往，不，是交往。”

“这还不够吗？”

傅雨旸话音将落，周和音急急跟上，殷切的口吻夹着哭腔，她问他，彼此在这一条上达成共识还不够吗？

“傅雨旸，如果我也在别人口里听说你，取证你，背调你，我们远不会有今晚这样面对面坐着的机会。

“梁珍和傅缙芳，但凡有一个人坚定一点，坚定于‘我要当面看他（她），听他（她）说’的态度，他们都不会是那样一个结果。

“我痛恨你将那样冷漠理智的手段用在我身上，我痛恨……”

周和音话没说完，傅雨旸再次扽她过来，连同手上的烟，一起揉了粉碎。

他死死抱住怀里人，周和音拿两臂来推拒他，力量悬殊，她挣不动他的力气，最后臂弯一折，陷在他的围困里，饶是如此，质证的声音也没有退却：“你和你父亲一样，甚至比他更过。因为你没有反省出对错来。”

“不准这么说我。不然我会后悔死今天改道回来，因为起码之前，你没有批评我。”傅雨旸通身的酒气，呼吸吐纳间，内里比表面温热，甚至是烈烈的，他的逻辑依旧清晰，示弱且也找你的不是，“你说那样的话，我再年纪大点，能呕出一口血来给你。”

烫热的两张面孔挨在一起，傅雨旸往后靠了靠，分度出空间来打量周和音，再三和她确认她的话：“是当真这么想我的吗？”

“谁让你没事摆这样的鸿门宴，谁让你有事先不来问我的，谁让你要我敬骆总酒的，我一点也不想在别人面前展现自己，也不想展现你。我只想过自己想过的生活，我唯一要展现我和你的，就是希望征求我父母的同意，仅此而已。

“别人喜欢我也好，厌恶我也罢，都不关我的事。

“傅雨旸，我有一点一直没搞懂，我为什么不可以简简单单地和你那样——‘请你坐在月明里’，我为什么执意要让我父母接受你？

“单单因为你和别人不同。我知道往宿命上套很幼稚，但我就是别这个劲了，我总觉得因缘际会很玄妙，你凭着我的名字由北向南，把你父亲当年的路倒回来走了。听着我的名字，一眼就套到了我身上。而事实也是，我在第一眼就喜欢你，是那种很个人情感的偏爱。

“可是这种喜欢，不是迷恋，不是盲目。傅雨旸，我不想成为被你宠爱的一个孩子，我想的是我妈那样，拿偏爱去包容她喜欢的男人，二人携伴磕磕绊绊，一时好，一时歹，围绕着柴米油盐，也会在偶尔那么一瞬间觉得怎么瞎了眼找了他（她）了，但多数时候是甘愿打脸、低头的。

“因为，为你千千万万遍。

“我说这样的话，比得过你的背调吗？”赤忱的人，无为而治。

傅雨旸良久没有出声，饮酒后的掌心是热烫的，来贴她的脸，牢牢掌握：“我们回家，好不好？”

“不好。你不可以再去我那里了。”

“为什么？”

“因为我暂时还没原谅你，以及我爸妈已经临时突击过一回了，我的心脏受不住。”

“周和音，我去你家提亲吧。你放心，你爸怎么着我都可以受得住。”

“你会低头吗？”

“当然。求娶就得有求娶的样子。”

“这很重要。”她强调了一句。

“什么？”

“秘密。”

傅雨旸桌上的公务手机响了，他没有及时接，而是信奉她的话为金科玉律：“你说的两点之间，直线最短。”

他问她的秘密是什么。

周和音一副恹恹眉眼，她被那口酒弄得有点蒙，摇头缄默着她从妈妈那里取的经，真知灼见般：“告诉你，就不灵了。”

她说以观后效。

后效的头一桩事就是，她说：“送我回去，路上帮我买一次卫生棉。”

傅雨旸接话：“这明明是两桩事，第二桩可以办到，送你回去不行。”

他一副再认真不过的形容，从端详她的脸，到眼里目光的内容：“我回来就是看你的，你污蔑我千千万万遍，都改不了我当真记挂你的事实。

“周和音，你可以打我骂我，像今晚这样批评我，但不可以说那样严重的话。

“这比好端端的夫妻张口就要离婚还过分！”他指摘她。

言语冒失的人也不轻易受教。她要从傅雨旸怀里挣开，岂料某人捞起桌上的手机，打横抱起她，步履上前，一副轻便、丝毫不踟蹰的样子，径直往包厢外走。

侍者把傅先生的外套还到客人手上，周和音原本不答应着要下来的，傅雨旸死死地扣着她的腰和腿弯处，再把外套蒙她头上，给她安一个不胜酒力的罪名。

周和音气得不轻，但人前她丢不起这个人。

只得任由他一路抱着下楼，西装外套罩在她的全部视线之上，只余一隙光明。

她轻轻攀着他的脖颈，黑暗里促狭地咬他一口来出气，不轻不重。

她能感受到些微的颠簸，那是傅雨旸阔步上前带来的牵掣。

但臂弯是牢固的，安全的。

一步一跌宕，渐渐，她身体里的心跳频率吻合上他的步履。

直到车后座上，周和音才掸到座椅的触感，蒙在头上的外套被人揭开，傅雨旸出口一句话，很叫她意外：“小音，对不起。”

她明明是再轻再巧不过的一具身体，却有着他从未遇到过的玲珑心。从始至终都是他在觊觎。

“哪怕我叫你失望了，我也不想承认别人比我好。”

周和音说以观后效，傅雨旸便抓紧辰光来落实。他知会司机，去最近的便利店。

周和音的频道做过一期专题。

采风过身边不同年龄层的男人，会不会给另一半去买卫生棉。

其中就有周学采。爸爸是个再务实传统不过的直男，他说不懂这些，也觉得女人例假这件事属于男女有别的范畴，甚者，很多男人把女人的生理期当作晦涩乃至耻辱。

周和音怎么也没想到，她的这期专题，某日还可以补个番外篇。

傅雨旸等车停泊下来，自顾自下车去，要帮她买卫生棉，当着他司机的面，一副殷勤面貌，问车上的人要什么牌子，什么规格，日用夜用什么的，他说：“那些名堂，你最好都给我说说。”

周和音原本只是想为难为难他，不承想被站在车外的人难到了。因为他的口吻，像极了他的生意，也很像爸爸每回出门买东西，一味问妈妈：“要什么，买多少，你写给我，最好！”

车上的人也要下车来，傅雨旸不肯，他坚决要独立完成：“不要紧，我给你发视频，你选中哪个我买哪个。”

“你就是故意的！”周和音拆穿他。

某人严阵以待，蹙眉状：“你又冤枉我。”

随即，他拾着手机就去了，周和音才没有那么傻，陪他打视频买卫生棉。

她从淘宝上翻出图片，让他去按图索骥。

不到十分钟的样子，某人从店里出来，月色浓重，傅雨旸一手一包女性用品卫生棉，手机随意插在衬衫左边胸前的巾袋里。

他摸门锁上车时，周和音嘟囔道：“你好歹要个袋子！”

“可降解的马甲袋很贵。”

“才怪。你就是反骨，厚脸皮，没所谓。”

周和音后悔了，这怎么能为难到他嘛，一个连计生用品都可以义正词严地找酒店拿的人，他怎么会稀罕这点为难呢？

本来也不是为难。傅雨旸眉眼诚恳道：“女性生理期买这个，不该和男人进店买烟一样吗？”

知道了。周和音把他手里两包夜用安心裤都拿过来。

然后要司机送她回去。

傅雨旸坐在边上，没出声，任由她支配他的司机。

车子到她住处大概是半个小时的车程，其间傅雨旸接了两通电话，其中一通是老乔的，周和音听得见有限空间里的扩音。

老乔提醒傅雨旸，明早还有正经事，别误专机。

另外一通是书云打的，堂姐弟俩谈得很简短且低声，傅雨旸面上很寡，只冷冷附和了句。周和音全然看不出端倪。

直到到她住处楼下，车子泊在香樟树下，傅雨旸只精神不济地看着身边人拾掇东西要下车去。

他不问她东，也不问她西。

只把玩着手机，他交代她：“上去吧，我看着你灯亮，门锁好。”

周和音侧目他一眼，再复一眼。

再埋怨他，买个东西也不要袋子，害她傻乎乎地要抱在手上。

某人一副替她虑到的样子，把外套拿给她，要她包在里头。

周和音当真这么做了。把他外套揉得皱皱的。

拿着一个包袱似的下车，她都已经走到门禁台阶处了，身后车里的人依旧没有动静。台阶上的人微微思量，再走下台阶来，敲他车窗，问他：“书云找你说什么了？”

傅雨旸歪头在头枕上，酒气浓郁，闭目养神：“没什么。不紧要的事。”

“到底说什么了？”

某人好笑：“怎么一味好奇我的家务事了？”

周和音气得要啐他，好赖不分，给你台阶下，不下，臭狗屎！

车窗前的人把手里的包袱丢到他车里，转身要走的一瞬，车里的人比她快一步，两只手捞住她的脸，像逮住一个宝贝般，狡黠、隐忍，吟吟地笑。

“她告诉我，大房老大没了，就晚上十点多的事。我们几个房头，得预备着吃斋饭了。”

“傅雨旸，你骗我，你就天打雷劈！”

“嗯，我骗你，生生世世死在你手里头！”

[58]

周和音虽说只见过书云两面，但是也了解对方的性情，这么晚找傅雨旸一定有什么正经事。

诚如傅雨旸所言，是他的家务事，偏就周和音好奇了，好奇了还得问。

她可以不过问他的生意经，但生活上的事务，她总是不能看着他缄默。

可也没料到是这么沉重的消息，死生皆是大事。

周和音在片刻的停顿里，是对死亡油然的敬畏。傅雨旸捧着她脸的手，不禁一紧，笑话她：“他们死他们的，碍不着我们的事。”

傅雨旸确实犯不着为了一个本家兄弟伤神。

“那你会去吗？”

“去总归要去的，我在江南，人总要露面的。”傅雨旸答着周和音的话，也顺势从车里下来。

他去开后备厢，行李箱没有拿下来，而是从箱子里翻出一套防尘袋。他的着装都是一套套分好的，送洗也方便。

防尘袋提在手里，傅雨旸再回车后座上够他的外套，外套揉皱了，不要。是要衣裳里头的东西，周和音要他买的两包卫生棉。

于是，他一手提着他明日要换洗的防尘袋，一手抱着她的两包卫生棉，拿脚带上车门，知会老田，明早六点半过来。

司机一溜烟地走了。留周和音与傅雨旸面面相觑，四目以对。

她怪他："你该跟你的司机走的。"

傅雨旸莞尔："别闹。人走的时候你不说，都走得没影了，你跟我说这个。

"再说，我不留下，不是辜负你回头下台阶的这一片心？"

饮酒的人十分孩子气，学着周和音走到那台阶处，一步迈下来。

他眉眼潇洒，铁证如山般道："好高一截台阶。"

阴历往七月过渡，朗朗夜色里，弯月如钩，锐利清晰。傅雨旸身高腿长地站在台阶之下，视觉差的缘故，周和音觉得弯月就在他的头顶上。

少时，他两手盈满，喊她："过来。"

周和音沉静地出声："你就是个彻头彻尾的坏人。"

"我知道。所以才觊觎有人的好。"

让那好来中和自己，调停自己。

周和音口口声声不肯他再来这里的，口里的信誓旦旦如同傅雨旸手里握持的物什一样，悉数掉落。

门闷声合上的那一瞬，教唆着进里的人明白，四周已围成一道天然的屏障。

是稳固的有情天地。

沉默、寂静，幢幢人心。

纤瘦轻盈的人被忽地拦腰抱起，她本能地惊讶出声，再听傅雨旸说酒劲上头的话："周和音，有你在，我想我，坏也坏不到哪里去了。"

说自己坏不到哪里去的人，重重地把手里的人质往床上一丢，再欺身而来的时候，周和音疾言厉色地警告他，不行，不可以，她跟他说过了。

傅雨旸随手揣在胸前左口袋里的手机滑出来，欺身压制她的缘故，迎面砸在周和音的鼻梁上。

受害者本能地吃痛，加害者天然地发笑。

痴狂的人想起什么，说她老是不相信他，跟她说件家务事，也要指控他天打雷劈："我打电话给书云，你亲自问问她，看我有没有诓你。"说着，当真捞掉在床上的手机，给那头的书云拨视频电话。

周和音整个人像陷在泥潭里，一波未平一波又起，等她反应过来，傅雨旸的视频电话已经拨过去了，连线的声音锐利地响在彼此耳旁，可是他压在她身上的动作丝毫没有收敛的架势。

周和音想推开他，纹丝不动。

那头迟迟没有接，她拖他的手，要去关掉视频连线。

"傅雨旸，你装醉的话也天打雷劈！"

"嗯，我死了拉倒，就是要把我辛辛苦苦挣的都留给你有点难，缺个名正言顺的由头。"

他压得她只能进气不能出气，再听他这死生不忌的话，周和音气得要拿拳头砸他，傅雨旸手里的视频通话却接通了。

书云的声音一出来，周和音就臊得哑口无言，整个人直往某人怀里埋。她只能做只鸵鸟。

偏傅雨旸不如她意，把鸵鸟捞出来，让她跟书云说话。

周和音赶鸭子上架般从床上坐起来，面对镜头时，她甚至能看到自己脸上不自然的绯色，出口第一句，就是定性傅雨旸："他喝醉了。"

书云露出过来人的笑意，然后接话道："我还当他没回来呢。打电话就是跟他说大房那头的事。"

"嗯。"周和音这声嗯有些不自然，本意是附和书云的话，叫外人听起来，倒有些女主人的接话意味。

书云就干脆问周和音了："那么雨旸有工夫再回来吗？"聪明如傅书云，一眼就明白，堂兄弟是中途回来看女友的。

周和音继续转述傅雨旸的原话："他说会过去的。"

"好。"书云应答，再道，"天不晚了，就不打搅你们休息了。"

周和音洋相一脸。

枕手躺在床上的某人这才伸手过来，示意把电话给他，周和音如蒙大赦，扔给他。

傅雨旸撑着床尾的挡板，跃身坐起来，懒散地朝书云打招呼，口吻很客观冷漠，问了大房那头现下的情况，后天出殡及摆解秽酒的事。

傅雨旸说，明早他再给那头打吊唁电话，后天正好回来。

书云点头，也说那头会正式给傅雨旸出讣告通知的："你赶得及回来就回来，赶不及就算了，平辈也不用送殡。"

"多少还得尽点心意。我父母这两回，人家都应付的。"

至于帛金和花圈那些，傅雨旸就托付书云去斟酌了。

书云一面应下，一面又唠叨一下他："从前这些琐碎事有你妈替你们爷俩管着，这今后如何长远呀，一门子家务事，你又是这么个甩手掌柜的个性。"

傅雨旸即刻读懂书云的好意，面上诙谐："是啊，怎么长远得了啊。让我应付这些家务事，我能死！"

说着，瞥一眼边上躲离画面的人。

书云怪雨旸说话没个忌讳。可是也不能全不应付，家族兴旺全离不开人脉积累，虽说各房点灯各房亮，可是全不来往，全不应酬，人就疏远了，远到最后，连死生的消息都不得知了。

那姓甚名谁，也就真的没有意义了。

书云说，小时候清明祭祖，二叔带着时若回来，书房里头，他亲自教时若练斗方，那日父女俩练的一句是——积善之家，必有余庆。

书云站在书桌旁艳羡地看着，这一句，她记了半辈子。因着二叔的字写得太漂亮，也因着时若就是那年没的。

书云一句无心的白描之言，殊不知，剜到傅雨旸心坎上了。

所谓积善，所谓余庆。反观眼下，仿佛全是谶语。

傅雨旸最后只潦草了一句："嗯，这句确实适合练字，教子。"

挂了视频通话，良久，坐在床畔的人都黯然无话，周和音去烧水泡了杯茶来。跟着他，她倒是当真爱上喝茶了，虽说她家开茶馆的，但原先她饮茶都有限。

将袅袅冒热气的雨前龙井递给他，周和音告诉傅雨旸："茶叶是从你那里顺的。"

"好喝吗？"傅雨旸不接她手里的杯子，单问她顺过来的茶叶怎么样。

"茶叶青，味道香。但是问我到底好到什么程度，我不懂。"

傅雨旸揽过她的腰，就着她手里的杯子，浅浅饮一口，随即替她接过，搁到床头柜上了。他侧耳贴在她胸前，旖旎但不狎昵地抱着她，淡淡道："不必懂。好就行了。"

认识傅雨旸这么久，周和音从没见过他日常起居的样子，等他洗漱过来，穿着圆领短袖T恤和短裤往她床上坐的时候，她有点出神。

出神于穿这样白T恤的某人，原来这么随和。

短发半干，一身解除装备后的清爽。除了身上的酒气提醒着她，他是个世故人。

周和音洗过澡，长发吹干，能闻见她发梢处护发精油的玫瑰香气。她一副夜猫子且不像要睡的样子，只有一个枕头，由她竖靠在身后，拿着平板电脑，看她频道新视频的评论留言。

傅雨旸坐在床尾，随手捞她床上一只娃娃垫在脑后当枕头。

二人离着床头床尾的距离，床尾的人看着她，也问她："你父母过来干吗的？"

给她送吃的，还有帮她修插头面板的。周和音如实道。

某人嫌那个娃娃枕在脑后不舒坦，又抽出来，干脆枕在手肘下，随即查点地问，哪个面板坏了？

"修好了。"周和音只陈述事实。

"我知道修好了，我是问哪个？"

她干脆指给他看，沙发边上的一个面板。

傅雨旸顺着她的手指，探一眼那个修好的面板，露出不无落寞的神色："哦。"

哦完没声了。

倒是引得床头的人先忍不住了："哦什么？"

"哦献殷勤都赶不上趟。"

周和音切一声："你会修？"

"我怎么不会？"傅雨旸好笑地反问她，"我哪里叫你误会了，我不会？"

"你堂姐都说你甩手掌柜了。"

"她了解我多少？"某人傲娇起来。

"反正比我了解就够了。"

傅雨旸闻言，把手里的娃娃丢到周和音那头去："那么，你尽快了解！"

周和音把那只无端受过的娃娃捡起来，抱在怀里，一副不买账的样子。

催他快睡觉，明天还得起早。

“睡不着。饿得慌。”

周和音应承这一句，说她也饿了：“你帮我去预约煮粥吧，我想吃糯米粥，大米和糯米的比例二比一。”

她依旧抱着那只娃娃，一副亲密无间的宠爱姿态。

床尾的人忽地掀开她的薄被，捉着她的两只脚，扽她躺平，俯首而来，很不快地拎开她手里的娃娃，丢到地板上：“我和你说东，你偏装傻扯西，是吧？”

说着，手上一施力，疼得周和音嗞出一口气，被他揉得。

不行就是不行。她一碰到他身上腾腾的热气，更烦躁了，才要张口警告他什么，话全被吞掉了。

一记绵长的吻，从她唇间到她推拒的指尖，再到心跳处。

警醒抗拒的人越发软绵，像她心心念念想吃的粥，逐渐软糯，黏稠，甚至胶着。

也像一场追逐戏，你进我退，待到游戏的主导者冷不丁停下来，离开她的感官，周和音才本能地迎承上去。

仿佛一寸寸逗趣的，不是她的身体，而是她的魂灵。周和音觉得自己的心像一块糖，被有人一丝丝地融化了。

她本能地急躁，本能地希望这个游戏不要停下来。

傅雨旸尝化他的糖，反倒一扫而空了那股不安感，因为他再务实不过地掌握着她，看着她痛楚，细细地出声，再固执地对抗他。

他一点点逼供她，也一点点软化她，拿指间那点点的力道，唇再去接力。

“还说不说那样的混账话了？”

周和音早忘了她说什么混账话了。

只一味摇头，也捧着他的脸，出气之余，好奇心加揶揄心作祟：“男人喝醉了不行是真的吗？”

傅雨旸丁点不稀奇她的脑回路，只鼓舞她：“你试试。”

好奇的孩子点到为止，却被他捉住手，十指交错扪在一处，周和音看着傅雨旸一点点变迷离的神色，听他笑话她，和酒一点关系没有，是意识的问题。

明明只有几个小时的停歇时间，偏偏飞行者不拿来安心休憩整顿自己。

全拿来儿女私情了。

即便不动真格，二人也厮闹了一身汗。

傅雨旸眼睁睁看着他的小孩入戏了，笑意浓重地俯首帖耳，朝她说了什么。

周和音最后报复地在他肩头咬了口，徐徐，平复气息，再陷入疲倦之后的困眠里。

一早八点未到，乔傅几个已经在商务车上碰头。

老乔见他的小老弟神色不大好，取笑道："显然没有称心如意。"

傅雨旸一副冷漠骂人嘴脸："你懂个屁。"

老乔不明就里，当他们吵架了："小姑娘家家，没点脾气，就没乐趣了。"

"费恩·乔。"傅雨旸突然连名带姓地喊人了，老乔从来明白，每当这样的称呼喊出来，就是要干仗的架势了，"少拿你的那些莺莺燕燕套她啊。"

也警醒他的老伙计，下回再说些有的没的招她，可就别怪他翻脸了。生意就是生意，家务事就是家务事。

给他分清爽。

哦。老乔麻溜儿受教，一大早不惹这老公子不痛快，接下来的行程，还全靠他来维持呢。

"那么，我且问你，傅总这一大早吊丧着脸，是为哪般？"

"为一锅粥。我忘记煮粥了。"

Chapter19
偷得浮生

[59]

周日这天，傅雨旸只身从嘉兴回头。

前一晚天气预报说次日有橙色暴雨，夜里三点不到，傅雨旸就驱车动身了。

车子是管程叔借的，他说回头他差司机开回来。

程叔说这车子不打紧，只一味劝说雨旸，天黑雾重，高速闸口又多处管制了，实在不行停一天再走。

傅雨旸谢过程叔的招待，说无论如何，他得赶赴回去。也说明情况，那头是有白事要去参与。

早年，程叔在B城见过傅雨旸多面，这一晃，十来年过去了。

此番来，傅雨旸是求对方背书的。一夜闲话详谈，丢开棋盘茶盏，出院子来，天青有风，一副山雨欲来之态。

傅雨旸当即决定回头了。

程叔是带病提前办的离休，带着老伴歇养在乡下，子女闲来探望，过着现世安稳的日子。

浓郁的黑色里，四下阒静。只闻得三两声蛙叫，程叔把凉透的茶泼到院子里，再把手里的车钥匙交给傅雨旸："再急，也得慢。

"故人的孩子，丁点闪失不能够。也只有看着你们，我才明白知交半零落是什么意思。"

傅雨旸倒是一副歉仄的神色："您这么说，我更惭愧了。终究是我世故了，拜会您，也是因为生意。"

“别这么说。安身立业之命，我同你父亲如此，轮到你们自然也如此。我和缙芳是同僚的情谊，他要么不谈论妻儿，谈论起来，都是‘我家那小子’。”程叔说，单凭看在缙芳独子的分儿上，他也会帮的。

傅雨旸听闻这一句，稍稍地沉默。

沉默里，不主张将这个话题继续展开。

却是程叔，世故人之上的世故人，从只言片语就读出了傅家爷俩的嫌隙感。

他赶在傅雨旸走之前，给他讲了他父亲的一桩旧事故。

傅雨旸读本科那会儿，给一个经济学家做译文助手。圈子就那么大，傅家祖上有做外交的，几代人都个个熟通几门语言，傅缙芳更是讲得一口流利的英文。

轮到他的儿子，傅雨旸英文、德文皆不差。偏摊上个活计，被对方大佬点名批评了，说他太慢。

这事传到傅缙芳耳里，老傅一记电话，就要召回儿子。

这是前话，后文是傅雨旸不知道的。

回头，傅缙芳把儿子译的那篇文章拿过来闲读，当着他们几个交情甚笃的，狠批了对方刁钻，说明明译得很信很雅，诋毁对方连老祖宗给的国籍都丢了：“凭什么质疑我们地地道道的中国人的涵养。

“他这分明是和我傅缙芳唱反调。为难我的儿子，等于为难我。”

“你父亲就是这么个固执的人。他说过，他一辈子没有得到过多少鼓舞，也只能给自己的孩子鞭策了。唯一一个过分宠爱的孩子，还没了。他说‘我们傅家的孩子，注定不能得宠’。”

所谓，满招损，谦受益。

凌晨三点一刻，傅雨旸辞过程叔。

走之前，他认真朝对方，不是道再会，不是世故客套，而是简简单单的一句，谢谢。

程叔一味叮嘱，路上万万小心。

傅雨旸反过来宽慰对方，不要紧，天越开越亮。

天是越开越亮，平日顺畅的话，也就一个小时的行程，因为交通管制，傅雨旸一路在省道上走。

抵达S城的时候，约莫六点。

天青等雨，江南是一色的水墨笼罩感。

他径直回的酒店，没有停歇，只简单洗漱，换了套素服，往傅家长房那头赶。

早晨七点半，傅雨旸已经到了乡下灵堂处。

总共五个房头，除了二房这一支当初升迁北上，其余本家都在S城。

傅雨旸抵达吊唁灵堂，烧过一刀纸，大房的主家就过来答礼了。赶上周末，老式的院墙内坐落着一栋三层小楼，里里外外，有水泄不通的来往宾客和小孩在嬉戏。

天际里，不时碾着轰隆隆的闷雷声。

大房负责理葬的大儿子都过半百了，但传统旧礼里，白事大过红事。一切按辈分论，饶是大儿子虚长傅雨旸十来岁，还是认认真真喊了声二叔。

尤其老父亲住院及这次丧礼，傅雨旸名义上出的人情都不薄。

院落里奔跑的三五岁孩子们不明白出了什么事，摸爬滚打了几十年光景的大人却很明白。但成年人的世界里，总有比短喊更重要的世故做。

唯有经过事的人才明白，红白事，有的是比欢庆、吊唁本身更重要的东西。

亦如人情，亦如交际。

即便是这样的丧葬事上，联络交际依旧分得出三六九等。

大房的长子把傅雨旸安顿到了三楼最清净的明间里，里头几个看到傅二到了，个个“洗心革面”地换了愁容，一一来寒暄握手。

楼下灵堂里算好了八点十分起灵，三楼明间里，正言笑晏晏地交际着，香烟萦绕。江南水汽重，这沉甸甸的水汽沾染上烧纸、线香的味道，有着挥之不去的阴郁感。

感官里却积攒着亡人的记忆。

明间里，麻将桌洗牌机嗡嗡滚动。

一时间，被架到麻将桌上酬酢的傅雨旸，盲捻着手里的牌，他很清楚牌是哪张，就是分不清眼下，究竟是大悲还是大喜。

或者人世间，本来大悲就是大喜。

书云帮着大房张罗着前面的解秽酒家宴，上楼来查点他们这里的宾客要不要安排吃食时，才看到雨旸已经到了。

她没先同他说话，倒是傅雨旸先开口的。

他一面看着牌，一面问候书云：“你身体都大好了？”言外之意，又被他们拎过来跑着忙？

“嗯。没事了。你什么时候回来的？”

傅雨旸继续顾手里的牌，其余三家都做万子，他一个人做条子：“刚刚。”

牌桌上有大房的妹婿。今朝早饭吃得早，因为要忙着给妻兄寿材下葬，就这样，为了陪这房里有头有脸的人，他也没跟过去，就一副差使书云的口吻，说：“雨旸没顾得上吃早饭，你弄些给他吃吧。”

坐东朝西的傅雨旸往堂子里丢一张七饼，接话道：“不用了，我不饿。堰桥过来了吗？”

书云不大明白傅雨旸的意思，倒也如实告诉他：“来了。”

“喊他上来。”

书云依旧站在门口，有点讷。

傅雨旸只管叫她去：“去。我教他打牌。”

笃笃一阵脚步声上来，书云母子再次推门而入的时候，傅雨旸自摸四绝的一张九条，清一色一条龙。

刚焐热的凳子，他让出来，掇一张边凳落座在边上，喊宋堰桥过来坐，当着牌桌上三人以及边上几个看牌人的面，直言：“过来，我教你打牌，今后总归用得上。”

眼下九点多，这场联络交际的牌局将将进入酣畅，话匣子才要打开，没承想，傅雨旸招呼了书云的儿子上来，要教他打牌。

着实叫人摸不着头脑。但是经此一役，边上人是看明白了，傅书云当真把这灶烧热了，这傅家最不起眼的一个人，像是要把儿子交给二房养的样子。

这傅雨旸也着实傲慢。桌上有商有政，他悉数瞧不上，要去扶持一个小儿。

门口的宋堰桥踟蹰不前，却是被傅书云推着进里的。

他手机握在手里，面上不显，傅雨旸一边点烟一边宽慰他：“不要紧，我教你打，你又不必带本钱。学会了，今后我也能多个牌搭子。”

一屋子人各怀心事。宋堰桥也不傻，他看出来老傅和他们不对付，所以半真半假地把他拎过来练，宋堰桥走到傅雨旸身边，硬着头皮落座。

看着一屋子老狐狸成精，他也不怵，只把手机递给边上的老傅。

傅雨旸咬着燃燃的烟，微微眯着眼，用质问的口气问："做什么？"难不成还要他给他拿着手机，年纪不大，谱倒不小。

宋堰桥少年心性："您教我打牌可以，但我游戏还没打完，您得替我打完这局。"

傅雨旸吐出一口烟，一副傲慢的长辈嘴脸："干点正事。"再朝书云，要她想办法给他弄杯咖啡来。

宋堰桥不依不饶："这局很重要，晋级局，对方拉我的，且你认识。输了，可能连你一起骂！"

"谁？"

"你老婆。"

[60]

春芳茶馆一早就忙得风生水起。

周和音帮着收银到八点半，才算交差。

员工开始分拨吃早饭了，有人喊小音坐，因着带了家乡的辣椒萝卜干给她尝。

周和音摇头，说困得咧，她要回去补觉。

邵春芳在收银台，要她吃完再回去睡。

周和音决计要走。临走，她想起什么，到后厨管万师傅要了几张千张和调好的料汁及白糖。

万师傅有着悄悄保守秘密的觉悟："这个给对象的？"

小音食指竖在嘴边，嘘。

临去前，万师傅再三嘱咐，千张要烫个两三道啊，不然有豆腥味。

小音道："知道啦！"

到家后，冲了个简单的澡，周和音躺下要睡，巷子里谁家的电瓶车呜咽个不停，又有谁家装修的电锯声，伴随着天空里轰隆隆的闷雷。

终究睡回笼觉是不能够了。

她窝在床上玩手机，无聊之际，翻看和傅雨旸的聊天记录。她想问问他回来了没，看今天的气象，不到中午，就要有大雨。

又忖度着他被几桩正经事绊着，不想做那种黏糊的小女子。

做事就该有做事的样子。

终究是没有打扰他。直到九点钟，店里的早市结束了，春芳女士把买的菜拿回来，上楼来看周和音，说回来睡觉的人，正四仰八叉地在床上打游戏。

“不吃早饭啦？”

“打完这一局。”

“中午吃鳝丝和螺蛳啊。你分外要吃什么，提前说。”

邵春芳交代完，扭头就要下去了，想起什么，折回来：“你拿店里的食材做什么用？”

周和音在打游戏，无暇分神，不假思索就道：“做给朋友尝尝。”

“哦……”老母亲得寸进尺，“你叫他到店里尝呢，你做的东西，不像样。”

周和音手里一抖，二技能放空了，丝血诱敌，非但没来得及交闪，还连累着队友也被跳斩掉了。

二换一，都没成功。

引得对方在公屏嘲讽。

周和音在“死亡”倒计时里，抬头看妈妈。对方有着再慧黠不过的眉眼。

天上依旧在打雷。春芳女士说：“打雷天撒谎的孩子，游戏把把输。”

老母亲舍不得拿别的胁迫女儿。

周和音苦笑：“不准诅咒我的兴趣爱好。”

邵春芳点到为止。

就在妈妈要给她关上门的时候，床上的人幽幽地问道：“很明显吗？

“我的……兴趣爱好。”

邵春芳附和女儿的话：“很明显。

“因为我开心活泼的女儿回来了。”

“妈妈，你猜今天几点下雨？”

“猜这个做什么？总归，天要下雨……就是了。”

周和音这一把单排因为她上单吃线和团战都不济，最后垫底输了。

一大早沮丧得不行。

在好友榜上看谁在线，好抱团暖一波的时候，她见榜首的ID很陌生，好在有微信的备注名，宋堰桥。

她想起来，今日傅家有白事。论理，小宋同学也该去的。

于是，她大大方方地发起双排邀请，光明正大地要蹭一波大神的星星。

两个电竞魂，一大早浑浑噩噩地相遇了。

宋堰桥还算爽快，即刻接受了。

在房间里等待匹配的时候，周和音打字发消息给他：“保星积分已用完，晋级局，求大神带飞！”

宋堰桥回了一串省略号。

系统匹配完成。

Ban位（禁用英雄）的时候，周和音在一楼，宋堰桥在五楼，二到四楼，都被预选完了。

三楼更是亮出了他上局“五连绝世”（五杀）的战绩，他要了野位。

好家伙，周和音惹不起，老老实实地秒选了个辅助。

轮到宋堰桥的时候，只剩上单位置了，周和音以为他起码选个高端操作的战士。结果小宋同学来回秀了波他的英雄池，最后五秒，切成了张飞。

哎？！

周和音发消息给他，想着他是流着傅家半身血的缘故：“您诚心逗我的吧？！”

开局，张飞就和对方战士打了个极限一换一。

张飞拿了一血（一杀），也送了第一个人头。

周和音盘腿坐在床上，狠翻白眼，刚才拉他打双排的初衷忘得干干净净——原本她想打听某人在不在的。

这倒好，她想：等着你带我呢，结果你上来就这么极限拉扯，你舅舅是老浑蛋，你委实是小浑蛋。

开局三分钟，张飞交了三个人头。

周和音心想：就这？就这？

就在周和音躺平自认逆风局等着输的时候，“死”后已然复活过来的上单小宋同学站在自家的池水里，岿然不动。

将近一分钟，周和音回城之际，甚至在他身边绕了一圈，他都没反应。

这是输人又输阵了？周和音在队里发消息给他，不好喊他真名，就戏谑他：“飞飞同学，你挂机可就说不过去了啊！”

十来秒后，张飞总算从池水里出来了，他一开始带的就是惩戒刀，彼时自家打野在下路抓人。

张飞径直到了敌方野区去反野。

吃了一波经济，反野反到了“红buff”。

饶是如此，因为他的经济最高，敌方上、中单来包夹他。

寡不敌众，且自家打野没到位收割，张飞再次阵亡了。

周和音气极，干脆要宋堰桥开队内语音。

她喊话对方：“别浪啊。这么秀的操作，您不要一个人扛下所有啊。我不要看秀，我要赢啊。”

那头明明开启了队内语音，却迟迟不说话。

周和音在“发育路”（推荐射手走的路线），和射手顺利地推掉一塔，射手回城去，辅助来中路支援。

缓缓，语音那头的人问她：“瘾这么大吗，一大早就玩？”

周和音道：“你还不是？”

思索比言语快一步，出弓的箭飞离出弦，才意识到什么……

“傅雨旸！”

对方没言声，也没复活。

周和音再次出声：“是你！怪不得这么差劲，一路送人头！”

“别来劲。我才玩一分钟，一分钟之前全是你的队友在本本分分地送！”

周和音才不管，只问他：“你会不会啊？”

“哦，不太会。只是我玩游戏的时候，你还叼奶嘴呢。”

“那也不影响你菜。”周和音要他把手机还给本尊。

“这一局当试验盘。”某人没所谓。他复活了，只身往上路去，开启语音的缘故，周和音听到他那头有济济的人声，还有宋堰桥的声音，问他出哪张。

傅雨旸说：“看着出。我这里还顾不过来呢。”

周和音道：“我等着这局晋级呢，你倒好！”

“嚷什么。一屋子都听到了。”

傅雨旸没说大话，他玩游戏很早，这款游戏也不是没摸过，只是荒废太久。技能和手感全生疏了，但玩游戏的都明白，真正高端的操作，是意识，预判局面的意识性。

时间来到全局的第十分钟。

起初宋堰桥虽然人头贡献得多，但是兵线吃得很紧，加上傅雨旸的反野，上单的经济一直领先，带着全队也领先。

所谓穷则变，变则通。周和音怎么也没想到宋堰桥会选个坦克，也怎么都没想到，中途他们甥舅俩还换着来。

奔着赢来的，队内也知道辅助和上单是双排，看到她去联动上单一点不稀奇。

周和音的辅助带的是治疗，她和傅雨旸一路拆上路的一塔和二塔，接连拆掉两个防御塔，双双残血，敌方来抓人。

自家打野给视野信号，于是，剩丝血的周和音佯装回城，语音里提醒傅雨旸，喊他："傅飞！快快快！"

张飞累积满怒气值，大招变身，上路局面是二对三，自家打野隐身过来收割，周和音辅助治疗回血。

打野和辅助给出助攻，张飞三连击破。

局面瞬间顺风起来，饶是自家收获三个人头，以及周和音探视野辅助打野刷下主宰，自家打野哥哥也不太满意这辅助妹子。指点辅助妹子，切人头就不厚道了啊。

周和音有一说一："晋级局，兄弟们，团结就是力量。"

矛头一转，一致对外。

顺风起来，一路平蹚。

傅雨旸用三个人头的血泪史，一面"死"，一面活，摸索着过河，技能操作终究熟稔起来，打野哥哥也抱着好拼的决心，一路配合着傅雨旸进攻高地，又和他拼命地比"杀"的人头数。

周和音始终跟着傅雨旸，关键时刻群控扛伤害，"死"在了高地塔下。

但也助攻上单和打野一齐拿下敌方全部人头，对方团灭。

自家只剩下傅雨旸和打野。

傅雨旸交出大招，配合着兵线越进水晶，一鼓作气。

打野哥哥却堵在敌方池水门口，一副一夫当关的傲娇之态，属于来一个杀一个。

最终，上单一人点掉了水晶。

十四分半钟结束战斗，我方赢了。周和音顺利晋级。

结算后，毫无疑问，张飞是MVP（最优选手）。

辅助垫底，但是打野哥哥只给垫底的辅助妹子点了赞。

下一秒，周和音的游戏界面跳出了一个双排邀请，正是来自那位银牌打野。

她还没来得及拒绝，手机通话同时来电。

她第一时间接通。

傅雨旸在那头赢了比赛还阴阳怪气的："真是一将功成万骨枯啊。辛苦辅助妹子了。"他学公屏上打野那小子的口吻。

周和音哈哈笑，干脆告诉他："人家分分钟邀我双排呢。"

傅雨旸叹一口气："那你玩吧。"

"那你为什么玩？"促狭鬼为难他。

"为了逮你！"

周和音得意扬扬地笑了，笑完告诉他："游戏只有竞技。竞技场上只有战友，没有其他。"

她再问他："你还会陪我玩吗？"

"玩什么，不是竞技场上只有战友吗？你要那么多战友干吗？"

"我想看你单带的'五连绝世'。"

"意义是什么？"

"意义就是……男友力！"

傅雨旸在那头沉默了会儿，问她今天什么安排。

周和音只说什么都不安排，宅家里。

"你什么时候回来的？"

"夜里，回来就奔这里了。"

傅雨旸直言不讳地告诉她，说是白事，这里全无亡人的影子，倒像一场喜宴，除了天公不作美。

周和音听闻他夜里三点多动身，然后马不停蹄地去了那里："你都没睡觉？"

"嗯。"

"为什么？"

"什么？"

"为什么要这么拼命地赶赴？"周和音说，这其实不太像他的性情。

“因为那天在你的面前，许诺书云，会过来。也因为……”

“嗯？”

“积善之家，必有余庆。”

周和音这头来不及思索他的话，只听到傅雨旸喊她的名字：“小音，我叫堰桥去接你，好不好？”

不拘什么场合，什么红白事了，他也知道她并不忌讳这些：“这样的场合，我原先就不稀罕应酬。”他是个独惯了的人，可是眼下，站在这冷冷清清的三楼栏杆处，看楼下忙活的人烟和点点滴滴的毛头小孩，他油然而生出孤独感，“就觉得你过来陪着我，我也许还能熬过去。”

周和音听清他的话，只反问了一句：“那你为什么不亲自来接我？”是亲昵，也是排他。

他已经连续两天两夜没有合眼了，只有朝她，才会没有设防地坦诚，乃至示弱：“对不起，小音。我真的太困了，困得像在游魂。

“你安心由我接，我都不放心你路途上的周全。”

[61]

周和音到的时候，傅雨旸还在觉眠里。

朝北的客卧，窗帘蒙着，房门因为关合的缝隙，外面混浊的嘈杂气息连同着白事特有的线香味，全钻了进来。

房内没有开灯，昏惨惨里，周和音拿手去点床上人的鼻梁。

休憩的人，铺外套在床上，他和衣躺在自己外套上。身高腿长的人甚至都没有脱鞋。

她一路过来，身上多少沾上了些风雨，手指也冷冰冰的。

冰到他，连同手里窸窣的动静。

床上的人微微睁眼，醒得很迅速，或者他远没到沉睡里去。

他一眼看清身边人，也第一时间去开灯，再朝她探手，借着她递手的力道，一跃而起：“几点了？”

快十一点半了。

他睡了一个多小时。堰桥来回接人都到了，傅雨旸接过床头柜上的茶，灌一口，再去套卫里漱口。

开水龙头里的水，洗了把脸。

手里投过的毛巾没有撂开，而是踱步回来，给周和音擦手。他看到她额发上微微的潮渍，客观地陈述：“下雨了。”

周和音手里提着个马甲袋，傅雨旸要给她擦手，她没乐意。

他强调：“是干净的。只有我用过。”

捞起她的左手，他才发现左手无名指上戴着那枚孔雀石的戒指。

“好看。”他平静地赞赏。

岂料，他替她擦过手后，周和音不作声地取了下来。

“嗯？”

“这白事戴金器首饰会不会不太好？”她微微考量。

傅雨旸生笑：“你管他是谁，又不是你的家人。”

周和音薄责他半声：“那你来干吗的？”

“哦。”

他难得受教与臣服。臣服于她的死生敬畏说。

周和音把戒指揣进他西裤口袋里，要他替她保管。

今天奔这样的场合，她穿得极为素净，傅雨旸说认识她以来头一遭看她这么素。白色雪纺衫，黑色半身裙。马尾低低地束着，面上的妆容也几乎没有，只有略微地匀面之色。

口红淡到如底色一般。

他捞她的脸，迎向灯光，问她化妆了吗？好像没有，丁点脂粉味闻不出来。

灯下人才要张嘴说话，就被对面人堵得个措手不及。

周和音穿着高跟鞋也矮他许多，他的头颅俯过来，逆光的缘故，她眼里全是破碎的光，明晃晃的，叫人睁不开眼。

隔着一道门，能听到外面上下楼梯的脚步声，和楼下络绎不绝的忙碌。雨越下越大，突围在玻璃窗上，是压抑的，紧密的。

嬉闹的孩子没空旷的外界可跑了，只能在家里闹。

傅雨旸尝到熟悉软糯的人，和她唇上淡淡甜果香气的薄彩，微微刮一下自己唇边，怕沾上她的女儿色，也怪罪她：“未免太懂事了。我要你过来，可不是想你受罪的。”

“那你可以不要我来。”

“不行。我就要。周和音，以后这样的家务事，你都陪着我吧。”

不然，他才不高兴应付。

“你的家务事，凭什么要我陪着你。”

“是啊，凭什么。”傅雨旸跟着牢骚起来，眉眼冷落，外面不时响起小孩的哭声，听声响都知道是那种还抱在手里不会学步的奶娃娃，哭起来跟吊嗓子似的，一声盖过一声，傅雨旸干脆连着老天爷作阴天一起骂，说阴天带累着小孩都跟着作怪，“吵得头疼。”

周和音怪他没有同理心：“谁生下来就十八岁？你将来的孩子被人嫌，你就知道了！”

“我不喜欢孩子。养你足够了。”

周和音不止一次听他说这样的话了，他不喜欢孩子，不迷信婚姻，不憧憬家庭。

才有今日孤孤单单一个人的事实。

明明是长线的因，才有她遇到他这样的果。可是听他说这样孑然的话，周和音心里始终有些不是滋味，说不清，道不明。

“谁要你养！”这并不是赌气的话。

傅雨旸瞬间捕捉到她的闪躲甚至退让，抱着她的腰，微微把她往上捞着，引着她不得不踮着脚，徐徐，他露出慢待的笑意，跌落到她的眉眼上去：“你就是我的孩子。”

周和音两只手被他圈在臂弯里，动弹不得。门外正好有敲门声，一声连一声，三声利落的动静，傅雨旸料到外头的来人，应答：“进。”

门口的人旋开门锁，看到的一幕就是傅雨旸抱着怀里人。

宋堰桥闲话不提，手里有杯冰美式，是回来的路上，老妈关照了要给老傅带的，以及他说：“后院他们喊你喝茶。”

傅雨旸回应着堰桥的话：“都要晌午饭了，我哪有肚子喝茶。”

甥舅交涉着一杯咖啡，周和音不着痕迹地从傅雨旸怀里走开。

傅雨旸补眠了个把钟头，回神许多，接过堰桥拿进来的咖啡，将冰盒子的冰倒进清咖里，最后一块，他玩趣地丢进嘴里，拿查问小孩功课般的嘴脸朝堰桥：“今天劳烦你一趟了。说好的教你打牌也没教得成，不要紧，有的是机会。我喊你，你随叫随到就行了。”

宋堰桥倒也是个刺头，回嘴：“随叫随到做不到。”

“哦。”傅雨旸含着嘴里的冰，嚼得嘎嘣脆，“那么，你和你妈再商量一下。”

宋堰桥看一眼边上的周和音，多少有点失颜面感，这是属于二十出头的年轻人怎么也磨灭不掉的心气与固执：“你不必拿我妈来压我。”

傅雨旸摇匀手里的冰美式，呷一口，一副打哑谜般的口吻："我说的是商量。"

"这里里外外一屋子的人都认定我妈奉承你，所以你才抬举我们的？"

傅雨旸听后只轻飘飘地笑了笑："呵。就当我要抬举你，那么，你要吗？"

"因为我帮着跑腿接你女朋友了？"

"我和你谈的是生计，不要扯上旁的人。我不扯上你母亲，你最好也不要扯上我的人。"傅雨旸几乎无缝连接般训斥了一句。

宋堰桥当真息声了。

傅雨旸还是那句话："你考虑看看。有些话我不必当着你母亲的面说，但事实也是，你没有那半个傅姓，我自然不稀罕替你周旋。也别问我为什么，我也不要你还报什么，立得住，你自去挣你的一片天地，立不住，也注定你不是这块料。

"归根结底，你唯一不能辜负的，只有你自己。"

宋堰桥没说是也没说不是地走了。

良久，傅雨旸回神貌，转头告诉周和音："这一幕有点熟。那一晚，我也是和我家老头这么辩的。他说我不姓傅，什么都不是。"

周和音提醒他："你远远不到一个父亲的程度。

"其实你明明可以告诉他，你只是在他身上看到了自己的影子，你怕一个相似的自己走歪了。"

傅雨旸手里端着那杯可有可无的咖啡，指正她："不准瞎说。"

"明明就是。"周和音不解，"是不是天底下的男人都不稀罕陈情自己。"无论什么角色。

傅雨旸面上冷漠："也许吧。有人的教子观念，是满招损，谦受益。"

周和音不大同意："我就要告诉他，很爱很爱你。"

"谁？"

"我的孩子。"

傅雨旸坦诚地蔑笑，伸手抚住她的长马尾："你自己还是个孩子。"

有人足够赤忱："那也不影响我的观念啊。"

"袋子里是什么？"闲话到此，傅雨旸才有工夫问她带过来的马甲袋里是什么。

是她自己烫的干丝。

自家厨房里，当着春芳女士的面折腾出来的。

邵春芳在剪螺蛳，什么都没问，只诋毁女儿的手艺，说肯定不好吃。

傅雨旸尝一筷子，随即皱眉头，说他去过扬州多少遭了："真心话，这是我吃过最难吃的烫干丝。"

周和音即刻抢了他手里的筷子，有人连人带筷子抢过来："别猴急，等我把话说完。"

她不稀罕听了，骂他："臭狗屎。"

"但这一口能记一辈子。""臭狗屎"说了他的下半截话。

"因为太难吃了？"

"因为周和音出品，独此一家，绝不分外出售。"傅雨旸说，这就是奢侈品限量的意义。

"哦，那不一定哦，我保不准会做给别的男人吃哦。"

"别招我。这里很不合适。"傅雨旸幽幽提醒她"谨言慎行"。

周和音听他这样说，羞比愤多一层，才要打他，房门口二发来人请，请傅雨旸去座席，解秽酒正式开口，宾客也陆续到位了。

中午这一顿，悉数几十桌全摆在前头乡政府搬迁的礼堂里，乡下摆席一向如此。

但最主桌在主家后院里，单独的一桌，八个人，清净于一处。

正经会晤的联络局，傅雨旸再昏头，也不能把他的人带到席面上。

周和音来前，他就叫书云安排好了。

楼下还有几桌，在家里坐，他只叫她跟着书云一道坐："好好吃饭，干丝带回去，我晚上再吃。"

"难吃还吃？"

"嗯，小孩不鼓励，不会进步。"

周和音刚才来的时候，是和堰桥一道过来的。这样来来往往的做事行当里，平头小辈带个年龄相仿的朋友来，谁会顾得上。无非是添双筷子的事。

直到房间里头，大家一一正经坐下来，书云才特为解释道："这是雨旸的女朋友，有事来晚了，我们堰桥替他舅舅去接的。"

平地一声雷。

带累着主家未亡人，那七十多岁的老太太都亲自过来打招呼，大房婆媳两个，一口一个他二婶婶、二奶奶，都是降着辈分喊的。弄得周和音恨不得找个地缝钻进去。

书云连忙打圆场，说她年纪小，不懂这些，又没正经定亲，不好按辈分这样喊的呀，尤其是白事当头。“弄不好人家父母要怪我们雨旸不懂轻重的。”她说，“就不要为难我们小音了。”

和周和音一道坐的宋堰桥不顾老妈的耳提面命，冷嘲热讽地提醒周和音：“你要是过年来，得包你身为太奶奶的压岁红包的。”

周和音喝饮料的手一抖，随即瞪一眼宋堰桥。

自幼长在街坊巷子里又在茶馆那样的烟火堆里打滚的人，哪能轻易就被说哑了语呀。

女人扎堆，左不过是聊些日常琐碎的事故。几桌流言一串联，几个房头的所谓妯娌们，都跑来打探二房这个年轻得不能再年轻的小姑娘，已然把她架到那女主人的高台盘上去了。

说来说去，就那几句车轱辘话：“你们什么时候结婚啊？老二也不年轻了，高低还是要早点要小孩的。”

周和音始终和颜悦色，开口的话也有着她这个年纪的俏皮与骄傲：“他反正是晚了，我遇到他之前就已经晚了。”

房间里有玩闹的小孩在拿气筒打气球，铆着劲地打，大人们声音越起劲，他们兴头上越是顽劣。终于，砰的一声，气球炸开了花。

吓得一屋子人都扪心。

小孩一溜烟跑了。

傅雨旸过来的时候，正巧听到周和音这一句，也看到边上的堰桥，替她揭她头发上的一碎红色气球皮子。

正主来了，这没边际的“婚姻大事”集结者们，反倒是消停了，揣摩审视般看着一对人。傅雨旸面上挂笑，却是一副不亲不疏的客套，谁都不敢和他上心，只听他慢待着笑意道：“我们喝酒的都散了，这里倒是比后头热闹些。”

书云见雨旸来了，也就跟着解禁了，有他在，就没人多嘴多舌了。嘴上还是佯装怪罪他，说他喝这么多酒，待会儿怎么送小音回去呀。

傅雨旸和书云一副闲话家常的口吻，像极了有着姐弟般的觉悟：“我不送她，她送我。”说着，往书云让出来的凳子上坐，也管堰桥要他的车钥匙。

眼见为实，傅书云当真和二房这个来往过密。单听她敢这样和他说话就知道了，说他就是被惯得：“也就小音面活心活地一味迁就你，要我说啊，今后你怎么样也是应该的！”

傅雨旸受教书云的话，点头称是，目光却是丝毫不离地看着那位周小姐。

他旁若无人地问她：“吃饱了吗？”

风波中心的女主角风流灵巧地点头。

一时间等着看笑话或者洋相的人，也索然无味起来，悄没声地散了。

傅雨旸响应这份散，替身边人拿过包来：“吃饱了，就回家吧。”

周和音一副没坐够的样子。

就散了？

“书云还答应给我煮酒酿圆子吃的。”

二人隔着私语的距离，傅雨旸捏她的指骨：“吃个屁，你吃了酒酿，还怎么给我开车！”

“我来也不是给你开车的！”

某人不管不顾，牵着她就往外头走，外头落雨成烟，傅周二人共一把伞。

大房那头一路跟出来送，也约二叔晚上一道吃晚饭。

傅雨旸擎着伞，一面把周和音往驾驶座上赶，一面应付他们的话，豆大的雨砸在车顶和窗户玻璃上，人声要盖过雨声。他说下午和晚上都有正经事要做，实在脱不开身。

也不忘自己吊唁者的身份，嘱咐大嫂嫂节哀，看小辈的面，也要往好处过。有什么事过不去或者转不开的，几个房头尽可以开口。

最后一句，才算是说到节点上了。

周和音眼见着大房的人千般谢、万般留地送了傅雨旸一路，才明白了，这世故人家，几个房头所谓同气连枝的意义，多数，还是荣辱系在一块儿了。

辞别了这头的人，周和音送傅雨旸回酒店。

路上老乔打来电话给他。

B城那头的谈判还没收线，嘉兴这边的疏通又是傅雨旸出面的，自然许多会晤，哪怕线上也得他上前。

回到酒店，傅雨旸开了一个多小时的视频会议。

直到里头约莫停顿到安静了十分钟，在外头翻书的周和音才意识到他该是结束了。

她悄没声地走进去，案前的人歪头枕在靠椅上，两腿架在书桌边沿。

一副忙中最本能的休憩状。

她走到他身边，促狭地给他把脚搬下来。傅雨旸双脚落地，面上依旧没有睁眼，懒洋洋地怪身边人："你也不给我省事。"

周和音把端在手里的一盘葡萄，喂一颗给他吃，问他："还要再走吗？"

"走哪里？"葡萄有点酸，他吃到嘴里，酸在眉眼里，把皮和核吐到手里，懒得不想再动，伸手给她。

周和音才不接："出差呀。"她问他，还要再走一程吗？

傅雨旸缓缓睁眼来，也滑动座椅，来够桌上的烟灰盘，好把手里的葡萄皮扔掉。

偷得浮生半日闲，书房的主人撑手托腮地侧身看着她："看情况吧，不到万不得已，暂时不想动。"

他看着眼前人不停地吃着葡萄，然后不无牢骚地告诉她："一直飞来飞去的，实在累。"

"所以，才叫傅飞飞的？"

傅雨旸任由她取笑："时若小名叫菲菲，我才有了这个同音的小名。

"他们都可以喊，你不可以。"

"为什么？"

"因为你不可以惹我不开心。"

周和音就惹了，她拿手里的葡萄堵他的嘴。傅雨旸是真嫌酸，衔在嘴边，就是不吃，只来回地拿舌尖逗弄着。

引得周和音想要回头了。

她伸手之际，座椅上的人冷漠地将葡萄咬开，再面不改色地咽到肚里去。

吐皮的时候，他问她："你戒指呢？"

戒指？周和音想起什么，在他裤口袋里。

要他还给她。

“自己拿。”

细巧的一枚，没有丢，还在他右边裤口袋里。只是他落座在椅子上，她轻易难拿到。

手伸不进去，周和音就叫他起来。

傅雨旸才不听她：“谁让你没事放这里来的。”

娇嗔的人说他不讲理。

“嗯，我不讲理的事多了去了。”傅雨旸附和她，“你也不是第一天知道。”

他拖她到膝上，问她中午吃饭时，有没有人为难她。

周和音手里的葡萄盘都跌了，他也不肯她去捡，只管问他的话。

“你有很多敌人吗？人家干吗为难我。”

“哦，没为难你，那你说什么晚了？”

“什么晚了？”周和音装傻。

某人笑着扪紧她，扪得她透不过气来：“对啊，我倒要问问你什么晚了，现在还来不来得及，嗯？”

傅雨旸的气息里有满满的酒气，又吃了两颗葡萄，抵在周和音脸颊边，热络发烫，声音却是温柔喑哑的。酒气是甜，葡萄是酸，总之，都是引诱的味道。

周和音必须承认，她被诱惑到了。分不清是甜酸导致的冲动，还是攒着想念，她来不及思考，刚一偏头过去，热气碰到热气，本能地粘连到一块儿。

甚至分不清谁快一步，好像是周和音，她有点赌气地去吻他，不想他说话，或者就要他听信她的：“就是晚了，我遇到你的时候已经晚了。”

傅雨旸两只手搭在椅子扶手上，后背贴在椅背上，任由膝上的人孩子气地吻他，也是咬着他。

她有点急，急他不回应她。

这个时候他还记着仇呢：“你怎么着我都是应该的，我不去招惹你，别有人回头又来一句，说我回来就是为这个。”

周和音被他气得脸越发地红。她去咬他喉结处，拿他的话指证他：“你说小孩不鼓励，不会进步的。”

“小孩不听话，也该罚！”

她即刻要下去。

被傅雨旸一只手死死扣住，仿佛这样就是他口里的罚。他脚下一施力，转椅重心往后，直到墙边才刹停下来，周和音结结实实往他怀里一栽。

她才要撑着手臂起开，傅雨旸按着她后脑勺，往他怀里带，唇间也一点点来软化她，视为鼓励也是惩罚。

明明饮了酒的人，却比怀里人多了十万分清醒般的冷漠。他认认真真捏着周和音的脸，问她："结束了吗？小音，别闹，你那没结束，却来这样又是亲又是咬的，我可和你没完！"

周和音痴笑半声，跨坐在他腿上，外面风雨不休，时而霍闪两下，她明明最不喜欢这样阴森鬼魅的天气，可是听着他的话，感受着他胸膛起伏里隐隐发作的情绪，她极端极了，从害怕里滋生出了极端的安全感。

她迎面捧着他的脸，手指能碰到青色的胡楂。她问他，没完是什么意思？

"没完就是把你头一回进我书房，我想对你做的事通通做一遍！"

头一桩就是……

趁着她天旋地转，情意绵绵，他鼓励她："上来，乖。"

[62]

傅雨旸的职业病，下了视频会议，他都会第一时间摁下摄像头和关闭麦克风。

眼下还不够，他伸手把笔记本电脑直接强行关机了。

再来扶臂弯里的人，催她也是求她："听话。"他一并伸手摘下了她低马尾上的发圈。

周和音只觉长发冷丝丝地散开来，散在她腰间，她提醒他，刚在乡下那会儿，他说下午晚上都有事的。

"你就是事！"傅雨旸说，岂止，"你是事精！"

说着，他露出懒洋洋的神色，他执意，执意她执行一次，欺侮他也好，取悦他也罢，随便："书云说得对，我们小音就是最好的，她回回迁就别人，这么好的孩子，爹妈是怎么教出来的呢？这么好的孩子，我上辈子是攒了多少福报，才遇到的呢？

"周和音就是我下辈子最大的余庆啊。"

感官里，彼此挨触，原本就迷离沉醉，像一个顶级的吻，是相思也是欲望。周和音睁着眼，她看不见自己，唯有看清傅雨旸。

看他一点点拿他的沉着对抗欲望，也拿他狡黠的言语来撩拨她。

女人天性是听觉动物，这未必是迷信，而是信仰。你说的，一切一切，我都愿意信仰你。

爱情也本该是等价置换，以真换真。

饶知是话术，甜言蜜语，周和音也能剥开那花哨的糖纸，看到里头有她期翼的真心，好物坚牢般的真心。

于是，一瞬里，她觉得这样的自己倒不狼狈了，反而成为主导，因为她像是在客观冷静的上帝视角，一点一滴地看清被她睥睨的人，是如何把他的冷静冷漠丢盔弃甲般扔掉的……

她才由着自己去接受了一点，笨拙也好，羞赧也罢，被他腰带上的金属冰到了，她本能地往回缩，椅上的人就箍着她的腰，不让她逃。

动真格的时候，他从来是不言语的。眉眼里，浸染愉悦。

身轻路遥，迢迢夜奔，逾过明月星辰后，总算抵达的，眼底直抒内心的万分愉悦。

失魂落魄的人，哪里还有半分上帝视角，全把自己那三分野心忘得干干净净。

他抱她去桌案上，两步路，踩到脚下那放葡萄的瓷盘了，傅雨旸一脚拨开，不等怀里人反应，她刚刚躺下，酒气作祟的人莽撞了些。周和音闭眼，痛楚与本能一齐涌现："我想你了。"

"我也是。"

旖旎怡情，她要他慢一点点。

傅雨旸一副狠心的嘴脸："办不到。"

桌案上先前开视频会议的笔记本电脑被他强行关了，可是手机没有，傅雨旸的办公手机一向是静音振动模式，嗡嗡地在蓝牙鼠标边上响。

物什与主人斗法似的，手机越此起彼伏地响，主人兴头越盛。

周和音额上心口都是汗，嫌他电话多："你要么接一下？"

傅雨旸怪她不专心，干脆把手机扔远一些，由它到地上唱去："谁离了谁都不会死的！可我离了你会！"

"大话精。"骂人的人，湿发贴脸。

傅雨旸伸手去替她撩开，看她粉扑扑的脸，亮澄澄的眼，还不够，他按亮案上的灯，一束巧圆的有限的光，打在她眉眼上，耀得她本能地闭眼。

灯下人如琉璃般脆弱，再朝他委屈两声，说她不喜欢这里。

傅雨旸一副怡情貌，喟叹之余，对怀里的人无有不依。

被抱躺到卧房的软床上时，周和音手里握着个起钉器。

某人掰开来看的时候，整个被她气到了："要干吗？谋杀亲夫吗？"

"想得美。"她才不去他的陷阱里。

他再过来的时候，促狭地笑，笑她迂腐、较劲："我就和你不同，我说是便是。不像你，只会冷漠无情地和我对着干。当着那些人的面，说什么晚了。

"小音，我好不开心。"

周和音依旧不改口："就是晚了呀。你在那些人眼里，结婚生子，通通都晚了。和我无关。"

她才不替他担这个过。

"不晚，如何等到你？"傅雨旸截住她的话。

周和音迎接他的目光，也微微受用他的话。不信宿命的人，但也偶尔迷信什么，比如与时间握手，相信一切是最好的安排。

从而心甘情愿地接纳他。

快乐很简单，比机械式的快乐更高明、更上乘的，该是喜悦。最终极的，是幸福。

周和音很清楚，她的目标从来不是简单的快乐。

"傅雨旸。"她才不稀罕喊他什么傅飞，还是飞飞，她认识他起，他清楚告诉她的就是这个名字，她很喜欢，"我遇到你已经晚了，这句不是取笑，是惋惜。"

尤其在知道他父亲和阿婆的事后，她感到更多的一直只是惋惜。

惋惜于，他们所有的遇见，哪怕是纯粹的，也变得不纯粹。

所以，哪怕爸爸不懂傅雨旸说的那句，他宁愿更早见到周和音。但她懂。

陷入喜悦颠簸里的人，在这个关头，都不肯说些软话陈情，而是攀着他，情词恳切却哀怨："傅雨旸，哪一天，我和你不在一起了，也不干他们任何人的事。就是简简单单的分手。"

无怨无仇无悔。

“再说一遍！”

她固执地不再开口了。

一句话，好端端，眼睁睁是过了。像今日席上，那被稚儿充气打破的红色气球。置身局中的她，浑不觉沾上一块碎皮子，被人悄声地揭掉了。

无论是吹过头的充气球，还是破碎的皮子，都不尽如人意。

瞬间，缱绻的温柔意里多了重意味，是不快、不满，甚至忌讳，最后全演变成师出有名的戾气，来作为惩罚也好，畅快也罢。

总之，傅雨旸要她知道：“说的什么混账话！”

周和音早已精疲力竭，身体和思维都木木的，说了什么她才不负责，但是他要做什么，她全要过问。

他说怎么就晚了，一点都不为晚：“现在抓紧点，也许可以赶得上明年陪你过生日。”

“谁？”周和音心神跳闸般直觉不好。

“小朋友。”

周和音先当真了。

怕他疯，怕他一时在兴头上，真闹出意外来。

于是，傅雨旸再来捞她时，有人手脚并用地推拒他，也警告他，不准疯！

她被他捉住脚踝，一拖，话没来得及出口，只觉得背上一热。

周和音领悟过来，顾不上什么，只要打人：“傅雨旸，你这个变态！你就是故意的！”

Chapter20

傅周

[63]

周和音过来Nana这边的时候，已经洗漱完并换了一套衣服。

一件绿色的夏款针织长袖薄衫，配牛仔裤，很清新别致的穿搭。丝巾点缀在针织衫的V领口，两端从领口里穿过，将其反扣在圆纽上，对襟扣住。

小音从前也很会穿，但也只是漂亮。

现在不只漂亮，还有着几分动人的妩媚，寸劲般的。

Nana将其归功到某人身上，说耳濡目染。

周和音还没从那筋疲力尽里翻篇，贼喊捉贼，说Nana动不动糟蹋好词。

Nana不解："我怎么就糟蹋好词了？"

总之，周和音眼下听不得，濡啊，染啊，这些词。

Nana笑死了，说："你别不信，你身上全是傅先生的味道。"

好友是调侃，误打误撞地，周和音自己浮想联翩，先露怯了。

即便对着无话不谈的好友，周和音也有讲不出口的时候。

她原本穿的那一身是素服，回来换掉，正好过来接Nana他们一起去吃晚饭。傅雨旸之前允诺周和音的，说回来请她朋友吃饭。

生意人请客，习惯先和人家敲时间。在酒店那会儿，他要小音先问问人家，看哪天有空，他也留出时间。

周和音不兴他那套："你今晚没空？"

“有啊。”

“那就今晚吧。我打电话给Nana。”

Nana那头听到小音约饭，满口就答应了，她说要吃火锅。

火锅啊……

“不行换个吧……不是我请……”

“那是谁？”

“某人。”

傅雨旸听到周和音口里的某人，把一只枕头飞到她头上。

他在换床上的四件套，周和音猫在飘窗上给Nana打电话。

开着扬声器，Nana不改初衷。“哦……”她故意拖长声调，“可是我还是想吃火锅哎。”

外面落雨还在继续，周和音听好友有意刁难，也没辙：“嗯，那就火锅。”

她再紧接着自作主张：“在傅雨旸这边吃吧，我让他叫外卖。”

Nana没所谓，从前承过傅先生的情，也不好太仗着闺密的姿态，点到为止：“其余的，等接亲那天，关门红包要个大大的吧。”

什么呀，扯到外婆姥姥家了，远得没边且离谱。周和音嘟囔好友。

边上的某人换好四件套，听着她挂断电话，赤着脚要过来抱她到床上去，周和音穿着男士的浴袍，整个人一副抽筋去骨般的精神不济。

她想起上次在飘窗上，是怎么被他骗到的。

于是，人将到跟前，她一记窝心脚，不重但也不轻，属于新账旧账一起算：“你别碰我。”

挨了一脚的人，装腔作势地倒在飘窗的松石绿垫子上，冷白皮的人倒在这冷色调的一隅，有着别样的温柔感，更像是安静感。

尤其听着窗外不住的雨声。

七八月天的江南，就是这样，有无休无止的雨。

一南一北生长成的两个人，有着许多天然不同的生活习性。就比如眼下，听耳边的雨，周和音都比傅雨旸适意些，她习惯了，习惯了泡在烟雨的江南里。

傅雨旸至今不习惯。他问她：“为什么要在我这里吃？”

“你要去领号，排队？”

某人后背贴在飘窗的钢化玻璃上，隔着一层白色纱帘，洗漱过后，通身的干燥香气，一副可有可无的神色：“也不是不可以。”

“我现在就叫，八点吃的话，你还可以睡几个小时。”周和音正经八百地说，拿他给她的备用金买。

傅雨旸不管她的主张，只问她：“心疼我？”

“是怕你猝死。”

穿着一身黑色绸质睡衣的傅雨旸，一只腿恣意地挂在飘窗台子边，一只腿屈膝，左手搭在膝上，右手来探她，随便哪里，只要能摸到她：“还好，比这还高强度的工作时段都有，不要心疼我，我也是会钻空子地歇歇神的。以及，忙活你，是最好的安眠药。”

即便他这样说，真拿掌心贴到她脸的时候，周和音依旧挡开了，说有味道。

傅雨旸笑而不语，趁其不备，拖她来：“那我闻闻你身上有没有！”

“下流！”周和音不惮用最恶劣的词来招呼他。

可惜，毫不奏效，且适得其反。儿女情长地厮磨一阵，傅雨旸冷不丁地和她说：“江南雨太多了。”

膝上人一秒还击他：“B城沙尘太多了，还有早早的雪。”

傅雨旸莞尔：“雪也不对了？”

“冷。”

“哪里就冷死你了，又不要你上街卖红薯！”

枕在他膝上的人咯咯地笑了，亮晶晶的眼睛仰面盯着他：“为什么要请Nana吃饭啊，因为替你打掩护？”

“相反。我很情愿你父母早些知道。请的是你的朋友，不是请什么Nana还是Lala。”

傅雨旸说，带周和音到他的生意圈或者生活圈也是这个道理。

“与人交，也只有往深处去，往人情世故上形成羁绊，才看得出，这个人到底值不值得。”

“所以，你在试我值不值得？”

“反了，我在让你试，我值不值得。”

“值得如何，不值得又如何？”

“值得就你父母息事宁人，不值得，也许你将来还要受你父母的排头。”

“你没有说你自己的下场。”周和音提醒他。

傅雨旸合眼一笑，拿指作梳，穿行过她半干的长发，是爱抚的姿态，像对待一只无比珍爱的宠物，也像对待教养出来的孩子："我啊，当然会活得好好的，我们每个人都会活得好好的。"

周和音不满意他给出这样的答案，但也有着无从反口的理智，没有哀怨，没有诅咒。

只静静地看着他，看他眼底的温柔缱绻，也看他，看不见的变数。

傅雨旸忽然来蒙她的眼睛："不准这么看着我。否则，我会反口的。"

反口的话，会很不中听，甚至是她口里的下流、卑劣。他会不肯她自由，无论她将来属不属于别人，总之："我喜欢你之前，你才是自由的。"

所以，他才会在她红眉毛绿眼睛地扑过来打人之际，干脆把指尖的温度，撇捺到她身上去，潦草任性地在她脊背上写了两个字。

周和音怎么也没猜对，只专心地骂人了。

"是哪两个字？"

"傅周。"

他总要有点企图的，要么是在光明正大的请柬上，要么是在赤忱的心上。

周和音带着Nana和男友过来的时候，管家部正好把傅先生要的火锅外卖食材全送上来了。

外卖是周和音订的，但是送过来的时间比她预想的早，傅雨旸又在睡觉，她只好麻烦酒店方帮忙签收了。

虽说名义上是傅雨旸订的，可是管家部送过来时，周和音在犹豫，犹豫她该不该给人家小费。

反正请的客人也到了，她干脆要Nana他们先坐会儿，她进里去喊人。

窗帘紧闭，冷气低凝的卧房里，周和音走到床畔时，依旧能闻到床上人浅浅的酒气。

她小心翼翼地揿亮床头灯，眼见着床上的人做沉睡状。样子难得十分矜持，睡相很好，甚至有点乖，是怎么回事？

她学着他上午在游戏里使用过的张飞的大招，一个满怀，扑到他被子上。

被子里的人，说嘟囔还是轻的，嘴里全是牢骚：“哎呀，房子塌了吗？”

“你得起来了，人家到了。”

“我睡得正香呢。”

“那也得起来了。”

“叫人起床的人是世界上最坏的人。”

哈哈，周和音响应他的笑话：“赖床的人是世界上最夙的人。”

傅雨旸无有不依：“那就让我再夙十分钟吧。”

说是这么说，周和音依旧佩服他的教养，谁这样折磨她，将她弄醒，她早叫得房梁都塌了。也没指望他即刻就爬起来，她说：“人家帮忙签收了外卖又送上来，我刚犹豫要不要给小费，还是没给。”

傅雨旸让她不要管了：“你先出去招待他们吧。”

“哦。”

傅雨旸这间行政套房，比Nana当初探店的套房级别又高了一级。且酒店建成至今，根本没对外出订过。一开始就被老乔包下了，去年傅雨旸过来支援，正巧缺个住处，就拨给了他。

是全须全尾的新。当初老乔就打趣：“你买个新房做洞房都没这处新，你且安心住吧。”

且处处有着居家一般的体验。周和音把Nana带过来的水果在厨房里洗了切了，一味跟Nana解释，因为傅雨旸连续工作两天，又开夜车赶回来参加白事，这才耽误了点觉：“他马上就起来了。”

Nana吃一块火锅外卖里的小酥肉，啧啧几声：“你出息点，这么快就帮着人家说话了。”闺密间的私房话，漫无边际。周和音开着水龙头，在洗着一颗颗晴王葡萄：“是真的呀。人是铁饭是钢，他真的没怎么睡，我……”越描越黑，周和音笼统地说，“就体谅一下老人家吧。”

色胚胎子Nana小姐才不受教，伸着油渍麻花的手就来扯小音脖子上的那条爱马仕丝巾：“哦，老人家可不会在小朋友脖子上种这么大的草莓啊。”

啊，周和音立马跳脚，掖住丝巾，骂这个死女人：“你声音再大一点！”

闺密间的恶趣味作祟，Nana揶揄：“小妖精太元气了也是难对付，所以才叫老人家这会儿都起不来了？”

天啊，周和音跳脚：“都说了，他是出差连轴转得呀！”

厨房里二人笑作一团。Nana死活要听细节，说：“这可比请我吃十顿饭还香。”

话正在兴头上呢，外头有人在敲压根没关的玻璃移门：“容许我插句话……”

Nana被身后正主的声音吓得，嘴里嚼到半粒花椒碎，嘎嘣一下，囫囵咽下。

傅雨旸穿着最简单的白衣黑裤，一副居家招待客人的自觉，干净整洁，没有那份商务应酬的累赘。

“小音，我手机呢？”

手机？

“就在书房桌上的无线充电器上充电啊。”

还是她下午走的时候，给他拾起来的，早给各路电话唱得没电了。

现下，傅雨旸说没见着：“我着急回几个电话呢。”

“怎么可能？”周和音蜜瓜切到一半，干脆递刀给Nana，撕一张厨房用纸揩手，要去给这个甩手掌柜找手机。

Nana用彼此才能听见的动静取笑小音：“管家婆。”

周和音去书房给傅雨旸找手机，某人落在后头，正式和客人打招呼，很正经的礼数，同Nana寒暄，也正式朝对方的男友递社交手。

Nana的男友是个游戏策划师，姓罗。很闷很冷静的一个男生，但和Nana很合拍，待小音也还不错，不然那次也不会和赵观原一起动手。

因为见过傅雨旸一回，知道对方是个生意人，这次所谓的请客，小罗并不太想来的。小音一味热情，也给男友背书，说他不是多傲慢世故的一个人。

小罗表示：哦，你就这么一说，我就这么一听。

结果一起过来的时候，小罗穿了一套大概是年会才用得上的西服正装出门，给周和音吓一跳，悄悄提醒小罗：“我们是去吃火锅啦。”

无所谓。男人之间的颜面，总之，输人不能输阵。

临了，做东的人倒是穿得一副懒懒散散、平平淡淡的居家样。傅雨旸请教对方贵姓，然后双方不尴不尬地交换了下姓名。

再彼此严阵以待地互换了微信。

主人和煦但客套地招待客人坐，再稍稍歉仄地失陪。

傅雨旸进来书房的时候，周和音当真在认真找手机，她拿她的手机一味地打电话，通话声在，但就是听不到动静。

奇了怪了。

“我明明放在这上头的。”

“你在找什么？”

“手机啊。”

“我手里的是什么？”

说着，傅雨旸背在身后的手没动，倒是周和音的手机进来一则通话。

她看清屏幕上的一串数字，还有B城的归属地信息。

再绕到他身后，看到他手里的手机，她一个白眼翻死他：“你折腾人有意思吗？”

傅雨旸摆出一副人畜无害的嘴脸：“我不解救你，你还在被你朋友捉着聊细节呢！”他不大快，“有人和我都臊眉耷眼地不肯聊，凭什么和别人聊啊！”

周和音才不理他，既然手机找到了，就连推带赶地把他往外轰。因为这样很失礼，把客人留在外头。

嗯。傅雨旸表示认同：“但我有两个事问你一下啊。”

一是：“书桌被收拾过了？擦什么了？”

二是：“我的手机号码至今连个名字都不值得存一下？”

[64]

周和音俱不回答。一味催他出去。

“我看你精神大得很。”傅雨旸说，“就不该心疼你，回头你说什么我都不会信了。”

口吻玩味，周和音来不及思考。只把他牵线木偶似的往外推，某人也随她摆布。

主人俩一前一后从书房出来时，周和音才回答傅雨旸的后一个问题，为什么不存他的号码。

起初是没上心，这年头谁还正经存个手机号；后来是免得露破绽。当然她和他不是这么说的，当着Nana和小罗的面，说如今诈骗电话这么多：“我是怕哪天骗子骗到你头上啊。”

刚洗漱过的傅先生有着最纯然的派头，这副派头是他这种人家教养出来且磨灭不掉的令行禁止，也是他这个年纪浸淫出来的规训。

他一只手闲抄裤袋，任由后头的周和音一面将他往客厅这边推，一面也由她哄。

三分主家之间的情趣，七分拿捏气氛的世故。他当着客人的面，打趣他身后的人："你不骗我，这世上就没人骗得着我。"

说罢，傅先生把闲心落袋的手摘出来，露出正式待客的颜面。

迎客的茶点暂且撂下，他请客人移步到餐厅，桌上的一切，管家部都帮忙布置好了。

傅雨旸征询客人的口味，尤其单独问小罗："喝点什么？"

小罗开车子来的，并不主张喝酒，傅雨旸也不勉强，桌上多的是饮料。

周和音再从冰箱里拿乌龙茶和冰格里冰来："小罗不喝，你也不要喝了。"

傅雨旸痛快点头，再一副和小音闲话的样子："你当我愿意喝呢，中午那顿，八个人喝了七瓶梦之蓝M6，那几个老家伙的劝酒嘴脸，实在难看。"

他再说，他当真是去吃斋饭的："最后，席上添饭的时候，我真真吃了一碗饭。"

周和音"脑补"到那画面有些好笑，因为她知道喝酒的人，一席下来，是饮酒吃菜般的饱肚子，最后吃的饭必然有限，爸爸就是这样。她一面往火锅底料里冲热水，一面问他："别人都没吃？"

"我管他们吃不吃呢，反正我饿了就是了。"

他再随口说一句，你们江南人真爱喝洋河酒。

"你爸爸也是。"二人的脑回路不谋而合，"藏的那些洋河酒。"

Nana不时插一句，说小音爸爸确实是酒鬼一个，还是练家子："他们家炒草头，都是拿五粮液烹的。"

周和音务实地纠正："别。别中伤我们老周啊，你去的那回凑巧罢了。春芳女士找不到厨房的酒瓶子了，干脆拿老周的好酒炒菜了。"

周学采怪妻子，华而不实。炒草头，用最简单的烧酒也是一个味。

邵春芳道："嗯哪，好酒都要给你品才是好，给别人用就是错付了。"

小罗帮着周和音搬家那天，见过周家父母，也说小音父母真逗，她爸爸说一句，她妈妈驳一句，是典型的虎妈猫爸。

也像经典小品里的，白云黑土。

年轻人聚会碰头就是这么随意、即兴。等着火锅烧开、下菜的工夫，周和音和Nana一起重温了那个经典小品，那些词在座的人都耳熟能详，但依旧看得捧腹大笑。

Nana知道这顿饭是傅先生请的，即便她执意为难要吃火锅，傅先生也只言没有，正经地陪着。人家未必是看重他们，说白了，还是爱屋及乌，看重小音罢了。

“所以啊，与其搞定你爸，不如搞定你妈。

“天底下只有一种风，刮起来最厉害。”

旁观者清。Nana也不好直接同傅先生说什么，面上还是一副和小音八卦的样子，但是，慧黠甚至狡猞的人，他已然听懂了，倒是周和音，一时没领悟过来：“什么？”

“枕边风啊。”

道理都懂。周和音比任何人都懂，这家里是谁做主，谁是生物链的顶端。

然而，她始终缺一份契机，或者胜算。

她不想贸然开口，开口的话，必然要赢得妈妈，哪怕不赞同，也起码得是冷静中立的态度，而不是与爸爸为伍。

周和音自幼天真无忧，有限的人生里，经历过的最大疾苦就是阿婆去世了。

她享受她偶然获得的爱情，但也热爱她的家人。

爱情从来不是必需品，它更像是一种情绪价值，一种精神寄托。

同样，家人更是。周和音始终认为，上乘的爱情，价值也好，寄托也罢，不该是相轻的，而该是互为导入的。

亲情可以教会人如何去爱，爱情可以回头辅助你更好地回馈家人，给予你生命的人。

锅里的热汤正巧烧开，Nana帮着往鸳鸯锅里下各种食材。

他们刚才顾着看小品、说笑了，忘记冷锅时把鸭血先放进去，眼下，两个女生手忙脚乱地往锅里倒鸭血，刚余进去，蹦出一些汤汁来，溅到小罗的脸上，真是要命：“姜悦，你要烫死我早点说！”

哈哈哈，两个女生笑得更乱了。

傅雨旸做旁观状，也是这个时候，才知道小音的这个朋友，真正的名字。

宾主尽欢，动筷子了，周和音才坐到傅雨旸左手边，问他：“你OK吗？”她知道他不能吃辣，便要他吃猪肚鸡那边的。

傅雨旸要她别管他，也悄声提醒她：“别说些扫兴的话，你们吃就是了。”

周和音趁着猪肚鸡汤没下食材前，抓了把芹菜末，给他盛了碗原汤。

“喝喝看。”

外面门铃响了。

傅雨旸接过她的汤，也叫她去开门。

“谁啊？”

“去开就知道了。”

是管家部的人。推着餐车进来，说是傅先生订的。

是中餐厅那头几道著名的川渝菜和本帮菜，另外就是意餐厅那头几道有名的甜点，其中就有蒙布朗。

傅雨旸当着Nana的面玩笑：“当初见小音，酒店方正好过来打招呼，问我要不要试试他们的新甜点。

“我哪有工夫吃这些玩意儿，可是头一掉，看对面的人倒是有几分兴趣的样子，就应下他们。回头在酒店门口，她过来和我说话，我看她手里的袋子，心想：这小丫头当真馋得很，还打包了，真新鲜的一个人！

“后来她告诉我，是因为姜小姐喜欢吃，她才打包的。

“今日也不凑巧，天不好，我原意是想正经招待你们的。小音执意要在家里吃，也就只能中不中、西不西地杂烩一顿了。姜小姐和罗先生，万不要笑话。”

傅雨旸的话术，丁点不说客人的不是，全是他们做东的人考虑不周。哪怕点名道姓，也是女士优先。

Nana一副受宠若惊的样子，冲小音交换一下眼色，真的，果然别人的男友总是不叫你失望。

也瞬间明白过来，小音为什么能这么认栽。

换谁谁都栽。

餐桌上一时布满了所谓杂烩的菜和甜点。

Nana刚才开动前已经拍了一堆照片了，眼下新添的她还要拍，要小音一起来合照。

傅雨旸却喊她过去，要她从恒温酒柜里取两瓶酒下来，第二层，左数第三、四支。

“干吗？”

“你拿就是了，怎么老喜欢问问题的。”

周和音依言拿下那两瓶红酒，傅雨旸就着她的手，看好年份，将左三这支送给了管家部的小陈：“刚才你们过来，周小姐想给你们小费，又怕不妥，悄悄跑我房里左右为难了一通。

“我晓得你们经理的规矩，这也算不上小费，算周小姐送给你的。”

小陈侍应傅先生这些时间里，这位客人鲜少热络，更不会殷勤打赏，一来坏了他们部门的规矩，二来，客人自有自己的眼界在，这长包房的费用，从来不少。两厢原本就是银货两讫的交易，谈不上人情世故。

于傅先生而言，他怎么差使他们，都是应该的。是他付的金钱范畴内该有的服务价值。

今日，这是傅先生现挂的人情，要送小陈一支酒。感谢她今日的辛劳。

小陈受用傅先生的好意之余，也认真谢过周小姐。

另一支年份好点的，傅雨旸要周和音最后送给Nana：“自已喝，或者留着招待朋友，都可以。”

“你为什么不自已送？”

“我送和你送有什么区别？”

“有。你送是情意，我送，就是偷拿。”

“你反正也不是第一次偷了。”

哎？

傅雨旸提醒她，送堰桥的酒。

哦。有人瞬间有了做贼人的自觉。

“他告诉你了？”

“书云说的。”傅雨旸阴阳怪气一通，“对晚辈不要这么投契。

“更不许拿我辛苦挣来的钱，去狗腿子地奉承，跟人家合伙打游戏。”

周和音笑惨了：“你吃醋了？”

厨房被隔断出来的一个角落，傅雨旸临时征用了，收纳那些别人送的酒。

有限空间，二人离席，久不归位，委实说不过去，他道："别乱说话，否则就地正法。"

周和音手里握着那瓶红酒，笑吟吟地踮高脚尖，依旧够不到他，她干脆把酒塞到他手里，然后拿手臂来攀绕他，叫他低头来，才碰到他唇边，某人打住，拿手掌来盖她的脸："一嘴的辣味。"

二人重回席上，周和音把红酒转赠给了好友，说明是傅雨旸的心意。

火锅吃到一半，傅雨旸才正经开始看手机静音之下的各路来电。

有几个公务电话确实得回一下，他这才抱歉地离席，到这儿，他拢头拢尾也就喝了碗周和音盛的汤，其余没怎么动筷子。

偌大一处房子，处处一副冷清格调，今天难得，餐厅桌上，做得这满满当当的烟火气。

小罗和傅雨旸之间仿佛有"次元壁"似的，交浅言也浅，没必要强行谋合。

丢了筷子，他和两个女生聊起游戏装备来。

傅雨旸也是这时去书房打电话的，约莫一刻钟，回来的时候，席上只有她们两个女生："罗先生呢？"傅雨旸客套地问。

Nana额外点了奶茶，要男友下去拿了。

"聊什么呢？"

聊小音下次更新视频的主题，正巧餐厅边柜上连接的马歇尔蓝牙音箱里，播到她"爱豆"的一首歌。

这首歌是"爱豆"主演的电影里的一首插曲。

周和音每回偶然听到这首歌，都有相同的念头，可惜没找到能陪她拍这个想法的人。

灯下，她落座在椅子上，微微仰头看着过来的某人。

傅雨旸随性地拈一颗葡萄吃，不言不语，回应着她的目光。

忽而，她说想到下期拍什么了。

落地窗外雨停了，下午还鸦青色的天，现在有着蒙蒙的蓝夜色。

到底是湖景房，从这里眺向外面，是一城最浓烈且锦绣的城市风光。

外面遥远处，星火璀璨，明暗交错。天然的夜与万家的灯火，好似都被框在这一处的落地窗里。周和音当着好友和傅雨旸的面，补了个唇妆，然后拖某人到窗前，以他们身后的景与色为幕布，要Nana帮他们拍张合照。

“Nana拍照技术很好的，我要挑一张发朋友圈。

“当然，要屏蔽一个人。”

[65]

经过一个晚上的熟络，Nana总算敢朝傅雨旸玩笑了。在她的相机构画里，定格前，她说你该陪小音拍日常Vlog的，一定会出圈。

傅雨旸生得盘正条顺，倒不是那种精致的画报美人，而是有着天然的镜头感，以及那种攫取力。

俗称上镜的美。

傅先生白衣黑裤，瘦削素面，却把边上颜色亮丽、年轻停匀的小音比下去了。

小音不满好友这么说：“我给你机会重新说。”

掌镜人坚决不翻供：“镜头不会骗人。”

画面定格，男左女右，周和音欢心雀跃地挽着傅先生的臂弯，他的这只手臂又是落袋状，是很闲散的一幕。

看到掌镜人比OK手势了，傅雨旸才偏头，垂眸看身边人。

不言不语。今晚，他是做东的，但实则言说得不多，话语权和布局权全交给周和音了，他当着她朋友的面，将私下促狭甚至蛮横的一面，像一双羽翼一般，全收拢起来。

眼下，他看向她这一眼，不到他肩头的人，仰首来会他。

视线交织，Nana凭着对镜头的敏感度，把这一幕不声不响地捕捉下来了。

她端持着相机说：“果然，偶得的才是艺术。”

傅雨旸不管她们闺密间的玩乐，只淡淡朝周和音说：“今晚没有月亮。”

周和音偏头看窗外茫茫的一切：“所以，不是‘请你坐在月明里’。”

那晚，月亮太亮了，太高了，太圆满了，月亮成了他们的情人。

今晚不是仲秋，没有月亮，一切从最低处开始，从缺走到满。周和音说，她从来没有一刻这么喜欢眼下的阴天。

因为，一切只会往好的一端过渡。天会亮，会晴，会无风无雨，会晒干人间，再沉沦出一盘圆月。

小罗将奶茶拿上来，他们又趁着兴头，再吃了一轮火锅。

最后彻底搁筷子的时候，周和音简直不相信，他们吃了这么多。

她的肚子饱得快冒出尖了。就在她预备揉肚子的时候，春芳女士给她打视频电话，周和音没所谓地接了，视频里，背景一隅看不出端倪，画外音又有Nana的存在，春芳女士丝毫不起疑，只说她不到中午就飞出去了，这么晚还不回去。

“心真是长草了。”

周和音莞尔：“因为天下雨，在朋友这里待了一下午。”

“娜娜的朋友？”

“不是。”

女儿等着老母亲的追问，可是春芳女士没有继续，身边有周学采看电视新闻的动静：“行了，天不早了，玩玩早点回去休息，明朝还要上班的。”

周和音点头。

挂断前，邵春芳叮嘱小音：“七月半要记得回来，给你阿婆烧元宝的。”

周和音稀奇，提醒妈妈出门前已经说过了：“我记得的。”

“嗯，你记得最好。”

通话挂了。七月半是下周二，工作日。傅雨旸再不稀罕这些俗事，也明白，烧纸拜祭得在日上三竿的白日里头，不作兴在晚上烧纸钱的。

他问她：“还得请假回去？”

周和音点头，告诉他，每年除去清明，阿婆生忌、七月半，爸爸都会在家里点一炷香烧纸拜祭的。

虽说阿婆生前交代，不兴这些俗礼。可是爸爸还是学着巷子里人家的拜祭行事，最简单化地做，唯一的“封建”行为，大概就是父女俩会折一些元宝，烧给老母亲了。

周学采说：“老的总归要做给小的看，烧纸钱是假的，我知道，你阿婆也收不到了。可是几千年都是这么过来的，为什么呢，因为精神不死。

“惦念一个人，哪怕最后成为一抔灰，也不影响我们惦念他（她）。

“再分身乏术，一年到头，有一时一刻想到他们，就足够了。

“小音，我是在教你，也是在警醒自己。”

于是，听闻周家这一琐碎片段，傅雨旸轻易否定了周和音的念头：“我没有女儿，但凡有个女儿，她要么瞒我到底，要是这样告诉全天下人，单单瞒了我，我坚决不会认同他们的。”

周和音张嘴要解释所谓巧取的意义。

傅雨旸眉眼淡漠，尽管他只和周学采正经交谈过一面：“小音，你信我。

“你父亲爱你的意义，此时此刻，我是说起码此时此刻，我越不过去。”

同为男人，他太懂爱子与爱情远不能相提并论。

后者始终是一个情字，得立住，它才能成器。

爱子，是天然，是本能，是甚至不惜拿命去搏。

傅雨旸要周和音明白，从一开始，他就是喜欢盛在周家这个哪怕朴实无华的陶罐里，却依然闪耀光辉的珍珠。

一对父母得付出多少心意与疾苦，才能把这颗珍珠养大。要其不蒙尘，不磋磨。

“小音，当我自私吧。我下定决心要这颗珍珠，必然是一点风险不愿去冒。

“你是傅家也好、周家也罢，唯一一个凭着自己心意长大长成的孩子。”

单凭这份独立的心意，傅雨旸也不愿折毁她。

周和音听他说这些，很不是滋味：“说来说去，你还是觉得你的颜面更重要。”

傅雨旸拧眉，也委屈：“我都甘愿把自己放在你父亲后头了，还说我的颜面更重要？”

“可是你不肯听我的。”

“因为我比你更懂男人啊。伤什么，不可以伤他们的颜面乃至尊严。”

“那要怎么办？你们都看重尊严，那么，干脆打一架吧，反正你跟老周也没差多少，打一架吧，男人不是最服拳头的吗？”

傅雨旸戴着一次性PE手套，两个人一齐在收拾桌子，顺便垃圾分类。

周和音这么一说，傅雨旸即刻就笑了："好啊，我倒要看看，你袒护谁的多！"

周和音手里提着厨余垃圾桶，心思不在这上头，一时郁闷走神，把桌上一把用过的餐纸投到桶里去，嘴上冷淡："我谁都不袒护，大哥跟二弟，谁打赢算谁的。"

任性的人，嘴里毫不遮拦。

傅雨旸即刻一副严肃嘴脸："周和音！你再说一遍！"

这里间模棱的关系，是某人的心病。偏这任性孩子，恃宠而骄地往他心门上撞。

周和音才不睬，丢下手里的活计，要去和客厅闲坐着的Nana他们说话，走开前，傅雨旸不答应，要她把厨余垃圾桶里几张餐纸拾出来。

"垃圾分类，人人有责。"

"是你请客，又不是我。"

周和音这么说着，心里倒是生出几分厚颜无耻般的惭愧，真是跟好人学好，跟坏人只会学他的坏。头一桩，就是学会了当甩手掌柜。

她当真傲娇地端着桌上一盘没吃完的水果走开了，傅雨旸啧一声，却也拿她没辙。

周和音边走边回头，只看到傅某人一脸无奈地去替她收拾残局，把她扔错的纸巾全部细致地择出来了。

有人就这么站在不远处，等着他的视线过来。

果然，他偏头，目光降临，嘴里骂骂咧咧："不像话！"

十点出头一点，Nana和小罗提出告辞了。

Nana悄声跟小音说，傅先生竟然还会干家务活，真是新闻。

周和音满是不以为然，甚至几分骄傲而不自知："他只是把那些碗啊碟啊锅啊，放进洗碗机里。"

Nana横一眼这飘飘然的人："说你胖你还喘了。"

闺密之间从来不缺"毒奶"。Nana有必要清醒地和姐妹说几句："情浓的时候什么都是好的，感情也需要心机的啊，你不留心、存心，没准就是过眼云烟罢了。"

Nana提醒小音，去年从B城气呼呼回来的事又忘了！傅雨旸其实压根没咋的，不过是去前女友老爹跟前谈生意去了，周和音就气得屁颠屁颠地回来了："就是提醒你，人家是有前任的，感情这事很迷，其实说白了，和咱们打游戏是一个道理。拉扯，就看你有没有这个本事做极限拉扯。你看你妈，这个年纪了，照样把你老爹拉扯得服服帖帖。"

女人间讲私房话，你要讲就算了，小罗在边上一味清嗓子，冷眼旁观着，说："你俩在这儿大声密谋就有点说不过去了。"

待到傅雨旸那头收拾停当过来时，他们这端的闲话正好告一段落。

咳咳，大声密谋的两个人瞬间揭篇聊下一个话题了。小罗更是气愤，这是把他当个摆设了。

Nana正式谢过傅雨旸的招待和红酒，说天不早了，他们该回去了。

主人没有客套地挽留，只是行着云淡风轻的礼数，要他们路上慢点开。

周和音下午回去的时候，是开傅雨旸的车子，来的时候，她依旧给他把车子开回来的。眼下，她说跟小罗的车子走。

说着，就去拿沙发上的包。

边上三个人齐齐望她。

三个人用三种神色盯着周和音。

Nana的表情最难懂，一股子"毒闺密"间的轻蔑，属于——你再矫情给我看看；又有点深味待以琢磨——小妖精开窍了，即刻开始拉扯了？

周和音很无辜，她一门心思地想天确实不早了，今天一天也折腾得不少了，她要回家好好睡觉，明天好好上班。有什么，明天再说。

二则，她确实有点想逃，她……很知道不能留下来，留下来就是个"死"。

周和音执意要跟他们一起回去。

Nana和小罗一副"吃瓜"嘴脸，一言不发。

倒是傅雨旸，面上无妨，只说，送他们到门口。

直到玄关门口，客人陆续换回鞋，然后再三地将客套话又来回了遍，傅雨旸端正地朝他们说再会，随即，开门送客。

Nana和小罗先一步迈出去。周和音最后，她压根没来得及开口说什么，就只觉得脖子上一紧，有人手臂一够，套圈圈般套住她的脖子，当着她朋友的面，莞尔着，也不怕外人笑话："我还有点事和她说，晚点送她回去，今天很开心和你们会面，有机会我们再约。"

Nana这个叛徒，前几分钟还义正词严地扮"人间清醒"，说什么留心、存心，要什么极限拉扯。

现在眼见着小音被锁喉般困住，她只冷漠了两眼："那什么，小音，照片我修完发你啊。"

傅先生露出吟吟的笑意，目送客人。

没等脚步声走远，周和音就开始跳了。没有外人在，二人说话也开始没有顾忌了："我再不回去，我妈待会儿打电话过来，要怎么说啊！"

"直说。"

"你自己说的，不愿意冒险的。"

"我说的是不愿意冒人格的险。"

"哦，不好意思，傅先生，你正被我爸质疑人格呢，你的人格已经被第三方锁定，不能拿出来担保了。"

傅雨旸啧一声，眉头全是官司，质问眼前人："被哪个不开眼的第三方锁住了呀？"

正经了一个晚上的人，这个时候学些"茶里茶气"的口吻跟语气，周和音狠狠啐他，一把年纪，不要学老妖精那套!

傅雨旸勒住她的腰，有必要提醒她："你今晚第二次人身攻击我了。"

周和音甚至想不起第一次她说什么了，只是一挨到他，就有点喘不过气来，生理心理都有。

她穿的针织衫下摆又短，一时被他的冷手从下摆探进去，整个人的气息就全乱了，乱糟糟里，她才想说什么，就被他拿脚带上门的一下砰声给震了一跳。

有人期期艾艾地推拒他，说不要。

某人捏她的脸，玩笑地逼她说些什么。

周和音才不听他的，摇头挣脱他的手，随即，心神和身体俱是失重般的空。

傅雨旸不管不顾地抱她往里走，周和音骂人："纵欲的人没有好下场！"

"嗯。"有人漫不经心地应着，尾音拖沓且含糊。

他把那遮掩用的丝巾从她领口抽出来："认认真真再说一遍，我和你爸什么关系？"

"没有关系。"有人这个时候倒又识相了。

偏某人又不满意了，一点点去贴吻她，或轻或重，看着她战栗、吃痛。

然后他任由她端详着，一面动作一面狂言：“小音，我又想听了，你喊喊看呢！”

周和音才不理会他，她依旧惦记着要回去。

傅雨旸不依不饶，也不听她嘴里的委屈，指证她明明精神很好。

他说过的，绝不心疼她。也拆穿她，回回是反话，全得反着听。

周和音被他牢牢反抱在怀里，想打人也够不到……

身后人沉静执迷地要她喊喊看，骗小孩呢，说：“喊了，我就送你回去。”

慌神无主的人，逐渐被吞噬了所有精神与理智，忙不迭的细微声音里，她当真喊了句什么，自己都没听清。

Chapter 21 路

[66]

周和音说，她人生第一次听偶像的演唱会，是十九岁。

也是阿婆去世那年，爸爸看她一副许久都走不出来的样子，新学期开学时，不知从哪里弄到了演唱会门票。

小音在现场给父母打电话，要他们听。那时的周学采笑话且诋毁自己：“说到底我和你妈都没有比得上一个明星。”

周和音在泱泱的人潮里，哭得泣不成声。

边上有一对情侣，小姐姐翻包里的纸巾给周和音，以为她失恋了，一门心思安慰她：“不要紧的，失恋而已，你总会遇到独属于你的那个人，他一定在未来等你。”

那时候的周和音满不知道爱情是什么滋味，她哭了好多，哭阿婆，哭爸爸的溺爱，也哭自己形单影只地来听最喜欢的歌手的演唱会。

散场后，周学采过来接她的。

爸爸问她，见到他了吗?

当然没有。她知道他在舞台上就够了，她关注他的作品，听到他的作品就够了。

爸爸不懂囡囡追星的意义。

周和音摇下车窗，指指天上的星星，是遥远但又实际存在的意义。

后来遇到陆临，小音和他聊过一个视频创意——偶尔夜里回去的路上，她偶然听到有跑车或者快车呼啸而过的声音，她总能想到歌曲《一路向北》的前奏。

像AE86（丰田车型）拉练的声音。

陆临苦笑："我可没有AE86陪你录这一段。"

那时候的小音天真笃信，笃信她的爱情就是这个人："没关系，我们有的是时间。"

傅雨旸听到这儿，一副不无嘲讽的口吻，唇隙间叼着烟，一说话，燃着的星火上簌簌落下烟灰来："敢情我成替补的了，人家没和你达成的，算到我头上了。"

累成泥一般的人，在入睡前，最后一句说得短而笼统："嗯，算你头上了。"

早上，二人着急忙慌地出门。周和音旋开手里的谷粒燕麦奶喝了一口，解着安全带要从他车上下来，八点不到的通勤大军，路上堵到爆，好不容易傅雨旸送她到了公司楼下。

她即刻要下车，去赶着打卡上班。

临走，她匆匆地询问："你愿意吗？"

"什么？"某人冷漠回应。

"愿意做我的模特吗？"周和音一副低低促狭鬼的声音，气息里含着谷粒燕麦奶的甜气。

傅雨旸掌舵的单手松离方向盘，翻他的手机联络名单，一副勉强再勉强的口吻："比起找车子，更难的是找封锁的路。"毕竟那种引擎声需要瞬间起步，百米加速，地板油门，才闷得出这所谓拉练的声音。

周和音道："哦。"

她刚想说，不行就算了。

傅雨旸催她下车去："我找到路再说。"

急性子的人，这个时候反而慢了，她问他："为什么愿意陪我儿戏？"

"不是拍引擎声吗，哪里儿戏了？"驾驶座上的人反问她。

"我以为你要说我幼稚。"

"幼稚不影响我认同你。"傅雨旸再说，"否则你以为我和你来往，指望你什么，行军打仗啊？谈判交易，那是交给付薪水的人做的。"

和她嘛，他说："你爸都能纵容你去听演唱会，还开车去接你回家。我又有什么不可以。"

周和音把手里喝了一口的谷粒燕麦奶塞到他手里："谢谢傅二叔。"

然后一溜烟跑了。

车里的傅雨旸一早就火冒三丈：“周和音，你给我回来！”

周二这天适逢中国阴历的七月半。

中午，周和音请假了一个小时，加上午休的时间，足够回家一趟。

她到家的时候，前楼堂屋的方桌上已经正经摆了七八道菜，有素有荤，全是阿婆爱吃的口味。

篓子里剩几张银箔纸，其余邵春芳都叠好了，意思间，要小音把最后几个元宝叠好。

周学采从北屋穿行的拐角口过来，手里找来一个小铲锹，待会儿烧过元宝后铲灰用的。

周和音坐在日头下，叠那几张剩下的元宝。

她今日一身的素净打扮，衬衫领口系得一丝不苟的，坐在小凳上，不惧阳光直晒。她细致地叠那银元宝，不一会儿，两个食指上就全是银箔色。

周学采趁着女儿回来，和她商量个正经事：“对过姜太太介绍了个人家，夫妻俩带着个下半年高三的女儿，为了高考复习紧凑点，要租一年你奶奶的房子。”

“可以啊。”

周学采话刚说完，小凳上的人就答应了。

只是，她说：“你们出面吧。”话里不乏带着一些经验教训之谈。

周学采把手里的铲锹放下，蹲身过来帮女儿叠那最后几张。

“你阿婆最后的交代里，有说到后面这栋房子，是拿傅家一块怀表典当的，没有那块古董表，就没她和我几十年的有瓦遮头。”

周和音一直利索的动作停了半拍，她一向不觉得叠元宝是封建迷信行为，她都当手工课一样完成的。

停顿的半拍，周学采看在眼里，不时，看到小音继续动作，说：“爸爸，阿婆都放下了，不然她也不会那么安心地住那些年。你最懂她的心气的。

“无论是谁送的，恋爱期间交往的礼物，实在没有必要耿耿于怀。”

外头从厨房过来的邵春芳，端着最后一道香煎小黄鱼。

看堂屋里爷俩面色不大对劲，问怎么了。

周和音摇头，确实没有什么。

周学采起身翻裤袋里的火机，再把篓子里叠好的元宝悉数倒在地上，引火去烧，中国式最朴素的拜祭方式，没一会儿，堂屋上头就袅袅飘着些烧化的纸，倏忽变成了灰、烟。

这一抔纸灰飞烟灭前，周学采站在堂屋当中，难得地，把那晚和傅缙芳独子聊的最后一截话告诉了妻子和女儿："他和小音态度差不多，知会我，我当真要还什么的话，找他父亲去，找成为灰的那个人，反正不是他。"

周和音堪堪站在门口，门廊边，光把她的影子投在堂屋里头，等那一篓元宝烧得差不多了，爸爸要拿铲锹铲灰时，她当着爸妈的面，也当着阿婆的面说："爸爸，之前那回我去找他，要把赁房的房款退给他，他那晚说了好多混账话，我一气之下就没有还给他。

"上个月，我再遇到他，还给他了。所有的钱。"

邵春芳在丈夫身后，听闻这一段，冷不丁地朝小音使眼色，要她别说了。

周学采蹲身拿铲锹铲那些烧过、烧透的纸灰，铲到簸箕里，一铲一锹，虔诚极了。事实也是，阿婆当得起他这样虔诚。

周和音看着爸爸这样清瘦的后背，顿时五味杂陈，她一步上前，想帮他，周学采没让，只让她好好作个揖，然后，吃完饭上班去。

中午吃饭空当有人来串门，正是姜太太领着那要租房的夫妻来看房子，全程都是周学采出面的，房租谈得也算顺利。周和音吃过饭要回去上班了，听到爸爸说，当真住过来，就把南楼和北屋这个过道封起来。

"这样，两家都安生。也不影响姑娘读书。"

租客连连称是，说这样最好不过了。

周和音是从南楼门楼出来的，看爸爸一副主人貌地站在北屋门楼处，中间隔着一栋楼的深度，她看了爸爸好几眼，他始终不回应她。

时间局促，周和音到底还是出门了。

等到她走到巷子中间，回头时，爸爸已经进屋了，北屋门楼台阶处，仿佛只剩下她小时候在门口跳房子的映像。

一格一格地跳着跳着，那个小宁就长大了。

阿婆也不见了。

下午回公司，她中午请的假是得骆总口头应允先走的，该补的假单还要补。

趁大佬茶歇空当去找他签假单的时候，骆存东有一搭没一搭地瞟周和音两眼，问沈致那头是否还顺利。

“嗯。合同已经走完，后续我也会及时跟进的。”

骆存东含糊地发了声鼻音，心想：这小妞有两把刷子，不声不响地摁下两个头颅？

他把签好的假单递回头，大概今天太闲了，闲得他要和下属闲磕牙（闲谈）几句。既然傅雨旸那么光明正大地要替她撑腰，那他也没什么好遮着掩着的：“傅先生到时候回头去，你怕也是干不长了？”

“什么？”

“傅雨旸来江南是替乔董临时救场的，他总要回去的，你不跟他走？”

周和音心里一堵，跟实心的糯米粽子掉进心坎里来去不得一般堵。她再想到中午在家里，爸爸要把那连通的过道封起来，要让南北不通。

案前人扯过她的假单，耿头耿脑地谢过骆总：“我哪里都不去。”

然后出去了。

骆存东一噎：“哼，小妮子被惯得上天了！”

下午几个小时，满满当当的会和客户追踪。周和音沉浸地做数据报表，没一会儿，耳边同僚们就商量着下班了。

今日七月半，尊重传统文化也好，遵循公序良俗也罢，反正和本土节日挂钩的日子，大家都约定俗成地不加班。

骆存东也还算开明。出来找人要数据的时候，看大家都一门心思收拾东西了，也就此作罢了。

周和音是格子间最后一个走的。

走之前，骆存东办公室的打印机没墨了，他跑出来逮住她问，外头共享的打印机是哪个？

她哪有工夫告诉他是哪个，干脆去翻他打印机下的储物格，给大佬找出替换墨盒，三下五除二地换好了。

大佬坐在办公桌前，岿然不动，几分的拿乔状，不说感谢、辛劳的话。

周和音也没所谓，继续耿头耿脑地朝他说再见，她下班了。

骆存东几分有趣地盯着她，心想：也是，把这江南的水芙蓉挪去北方，能养得活吗？啧。

周和音结束一天的工作后，没有回自己租的房子处。

而是径直驱车回家了。

她回来晚了些，又没跟家里打招呼，到家后，邵春芳问她吃了没，看她摇头，一时懊悔，说刚把中午剩的炒菜全倒了。

周和音没所谓，说煮包方便面吃一下就行了。

邵春芳哪里肯依，去东院墙外头拔了两把鸡毛菜，要给她煮碗面吃。

“爸爸呢？”周和音扮作随意地问。

“睡了。今天忙店里和家里，累了。”

周和音进门，换鞋，上楼，笃笃一阵老大的脚步声，最后拉开纱门，在父母卧室门口站了站，床上的人不知是真睡着了，还是假寐，始终没有回应门口的人。

周和音的一碗面是在北屋门楼里吃的，春芳女士搬了一把凳子坐在她边上，一边帮她赶蚊子，一边拿蒲扇给她扇风，这蒲扇还是阿婆从前留下的。

一碗猪油鸡毛菜面，吃得周和音满头大汗。

她搁下筷子，就去轧水井汲水，洗脸。

冰凉的井水瞬间赶去脸上懊糟的汗，周和音抹一把脸：“妈妈，我有话和你说。”

乌洞洞的夜里，邵春芳狠叹一口气：“我上辈子欠了你们爷俩的。”

月半，亮月却不过分圆满，都说十五的月亮十六圆。

不等女儿开口，邵春芳用低低的声音说：“上次带回来的鱼，不是什么客户送的，对不对？”

再上回，他们过去给她送吃的。邵春芳说：“你爸爸看不出你的慌张，我可没瞎，你和娜娜两个人，一唱一和，你以为我不知道。”

虽然娜娜口里像是在说小音的那个客户，但拐弯抹角里全是在说类似的一个人，什么户籍重要与否，嗯哪，B城的户籍跟江南比起来，确实金贵不少。

“姑娘是我生的，我太清楚不过。

“我那天和你视频，你已经换了一套衣裳了，今天又不声不响地赶回来，你爸爸都明白过来了，你这个时候还和我说什么，太小瞧你妈了。”

周和音隐忍地站在月下，妈妈那处是光明，她脚下全是阴暗。

再听邵春芳问她：“囡囡，你实话告诉我，到什么地步了？”

周和音不假思索：“去年没有，那时我之所以不回答爸爸，是不想他把我的喜欢想得那么浅薄。现在我也不想瞒你们，妈妈，我觉得起码你能懂我的心情。

“我就是绕不过去。我不和他试一下，我这辈子都会后悔。”

邵春芳听女儿把话说得这么重，一时也不大快，把蒲扇掷到地上，一副严肃中肯的口吻：“你越这样，你爸爸越不会答应。”声音却是轻的。

隔着一道楼梯过道，母亲始终是袒护女儿的。

周和音固执地忍泪，俯身去拾那把蒲扇，声音朝着地面，闷闷的，继而抬起头，两步走到阶前，走到妈妈脚下：“妈妈，你们只是凭着那遥远的印象和口中的傅家人，而对他做那样的判断，我觉得这样是不公平的。”

“什么叫不公平？难道你阿婆这辈子就公平了，你爸爸为了做所谓的孝子，瞒了我这些年就公平了？不是你的幺蛾子，他可能到死都不告诉我这些事。我守着他半辈子，到头来夫妻俩间这点投契他都不肯给我，这就公平了？

“囡囡，我情愿你什么事都没发生。不然，我也不必知道你爸爸心里到底还是朝别人倾斜了，哪怕那个人是他母亲。”邵春芳说，这就是人性，自私、浅薄。

我们每个人都得学着体谅别人，别人的疾苦，别人的人生，哪怕体谅不了，也得学会尊重，不加干涉地尊重。

“小音，你是喜欢那个人没错。但你爸爸也珍惜你，他也没错啊。

“爱子如果是天性的话，你爸爸对你算是情理之中，你阿婆对他才是真正的怜惜，她和你爸爸一点血缘也没有，却真正爱护了他四十来年，这份情，他如果能轻易舍下，也就没有今日的周学采了。”

邵春芳看似在说服女儿，其实更像在说服自己，说服自己不必去计较这点前尘往事。

周和音手里攒劲般捏着那把蒲扇，小心翼翼地试探妈妈，因为只有妈妈才是最懂爸爸的人，是试探，也更像求指点迷津：“妈妈，你也觉得我不该是不是，也觉得我和他没有好下场，对不对？”

“住口！”邵春芳即刻呵斥，她不准任何人诅咒她女儿的人生，哪怕是女儿自己。

“妈妈，我不会的。哪怕结果不如我意，我也不会的。”周和音单薄地站在亮月下头，不是信誓旦旦，而是清醒，她只想告诉妈妈，哪怕她喜欢一个人，也没有丢下这份清醒。

“那么，你为什么不去跟你爸爸直说？怕他再打你一巴掌？”邵春芳恨铁不成钢。

周和音摇头：“他打我不要紧，我是看他这样不愿意跟我说话，我难过。我不敢跟他说，仅仅是怕伤了他的心。”

她再翻出手机里Nana传给她的照片，修过的堪比完美的合照，她告诉妈妈那晚她的意图，被傅雨旸否了。

邵春芳接过蒲扇，一把扑在周和音的脑门上：“亏你想得出来。”

邵春芳指给她两条路：“要么，你就偷偷摸摸谈你的恋爱，只当今晚的我什么都不知道；要么，你就光明正大地给你爸爸过条明路，后面的路，凭你们自己去修。

“我不阻拦也不认可。”

话又说回头，她道：“你们这点关都过不了，也别想所谓的长久。”

邵春芳唯一的仁慈，就是想把婆婆当年没有得到的公允还给女儿。人好容易陷入惋惜里，其实世上没有那么多如果。

彼时，傅家偌大一个家族，傅缙芳不能凭一己之力过活，同理，他更不能袒护自己的偏爱。

倘若爱情总要偏爱才能成全，那就已经落入狭隘了。

与其说邵春芳放任女儿去和傅家人来往，不如说，她希望自己的孩子去闯一闯，已然会走路跑步的孩子，你一味勒住他，他反而迈不开大步子，注定会变得踟蹰谨小，窄仄地活在自己的天地里。

家务事也是生意经。凡事，出现绝对的一边倒现象，总归是不能够的，也不应该。

距离周末过去两日后，傅雨旸再召宋堰桥到他的交际局上，名为外甥来接他，但在略坐坐的空当，傅先生也为外甥引荐了几个人，亦师亦友地胡乱称作一气。

临了，甥舅一前一后从交际场上下来，宋堰桥难得好奇：“你今天没喝酒。”

傅雨旸应声：“天天喝，会死的。”

堰桥跟着后头哂笑，再告诉老傅：“今天这个日子，你也不去管你爹妈和姐姐的祭拜，害我妈做了好多吃食，全为难我了。”

傅雨旸毫不避讳：“祭拜过的食物，是不是确实少点滋味？很邪门。”所以他从来不吃祭祖撤下来的那些东西。

堰桥没觉得。他二遭打趣老傅：“那是你娇贵。”

呵。某人不置可否地笑，头也不回地朝身后人说：“乡下的路你熟，我问你啊，哪里的路适合去拉练拉练新车子？”

堰桥到底是男生，没有不爱车子的男士。只是他知道老傅是异乡做客：“你这一下好几辆车子，回头全扔这里了？”

傅雨旸答外甥：“都不是我的。”

实话，全是老乔安排的。不过今天雨旸要秘书管老乔头要辆跑车，费恩老伙计不禁好奇，亲自打电话过来，问：“你要跑车干吗？”

雨旸一向不在这些上头消磨心志的。他花钱置办房产、古董、字画、基金，也不会稀罕花钱买这些玩意儿。

傅雨旸一言以蔽之：“玩。”

老乔越发觉得有趣了，秉着雨旸是新交易的头号功臣，他在那头就像哄女人般哄着他，雨旸要上天，他就一副当真搬梯子供这位爷去摘星般的殷勤。

“我看你最近是全不耽误啊。啧，年轻真好……”老乔不禁喟叹，不等合伙人发作，就又补一句，“哦，我是说朱丽叶小姐。”

眼下，傅雨旸问堰桥，急不急着回去睡觉。不急的话，陪他去跑一圈。

车子点火，傅雨旸自己开，他这才得空给周和音拨电话，电话接通，他听闻她情绪不高的样子，问她在哪里。

“家里。”周和音简短回答。

傅雨旸盯着挡风玻璃眯一眼，从容问她：“出什么事了？”

周和音应一声，说没什么，再问他：“你在哪里？”

这个点，这头的人不打算为难她了。他合上车窗玻璃，截取一段沉默阒静：“还没散局。你早点睡。”

挂了电话，扔掉手机，早已脱离少年心性的人，很多年不碰这类车子了，他一点油门，流矢一般驶出去了。堰桥在边上问老傅：“去哪儿？”

“找路。”

[67]

上回去接小音，是宋堰桥开的车子。

眼下，傅雨旸听着小子的人工导航，不经意问他：“听你妈说，你十八九岁就敢摸方向盘了，谁教你的？”

宋堰桥没有径直回答这个问题。

沉默里，二人有着很明朗的答案。

书云和宋春桃是自由恋爱，在那时候并不多，早早地谈感情，早早地越了界，又早早地怀了孩子，无知热血，互绑着结了婚。

两人过日子，却丁点经济基础都没有。每个月的开支，都等着现成的饷来维持，一天不开工，一家四口就得把嘴扎起来，宋家有个不事生产的寡母，书云这头又有个不成器、好吃懒做的老父亲。

原先，书云跟傅雨旸借钱的时候，他还不想去管人家的家务事。

直到夫妻俩在书云新工作的地盘大打出手，扰到傅雨旸都知情了，后者这才知道。

“不是动手，是家庭暴力。”他冲书云纠正措辞，也纠正她的误区。

这些年，她为了儿子都忍下来了，床上床下，她因那个人受了不少罪。

书云告诉雨旸：“我和你说这些，是什么脸面都不要了。也是实在没地方诉苦，雨旸，我把你当亲兄弟，才肯和你说这些的。”

傅雨旸对此，付之良久的沉默，他知会书云两件事：“一，离婚，我现在就帮你找律师，立案、验伤；二，告诉堰桥，他有权且有义务知道父母婚姻不睦，以及父亲对母亲常年动手的事实。”

宋春桃卷走了书云的全部积蓄，堰桥被傅雨旸招来谈话，一言不发。

这是对一个没有经济基础的男儿最现实也最无力的辱没。

之后，又摊上和小音朋友打架赔画的事，几回下来，傅雨旸朝堰桥都没好脸色。

但他还是来了，听傅雨旸的差遣，来了。

此刻，疾驰的跑车里，甥舅二人各坐一端，少年难得一副低头口吻，知耻才近乎勇，朝傅雨旸道：“我不管别人怎么说，我只想快点挣钱，我知道，你不稀罕我们把你当舅舅，我也只愿意把你当老板。”

驱车的人一只手肘搁在车窗边沿，散漫地撑着首，嘴里言语却很正色：“记住，这世上就没有来钱快的行当。

“有，你也得付出相应的代价。”

傅雨旸十足地蔑视着，提醒小子，比如自由、比如性命。

“所以，你给我听好了。好好学习天天向上，这句话之所以贴在一年级的教室里，就是因为它能教你受益一生。”

宋堰桥做不受教状，端正地系着安全带，头回坐这几百万的车子，并不觉得多舒坦，反而嘲讽老傅，像极了兄弟间或者父子间才会有的调侃：“你女朋友又给你气受了！”

“嗯？”某人听闻句新鲜的，干脆问他，怎么说？

“每回，都是她给你瘪吃了，你就找别人的不痛快，或者说教别人。”

傅雨旸拒不承认：“她能给我什么瘪吃。”

宋堰桥拨一下车内后视镜，玩笑正主：“比如眼前。”

傅雨旸才不由小孩牵着鼻子走：“说你呢，怎么又扯到我头上来。怎么个个都这么不服管教的？”

其实堰桥闹不太明白，他问老傅：“你要磨合车子，直接上高速跑一圈不就行了？”

傅雨旸这才朝他说了实话。

堰桥表示被酸到了：“原来你这个年纪的男人谈恋爱也会这么投其所好啊。”

“你以为如何？”

“我以为她多数听你的。”

“一桩没有。”傅雨旸的眉眼间即刻有了颜色，一副朝外甥诉苦的形容，“且随时随地有翻脸的可能。”

这是宋堰桥有史以来，头一回听到、看到这样的傅雨旸。

他不再是那副连父母、胞姐迁坟下葬的事都要假手于人的冷漠，也不是在牌酒桌上，那副游刃有余又高高在上的有钱公子哥的嘴脸。

与其说他不设防地透露着他的隐私、家务事，不如说，一个冷冰冰的人不时沾上了点烟火气，肯朝别人吐露他近来的不如意，乃至软弱、软肋。

堰桥多少知道点，但老妈一再嘱咐他：“在你舅舅面前说话要知道分寸，你也不小了。”

“她很喜欢你。”

堰桥告诉老傅，那天去接她，在巷子口发生的一幕。

周和音明明都不认识路，却每一步都走在宋堰桥的前头，走得快一点了，又回头催他。

堰桥笑话她：“你很急啊！”

周和音满不以为意，嗯哪地应一声：“急着上洗手间。”

宋堰桥朝她翻一个白眼。

车子驶离城市光圈，来到一截省道边上。

月朗星疏，两道的灌木丛森森然随风攒动，像藏着伺机的野兽。

经由堰桥指引，车子停在一块空地上，探照灯高立着，边上有家修车铺，门面不大，装修也简单甚至褴褛，前头做生意，后头宿人家。

店老板看到一辆簇新的高级跑车轰隆着停泊下来，丢开夜饭碗，揩把脸，用揽客的口吻道：“老板，车子哪里出问题了？”

与下车的人一照面，才认出是宋堰桥。

二人是高中同学，对方早早就不读书了，子承父业地经营着这处修车铺，在省道边上，挣得是辛苦钱。两厢年轻人互相招呼。

对方分烟给堰桥，堰桥摇头，至于边上的老傅，他更是替他婉拒了。

堰桥说，找个地段拉练拉练车子。想来想去，也就这里合适，这一截路，从前他们学车的时候就来练过百米换挡。

修车店这里正好有光亮，适合他在这里做视频记录。

老同学闹不明白了，以为堰桥边上的这位老板是个硬茬儿呢，职业的?

对此，堰桥讳莫如深，只说，老板比较高冷，没办法，混口饭吃。

同学瞥一眼衣着光鲜的老男人，频频点头，又是招呼烟又是招呼水的。

全把堰桥当作是在陪太子读书了。

时下快十一点半，明日一定晴朗无边。

不甚圆满的月，疏离的星子，稀稀地散落周围，而月始终皎洁，是主角。

湛蓝的一隅天作为背幕，一辆跑车呜咽着电掣般的引擎声，呼啸而来，卷得周遭热浪成风……

宋堰桥之前没有发现，原来真的如她所言，跑车拉练出来的声音，确实和《一路向北》的前奏很像。

车子练闪一般从他眼前过去，眼睛始终比不上镜头的速度。

且宋堰桥还吃了一嘴尘。

等着老傅将车子折返的时候，做直拍的年轻人看都不看，修也不会修，径直把这一稿发给某个人，附言："还得你来。水平有限。"

没多久，那头打字回复了什么。

宋堰桥据实已告。

秉着精益求精的理念，以及两个"龟毛"碰到一起了，第二遍，傅雨旸要自己来拍，干脆要堰桥去练练车子。小子说他还是别碰了，碰坏了，他可赔不起。

傅雨旸拿脚踢他："碰坏了算我的。"

堪堪这一截引擎声，甥舅轮流上场，拍了五六稿。

傅雨旸说，术业有专攻这话真没错。

"没准，这六稿全被她毙了。"

堰桥不作声。

车子熄火在修车铺旁，堰桥折回头和同学叙旧，碰上同学的女友买夜宵来，堰桥盛情难却，饶是如此，他也没邀老傅下场。

他反过来问老傅："你急着回去吗？不急的话，等我一顿饭的工夫。"

傅雨旸冷漠地觑他一眼，随他去了，车子扔在一旁，自个儿去小河径边抽烟了。

夹岸的小河，水往东流，月亮铺在上头，波光粼粼，风一拂，动静相宜。

周遭有芦苇，傅雨旸的烟抽得小心翼翼，潦草且快，两三口，最后把烟蒂投进矿泉水瓶里。

他站在河岸这一边，做遐思状。

时间早已是第二天，且一点不止。

傅雨旸这才抬脚回头，回车子旁，远远吆喝了堰桥一声："回了。"

那端的堰桥好似不情不愿地从小凳上起来，拍拍手，冲老同学说再会，这时耳边传来一阵车驰声，由远及近，他认识她的车子。

果然，那辆白色丰田凯美瑞随着导航到达目的地，就近靠边停泊下来。

周和音一身米白色长裙，很居家的日常穿扮，外头罩一件在空调间里穿的薄衫，长发散着，从车里不紧不慢地下来。

钥匙和包还全在车里。

隔着不远不近的距离，她看到傅雨旸站在那辆跑车旁。

然后，她不声不响地走过来，起初的十来步迈得很慢，很矜持，很谨慎，越到他跟前，探照灯把这一处四方之地，连同边上的灌木，照得越清楚分明。

傅雨旸一不讶异她怎么会过来，二不提醒她，下车又没锁车子。

他只微微摊开手臂，呈迎接状，口里歉仄地告诉她："很不幸，今天的拍摄不大顺利。缺设备，缺脚本，缺……灵气的导演。"

周和音眉眼里的情绪随即一紧凑，拾步跑向了他。

耿头耿脑的人，怀着十万分的勇气，撞得展臂的人满心满怀。

她口里忙不迭的话，比眼泪还要快一点："Nana提醒我，你是有前任的，如果感情经营不好，我也会成为你的另一个前任。我不想你有那么多的前任，也不想你今日这样待我好，明天又这样去对别人了。傅雨旸，我妈说一个男人爱你的最务实表现，就是你可以支配他所有的钱，我还没有拿你的钱去买包、买相机、买车子、买房子……"

某人一时间难从乍惊乍喜里平和，原本以为她会委委屈屈说些软和话，岂料是一水的市侩经。傅雨旸哭笑不得，任由她扎在自己怀里，贴着他胸膛里跳动的心："哦，原来你不大喜欢首饰那些东西啊。"

Chapter22

一滴泪

[68]

“喜欢，我都喜欢。物质充沛，精神富足，这是每个人活着的目标。”

周和音仰头看一眼揽臂环抱她的人，一副咬牙切齿的口吻。

“妈妈说，两条路，让我自已选，一是瞒着他们，二是光明正大地修行。”

所以，她来了。堰桥告诉她，老傅因为她的一句话，不眠不休也要帮她达成这个念想。

周和音随即就下楼了，一阵笃笃的脚步声跑出去，丝毫没有瞒父母。

她也不要幼稚地发什么朋友圈了，她清楚自己在做什么就够了。

妈妈在门口压着嗓门劝小音：“你缓缓地来，你这夜星头冲出去，无论如何，你爸爸都要把不是算到傅雨旸头上的。”

周和音满不以为意：“就是算到他头上了啊。正因为我说了一句，他才认到自己头上了。

“妈妈，我的心又不是石头钢铁，我会感动，也会动容。凡事，论迹不论心。陆临你还记得吧，我好几次跟他提，想带他回来，哪怕是去咱们店里，他都闪躲掉了，他说还不到时候。分手的时候，更是一味地说经济不足够支撑他分顾感情，他要去B城了，奔前程是没错，可悲的是，他的前程从来没有我一席之地，甚至，反过来觉得是我拖累了他。

“而我，和傅雨旸说的时候，是说陆临没能帮我完成的一个愿望，我算到他头上了。”

邵春芳终究还是由她去了，二十出头的孩子，她如果不愣头青，不血气方刚的，那么这个世界也就老了，枯木难逢春的那种老。

眼下，周和音扑在傅雨旸怀里，哭的却不是他，也不是自己。而是爸爸、阿婆，她一味哽咽："爸爸心里一定怄死我了，呕血一般怄。"

话这么说着，她的两只手仍死死圈着傅雨旸的腰。

傅雨旸一只手揉在她脑后，有一搭没一搭地安抚、宽慰，她的言语虽向着家人，身体却在汲取他。

这种悖论感，即便是再冷硬的人，也被她哭着了。他的脑袋里空荡荡的，心里却很满。

堰桥站在不远处，不无几分尴尬神色，傅雨旸干脆和他说话，指指他们开过来的车子："你先回去。"要堰桥先把车子开回去。

那……堰桥指指老傅怀里的哭包。

"由她哭会儿。"傅雨旸自若地答。

不要紧，哭从来不必被叫停或者劝阻。哭完，情绪才会开朗，和阴天下雨晴天出太阳一个道理。

怕只是，哭不出来，那才是真正的委屈与伤。

堰桥把那辆跑车开走了，轰隆隆的引擎声悄然归于天际。

良久，周和音依旧埋在傅雨旸怀里，她不抬头，傅雨旸干脆把下巴搁到她头顶上，思维戏谑地发散开来，告诉她，犹记得那天她爸咒骂傅家父子一个德性，干些惠而不费的行径。

傅雨旸彼时恨透了自己的老爹。

他活了这些年，步步为营。头一回因为傅缙芳的风流债，而被人扣这么大的帽子。

别说只是男女之情，以傅雨旸的骄傲，即便是妻子，他也不稀罕受任何指摘。那时，他就是有着这么傲慢的头颅。

然而，他去嘉兴这一趟，老头过去的同僚告诉他一桩旧事故："小音，记得我跟你讲，我念本科的时候替大佬做译员的事吗？原来我父亲把我的译稿调过去了，他亲自看过，觉得没有问题，甚至袒护地当着同僚的面，骂对方资本主义獠牙嘴脸。"

父子情缘三十年，到头来，唯一的一桩天伦乐，还是阴阳两隔后才知晓的。

"即便如此，我也依旧不愿意原谅他。

“他从来没有将一碗水端平过，从前的人就那么辜负了，眼前的人他又不珍惜，都只是垫脚石、背景板而已。

“我不原谅他，也不愿意记恨他。我唯一需要反省的，就是不叫自己后悔，不让自己的孩子跟着受牵连的罪。”

傅家的教养，只会教出不叫对方为难的涵养。

而周家的孩子，能满心满意地夜奔过来，让人觉得乍惊乍喜，又如获至宝。

他还是那句话，这辈子，得一个这样的孩子，足矣。

抽抽搭搭的周和音听闻这一句，才从他怀里择出来。她哭得两只眼睛红红的，天亮后没准会肿。

“不许再说我是孩子！”

“嗯，倒也没有这么市侩且照本宣科的孩子。”他意指她信奉她妈妈的话。

“所以，是和你妈摊牌了，才情绪那么低落的。”来前的路上，他听出来了，所以才不愿意为难她。省道边上，风尘急急，乡下夜里也凉，傅雨旸脱外套给她披上。

再几步路走到修车铺那边，同堰桥那个同学言语几句，只见同学折回里头，拿出两根碎冰冰来。

傅雨旸是管人家讨点冰块，结果人家给了两根碎冰冰。傅雨旸说：“这也倒好，敷完眼睛，还可以吃掉，两不耽误。”

于是，他当真把两根碎冰冰横贴在她哭完的眼睛上。周和音瞬间变成了眯眯眼版本的奥特曼。

很冰。

她本能地往后缩脖子，傅雨旸不肯：“肿着眼睛回去要怎么好！”

凌晨一两点，依旧有时而呼啸的车子来来往往。但夜趋于沉寂，四下虫鸣草幽，更能闻得微凉的露水味。

周和音由着两根碎冰冰湿敷了几分钟，再睁眼的时候，眼边有蒙眬的水意，是碎冰冰化了。

傅雨旸拿外套左襟上的方巾揩掉其中一根消融出的水汽，然后施力一掰，对半折开，将甜丝丝的沙冰喂进周和音嘴里，还有一半他塞到自己嘴里。

冰化得很快，两个人吃得都有点狼狈。

傅雨旸把另外一根塞进披在周和音肩上的外套口袋里，然后，一只手搭在她的后颈上，推就着她往前走，一边走一边不忘和修车铺的年轻老板招呼一声。

对方轻快回应，说有机会再和堰桥一起来。

回到周和音车旁，傅雨旸才想起给她看他拍的几版视频，周和音吃着嘴里的半边碎冰冰，不无鄙夷地诋毁他们甥舅二人，说再加一个人，也起码三个臭皮匠了，就是没胜过诸葛亮。

不过这不重要，后期她总归可以剪辑。她要的是那段引擎声。

眼下，高高的太阳能路灯下，周和音临时教傅雨旸拍照，不是灯下就一定能出美人的，灯下也可以只出黑。

她教他，要把镜头放得低低的，低到拿她的脑袋正好盖过路灯的光源中心，只留光圈在她后头。

光照得人的头发茸茸的。

然后再捕捉镜头。

“怎么样？”周老师一面言传，一面身教，在那光之下尽量不移动自己，由他来捕捉她。

笔直漫长的马路边上，傅姓学生不能融会贯通就罢了，还很“钢铁直男”：“好像也没差。”

“猪！”

于是，镜头定格的时候，正好是周和音骂人的一瞬。

出来的成片糊就算了，她还张着嘴巴。七月半明明过去了，她却活像个女鬼。

“傅二叔，手抖就得抓紧补！”

才哭过的人，江南腔调中略带鼻音，嗡嗡的，像感冒那样，人倒清爽。她披着他的衣裳，单薄小只地站在那儿，像一朵夜里极为精神的花——本来她就是和音玫瑰。

傅雨旸任由她过来把手机夺回头，正好幅度大了些，披在肩上的外套滑落到地上，周和音俯身去捡，拾起来的时候，目光从他的鞋尖往上看。

某人孤身在夜灯下站立，面上不显，视线垂落，仿佛有无穷无尽的静默，呈收敛状，带着一副“你不问，我绝不说”的“委屈”感。

周和音终究是个肤浅的人，她就是没他沉得住气，只觉得，不至于吧，不至于真的因为一句玩笑话，当真了吧？

她捡起衣裳，掸掸确实存在的灰，耐不住地问："你老是盯着我干吗？"

傅雨旸不语，气息里，有淡淡的嘲讽。

于是，浮躁的人不禁浮想联翩，想起周天晚上的混乱，想起她胡乱作弄他，傅雨旸起初还顾忌些，最后也就不管不顾了。

也是这一刻，周和音才相信，情人能够破镜重圆的许多契机，就是这份在体内燃烧过的灰烬残余太难以剔除。

他站在你面前，你满脑子总是不禁地想起些什么。

就像那天，周和音骂傅雨旸下流，满脑子全是这些事情。

某人说着严阵以待的辞令，当她口里的下流是褒奖："明明是生而为人的顶级乐事，怎么就不能正确对待呢！"

眼下，她保证，有人不言不语的姿态里绝不安好心。

"你不准乱看乱想。"

傅雨旸倒是委屈上了："什么，我乱看乱想什么了？"他露出慧黠的笑意。

周和音比他少吃十二年的盐和米，自然落到下乘去，她杀到他怀里，骂他不是好人，不安好心。

傅雨旸双手揽抱住她，三更半夜的，二人站在乡下省道边，吃了一嘴的风尘，怀着油然的情绪相依偎。

闹过也就罢了，他轻轻贴一个吻在她刚哭过的眼睛上，拾回理智："好了，别闹了，我送你回去。"

周和音使小孩性子："我不想回去。"

"不行。"傅雨旸在她眉心屈指一弹，"我前脚还教诲堰桥，我们都要好好学习，天天向上。"

回头的路，是傅雨旸开的。

他把人送到六家巷巷子口，车却没有还给周和音，说让他开回去，也叮嘱她，回去后，别和父母起任何争执："凡事，天亮了再说。"

周和音没领悟他的意思，也因为天太晚了，她一身蒙眬的睡意。

等到她一觉囫囵睡醒，父母都去店里了。

周和音早早地约了网约车，七点刚过就出门了。暑假期间，对过的姜太太一早就在门口嫌二小子："太阳还没升高点呢，你就把一身衣裳作得没一个干净布眼，你倒是让我省省心吧。”

小音和姜太太打招呼，也问，好久没见阿宝了。

姜太太说她在上暑假班的舞蹈课，在她婆婆那头。

小音点点头，嘱咐姜太太：“等阿宝回来叫她到我那里拿玩偶啊，我买了两个，匀一个给她。”

姜太太好言谢过，也夸小音最近漂亮得不像话，是不是谈恋爱啦？“哦哟，你谈对象可不好瞒着我们的呀，我们大家可都等着吃你的喜糖的。”

周和音一大早送上门被催婚，揉揉太阳穴，借口去赶车子，溜得无影无踪。

而早一刻钟前，春芳茶馆门口停泊下来一辆白色丰田凯美瑞。驾驶座上下来的男人衣冠楚楚，不疾不徐地往里头走。

不到七点，早市最鼎沸的时候。门口陆续有客人进进出出，唯独这落单的男人最抢眼。他开的车子很普通，甚至比不上他腕上的一块表，只孤身纳入这人间烟火缭绕的地方。

即便千真万确地站在门口了，负责接待客人的服务员都不大确认，这位先生是不是来喝早茶的。

衣冠楚楚的先生不大受用服务员的招揽，只朝人家说：“稍待，我找你们老板娘。”

不等服务员回头看在收银台处的春芳姐，傅雨旸已经几步路走到对方跟前了。

他的言语坦荡磊落，形容清癯端正：“我想来尝尝她父母店里的手艺，不知道您愿不愿意拨我个位置？”

几分钟后，邵春芳跑到后厨，来找万师傅，一脸神色紧张，仿佛外头有什么不可开交之事。

“不得命了，老万，前面要出人命了，你快跟我去。”

后厨忙得脚打后脑勺，万师傅一早挂在脖子上的毛巾沉甸甸的，没干过，全是汗。

流水般的单子一张张往外吐，他得盯着徒弟，及时出单。

“出什么事了？”

邵春芳在老万耳边拣要紧的说。

万师傅抹一脸热汗，然后摘掉厨师帽，露出锃光瓦亮的脑袋，还有心宽体胖的笑意，揶揄道："哦，你的毛脚女婿来了啊。"

[69]

万师傅原先是春芳娘家店里头的厨房师傅，邵家老爷子没了，哥哥接棒管饭馆，店不大，两口子谱倒是不小，一来二去地声张，老万是不事二主的个性，干脆撂挑子不干了。

彼时正碰上春芳起了想要谋生意的念头，几次去万家，才请动了对方。

春芳到底灵巧，一张巧嘴很会哄人，哭哭啼啼地说过日子艰苦："求万师傅看在我父母的面，万万帮我们一回。你放心，你过去后绝不是打工，我每年给你按分账那种算。"

加上春芳婆婆又是读书人，请万师傅那回，梁老师一个滴酒不沾的人，也破例为子媳陪了一杯。

说实在话，万师傅最后应承下来，全不是看在周学采的面，而是看在周家两个坚韧的女人的面。他也有妻儿，很明白过日子，家有贤妻贤母是个怎样的福气。单论一条，婆媳没话说，就是上辈子攒下来的福报。

这些年，周家茶馆蒸蒸日上，万师傅也跟在春芳两口子后头，日子越过越顺遂，添丁纳福。孙女的满月、过周都是在这里办的，春芳这个人向来爽快，学采也没什么老板架子，店里气氛向来融洽。就连两口子起什么争执，在店里，也只有万师傅敢托大唬脸地道："吵什么，要吵回家去吵！"

许多食客不明就里，甚至以为店里那个脾气老大的光头胖师傅才是老板。

正因为老万算是用了两代的老人，无论是后厨红白案、采买用度，还是私下喝酒打牌，周学采都认老万是半个长辈，邵春芳这会儿才来请老万上前头去。

"女婿来是好事啊！"万师傅丢了毛巾，去洗手，顺便捧水浇把脸。

头先，小音私下跟老万学烫干丝，虽说丫头要他保证不告诉父母，算账的时候，老万还是透露给春芳听了，说："没准中秋节你就要吃鸭子了。"

他们这边的旧礼，认了的女婿，头两年上门送节礼，尤其中秋，得正经八百地送烟酒、月饼、菱藕、鸭子、鸭蛋。额外的，则是多多益善。

春芳讶异，再听老万说："你姑娘自己说的，那人很忙，不能来店里头。"

"准丈母娘"一下就跳脚了，拉着老万将七七八八的两门家务经说给他听，再三地嘱咐老万，不能和学采说，一个字都不能透露。

又喊自己苦命，怎么就摊上这爷俩。

老万不大解地说："嗯哪，又没什么大仇大恨在那里，老子的账怎么又算到小子头上了。这么论的话，就凭你那刁哥哥和嫂子，我当初也不该答应你们的。"

不是一家人不进一家门。

春芳一个头两个大，怕老万去和周学采辩，又嘱咐一遍："你不知道，为那个人，学采打了小音一巴掌，到现在爷俩间的疙瘩都没解开呢。"

老万闻言一惊，说没想到学采也有转不过筋来的时候。也难怪，男人爱子和女人爱子不同。周学采呀，说什么两家人两家仇都是假的，他就是没到做老丈人的时候，没这个思想准备。

看谁，都觉得没他待自己闺女好，看谁都有点第三者那意思。

"不信啊，将来嫁女儿，他哭得准比你厉害！"

要男人让珍宝出来，不如要他的命。

傅雨旸就那么单刀赴会地直接站到邵春芳跟前，实实在在是蛊得她吓了一跳。

邵春芳只见过他一回，就清楚记得他这个人了。无论是形容个头、名字谈吐，她都是有眼睛能看得到的。

傅雨旸想是看她讷言着，出言提醒她记起他，也不惮再次介绍自己，声音和煦，说今天他是以个人名义出门，没有带名片："给您这东西，小音回头准会骂我装腔作势。"他干脆拾起收银台面上的一支圆珠笔，在老板娘挂账的便签纸上，笔迹虽走得潇洒，但签字清楚，好叫人辨认——傅雨旸。

最后一个字，不算大众，他提醒她，旸，第二声。

邵春芳蒙得这才找回神："我知道。"

对面人莞尔，身量高且挺拔，当真生得极好，一副风流倜傥的好皮囊。就这一会儿工夫，走过的人都瞧他好几回了。

听闻邵春芳这句回答，他露出点到为止的笑意，世故从容，却不乏和善，轻言再回复她：“谢谢。”

邵春芳倒是被他谢住了，谢什么啊？

打开门做生意的，最忌讳一早有什么不顺当。只求事事如意，阿弥陀佛。

老板娘这才打算趁周学采没看到，喊人领他到楼上包间去。然而怕什么来什么，没等邵春芳开口，才朝员工小陆招招手，定好楼上哪个包间时，一扭头，出门去给客人送前一天订好的几桌早茶的周学采正好回来。

不早不晚，不多不少，堪堪，碰上了。狭路相逢。

傅雨旸西装革履，身上散着淡淡的香；周学采却是短袖衫长裤，一身的汗。

邵春芳站在边上，气都不大顺了。

生怕这两个，一言不发就吵起来，她更是心里念叨：我的老婆婆啊，你怎么就死了呢，你活着该多好啊，有人给你孙女做主，我也懒得蹚这浑水了。

收银台上有周学采的茶杯，进门的人一身热腾腾的汗，几步过来拿过自己的茶杯，胡乱灌几口。邵春芳也只能硬着头皮假装朝小陆嘱咐：“带这位先生到楼上包间去吧。”

灌了几口茶的周学采，不时出声，说话前，很不客气地当着客人的面，偏头吐掉嘴里的茶滓：“小陆，别忙。这人的生意，我们不做，请他出去。”

茶馆主人都下逐客令了，客人倒不以为意，冷静沉着地接话道：“不做我生意不要紧，但我有几句话，想找您单独谈谈。不拘在哪里，这里，厨房，或者外头的垃圾集中站，都可以。”

周学采随即就光火了，将茶杯重重地往收银台面上一磕，才要说什么，被邵春芳抢白了。老板娘一锤定音，客人找上门的生意没有不做的道理，她道：“都给我闭嘴！”

再知会客人包间有消费要求，本就是十人才会给到包间，她说：“你情况特殊，但钱，我一分不会让的啊。”

傅雨旸一副在商言商的口吻：“这是当然。”

言毕，老板娘亲自送客人上楼，把收银台腾给丈夫看顾。

傅雨旸跟着走到楼梯口，却还是执迷不悟地开口：“我能请他喝杯茶吗？”

“你请谁！”邵春芳没好气地扭头断喝后头的人。

落后一步的傅雨旸生生被喊到塞言了，心想：还真是亲娘俩。

“我请小音的父亲。”

邵春芳一脚已经迈在楼梯上，回头看梯下的人，难得，十足地光鲜、十足地体面，虽是寥寥几句，却很会把握人心。

骄傲之下，听得出诚心。

邵春芳这才走下楼梯，依旧没好言语地知会小陆，请客人上楼！

她即刻到后厨来喊万师傅。

邵万二人从后厨出来，负责楼上包间的小陆下来，告诉春芳姐，客人没怎么看菜单，只叫看着上，满足包厢消费起步就行了。

只是，茶要好的。

“他要喝什么茶？”邵春芳问。

“他说……小音跟他讲……爸爸的好茶都在店里……”

一石激起千层浪。

一旁的周学采这才实在忍不过去了，阔步上楼去。

邵春芳想拦都没拦住，被他往边上一搡，万师傅跟着看笑话般露出绵绵笑意：“别怕，随他去。

“这口气不出，他怎么有下一口气？”

都是过来人的经，他教给春芳：“儿女债，你且有得还！”

邵春芳一面要顾店里的生意，不敢跟着丈夫上楼去，一面又怪老万看笑话：“你跟过来就是看笑话的？亏我把你当老哥哥，亏我们小音那么喜欢你！”

万师傅笑得更盛了，摘了围裙，要小陆给楼上包间走菜，将菜单上的全轮一遍，反正楼上是个不缺钱的主。茶先不给他喝，想吃周家的茶，没那么容易。

“去，拿瓶洋河来，最便宜的那种。”万师傅指使老板娘。

邵春芳不解，这外头才几点，就喝酒？

万师傅把围裙挂在楼梯栏杆上，也拾步上楼去，并催春芳：“你这女婿也实在傲慢，求人就得有求人的样子，现在的礼数也实在是减得不行了。我们那会儿登老丈人的门，是大气都不敢喘，饭也不敢吃饱的。”

于是，店里的这位老师傅，懒懒散散上了二楼包间，推门而入，周学采正在门口指着里头起身而来，或者压根没落座的傅某人的鼻子骂：“混账东西，你现在就从这个门给我滚出去！”

老板话才说完，万师傅就下人家的台，把门合得严丝合缝，说还是包间凉快，今天怎么这么热的啊！

怪完天气，他怪周学采：“你别怪我多事啊，春芳让我上来的。我也警醒你几句，茶馆就是被人踏破了门槛，人家也只是以为你生意好。这街坊门口的，嘴皮子碎得很，你偏要整一出拍桌子摔碗的架势，明天菜场肯定全知道了。原本只是儿女事，谈得成就谈，谈不成拉倒。一家女，百家求，是很寻常的事。你要闹得不可开交，到时候，坏你姑娘名声的，可不是旁人，正是她老子！”

[70]

傅雨旸进了包厢就解了外裳。酷暑难当是一回事，水深火热才是事实。

小陆帮他开了空调，看他一副怕热的样子，又往下降了几度。

点单的时候，傅雨旸径直让他们看着上吧，另外，他说：“我想请你们老板喝杯茶。”

小陆刚才在楼下看到了，这位先生和老板不大对付的样子，灵巧的人也就替老板搪塞：“我们老板今天很忙，晚上还有包席。”

站在空调出风口下头的先生也不急，微微思忖后，嗯了声开口说：“菜品你们看着上。

“茶，我要最好的。”

小陆问先生：“您喝什么茶？”

“那要看你们老板有什么，你帮我告诉他，就说小音说的，她爸爸最好的茶都在店里。”

小陆一头雾水，怎么又扯上小音了？

再看这位先生漂亮得不像话，好像明白了什么。

听了万师傅的话，小陆才后知后觉，去备货间里拿那洋河普曲给春芳姐的时候，不禁好奇：“上头那个是小音男朋友？”

“别瞎说。干你的活，瞎说八道，嘴巴给你绞起来！”

小陆孩子都上小学了，跟着春芳姐干了好几年，头回看老板娘掉脸子，也跟着不大痛快，撇撇嘴：“好嘛，你还信不过我！我没万师傅有脸就是了！”

春芳作势打一下小陆，随即用女人间才有的私房态度说：“你不知道，但高低看我的面，看小音平时和你们一团和气的面，别声张。”

反正啊，真的假不了，假的也真不了。

小陆闻言不得了，问春芳姐：“这人他不会是有老婆的吧？我看采哥气得不轻的样子。”

邵春芳狠啐一口：“呸，他有老婆还敢上门，我倒要看看他属狼的还是属狗的！”

说完，不等小陆反应，就拿着瓶白酒笃笃上楼了。

楼上包间里头，万师傅一番话将将落地。

周学采一拳砸在圆桌上，却没有回应的动静，闷闷的，沉重的，哪怕掉进楼下嘈杂的人声济济里，也毫无波澜。

三个不同年纪的男人，自有各自沉默的由头。

不时，门外有人进来，没有敲门，邵春芳手里拿着那瓶烧酒，见里头气氛不对，刚想朝万师傅说话，被他截住了。

老万接过那瓶酒，旁余话没有，只叫春芳下去，顾她的生意去。

春芳关心则乱，眼角余光探着丈夫的动静。

老万朝她使眼色，目光的力度不够，他就干脆开口：“放心，你下去，这里出不了什么事。”

只是，男人间露怯的颜面与眼泪，任何时候都不想给女人看，妻子、女儿。

他们想尽力扮演的都是勇者、战士，无坚不摧的那种。

万师傅在旁边的边柜上翻出三个杯子，一一摆在桌边，才拉开椅子落座。

乌云蔽日的氛围里，唯有说客率先开口，也是破局。

他要学采坐下来：“你既然还听得进去我的话，就坐下来。凡事，有得谈就谈，没得谈也得好好两清明白。要我说，别怪我在外人面前揭你的短，你呀，其余都好，命里唯独缺一样。

“缺个爹。”

圆桌边，相约站着的两个人，闻言面上俱是起了风波般一闪。

老万说："梁老师再好，终究是女人，自幼识文认字地教你，规矩道理是都通的，唯独在这抓大放小上头，没个父亲去掌舵。"

其中软苦，只有过来人才懂。良好的家庭，父与母都不可缺，倒不是谁更重要，而是互为角力。两只手合拢搭起来，下头的小人才有安全感，才敢闯敢拼。

于是，到了小音这一辈，周学采就铆足劲地弥补，弥补自己所欠缺的。

在六家巷，要说周学采不是个合格的父亲，那么也没有别人了。

看周家的女儿就知道了，无论在巷弄里，还是在店里，小音都是大家的女儿。

这姑娘生得好，养得好，难得性情也好，俏而勇。

"这样的丫头，到了年纪，不找个满意的，那么，父母从私心出发，才要觉得一辈子白忙活了。

"你说是不是，年轻人？"话题陡然一转，万师傅觑眼，瞧隔着一张圆桌的傅雨旸。

傅雨旸微微颔首，从外套里摸出烟，分一根给万师傅，后者坦然接过，但是别在耳际上，说现在还是上班时间。

再想分一根给周学采的时候，当事人也踟蹰了。周学采当然不接，拉开一张椅子，一言不发地坐下了。

留傅雨旸做着晚辈人的醒悟，自觉地依旧站在那里。

万师傅看在眼里，也不客套地叫他坐，从局外人的内心出发，想着：你最好多站站，不立立规矩，这气且不会散。不叫你跪下，规规矩矩磕三个头都算是轻的了！

"他们周家最讲理的就是老太太，梁老师，六七十岁，还是那么好谈吐，好性情。今天，我老万厚脸皮，越一次规矩，当一回中间人，我想事情就是闹到梁老师跟前，她也不会喊打喊杀的。

"人长张嘴，就是由人说话的，不谈狡辩，但起码可以分辩。

"你今天这么一个人跑来，一副正经应对的样子。不谈其他，就这份坦荡，我个人还是蛮欢喜的。"

但态度实在傲慢，老万批评，也是点拨："我不知道在你们北方是什么规矩，在我们江南这里，姑爷轻易喝不到岳父的茶的，更别谈酒。"

今儿个，老万破了例，他旋开手里洋河普曲的盖子，把面前三个玻璃杯斟得满满当当。

一杯大概三两的样子。瓶里最后还剩一口，喝酒的人都懂，最后这一口，被大家戏谑成发财酒。老万嘴对瓶嘬到肚子里去了，扔开瓶子。

面前这三杯是给敢来闯山门的人的。

“怎么样，我听春芳话里头的意思，你家世不凡。越是有家教涵养的人家，越要顾忌体面，我也不为难你，不晓得你酒量多少，你量力而行。但这三杯下肚，再清醒的人也得晃荡几分。

“你贸贸然上门，自有你的思量，但也确实叫人家爹妈为难了。

“怎么论，求人得有求人的样子。你就是再有头有脸，人家周家也是嫁女儿，不是卖女儿。该论的礼，一个都不能少。

“你说是不是，傅先生？”

傅雨旸在谈判桌上素来习惯先听对方提条件，他再守擂台。

今日形势也大差不差，却是满满当当的下马威。且这个下马威还不是主家出的。

但是主家默许的，沉默就是证明。

于傅雨旸而言，就是要迎刃而解。

他无所谓谁人发作他，这一趟过来，他表白清楚来意就够了。

随即，从万周二人这头看过去，圆桌那头的人，探手去拨圆桌上的转盘，把给他的三杯酒拨到他手边。

傅雨旸左手来擎杯子，右手落在口袋里。

闲言不谈，第一杯，他道：“去年也是在茶馆里，我和您说，大概率不会和您再会了。所以，这一杯，当我打脸也好，赔罪也罢，先为我自己开脱一杯。”

白酒才潮到嘴边，站着的人仰头，一饮而尽。

辛辣呛口，即便对无往不利的人，也有着人生百味一口咽的局促。

傅雨旸弃了空杯，再去端满当的第二杯：“小音点头前，我就想来了，当我好胜心作祟，确实我不想打没把握的仗。”傅雨旸只字不提周和音不肯他来的由头，“可能您不想听，但我没什么不能承认的，我确实喜欢她，别的男人怎么喜欢她，我就怎么喜欢的那种，千方百计地想她好，讨她欢心的那种。她大半夜跑来跟我哭，不是为了我，是为了她爸爸，她一句也不敢说，仅仅因为怕爸爸难过。

“我听在耳里，感觉是有史以来最大的挫败。因为我的喜欢加之于她，却成了负担。所以这一趟，我无论如何要来。不用她知道，也不是那么肤浅地要求什么，只是想告诉你们，周和音始终是周和音，她清楚自己要什么，她也比你们想象得更爱她的家人。这才是我喜欢的她的样子。

“实在话，没什么不能说的，我这个年纪，先前自然是交往过几个对象，但没一个到谈婚论嫁的地步。更没哪个，要我上赶着找到女方父母辩白什么的。你们可以说我傲慢，实则也是因为感情是感情，婚姻是婚姻。我今天站在这里，也不是要求娶什么的，而是我父亲欠你们的，不谈父债子偿，就谈小音少我的那些岁数，我想我也该来一趟，来认真告诉你们——我在和你们女儿交往，也实实在在想和她修个圆满。

“当然，最后的这个想法，任何人都保不了票，包括我自己。但不影响我去构想、营造。”

话音落，他衔杯，囫囵吞。

这大清早的，空腹当口，两杯烧酒下肚，同为男人都懂个中滋味。周学采终究是个谨慎性子，撇开过节不谈，这要是真出点事，他们谁都逃不了。

他才微微朝前探了个身，万师傅一把扣住他，嘴里的嘲讽却是对学采说的：“你要发善心，早干吗去了？”再冷眼旁观般提醒对面人，“当真是个不管不顾的草莽人，你放心把姑娘交给他？”

傅雨旸一副缄默肃静的态度。两杯冷酒连续下肚，尽管他拿长篇的话在前头堆簇、缓冲，也挨不过胃中空烧。

其间正好服务生来上菜，茶馆招牌菜烫干丝、大煮干丝，各色红枣、花生糖、果子，还有刚下笼屉的热腾腾的包子、鱼汤面，种种。

傅雨旸也不得主家允许，这一桌本就是算他的账，要他喝酒可以，没说他不能垫一口肚子。干脆，他拾起筷子搛一口烫干丝，当着他们的面，细嚼慢咽下肚，嘴里继而道：“比她私下胡乱做的，强过百倍。”

万师傅得这一句很是受用：“那是，丫头有这个手艺，她就更要上天了。”

第三杯，傅雨旸停顿了会儿，拿指尖拨杯沿，食指沾上酒也无妨。他的面上依旧沉静不显，正色看对面的周学采：“有句话，我和小音说过很多次，她觉得我儿戏，但我比她想得认真多了。

“我即便活到这个年纪，也不大爱孩子，倘若她愿意和我生一个，又好像没什么不能改口的。我就是想她也要她，不想她落到任何人手里。”

这话一出，听起来像男人酒后的荤话。周学采什么心思不知道，万师傅是吓得不轻，心想：这位主是真敢说啊，也是真敢要人啊！

“可她又远胜于我父母的作用，不怕你们笑话，也只是遇到她，我才稀罕到人情世故里的意义。”

到此，陈情人的一番话告一段落，最后一杯罚酒入口前，结案陈词是简单的一句：“谢谢你们，也谢谢梁老师，让我遇到一个鲜活有力的孩子。”

周和音知道事情始末，是邵春芳给她打的电话。

那头，昨天她原本就请假了，今天再请有点说不过去。

电话里，她只问春芳女士：“爸爸没有发火？”

邵春芳冷言嘲讽：“我以为‘泼出去的水’早就一门心思只顾别人了。就凭这一句，我也要告诉你爸爸，起码你闺女心里还是在意你的。”

“哎呀，你告诉我呀，有没有发火？”

“发啦，不发，上头那人能到现在都下不来？”

周和音沉默片刻，才支支吾吾开口：“妈妈，你就看在我的面上，帮我照看他一会儿吧，给他杯茶。”

邵春芳唉声叹气，嘴里念咒，说什么难怪世人都重男轻女，女儿都是为别人养的。

“妈妈，那是一瓶酒！你叫你年轻时的周学采喝喝看！”

午休空当，小音赶回店里，早市的生意很好，员工在吃中午饭，下午休息几个钟头，晚上还要忙几桌酒席。

老板娘有条不紊地安排行当的时候，看到女儿急匆匆赶回来。

母女俩一照面，周和音就问：“人呢？”

“还在上头躺着呢。”

“爸爸呢？”

“回去歇中觉了。”

周和音眉眼里全是官司：“所以是个怎么定性啊？”

春芳女士道：“没定性就是最大的定性。”再说楼上那位，“你说他酒量不好吧，到现在也没吐，没啰唆八道；你说他酒量好吧，他又死活赖在这里。”

赖这个字不大中听。周和音一副作保人的急急态度："他要是能走，一定早走了，他那么要面子的一个人。"

实情是，直到她上楼看到几把椅子排着，冷漠着一张纸白色脸的某人堪堪躺在上头，见到周和音进来，他才缓缓撑着力道起身。

"你怎么样？"进门的人对前因后果都不稀罕知道，只问他眼下，怎么样？

傅雨旸捞她的手来贴他的脸，纸白的脸，却是滚烫的。

"最好的下场，也是最差劲的下场。"

"那你还来？"

"我不来，你且还有得哭。"

"那为什么又不走？"要待在这里？妈妈也是过分，到中午饭点了，也不问问他，要不要吃一口。

"等你。"傅雨旸牵她靠近些来，然后细细端详她眼里隐约的泪，是得偿所愿的口吻，"这一滴泪该是轮到我了吧。"

Chapter23

分享

[71]

喜极而泣是世上最值得也最公平的结果。

周和音着实没想到，没想到他不声不响地跨了这么一大步。

再由着一身酒气的人来衔她脸颊上那颗热泪的时候，周和音猛地往他胸膛上一扑，醉酒的人本就没多少真气力了，散架般往墙上一跌。

还是道隔断墙。扑通一声，引得二人不约而同地笑了。

傅雨旸哑然地怪她："上辈子是个好胜鬼吗，这么喜欢搞突然袭击的？"

"爸爸跟你说什么了？"她从他的胸膛里抬首出来。

傅雨旸以清楚的眉眼，来会她沾着泪花的目光："抬脚就走。"再听完他的那些絮叨后。

傅雨旸一副复盘般的理智与世故，坦诚地讲："小音，你爸爸到底还是软弱了，换我，也许一个字都不会听对方讲的。"

周和音时刻清醒，清醒地鞭策世故的人："所以我说，你远不知道身为一个父亲的意义。"

被批评的人即刻垂手去圈住她，牢牢地，他说："我等你来，不是听你批评我的。还有，我明明在感恩你父亲。"

"没听出来，能听出来的是你说我爸软弱了。"

醉酒的人一下就蹙眉了，不管不顾地来吻她，一口咬在她颈项上，大有咬切开的架势，说他这一早奔过来的一片心全喂了狗了："小音，我空着肚子连干了三杯。"

周和音吃痛地揪着他的短发一把推开，捂住疼处，嘟囔道：“你真醉得走不动道了？”

“嗯。”

“撒谎的人天打雷劈。”

怕挨雷劈的人，心虚着，也重重地惩罚周和音的不依不饶，扪得她喘不过气来。

事实是，三杯酒确实下肚了，但是周学采和万师傅下楼去后，傅雨旸第一时间去催吐了。倒不是他负担不了这些酒，而是，他不允许自己有任何失态的风险。

无论是禁不住地吐，还是言语失当、步履失调。都很不该，那他今天才真是白来了。

但醉还是要醉一下的，他说：“我不醉上个半天，倒辜负你们大师傅的一顿安排了。”

周和音听他这般逻辑清晰地说了一通，就知道自己白领会了，一把搡开他，沉脸骂人：“狗，它终究不能做人。”

傅雨旸笑纳她的评语，再一脸窘迫地问周和音：“现在要怎么办？”醉酒的人设不能倒，“你得送我回去。”

“狗嘛，从狗洞爬出去咯。”

说话间，门外有人敲门。是邵春芳，春芳女士敲完也不等应，就推门而入了，里头的人想分开都来不及，一时三人都有点尴尬。

邵春芳是来问小音吃中饭了没的：“你要吃就抓紧下去吃。”

周和音不尴不尬地从傅雨旸身边起开，扽扽衣裳、拨拨头发的那种，往门口去的时候，能感觉到春芳女士摄人心魄的眼神，有点凶，甚至恶煞。

周和音自然没吃，她饿着肚子回来的，推着妈妈下楼，问中午他们烧了什么，另外又说：“他也没吃。”

“哦，我还要管他？你怎么不去管管你亲老子？”

周和音从善如流：“你怎么知道我不去，我扒一口饭就去啊。”

岂料下了楼，已经吃过的万师傅躺在收银台边上的藤椅上，做歇晌状，听到小音要回家去同爸爸说话，一味打消她的念头：“早上的夹生饭先消化掉再说。”

他骂小音笨，说：“这个时候你去撞，只会适得其反，一是小傅的一番话没落定，二是又要叫你爸爸觉得你到底和外人一条心。”

索性先“胆怯”几天。

也要春芳和小音明白，终究是男人了解男人，男人对付男人。

不然那句话怎么来的。

小音问万师傅：“哪句话啊？”

“不打不相识。”

中午店里的员工餐是椒盐大虾、茭白肉丝、猪油渣杭白菜，还有个紫菜虾皮汤。

周和音就像个家贼一样，自己盛了碗，匆匆夹了些菜，再舀了碗紫菜虾皮汤。

喝酒的人大约吃不下多少当饱的东西，她想端碗汤给傅雨旸。

结果老板娘大人虎视眈眈，一副看穿女儿偷拿给外人的睿智神色。

小音也不急：“这碗是我自己的，我绝不舀第二碗。”

楼上那个人都躺半天了，店里的员工，但凡不瞎不聋的都晓得了。陆姐看小音避猫鼠似的，作势说春芳姐几句：“哦哟，谈对象罢了，有什么要紧的，也值当你这样。”

边上有人趁机问小陆：“小音那个漂亮对象来干吗的呀？”

“上门还有什么，谈婚论嫁咯。”

周和音端着两个碗，朝桌上的几个姐姐、孃孃道：“不要乱说！我被打死，你们都有份哦。”

邵春芳才不吃她这套。随即就要小陆他们把菜盘、汤锅全端走了，嘴里骂骂咧咧：“吃了也是白吃。趁我还活着，都给我去吧，趁早上人家去吃吧。”

春芳女士的这一句话，周和音学给了傅雨旸听。他端着她偷来的一碗紫菜虾皮汤，不冷不烫，温温的，正好入口，是暑夏正投口的味道：“嗯，那就上我家去吃吧。”

周和音顿时就来抢碗，傅雨旸让她别闹，弄洒了多可惜。

“一碗汤，比一颗心更珍贵。”他说。

说着，一饮而尽。用久了的不锈钢碗，做空的夹层里渗进了水，端在手里沉甸甸的，傅雨旸好奇地晃晃，问她：“是哪里还有汤？”

周和音笑他笨，解释给他听。

某人莞尔："嗯。我就喜欢你这样自作聪明又得意扬扬的样子。"

周和音这才意识到被他耍了。

她扒饭的样子十足地孩子气，狼吞虎咽的。

傅雨旸怕她噎着，就说汤还不错，能不能再来一碗。

周和音道："想得美。连锅带盖都收起来了。"

有人闻言，只盯着她，却迟迟不语。

周和音问他："发什么呆？"

"我在想，别看你妈风风火火的，其实遇到大事，她很在意你爸的态度。"傅雨旸说，"我们以后也要这样。"

"谁和你，我们！"还有，周和音问他，"什么是大事，什么又是小事？"

"挣钱是大事，花钱是小事。"某人即刻熟读春芳女士的精神概要，"进项是大事，听我的；花钱是小事，听你的。"

眼前就有桩"小事"得听周和音的。

吃饭的人一时没跟上他的弯，被他绕进去了，只问他："什么事？"

"我征用这间包厢的费用。"傅雨旸把手机递给她，支付密码也告诉她，要她去替他买一单。

"你真点了啊？"

"不然你以为我为什么可以坐在这里。"傅雨旸身上的衬衫西裤端正地穿着，外套一直挂在椅背上，他从里衬口袋里翻出个圈圆来，是上回落在他裤口袋里的那枚孔雀石戒指。

她都忘了落他那里了，傅雨旸说，还是干洗的时候酒店那头给他翻出来的。

"别再弄丢了。"他套到她左手无名指上去，再说回正题，"这样挺好。我规整地来，他们务实地对待。"

傅周二人下楼来，傅雨旸已然换了一副面貌，正经洗漱过，酒气去减许多。他先来朝邵春芳致歉，说："今天给您添麻烦了，以及您招待的汤很好喝。"

春芳女士有气但难发作。

他再朝万师傅打招呼，是很世故的男人间的握手礼。他一说，早就听小音提过茶馆的大师傅，今天也算慕名而见，再说："今日无论如何，承蒙关照。"

万师傅有的只是过来人的经验与说教，从来不是什么大道理，顶多是小智慧。他其实不大受用傅雨旸的言谢。

而对面这个衣冠楚楚的年轻人却执意，正经且肃穆地说："不，您可能不知道您今日的道义对我而言的意义。"

"我不会偏帮你的。我偏帮的反而是学采，是小音。我是不想出第二个梁老师。"

傅雨旸及时摇头："不会的。"这话听起来像是保证，只有他和周和音知道，人不会踏入同一道河流，人也不会成为另一个人的傀儡。

收银台那头，传来很清楚的收款成功的声音。邵春芳说到做到，一分都没给客人抹。

至于上桌的那些吃食，更是叫员工打包得好好的。之前一直搁在冷藏柜里，现在给他们拿出来了。

傅雨旸依旧有着无可挑剔的礼数，丝毫不觉得这几个打包袋子是为难，他和周和音一齐提上车的时候，两个人隔着一个车宽，周和音问他："我妈收你的钱，你是不是多少有点不是滋味？"

"不然呢，我缺心少肺地拍手，收我的钱，我真开心。"

周和音横他一眼，这个时候还不忘贫贫嘴。

她来开车，临走前，又折回去跟妈妈说她走了。

吃了妈妈一个闭门羹。

人灰溜溜地出来了。傅雨旸以为她会气馁，结果上车后，她稳稳当当地开车，副驾驶座上的人看她："你这样我不太放心。"

"放心。她还愿意骂我。"有人的脑回路向来别致且乐观，说没什么比妈妈还愿意骂你，更值得珍惜的了。

于是，乐观的小音同学一路很畅快地送傅雨旸回他公司，车子开得快，冷气也开得畅。谁能想到，一个大半天下来，正经关卡都没磕绊到的傅某人，人也见了、头也低了、酒也罚了，最后死在了自己女人手里。

饮酒的人一副热身子，对着副驾驶座的冷气出风口吹了半个钟头，扑到了凉气。

又或者是他空腹喝酒，正好在这个当口，败下阵来了。

对此，书云的解释好像最说得通。因为事情悬而未决的时候，人反而是谨慎的，出来的时候心神一松，人就不担劲了，可不就着凉了。

来势汹汹的一起高烧，反复了三天。

第三天傅雨旸才决定听书云的话，吊瓶打点滴。办公也暂时搁浅在酒店住处。

这天正好周六，酒店联系的社区医生上门，傅雨旸这边才吊上水，周和音的电话就进来了，听闻他打上点滴了才勉强安心了点。

这种酒后伤风起烧，之前他就有过一回。巧妙的是，两次都因为周家。

周和音和妈妈念叨这事的时候，邵春芳不以为意，说这证明了什么？证明了心虚足以害命！

小音无言。

就在周和音以为这事没得谈了，春芳女士用临时起意的口吻说："趁你爸今天不在家吃，我跟你出去一趟。"

巷子里有邻居家办喜事，一家请一客，周学采去赴宴了。那天茶馆的事之后，爸爸这头一直没有动静，昨晚小音好不容易回来了，爸爸也是全然不搭理，带累着邵春芳也不怎么被理睬了。

周和音这个实心肠子早就忍不住了，她说等爸爸吃完中午饭回来，她就找他说。

邵春芳泼她冷水："说什么，喝得颠三倒四了，他还听得进去你说了什么？"

娘俩才争辩这个问题呢，没个统一的结果，邵春芳倒说要出门一趟。

周和音问："去哪儿？"

"去看看他。"

"谁啊？"小音揪住了自己的心。

"你说谁？你现在就打电话给他，说我要见见他。在他家。"

"妈妈，他……住酒店。"

邵春芳一听，顿时不乐意了："什么意思，他在这里没房子、没住处，不打算落脚的？"

[72]

"周和音，我把你嫁到上海去都嫌远！你这样真是，当初我养个什么不好，要这么想不开，养个孩子，还是要嫁到人家去的女孩子！"

邵春芳说到愤愤处，把手里的文武刀一下钉在桃木砧板上。

周和音着实吓了一跳，不是因为妈妈手里的刀，而是因为妈妈口里的话。

这个要强了半辈子的女人，仿佛忘了她当初也是没什么家私、没什么远虑、没什么见识地嫁到人家来的，磕磕绊绊，含辛茹苦，才成了别人眼中的老板娘。印象中，春芳女士就没有脆弱过，她不相信眼泪，有这个哭的工夫，不如咬咬牙挺过去。

万师傅就讲过："你妈妈和你阿婆是不一样的好。你阿婆在很多男人眼中是那种有文化有谈吐的知识分子美，而你妈妈，囡囡，她可比许多男人还要坚强。"

事实也是，没有妈妈的坚持，周家远没有现在的安稳。

"妈妈，我和他远没到那一步。你不要想这么多，谈恋爱而已……"

岂料，周和音这样的宽慰非但没有奏效，反而更叫邵春芳踢倒了炼丹炉，掀起火焰山般的火："只是谈恋爱，他兴师动众地跑来我家干吗？哦，吆喝得一条街带一条巷子都晓得了，这个时候跟我说只是谈恋爱。他真当我这刀斩不动人是不是？！"

说着想起什么，邵春芳再剜女儿一眼："他都敢在你爸爸、万师傅面前说你俩有实质关系，这个时候，又来跟我毛毛雨地说只是谈恋爱了？"

周和音的头一个涨成两个大，什么啊？！傅雨旸，你怎么敢的？！

"他怎么跟爸爸说的？我不信！"

邵春芳唉声叹气，女儿越这样单纯，她越不放心："小音，万师傅撇去私心，是板正正地夸他的，夸他将心眼用到对的地方，到底是个生意人，一番话，一处闲笔都没有，全是他要交代的，也全是要你听去的。这样的人，你和他过不到一个锅里吃饭，我就是死，也闭不上眼的，我告诉你。"

邵春芳点拨小音："你以为你爸爸为什么到现在一句话没有？他就是在气，气女儿到底长大了，同他藏起心思来了。

"可是傅雨旸他好本事，铁骨铮铮地来这么一出，叫万师傅都出来'保媒'了。你爸爸就像投鼠忌器一样，憎恨他，又怕伤了父女情分。"

店里的人也都以为周学采不过是拿乔，摆岳父的架子，轻易点头的话，姑娘家的矜贵就跌下来了。

实则呢，如人饮水冷暖自知罢了。

所以，邵春芳也要去会会傅雨旸，不能全由他拿捏。她提醒小音，到时候，她哪怕问点什么不中听的："你给我闭嘴，你想你爸这口气顺过来，就老老实实别作声。”头一条就是，“他在咱们这儿没房子，我死都不会答应的。要我姑娘跟着他去B城，我不如把你扔到大运河里去！”

直到周和音带着春芳女士到了花都酒店楼下，她才给傅雨旸打电话。

邵春芳的心理建设就是，他可以不打招呼地登她茶馆的门，那么，她就可以不打招呼地去他住的地方瞧瞧。

周和音停好车子，长包房的客人有专门的电梯上下行，她翻出之前傅雨旸给她的房卡，作为电梯上行的通行钥。

电梯徐徐上行，邵春芳还是那句话：“正经人不好好寻个家处，住酒店……哼……”

周和音没辙，干脆反着来：“妈妈，他住这里一年的长包费用可不比买房子便宜。”

过惯精打细算日子的春芳女士更不快了：“就还是说啊，这么不会过日子的人，能是正经人吗？”

“不是他付啦。他是来江南支援的，他们大佬请他住的，就是那个混血老头，你见过的。”听到不要自己出钱，春芳女士才勉强不吱声了。

总归，一言以蔽之，不是正经人。

楼层在二十七层，邵春芳这辈子就没住过商品房，几回去女儿租的房子，搭电梯一上一下，回去还晕晕的呢。二十多层，电梯上行没一会儿，邵春芳就晕乎了。

周和音见过晕车的，没见过晕电梯的。

搀着妈妈出来的时候，她笑得咯咯的：“春芳女士，你支棱起来啊！”

母女俩在电梯门口没个正行呢，邵春芳原本就有点犯恶心，见女儿这样调侃她，更是要扬手打她。

这头，春芳女士按着心口，不舒坦。

那头，有人寻声走了过来。

原本以为是傅雨旸，谁知道过来的是个中年妇女，年岁和邵春芳差不多的样子，不笑不说话，朴素地朝她们开口：“您就是小音的妈妈吧？”

书云自我介绍，又来问候邵春芳，说：“雨旸打着吊瓶呢，不然他就自个儿出来迎你了。”

邵春芳自知有点失态，勉强咽下恶心，顺顺气，站直了朝对方说话，饶是对方殷勤热络，眉眼面相也不是那种刻薄态，邵春芳还是留了三分的客套。

由着对方在前头引路，周家母女落后两脚。邵春芳问小音：“这是哪门子的姐姐？怎么又冒出个姐姐来，他不是没兄弟姊妹了吗？”

“说了是叔伯兄弟家的。”小音低声提醒。

“哼。”邵春芳冷哼出声，“多张嘴，就多是非。”

周和音以为妈妈不喜欢书云：“书云人挺好的，她儿子比我小一岁。”

“你还好意思说，人家儿子比你小一岁，你和人家舅舅处，你论论这关系！”

天啊。周和音说要找个胶布来，把嘴贴起来，反正她说什么都不对！

邵春芳横挑鼻子竖挑眼，就要女儿别说话。

傅雨旸今日在家里办公，他的两瓶点滴前后要打三个钟头。

周六，项目突发的追责客诉会议改成了线上。

阵地改了，傅总骂人的脾气一点没耽误。

邵春芳刚进门，就听见傅雨旸在那里一二三地罗列细则，逐渐追责。

眼下，快到午休当口，老板却毫无散会的架势，越骂越上头，嗓子眼冒火那种。外头进来人了，这头移动书桌前的人才会意，这才收声敛气地说他也饿了，大家也抓紧吃饭，下午继续！

会开了一半，因午休叫停。

没等邵春芳从某人那恶狠狠的骂人嘴脸里醒过神来，傅雨旸已经关掉电脑，起身来，春风和煦地问候她，没什么称呼，只一句：“您请坐。”

再叫书云，帮忙泡茶。

邵春芳来前说了那许多狠话，要小音一句别说，全由她来问。可是听到傅雨旸一句轻飘飘的“对不住，我这里是个临时落脚地，半歇宿半办公的，叫您笑话了”，邵春芳愣是一句穷凶极恶的话也没有了。

傅雨旸再道：“小音那里也小。我和她提过的，正经给她买个住处，她不搭理我。我也不敢再招她骂了。”

周和音听到这儿，忍俊不禁，被某人口里的正经二字笑到了，心想：真是绝了，他猜到了妈妈要说什么，上来就堵得死死的。

她一笑，引得邵春芳她横一眼。天地良心，周和音什么都没说，这么一来，妈妈还以为她给傅雨旸透题了。

为了缓和气氛，周和音提溜着手里的马甲袋说："我妈给你带吃的了。"

是家里烧的中饭。周和音在家吃，邵春芳难免迁就女儿的口味，小龙虾、清炒红苋菜、炖牛腩萝卜汤，还有一份蒜泥盐渍的水瓜。

邵春芳烧菜向来没有丈夫讲究，但是带过来，头一回比店里出菜还上心，一个个打包盒子擦得干干净净，保鲜膜蒙得妥妥帖帖。

傅雨旸左手背上还埋着针头，他叫书云打电话给值班的社区医生："先把针卸了吧，我先吃饭。"

书云的意思是，你吃也不影响吊点滴，就这么点了，起码先吊完这一袋。

傅雨旸执意，简单缓和地言语着："先卸了吧。"

书云立马明白，雨旸是觉得他这样失礼了。她也只能由着他，打电话给值班的医生上来，卸了针，封了袋里的药。

傅雨旸去洗手，再回来吃饭。

吃的正是周家带过来的。实在话，他这酒后伤风，吃不得虾类这些。邵春芳原也不是特为他准备的，只是临时出门，才不想浪费这一顿，就一一打包过来了。

书云那头也给他准备了午餐。看到雨旸二话没有吃周家的，心里多少有点难言，好像自己的一片心意多余了。她收拾收拾正准备告辞，终究实诚地提醒了一句，其他的还行："虾，你还是不好多吃的。"

就这句多言，引得邵春芳不满了。她干脆问傅雨旸："我听她爸爸讲……"话里头有多少余地就有多少心机，反正不是她女儿说的，左右是他们傅家的事，周家也是清楚的，"你上头的姐姐早早地没了。"

周和音闻言道："妈妈！"

"喊什么，我没聋。人情世故我总要问清爽！"

傅雨旸倒显得没事人似的："不要紧。"

周和音听书云说最好不要多吃虾，干脆不让他吃了，把牛腩萝卜汤端给他，听到傅雨旸答复邵春芳的话："九岁。九岁上头没的。"

"那么这头是没有亲兄弟了？"邵春芳言语间渗透给边上人听。

"嗯。"

"你不要怪我多嘴多问。既然你上我的门，我想我总有立场，替我姑娘多查点查点，她心思简单，太复杂的家庭关系，我怕她处不来。一是公婆，二是嫡亲的兄弟姊妹，三来是叔伯房里头的。她才疙瘩大的人，应付人情关系，哪里会！”

到此，周和音都听出妈妈言语里的刺了，边上傅家的两个人，更没有听不出来的理。

书云即刻朝雨旸、小音婉言，说她家里还有事，先走了。

周和音想挽留都来不及，匆匆送书云到门口，坦言道：“我妈她就是关心则乱，她说什么你千万别吃心。”

书云厚道地笑，反过来宽慰小音：“怪我多嘴了。可怜天下父母心，原本也该这样，你和雨旸能成，你父母就是他父母。”

亲近些，也是应该的。

人非草木，书云一片衷心待雨旸，冷不丁被撇开了，是人都会有点不是滋味的。

周和音握着书云的手，她一再保证：“我妈妈就那么个人，她现在就是太紧张我了，才一味苛责傅雨旸身边的一切。”

送走书云，周和音回来，第一时间当着傅雨旸的面，嗔怪妈妈：“你为难别人算怎么回事？书云不是那种人！”

邵春芳没想到女儿为了个外人，当着傅雨旸的面，叫她一个当妈的挂相：“我为难谁了？你个反骨头、讨债鬼，你在为难我们，你还不晓得呀！

“不要说只是个堂兄弟，就是亲兄弟，碰到这种结亲家关系的上门，都该要识点分寸。我说的是事实，我也不怕得罪人，但凡你要受一重公婆的苦，我也不会允许他上门说那许多，还请万师傅当说客，还来这儿带东带西的，由个不是亲兄弟的外四路人提醒，这个虾不好多吃！”

邵春芳气得一嘴的江南话。傅雨旸是连听带猜领悟过来的，第一时间，一锤定音：“您放心，书云于我始终是外人，我的家务事，她过问不了，更不会影响小音。”

傅雨旸把话说得很白：“任何人都不会因为她年纪小而轻视她该有的身份。包括我自己。”

至于什么酒后伤风，能不能吃虾的，傅雨旸玩笑说，全看个人。他剥一个小龙虾，吃到嘴里，结果，呛得咧……

弄得边上母女俩都被吓到了，带病上阵的人咳了好几声才平复下来，客观诚实地朝春芳女士说：“有点辣。”

周和音这才笑出声，顺带着春芳女士也跟着露出隐隐的笑意。

“你不要吃了，回头嗓子辣得出不了声了。”

傅雨旸继续剥虾，第二颗他不敢往自己嘴里送了，干脆喂给周和音：“那么你替我，总归不能浪费。辣归辣些，心意我很感激。”

话是朝着周和音讲的，但谁都听得出来，是在奉承邵春芳。

傅雨旸一颗虾连着一颗虾地剥了喂给周和音，后者都被他喂饱了。边上的春芳女士也跟着堵到饱，借口要上洗手间。

傅雨旸叫周和音带着去，门口没关的房门处不时有人进来，是他的助理秘书。

Lirica，周和音见过的。

上回，傅总给周小姐买的首饰等物品，还是Lirica去签的单。

傅总这个位置配的行政特助休产假回来了，原本Lirica就是借调的，要回原岗，但是因为傅雨旸还算满意Lirica的业务和为人，以个人名义保下了她。

Lirica和周小姐见到面，不免闲聊了会儿，再找傅总签今日的急单，另外就是车间的高温作业费，这个月已经全部发放了。傅总以个人名义请几个工厂和办公室的几次下午茶，合计费用是两万八，这些费用是老板自行掏的腰包，傅雨旸不同于别人，有的高管是要下属拿票来报，有的是笔笔先行给到，傅雨旸是给Lirica划了一笔钱，要她按月出明细给他看就行了。

眼下，Lirica给傅雨旸报账，用掉多少，还剩多少。

账目清楚，但是余额在邵春芳这个外行人看来，不少且没必要。

要上厕所的春芳女士一时忘了这茬儿，只不作声地盯着这个年轻漂亮、一身香水味的所谓秘书的小姑娘，做思绪发散貌。

周和音挨到妈妈身边去，有意缓和刚才顶真的气氛，小声且促狭：“春芳女士，格局，咱格局大些。”

邵春芳狠狠啐亲闺女：“我碰上你这个讨债鬼，还谈什么格局，气得都要得脑症了。”

[73]

Lirica报账到一笔茶饮费，是两千杯冰柠檬水。

团综单，商家打了九折。周和音在边上闻言，跟傅雨旸说，他们办公室也喜欢买这个喝。

傅雨旸偏头来，回应她：“哦？那我下次也要喝喝看。”

Lirica听得笑在眼里，边上的周和音也笑话他："学人精。"

Lirica汇报工作完毕，告辞前，周和音跟对方介绍邵春芳。

秘书小姐认真同周妈妈打招呼，然后带着一身香气，袅袅而去。

邵春芳去客卫上洗手间，周和音陪着，吃了好些虾，她在用漱口水漱口。里头的邵春芳不会用智能坐便器，捣鼓半天，最后还是周和音进来帮她揿的。

春芳女士勤苦惯了，来这种酒店地盘，多少有点不适宜，再看周和音对处处熟悉得很，当妈的自然明白这侧面证明了什么。

母女俩关起门来，这才抓紧时间说些家里话，邵春芳道："那个小姑娘就这么时常上门汇报工作的啊，年纪轻轻的。我同你讲，你呀，就是个被人卖了，还帮人数钱的主儿！"

周和音拖妈妈的手去接自动感应的洗手液："妈妈，你怎么也算事业女性。我求你，咱就是不谈格局，眼界也得打开些。这种男盗女娼的事，是你想防就能防得住的吗？我和他交往谈的是感情，我这点都信不过他，那我一天都别想过了。反过来讲，你女儿也会这样跟老板私下接触、汇报工作，人家岳母这么揣测你女儿其心不正，勾引她女婿的话，你怎么想？"

"我呸，你做得出这种伤风败俗的事，我打断你的腿！"这话一点不掺水分，春芳大半辈子都要强得很，当真女儿做出这种下九流的事，她可能会连夜搬离六家巷。

洗手台前是一面带着冷光的正衣镜，周和音和妈妈一起洗过手，看到妈妈不自觉地照镜子，这是一个下意识行为，只有在意自己的形容落入别人眼里的印象如何，才会这么时刻关注着。

"妈妈，你今天有点过。"

不等邵春芳起情绪，周和音赶忙接住："我晓得你也紧张。你袒护我，我都知道，但是很没必要，Lirica这个还好说，可是书云，你刚才那样，你让傅雨旸怎么想你？觉得你是个为了护犊子，蛮不讲理的老太太呀？"

周和音跟邵春芳说书云的闲篇，也说，她和傅雨旸若是没得书云的说和，未必能走到今天。邵春芳是个在家门口，碰到邻居哪家夫妻干仗，都要上去拉架说和几句的人，也一向主张女人要偏帮女人，听到书云被个穷赌的丈夫磋磨得有苦难言，这才一时息声下来，面色也软和下来："我还不是为了你，你哪里懂婆媳打口豁子的软苦，又哪里晓得七大姑八大姨给你添油加醋的那种滋味。”

周和音这才袋鼠般一把圈住妈妈的脖子：“我跟你讲个事，你别急啊。”

说上周她去了傅家长房的白事那事。

周和音说，她没有妈妈想得那么“小白”：“傅家拢共也就那几个房头，老早就生疏了。傅雨旸这头在B城，哪里有什么你想的那些七大姑八大姨的事。”

“你跟他去白事了啊！”

“什么都没有，我什么孝都没沾，就是去混了顿饭。”

邵春芳这种精通人情世故的人，一向把白事看得比红事重，她一方面觉得姑娘不知轻重，一方面又想侧面打听什么，问小音：“他们家那些人看到你，没说什么？”

“说什么呀。我又不缺胳膊少腿的，哦，倒是催婚了，说傅雨旸年纪不小了……”

“你也晓得呀。他这个年纪，当真同你不是认真的，我们大好的姑娘，又为什么要陪他玩……”再有，她说，“老夫少妻，很多都是面上漂亮，等年纪一上来，隔着十一二岁的差距。等到老了，你就知道老伴老伴的意义了。”

周和音沉默了会儿，拨正左手无名指上的戒指：“妈妈，你和爸爸这些年来，只是在追求年纪一边大，能一起活到八十岁吗？”

邵春芳知道这个时候说什么她都听不进去，只能狠戳一下她脑门。

可是，周和音始终有着冷静的自我：“你那么在乎爸爸，绝不只是因为他能陪你一起老，你也保证不了。”

我们之所以在乎一个人，于感情里，婚姻里，都只是为了追求那份精神富足。

与其说，我们爱一个人，他也正好爱你，是一个带着玄学且难以描摹的爱字，不如坦诚些，公平些——他们给予我们的，其实是一份情绪价值，独一且排他的情绪价值。

周和音和妈妈在洗手间里待了好一阵，傅雨旸都没过来催也没过来问。

她们出来的时候，他正好将一顿中午饭解决。

几个打包盒子，他正要拿到厨房去洗，邵春芳抢言，她来。

傅雨旸自然不敢要客人动手，只说要她稍坐：“让小音陪您看会儿电视也是好的。”

邵春芳也不听他的，麻利地把几个打包盒子接过来，要去厨房洗。

周和音搭在中间，一副调剂人的自觉：“你就让我妈参观一下你的厨房吧，她刚在洗手间已经好奇一阵了。”

邵春芳回头狠狠瞪一眼周和音，因为她确实好奇，不是好奇那些新兴玩意儿，而是她要从这些日常痕迹里，看看有没有可疑的蛛丝马迹。

周和音被妈妈笑得不行，说她不去当妇女主任太可惜了。

傅雨旸打点滴的时候出了一身汗，眼下他想换件衬衫。趁春芳女士在厨房的工夫，他拉周和音进里间。

衣帽间里，他问：“和你妈洽谈得还算顺利？”

周和音也有话问他：“你跟我爸瞎说什么？你说了什么，让他们误会成我们有实质关系了？”

“是误会？”某人挑眉。

“总之，你说什么了？”

“我说，我想你也要你。”

周和音简直不敢相信，疾言厉色地骂他：“臭狗屎！”

这话听多了，某人也跟着歹人学歹人了：“臭人屎！”

他把衬衫下摆从裤腰里拖出来，再一粒粒剥开扣子。周和音见状就知道狗子又要发癫，抬脚就往外走，被他一把捞住。

衣帽间的隔断门牵合上后，是面落地穿衣镜，周和音被身后人欺身在冰凉的镜子上，不一会儿，上头就起雾了。

傅雨旸一门心思问她：“和你妈聊什么了？”

他说这是作战讯息，不得瞒报。

周和音和他说了书云的事，还有Lirica的事。后者，傅雨旸不以为然，说接受丈母娘批评，以后不让女下属上门就是了！

书云的事，即便是私下朝周和音，他也还是这个态度：“你当我今天这么说是奉承你妈？”

不是的。书云于他确实是外人，就算他帮她，也不影响这一点。

人终归要自救。书云和堰桥都要明白这一点。

他也是。

“你妈说的是对的。她能和书云来往几回，无非是怕我识不清，矮看了你而已。”傅雨旸一言以蔽之，“旁人都没不是，原罪在我，凡是和我有干连的，都因为我吃挂落了而已。”

周和音不大欢喜他这样一副冷漠择清自己的口吻：“你……你别……别这么说，书云是真心把你当兄弟的。”不谈嫡亲与否，但终究是有情分的，她也知道傅雨旸是受用的，他打小没有这些来自手足间的投契、劝说，她不要他因为她父母关心则乱的几句话，就又撇开好不容易攒的一点人间温情。

冷漠的人，一具滚烫的身躯。他哑然的声音在她耳际：“我不管，也许我这人福薄，终究只能得一份。只能一份的话，我只要你，旁余我可以六亲不认。”

周和音被他引得气息不稳，也不大站得住，唯一的理智就是：“我妈还在外头。我得走了。”

“不让。”他的声音儿戏，也来堵她的话，和漱口水里甜甜的濡意。

甜甜的桃子味，和她身上蔓延的香气，直钻人心。傅雨旸拨过她的脸来，叫她看着他：“香味好好闻。什么牌子？”

“你问了干吗？”

“买给你。”

周和音才不稀罕。她告诉他，妈妈来前，对他最不满意的地方。

“嗯？”傅雨旸合着眼，勉强停匀着呼吸，来笼罩她，吐纳她身上的香。

“她说你在这里没房子。”

“嗯，然后呢？”

他等着猎物，自投罗网。

偏小狐狸回回狡猾。

她没下文了。咬着牙关，守口如瓶。

于是，傅雨旸故意招她：“我要那么多房子干吗，我在B城住的地方，让孩子踢足球都作得下。”

周和音果真恼了，不禁又气又颤抖。

“哦，那么你得抓紧些，傅叔叔，你这个年纪再晚些，陪你小孩踢足球未必踢得动了！”

身后的人非但不气，反而露出满当当的纵容的笑，以烈烈的热气和干燥发烫的掌心来扪取她。

“乖乖，你看镜子里。”

周和音才不听他的，也不肯他这样，话才出声，就被他按贴到冰凉的镜子上，周和音只觉一激灵，她口口声声道：“我妈还在外头！”

“就一下。”傅雨旸拿膝格住她，再和她说些有的没的，比如，“什么牌子的香？”

“Tom Ford。”

“你们来送饭给我吃，我很开心。”

冷玻璃上起了重重的雾。周和音要回头，他不让，可是话里还是断断续续地纠正他：“小时候阿婆不肯我说送饭，这是不作兴的，要说接饭，接饭给你吃。”

“嗯，接饭。那么，明天还有吗？”

“想得美！”

[74]

傅雨旸说，他七八岁时才头一回来S城。

彼时冬天，父亲和朋友约了去赏香雪海。

傅雨旸跟着后面，冻得脚没了知觉，那也是他第一次知道香雪海。

下山，回去的车上，傅缙芳问他这学期期末的成绩，傅雨旸支吾说，分数不差，但期末测评等第是良。

父亲问他为什么。

他说，因为，和……同学通答案了。

傅家的小子帮人作弊了。

江南的雪比起B城，牛毛一般不值，却足够湿冷。傅缙芳的话比湿雪还冷些，骂他好意思的：“你们老师不把你的分数抹掉，也是不该！”

没等回B城过春节，傅缙芳就把傅雨旸打发去上书法课，说他性子太浮，练练字沉一沉。

父亲要他回去前，交一百幅斗方给他，题字就是即兴罚的三个字：香雪海。

傅雨旸赌气，写是写了，交作业的时候没把老傅气个半死，把斗方全扔他脸上了，写的不是香雪海，是香腮雪！

这一茬儿闲篇太远，但他今天高兴想，也高兴讲给身边人听。也是因为，她是江南人，傅雨旸揶揄她，香雪海，也是香腮雪。

说好的就一下，始作俑者虽然混账，但理智不丢，轻巧地松了她的腰，离了而去。

“出去吧，让你妈一个人待厨房，很不该。”

周和音被他喘出一口气般往边上一丢，回神过来，才要狠狠骂人，再见他手上的动作，一时难堪，她推他一把：“你今天就会死！”

说话人整理好自己的裙摆，以指梳了几下耳边发，扭头就出去了。

厨房里头，洗完几个打包盒子的邵春芳看料理台边有水渍，要找个抹布揩揩，来回一圈都没找到，正巧周和音进来，要她别弄了。

“你在自己家还没干够啊，你管他呢，由他自己弄。”

邵春芳不依：“那这沥沥拉拉的水就不管了？做事没头没脑的。”

周和音这才去扯厨房纸巾来，不要妈妈动手，她自己揩。

妈妈再唠叨：“墩布也没有。这就不是个过日子的样子。”

周和音有一说一：“本来就不是啊，这里有专人收拾的，你不要管了。”

“我是不要管。问题是，这要怎么好？你是这样，遇到个人又是这样，两个人，没个安身立命的住处，一日三餐，家里都不开火，能叫过日子吗？”

妈妈还在自己的生活观里。

周和音莞尔：“妈妈，我和任何人一起，都很难像你和爸爸那样，天天有工夫开火的。”

这是实情，也是现如今许多职场社会人的缩影。

她要妈妈放宽心，退一万步讲：“我们还有你们。”

这大抵是最好的结局，也是最客观统筹的结局，更是许多家庭维系羁绊的意义。

“妈妈，他不是个有父母缘的人，你肯来，他其实很开心。”

邵春芳自己养了二十来年的女儿，有朝一日，这么沉稳懂事地来和她话家常，却是为了个外人，感怀安慰之余不乏几分酸味。

也只有等所谓的花轿到门口，才明白人家口中嫁女儿的苦楚。

为人母做人娘的，也只能由着女儿口里说，我们有你们。

但许，天遂人愿。

邵春芳口上依旧要强：“你别一味指望我们，我指不定明天就死了呢！”

周和音当即呸了好大声，再抓妈妈的手，要她赶忙去摸木头：“长命百岁，长命百岁。”

促狭嘴甜的人反问妈妈：“难道你就不想懂，阿婆宠我的心情吗？爸爸说，梁老师明明是个那么有原则的人，偏偏遇到自己的孙女，什么都可以两说。”

“话头经！”邵春芳甚至有几分醒悟过来，女儿是怎么能和傅雨旸走到一块儿的，就凭她这张巧嘴，“泛着说！”

妈妈说周和音的那些话头，就像春天的蚯蚓，在土里一冒一冒的，全是眼。

周和音笑得咧，说：“春芳女士，您的比喻要么跟吃的有关，要么跟地里的有关！”

邵春芳不以为意：“我个没上过几年学的人，就是这么土。”

“聊什么呢？”傅雨旸悄然过来，已经换了一身行头，端正整齐。

来人足够高，邵春芳局促之余，得仰视他。小音很自然地学一嘴家常给他听。傅雨旸依旧是四平八稳的口吻，叫人听着，即便明白他有意奉承，但也挑不出错来。他说比方、比喻不在于精，恰当最重要。

“你的那些‘脑洞’，可不就是春天的蚯蚓，泛着往上冒。”

说罢，他谢过春芳女士的辛劳，请她到外头喝茶。

正巧，值班的社区医生吃过饭上门来，问傅先生要不要重新埋针。

邵春芳就势说要走了，茶不喝了。

傅雨旸还有一袋半的点滴要打，邵春芳看了眼小音，也干脆由她去，说自己回去了。

岂料傅雨旸说不，他要小音送妈妈回去。

“那你呢？”周和音本意是问他，你要自己看顾着点滴。实在话，他还没完全退烧，她刚才感受到了。

二人很寻常地对话。如同再普通不过的夫妻，彼此交代今日的去踪，傅雨旸说他一个人不要紧，下午还有会要开，再问她还回不回她的住处：“回的话，我晚上过去，等忙完手里的活。”

像极了一个丈夫告诉妻子，我今晚回家吃饭。

邵春芳看在眼里，听在心里。一路上，傅雨旸亲自送她们下楼，停车场泊车处，周和音自顾自牵开门上了驾驶座，邵春芳从电梯下来又是一顿晕，她自个儿开门上副驾驶座的时候，其实不太舒坦。

迷糊地上了车，车门还由傅雨旸扶在手里，她也不晓得。

里头的周和音看妈妈这样，翻出包里的清凉油，要给她抹抹。

同样的行径，小音也这样待过傅雨旸。

邵春芳嫌她婆婆妈妈，说："不用了，你好好开车。"

待她们母女俩的话停顿下来，外头扶着车门的人才稍稍俯些身下来，朝副驾驶座上的人正式邀请："如果您和小音爸爸方便的话，我想请你们吃顿饭。"

邵春芳提在手里的马甲袋里的打包盒子，还沾着干净的水珠子，她面上不显地随手搁到挡风玻璃前，也正经答复他的话："我来这一趟，她爸爸不知道，也不代表他。

"至于你说的请，说到底，我是个妇道人家，再怎么泼蛮，在外头我还是要给她爸爸留颜面的。这事，她爸爸自己转不过弯来，谁也说不通。

"我这样说，你也不要觉得我改口了什么。到头来，这天底下没有强得过子女的父母，好歹，都是要她自己受的。"

站在车外的人，一副端正温和的颜色："是。但这不影响我感谢您，茶馆那天是一遭，今天也是一遭。谢谢您的心意。"

于是，这一话的邀请暂时作罢。傅雨旸同小音说话，要她好好开车："到家给我个电话。"最后还不忘促狭她，"记得锁车。"

"知道了，就那么一两回，一直说。"

傅雨旸端正地吓唬她："一回都不可以。"

回到六家巷，家门口，周学采正好散席而归，手里有主家给的喜糖。

他见娘俩从外头回来，只同邵春芳说话，问她去哪里了。

邵春芳随口道："店里。"再掂掂手里的袋子，"她晚上要带吃的走，我去拿保鲜盒的。"

至于周和音，她即便要和爸爸说话，老周也不睬。

她要爸爸手里的喜糖，周学采随手一松，丢给她。

小音翻开喜糖盒子，说里头都没好吃的糖。

邵春芳连忙让她轻声些，叫人家听到了，不礼貌。

一家三口一同往堂屋里走，邵春芳问中午多少桌啊，周学采也不答应，只说喝多了，要去靠靠。

果然，妈妈说得对，爸爸并不想谈。

周学采才进了房，邵春芳就拿指头捣捣小音，说她哪壶不开提哪壶，不晓得手里吃的是什么东西啊？喜糖！

嫁女儿的喜糖。还在这儿挑挑拣拣。

“没听见你爸爸连多少桌都不稀罕回啊。”

周和音吃一颗讨彩头的“早生贵子”的枣在嘴里，不等邵春芳反应，径直去到房里，吓了邵春芳一跳。

门口的小音问：“爸爸，你要不要喝茶啊，我给你泡杯茶。”

“不要。”周学采回两个字。

门口的人不服死，去给爸爸泡了杯浓得不能够的茶，她站在床边，殷勤得很，将茶从南面床头柜换到北面床头柜。

“你喝喝看！”她催和衣而卧的人。

周学采不耐烦，叫她出去：“让我睡会儿。”

“那你喝一口呢！”

周学采一只手握拳，搁在眉心处，不听女儿的话。后者越挫越勇，一味要他喝一口。

周学采这才醒一眼，投到那杯茶上：“我那么好的明前龙井，你一下瞎放这么多！”

“那不是你每次喝了酒都要喝浓茶的嘛。”

“浓也要有个度。你当你妈炒菜放油呢！”

哈哈，邵春芳炒菜出了名地爱放油，万师傅都怪她，油厨子。

周和音这边在笑，周学采则躺在床上，再用严肃的目光盯着她，盯到她不敢笑了，她再俏皮地问他：“那这茶还要不要，不要我倒了。”说话间，她嘴里含着那颗枣。

周学采没提这浓过度的茶，只不大快地命令她：“出去。”

床边的人这才灰溜溜地走了，走到门口，她手扶着纱门的门把手，用再清醒不过的声音说：“爸爸，虽然喜糖不好吃，但我知道，你带回来，就是给我的。”

这些年，一向如此，哪家有喜宴，周学采从来习惯把喜宴上的糖带回来给女儿。

周和音从房里出来的时候，邵春芳都没想到，没想到女儿非但没惹老父亲发火，爷俩反而轻飘飘地揭过了。

有些事情，急火，总会焦。跟灶膛里烧的饭一样，想要吃那香脆又不煳的锅巴，且要看着火。

不过头，不少时。

缓缓而治。

三日后，傅雨旸那头给周和音发了一个地址和电话，说是先前约的私房菜，还是托人才拿到的两桌。

他要在那里请生意伙伴，匀出来的一桌，他叫她："请你爸妈去吧。"

周和音一看那私房菜的名字，是很有名头的那种，当然，人均消费也是咋舌的那种。

"是原本想自己请他们的？"

他晚上过来得晚，周和音等得都犯困了。

傅雨旸答得也很明朗，他把外套和领带脱解下来，扔到一边，坐床边同她说话："嗯，请不请再说吧。"

周和音笑话他的委屈，再起身来到他膝上去，点拨他："请他们，不要这么贵的，尤其我妈，肯定一百个从头嫌到尾。"

他们才吃不惯那种所谓分餐制的中餐。

傅雨旸一手揽住她，一手来撩她耳边的发，安静的一隅灯明里，他说："不要只看到贵，就没看到我的诚意吗？嗯？"

他说这家私房菜一票难求，钱在其次，就是求个盛名之下的口味。而他，不想一个人去尝这其中的滋味，跟去赏山赏水一个道理。好的风景和滋味一样，乐在其中时，唯有与人分享，那喜悦才会翻倍。

乃至，成千上万。

"我只想和我的家人分享而已。"

Chapter24

我们

[75]

周和音会意这一句，紧接着，她告诉傅雨旸，有回春芳女士回娘家，她和爸爸出去觅食对付晚饭，周学采全程就只有一句话。

“什么？”傅雨旸配合她的卖关子。

“这家你妈不能来吃，太辣。”

当时的周和音，还不懂一个男人惦记家庭、妻女的所谓“分享”的心情。就只觉得爸爸好没意思，好不容易说动他出来吃一顿，他全程只记着他老婆。

“因为老婆是自己选的，孩子嘛，是耕耘的意外。”

周和音捶傅雨旸，刚想夸他来着，他的下一句永远叫你破功。她甚至好奇了：“可是功成名就的男人都是换老婆，没听说把耕耘的意外丢掉的！”

说完，她有点后悔了，好像有点机锋感，不禁对号入座到他父亲了。

傅雨旸却不以为意：“男人弃糟糠，那还是他本质上就不行。现象不归于代表，功成名就不背这锅。至于孩子，丢不掉，那是生物物种的本能，不代表会养会爱。”

他说这话时，面上是浅浅的笑意，口吻却很严肃。

周和音伺机望着他，不时问：“你生气了？”

“气什么？”他好笑地反问她。

周和音才不和他绕：“我就随口一说，可你好像不是。”

他分明借机在说他父亲，也说自己。

“嗯，所以说现象不足以归纳于代表。”傅雨旸干脆再说得白一点，“聪明的女人才不会由人指摘弃糟糠一说，即使一拍两散，我也要拿到我该得的，日子还长着呢。”

爱己才会爱人。

“什么是该得的？”膝上的人问他。

傅雨旸今日没饮酒，清醒，冷静，俯首看她的一双眼睛，也落吻来，好叫她闭上眼睛：“钱。乖乖，抓不到心，就学会抓住钱。”这世上，唯有金子不会贬值。

“为什么要和我说这些？”

“因为我喜欢这样的你。”

傅雨旸不惮教给怀里人，心机乃至算计。

“你不怕我拿你教的，最后去对付你吗？”

傅先生莞尔：“真这样，那么，也是我该得的。”

总之，他要她从头至尾做清醒的周和音，爱恨分明，恣意烂漫：“把梁珍没得到的，全弥补回来。本该有九十五分的周和音，到我这儿，不加分反而掉分了，那么就是我的不合格。”

“我不要你背过去的枷锁。”周和音清醒澄明，“傅雨旸，你不该欠我任何。”

人始终不能做过去的质子。她说：“这话，我跟你讲，也会跟爸爸讲。”

她不要他因为过去的一点前尘往事而对她另眼相待。这看似公平，实则一点都不公，她说：“我宁愿你待我，是和你从前待交往的女友一样的心境。”

但不一样就是不一样。周和音两只手推在他胸膛前，推拒的力很明显，傅雨旸一把把她扪到眉眼下，重复他的否定：“和从前一样的心境，那就完蛋了，笨。”

早就不一样了，傅雨旸说，从他一脚踏进周家门的那一刻开始：“我就注定是一个质子了。

“因为我哪怕当真教会你什么，由着你把我的家当搬空，但只要一想到我手把手教会的小孩真和我两清了，总归会不服气的。”

原本，周和音和妈妈讲的那些话，她是想适当地对傅雨旸有所保留的。眼下，她被他说动了心防，她告诉他，妈妈其实也有顾虑的地方。

比如他们相差一轮的年纪。

“妈妈怕我们不能和他们一样，白头偕老。”

也是这一刻，周和音才明白，一个骄傲的人，为了所谓的世俗喜欢，他其实搁下了许多，或身段，或尊严，或如他皮骨一般的骄傲。

傅雨旸伸手来描摹周和音的眉眼，最后停顿在她的眉梢处。好看鲜活的人儿，从头发到筋骨都是媚人的，他承认他觊觎这样的鲜活，也承认生老病死的现实。

“小音，也许我不该来江南的。”

比起得到和失去，傅雨旸说其他全是扯淡，有些事情，有就是有，没有就是没有。

有是有的滋味，没有是没有的命数。

老天爷既然没有批他命中无的命格，那么一切事在人为。

次日一早，床头柜上的手机嗡嗡地响，周和音伸手摸到，蒙着被子接起来，声音嘟囔且软糯：“谁……呀……”

电话那头被堵到好久不作声：“那什么……我是不是打得有点早？”

被子里的人一听是个男声，这才移开手机看通话屏，上面显示的名字是，许抒诚。

啊！这不是她的手机。

该死的。她和傅雨旸的手机都是黑色的。

“我接错了……”什么鬼，周和音一时难堪，“我的意思是，我拿错手机了。”

那头的许抒诚堪堪笑两声：“我知道。”

就在对方笑够了，说待会儿再打过来的时候，周和音的被子被掀开，傅雨旸从她手里接过手机，丝毫没什么不妥地问许：“什么事？”

许抒诚说了句什么，傅雨旸没所谓地发作回去：“你知道就好。”

一通电话，两头交代了不到十分钟。

周和音也起来洗漱了，傅雨旸讲完电话再来洗手间寻她，周和音正在化妆，手里一边倒隔离液，一边问他出什么事了，许先生要这么早打电话来。

傅雨旸问她还记得桐城的周先生吗，周轸。

“他岳母身子不大好，太太和娘家关系好像一般，但周轸还是替太太拿了主张，将病情复发要做的开刀和化疗，挪去B城了。”毕竟那儿的医疗资源都是顶级的。

看在生意伙伴的情谊，傅雨旸替周轸联络了那头的医院和专家。

许抒诚再帮忙安排了一栋住处给周太太，方便落脚。

周和音记得上回见过周太太一面：“他们有对龙凤胎。”

“嗯。”

一早听这样的疾苦，周和音有点难过，这上有老下有小的，摊上生病的大事，总归好难。

家家有本难念的经，她说：“那么好的周太太，她姓倪，我记得。可是，什么叫和娘家关系一般？”

傅雨旸摇头，说也许这又是别人的疾苦了。他再告诉她，周五他就是宴请周轸，合作的项目中有如约封顶的，算一顿庆功宴。

周和音的砍刀眉笔握在手里，从镜子里看他：“你周五请客？”

“嗯。”

画眉的人拿定主意：“那我们也周五过去吃，四个人的数，带Nana去。”

傅雨旸不懂她的坏主意了。

周和音在镜前端稳了手描眉，告诉他：“你都能替人家岳母去周旋，自己花了大价钱请他们吃，总归要露个面的。”

傅雨旸在她身后轻淡地笑，说这是谁家的小孩，连自己父母都算计，嗯？

他说归说，身形压过来，周和音描眉的手一抖，她啊啊大叫，从无失手的画眉功夫，谁知一歪，歪出好大一截多余的笔锋。

这还不是最糟糕的，最糟糕的在灶台上，傅雨旸顾着和她说话，铸铁锅里临时熬的大米糯米二比一的粥，扑了。

一早要去赶通勤的周和音根本没时间去顾他的烂摊子，毫不领情地说：“就是你煮出来，我也没时间吃呀，烫死了！

“以前暑假，阿婆都是老早就烧了，等凉了喊我起来吃的。”

傅雨旸骂人：“那我干脆生意也别做了，金盆洗手，天天在家给你煮粥，凉了喊你起来吃！”

一早献殷勤翻车不说，还被人嫌弃，某人老大不爽：“怕不是挨不过仨月，就全都去要饭了！”

哈哈哈，周和音笑得不轻，稍微哄哄他：“粥留着，我晚上回来吃。”

“吃个屁！”

恶人自有恶人磨。周和音干脆把灶台上的烂摊子拍下来，发朋友圈，狠狠嘲笑有人翻车。

不到中午，一片的点赞评论也就算了，甚至好多不联系的人都来八卦：“小音，你交男朋友了啊？”

周和音也有点后悔，上回那么好看的合照没用来官宣，最后拿一锅翻车的粥，官宣了。

他们骆总都在底下评论：“傅总，有的钱注定要给别人挣的。点外卖吧，省事又省心。”

好些时间不联络的赵观原给周和音打电话，恶狠狠地问她，是谁？

得知是傅雨旸，那头没二话，嘟的一声就挂断了，没隔多久，发来一条微信：“小音，你就绕不过他，是不是？”

周和音：“是。”

晚上跟Nana提周五约饭的时候，Nana告诉小音，赵观原下午给她打电话，七七八八骂了好多，问Nana，那个男人有什么好？小音图他什么，钱咯？

Nana没好气，干脆回赵观原：“也许吧，活好又有钱，谁不爱！”

周和音不以为意，随他去吧，嘴和心思都在别人身上，她说：“我自己喜欢就够了。”

正式工作这一年多，周和音不是没请父母吃过外面的餐厅，但他们总归要忙自己的营生，要么嫌贵，要么没时间，像这种比许多法料日料还要贵的私房菜，她自己都不会去消费，更别谈反馈给父母。

周和音和春芳女士提的时候，言明是傅雨旸赞助的，所谓赞助，就是：“人家正经安排准备请的，你们又不赏光，他只好丢给我了。”

邵春芳一听要去外面吃，就不大高兴去。

周和音总有办法来治他们：“钱都付了，不吃就打水漂了。”

邵春芳想象不到所谓私房菜的价格，以为人均四五百就老贵老贵了。

周和音不是吓唬老母亲：“后面再加一个零。”

不得命，要死的，吃这么贵的菜，明天不过了！邵春芳骂骂咧咧。

“所以，我才正经喊你们去啊，Nana男友都没带，只四个人的数。”

周和音苦口婆心。

春芳女士好像还不大领情，说的话也大概是周和音先前料到的，真要有心，也不在于这么贵。

周和音把傅雨旸的话原封不动地学给妈妈听，再如实告诉妈妈，他是生意人不错，但也不会天天有心情有工夫去吃这种私房菜，纯属是生意来往应酬别人的需要，与此同时：“他头回想认真请你们，自然是心意、仪式感更重要嘛！”

邵春芳看女儿说这一大船的话，稍稍动容：“我就是答应去，你爸爸也未必肯。”

“那就要看你的了，春芳女士，不看僧面还要看佛面，他那么认真地请，被你回绝了，也只能退而求其次了，你舍得糟蹋这么多钱，那就别去了。”

邵春芳突然啧一声，怪道：“真是心里长草了，家里那么多门都关不住你了，是不是！”

“妈妈，你平心而论，觉得他怎么样？”

“我不晓得，我只晓得，你把那样的朋友圈发出来，就连对过的马玲都跑来问我。”马玲就是姜太太。

姜太太的八卦魂摁不住，看到小音发的朋友圈，跑来问春芳：“哦哟，我们小音好福气哦，这大清早还高兴起来烧粥的男人，真是绝了种了。”

只听家门口的人议论，说是个派头不轻的生意人，所以姜太太才奉承几句的，但不见上门呢。姜太太好奇疯了，问春芳：“什么时候上门来，也叫我们看看呢。”

春芳也为难，姜太太一早扯那么大的嗓门，周学采一脸铁青，她跟瞧不见似的，再问春芳：“是不是我们本地人呀。千万别嫁太远。”

邵春芳瞥一眼丈夫，故意回应姜太太，也算澄清：“就是谈朋友，哪里就到那一步了。被你们传得不像样了。你也是有姑娘的，将来也有等着你的时候！”

姜太太向来说不过春芳，识相地应答：“嗯哪，处对象而已。”

直到姜太太灰溜溜地回家去，邵春芳才假意埋怨，说这个人怎么就这么爱看人家的事呢！

周学采依旧不回应，只是不声不响地去淘米烧粥。用电饭锅煲粥，万无一失。

邵春芳跟小音说这一段的时候，道："你爸爸好像存心叫板似的，他好像不大明白，怎么烧个粥都能烧扑掉的。"

[76]

因为……日不做，夜摸索。

这是句俚语。从前阿婆、妈妈老是搁在嘴边念叨小音的，说她白天不想着写作业，晚上倒勤快起来了，摸索起来了，不睡觉！

周和音觉得自己真的胆大包天了，敢朝妈妈暗示这种闲篇。

她说傅雨旸不是不会烧，而是夜里想不起来，早上那一阵又来不及了，急火滚粥，再和她说话，就忘了时间，忘了灶上的火……

邵春芳再是个过来人不过了，又怎么会听不懂姑娘口中的夜摸索是个什么鬼东西："你们哪天头也给我忘掉最好！"

周和音眉眼间皱起撒娇的颜色。自幼被惯养大的孩子，她总能恃宠而骄到那个点上，不是假爱的虚名，而是实实在在存在的："你和爸爸没有忘掉，我们就忘不掉！"

回归正题。她问妈妈，那周五的私房菜要怎么说？

"去嘛去嘛，妈妈，你也说过，人是要互相捧着的，你捧捧我，我捧捧你，这才是家的意义。"

邵春芳最后终究说动了周学采，说不是女儿请客，是人家娜娜请。

说娜娜几回来家里，周爸和春芳妈妈都殷勤招待她，所以想请小音爸妈一起吃顿饭。

周学采不大乐意，Nana又亲自来了一通电话，这才没磨得开颜面，应下了。

周五这天预备出门的时候，邵春芳看丈夫还是一身朴素的短袖长裤，委婉地劝他换一套，说那种地方，都是先敬罗裳后敬人的。

周学采满不以为然，嫌啰唆："我这么穿，还不让我进门了？"

夫妻俩少时七八岁就认识了，相伴这些年，邵春芳饶是刁蛮任性，但丈夫作为男人，软肋处她向来不轻易碰——一是他的养母，二是他的亲生女儿。

女儿这事，前后两回，周学采两个态度。头一回他那么冒进地打了孩子一巴掌，事后懊悔不已，所以这一回，他始终不言声，哪怕夫妻同床共枕，但周学采不言，邵春芳也跟着不语。

成年人最大的通病就是固执。固执于得到的，固执于失去的。有些事情，他自己琢磨不通，哪怕身为青梅竹马的她守着他，也未必说得通。

即便养母还在，也未必敲得透他。邵春芳遥想，没准还会伤了母子情分。

但有些固执，必须去点拨、点化。她说：“这就是你不讲道理了。哪天你女儿出嫁，你也这一身去送她？”

周学采陡然来会邵春芳一眼，后者不紧不慢道：“你比我知道，终将会有这一天的。周学采，你好自私，当初娶我的时候，你怎么一点不顾及我和我爸父女分离？到你自己了，你就拿你的恩情绑架你的女儿？

“这世上谁都担保不了永远的对和永远的错，更没有绝对的大学，绝对的监狱。”

周学采惶惶站在那里，许多年了，二人没再像少时那样流露儿女之色。人到中年，为人父母的担子落在肩上，眼前的男人从不忍心泄露自己一丝一毫的软弱，今日，他反问妻子：“春芳，我都不晓得了，你告诉我，如果我妈还在，她会同意吗？”

“我不知道。我只知道，你妈到底是恨傅缙芳的，恨他让她的梦醒了，凉了。对一个女人来说，我大半辈子都挺过来了，你再回来作践我，这才是最不能原谅的。”

一个男人，跟你谈千秋万代谈良辰美景都是假的，他不肯和你落地，不肯和你扎根，就注定只是自私凉薄的个人旖旎。

可是，梁珍没有因此而死。

“但我不要我的女儿这样。”邵春芳走过来，轻声轻语地拥抱周学采，“你当我自私吧，我相信我的女儿，最差的结果，顶多是和那个人散掉，她便死心了。你越反对，她心里越有个侥幸，侥幸能和他圆满。那才是最要命的。”

阴历快到七月底，微风里已然有早秋的影子，残月似眉似弓。

Nana和小音在私房菜馆门口等周爸、春芳妈妈时，远远看一对中年人相伴而来，Nana由衷感叹：“你父母真好。”

人好，感情也好。

是那种务实率真的父母爱情，才会养出小音这样无拘无束、天真烂漫的孩子。

邵春芳有限的几套裙子都是小音买的，她时常挂在嘴边的话就是，胖都胖得咧，穿不下这些衣服咯。

小音平生最恨的事，就是对女人的body shame（身体羞辱）。谁说胖的人不能穿裙子的，只要穿得得体自信，就是最大方的好看。

所以她看到妈妈穿了套最崭新的裙子，配爸爸的一身长袖白衫、西裤，忍不住从莞尔到促狭。她看着父母缓缓而来，当着Nana的面，笑话他们：“你们是要去结婚吗？”

Nana笑问，二十五年是什么婚哦？

小音道，银婚吧。

“真好。”二人异口同声。

谁说年轻人不懂感情的，凡是率真、朴实、坚韧的感情，人心都会追逐，不分年龄。

邵春芳由着两个孩子取笑，也递个眼色给小音，提醒她们适可而止，毕竟她爸爸这个人严肃惯了，外人面前，他最要颜面的。

小音会意，当着Nana的面，再言声，谢谢Nana请她一家吃饭。

Nana赶鸭子上架，只是有点替傅先生叫亏：“咱们进去吧。”

私房馆是栋独门独院的花园洋房。这里的所有产权全部归公，承租下来的人只有使用权。

这片的物权，光租赁费就是个令人咋舌的数字。所以，人均消费自然水涨船高。

私房菜的老板姓蔡。花园里栽种着多色玫瑰，门口今日拟定的菜单明细上，有私房菜的名牌，蔡公馆。

上下一共四层楼，听说，今日招待的只有两桌。

邵春芳一进里，看处处陈设精而雅，本着生意人的自觉，由他们的人均消费推算这一栋楼租赁下来的开销，顿时觉得还是亏了！

周和音笑妈妈市侩又可爱，干脆告诉她，除了人均消费，额外还要征收服务费，以及酒水费，他们不喝，傅雨旸那头总要喝的，这里的酒价，是你远远想不到的数字。

所以，永远不要替做生意的人焦心思。世上只有错买的，没有错卖的！

邵春芳横一眼女儿，说疙瘩大的人，没几天工夫，倒也学起某人的那副腔调了。

“叫你爸爸听到了，又要说你跟好学好，跟坏只会学坏！”

地上铺织的绛色地毯的纹样是海棠花，侍者穿着干练的职业一步裙，款款引客人入包厢，侍者问候的名衔也是“周小姐”。

待他们落座后，侍者更是明白这一桌的上宾是谁，先把主厨拟定的限定菜单给到上宾长辈过目，菜品不能更改，但客人有忌口可以临时微调。

说好的是中餐，菜单拟的名目却用了三方语言，周学采哪里适应得了这种阵仗，呷一口气泡水，眉头即刻蹙起来，连水都这么难喝！

周和音见状，连忙解救爸爸，说她来吧，忌口暂时没有，菜单按拟定的上：“只是，帮我父母换两杯白开水吧，他们饮不惯气泡水。”

周和音再翻酒单，问爸爸：“喝酒吗？我和Nana陪你喝点？”

包厢在花园东侧，东南角开了一扇边窗，早桂的香气暗暗地浮动进来，她难以告诉父母，即便是这包厢位置，都是傅雨旸亲自定的，东边这一间空间小了点，但比西间少些日晒。

她那晚还笑话傅雨旸，太细致了，不像是B城的爷们儿调调。

傅雨旸说：“怎么细致也成你们江南人特有的了？”

反正从来都是夸江南男人细致，没几个人夸北方的，这是事实。

某人道：“从来就是对的？”

眼下，周和音拿菜单和酒水的主意的样子，她浑然不觉，直到爸爸用目光盯着她，她才做主要了两瓶精酿啤酒，又替爸爸要了一人份小酌的白酒。

实情也是，这样水准的私房菜馆，周和音和Nana也是头一回吃。归根结底，还是“混血”了，起码fusion（融合）了，服务模式套的法餐的皮，菜品嘛，中不中，洋不洋。

好端端的中餐，起一长串的料理名字。

分餐制也就罢了，最离谱的是其中一道红烧肉，配菜是鲍鱼，邵春芳都忍不住跟小音和娜娜“吐槽”了：“这个厨子不灵，红烧肉哪能这么烧的，他该不会觉得把贵的东西往里头搭，价格就能上去了吧？”

Nana全程都快要笑死了，说春芳妈妈就是个段子手。

周和音有一说一，她问好姐妹：“你觉得怎么样？”

Nana说：“好吃是好吃的，却没什么记忆点。”

那头，自斟自饮的周学采却是批评妻子：“人家娜娜好意请的，你这样像什么话，你行你上？”

邵春芳这才自觉失言了，也陡然明白过来，丈夫这不是在批评，而是看破，破绽的破。

后半截的饭，吃得寂然无声的那种。连侍者都觉然客人桌上氛围不大对。

上甜品的时候，Nana趁机说去下洗手间，给周家留独处的缝隙。

侍者给客人手边重换了杯热茶，袅袅热气间，周学采问席上母女：“这顿真是娜娜请的？”

春芳女士提醒丈夫：“是不是，你都吃到肚子里了。”

“哼。”周学采无情出声。

随即他要起身回去。

周和音忙叫住爸爸：“不是Nana请的，也不是我请的，严格来说，即便是亲闺女，我也舍不得请你们吃这么贵的。

“但正如Nana刚才批评的，贵的未必就是投契的。傅雨旸大概自己在桌上也要懊悔了，有些排面，确实只能留给生意伙伴。

“因为人家承情。你们显然没有。”

周学采喝完杯中酒，不管下文，只叫妻子一起走。

对面落座的周和音别无他求，只求爸爸再略坐坐：“他过来打个招呼。”

边上的邵春芳也提醒丈夫：“你喝酒了呀，车子要怎么弄？”

周学采还没叫过代驾，指使周和音：“你同我叫个代驾来！”

“可以，等他来。”

“我等谁来？”周学采质问，“我还要等他？这顿饭我被你们算计得还不够吗？”

“爸爸，你不要用这么严重的词好吗？吃顿饭而已。”

“对啊，吃顿饭，用得着使这些旁门左道吗？啊？”

“还不是您不肯吗？妈妈也不肯呀，他才把这桌饭腾给我们自己来吃啊。他正好在这儿应酬生意伙伴，只是想过来跟您打个招呼呀！”

“我不缺这声招呼！”

“爸爸！”

“你别喊我爸爸，你心里早没我这个爸爸了。”

别家的小孩可能到这里就气呼呼得没下文了，周和音是怪胎，她厚脸皮，爱强人所难，冷清清的包厢里，她一面吃那栗子蛋糕，一面傲娇鬼般开口：“您这样说，我只会觉得你吃醋！

“你对他有偏见，很大程度上，只是源于嫉妒。你觉得你的女儿被人抢走了！”

周学采把握在手里的杯盏兀自往桌上一磕，面上颜色微微晃荡，随即开口的声音有几分颤抖：“周和音，你真当自己是朵花呢，是不是？就你这样四体不勤五谷不分的蛀虫，你在我地头多待一天，我都嫌够！”

“我不信！”被批成蛀虫的人当即断言，她有满满的胜算和笃定，甚至反过来怪爸爸，“你从我记事起，就不怎么娇惯我了。你吝啬于你的微笑和温柔，只朝你老婆才有！

“爸爸，不是只有爱情才需要倾诉的，亲情也需要。你越拒绝和我对话，我越能明白你的意思，你就是生气有人掠夺了你的女儿！”

“我气个屁！”一向斯文温和的周学采气到爆粗，“我但凡知道生个孩子，到头来能有这么多事，当初我连你妈都不稀罕娶，结个屁婚，生个鬼孩子，全是上辈子欠你们的！”

周和音这个反骨仔，继续挑衅：“那你要怪阿婆，她就不该拾到你，这样她也不会辛苦那些年，带大你，又为你，带大我。

“阿婆说过的，人世间最大的无限就是‘我们’。‘你’和‘我’，生‘我们’，‘我们’再去生另一个‘你’和‘我’。”

周学采也来反驳她们，反驳眼前的女儿和去了的老母亲：“人世间最大的是债，她还我的，我还你的！”

一个个讨债的罢了！

包厢的门是洞开着的，客人在里头谈话，声音再大，侍者没被召唤也不可以进。不时，门上传来几声叩门声。

傅雨旸来得不是时候，又正是时候。

他端正地擎着酒杯，阔步过来，正好打破席上的死局。明知道桌上有较量，他还是和煦地询问：“聊什么了？老远就听到你的声音了。”

他问周和音，再问Nana去哪儿了。

周和音拿自己的亲爹没办法，只能拿送上门来的人撒气：“我们要走了！”

邵春芳在桌下踢一下她，示意她好好说话，好不容易争取来的机会，你又任性，不是白耽误了？

傅雨旸面上有浅浅的酒气和笑意："好。我安排司机送你们回去。"他手上这一杯酒，算是来敬的，也算是来罚自己的，他朝席上二位说，那头有生意伙伴，一行人啰唆了些，这才有空当下来，"其实江南口味我到底吃得少，就是几个合伙人一味撺掇，这回才有机会在这儿拿到了两桌，投不投口，也请你们多担待了。"

傅雨旸擎着杯中酒来直面周学采，他也不需要对方举杯，无论如何，今日他做东道："于情于理，我也该来打个招呼。"

说着，仰头，饮尽杯中酒。

外头门口有人声，有男人问踟蹰不进的Nana："小姐，你是不是这里的啊？猫着，干吗呢？"

说着，周轸在门外询问傅雨旸："老傅，方便进来吗？"

傅雨旸闻言，没有直接应答外头，而是反问邵春芳："合作的生意伙伴，想过来打个招呼。"

春芳女士当即点头，也一把拉周学采坐下来。

周轸是今晚的上宾，但他得提前走了。他笑吟吟地进来，说听说周小姐一家在这儿："我来打个招呼。"

长着桃花眼的男人见面就同周和音说笑，说到底是他同宗的妹妹。

再来一一问候周家父母，傅雨旸作为中间人，介绍的称呼是："小音父母。"

周轸启口的时候就自觉降下一辈来："周爸爸，周妈妈。"

才问候完长辈，周轸就拿傅雨旸取笑起来，说他老滑头，真真生意场和家庭局两不耽误："我说你今天怎么心不在焉的呢，原来，酒都存到这儿了，来孝敬老丈人了，是不是？"

家私不外露。傅雨旸轻巧地接过周轸的话头，四平八稳道："他们也要回去了。"

周轸即便瞧出了席上有几分机锋，也不会追问。各家有各家的经，他自己的经还念不过来呢，只是来朝老傅说再会的："这一趟B城的事，周某记在心上了，你也晓得我们家那位，凡事爱往心里去，我不替她拿回主意，她回头又该思量了。"

周轸提前离席，也是要去B城和妻子会合。他难得朝别人吐几句家务事："她同她妈妈那头不投契，但到底是生死关，就这么个女儿，有些情分，哪怕没尽情，也要了。"

要不怎么说，人总是活在皮囊之下呢。周轸一面当着周家父母面夸老傅仁义、仗义，一面又艳羡道，说老傅好福气，妻家一团圆满。

傅雨旸依旧滴水不漏，如人饮水冷暖自知。

周和音看在眼里，即刻接话过来，问候周先生：“周太太一切安好？”

抛去家务事不谈，她是真心问候倪小姐，也是替傅雨旸寒暄东道，说有机会希望能再和倪小姐碰面。

周轸自然谢过周小姐的好意，嘴上玩笑且轻佻：“好得很。但我不高兴带她出来了，脾气大上天，惯得她！近则不逊，远则有怨，说的就是你们女人。”

周和音心想：周先生，我倒也没和你这么熟。

傅雨旸成心拆台：“嗯，他在外头就好振个夫纲，回家，又夹起尾巴做人了。”

周轸不乐意，反噎回去：“你怎么这么懂！”

世故男人间的配合仗，倒还算见效。引得边上的岳母大人都笑话了。

周轸临去前，还不忘同周小姐说笑：“我认你做妹妹吧，放心，等你们办事的时候，我做哥哥的，一定陪个风光的嫁妆。这样一来，我就是大舅哥了，对不对？”

已为人父的周轸朝傅雨旸道即兴的快乐，也道即兴的苦水，说：“当爸爸的快乐，你想象不到，有大舅子的苦水，你也最好别体会。”

无论如何，他也想当回大舅子！

哩哩啦啦一篮子话都讲完了，周和音由衷觉得，他们江南的男人当真啰唆了些。

傅雨旸要送周轸出去时，周轸再次来朝小音爸爸握手，道再会，这一回不是喊的周爸爸，而是“干爸爸”，说：“你放心，有我在，任他傅雨旸有三头六臂，也欺负不到我们小音头上。”

周学采被这个带着七分酒意的年轻体面男人擎住手，即便想发作，也难。到底这是某人的生意局。

几回照面下来，周学采头一回摆出了指使傅雨旸的态度：“你送周先生出去吧！”

[77]

傅雨旸送周轸到门口，二人面上不约而同地换了个神色。

从去年到如今，这生意联姻上，周轸被自家老头打击过好几次，说老二眼里没人，该好好联络的，总是不会把握。

不然好端端一桩生意，怎么会被个外乡人欺到头上来。

周轸跟老头掰，说你晓得那傅雨旸什么出身再说话！人家老爷子的人脉在江南散了一大络，B城那边又有土生土长的两头家族在。拎清爽些。

于是老头一味给老二上紧箍咒，说傅雨旸这号人，务必要联络渗透。

所以周轸替妻子娘家转院到B城，老头一个字都没过问。

外廊凄凄的明月下，傅雨旸只送他到这儿，临去前，关照周轸，说医院那头他打过招呼了："任何交涉，你和你太太尽管找齐主任，另一头的别墅和车辆那些，你大可以联系许抒诚，自家兄弟，他都会帮你办妥帖的。"

旁余不说，单论他们B城车牌限行，傅雨旸就解了周轸许多燃眉急。

周轸再道一声谢。

傅雨旸云淡风轻："今天也谢谢你了。"

"谢我什么，嗐，谁不是这样过来的。只是别怪兄弟说句浅薄的话，你这老丈人的水，看着并不那么深的样子。"

搁傅雨旸的家世和性情，娶这样人家的女儿，十个百个都不算过吧。

先前和乔董一块儿喝酒，老先生可是说了，雨旸从前的女友，家世那么阔，还不是要傍着这位未来姑爷，可惜啊，傅家瞧不上人家，最后还不是散了。

周轸也闹不明白，那么眼前这个，又有什么格外别致之处。

傅雨旸终究一副不和你交心的样子："水不在深，有龙则灵。"

周轸领会般颔首："懂了。说真的，我大概和你们这些不会说人话的人上辈子有仇，你和我那大舅子真像，改天介绍你们认识。"

傅雨旸单手落袋，揶揄他："好的，舅兄大人。"

再提醒周轸，那些个风光的陪嫁，别赖，他可等着看呢。

周轸骂人，真真是个生意人！

宾客没走几步远，傅雨旸回头的时候，就看到周和音不远不近地站在那里。

穿一袭姜黄色的连衣裙，颜色很鲜浓，人却很淡意。

傅雨旸挑起被风吹开的纱帘，走进来，再合上那扇落地窗门，他问她："怎么出来了？"

周和音听到了周轸的那句“水不深”，也听到了傅雨旸的那句“有龙则灵”。

她径直问他：“你有没有后悔？因为别人艳羡的都是假的。”

刚才的局面，对傅雨旸而言是气馁的，他甚至不如一个外人，能那么轻而易举地打趣爸爸。

傅雨旸朝周和音走过来，很轻巧的几步路，顺带着牵她的手，不做停留，往她父母所在的包厢处去：“他们又不是我，怎么知道我要什么，梦什么。”

傅雨旸领着周和音再进包厢时，周和音因为刚才和爸爸稍稍顶撞而心生歉仄，又目睹了傅雨旸人前人后的隐忍，心里很不舒服，一时情绪跌宕，没忍住，掉眼泪了。

她谁都不怪，只怪自己，怪自己执迷不悟。

她借故去拿包，挣开傅雨旸的手，去边上的沙发处偷偷抹眼泪了。

周学采喝酒了，连同Nana都喝了杯啤酒，傅雨旸便安排人送他们回去。

他打电话叫堰桥下来，同邵春芳解释，是书云的小子，跟着他历练历练的，正巧没让他喝酒：“堰桥送你们回去，Nana我让司机替她开车子。”

邵春芳接话过来：“你去忙你的吧，小音给我们叫代驾一样的。”

周和音在边上不声不响地擦眼泪，长眼睛的都看到了。

“不要紧，要应酬的人也走了。”傅雨旸意指周轸，也和他们玩笑，生意场上的人一向爱逗闷子，说笑说笑，说什么不紧要，笑笑便罢了。

邵春芳嗯哪一声，道：“要说取笑，万师傅他们比刚刚那位会说多了，直说得你没脸没皮。”

这一点傅雨旸稍稍赞同：“实情是我当真有点怵万师傅。好多年了，我好多年喝酒没栽跟头了。”

“他呀，是个老练家子了，你加小音爸爸都未必喝得过他。千万别和他逞能。”

“是吗？有机会我好好准备准备。”傅雨旸温言温语，一句话漫不经心地套住了邵春芳。

周学采在边上悄没声地横一眼妻子，傅雨旸也当作没看见，再问春芳女士："您今天吃饱了吗？我都不敢问您吃得好吗，我还是应该听小音的，这里也就环境还行，味道怕是你们江南人也吃不惯。"

邵春芳含糊几句，说："挺好的，主要还是你的生意，你把生意人招待到位就行了。"

"他们那些主儿，吃这些更是没眼睛瞧，吃什么不重要，酒到位就行了。"

说了这些时长，傅雨旸念叨起堰桥来，说这个臭小子怎么还没下来。

边上哭完的周和音这才气不过，提醒他："你什么时候打电话给他了？你没有打！"

压根没把手机带身上的傅某人，一副和小音顶真的样子，说他打了！

周和音真的要被气得背过去，依旧坐在沙发那里，生着管家婆的气焰，质问某人："你把手机拿给我看看！"

傅雨旸这端，受教地走过来，两手摸两袋，压根没有手机。二人一立一坐，徒劳地对望着，周和音气得踢他一脚，真是气死她了，什么时候不好，偏偏这个时候发酒疯！

傅雨旸屈膝来跟她要手机，又干脆要她打电话给堰桥，二人之间是亲昵自然的距离，他的一只手搭在沙发扶手上，一副单膝跪地的样子，委屈地求她打电话。

东南角这一隅，落地窗把残月明透透地照进来，洞开的窗户徐徐送来早桂的香气，周和音在沙发上气鼓鼓地看着他。

岂料傅雨旸用再清醒不过的一双眼看着她，也用二人才听得到的声音嘱咐她："别闹，小音。"

直到堰桥和司机老田各把一辆车子开到蔡公馆门口，傅雨旸也送他们到了门口。

周学采的车子还是手动挡的，傅雨旸怕堰桥开不好，嘱咐了几声，堰桥不以为意，说："放心吧，我就是怕车子闷掉。"

"车子不能闷，我的人也交给你，听懂了？"

舅舅这是下命令了，外甥只乖乖听命就是了。

Nana由司机送走，周家三口也一一上车，周和音坐在副驾驶座上，父母坐在后座上。周学采始终不言声，最后傅雨旸只得和春芳女士道再会，临了还不忘和她说笑："今天倘若当真没吃饱的话，那就辛劳您回去再煮点夜宵吃了。”

邵春芳难得被识破后也不洋相，反过来说道他起来：“你不说我还想不起来，我就不指望你们能烧顿像样的饭菜了，哪能一锅粥都煮不好的呀……”

“妈妈！”周和音是怕妈妈当着爸爸面说些不该说的。

车窗外的傅雨旸听后也不难堪，再听春芳女士说：“这你就不如小音爸爸了，我和他一起，别的我不做夸口，就这一日三餐，小音爸爸当真是做得没话说的。不怕你笑话，我一个女人都没他细致。”

边上的周学采嫌妻子啰唆：“你说这些有的没的做什么！”

“哪是有的没的，你明明最看重这些啊，生怕你闺女饿死啊！”

车里老夫妻俩拌嘴，外头的外人连忙劝架：“那锅粥纯属偶然，您要相信我。

“但是您上回带给我的家常菜，我是做不出来的。”

坐在靠窗这头的邵春芳突然朝傅雨旸使眼色，示意他不要说了，然而为时已晚，周学采瞬间领悟过来，面上不显，鼻孔冷哼。

邵春芳朝傅雨旸搗搗指头，心想：你好本事，扮猪吃老虎，滴水不漏又处处渗透，可还了得！

闲话絮完，傅雨旸才指派外甥好好开车，要安全回头。

车子驾轻就熟地往六家巷去，这个看似和小音差不多年纪的年轻人车子开得很稳，似乎和小音也很熟，问她上次那个关于引擎声的视频，没见她更新。

周和音好奇：“你关注我哦？”

堰桥不提这茬儿，反问她：“我不能看？”

周和音只是好奇：“傅雨旸告诉你的？”

堰桥不服气：“我自己就搜不到你了？”

年轻人之间的机锋，周和音没所谓，她的很多同事都是这么搜到她的，也没什么。

倒是后头的周学采，看女儿和谁都这么自来熟的样子，况且这中间还隔着一个辈分。这个小外甥也是，好好开车就是了，一味地多话。

一来二去的，周学采于无声里，盯着自家姑娘。

周和音有一搭没一搭地应着堰桥，然后从后视镜里打量父母，冷不丁和爸爸的目光撞到一起，她不解爸爸的眼神为什么这么严肃，只以为他还在生气。

于是和堰桥的对话也稍减了下来。

一时无话，车子朝前开着。

车子安全无虞地抵达六家巷口的停车场，稍稍晕车的邵春芳即刻下车来，看时间还早，就要小外甥到家里坐坐，认认门，喝口茶再走。

堰桥一时犹豫，周和音也认同妈妈，请堰桥去家里坐坐。

唯有周学采不发一言。

这头娘俩请傅家这个小外甥去家里喝茶呢，那头不知道哪里冒出个人来，看清是周和音，就喊她："小音！"

是赵观原。

那天周和音在朋友圈发傅雨旸煮翻车的粥后，约等于公开恋情了，赵观原给她打了电话，脾气也发了，也被Nana噎得不轻，没想到他还有下文。小音不接他电话，她租的房子那里也没人，赵观原喝了些酒，就跑到周家来找人了！

星夜巷子里，安静下来，人的脚步声稍微一落，声音都很浓重。

赵观原上来就要拉扯小音，被宋堰桥这个刺头格住了，两个人不是没较量过，一个傲慢，一个喝多了，血气方刚地撞一块儿了，上来就要扭打。

周和音吓得不轻，刚要上前制止，后领子就被谁揪住了。

周学采一把薅住女儿，再去断喝边上两个"狗崽子"："都给我停手！"

赵观原去过周家茶馆，也来过周家，几回见周学采，都是用谗言的口吻喊对方"小音爸爸"。今天喝了酒，脑袋重，口条不大顺，开口依旧是谗言，只是混沌地把"小音"二字丢了，脱口就是"爸爸"。

周学采揪住自家女儿，嫌眼前两个"狗崽子"丢人现眼："谁是你爸爸，你喊谁爸爸！滚回你们家去！"

Chapter 25
纤手破新橙

[78]

傅雨旸在那头听闻周家门口发生的这一段事故时，非但没有急，反而笑话了他们，附和周学采的话："就是，喊谁爸爸呢？谁是你爸爸！"

他说他这个苦主可算逮到诉苦的地儿了。

某人一副"我心里有苦，我一向不说罢了"的样子。

今天难为岳父大人伸张正义了。

周和音在电话这头骂人，说傅雨旸好不要脸！

然而，他和爸爸的前后嘴脸又如出一辙。

赵观原压根没被当成个气候，倒是堰桥，周学采进门落锁，说教周和音："舅舅不像个舅舅，外甥又不好好当个外甥，像什么话！"

"爸爸，你说什么呀！"

"我能说什么，说你妈糊涂，大晚上地喊谁喝茶！"周学采将门一合，一副背手进屋的架势，想想又回头，站在堂屋的台阶上，严肃指使周和音，"门口那些唾沫星子已经够盛得了，你给我避避嫌，别再闹出别的笑话！"

视频那头的傅雨旸在挂断之前也是这么一句，他之前就说过的，对晚辈不要那么投契："看吧，你爸爸都看不过去了。"

"避嫌。"他站在那头落地窗边，凉夜之下，薄雾笼罩，尾音里沾湿带水的。

周和音怎么也没想到，有一天，爸爸和他的脑回路能撞到一块儿去。

某人越说越上头，说翁婿当然要一块儿了："只有我们是想你好的。

旁人都是假的。”

次日周六，周和音一早就被傅雨旸的电话吵醒，昨晚不了了之的厚脸皮揭过不提，只叫她快起来，过来吃早饭！

“过来？”还窝在蚊帐里找不着北的人学他这句话。

他的意思是让她去他那里吃早饭。

傅雨旸一大早就起来烧粥了，这次万无一失，以及别的，也是万无一失。

“别的还有什么？”

“你来了就知道了。”

“我不想知道。”她正困字当头。

“乖，看在我这么认真地想一雪前耻的分儿上。”

周和音在这头撩蚊帐，探头出来：“你为什么要这么认真？”

“因为要证明，周家的女儿在我这儿，绝对饿不死。”

“要求可真低。”

那头不理会她的控诉，催她：“快过来。粥待会儿要是又稠了，算锅的不是，还算我的不是？”

蚊帐里的人终究还是下床来了，洗漱换衣，素面出门，开车到花都酒店时，才八点不到。

天知道，她居然在双休日起了这么个大早。

而傅雨旸显然比她早多了，食材是书云帮忙送过来的，书云见雨旸一大早这么折腾，又各种花样变着来，委婉问他：“你不要告诉我是小音害喜了啊！”

书云的概念里，男人能这么不辞辛劳，也只有在女人害口这段时间才会。

于是，周和音进来的时候，傅家姐弟俩不约而同地看了看她的肚子，傅雨旸看后就笑，笑着叫她快去洗手。

一桌子早餐，有粥、豆花、大米摊的饼、油条、豆沙馅的春卷、葱油面，还有虾皮小馄饨。

只有粥和葱油面是傅雨旸自己弄的，其他是买的现成的，虾皮小馄饨是书云帮忙包的，但煮是他自己煮的。

周和音把链条包直接搁在桌上，问他们：“今天什么日子？书云，是你生日？”

书云摇头："他昨晚就叫我帮忙准备了。大晚上心情好得很，报菜名般知会我。"

周和音再把目光投到某人身上，他今朝穿的一袭睡衣颜色很别致，周和音愿意将其比喻成蝇头绿，是墨绿色上蒙着一层灰纱般的颜色。

袖子贴在手背上，他懒得去卷，手朝上轻微地一抖，袖管便往手臂上落，傅雨旸一副再严肃不过的神色，叫她坐，吃。

他也叫书云坐。一大早陪他忙到现在。

周和音端起一碗米粥，说好不容易，有人煮了三回，才算到位了。

书云这点眼力见还是有的，既然忙活出来了，也不当电灯泡了，拾掇拾掇就要走。周和音嘴里还喝着一口粥，就起身留客，说上回她妈妈那样，她们还没好好给书云赔不是呢。

书云当着雨旸的面连番摇头，说千万别这么说，她上回也有不该："我这个人就是嘴太快，换我也要想这个人是谁，管起堂兄弟的家事了。"

傅雨旸只说事实，看待事情的角度不一样，一家话两面说："小音她没看明白，你也不要吃心，她妈妈那是先把丑话说在前头，怕有人欺负她年纪小，拿不到主。"

书云自然跟着点头："我们都是假的。等你们回了B城，你舅舅那头……"

"他们也不会……"傅雨旸话赶话地答道。

周和音却听到了这一句"回B城"。她悄声看他一眼，某人无声地回应她，手上拨动调羹，人工降温着那碗虾皮馄饨。

他把馄饨推到她跟前，周和音却只管吃粥。

书云临走前又朝小音说昨晚的不是，说："堰桥这个性子就是沉不住气，我回头还要说说他的。

"有机会，我想正式和你妈妈说句对不住呢。"

周和音说，哪里就到那个程度了，不过她倒是欢迎书云去家里玩："你别看我妈这个人嗓门大，其实她人很好的，知道你有一手好手艺，回去她就后悔了，说不该那样朝你，也佩服你，说要吃吃你的手艺呢！"

边上的傅雨旸由着她们话家常。

书云像是认真地征询雨旸的意见："见见才好呢，你们越这样，我心里越是过意不去，堰桥昨晚又闹了笑话，你放心，我就是见见小音妈妈，给赔个不是。”

傅雨旸一副不往心里去的样子，打发书云：“再说吧。”

直到书云走了，周和音都没太明白，他们姐弟今日的对话门路。

傅雨旸点破：“我打算带堰桥回B城。”

他这一早两发话，都是用的“回”。

周和音吃完一碗粥，再去拨那碗虾皮馄饨，用扮作无意的口吻说：“回B城？”

“嗯。”他了当地告诉她，答应老乔的调令期限到了。他也算无功无过地交差了，那头顶差的也老早物色好了。

周和音的调羹跌回汤里。她吃不下这一碗馄饨了，去撕了一半油条，胡乱往嘴里塞，囫囵了满口，然后问他：“这……就是你一早献殷勤的缘故？”

“什么缘故？”

“你要回去了。”

傅雨旸单手托腮地看着她，也问她：“那么，我不回去，要去哪儿？”

油条好油，冷了，塞满在嘴里，特别噎，咽不下去。

周和音想着刚才书云朝他的样子，是的，她要是有个亲哥哥亲弟弟，由人这么提携抬举，她也会朝他感恩戴德的。难怪书云一心想要化解和春芳女士的过节，也怕堰桥冲撞了她父母，总之，傅雨旸许他们母子的，远远大过他们能还报的。

连昨日那个周先生，即便是本地赫赫有名的实业人家，去到B城，多少还要联络一下傅雨旸，这就是拜码头的意义。

她一想到他回去就如鱼得水了，一想到偌大的一个B城，他们去烧个香都能碰到他前女友的闺密，就什么话都不想说了。

她死命地咽油条，咽是咽下去了，可噎着了，噎到打嗝。

傅雨旸好笑，要她喝口汤顺顺。

周和音不高兴听他的，吃了瓣橙子才算化解了。傅雨旸移开托腮的手，要徒手再给她剥橙子，一副揶揄嘴脸：“怎么还急了，因为我要回去？”他终究还是用了这个字眼，“我总要回去的啊，放心，忙完我就过来看你，或者，你高兴的话，周末就飞过去看我，机票我给你报销，好不好？”

“没兴趣也没空。”周和音吃完手边最后一块橙子，擦擦手里的汁，说她吃饱了，回去了。

傅雨旸一脚踩在她椅脚的横沿上，害她都掇不动，起不来。

他问她，干吗？

“回去。”

“怎么你就可以回去，我连个回字都不能提？嗯？”

“我说什么了，我什么时候不让你提了？事实不也是你什么都安排好了，才跟这桌早餐一样，全倒给我！”

“早餐是早餐，安排是安排。

“早餐是为了取悦你，安排里也从来没你的份。”

周和音不懂他的意思，也从来不把他纵情时候说的那些哄人的话当真，甚至，她想过，他总要回去的，想过他和她正式面对这个问题时的这一幕。

只是没想到，即便身处在这一幕里了，她依旧没有答案。

“什么叫没我的份，傅雨旸？”

“意思就是我可以轻易带堰桥走，你不行。”

“你昨晚见我父母的时候就是这么想的？”

“不然呢，你愿意跟我走吗？”傅雨旸徒手剥开一个新鲜的橙子，空气里有爆开的汁液味道，他再剥成瓣递给她，凑到她嘴边了，偏她就是不听话，他说，“张嘴。”

傅雨旸继续自说自话，说他的调令到九月上旬，等料理完了，他总归要回去一趟的。那头的生意摊子、房子、车子、物业管家、银行经理，他托给别人太久时间了：“我家的保姆阿姨都把我给忘了。

“小音，我住酒店住够了。”

他越这样说，周和音心里的声音越往下沉寂。她甚至开始明白，为什么小时候看那些剧，一半要出行或出去读书，另一半最后都不会挽留。

因为很不该。那头才是他的土壤、根基。

周和音只能保持沉默。

沉默是她最真实的反馈。

他问她，愿意跟他走吗？

或者，周末愿意去看他吗？

直到，他第三次开口，换成一个比较好回答的问题：“生日想要什么礼物？”

还有二十天，周和音压根没想过，眼下，她思虑良久，才为难自己也为难他般说：“任意门。”

一道可以任意去哪里的门。

傅雨旸这才扔掉手里掰开的橙，用空出来的双手打横抱起她：“当真一步不肯让啊，是不是？”

他手上有橙子的渍，蹭到她的白裙子上，而周和音说要把油条的渍全揩到他脸上。

傅雨旸当即笑了，笑着俯首来吻她，他许久不那么暴躁了，暴躁地裹挟她，反正这张嘴也不好好说话。

周和音记得他们第一次接吻他就这样，第二天她舌根疼得捋不平。

“这不让我走，又不跟我去，要怎么办啊？”

二人跌回卧房的羽绒被上，傅雨旸其实没想怎么样，倒是被欺身住的人，头一回急起来，急得学他那样，对付他，使了小孩喝奶般的力气。

一来二去，他倒是被折腾醒了。

精神餍足的人有着足够的耐性，来拆分她，也来调停她的情绪。

傅雨旸一手别住她的下巴，俯首而来，用目光与身形的重量一齐压制着她，手上还有橙子的香气，她嘴里也有。

傅雨旸重复了一遍刚才的话：“要怎么办，嗯？”

香气之余，他迫使怀里的人拿亮晶晶的一双眼睛看着他，朝他说些什么。答复他，或者，求他。

周和音始终是个反骨仔，她轻易不打破原则，也轻易不绑架别人打破原则。

“你回去就是了。那里本来就是你的地方、故乡、户籍。”

“我没有故乡。这里不是，B城也不是。”傅雨旸反口。

吃得饱腹的人禁不住他这样压，周和音不去揣摩他的话，只说：“你这样我都快吐了。”

傅雨旸闻言，这才告诉她先前书云误会的笑话，周和音难堪得要打他，却抽不出手来。

“这么久了，你都没教过我吴语。我想起之前听评弹时的一首词，小音，你教我念念？”

是周邦彦的那首《少年游》。

并刀如水，吴盐胜雪，纤手破新橙。锦幄初温，兽烟不断，相对坐调笙。

低声问：向谁行宿？城上已三更。马滑霜浓，不如休去，直是少人行。

记性差的人，说他只记得那句“纤手破新橙”了。

后头的，傅雨旸是拿手机搜出来的，他一句句念给周和音听，也叫她回给他听。

周和音不听他，手脚并用来抗拒他的压制。

傅雨旸问她，最后一句是什么意思？

怀里的人不顾地摇头，她才没有心思听他念什么词，傅雨旸不快，言简意赅地教她：“女的不让男的走呀。

“你学学人家，好不好？我求你了！”

“我不学！我自己做不到的事，为什么要强求你？”

“那怎么办，咱就睛等着散伙了？”

周和音悄没声地掉起眼泪来，思忖良久，一句话和眼泪一齐下来：“我真跟你去了B城，那才是诛了爸爸的心。”

对不起，她做不到这么自我。

“所以，我教你求我。你舍不得抛下的，我来抛就是了。”骄傲的头颅在她的眼泪之上，是隐忍的，晦涩的，他伸手来弄她的泪，也不动声色道，“反正我也没什么抛不开的了。”

周和音听不得他说这样的话。

从他第一次在车上跟她提到还有个姐姐夭折了，那时候，周和音就在他这个世故人身上看到了很微末的东西，是那种很违和的脆弱，更像是不健全的人格。

如同秋末的流萤，总要消失的。

可她又实实在在地不想失去这样脆弱真实的傅雨旸。情绪进入死胡同，她不想去想，又或是急于剖析答案，于是她头一回做了个强头，把傅雨旸之前欺负她的伎俩全还回去了，又是咬又是啃的，没脾气的人任由她发作，也不禁埋怨：“轻点啊，真当我是工具人了啊！”

她不肯他说话。

迎面，烫热的感官叠到一块儿，人的情绪就只剩下了本能，本能地追逐这样如温泉浸骨般的居安感，她才动作了一点，某人就重重地喟叹起来。

这次周和音没有逃，而是一口咬在他颈项上，傅雨旸正好箍着她的腰，二人一并出了声，也滚到一处去。

纵着猫儿任意妄为的主人突然认真起来，翻身在上，再捂着他的颈项处，一副骂人的口吻："这么狠心的一口，你告诉我，下午我和人碰面，可怎么解释？啊？"

他捧着她的脸来吻，舍不得还她一口，就拿手里的肌骨煞性子，任周和音怎么叫唤都不好使。

她本能地攀附他，像藤萝，像摊开了的心。陷于混沌迷蒙的人，屈服于最鲜活的欲望和最真挚的安全感，嘴里期期艾艾，就是讲不全一句话。

傅雨旸依旧端正地揶揄："求我什么？"

她不回应。

"小音，我求你好不好？跟我走。"

陷在泥潭里的人，理智沉到了最底下，压根不顾他说了什么，只囫囵地点头。

"那我留下来，你搬过来我们一起住，好不好？"

她也是点头。

嘴里没句准话呢，骗吃骗喝的小孩可还得了，傅雨旸一把捞住她脸："好好告诉我，求我什么？"

"求你，和我在一起。"

"鬼灵精！"情急之下，某人受用这最后一句，一席风月波澜，非他本意，沦陷的人也被吞噬得无影无踪。

[79]

来这个房间这么多次了，周和音头一回发现，他这里没有电视。

傅雨旸洗漱后在衣帽间换衣服，告诉她，原先是有的，因为他不喜欢，叫人搬走了。

他不喜欢睡觉的地方，有一片阴影在那里晃。

"可是我喜欢。"周和音冲他唱反调，"我喜欢听熟悉的声音、台词，辅助入眠。"

里头换好衣服的人出来，笑话她："你喜欢你的，告诉我干吗？"

臭狗屎！

周和音拿被子蒙头，有人走过来，存心跟她过不去，掀开她，冷手来贴她的后背：“嗯，我记下了。”

“记下什么？”

“业主诉求。”

周和音不懂他说什么，床头柜上，傅雨旸的手机振动了好几回了。

生意人没有周末。是秘书催他连线B城乔董那头，接替傅雨旸职位的人选已经物色好了，猎头和人事总监已经二轮面试过了，乔董做最终面见。只是要傅总也帮着面一下，这是他今天上午的头一桩日程。

第二桩，是会客，Lirica提醒傅，对方十一点准时到。

傅雨旸就坐在床头接的电话，Lirica交代完事情后，他反过来提醒自己的秘书，待会儿上线，妆容细致些，老乔喜欢灵气的人，跟着他做事，人比事重要。

Lirica受教地应下。

周和音在边上听出些玄机来，果真一朝天子一朝臣，她问傅雨旸最后那句是什么意思。

没什么，只是他个人担保了Lirica进B城总部总经办。

待会儿散会前，干脆叫老乔见见。

Lirica原本就是傅雨旸过来支援时，这头临时拨给他用的一个助手，原先总经办的特助休完产假回归，许多技术标的事务已经不叫Lirica经手了。傅雨旸再一走，新班子新气象，Lirica只能被打回原先的部门，不生不熟地重新开始。

等于说这一趟干下来，无过更无功了。

傅雨旸那天偶然问她：“你自己怎么想的？”

Lirica冷静清醒地自荐，说：“如果傅总还需要我的话，我想继续替您做事。”

傅雨旸没有即刻回应她，半个工作日后，再叫她进来，言明再替他做事有点难了，但她愿意的话，他可以跟老乔提一下，让她去他的办公室。

Lirica二话没说，就应承下来了。

人往高处走。这是每个社会竞技者的目标，也是方向。

周和音揣摩他们生意人的心意：“因为Lirica很有业务能力？”

“算不上。三分勤苦踏实，无过就是功；三分勇气可嘉；剩下的，就是眼缘吧。”

傅雨旸说，他难得来江南一趟，总归要带点收获回头的。

他也不希望，他手里任何一个下属，明明能冒尖的，却因为一些裙带关系和偏见，最后明珠蒙尘了。

周和音伏在枕头上，一息一息地安静看着这个男人，傅雨旸问她：“在琢磨什么呢？”

“琢磨你的好。”

“哪里好？”

“任人唯亲的好。”她取笑他，也嫉妒他的下属。

“是呀，他们一听到有高枝，都满心满意地奔去了，只有你，不同我亲。”

周和音一点点挪到他身边，头枕在他腿上，一人仰一人俯，四目相对，想说的良多，最后她只轻轻地告诉他：“我又不要站在那高枝上，我想看大树扎根土地。”

还有，她补充道：“爸爸和你都想多了。我喜欢一个人，那个人就只是那个人，对他身边的一切，我只会爱屋及乌，没有其他。”

避不避嫌的，她说：“傅雨旸始终是傅雨旸。”

她伸手描摹他的眉心。

傅雨旸握住她不安分的手，也无所谓地告诉她：“年轻人有血气再寻常不过。”

但世故人依旧存避险心，能免则免吧，天地大了，镜中月就小了。

周和音笑话有人做舅舅的，心眼这么点，说别人是镜中月，她问：“那么你呢？我对你而言，是什么？”

她很少逼他说些巧言，务实的人，不太迷信这些。

“是房子。江南根基上一座斑驳的灰蒙蒙的房子，四四方方地立在那儿了，有点经验的人都不会小觑了它。因为知道它值钱，里头的摆件更甚，以及住在里面的人。”

房子是座值钱的躯体，里面的人，是活命的心。

毫无悬念，周和音就是那值钱躯体里的，跳动的心。

他们都是凡夫俗子，傅雨旸更是。昨晚，她问他有没有后悔，后悔朝她父母低头，或者看她父母的脸色。

没有。因为他很清醒，知道自己在梦什么。他的诉求从来清楚，他来做值钱的躯体，周和音做里面跳动的心。

没有多高深的意义，有心就够了。

周和音的一通回笼觉睡到上午十一点多，起来的时候，傅雨旸好像已经结束了公事上的连线会议，但是书房里还有客。

具体见谁，她不晓得。

等了半个钟头，他都没出来，微信里春芳女士又在发语音给她，说她一大早又跑没影了，家里有点事都指望不到她了！

没辙，她这才给傅雨旸发消息，说她先走了。

到家，没什么大事，就是舅舅那头来跟妹夫家借钱，这些年和娘家也没开过口，周学采替妻子一口应下了。邵春芳有个定期存款没到时间，家里活钱又没这么多，思来想去，就想问问小音手头上有多少。

谁料周和音站着就把妈妈要的缺口悉数转给她了。

邵春芳太了解自己的闺女了，明明是个有一千用八百，还剩两百也过不了一宿的人，才不信她会短时间内攒这么多钱。

她问小音，哪儿来的余钱。

周和音实事求是："傅雨旸给的。"

是他上回给她的所谓备用金。

春芳女士闻言不大欢喜："你没事拿他这么多钱做什么？"

周和音笑妈妈上纲上线："我怎么不能拿他的钱了。妈妈，我和他正经交往，拿他这点钱我都小心翼翼的话，我成什么了？

"你不是一向说，管男人的心不如管男人的钱吗？"

"那他有多少钱，你知道吗？"妈妈反问小音。

不知道，当真不知道。所以，她更要反驳妈妈的小心翼翼了。实情也是，她说："我见他的时候，他就是这样的傅雨旸，我不回避他的缺点，自然也不忌惮别人揣度我觊觎他的优点。

"既然是优点，人非草木，人人追逐，我又为什么要去回避呢？"

邵春芳被小音说得讷言许久，她是看出来了，和傅雨旸来往后，别的没什么长进，眼界和口条倒是都跟着高起来、顺起来了。

至于这临时借用的钱，不多不少，却能解人在烟火里的燃眉之急。小音笑话妈妈："你这样拿去了，是不是也算跟傅雨旸借的啊？"

邵春芳反过来骂自己的女儿："你自己拎得清爽最要紧，放心，我不该你们的钱，等定期存款到了日子，我就拿给你们。"

哈哈，小音一时好奇，问妈妈：“你和爸爸到底有多少钱哦？”

邵春芳骂回头：“那是我们的钱。你少打听，你有这个能耐，不如去查点查点你的人有多少钱！”

吃饭的时候，周和音跟妈妈提到了书云，也提到傅雨旸要把堰桥带回B城的事。

不等她说完，邵春芳听出玄机来：“他这是打算要回去。”

“妈妈，如果，我是说如果，我住在两座城市，你怎么想？”

邵春芳端着手里的碗，往桌上一放：“不怎么想，你要去就去呗。你不要同我说，同你爸爸说去。”

“我不说。我才不去触他的霉头！”周和音识相得很，“我只说如果，谁又晓得呢，走一步算一步吧，没准，最后又散了呢！”

“你不要拿这些晦气话来搪塞我。”

“不是搪塞。妈妈，我再认真不过了，我只是不想把感情变成一个人的事，我不能一味地自私，我确实舍不得离开你们，可是，一味地绑架对方，这也不是公平的感情。”

就像天平，他朝你这边一味地走，而你待在原地，那样就是不对等的，超重的那一头总会沉下去的。

周和音觉得，他朝你走，你也要朝他走。这才是公平的感情，公平地付出与得到。

邵春芳问小音：“一个人怎么住两座城市，你告诉我？”

周和音思忖之后，沉静发言：“阿婆那个时候做不到，现在可以的，妈妈，你们想我了，我坐几个小时飞机就可以落地，出现在家里。”

“你这是打定主意跟他走了？”

周和音摇头：“这是我对所有我爱的人，最认真也最折中的交代。”

她始终做不到不声不响，由着另外一个人全权地迁就她，这不是个成熟的爱情观。

“我喜欢他迁就我，纵容我，但不代表，我一味要做他的孩子。相反，我很想待在他的生活里，听他讲工作上近来的变故，听他关起门来只朝我示弱，也想学着妈妈那样，照顾一个人的衣食住行，互相扶持，互相为伴。

“妈妈，他从前三十年的根基确实不在这里，一味要他全抛洒开，这是很不现实也很自私的行径。”

母女俩在厨房里吃中午饭，周学采什么时候挑帘进来的，她们浑然不觉。

周和音看到爸爸的身影，连忙抹掉眼泪，低头认真扒饭。

周学采就着厨房水龙头洗干净手，店里今天做消防例行公务检查，他和万师傅跟着检点到现在。邵春芳坐在方桌上给丈夫盛饭，周学采不声不响端过碗，一家三口相约着不作声地吃中午饭。

周和音将半碗白饭闷声吃完，一筷子菜都没夹。吃到碗快空了，周学采问邵春芳："怎么了，今天菜里盐冲多了？"

母女俩一齐讶异地望他。

"不然有人光干饭了。"周学采没好脸色地瞥一眼对面的周和音。

"爸爸……"有人打蛇随棍上，一副撒娇口吻。

"别喊我，我头疼。"

周和音捧着个空了的碗，却无端笑得开怀明朗。

邵春芳又气又笑，说他们家有个人属猫属狗的，哭哭笑笑，没个记性。

这天晚上，周和音才洗完澡，北屋那头说好租房的一家人正趁夜来和周家打招呼，说他们预备搬进来了。

周学采在院子里给相熟的瓦匠打电话，要对方有工夫来帮忙封堵个门。

周和音就那样站在不远处听爸爸联络事宜，一时听不出他的心迹，四下夜色合拢，清朗的夜月美好得客观且无情，物换星移，皆不以人意为挟。

手机进来一通来电，很意外，是书云打来的。

那头终究有些太过小心翼翼，又因为堰桥不日要北上了，这对书云来说，不谈恩德，起码是莫大的际遇。

是她为人母最希望看到的。

而一切机缘的源头，她知道，来自谁。

人情世故之下，书云很明白，没有小音这一关节，她和傅雨旸这堂姊弟间也轻易走不到这一步。

于情于理，她想带着堰桥来和小音父母赔个不是，那头说得情词恳切，说几发都被雨旸轻飘飘揭过去了，她晓得，都是看在小音的面。

周和音和妈妈提书云在电话里说的，邵春芳到底有女人的同理心在，也琢磨上回自己多少刻薄了些，想想就应下了：“你叫人家过来呢，去店里喝茶。”市侩精明的春芳女士到底还惦记着要做“背调”呢，说，“我光知道他们傅家这头了，我还得问问他妈妈那头还有几门亲戚在。”

周和音笑不活了：“妈妈，你真是，你打听那么多亲戚干什么？”

“你懂个什么，这家世家世，说的就是这些。他好端端的是没错，万一舅舅那头出个养不活的孩子什么的，这也是有基因影响的。”

Chapter 26
一半

[80]

傅雨旸从书房出来，送客之余，对方说，想见见女业主。

设计师姓瞿，单名一个昙。傅雨旸在B城的那套别墅就是他操刀的。

眼下瞿老师说要见女业主，算应当应分的。

傅某人却熟络地打回头："这不是你八卦的理由。"

两个男人默契地笑出声，瞿昙是地道的B城人，也是乔傅地产投资那头的样品房总工设计。他腾出了一个季度的时间过来这里，原则上是被傅雨旸买断了。

瞿老师玩笑，江南果然是个邂逅艳遇的好地方，他们的傅总都昏昏然不想归了。

瞿昙此番飞过来的机酒通勤支出，全挂在傅雨旸的账上。

客户的诉求很明朗："我要把我那套房子，里外里，全搬过来。"

瞿昙闻言，打趣他们生意人的傲慢："那去找个小毛贼抄我作业得了，我从不交一样的满分作品。"

傅总咋舌："我是甲方你是甲方？"

"我要是全听你们甲方的，我瞿昙的名号早就烂了，我告诉你！"

得，生意人调侃，文化人和女人总是得罪不起的。

言归正传，傅雨旸正经地告诉瞿昙："总之，我想我的两套房子，她都满意。"

"行吧。"瞿昙甚至不跟傅要预算目标，他B城那套的总账瞿昙很清楚，复刻一套到江南来绰绰有余。

“我只提两点。”甲方还是甲方。

“怎么就不死心的呢。”瞿昙骂人。

“书房那个气窗，还有，花园里……”

瞿老师贸然打断：“什么样的女人？”

值得这位主儿这么上心。

“一个假使和她散伙了，我后半辈子都不想再来江南的女人。”

书云要过来的事，周和音跟傅雨旸讲了。他那头始终是可有可无的态度，抑或是不管她们女人间的家常。只说书云一向拘谨惯了，随她去吧，倘若她去这一趟，心里能舒坦些，也由他们母子。

周和音对他这话有点不认同：“你这个人怎么三心二意的，你待人家好，人家自然想着还报一些嘛。还你金还是银的，又没有，只一片真心地希望你好，这才想来替你疏通几句，你倒好！”

周和音怪傅雨旸好赖不分。

某人在那头做受教状，说他哪有从小在福窝人情里打滚的周小姐善解人意啊：“所谓缺什么补什么，我就是缺点善解人意，才遇到了你。”

“你是缺心眼。”周和音诋毁他。

“我缺你。”

二人一通日常的晚安视频通话，七七八八聊得差不多了，周和音想起妈妈那笔钱的事，她告诉傅雨旸，后者随口地嗯了一声，他说转钱给她到底不方便，有时间了去单独给她拟个账户。

周和音在那头毫不忸怩地应下了，好呀。

“好什么？”傅雨旸问她。

“好在，我用不用是一回事，有人舍不舍得是另一回事。”

“那你也把你的钱给我用用呢？”

“我赚的都是打工人辛辛苦苦的血汗钱，资本家不可以再剥削了。”

傅雨旸笑她贼，又无意地问她：“我这个男友好像很不合格，到现在没送你份像样的礼物。”

“不会啊，那回的耳饰、戒指，还有钱。再有，单刀赴会找我爸，都是啊。”

“找你爸怎么也算个礼物？”

“比那些包包手表什么的值钱多了。”周和音躺在白色的蚊帐里。她房里开着空调，蚊帐里还吊着个最古早的小风扇，爸爸帮她装的。

躺着贪恋凉风的人不怕告诉他，她可不天真，她跟着妈妈后面打牌都想做把大的。相比那些身外之物，她更贪恋人：“我只有和那个人名正言顺了，我支配他的一切才有意义。”

傅雨旸眼带笑意，饶是如此，还是反驳她：“算计我别让我知道。否则，下场很惨。”

周和音满不在乎，流露出独处才有的娇嗔：“我要睡了。挂电话！”

“我也想躺蚊帐里吹小风扇了……”他撩拨她。

“你吹你的净化风扇吧！”周和音顶回头。

他再说她房间，大归大，床好小，还有……

“还有什么？”她料定不是什么好话，但又好奇心作祟。

“不大结实的样子。”

周和音被他教坏了，秒懂他的话术，于是，狠狠噎回去：“结实狠了，那是躺棺材！”

傅雨旸也不怕咒，再大放厥词：“不过我喜欢。我喜欢和你一样咿咿呀呀的声音！”

臭流氓！嘟的一声周和音就挂断了！

次日一早，周和音去店里帮忙。

书云和堰桥如约而至，外面将将过七点，已经扑得人一身热浪般懊糟。

堰桥把妈妈要带的一个果篮搁在周和音的收银台面上，挡住了她全部的视线，她从果篮后面移出目光，又把老重的果篮搬下来。

周五晚上，他确实和赵观原动手了，被周学采严厉断喝，然后吆鸭子般把他们俩都赶走了。

傅雨旸那头得了信，没多言，只叫堰桥回头。

散了应酬局，他正好有事和书云说，是计划带堰桥回B城的事。说许家兄弟那里正好缺个伍，他叫堰桥先顶上，后续他回B城了再慢慢带。

书云那个谨慎性子，头一反应不是雨旸老早就有这个计划，而是：“他是不是小孩脾气没分寸了？”

自己养的小子，多少还是知晓点的。眼前，又在周家闹这么一出，书云只以为雨旸不快，干脆眼不见心不烦了。

雨旸怪她多思多虑，又反过来揶揄她：“我真计较，也不会叫堰桥替我送这一趟。”

叫司机送周家回头，怎么也比不上，让自己外甥亲自送来得亲近。

雨旸这么说，书云心里终究不落忍。趁着来赔不是也好，化解也好，她只想要堰桥心里定当些，有些事情，僭越了总要吃苦头的。

男儿自是抱负比什么都重要。她已经在泥潭里跌了半辈子了，不要自己的儿子再来过这窝囊光景。

“吃点什么？我请客。”周和音招呼他们，也看着堰桥朝她有仇似的，轻飘飘地揭过一眼。

书云摆摆手，说不用了，耽误一张桌子。

正巧碰到邵春芳过来，书云率先开口，同她打招呼。

邵春芳笑脸迎人，一改那日在酒店急匆匆的，各自为营的样子，怪他们实在太客套了，买这物什做什么：“上回回来小音就说我了，我这个人就是性子急，你也知道，她和雨旸差那么多……”

周和音一听妈妈口中某个极为鲜明且意外的名字，一时惊掉下巴，甚至琢磨不出妈妈到底是使话术，还是真心的，雨旸，好顺口的样子……

她在这儿竖着兔耳朵似的偷听，边上的堰桥冷笑她。

周和音也不以为意。

邵春芳招呼书云母子坐下，要他们尝尝茶馆的手艺。书云说过来说几句话就走的，他们家小子替他舅舅办事，到底年纪轻，沉不住气，但一片心是好的，自然都是向着他舅舅和未来舅妈的。

“你和小音爸爸千万别怪罪，也别因这趟冒失迁怒了雨旸才好。”

邵春芳没有书云那么谨慎，处处看惯了人眉高眼低，反过来劝书云：“你今天过来的一片心我是晓得的，为人父母的，真的，为了子女过得好，要我把头剁下来，我都舍得的。所以，我懂你的心情。但也要劝劝你，他们爷们儿的事，自然由他们自己去来往较量，哪怕是自己的小子，也不要这么谨小慎微的。甥舅甥舅，他做舅舅的提携一把难道还不应该吗？你这样处处丁点不出错，倒显得生分了！”

邵春芳拉着书云在边上一张方桌上落座。都是同龄人，很明显，书云日子过得不如邵春芳，远远不如。一个人心里装的阅历和手里握牢的钱，才是他的底气所在。傅书云显然是个褴褛的人，在这样一间烟火小店里，人头攒动，老板娘沏一碗热腾腾的茶给客人，尝饮的人也很难有这个闲心来体会这样的消遣。

书云娴静朴素地告诉邵春芳："是，如果是嫡嫡亲亲的兄弟，我自然会觍着脸地去求他。实情不是，正因为不是，雨旸拢头拢尾帮贴了我们这么多。我才不允许我们踏错一步，半步都不行。

"小音妈妈，叫你笑话了。我看得出你是个爽快人，正因为你爽快大方，教出的小音也才那样体贴懂事。你们都是这么好的人，我更不能叫人看轻了，无论如何我想来一趟，就……有些事是我们母子眼界不够，不关雨旸什么事。"

"嗐，你千万不要这么说。越这样，我越要懊悔那天在酒店那样对你了。"邵春芳连忙喊住，说人人都有一片不足以朝外人道的苦心罢了，"我就这么个女儿，她爸爸那么横，到现在不肯松口，你瞧，不也是没辙。我那天也是急呀，你说她年纪轻轻的，人家说好听点，是雨旸惯着她，说不好听点，那就是跟着他。人言可畏，男女在这些风波事上，哪回不是我们女人多吃苦头和嚼舌啊。"

书云红着眼，听到邵春芳这么说，突然坚韧地告诉小音妈妈："千万别这么想。平平等等谈对象而已，小音比你想的还灵得很，她和雨旸即便没结果，吃排头的也不会是她。有结果，那就是名正言顺的傅太太，那些人要说由他们说去，无非就是酸话。小音妈妈，你要看得透，咱们是过来人，感情也好日子也好，要自己过得起来，那才是真的。别人口舌上的话，全是假的，不值当！"

邵春芳瞬间对书云改观了，不妨告诉她，这些天来，也只有听了她这番话，她心里才算有点落定感。

"你不知道我们家那口子多倔啊，我天天躺他身边，看他翻来覆去的，即便心里松了这口气，他面上也难转圜。我气得咧，里外不是人……"

书云说："我懂，我都懂。"

不生儿，不知父母恩。几千年来根深蒂固的嫁娶思想，从来都是娶媳妇热闹，嫁女儿淌眼泪。

何况，小音和雨旸，中间还夹着一层上辈的不如愿。小音爸爸转不过来，也是人之常情。

"但小音妈妈，你不要怪我说句偏私的话啊。

"父债从来没有子偿的道理。他傅雨旸的人品，也不会是在小音一个人身上才开始败的，他从前也处过对象，顶多因为不投契散了，没听说哪个女方要来讨打讨杀的。”

书云说着说到自己身上，她那个没影的丈夫，有点钱都由他吃喝嫖赌掉了，当真上梁不正下梁歪的话，她说：“那么，我这辈子就真的不要过了。

“我还由着雨旸带他去B城做什么。我确实一直存着私心，我总想着，我真心待这个堂兄弟，他看不看得上我都不重要，只要能凭着一点情意，顾一眼我的孩子，我就足够了。”

邵春芳多少从小音那里听说了些傅雨旸和书云的缘故。眼下，客观再添点斟酌，她告诉书云：“你也替你这堂兄弟作保了，就该知道，他不是那种人。帮你自有帮你的道义和感情，不然平白无故带堰桥回去做什么，你以为多管一个人那么容易的呀。”

一周前，还一股子婆婆对妈妈似的别扭劲的两个女人，这一会儿，又抱团起来了。

邵春芳也不叫书云喊她小音妈妈，让直接喊名字，他们茶馆里里外外都是这么喊她的。

至于宋堰桥这头，看老妈在那里嚼女人话，他不稀罕听，借着上洗手间的由头，跑到茶馆的后巷里抽烟了。

周和音找过来的时候，有人第一时间踩灭烟头。

周和音没问他抽烟的事，只问他：“什么时候动身？”

“老傅调令结束。”

“上回你帮傅雨旸找地方拍视频，我还没有谢谢你。”

“我帮他，没有帮你，不必谢。”

周和音笑：“我其实有点意外，你会愿意跟着傅雨旸。”

只比她小一岁的宋堰桥，忽然偏头过来会她一眼：“你是在笑话我？”

“相反，我在佩服你的坦诚和勇气。”周和音认真回答他，也告诉堰桥，“傅雨旸就那么个人，他带你在身边，绝不只是因为书云。”

“还有什么缘故？”

“他喜欢你的脾气，和他那时候很像的臭脾气。”

“这是未来舅妈的临别箴言？”

周和音比任何人都坦荡真诚：“未不未来，我都不吝啬告诉你们。”

她把傅雨旸提携自己秘书的事告诉堰桥："确实，他无论是当领导还是做舅舅，都不会把偏袒或者欣赏挂在嘴边，对知遇之恩最好的还报，就是做到也超过他的期许。"

这里好热，周和音讲完她想说的，就要进去了。走到门边，她冷不丁地回首过来，朝堰桥："哎，你知道和音玫瑰吗？"

白衫人不应她。

"反正就是一种玫瑰花啦。其实我觉得，有时候有些人真的想太多了，花店里的玫瑰，经过的人看一眼，觉得好看、喜欢，又有什么呢，对不对？"

宋堰桥两手抄袋，夹巷里的空调外机嗡嗡作响，他朝臭屁的人狠狠蔑视一眼："太吵了，没听清你说什么。"

傅雨旸的调令还有一周到期。

他每日的工作行程排得满满的，应酬交际也是满满的。

满到他夜里两点多来周和音住处，怎么也喊不醒与周公缠绵的人，某人不乐意，死活要她醒一下，和他说句话再睡觉。

觉头上的人，才不听他。

他便拿别在外套里衬口袋上的一支钢笔，即兴地在她脸上画猫猫的胡须。

迷糊的人捉住他的手，就着他的腕表看时间，然后喊救命，求他快睡觉，无比认真地说教他："为了我，请认真珍惜每一分每一秒，好不好！"

傅雨旸也求她只醒一秒，回答他一个问题就好。

"什么？"

"在S城随意一处落脚，最远，能接受离你父母多远的车程？"

周和音不懂他的意思，却被他的问题问醒了，唇边被画着两撇促狭的胡须，然后迷蒙的眼睛盯着他出神："什么意思？"

"回答我。"

"你当初那晚来S城，高铁几个小时？"她反问他。

傅雨旸认真想那次，好像是六个小时。

哦，原来，最远不过六个小时。

于是，周和音认真答复他："不超过六个小时都行。"

"周末，陪我见个人。确切说，是人家想见你。"

"谁啊？"周和音最讨厌卖关子的人，一下弄得她瞌睡全没了，死活缠着他要他告诉她，是见谁？

傅雨旸抛下她去洗漱，只说是个很吹毛求疵的人，见了也白见的主儿。

到了周日这天，天光久违地好，炎炎烈日。

邵春芳难得下午没事，约了书云来家里，教她酿黄豆酱。

邵春芳自打老母亲过世后，许多日常的手艺早就抛开了，一是端午包粽子，二是夏天酿黄豆酱。

就这短短一周，邵春芳和书云之间的话匣子压根不是打开，而是泄洪一般。

春芳女士朝书云抱怨，说她那个婆婆呀，当真是个女先生，凡是女人会的，梁老师一样不会。

这些年来，周家吃的许多年节东西，都是邵春芳从娘家拿回来的。后来老妈妈过世了，就买现成的了，要不就是邻居给点。

偶然说起黄豆酱，书云说她会，她可以教春芳酿。

周日这半天，两个勤劳的妇人在南楼的平台上，把煮熟的黄豆子细细地掺滚上面粉，这层包衣很重要，也是蜕变的开始，能出鲜美的豆酱就靠这一层质变的"霉曲"。

一粒粒裹上面粉包衣的黄豆，书云教春芳把它们铺匀在竹扁上，再铺上一层干净的毯子，这样上面能隔绝空气，下头又能散热透气，由它们搁在阴凉通风里静静地捂。

一周后，会出现黄绿色的霉曲，剥开绒毛，下头抖落干净的孢子粉。

到那时候再用盐汤下缸。

书云说得头头是道，春芳女士属于耳朵听懂了，脑袋没懂，手更没懂。

看热闹的周和音干脆替春芳女士开麦："书云老师，您下周再来一趟吧，指望我们春芳女士，那这缸酱估计又是白瞎得多。"

臭丫头。邵春芳难得洋相之余，朝书云念叨："你瞧见了吧，真真女大不中留。"

书云说笑她们母女："你妈妈还不是为了你们，她学会一样，你们就多吃一样。这老话说得好，小时候要修得个外婆家，结婚了，要修得个岳母家。

“到底是我们雨旸有福气。孩子能修个好外婆，自己修了个好丈母。”

千穿万穿，马屁不穿。邵春芳啧啧几声，她原本是想打探傅家两边的，没承想，倒被书云策反了。

周和音问起妈妈：“那么傅雨旸妈妈那头，有什么亲戚，你问清爽了吗？”

邵春芳没好气，说能问个什么出来啊，无非是公务的公务，经商的经商，小孩嘛，好像也没听说哪个有问题。

要强的春芳女士干脆眼睛一闭，不管了，说再多想再多，今天也吃不下明天的三顿饭。

她们这一头忙着晒豆子捂豆子，弄停当后，也下午四点多了。

书云提出告辞，春芳要留人家吃晚饭。

书云说什么也没同意。正巧周和音拾掇好自己要出门，她晚上约了傅雨旸，准确说是他宴客的一个应酬局，要她去，见见几个人。

时光尚早。周和音提议送书云回去，因为邵春芳送了些七七八八的东西给书云，她提着去坐公交车也不大方便。

这样正好，皆大欢喜。

周和音送书云回去的路上，后者就和小音提起现在住的这个房子，虽说对雨旸来说买下来没几个钱，但到底还是住在别人屋檐下。

书云不当小音是外人，跟她说，也算提前透给雨旸听。她打算在堰桥去B城后，就搬出来，宋家她是不会回去了，她一个人怎么都好，租个小住处，慢慢来。

有双手，怎么也饿不死。

周和音没回应房子的事，倒是宽慰书云，她能这么想，就是好的。

“其实你早该告诉堰桥的，婚姻里丑陋的一面，确实不该遮掩着。书云，你不要怪我小孩子多管闲事啊，傅雨旸和我说过，但因为你自己没提，我只能当作不晓得。今天你说了，我无论是作为子女心情，还是站在傅雨旸这边的心情，都要劝你，在婚姻里朝女人挥拳头的男人，不值得以任何情分替他找补。”

副驾驶座上的书云连连点头，饮恨般掉了几颗眼泪。

周和音见不得这样的疾苦，也只能点到为止。他们作为局外人，怎么着都有好多道理能讲，但实情是，当局者就是容易迷失。

这么多年的感情，也不是一朝一夕就可以割席清楚的。

人总是需要自救。

这一刻，周和音突然明白，为何傅雨旸明明以一片热忱待他们母子，但面上总是淡淡的了。

即便是他亲生的姐姐，许多事务，他也是希望姐姐能自己走出来的，能做断舍离的唯有自己。

周和音送书云到家，车子停在上回来的停车场边上，书云无论如何也没让她停进去，说在这边下车就行了，几样东西而已，她也好拎的。

“已经耽误你这一个小时了。”

小音反过来宽慰她：“开车子都要一个小时，你过去一趟岂不是更不容易。”

书云会心地笑，由衷地夸小音：“我现在是晓得了，晓得那晚，雨旸能那么低声下气等你下车的原因了。我那么说他，他都没二话，就是一心想你下来。

“因为我们小音确实值得。”

“书云，我也谢谢你。当真的，如果那晚没有你在中间调和，也许我就走了。实话告诉你，我真的很喜欢他，我知道他也是。”

车子掉头，后视镜里还能看到书云朝小音挥了挥手。

周和音车子起步没多久，她习惯性地看了眼车里后视镜，才一会儿，刚才她们分手的停车场旁过去一点的巷子口，就聚满了人。

开车的人本能地减速，直觉不大好，又把车子靠边停下来，观望了几秒。

隔着不远不近的距离，周和音心上的直觉奏效，因为她看到了书云的身影。

这边，她即刻熄火下车，依旧忘记锁车门的她一路小跑着折回头，巷子口的一群人在拉架。

即便是夫妻间的事，边上许多邻居也看不过去，说打女人还得了！

周和音拨开人群，只见一个膀大腰圆的黝黑男人揪着书云的领口，谩骂有词：“你攀上高枝了，就想把我甩了，这还没离婚呢，你就对家里不管不顾。

“你当初没钱的时候，是老子养得你。连同你那个烂醉如泥的老爹！

“哦，见我没用偿了，就带着我的儿子去舔别人的鞋底子。傅书云，你真是犯贱。”

邵春芳给的几样吃食，哩哩啦啦散得一地都是。

谩骂出声且面目狰狞的宋春桃说着就要朝老婆挥拳头，书云领口的扣子被他揪掉好几个，狼狈不堪。

边上几个男人都拉不住这条发了疯一样的狗。

周和音光听这几句就已经额角生疼了，她迎面就朝书云走来，搀扶起她，也替她捂住袒开的胸口，二话没说，想掏手机报警。

她忘了手机还在车上，就问书云要手机，然后气血直往上涌，质问书云：“这样烂泥一样的人，你为什么要忍受他？”

那头的宋春桃不知哪来的气力，挣脱开拉搡他的人，上来就招呼这个多管闲事的臭丫头！

书云见状，连忙背身过来想替小音挡。

无奈，一身酒气的宋春桃手劲太大，掌风抡过来，一半打在书云的脖颈上，一半结结实实断在了小音的半边脸上！

[81]

时隔大半年，傅雨旸重新迈进六家巷，这里的一烟火一青砖，于他都是不生分的。

垃圾收集站到点才开门，姜家的阿宝就被妈妈差出来扔垃圾。她一手提着一个分类垃圾篓，才迈下门楼的台阶，就看到一个穿西装打领带的叔叔进了周家门。

阿宝认识这个叔叔，去年中秋节，她给小音姐姐送蛋糕，蛋糕弄得这个叔叔一袖子都是。

又添了一岁的阿宝站在台阶上，看这个高大的叔叔从梁阿婆的北屋迈过门槛。

他好像一点都不晓得，梁阿婆的北屋已经被赁出去了。

周家的新租客，一家三口刚搬过来一周，租客太太尤为细致，屋里屋外全打扫了一遍。

连同天井旮旯都用水冲过，处处纤尘不染。

外头正好是吃晚饭的时候，租客太太在厨房里炸荠菜馅的春卷，一面往盘子里搛，一面喊屋里的爷俩出来支桌子，准备吃夜饭了。

租客太太才从厨房里撩帘出来，就看到个西装革履的男人往这一处走，这里原先是和周家南楼连通着的，周先生才找瓦匠把这堵墙砌上不久。

这个冒失的体面男人，迎面被南墙截住了脚步。

租客太太也不大客气，质问他："你是哪个啊，不作声地就跑进来？"

傅雨旸即刻掉头，从北屋门楼脚步连贯地出来，阿宝还站在原地，朝他指指南面门楼，示意他，只能从南面进了。

堰桥落在后头，跟不上他的脚步，也是本身有意踟蹰且拖沓。

周家也在家里烧晚饭，傅雨旸从南楼明晃晃地进来，邵春芳从厨房这头闻到动静，隔着玻璃窗就看到了他的身影。

她关了火，手在围裙上揩了揩，出来应答他，不等邵春芳开口，傅雨旸先问她了："小音回来了？"

邵春芳只以为二人吵架了，下午小音还说得好好的，说晚上去他的朋友局，先送书云回去，没多久就回来了，邵春芳问也不答，闷声上楼了。

这不，夜饭还没烧出来呢，傅雨旸就找上门了。

邵春芳一颗心惶惶的，心里怨傅雨旸怎么也和小年轻一样，一置气，一个跑一个追。

周学采在房里看电视，对楼上的情况也不晓得，外头来了人也还没听闻。

邵春芳只含糊一声说，回来了。

傅雨旸紧接道："我能上去看看她吗？"

邵春芳瞥一眼傅雨旸，没好声地反问他："你们行行好，别撩我生气好不好？"

对面的傅某人满口晚辈觉悟，从善如流："好。您先让我上去看看她。"

楼下堂屋的门是落地移门，傅雨旸进来多少有些动静，他只身进来，堰桥自觉站在外廊上。

里头开着冷气，移门自然要合上，傅雨旸单手合门的时候，房间里的周学采寻声出来。

两个男人不偏不倚打了个照面。

周学采手里还握着看新闻的遥控器，而傅雨旸短暂顿步，穷寇入巷般无计可施，他只能硬着头皮，一半坦荡，一半捏着春芳女士半卖半送的懿旨：“小音妈妈肯我进来的。”

随即，他当着周学采的面，走到了二楼上行的楼梯口。

笃笃上楼去。

周和音贸然出面，兜头就生受了宋春桃的半截耳刮子。

他那替人拉货卸砖头、黄沙的干活气力，打个身娇肉贵的孩子，简直就是石头砸豆腐。

书云都没顾得上脖颈上的疼，只惶惶来看小音，问她怎么样，说话间，那粉白娇嫩的脸上就起了红印子。

周和音感觉半边脸都是木的，耳里跟着鸣了鸣，回神过来，看到书云已经扑上去了，和自己的丈夫撕扯在一起。做了二十几年的夫妻，到头来，只成了别人眼里的笑话，剩下一地捡不起来的羞辱。

书云拿以卵击石般的力气去拼搏，也告诉宋春桃他打的是谁！

“你朝我发酒疯就够了，你怎么可以打别人的孩子，你知道她是谁吗？”

书云什么脸都不要了，她那干活的一双手，十指秃秃，一点指甲都没留，却拼命抓在宋春桃的横肉上。

“她是雨旸的女朋友，人家姑娘为了雨旸挨了自己老子的打，雨旸都懊悔不已。你凭什么打人啊，你哪来的脸和胆！

“宋春桃，我受够你了，受够这样烂泥一样的日子了。今天我就是死，也要拉你垫背！”

单薄羸弱的女人被膀大腰圆的男人像扔一件垃圾般，随手往边上一搡。

他嘴里骂骂咧咧，再看周和音一眼，无能与狂怒对半开，脚步却是往后退缩的，而对面站着的周和音一身怒意，想朝边上的人借手机，想要他们帮忙报警一下。

簇拥观望的人们只当夫妻间拌嘴吵架，拉开就好了，甚至把周和音当他们的女儿，不响应报警的事，只叫小姑娘先把妈妈搀回去吧。

边上的宋春桃，大概是上头的酒劲一时有些退潮，早趔趄着扭头跑了。

书云从地上慢慢爬起来，周和音去扶她，也宽慰她：“不要怕，我们报警！”

书云却一把按住了小音，朝她摇摇头，自暴自弃地泣诉着：“小音，没用的。人家顶多调解几句，况且……”

她不想自己的儿子没有个像样的父亲，反过来还被亲爹连累。

周和音急得红了眼：“可他明明就是啊！”

书云满是冷汗的一双手握住小音：“对不起，对不起，害你挨了打……”

书云心疼连累小音是真心的，但是，忍气吞声也是真的。周和音怒其不争：“书云，正因为你一直不说，堰桥才一直看不清他父亲的面目啊。”

父亲这个身份，不是生物赐予他们权利，就可以与有荣焉地担当的。

不配的人就该被剥夺掉啊。

周和音一身的理想与正义，与书云这些年混浊的底色，全不相容。

书云只是频频点头，好像是回应，也像是下定决心：“我会和他离婚，和他毫无瓜葛。”

然后她怀着拳拳一片心，送小音回车上，说不要耽误她的正经事，可是看她半边肿起的脸，书云的懊悔与眼泪一块儿下来，甚至不敢想雨旸知道了会是个什么神色。

偏周和音回到车边，当着书云的面打电话给傅雨旸，把这头的情况告诉了他。周和音私心是想傅雨旸发声，也许书云就听了。

岂料傅雨旸听完周和音晕头转向般的一通转述，只冷冷地反问她：“为什么要过去？为什么要去管？”

周和音一时语塞。

傅雨旸在那头更气盛了：“我叫你来干吗的，你给我跑个没影？我就问你，你有几斤几两要去管人家夫妻的事？”

“傅雨旸你再说一遍！”周和音的一片热心被浇了滚烫的茶，从而熄灭了，只剩下热腾腾的灰烬。

那头人跟吃了枪药似的：“我再说一百遍也是你给我过来！”

周和音认识他这么长时间，头回看他发这么邪门的火，一时面上难堪，当着书云的面也不好发作。

沉默片刻，傅雨旸再说："你就待在那儿了，我……"

话没说完，周和音就挂断了。

她甚至都没和书云交代，潦草地说她先走了。

自然也不会再去傅雨旸那头了，她不想和狗吵架。

房间冷气开得很低，周和音躺在床上，听到门锁旋开的动静，拿毯子蒙头，发出闷闷的声音："妈妈，我不吃晚饭了，太困了，想睡会儿。"

一周前，傅雨旸还和她说笑，说也想躺在蚊帐里吹小风扇。

他撩帐子一边，再去揭她蒙脸的毯子，几乎把人从里头抖落出来。

四目相对时，彼此都是惊讶的。

周和音惊讶的是："你怎么会……上来了？"

傅雨旸在床边坐下，蚊帐没撩上去，落下来后，几乎把他也关在里头。

他看到她，一把拖周和音到眼前："脸上是怎么回事？"

周和音一路回来，散着头发将脸遮挡住，妈妈只以为她气鼓鼓的样子，是和傅雨旸吵架了，劝都不高兴劝，甚至数落她："才好呢，你千挑万选地，选了这么个人，不也是吵架张嘴就来！"

她房间里有Nana送的一个迷你冰箱，刚才已经用冰易拉罐冷敷了会儿脸，但还是有点肿，牵动般疼。明天肯定会青，她对此很有经验。

傅雨旸见她不出声，再问一遍："脸怎么回事？"

周和音这才说了实话。

傅雨旸目光冷冷一沉，随即要起身。周和音摁住他，也拖住他，让他别声张："不然，我爸又怪到你头上！"

"所以，你就在房里躲着，为了那么个杂碎？"傅雨旸扶着她的脸，一副再气不过的神色。

"是你，你惹我生气的，那个人我压根没放在心上。我就是气书云忍气吞声，也气你，你说那样冷漠的话！"

"还不是吗？周和音，你给我听好了，下回这种情况，你给我老实在车里待着，不准逞什么英雄。"

"那是书云，你的……"

"亲娘老子我都不要你管！"

周和音一时语塞，也失神望着他。

傅雨旸一副再计较不过的神色，一字一句告诉她，也是强调：“我不要你逞什么英雄，你给我好好的，听见没有？”

随即，他便松开她，挑开帐帘，出她房间。

周和音到底不大放心，趿上鞋追他下楼。

抢先几步的傅雨旸一路笃笃地从红木楼梯上下来，堰桥正好站在楼梯最下头，傅雨旸一路光火之余，有些燥热，他干脆解脱了外套，打散两袖。

下楼梯的几阔步，足够他朝堰桥交代他的话。

“正好，你跟过来了，我直接交代你。

“去，把你老子给我找出来。找不出来，你去B城的事，我就当空头支票跳掉了。这话，你给我带给你亲娘老子，包括你，宋堰桥！”

堂屋那头的邵春芳哪里想到，这边是这么个光景啊，虽说傅雨旸之前已经上过门了，但这一趟意义不一样了，又赶在饭点。

人也来了，也上楼赔不是了。

周学采始终一副不发言的态度，即便看着邵春芳拿热水进来泡茶的动作，也没制止。

这茶都泡好了，却听到楼梯口甥舅俩声音不大对劲。

傅雨旸几步从楼梯上下来，站在高外甥几阶的地方，把脱下的外套随手挂在栏杆上，发作得很：“先前是你老子跑得没影了，我没去寻他，他倒寻上我了。

“呵，我替他料理妻儿，他非但不感恩，不还报我一角一分也就罢了，还敢打我的人。

“宋堰桥，这话就是我说的，这一个巴掌你不给我还回来，之前该我的，就全吐给我！

“我养狗是为了熟，如果是狼，一窝子白眼狼，那就全给我滚蛋！”

“傅雨旸！”楼上跟下来的周和音闻言，即刻喝止住他的话，太重了。

边上的周学采和邵春芳都跟着一脸蒙。而旋涡中央的宋堰桥仰首看一眼傅雨旸，以及楼梯上头不远处的周和音，良久，生受了傅雨旸的话。

这还不是最糟糕的，片刻，傅雨旸再补了一句：“这一刻，我认了。有些父债，确实得子偿。”

宋堰桥晦涩地站在原地，艰难地移开脚步："我跟你来，只是想替我妈确认一下，确认……周小姐没什么大碍。

"也替我父母给你赔不是。"

话交代完，他就颔首告辞了。

周和音疾步下楼，要去追，一瞬里，她害怕极了，想起了书云的话。是的，一路攒过来的光明未来，没有丁点是得益于父亲的资助，反过来，因为这样一个父亲毁于一旦，那才是最惨烈的。

她下楼梯到傅雨旸身边，被他捞住了，周和音满心满意怪他："你说得太重了，倘若堰桥真出点事，傅雨旸你会后悔的！"

仍在气头上的傅雨旸不肯她去追："小音，我们谁都救不了他们！"

"可是你为什么要说父债子偿的话，你明明知道不关堰桥的事，那样的家庭是原罪，他没得选！"

"小音！"

楼梯上的两人，面面相觑地争执着。周和音生怕堰桥做出什么惨烈的事来，而傅雨旸只觉得痛心疾首，人生无处不是重叠乃至巧合，闭环的巧合。

要他承认父债子偿，才是最大的挫败。

一直不言声的周学采终究还是开口了，问他们："出什么事了？"他看着女儿脸上肿了那一块，多少歉仄涌上心头，像一口腥浓的血，咽不下去又呕不出来。

"你们在我家吵半天，我起码得弄清楚什么情况，不然，就全给我滚出去。"话说得严肃，声音却很缓且静，至多，是一些为人父的权威与矜持。

周和音一心想去追堰桥，傅雨旸坚持不肯。他们关键时刻不说话，可把邵春芳急死了，急得朝他们跺脚，也是点醒当局者，一副借机催促小音的口吻："出什么事了，你倒是跟你爸爸说呀！"

邵春芳就差骂他们，一对拎不清的，台阶给你们给得足足的，你们倒是哄着他下呀！

[82]

周和音福至心灵般领悟过来，撇开傅雨旸的手，急急两步从楼梯上迈下，几乎想都没想就扑到周学采怀里。明明不关她的事，也不关她父母的事，可是她就是想诉一诉，诉别人的疾苦，也诉自己的两难：“爸爸，对不起，我老是让你生气，让你失望……可是，有些人我难回避，有些事我也难不管……”

周和音肿着半边脸，眼泪流下来，她从爸爸怀里抬头看他，也嘟囔着鼻音左说一笔，右说一画，听得周学采云里雾里。

只看到她肿着的脸，咸苦的眼泪渍上去，一定会疼。

周学采被她冒失莽撞的一下，撞得胸膛都疼，听不清她说什么，只能跟着干着急。

他随即头一偏，催楼梯上的傅雨旸：“你来说！”

外头姜太太正巧来串门，阿宝回去说了什么，知道该是小音真正的男朋友上门来了，人才走到外廊上呢，就听到里屋小音在哭。

这一半八卦心一半真情意作祟，她只识趣地站在门外，问春芳这是怎么了。

邵春芳拾掇心神，敷衍姜太太，却也没瞒着：“没什么事，小两口闹别扭呢。”

见春芳这么说，姜太太倒不好试探什么，只取笑几句：“嗐，年轻人哪有不干仗的。我和我们老姜这个岁数了还天天吵呢。”再朝春芳说，“既然老丈人要判家务官司，我就不敢进去了。”

春芳赶快朝姜太太一吆，说快些走吧，不能再裹乱了。

楼梯上的傅雨旸勉强答复周学采的话：“小音去送书云，吃了书云和她那个浑蛋丈夫的挂落，挨了一巴掌。”

周学采只晓得那个书云来过家里一回，具体家务事并不晓得。邵春芳连忙给周学采说道，说起书云那个丈夫，只用了四个字：吃喝嫖赌。

算是女人间的同仇敌忾，邵春芳说，那么好的一个书云，摊上这样的丈夫，要么说女人嫁人得带眼睛呢，有钱没钱是运气，人品这东西，沾上不好的，一辈子的气运都没了！

傅雨旸挂在楼梯栏杆上的外套里，手机一直在响，他翻出来，没有接，径直挂断了。人也从楼梯上下来，再以歉仄的声音说，今天这趟事他也没料到，胜在小音好好地回来了，后头的事，他来料理。他那头还有事，就不打扰了。

邵春芳听着话音不对，反问傅雨旸：“什么叫你来料理？”说着，冷不丁地摆出几分丈母娘的谱，“我可警告你啊，作奸犯科的人，一步也不准登我的门啊！”

边上的周学采还被小音死死抱着呢，不大欢喜春芳说这些市侩话：“行了。”他才说了两个字，周和音又用力地抱紧爸爸一分。

周学采还能不懂自己丫头的套路。她就是生怕他发火，或者发难那个谁。

“你老勒着我，我怎么说话！”说着，老周摘开了小周的手。

他人往堂屋方桌那头走，桌上有茶。周和音被爸爸摘开，随即转身，要上楼拿手机。

周学采喊住她：“干什么？”

“我打电话给堰桥。”

“你是人家的谁，管东管西的。”

“爸爸！你们都不觉得自己话说重了，不觉得这样伤一个后辈的心，是种什么样的侮辱。”

“一个大学毕业的精壮小伙，这点挫折都挨不住，能做什么！”

说今天的事呢，有人把从前的旧账也翻出来。周学采静默地看一眼女儿，当真感慨，多大年纪的女人都喜欢翻旧账！

男人的视角总归冷酷点。这是事实，也是百态，周学采端起一杯正值翠绿芬芳的热茶：“你少同我烂好心，有些事不归你管，你也管不清。凡事不要老往乐观处想，你怎么不想想，如果那个人今天不是打你一巴掌，而是朝你捅刀子呢？你逞什么能！”

这是第二遭。爸爸和傅雨旸的观念不谋而合。

周和音不以为然：“那是你们。我不行，我就是看不惯男人朝女人挥拳头！”

“看不惯的事多了去了，你给我件件管到？你是王还是法？”

“爸爸，你为什么要和我掰这个？”

“我要你认清现实。我要你好好地顾自己！”

边上的邵春芳过来踢一脚小音，低声呵斥她：“这个时候不要顶真，你爸爸说的也没错，顾好自己再去顾别人。”

周和音瞬间觉得自己成了那个最固执最不清醒的人：“妈妈，你也见过书云，你看到那个场面，我不信，你会袖手旁观的。”

“你爸爸和雨旸都是为你好，外头这种事情多了去了，我们不能样样管到的。”

“可事实是书云不是旁人啊，她努力地想过好自己的生活，为了给儿子营造一种假象，她宁愿真空般对自己的孩子。她帮了我和傅雨旸，帮我们认清对方，我就是不能眼睁睁、理中客似的假装没有看到。”

冒进且一腔热血的人，为了别人家的事，险些得罪父母。傅雨旸终究不忍心，过来牵她的手：“好了，我答应你，这件事我管到底。”

周和音的脸还肿着，傅雨旸请春芳女士再去拿点冰来：“她为了我，不想让你们知道，到现在都没正经冷敷呢。”

四目相对里，周和音丝毫不忌惮边上父母的眼光，指责傅雨旸：“我讨厌你。讨厌你的口是心非，讨厌你话回回说得那么重。

“你帮书云，明明不只是出于道义，你就是落单惯了，能体会到书云待你的好，她还是你亲姐姐的伙伴。

“你帮堰桥，也不只是因为他是你的外甥，因为书云托付到你。你明明很欣赏这样的后辈，也因为爸爸苛责你，你更希望他身上不要有上梁不正下梁歪的诅咒。

“可是你今天说了什么，你那样赶走堰桥……”

“是。我气昏头了。可是我也要你明白，身在那样的家庭，是原罪不错，可是他要有起码的知情权。”

周和音不大明白，傅雨旸口里的“他”，是指堰桥，还是指他自己。或者都有。

“要么自己去摸索到这个知情权，要么由别人告知，再拿出起码的态度来。”

傅雨旸说，他可以轻易把他们母子都带走，无论是出于道义还是情意。

然后呢?

他反问小音：“这样的家庭关系存续着，此间的痛苦与折磨，只有当事人缘在其中。”

说到底，人只有自救。

割舍或者面对，都是。

“小音，堰桥如果不去面对他父亲的过错，那么书云的苦难，远远没有结束。”

“可你说什么父债子偿！”周和音的两行热泪蹭到他衫袖上，她不肯他这么说。

去拿冰的邵春芳过来，看到两个人当着周学采的面抱在一块儿，确切地说，是他们的女儿死活抱着人家。

周学采依旧在堂屋上位端坐着，看着傅雨旸接过邵春芳手里的冰，是拿保鲜袋包着的，家里没冰袋。

傅雨旸从今天穿着的正装里翻出方巾来，把冰再裹了一层，来贴周和音的脸。

只挪揄她，宴会是去不成了，就在家里待着吧。

“至于堰桥那头，放心，他不会出事。我保证。

“但宋春桃，我要堰桥给我找出来。”

“然后呢？”周和音拿手捂着冰块，惶惶问他。

果然，听傅雨旸道：“算账。”

厨房里，邵春芳已经烧好晚饭了。菜不算多，但勉强对付一顿也是足够的。她要傅雨旸留下来吃晚饭，某人朝春芳女士笑言：“先存着吧。我今天确实有事，那头几十号人等着我。

“本来要小音去的，她临时给我开了天窗。”

匆匆来的人，要匆匆去。临走，出于正经礼数，饶是周学采并不多回应，傅雨旸还是认真道了再会。

周和音坐在方桌边的长凳上，听傅雨旸说：“我走了。”

她气鼓鼓地说：“你要联络堰桥。要为你的气话、重话，道歉。”

傅雨旸被气笑了：“喂，我是舅舅哎。”

周和音后背朝着爸爸，话却是朝她眼前和身后的两个男人说的：“不管。敢作敢当才是男子汉。”

傅雨旸不置可否：“先找到打你的再说！”

说罢，迈步到外头的夜色里去。

堂屋里的父女俩，还听到傅雨旸在厨房门口朝春芳女士说他走了，要春芳女士别送了。

S城说小不小，说大，即便地幅辽阔，也总有个尽头。

宋堰桥联系上父亲一回，电话里，父子俩吵得不可开交，但到底没能把这个滥赌成性的爹找出来。

傅雨旸的电话，堰桥却不接了。

最后，傅某人放话出去，只要他宋春桃露面，他就帮他还了赌债。

不到半日，傅雨旸的公务电话上就接到一串陌生来电，宋春桃口里骂骂咧咧，问候傅雨旸，是不是缺个半子送终，才打主意到堰桥头上来。

傅某人道："你这么说，倒是开发了我的灵感。"

宋春桃才不听他放屁，笑话他："倘若真要做你的大善人，就额外再给我两百万。"

傅雨旸问他："这是卖儿子的数？"

宋春桃还要吐什么大话，傅雨旸的耐性用光了："要钱可以，见面谈。"

他叫宋春桃晚上八点到书云现在的住处等他："你能找到那里，就该知道，那房子是谁的。"

"傅老二，你和那个婆娘只是个堂亲，我不懂你这么维护她是为什么，该不是你老头子的糊涂账吧？"

"见面告诉你。"

晚上七点不到，傅雨旸就过来书云这里，随他一起的还有一位，一样的西装革履之人。

他们还没吃晚饭，傅雨旸要书云弄点吃的给他们。

"另外，叫堰桥过来。"

书云支吾，一副赔不是的口吻："雨旸，他不成器，不行，去B城的事就算了吧。"

傅雨旸喝一口大麦茶，眉眼倨傲："你要算了就算了。"

书云满腹的委屈与难倾诉。

再听傅雨旸道："那也把他喊过来，我和他赔个不是，小音交代我的。"

书云哪里敢应他这句："是他自己没肩膀担待，雨旸，我知道你的一片心，是我们都叫你失望了。"

"谈不上。我三十好几了，不也有由人几句话说得下不来台面的时候。区别在于，我这种老油条有手段'挽尊'，脸皮薄的年轻人只会置气罢了。

"你打电话叫他来，别说我在这儿，就说……你要和他爸爸，离婚。"

傅雨旸吃一碗雪菜肉丝面的时候，正好想起来给周和音打电话，叫她过来。

"你在哪里？"

“书云这儿。”

“傅雨旸你要干吗？”

“所以，我叫你过来，劝着我点，不然我作奸犯科了，我岳母大人就不要我了。”

那头，周和音即刻做出忙着下楼的动静。

傅雨旸莞尔地挂断电话。

周和音匆匆从楼上下来，她难得今天没加班，回来没一会儿，晚饭都没吃呢，接到傅雨旸的电话，妈妈问她这副急炮仗的样子，是去哪儿？

她在门口换鞋：“傅雨旸在书云那里，我怕他和堰桥那个爸爸动手！”

换好鞋的人匆匆抬手去移门，不防被周学采喊住，爸爸说了什么，小音没听清，她回头，听爸爸再道：“我陪你去。”

“为什么？”

周学采没言声，只跟着换鞋。

“爸爸，为什么？”直到父女俩一起在亮月下往外走，小音依旧不死心地问了一句。

“你这火急火燎的样子，哪能开车。”

“我可以打车去。”小音拆穿爸爸。

周学采却还是往巷子里走：“昨晚，你妈说，你阿婆没由人安排命运，到了我，我也没由你阿婆安排，再到你，我更安排不了谁。”

“爸爸……”周学采的脚步很轻很快，直直向前。周和音赶也赶不上他的节奏。

走在前头的父亲始终没有回头：“你说得对，再怎么，也没有父债子偿一说。不然，我哪天犯了错，那些人来对付我的女儿，那才是最不该的口业。”

周和音心上一恸，奋力地追上爸爸的脚步。

父女俩并肩一起走的时候，周学采恍然，原来女儿已经这么大了，再也不是追着他后头，踩着嗒嗒嗒的小鸭子脚步的小孩了，即便是握着爸爸的手，也因为爸爸的手掌太大，而只能握住爸爸的一根手指。

任何时候，小音对父母的爱与感怀的定义都是——她生来就有的一笔财富。

然而，不是每个人都这么幸运。这笔无形的财富，注定是人世间极难平衡的一种落差，乃至差距。

周和音和爸爸赶到书云住处，正巧晚上八点刚过一些，院墙的西门没有关，周家父女俩径直进来了。

堂屋里，傅雨旸与那个宋春桃，北南两面对坐。

方桌当中搁着傅雨旸的手机，通话录音正是下午宋春桃打给他时说的，信息重点有三。

一，宋春桃承认了多年来对妻子有言语及身体上的暴力行为，包括性暴力。

二，揣测傅雨旸的用意，想要堰桥当个半子，顺带着敲诈勒索。

三，攻讦傅雨旸的父亲，认为书云是傅缙芳不正当的私生女。

与傅雨旸一块儿过来的男人，是傅的个人律师。谢律提醒老傅，这录音做不得证据哦。

傅雨旸在坐北朝南的位置上佯装着，啊，这样啊，好可惜。

“但不要紧，我只是出于工作习惯，每一笔通话都得存下来听而已，不做证据也无妨，我只要我们堰桥小子听到就行了。

“是不是，堰桥？”

宋堰桥站在这处风波最远处，他不看他的亲生父亲，更不看这样高高在上、冷漠倨傲的傅雨旸。

傅雨旸任由录音放完，右手食指和中指并在一块儿，撑扶住自己的太阳穴，缓缓地，他重新启口，道出的话显然是冷静组织过的，丝毫不在乎门口周学采也过来了：“堰桥，那天我话说重了，我和你道歉，我答应小音的，要做到。但你答应我的，也得做到。你比我幸运，起码二十出头就看清了自己父亲的真面目，而不是等到我这个年纪，男人过了三十，世界观比城池都坚固，很难被打破，偏我动用了昂贵的雇佣费用，最后得到了我父亲冷落家庭多年的真相。

“人性很浅薄。浅薄到，差劲的跟差劲的比起来，哦，原来我还不是最差的，顿时心里就舒坦些了。是的，我们的父亲相比较起来，显然，堰桥，你的父亲更差劲些。他朝自己识于微时、相恋相守的妻子动手了，因为他自己人到中年的窘迫、不如意，因为缺钱、缺生活的动力，因为他拿日子没办法、拿别人没办法，所以只能发难他最亲近的人，用言语、拳头乃至性……”

“别说了！”迟迟沉默的儿子突然暴躁起来，脖子上青筋可见。

傅雨旸没如他愿，继续道："这些年，你但凡留心点，也该察觉出父母间的裂缝的。"

为人子及过来人的经验，他笃定堰桥不可能完全不知情。

正如他的父母，傅雨旸多次劝过母亲，不行就分开吧，是母亲自己舍不得，妄念一般痴守了一具躯体一辈子。

唯一的真相就是，堰桥知道，只是没意识到有这么严重，任何一个孩子都惧怕父母感情分崩离析，怕家庭瓦解。

可是他们不知道，孩子给予的勇气，才是一个母亲挣扎在裂缝里最大的生机。

只要你看过一颗种子能顶开一块巨石，你就会相信。

"堰桥，我说这些，你不要觉得我是在事不关己地说教，相反，我在反省，反省我在你这个年纪，甚至再小一点的时候，我该更笃定些，劝他们离婚的。

"你爸爸不是问我，为什么这么维护你们母子俩吗？我可以告诉他，是因为补偿。我晓得书云事无巨细地待我好、帮我，多少图点什么——为了她的儿子。我可以补偿书云些，因为她和我的亲姐姐一样大，她和时若玩耍过。也因为你，我想亲自带带你这个小孩，我倒要看看，上梁不正，下梁是不是真的歪！"

对面的宋春桃听这位主儿长篇大论这些时间，坐不住了，口里骂骂咧咧地站起来，骂他傅老二仗着有几个臭钱，在这儿给他充头脸了。

宋春桃口口声声家务事，他一天不离婚，老婆孩子就都是他的。

说得唾沫星子飞溅，傅雨旸与谢律都不禁往后靠。傅雨旸尤其，拿方巾掩面，随即好整以暇地问宋春桃："多少钱？多少钱能打发你？"

边上的书云探身过来，不肯雨旸这样，岂料傅雨旸伸手按住她，示意她不要说话。

"你说个数，说说看多少钱，你愿意抛妻弃子。"

对面的宋春桃踢开板凳，作势就要过来打人，而落座的傅雨旸站起来，足足比这个膀大腰圆的男人高一个头不止，不等宋春桃反应，利落有劲的一个巴掌扇过来，再一脚踹在这个男人心窝上。

边上的谢律微微蹙眉咋舌："来前我怎么说的？不要动手，不要动手，你不仅动手了还动脚了。

"那喊我来干吗？真是闹心。"

傅雨旸气得甩甩扇耳光的手，再拨正腕上的表，朝谢律脸一沉："我这个人就不信劝。你多担待吧。"

谢律低头玩手机，说自己什么都没看见。

被傅雨旸一脚踹得往后趔趄了好几步的宋春桃，几分狼狈地爬起来，才要还手，没料到一直沉默的堰桥箭步过来，挡住了父亲的行径，然后无比冷静的声音响起，寒冷到令人战栗："我妈一定会和你离婚的。因为我就是最务实的证据。"

下一秒，宋春桃一个手刀砍在亲生儿子的脸上。

骇得书云捂口再落泪。

傅雨旸不肯她上去："这一下你就舍不得了，这些年，你但凡舍不得自己一下，今天就不会有这样的局面。"

剩下的话，是谢律说的，他说作为傅书云女士的代表律师，接手这场离婚官司。

去年傅女士已经报警留档过一起家暴记录，也有验伤记录，此其一。

三天前，巷子口的口角及动手，他们有目击人证和监控记录，此其二。

两头当事人的法律婚生子出面做证，此其三。

谢律说，他们会申请人身安全保护令，以及即日起提出分居协议。傅女士不接受任何婚姻名义的调解，直至婚姻存续关系合理合法地解除为止。

财产分割方面，傅女士不负担丈夫宋先生任何个人名义欠下的赌债。

至于婚生子日后的赡养义务，容后再议。

傅雨旸这个背后雇主提醒谢律师："还有一条。"

"什么？"

"我要傅女士的儿子改姓傅，随母姓。这样，日后的生意联络才更顺理成章些，作为我傅家的孩子。"

宋春桃闻言破口大骂，说他傅二是个狗娘养的，才怂恿别人的孩子认贼作父。

傅雨旸又被喷得一脸唾沫星子，顿时暴躁起来，他只和谢律说话："能吗？能改随母姓吗？"

谢律点头："你改成第三方姓也可以。"

傅雨旸骂人："我缺心眼啊，改成第三方姓。"说完，他心情大好，起身要去洗脸，临了知会宋春桃，“你到此为止，我说不定会看在堰桥的分上，给你找个差事，只要你洗心革面。

“要闹我也且陪着你闹，我加上堰桥，和你比命长，我想，你总归吃亏些的。”

言尽于此，傅雨旸只身走出来，迎面与周家父女照面。

他看着周和音，后者告诉他：“爸爸不放心，和我一起过来了。”

“嗯。放心，我绝不作奸犯科。”他朝小音玩笑。

“你明明打人了。”

“明明是他要来打我。”某人绝口不提他要打回头的心计。

傅雨旸在院子里露天的水龙头下接水洗了把脸，那边谢律一丝不苟地请宋春桃离开这里。

收拾干净后的傅某人，要小音把他的外套拿过来，是要拿他的烟，分给周学采。时下农历八月十二，桂香浓烈，甜却丝毫不腻人，这在傅某人看来，是江南甜味里唯一可取的。

傅雨旸手里的那支烟，代表了足够的耐心与礼数，什么言语都没有。但男人分烟，是很玄妙的一种交际手段，其中有平级人间的分享、联络，也有晚辈对长辈的一种静待，等待你接纳我的敬意。

“爸爸……”周和音在中间，难做也难堪，这支烟一直这么递着，对大家来讲都挺尴尬的。

周和音什么都不图，只图这一刻，快点揭过去。

她很想求爸爸，一支烟而已。

终究，周学采接过去了，无声沉默地。

也没有由着傅雨旸滑出的火机来点燃，只把烟别到耳际上，他说天不早了：“你妈还在家里等我。”

说罢，周学采转身要走。

巷子里，周和音追出来，喊了好几声爸爸。

周学采终究回头过来。小音说：“你都不等等我。”

老父亲想起什么，问小音，还记不记得她上小学的有年冬天，他带她去澡堂洗澡，就在家门口。那天周学采临时有事，洗出来就先回去了，他想着交代过澡堂的老板娘，小音出来了总会自己回来的。

结果这个死心眼的丫头，在那里等了一个小时。

周学采再回去找她的时候，她哭着跳得老高，说爸爸没有责任感，都不怕她一个人走丢了……

那时候的周学采就坚信，他的女儿才不会被人骗走。他说这巷子里，街里街坊的也没有谁敢偷小孩："谁把你偷回去也是倒霉，又会哭又会闹！"

眼下，周学采还是这种心情："我等你干吗，你又不是不认识回家的路。"

"爸爸……"

"你阿婆临走前，单独交代我，说北屋那套房子留给小音，我当时还和她说笑，就不能留给我吗，她就生怕我苛待了她的孙女！"

梁珍微弱地摇头，朝周学采笑："你不懂。我只要我的小音时时刻刻记住，她有家可回就够了。"

任何挫折与失败都不紧要，我们有家可回。

临近仲秋的夜，月色已经足够浓重了，圆的弧度愈来愈满。

爸爸一味惦记家里的妈妈，说先回去了，也叮嘱小音："闲话快叙，早点回家。"

周和音站在那座平坦的过桥上，开阔的河面上，凉意满满的风拂过来，风里有河面温热的泥腥气，也有萦萦的桂香。

路边有灯，而四下皎洁的光明，是源于天上的月亮。

她站在那里，直到拐巷里看不到爸爸的身影，耳后却有脚步声贴近她。她没有回头，却知道身后人是谁。

她只轻微地哭，喜极而泣。

傅雨旸站在泣人的身后，轻轻揽她入怀，忍泪的人这才掉转过来，迎面环抱他，泪眼婆娑。

"傅雨旸，我讨厌你！"

"嗯，收到。"

Chapter27

致你

[83]

八月十五，阖家团圆。

周和音是被北屋的和弦声惊喜而醒的。

租客一家姓朱，朱家女儿十七八岁的样子，弹得一手好听的吉他，和弦声是最近很火的一首歌。

一曲练习完，周和音趴在南楼的北窗上给独奏的人鼓掌。

朱家女儿寻声抬头来，看房东女儿在上头，青涩地朝她笑笑，算作回应。

周和音由衷地赞美："好好听。起床气都被你治愈了。"

"对不起，吵醒你了。"

周和音摇摇头，外头已经九点了，是她睡懒觉了。她再问小妹："歌名是什么？我最近刷视频老是听到，但是不知道名字。"

"《致你》。"

周和音用手机音乐软件搜索出来，一人在楼上，一人在天井里，隔空放着那首原曲。

其中有一句词，周和音很喜欢——若想念是凋谢的云，乘着风也飘向你。

那头朱太太看到周小姐很和煦地和自家女儿聊天，很欢喜，也问候周小姐："你妈妈在家吧？"

在的。周和音要朱太太不要客套，喊她小音就可以了。

朱太太在乡下的兄弟送了两只鸭子来，吃不下也养不住，这才想着借花献佛送给房东太太的。

说乡下河塘里散养的鸭子，烧啤酒鸭最好不过了。

邵春芳连连哦哟，怪朱太太实在太客气了，盛情难却，只能收下。

她也刚买完菜，只不过没买鸭子，而是买了只鸡，准备烧栗子鸡的。

今天难得茶馆没开张，晚上也没接宴席，全体员工休息一天。朱太太送的那只鸭子扎着两只脚盘在那里，还不住地拉屎呢，嘎嘎乱叫。

周学采在一阵鸭子叫中，朝春芳知会什么。

母女俩都没听太清，周学采不免再讲一遍："我说，你再去买点菜，晚上请客。"

"请谁啊？"

主张的人却顾左右而言他，只说烧鸭子，就不准烧鸡，烧鸡就不准动鸭子。

想了想，他再补一句："把老万一家也喊过来吧。"

周和音只以为爸爸要请万师傅和师娘。

妈妈喊她，木头鬼！

"没听你爸说的是'也喊过来'，万师傅是陪客，主宾不是人家！"

周和音今天过生日。二十来年一向如此，因为过节，她的生日氛围就相对减少了些。反正有吃有喝，上大学后，她也一向爱晚上祭过月亮后，出去和朋友聚聚。

所以家里很少再给她准备蛋糕什么的。

今年也是。除了她手里在吃的鸡蛋，父母没有额外的生日仪式给她。

周和音把半个鸡蛋全塞到嘴里，吞得都快噎死了，妈妈拿来燕麦奶给她顺。好不容易顺过来了，她悄声问妈妈："是请傅雨旸的意思吗，妈妈？"

"不然这大过节的还能请谁！"

"你爸爸呀……"邵春芳比女儿的声音还小一些，"嘴比那鸭子还硬。实情啊，在他闺女身上一点忌讳都不准犯！"

老话里说，喜宴上，是不作兴出现鸡鸭鹅这些的，上不了台面不说，重样了还容易犯忌讳。

"什么忌讳啊？"周和音哪里晓得这些俗礼。

"鸡同鸭讲呗。"两口子过日子，岂不是最忌讳鸡同鸭讲。

周和音明白过来，比吃了十万吨糖都甜，连忙要上楼去给傅雨旸打电话："你们早不跟我说，他这头分公司的事务料理停当了，他回B城了。"

邵春芳的眼界里，除了儿女婚嫁、父母发丧，要正经通知或上门送信，怎么大过节的请吃个晚饭，还要提前几天约不成，真是的!

周和音客观陈述："那人家也不能不事生产地停在家里等你们喊啊。"

"那到底能不能来啊，不来我就不额外买菜了。大过节的，你不晓得今朝的蔬菜比肉还贵！"

回来是肯定回来，傅雨旸答应她的。只是吃晚饭，她真的得确定一下。

电话打给他，傅雨旸还在睡觉。他说夜里被老乔他们几个灌酒到两点多，周和音有点不快："你就是属于回到老窝了，又开始放马了！"

傅雨旸笑话她，这查岗查得也太不精明了，这都日上三竿了，什么事都完了，人都走了，你捕风捉影都没个影了。

"下次，夜里打，两三点钟，魂最不清醒的时候，查岗才最奏效。"他告诉周和音，老冯家那个"河东狮"就是这样，两三点让他开视频，说他身边有没有人，她瞜一眼就明白了。

周和音才不理他的荤话，只问他，晚上几点回来?

傅雨旸哈欠连天地说，九点，他保证出现在眼前。

"九点就晚了。"周和音告诉她父母的安排。

傅雨旸闻言，假意怨声载道："不带这样的，哪有请人吃饭当天喊的啊，我这是好在没飞国际航班呢，不然要怎么弄，嗯?"

周和音也知道有点为难，可是："爸爸连鸡同鸭讲都想着避讳，他是真心的。"

"什么鸡同鸭讲?"

周和音连忙告诉他。

那头有翻身下床的动静，随即他告诉周和音："七点，你告诉他们，七点准时到。"

"你要怎么弄?"今天过节，航班、高铁都不那么便利。

傅雨旸懒洋洋笑一声："这点法子都办不到，我还混什么。"

挂电话前，傅雨旸再喊她一声："周和音，你是不是忘了你今天过生日啊?"

"没忘啊。"

"那怎么不急的，不急着跟我要礼物的。"

"我为什么要急，你有我就要，没有我就不要呗。"

“哼，拿捏。”他揶揄她，从一开始，有人年纪轻轻，拿捏人倒是整得明明白白。

“我什么时候拿捏你了？”寿星佬很委屈。

傅雨旸说：“时时刻刻。”他说，从见她第一面开始。

“那么，你要送我点什么？这是你陪我过的第一个生日。”

送什么没见到，傅雨旸倒有话来纠正她：“是第二个。”

“哪有！”去年那回也算？

某人说当然：“我知道是你生日，特地走到厨房和你说话，你不领会罢了。”

“那时候你明明垮一张脸，谁能领会！”

是，傅雨旸承认，承认他那时候看着周和音心里很矛盾，矛盾到嫉妒梁珍能把后辈教得这么好。

可他还是认栽了，见她一面，栽一面。

周和音这个人间大清醒，跑题了她给他拎回来：“所以今年，你正经送我个什么礼物？”

“你还要什么？我回去不就是给你拆的吗？”

“少来！”

傅雨旸说晚上七点到，六点半的时候给周和音发信息，地标位置已经在S城了。

人未到，堰桥替舅舅送的节礼先到了。

前前后后和司机搬了好几趟，无非是烟酒吃食那些，堰桥转述，是老傅开的单子，叫他买的。

礼数全是按着江南人家的习惯来的。

邵春芳不怪外甥，怪那还没露面的舅舅。说请他上门吃饭的，他倒好，人还没露面呢，送来这半堂屋的东西，贼得很，生怕人家不知道他上门了！

万师傅笑话春芳，不得了，这有钱的姑爷就是好，千把块一瓶的酒，整箱整箱地搬：“看来上回叫他喝那十块钱一瓶的洋河，当真委屈他了。”

春芳噎万师傅：“待会儿紧你喝，还堵不住你的嘴。”

万师傅笑得更盛了：“我当然要喝的呀，我喝的是自己的媒人酒。”

周和音任由他们取笑，只专心留堰桥，要他留下来一道吃晚饭。

“不用了。我妈还等着我回去的。”

“你还在生他的气？”

堰桥不置可否，人往周家门楼外走。

周和音一路送他出门：“他大可以叫司机送过来。差使你，无非是想和你揭篇过去，或者由你过来，我再劝和劝和。堰桥，你得明白，他就是这么个人，再活生生不过的人了，会犯错，会固执，会守着他的神坛不肯下来。”

“可他还是下来找你了。”堰桥冷不丁地回头。

周和音吓了一跳。

“啊，是。他不找我，我不会理会他的。”

“不后悔？”堰桥哂笑。

“不知道。”周和音今天穿的裤装，白色T恤衫外头罩一件蓝色长袖衬衫，很中性的扮相，人在浅浅的月色里，分明，独立，“但我可以确定，我会比阿婆离开他父亲后，过得更好。”

“书云也会的。”善解人意的人，时时刻刻会体谅人心。

堰桥叫她留步，再往巷子口走了好几步，他才回头：“老傅说得一点没错。我妈这样，我是有责任的……你帮我告诉他。”

周和音默默点了下头。

最后他说：“生日快乐。”

“谢谢。”

“你还会去B城吗？”周和音追问了句。

堰桥没答，只身往夜色里走。脚步渐远，步履不停。

傅雨旸到的时候，连同对过的姜太太都过来看了。

好像他是什么贵客，又像似远行的人久归。

一向热络活跃的周和音却离他们那些世故交际，远远的。

她反正知道，傅先生一个人足可以应付。多少人看着他，他也不会出洋相的。

邵春芳见面就怪他，买那许多东西做什么。某人不放在心上，却把手里一个礼袋递给邵春芳，说：“那些烟酒吃食您也用不上，这份礼物是单独给您的。”

是个奢侈品的包。

春芳女士当着外人的面不大自在，说这样贵的东西，她用不来的。

傅雨旸宽慰："就是用来携东西的。您总归要出门的，用得上，也一定用得来。"

姜太太在边上七嘴八舌地夸春芳好福气，说女婿比女儿还贴心。

傅雨旸对外人的言论一律听之任之，只四平八稳地说笑："因为实在不知道送些什么好，就投机取巧了。想着您是这家里最大的辛劳人，替小音送算是感恩，替小音爸爸送算是敬重。

"总之，您开心，他们就开心了。"

一顿体面话，才把这微微局促的场面打开。

周学采全程没言声，只招呼客人喝茶，连同万师傅。

直到傅雨旸在周家堂屋的方桌正式坐下，客为上，他坐在最上位的北座上。

周和音帮着妈妈倒茶拿碗，她一直不言声。人到傅雨旸跟前了，剔开周遭的俗套应酬，他看着她认真倒茶，端正问她："为什么都不和我说话？"

"因为你要和他们说。"

热水冲开上好的明前龙井。

傅雨旸轻声道："你都不帮我。"

周和音瞥一眼他，他却一副正经颜色地问候万师傅，以及秉着后辈的觉悟，喊万师傅的妻子，万师娘。

一杯馨香的热茶泡好，傅雨旸当真有点渴，趁热往唇边送。万师娘提醒他："少喝些，还有第二道茶，意思意思就行了，你丈母娘可烧了一桌子菜。"

热茶是迎客，第二道茶是红枣、蜜枣加桂圆煮的甜汤。只有这第二道茶，是待新姑爷上门才有的。

不但傅雨旸要吃，万师娘要小音一道坐下来吃。

周和音口无遮拦："我怎么也要吃啊，我可不可以不吃啊！"

外头端枣茶进来的邵春芳即刻朝她唬脸，说她没规矩，这张嘴，什么快来什么！

万师娘笑囡囡，说不行："你必须吃，将来你出嫁了，新娘子出门前，没别的可吃，就吃这碗甜枣茶。"

图的就是好彩头，早生贵子。

两碗红汤一般的枣茶端到傅周二人面前，最先难住的是傅雨旸，他当真惧怕江南的一切甜食，这碗红枣甜汤，几乎是荟萃般的甜。

二人面面相觑。傅雨旸见招拆招地笑，笑着去拨动碗里的调羹，舀上一个来送到嘴里，不夸张，甜到五脏六腑里去了。

他连吃了三颗枣，递进般的甜，再往碗里瞧的时候，好像已经适应了。而边上从小到大吃甜食的人，好像看不下去了，她一面吃自己碗里的，一面伸手去端傅雨旸的碗，问妈妈："是不是都吃掉就行了？我帮他吃吧，他留肚子吃晚饭。"

说着，周和音把傅雨旸碗里剩下的枣连汤倒到自己碗里。

总之，吃掉了，不浪费，就算交差。

万师娘也拿小音没辙，安慰春芳："她多吃点也应该。"

周和音端着满满的碗，从方桌边走开，由他们几个男人一道说话。而她坐在堂屋边的小凳上，把枣子一颗颗喂进嘴里去。

方桌上，因为万师傅的加入，三个男人的谈话还算顺当。万师傅问到傅雨旸B城那头的情况，他也无有不答。

热茶冷了，正好撤了去，准备正式的晚饭。

空当里，周学采问傅雨旸："那头都解决好了？"

答话人默契地明白对方问的谁，端坐在上位："嗯。"

饶是如此，周学采还是叮嘱几句："她到底年轻，很多世故险恶，她没摸得透。我话说重了她觉得我凉薄，但情意向来是两面刃，你堂姐这回事，管好了没准人家还不记你的好，管不好还惹是非官司上身。我的意思是，你不能一味听她哭哭啼啼两句，就全由着她。"

"你放心。我心里很有数。"傅雨旸回应周学采，"他不惹到小音头上，我还不会这么利索地朝他。"总之，他说，"人情世故也好，小家利益也罢，我一不会让自己妻儿老小跟着受罪，二不会为不值当的人拼上自己的前程。"

有这句话就够了。周学采静默颔首，外人看来，翁婿间的轻微交锋，点到为止。

一顿家宴也吃得和煦顺当。就是因为万师傅的加入，正如邵春芳所言，周家翁婿联手，都没喝过这个老江湖。

席上，雨旸朝邵春芳要热茶缓缓。

听到他这样说，邵春芳连忙喊住他们，说："不能再喝了，喝多了，你们哪个出洋相，明天出去都由人笑死。"

今天正好买了什锦罐头，邵春芳要小音去开两罐，让喝酒的几个缓缓。

万师傅不肯，抢过春芳手里的酒瓶，说："小气鬼，喝你几瓶五粮液，就舍不得起来了。火烧眉毛喊我救场的时候，怎么倒想起我来了？"

万师娘虎惯了，当着周家女婿面就来撕老头子耳朵，骂他为老不尊："你要喝回去喝，春芳啊，你就给他一瓶，让他回去喝个够。"

酒一多，就要人来疯，一把年纪了，不害臊！

周学采出面拿和，他作为家主，一不能为难了上门的客，二也要招待好了万师傅。他叫小音陪雨旸上楼歇歇，他来陪万师傅喝。

万师傅不答应，说学采两面派："哦，你不肯的时候，为难人家到对瓶吹的地步，一旦松口了，又体恤起女婿来了。到头来，你们一团和气，我成外人了，不行，我不答应！"

絮絮叨叨上头的人，这一刻都没明白，真正醉的人是他万师傅。喝大了，舌头都捋不平了。万师娘说什么也不肯他喝了。

周学采这才扔掉杯子，哄着送万师傅回家去，说："我把酒带到你家去，我们换个地再喝！"

就这样，唱戏般拉拉扯扯，周学采才把万师傅哄着送出门。

邵春芳一味地朝师娘打招呼，说真是的，开心的事，喝成这样。

万师娘没放在心上，说他个老痞料，一向馋酒，倒是要新姑爷笑话了。

那头，傅雨旸由着周和音扶到楼上去，跌跌宕宕地倒在她的床上。楼下人不晓得他，周和音还能不晓得："行了，别演了！"

傅雨旸躺在她的蚊帐里，佯装酒醉地去找她小风扇的开关。

在她枕头边找到了那个开关，帐顶上三瓣塑胶页扇的小风扇转起来。

某人跃起身来，徒手去碰页扇，抓住不让它们转。

闲心玩过，她丢开手，让那微风在他头顶上转，正好散酒气。他只说："这个万师傅不牢靠，爱劝酒，下次再会他，还得让他吃苦头！"

周和音从洗手间投来个热毛巾，递给他擦，他懒洋洋地躺在床上，不接，只拽她的手："你帮我。"

周和音干脆把毛巾匀在他脸上，等他发作。

一分钟过去，他一点反应也没有，连呼吸都平缓到减速。

站在床边的人这才来揭他脸上的毛巾，掀开，他一副合目之态，不等她开口，傅雨旸扽她手臂，两个人跌到一处去，周和音怕他疯，又不敢喊，只拿手格开他的脸。

傅雨旸伸手摘开她，然后俯身来，衔着烈烈的酒气吻她。

帐顶上的微风把他身上的气息，一息息波澜般吹拂开。

暴戾的吻最后浅浅地落在她眉心上，无关任何欲望。他只静静地朝她说："生日快乐，宝贝！"

周和音格不开他的人，只能伸手环住他颈项，有点吃味道："你都可以送妈妈一个包，而我什么都没有。"

"你有我。"

少来。

傅雨旸问她："现在几点？"

"九点多了。"

他再说，酒店那里已经退掉了："我彻底无家可归了。我今晚就睡这儿吧。"

"你想都不要想。"

"那你送我回家。"

"回哪里的家？"

"你的家。"

傅周二人再下楼的时候，院子里燃着八月半祭月的高层斗香。傅雨旸正式和二老告辞，说谢谢他们今天的忙碌与招待，也说带小音出去会儿，晚点送她回来。

过生日的最大。邵春芳也晓得女儿等他一天了，索性也由他们去了。

瞿昙看到一辆白色丰田停泊下来的时候，第一时间问候傅雨旸："你大爷的！放我两次鸽子了！"

从副驾驶座下来的傅某人，厚颜无耻，说两次他都有苦衷。

然后再介绍周和音给瞿昙认识："你的客户，周小姐。"

他们停车对面，是栋没有灯火的别墅楼。

瞿昙说，傅总动用了多少房产中介，才找到了这栋书房能改造房顶的别墅楼。

庭院里久不住，里面的草长得超过人高了。

瞿昙要来勘测量房，傅雨旸死活要留到这一天。瞿老师说："傅总资本家没有心，押我来江南也就算了，大过节的，这么晚还逼人加班。”

推开吱呀生锈的铁门，这里无人住过，主人居货在手里，不是等着资金链周转，也舍不得把这处房子割让掉。

挂售第二天，信息就到了傅雨旸手里。他一眼相中这个房子，答应全款支付，定金也付到了对方反悔不起的地步。

只是过户，他说要等女友看过后，再办手续。

这就是傅雨旸送周和音的生日礼物。

他说过的，爱江南做旧的房子，也爱里头鲜活的人。

“周和音，任意门我是办不到，但我可以把B城的房子复刻过来，这样，房子连同我，都在江南了。”

他要把房子写上她的名字，是和她阿婆一样的心境，任何时候，她都有家可回。

“那你呢？”她问他。

“我自然是，你在哪儿，我在哪儿。”

“可是，你的根本在B城。”

“不要紧，今天我能飞过来，明天就可以再飞过去。”

周和音摇头，说没有一个人可以永远飞行而不疲累的。

傅雨旸不解她的意。

过生日的人，小心翼翼地几步走在庭院里杂草丛生的青石板路上，意欲往大门正厅处走，她要进里看看，说着顿步下来，半回首：“这个房子真的可以做得和你B城家里一样吗？”

边上的瞿昙没好气，说他们夫妻俩是一根筋的俗。

周和音朝这个不认识的设计师加一个业主诉求：“我喜欢他家楼梯上的走马灯。”那种在脚踝处，感应到就亮的一排小夜灯。

“傅雨旸，我说过的，最远不过六个小时。我也不要一个人永远为我飞行。”

他们都跨过这么多的障碍了，双城记也不是不可以。

家又不是牢笼，一定得把人锁在里头。家是我们无论走多远，都可以依照本能回归的地方。

“那么，这里可以成家吗？”傅雨旸问她。

周和音抬头看仲秋的月亮，说在这个庭院，八月半祭月，看得好清楚呀。

“我从前不知道，妈妈为什么一定要和爸爸在阿婆的前面重起一栋小楼，就觉得北屋也够我们一家住了。原来是这个意思。”

和自己所爱的人，建立起一片独有的有情天地、屋宇，然后在这座房子里，每日劳作生火地过日子，不厌其烦，拿彼此的优点去包容对方的缺点。一天天，一年年，直到家里攒了足够的经济与精神，来抵抗一切外来的干扰，以及最严酷的生老病死。

“傅雨旸，你刚才那算求婚吗？我不会答应的哦，我还年轻，我过年去我舅舅家还可以收压岁钱的，一结婚就没压岁钱拿了。”

“想多了。我没有跟你求婚。我也不会跟一个还贪图压岁钱的孩子求婚。”

“那你买房子给我干吗？”有人跳脚。

“高兴，我高兴就买了。”

“傅雨旸，我今天过生日，你这嘴不要就捐了！”

某人一不乐意，就拿别人撒气，高声喊瞿昙：“花园里要种的和音玫瑰，免了吧！”

瞿老师道：“你想多了，我压根没听你这茬儿。”

周和音笑弯了腰，那头，瞿老师进别墅里头开了电闸，昏暗里，一栋旧楼霍然光明，流光四溢里，像一具沉睡着的钢筋铁骨，光明就是它的血液。

主人依旧还在外头，院子里，荒芜一片。

周和音走到傅雨旸身边，问他：“种和音玫瑰干吗？”

“等花开。”

“然后呢？”

“然后，做一件事。”

“什么事？”

“刚刚被你拒绝的事。”

光明之外的荒芜里，一双人影叠在一处，或相拥或亲吻。

月亮是他们唯一的证明人。

【正文完】

番外01
双城记

[1]

时隔一年，周和音再来B城。

黄金周期间，逢上国际会议，城里城外处处交通管制，傅雨旸叫司机来接她。

顺利接到周小姐，不算晴朗的天忽然加剧起来，阴森森飘起雨，司机师傅好能侃，一路和周小姐侃到了傅先生别墅门口。

以至于周和音下车时还把她的书给忘在车后座上了。

飘雨的北方，冷到骨头里。

周和音揿某人的生日密码进了大门，玄关台阶的正中央有一双女士脚码的拖鞋，上面粘了张便签：欢迎回家，My miss.

周和音把行李箱丢在一边，剔去高跟鞋，双脚去套那双拖鞋，然后抬起一只脚，才揭下这张便签。

她细细端详，细细地笑。因为某人的英文写得龙飞凤舞，又故意把“Miss”写成“miss”。

周和音道：“幼稚。”

大概她这头安全到达后，司机第一时间就给傅雨旸报备了，他便给周和音发消息。

傅：“冰箱里有吃的。”

周和音这个网瘾少女，第一时间不是关心吃喝，而是：“Wi-Fi密码。”

一分钟后，傅雨旸回复：“在路由器后头。”

问题是路由器又在哪里？

傅：“等我回来。”

周和音只能作罢，因为知道他在谈正事，干脆改口问他：“我能不能洗个澡啊，我身上湿了。”

刚才没让司机开到里头，她一路从院子里进来，沾了点雨，加上南北飞行的疲累。周和音的意思是：我要洗澡的话，你该不会也告诉我等你回来开这个开那个吧？

傅雨旸在那头又犯他臭狗屎的病了：“倒也不用这么急，说真的。”

周和音发了一排“狗屎”的表情给他。

晚上六点，主人才归家。

傅雨旸进来主卧的时候，周和音在床上补觉，因为她有出行综合征，出远门前一个晚上总是睡不好。

她穿着自己的睡衣，在陌生的床上烙饼般翻了多少回合，才勉强睡了一个小时，偏某人在这个关头回来了。

房里窗帘紧闭，但床头灯开着。

因为床上的人怕黑也怕鬼。傅雨旸莞尔，伸手拨她的脸过来，喊她醒。

再把他手里的书扔到床头柜上，周和音这才醒豁开眼，书是她的，司机捡起径直给了傅先生。

但书里的一根黄铜书签没有了。书和书签都是她在机场等他司机时买的，书签比书贵多了。

“真丢了？”她有点不甘心，问了他好几遍，“给你的时候就没书签？”

“嗯。”有人漫不经心应她，然后怪她，“这是你半个月不见我该有的态度吗？”

周和音立马读懂他。书签被他昧下了，他这中途昧人东西的行径也不是第一次了。

她要他拿出来。

某人也不赖，说在他办公室。

“你给我拿回来！”

“拿你个头！谁让你丢三落四的。”

说着手就来被子里，周和音开口的埋怨被那手扪住了一般，干燥温暖，温柔耐心，抚平她所有的毛躁。

他身上有参会积攒的烟草味，不等周和音嫌弃，就自觉说去洗澡了。

床上的人问："路由器在哪里啊？"

"待会儿再说。"

"为什么连Wi-Fi密码都记不住？"

"最原始的密码，没高兴改。"

等傅雨旸洗漱出来，周和音催他先去把密码拍给她，她流量不够用了。

傅雨旸才不理她："那么你去年来，怎么不要的？"

没想起来，且那时候也没资格要，谁知道她会再来。

某人笑话她："哦，现在好有资格啊，已经光明正大睡我床上了。"

周和音才不忸怩："那我睡哪儿，我睡别的房间，你不笑我矫情，我跟你姓！"

"嗯，你最好跟我姓！"他从她的脚边开始，短发上的水滴蹭到她腿上，激荡人心。周和音还被他狗啃了口，她干脆踹他，一记窝心脚。

再用无比认真的口吻说："我要喝水。"她要他去倒水给她喝。

急色的人，一副什么都往后捎的嘴脸。周和音不依，她就要喝水！

床尾的人气得不轻，欺身而来，一手别住她下巴，恫吓她："你不给我全喝了，我就叫你把杯子嚼下去！"

结果，某人殷勤地倒水过来，半杯热水里投了几块冰，是正正好的温。

周和音只抿了口，潮了潮嘴边，就搁回床头柜上了。

然后以一种促狭的神色盯站在床边的人，因为他确实气得不轻，也很狼狈。

傅雨旸指着那只马克杯，命令她："给我把水全喝了，连同杯子嚼掉！"

周和音才不听，拾一个枕头，然后横睡在床上，不声不响地看床边人生气，等着他发作。

居高临下的人重新欺身而来。

[2]

老乔说："认识朱丽叶小姐正经也有一年了，可算在咱自己的地盘招待你了。

"你不知道你上回来，我们几个好心去和你打个招呼，有人好赖不分，掉头就刺头儿似的蜇我们……"

周和音还记得，傅雨旸那时候突然光火，叫他的几个合伙人，出去！

席间，她重提旧事，问他为什么那么火大？

傅雨旸在给她搛刚片好的烤鸭酥皮，沾上方粒白糖："忘了。"

周和音不答应，偏要知道。对他筷子上的烤鸭没兴趣，对他的答案有兴趣。

傅雨旸没好气地把酥皮塞到自己嘴里，嚼的好像不是块鸭皮，而是眼前人："为什么，能有为什么？我话还没说完，你在那儿要走，他们几个进来捣乱，我不骂他们骂谁！"

一桌人笑得不轻。老乔再揭雨旸的短，说："朱丽叶急急忙忙飞回江南了，我们有个人气得一个晚上看谁都不对付。"

骂了一晚上，说朱丽叶小姐，恋家鬼。

周和音被戳到莫名其妙的笑点，被这一笔旧话，笑了好久都停不下来。

傅雨旸不以为然："你还不是？"

明明就是。

周和音今天难得穿了件黑色长裙，外面是件蜂蜜色的风衣，还是和傅雨旸逛街时，她临时加买的。因为她带的衣服都太单了，傅雨旸督促她添了好几套秋冬成衣，说就留在这边以后慢慢穿。

她来这儿三天了："起码目前为止，我没有恋家呀。"

"还能撑几天？"某人问她。

周和音撇撇嘴："你管我！"

她吃烤鸭，唇上沾上那方粒白糖了，傅雨旸拿手指给她捻掉，嘴里还是那句："恋家鬼！"

从餐厅出来，周和音要去找美妆零售店买卸甲水，她来前给自己涂的南瓜色，几天热情过去，不喜欢了。

傅雨旸说好了在车里等她的，周和音排队结账的时候，一只手落在她头顶上。

"你怎么过来了？"

他没回应，只催她快点结账。

出来的时候，外面雨下得更大了，车子在马路对面，红绿灯中间还有处安全岛。

一截不算短的穿行。

信号灯转绿前几秒，傅雨旸把伞交到周和音手里：“干吗？”

“背你过去。”

周和音讶异极了：“为什……”

话都没说完。某人拿背朝她，信号灯不等人，外面风雨正盛，如冰冻骨般。

傅雨旸等不到她的回应，干脆伸手来揽她，周和音这才跳到他背上。

可是伞扣住他的视线了。

“我的大小姐，你多少和我有仇。”他眼前一抹黑。

周和音在他背上哈哈大笑，这才把伞面抬高。

绿灯时常只够人走到中间安全岛位置，还有一半路，他背着她，再等了几十秒。

斜风密雨里，周和音贴脸在傅雨旸颈项边、脉搏处，问他：“你怎么了？”

回到家后，周和音才明白过来，是那对甜白釉的压手杯，被古董修复技师修复出来了，因为这类物品运费投保都相当贵，对方干脆自己亲自送过来了。

再好的技艺都不能做到破镜重圆。修复后的杯子也再不是原先的价格，原先的品相。

东西修复完了，动用了昂贵的费用，但是对傅雨旸来说，已经不重要了。

重要的是灯下的眼前人。他砰地合上那个楠木盒，叫周和音不必看了，这原本就不是他们的东西，他预备搁回他父母住处的库房里去。

周和音看出他情绪不高：“傅雨旸，你好像还没跟我说过‘我爱你’。”

“你要听吗？”

“当然。”

“周和音……我和你爸一样，不允许我和你之间有任何犯忌讳的东西。”

这句比三个字长好多。

[3]

傅雨旸父母的住处是栋小合院。

对面还有一片人工湖，小山上有红胜火的不知名树木，像枫树。

傅雨旸告诉周和音，是黄栌。

总之，这里的环境僻静清幽。从大门进来，这个时节，院子里围墙上看不到疏影横斜了，但各处角落有四季的影子，眼下是菊花时节，一隅正种着簇拥的菊花。

傅雨旸说有花匠定时过来维护，以及房屋也有人来保养。

他没有说错，他母亲确实一直记挂着江南的影子，小院里好几处是月洞门。

院子里还有处待客的茶寮，四处用竹帘围着。正房是三间一排，后面还有一进，傅雨旸从前读书时住家，起居就在后面一进。

周和音随意参观着，还用手机拍着照片。他问她，拍了干吗?

有人实诚极了："给我爸妈看。"

"想看，下次带他们过来。"傅雨旸躺在茶寮下的藤椅上。

周和音一副交差状："他们未必感兴趣这房子，但是，知根知底总归舒坦些。"

这话傅雨旸信，他说书云都告诉他了，春芳女士打听了不少傅家背景呢。

"你会不会觉得我妈好市侩啊？"

某人于秋风爽朗里合目养神："不会，我要是有女儿，我比他们更市侩。没我给我闺女给得多，你凭什么娶她！"

周和音明天要回去了，国庆期间，亲戚家还有喜酒喝。原本计划她自己回江南的，傅雨旸说跟她一起走。谈判告一段落，正巧回去歇几个月，到年底吧。

"跟踪跟踪那套房子，顺便由你养我几个月。"

周和音一听："我怎么养得起你！"今天之前，没看到他父母的这个合院，她可能还有和他斗斗嘴的觉悟。

现下眼见为实。周和音认真问他一个问题。

“嗯？”

“你一年挣多少钱？”

傅雨旸笑有人市侩，给她约个数，就他给她买的那套别墅：“两个吧。”

结果，“脑洞”少女从来不让他失望：“那你别跟我回去了。”

“为什么？”

“你怎么可以歇几个月！我妈肯定会骂我，消磨人心，带累你不求上进！”

[4]

回江南这天下午，难得的好天光。

周和音晚上要去吃喜宴酒席，春芳女士娘家那头的本家亲戚。妈妈这一房也就兄妹两个，磕磕绊绊不少，多少还是相伴扶携着的，顺带着和堂族姊妹兄弟正经来往。

所谓正经来往，就是红白事都互通。

傅雨旸一听是那种家宴流水席，感兴趣至极。二人回到周和音租房处，洁癖“龟毛”症患者比女人还急着洗了个澡，换了套居家服，躺在床上，一边看手机里嗡嗡的短信、邮件，一边临时起意般问她：“我能不能去啊？”

周和音洗漱出来，七成干的长发散在腰间，她在决定晚上穿什么：“你去哪儿？”

“去吃喜酒啊。”

选衣服的人当即就笑了：“你怎么去？又不是三岁小孩，带你去。”

傅雨旸说：“我作为春芳女士的家人出席啊。”

某人再说：“多我一个又不多，我甚至没有你馋。”

周和音稍微松动，问他：“你吃过那种在院子里搭凉棚，然后放桌子的乡下酒席吗？”

某人做回想状，说小时候吧，小时候跟父母参加过。上回这头大房的白事也算。

周和音还没化好妆，妈妈那头已经打电话催她了，说七点的正席，让她别迟到。

现在才五点。小音怪妈妈，太急了吧！

春芳女士说：“我还不知道你，磨蹭第一名！”

“妈妈，有人也想去！”

“谁啊？”邵春芳问。

还能有谁。小音揶揄。

最后邵春芳答应了，只是和小音合计了下，要他们单独再出一个份子吧，不然这一家四口的，都去吃多难为情！

周和音上定妆散粉的时候，怪傅雨旸，不会过日子第一名！

“看吧，你要去，害我要额外出人情！”

晚宴上，明明是人家办喜事，待舅舅一家见到小音男朋友，不得了，舅母和邵春芳的家常已经扯到爪哇国去了，说现在办事是流水淌似的花钱。要春芳和学采早早打算，厨房师傅更得提前半年约。

邵春芳见不惯嫂子的那股子没边界感，干脆噎回去，说：“他们办事，我才不高兴张罗，去旅行结婚吧，省心也适宜。”

舅母又盘问了点别的，问小音这个对象做什么的啊，年纪大了点哦，听口音不像本地人呢：“我跟你讲哦，你找女婿要相当地带眼睛的！”

邵春芳市侩归市侩，凡是不到板上钉钉的事，她才不高兴和那些人舞，嘴上应付嫂子，说就是一般上班打工的。

舅母一听，面上立马三六九等起来，一副好像没什么油水揩的嘴脸。

另一端，男人喝酒的桌上，一副相谈甚欢的样子。席散之际，舅舅拉着傅雨旸的手，一口一个小傅：“当初你丈人要娶你丈母娘，我也是不肯的，他那时候有什么啊？只有三分不值二分钱的几两骨头，我终究还是把妹妹交给他了。现在轮到你了，你也晓得我们江南这头的规矩，嫁娶，都是娘舅最大！

“别说你了，就是你丈人，他现在也得对我这个大舅哥服服帖帖。”

边上的周学采脸都气青了。

傅雨旸依旧好脾气地陪着，不说好也不说歹。倒是喜酒，杯杯尽。

结果就是舅舅喝多了，还把杯中的酒洒得傅雨旸一手都是，手表跟着遭殃。

邵春芳出面才把局面解了，怪他们不收敛，在人家办事头上出洋相。更晓得哥哥是故意为难周学采，顺带着也为难傅雨旸。

邵春芳干脆叫傅雨旸去看看小音，说她有点不舒服。

全程来吃喜酒的周和音才不理他们那么多心眼，说她好得很，也不去救他们任何的场。她嗔怪傅雨旸：“你来干吗的？你又来喝酒了！”

某人委屈，悄声朝她倾诉：“你那个舅舅当着我的面为难你爸，我都委屈死了，他们郎舅掐架，我跟着遭殃，只能拿酒拼了。”

周和音接过他摘下的表，生怕酒渍渗进去，再怪他：“再搭进去一块表，这个份子钱出得也太大了点！”

酒意正浓的人说：“你啰唆死了。”

席上正好上一道甜品，是炸鲜奶。周和音趁热夹了一块咬了一半，还有一半喂到傅雨旸嘴边：“尝尝。”

“不喜欢。”

“吃呢，散散酒气。”

席上宾客都散得差不多了，乡下这种喜宴，开席时要放炮仗，收尾了也要有红鞭炮。

周和音为了做视频Vlog，乖乖从头吃到尾。因为是甜品，溜出去玩的小孩又折回来了，把桌上一盘炸鲜奶一抢而空，周和音把仅有的一半塞到傅雨旸嘴里。

言笑晏晏里，看着他细嚼慢咽，吃下去了。

“怎么样？”

“甜死了。”

[5]

堰桥在B城的工作还算顺利，某个周末天回来，难得发孝心，说要请老傅吃饭。

傅雨旸把饭定在花都酒店的法餐里头。

他在酒店那头住的常包房压根没有退，原本就被老乔常包了，如今他个人歇在江南，无非是自己转接了这笔费用来。他日常歇在周和音住处，办公或者接待客人还在这头。

席上，傅雨旸当着周和音的面，数落了堰桥不少工作上的纰漏。

“在案的工程，你作为成本主管，跟踪审计出现了断链，治你个连带责任，你有什么话说！”

等于说堰桥在那头的一举一动，傅雨旸在老远的江南全都知悉。

他说：“我能不知道吗，啊？许抒诚难得有苦果子给我吃，他可算逮到机会了，我知会你，你可姓傅，一笔一画都牵连着我。小子，遇到事，嘴巴勤快点，不懂就问，再不懂就给我打电话，还要我教你怎么给我打电话吗，啊？！

“我很难相处？不敢跟我说话？”

堰桥说：“有点。”

边上的周和音笑出声，然后一如往常地做和事佬，说有个老人家嘴上虽然狠，但来前就替外甥打算好了，自然不要外甥请客，年轻人把钱攒着和喜欢的人去花销吧。

傅雨旸冷眼瞥她一下。堰桥当着老傅的面，朝周和音道：“谢了。”

一顿饭吃了一个多小时，舅舅自然不要外甥来做东。末了，他嘱咐堰桥几句：“抒见那丫头有点疯，她又比你大几岁，再有一个那样的哥哥，记住，别去招惹许家人。”

堰桥轻微叫屈：“我不喜欢姐姐。”

“别说满话，别喝满酒。”

堰桥好笑：“你好像很感怀的样子。”

周和音不高兴听他们甥舅这段磕牙，只八卦：“抒见喜欢你？”她问对面的堰桥。

“我不喜欢她。”堰桥郑重且平和。

“为什么？”因为人家是姐姐？小音不以为然，说姐弟恋才好呢！

边上签账的傅某人停笔，偏头过来问周和音：“瞿昙那里约的几点？”

周和音随即答三点。

“那快走，瞿老师轻易不等人。”

堰桥知道他们在装修房子，下午正好没事，想跟过去看看。

岂料老傅没让，让他下午再琢磨琢磨造价表，周末他和小子一起飞B城，许抒诚这回的竞标，他要亲自会会对方。

一顿饭，赶鸭子般赶走了堰桥，傅雨旸和周和音去别墅那头，见瞿昙倒不是最紧要的，他要去看看庭院里的花栽植得怎么样。

走得匆忙，到了地库下头，周和音才发现临时租的充电宝忘记还了，她要去还，傅雨旸的车子已经点火了，催她上车。

“我要去还！”

“不准还。”

“为什么？”

“罚你，让你不长记性。”

周和音气得朝他跺脚，才不管他，扭头就去还充电宝了。

再回来的时候，傅雨旸在车里接电话，拿车载蓝牙接听的，对方是许抒诚，正巧公事聊得差不多了，末了，傅雨旸啧一声，质问许抒诚：“我们堰桥哪里不好了？是你妹妹逗着人家，他回来都和我说了。”

许抒诚在那头也不依，总之，他就是反对！

傅雨旸蛮不讲理，朝许抒诚：“我去你的，你和我说不着，也反对无效，也只有你当自己的妹妹是个宝，吵都吵死了！”

许抒诚在那头气得不轻，反应了半晌，道：“你这么说媒拉纤的，就是想我们兄妹俩喊你舅舅是吧！”

这头人恍然大悟：“你这么说，我更要支持了。”

许抒诚撂电话前，朝傅雨旸放狠话：“有本事你一辈子别回来，待在江南，不然我和你老傅没完。”

傅雨旸说：“这样啊，我周一准时落地。”

哈哈哈，周和音在旁边听这对干兄弟讲完电话，笑得肚子疼，说有人最近不知道怎么了，头上长犄角了似的，和谁都得较劲。

傅雨旸把手机往杯格里一扔：“全都不让我省心。”

“是你自己分分钟打脸，前头不叫堰桥和抒见来往，掉头又和许抒诚较什么劲。”

“不是你说的吗？姐弟恋很好啊。”他来摩挲她的耳朵，然后重重地一拧。

周和音领悟过来，认真盯他一眼，在他温热的鼻息下说：“傅叔叔，你吃这种醋，说出去会被人笑死的。”

“你闭嘴，就没人说出去了。”

[6]

某日周和音打游戏，她记起什么，问傅雨旸：“你答应了我单带‘五杀’的。”

很难。傅雨旸试过和她双排了几次，必须承认，那回一把能赢，运气占很大成分。

回B城的几趟，堰桥来找老傅，舅舅也难得厚脸皮地找他讨教，连堰桥这种年轻热血的高端操作者，也必须承认“五杀”可遇不可求。

堰桥笑他，为什么执迷个“五杀”啊？

老傅说：“面子啊。欠谁的别欠女人的。”

堰桥忍俊不禁，拿读书时背的书指教老傅：“无他，唯手熟尔。”

意思叫他多打多练，没有捷径。

傅雨旸狡狯地感叹，年轻真好，起码有一片热腾腾的心。

而他面对风险只会想着规避，规避不掉，就公关。

周和音周末过来，傅雨旸正巧有公务要谈事，抽空陪她、教她打高尔夫球、骑马，夜里陪她逛夜城。周和音这期的Vlog全程都是他帮她拍的。

后期她剪辑出来，也没有避讳，承认画外音是男友。

粉丝们除了纷纷祝福之外，又怂恿小音，说男友的拍摄角度看起来就很高。还有一段视频，周和音在便利店买红糖馒头，店里背景玻璃里倒映出男友的身形了，黑色正装西服外头套了件同色的风衣，是很高很板正的身形，关键手还很好看！

“显微镜”们怂恿小音，让男友出镜吧。

Nana在底下不怕死地发表亲闺密评论：“家属真的很好看。我做证！”

这一期开始，不出镜的傅先生反倒成了小音频道的流量密码。

傅先生在某一期替女友拍视频尾声时说：“我至今还没帮她拿到‘五杀’，她也没有答应我的求婚，我还算不上家属。”

某人发表“茶言茶语”，说她频道里出镜的都是她的家人。

“我还不是。对不对，小音？”

粉丝在这期视频里疯狂刷弹幕、评论：“答应他！”

[7]

除夕这天，周和音老早就起来帮家里大扫除。

堂屋的几扇落地门窗都有去年贴的春联、福字、花笺留下的痕迹，爸爸习惯用糨糊贴春联，这样牢固，带来的后果就是每年辞旧迎新的时候，要费好大的工夫把原先的铲除。

春芳女士交代周和音的方法是，先用水打湿玻璃，再一点点把糨糊轻轻铲下来，连同细碎的褪去春红的对联屑末。

傅雨旸过来的时候，看到的她站在大凳上，穿着绛紫色的老式罩褂，正一门心思大扫除呢。

门口跟傅先生过来的司机在帮着搬东西，傅雨旸脱了外面的大衣外套，解了西装纽扣，帮着司机搬，交代后者就摞在门楼里，待会儿他自己往里头顺。

厨房里忙晚上团圆饭的邵春芳出来见状，埋怨雨旸，搬这些东西来做什么。

从上海过来的某人一副风尘仆仆之态，一面和司机说有劳，一面朝春芳女士说："鲜虾和牛肉那些要放冷藏，不行就抓紧今天吃掉，其他的，您拿主意吧。"

七七八八，都是整个正月都吃不完的年货用度。

某人再朝春芳女士揶揄，说就当他来蹭饭的口粮了。

邵春芳说不过他，又朝他道真心话："虽然礼数免不了，我也晓得你是真心待我们，但是这街里街坊的，人多眼杂，多少人羡慕就有多少人说闲话。我情愿你们过得好，老话说，闷声发大财！意思意思就够了，你送来这许多，那些眼界小的……"邵春芳说着朝外头捣捣指头，"还不知道怎么说我们小音呢。"

"能怎么说，他们说他们的呗。我一没妻小，二奉公守法，我往我女朋友家拿点东西，还要看别人眼色不成？"某人说着，哈气见白，江南也有江南的湿冷，他干脆朝春芳女士直白道，"我一路赶回来，还没吃早饭，弄口吃的吧！"

邵春芳说锅里还有米粥，不行的话，她煮面给他吃，有现成的鸡汤。

傅雨旸叫不要麻烦了，米粥就挺好的。邵春芳还要招呼司机进来喝茶的，傅雨旸说免了，这大过节的，谁都想赶回去团圆。

他从公文袋里抽出一个信封，是辛劳司机今天额外跑一趟的犒赏。

司机勤恳接过，嘴里道，谢谢傅先生。

某人难得一副过年节的喜悦之情："回去当心，春节快乐。"

从门楼的寒暄热闹里走过来，傅雨旸站在外廊上，问在玻璃门扇后头辛勤劳作的人："我回来这么久了，你没听见？"

"不高兴下来。"干活的人老大不乐意。

傅雨旸把大衣和外套全丢在堂屋方桌边的条凳上，然后去到周和音脚边，轻声招呼她："下来。"

周和音手里有爸爸给的墙纸刀，又一身染灰的扫除装扮，她原本不打算理会他的。

可脚下的人坚持，坚持要她下来，于是，周和音径直跳到他怀里，手里握着的墙纸刀还搭在他脑后。

邵春芳正好盛粥进来，看到的是自家闺女没脸没皮地朝傅雨旸身上扑，刀还在手上：“像什么话！给你爸爸看到了，又要说你！”

周和音有点委屈，傅雨旸再一点点松开她，由着她站好，也假意埋怨：“就是，蹭得我一身灰。”

周学采正巧从外面院墙过来，去挑了一篮子菠菜。

傅雨旸出来跟他打招呼，问他上回茶馆临时工闹事讹诈的事都摆平了？

周学采接过傅雨旸的烟，开始男人间自有的平静闲谈。傅雨旸闻讯，交代谢律出面，说要对薄交涉，对方到底是𡒄了。周学采说不过是跌了几个杯子碗的交易，算了，做生意的，最怕有这些口角。

和气生财，比什么都重要。

傅雨旸点头，但还是提醒周学采，劳动合同这种东西，务必规范，否则仲裁起来，雇佣关系的盲点就是致命弱点。

周学采反过来问他，谈判还顺利？春节能歇几天？

傅雨旸把燃烟递到唇上，说正月半前都没什么大事，有事再说。

那头邵春芳催雨旸快点吃，粥都冷了。又怪他们，大过节的谈点什么不好，张口官司闭口生意的。

晚上这顿，周家二老足足做了二十八道菜。

这个场面其实没有吓到傅雨旸，倒是周和音的话吓到他了，所谓年年有余，就得除夕做着多多的菜，接下去正月头上这几天，都得吃剩下的。

傅雨旸尝腌笃鲜的一口汤含在嘴里，正儿八经地看她一眼，意味是：“真的假的？”

周和音哈哈笑出声，反而不解：“你不要告诉我，你们家过年不是这样？”

不是。某人正经摇头，因为他已经很多年没在家里吃了，都是无边无尽的应酬和宴席。

席上，邵春芳用公筷给傅周二人搛芋头烧肉里的芋头，说吃了遇好人。

周和音笑话妈妈：“年年要我吃，今年还吃，你巴望着我明年再遇到谁啊？”

傅雨旸附和她的笑话，干脆把她那块也搛过来吃：“那你别遇了，都给我遇吧！”

周和音当着父母的面，就来掐傅雨旸的胳膊：“你要遇到谁啊？”

“更多的甲方，更多的乙方。你不是不肯我歇着吗？”

他们相处的这些时日里，父母看在眼里。有些人是不是真心实意和你过日子，一杯水，一眼神，足以参透。

吃过饭，周学采和傅雨旸一道喝茶。喝的正是老周私藏的金瓜贡茶，傅雨旸自嘲地告诉老周：“当初小音去B城出差，我假意当着她老板的面和她套关系，问她父母这向都好？她灵巧会意，且答，我爸还要招待你喝茶呢？”

傅雨旸当即为难她，哦，什么茶？

就是眼前这杯，如愿的，金瓜贡茶。

房里，周和音出来，神色促狭，两只手背在身后，说有礼物要送给傅雨旸。

“什么？”

“你猜。”

“猜不着。看你嘴脸，不是什么好东西。”

“你说的。”随即，促狭鬼便掉头喊妈妈，“他说你给他买的棉衣和拖鞋不是好东西。”

周和音居家时都穿那种最蓬松的棉衣棉裤，年前，邵春芳得知傅雨旸要过来过年，给他买拖鞋的时候，顺势也给他买了一套棉衣。

周和音回来看到差点笑死，告诉妈妈，他不会穿的。

天晓得，他在B城自己家，地暖开到他要赤脚穿短袖的地步。

邵春芳不以为然：“这是江南啊，我们家没有地暖呀，在家里穿要什么紧啊，又不是要他穿出门去开会谈生意咯。”

眼前，傅雨旸看着那蓝黑色的棉衣，眼里情绪能炸烟花。

周和音当着父母的面为难他，要他穿给她看看。

傅雨旸借机喝茶，茶杯后头的眼神分分钟能杀死周和音。

他说待会儿上楼穿。

周和音不依，就叫他在楼下穿。

方桌上座的周学采都看不下去了，朝小音：“不穿就不穿呗，你当你妈买的多好看呢！”

外头正好有邻居来串门，还未到新年初一，大家已经把吉祥话挂在嘴边了。

男主人忙着分烟，女主人忙着抓花生瓜子糖果点心。

周和音在他们的一阵喧闹边，促狭心不死，朝某人耳语道：“你当着他们的面穿了，我就答应你。”

“答应我什么？”

“你要的。”

“去拿纸笔来，也当着你父母的面讲出来。”傅雨旸说，他才不信她的空头支票。

周和音朝他唬脸：“你最好信。”

此言一出，大丈夫能屈能伸。堂屋里满满的热闹，邻居对学采这女婿一向敬畏多些，知道人家生意做得大，谈吐出手都不凡的样子。

没想到和对象私下相处，倒接地气极了。

那几十块的棉衣套在身上，别说，人一下就衬出来。衣服实在土，人不掉价就行。

周和音在旁边笑弯了腰：“像个傻子。”

他们一起上楼，已经夜里十一点多了，楼下二老还没睡，因为周学采要等到零点起来敬香敬菩萨。

周和音给Nana打视频电话，傅雨旸就在边上，他喝了酒，嘴里渴，想要小音帮他下楼倒点水。

周和音拿在吃的砂糖橘应付他。

某人不依：“我要喝茶。”

周和音当着Nana的面说：“那你自己下去倒呗。”

房里开着空调，还有取暖器，二人暖洋洋地坐在地毯上。傅雨旸问她：“我可以吗？我只是客人。”

握着手机的人立马扯着嗓子喊：“妈，傅雨旸要喝茶，他说他是客人！”

某人一下就慌了，也被周和音气得不轻，因为她越来越会拆他的招了！

傅雨旸来蒙她的嘴，骂她，坏透了！

那头的Nana大喊受不了：“我年夜饭吃得饱死了，不需要加餐，谢谢。”

没辙，某人只能自己下楼去倒茶。

零点的时候，外面天际处有此起彼伏的鞭炮烟花声，这里是老城区，禁止燃放烟花爆竹。

实情是，年味越来越淡了。周和音说，小时候都可以放的。

傅雨旸洗漱后，躺在她的小床上，反驳她：“明明很浓。”

周和音在抹眼霜，也帮他抹，问他：“哪里？”

人情味。还有叫人有归属感的掸尘洒扫，家的味道。以及，此刻，周学采在楼下点的那十三层斗香的味道。

都很浓且重。

傅雨旸一只手臂做枕，几乎躺满了周和音的床。

床的主人，长发里藏着新鲜的香气，依偎到他鼻息下，呼吸纠缠。

周和音本能地吻他，也问他：“你当真了吗？”

“什么？”

“穿棉衣换你想要的。”

“我想要什么？”狡黠的人反问。

被惯坏的人，抑或者她天性就敢这么撩拨他，从见他第一面开始。她捞他的手，放到她心口处：“我。”她简单明了地回答他。

饮酒的人一副意兴阑珊之态，饶是她拖他的手，他也只是懒懒地告诉她：“别闹。”

大概在自己家，才养出她丁点的肥胆。她一身香气地凑过来，吻他，也来撬他牙关：“那当我想要你。”

她告诉他，他第一次来周家，是中秋的晚上，傅先生好看极了，阿宝弄脏他的袖子，他只冷冷地冲洗，他们一行人，她只看到了他，也只想和他站在一起。

周和音不依不饶地吻，不安分的手惹得某人也跟着燥热。

他顺着她的思绪来回应她点什么，问她：“你知道那晚我在楼下看到你从北窗边探出头来，我在想什么吗？”

“想什么？”

某人忽而跃起身来，捞她的腿弯，横抱起她，一齐从床上下来。

刚才歇憩的地毯上，傅雨旸抄过床上的枕头垫在她腰下，然后隐忍克制地噤声，顺带着要她也是，嘘……

想和她做点横冲直撞又伤天害理的事。

[8]

傅元小朋友一大早就醒了，翻身下床，赤着脚，不吵不闹。从自己房间出来，走过廊道，到了最尽头，旋开黄铜门锁。

房里冷气很足，他只走到妈妈这边，看妈妈拥着被，大概太热了，一只手臂露在外面。

她手腕上有一只玉镯，是阿婆给妈妈的。翠绿套在皎洁的手腕上，是那么好看也好认。

傅元即刻就来拉妈妈的手臂，因为妈妈昨晚答应陪他睡的，可是他醒来，身边没有人。

于是，他来要人了！

要妈妈过去陪他！

周和音睡得正迷糊，竟然被床畔的小人当真扽动了，她一身绵软，头稍微一偏，这才醒了。看到傅元宵讨债般站在她眼前。

扽不动她，就径直来掀被了。

周和音什么瞌睡都没了，先是扪紧被子，然后喊身边人："傅雨旸，救命！快醒！"

身边人昨天夜里才到家，老父亲原本要喊醒儿子，让他知道，你老爹回来了。

结果沾枕头就睡着的傅元宵简直就是混世魔王，死活折磨不醒就算了，还拳打脚踢地，傅雨旸迎面被亲儿子打了好几拳。

夫妻俩这才作罢。

儿子九月才开始正式上幼儿园，周和音平时也多忙于工作。日常接送都是她父母帮着料理，只有周末天才接回来过。

这周例外，因为傅雨旸提前回来，周和音就把儿子从父母那里早一天接回来了。

临走，邵春芳还千叮咛万嘱咐："你晚上陪着他睡啊，他踢被子踢得厉害，不能由他一个人睡。头上淌汗也是正常的，你稍微给他揩揩，睡沉了就不要紧了。"

周和音连连地应着，春芳女士还是不放心。周和音就要接妈妈一起过去，说过完周末再送她回来就是了。

春芳女士不去，说："你们家房子再大都不高兴去，给我歇歇，你们家这个大怨种，不得命，抵你小时候十个！"

不晓得随了谁了。

周学采在边上喝茶看报，看着孙子要回自己家，丁点不留恋。他老早就和宵宵抱怨了："我和你阿婆也要过星期天。"

还能随谁？随他爸呗。阿公诋毁道。

傅元小小年纪记仇得很："阿公不喜欢爸爸，我要回去告诉爸爸！"

傅元小朋友出生在元宵节这天，名字是妈妈取的，听起来随意又便宜。因为计划赶不上变化，早产加上那天晚上妈妈唯独吃了汤圆，有纪念意义，就取了元宵这个小名。大名总归要做长远打算，取得周正简洁些，单名一个元字，也包含着爸爸希望妈妈身体早日恢复元气的意义。

眼下，阿公还击元宵："你快回去告诉他，我还怕你爸爸不成！"

傅元宵再顶真："可是爸爸很爱阿公和阿婆，你们不可以这样！"

阿公问小鬼："这话谁教你说的？"

"妈妈告诉我的。"傅元宵童言无忌。

周和音小声嘟囔一下父母："看吧，这就是背后说人的下场。"然后纠正傅元的话，"阿公很喜欢爸爸，你没见爸爸每次回来，阿公都把他藏的好酒拿出来和爸爸一块儿喝吗？元宵不喜欢一个人，会和他分享你的玩具和零食吗？不会吧？"

傲娇的小孩这才勉强点头。

阿婆再说他昨晚的情况，睡得好好的，说肚子疼："我和你爸爸都爬起来了，准备给你打电话了，他个大怨种又说不疼了，说肚子里的虫子又睡着了。

"今朝去上学，把你爸爸的车钥匙塞到包里，通家地找，都没找到，最后打车去的。

"他到了学校，发现了，叫老师打电话通知阿公，不说他自己贪玩塞进去的，却说阿公，我帮你找到你的钥匙了，怎么在我的书包里？"

阿婆问妈妈："是不是大怨种？这辈子怎么就摊上你们家这个了。"

原本商量好的，幼儿园在江南读，等正式上小学时由他们接回B城念。这才一个月不到，春芳女士就快反悔了："你们弄走吧，不得命，这个怨种简直是来讨债的！"

昨晚，周和音一一跟傅雨旸说了，老父亲听后，非但不头疼，反而笑意吟吟地说："不愧是我儿子！"

才过了一个晚上，哪怕是亲爹也要反口了。傅雨旸掀被下来，光着膀子，只穿着睡裤，绕过床尾就来拎傅元宵，拎小鸡般拎着往外走。

臭小子念念有词："我要妈妈！"

老父亲自然不能说，你妈妈得穿衣服，于是道："你要爸爸也一样的。"

傅元宵不依，挣扎着要从爸爸的臂弯里下去。

傅雨旸直把这个臭小子拎回他自己的房间，然后往床上一丢，像极了他教傅元宵游泳时的招。

把臭小子往游泳池里一扔，扑腾够了，再去捞他。

傅元宵据理力争地站在床上，质问爸爸："为什么妈妈每回都跟你睡？"

傅雨旸说："问得好，下次不要问了。问一万遍你也是得自己睡！"

"我在阿公阿婆那里都是睡中间的。"

"那是阿公阿婆，这里不行。"他再严词勒令，"即便爸爸不在家，你也不可以跟妈妈睡。"

"为什么？"据理力争的人抗争到底。

"因为妈妈是我的，不是你的。"

傅元宵说爸爸瞎讲八道，他一个B城户籍的小孩，满口的江南腔调。

傅雨旸满不以为意，宠溺地笑了笑，口吻却不改："你总会明白的，不急，现在急的是，你还睡不睡？爸爸是困得不行了。"

外头，周和音穿着睡裙进来，看他们父子俩眉毛乱飞的局面，这才做和事佬般来抱元宵，再要元宵轻声些，说现在外头还不到六点："你晓得的，隔壁馨馨家，她的阿婆生病了，经不起吵闹，你要声音太大，打搅馨馨阿婆休息，这样就很不该了。"

对着爸爸坚决不服输的傅元宵，被妈妈说一两句就软化了，顺带着抱着妈妈的脖颈掉起眼泪来，委屈骤成一团，再揭发爸爸的话："爸爸说妈妈是他的，不是我的。"

"妈妈是你们所有人的，元宵的，爸爸的，阿公阿婆的，妈妈不会离开你们，也不肯你们离开妈妈，好不好？"

混世魔王般天不服地不服的傅元小朋友，唯独绝对地服从妈妈，因为妈妈爱他，他知道也感觉得到。

为了妈妈，他可以去学钢琴、架子鼓，因为他答应妈妈，一定要练出妈妈喜欢的歌手的曲子。

好不容易才哄好了，周和音递眼色给某人，让他趁机和好，别招他了！

某人这才学着阿婆那套，说今天家里又有谁掉眼泪了。阿婆老哄元宵，眼泪就是面汤里的麻油，特别香还贵。“记住，眼泪千万不能掉在外头，也不能掉在别人家，只能掉在家里，由阿公阿婆接着，下面吃。”

爸爸说等一会儿：“我去拿碗接麻油。”

床上的臭小子这才破涕为笑，鼻子吹出个老大老大的鼻涕泡。

爸爸和妈妈都笑了，尤其是妈妈，说：“好可惜，这个鼻涕泡妈妈没拍下来，不然好多哥哥姐姐要说我们元宵真是可爱死了！”

臭小子折腾一通，什么觉都睡不成了，一家三口干脆起来洗漱，说去阿婆茶馆吃早茶去。

去的路上，儿童座椅上的傅元被颠睡着了。

驾车的某人告诉周和音：“你哄你儿子的样子，比对我温柔多了。”

“谁能跟你比，天底下只有你一个老子会朝儿子说，妈妈是你的，不是他的。”

“本来就是。我说的是事实，他总有一天会明白的。”

“傅雨旸？”

“嗯？”

“他就是你，你也是他。”

[9]

大年初二下午，邵春芳在家里和麻将搭子打牌呢，堂屋的门径直被人拉开。

动静还没落地，疙瘩大的傅元手里拿着一摞筹码，嚣张跋扈地进来了，进来就拉阿婆的手，要她陪他玩游戏。

邵春芳这头才约好的人，一圈都没打下来呢，这个大怨种就冒出来了。

她由着傅元扒拉着手，牌都没法去摸，臭小子这还不够，说着就要去推她的牌，不肯她玩。

又要阿公来替她打。

邵春芳头疼地解释："你阿公也出去打牌了，没人替我打呀。"

姜太太他们几个都见识过小音家这个毛小子嚷起来，那是谁都不服的地步。几个牌搭子都干脆说别打了，别招这个毛小子。

邵春芳不肯，说不能由着这个性子，只问他："你怎么过来的，你爸还是你妈带你来的？"

今天傅雨旸在家里招待过来拜年的供应商和合伙人，这事两个老的是知道的，还说晚上过去吃晚饭。

傅元说："我自己过来的。"

邵春芳一听，不得命："你自己怎么过来的啊！"

"爸爸的司机。"

一颗跳出口的心这才又咽回去了。邵春芳对这个大怨种孙子做出什么行径都不稀奇，四岁的小孩，能吆喝他爸爸的司机送他来，果真什么样的爹养出什么样的儿子。

邵春芳才准备给小音那头打电话，门口来人了，正是亲爹。

"你来得正好。哪能由着他自己过来啊，吓都吓死我了。"

傅雨旸安慰春芳女士，说他和小音都知道，他和司机的车也是前后脚到的。

又为什么啊？邵春芳干脆抱着元宵，一只手打牌了。

傅雨旸从岳母手里接过孩子，宽慰她们好好打牌，别由着他闹。再告诉春芳女士为什么，因为小音抱别人家孩子了，又和傅元开玩笑，说将来给他做女朋友好不好？

傅元当着人家女孩的面，说不要，说人家是丑八怪。

小音即刻叫傅元朝女生道歉，臭小子不肯，嚷着要来阿婆这儿。小音也随他去了，并勒令他，不道歉，永远不要和妈妈说话。

邵春芳问傅元："你真心骂人家的？"

小鬼气鼓鼓不言声。

再听到这次阿婆也不帮他了，阿婆朝爸爸道："小音最不喜欢欺负女生的男生了，她肚子里有宝宝的时候，就巴望着有个女儿，谁知道元宵是男孩，她多少是有点不开心的。"

爸爸也答阿婆："说人家女孩是丑八怪，小音气得都要哭了，人家爸爸妈妈肯定要误会我们没好好教小孩，顺带着阿婆和阿公也要被人误会的！"

阿婆一听哦哟一声："气得我牌都不会打了！"

边上的傅元拆穿他们："你们就是吓唬我，吓唬我去跟人家道歉！"

打麻将的四个一齐笑了。

邵春芳点点傅雨旸："这个怨种，你们早点带回B城去，没人能管得住他。大过年的，不作兴喊打喊杀的，我也纳闷了，你们傅家怎么出了这么号小孩，反正我们周家是没有过的。"

傅元眼见着阿婆也不帮他，扯着阿婆的胳膊不松手，然后童言无忌道："她就是没有妈妈漂亮，她就是丑八怪。"

阿婆不理会他："那你跟你妈妈说，看你妈妈原不原谅你。"

理是辩不过了，开始胡搅蛮缠了。傅雨旸气得夹着小鬼就往楼上去，邵春芳喊着劝着，不能打呀，有话好好跟他说。

楼上小音的房间一直原封不动地在这儿，偶尔他们周末回来，都歇在这儿。

傅雨旸劝傅元："快点，给你妈妈打电话，道个歉，不然她真的不开心，晚上谁去说都不好使。"

傅元不听。

老父亲没辙，就把房门锁别上，留下来陪他。

让他冷静想好，再做决定。男子汉要敢做敢当。

"你当真有心骂人家的？"

傅元不肯承认是在学校里跟同学学的话。

老父亲也不急，随手翻出一本相册看，里面全是周和音从小时一路到大的照片。

傅雨旸信手静默地翻，一张一张，傅元轻悄悄地到了他跟前，臭小子指着一个扎着麻花辫的小女孩问爸爸，这是谁？

"你妈妈。"

臭小子不言声，长睫毛下，难得一副乖顺样。

"妈妈漂亮吗？"

傅元点头，他永远不吝啬赞美妈妈。

爸爸诘问："因为那个小女生没有妈妈漂亮才骂人家的？"

臭小子始终固执。

爸爸再猜："哦，是因为妈妈抱人家了，亲亲人家了，是不是？"

臭小子依旧不言。

“你妈妈以前也这样气过我，她和别人好，叫我特别生气。”

“和谁？”

“和谁不重要，重要的是，傅元宵，你在吃醋。”

傅元问：“吃醋是什么？”

“嫉妒妈妈惯别的小孩就是吃醋。

“但是，吃醋也不可以骂人家。尤其人家是女生，妈妈平时怎么跟你说的，男生要尊重女生。”

“妈妈说她永远不原谅我了。”

爸爸现身说法：“妈妈以前还说永远不原谅我呢，不还是原谅了！

“所以，你更要道歉，早点道歉才会早点被妈妈原谅。”

傅元眨巴着他漂亮的内双圆眼睛，显然主意已定，于是傅雨旸替他拨通电话，臭屁小孩第一句就是：“妈妈，你还理我吗？”

“如果你跟人家道歉的话。”

“我不是故意的，她也不是丑八怪。”

“那你回来告诉人家呀。”

傅元点头，没等挂断电话就拉着爸爸，要回家去。

相册跌到地毯上去，有几张没夹好的照片滑落开，傅元积极地去捡，其中一张照片反扣在地毯上，他双手捡起来。上头的人好旧了，他看不清楚，背后的字迹，因为小孩尚且纯真，也没发现。

傅雨旸接过来，严严整整地塞回塑料封层，连同那句——请你坐在月明里。

傅元问爸爸，上头的人是谁，是阿婆吗？

“不，是妈妈的阿婆。”

番外02
1：52：00

褪红色的木栅栏边上，钉着块牌引，上面除了提示这栋楼的门牌编号，还有业主姓氏的缩写，“F&Z”。

这家新搬进来的业主，女士年轻明朗，头一天晚上特地准备了伴手礼，一一和左右邻居打招呼，说这段时间装修，家具快递进进出出，实在谢谢大家体谅了。

相反，先生不苟言笑多了。沉稳端持，要么披星戴月地不着家，要么深居简出的，好些天不出门。

直到邻居姚太太和周小姐几番熟络了，人家才敢试探着问：“你和你先生差好些岁数的样子？当然，你年轻，你先生也不老，但总归有气场在那儿呢，衬着周小姐越发年轻恣意。”

周小姐莞尔：“我们还没结婚。”

姚太太面上一滞，晦涩难掩。

周和音回去学给傅雨旸听，某人不快，这人几个意思？

周和音说：“估计想着我和你是那种不正当关系……”

“哪种不正当？”

“比如我是你养在外头的那种。”

傅雨旸骂道：“庸俗。”骂那些人短见呢。

次日，傅先生起了个大早。晨跑完，没来得及冲凉，他先接了水枪，在院子里浇花花草草。庭前花园被设计师和园艺师规划得齐齐整整，东南隅栽植着傅先生指定的和音玫瑰，不到一年时光，已葳蕤烂漫。

做旧的红栅栏围墙里，男主人衣着朴素地站在翻新初绿的草坪上，执

Fu & Zhou

着水枪浇过玫瑰后，又往另一处空地去。朝东的院墙位置，有两垄由土锹翻过的地，列栽着番茄、青椒的秧苗，余出的角落插着葱头子。

姚太太烧过早饭，趁着日头好，把冬季的棉花胎和呢子大衣拿出来晒晒，去去黄梅季节的潮霉。

“今朝轮到傅先生侍弄这些花草了啊。”她同隔壁这个男主人打招呼。

那头红墙黄花绿草间，某人淡淡投来些不甚和善的目光，话倒是温和：“嗯哪，她当惜这些比对我还用心。”

姚太太不知怎的，见这个男人愿意回应她，莫名心情大好，也投桃报李来：“看得出来，周小姐是个很会过日子的人。”

寻常人眼里，“很会过日子”是个严谨的中性形容，指理智、细算、井井有条那种。

姚太太口里的周小姐“很会过日子”，是指“灵巧”。待人和善，会话三分笑；善于倾听，家长里短里辨别人心。

每日明媚艳丽地出门工作、会朋友；周末天偶尔独处，平心静气的，或在院子里侍弄花草，或在墨绿洋伞下读书喝茶；家里缺个油盐酱醋，偶尔火急火燎地来跟邻居借，第二天总要想着双倍情意地还报人家。

姚太太说，上回周小姐跟她借了块生姜，第二天还了一大块生姜也就算了，还买了好精致的一份蛋糕给他们。弄得姚太太直不好意思，周小姐弯弯眼睛，笑着道：“我妈说最近生姜老贵了，不能不还，我还想着下次记性差再来跟你讨点什么呢！”

这里好几处人家对周小姐的印象都一致很好，说人漂亮得不像话，看上去是个十指不沾阳春水的小姑娘，实则，很通人情世故，姑娘不要太灵哦。

傅先生听姚太太这么一火车皮的漂亮话，明明说的不是他，却开怀得跟什么似的，俨然一副开家长会，自家孩子遥遥领先其他学生的扬扬得意。他乐意回应姚太太，却是世故皮囊下的谦虚口吻：“也有脾气不好的时候，时常朝我发脾气。我们刚搬过来，里里外外她一个人张罗，怪我太忙了，顾不着她。这不，一闲落下来，家里大大小小的活计，我得赶快忙起来，不然又落一身抱怨。”

说话间，水枪里的水又密又猛，那两垄才种了没多久的秧苗被冲得全趴了腰，涝死了。

于是上午九十点钟的光景，隔壁家就听到周小姐和傅先生的拌嘴声。

周小姐怪某人，不是干活的料还帮着添乱。这两垄是春芳女士特地过来种的，他倒好！

傅先生也不急，说再让春芳女士过来一趟。

没两日，春芳女士当真带着秧苗过来了。

她一面重新翻土重新插秧苗，一面埋怨傅雨旸："你好端端的，和这苗子过不去做甚呢？"

院子正门台阶两旁种着对龙爪槐，西边院墙还种着一前一后两棵树，一树夹竹桃一树枇杷。江南的水土容易种活枇杷树，但栽在院子里，傅雨旸想得老遥远了，在边上给春芳女士打下手，又一副征询的口吻，问家里长辈意见的模样，说这树当真结果了，在院子里会不会挡光啊，且夏天会不会生虫，那种洋辣子，以后有了小孩，怕门口不清爽呢。

春芳女士一听也有道理，说回去问问小音爸爸的意思，一来讲究风水，二来找个专业的师傅来，挪树到屋西岸也可以。

春芳女士在这里待了小半天，傅周二人都要留她过一晚，却是不行，邵春芳说："你们家的床垫子我睡不惯。"

傅雨旸亲自送她回去，在屋后停车库遇到了隔壁的姚太太。傅雨旸给对方介绍说："我岳母不放心我们过来看看的，正要送她回去。"

再过了几日，傅先生又出差了。而这一片别墅楼都传开了，那个小音妈妈不是个淡角色啊，单看人家过来，这准女婿庭前屋后好规矩地奉着就晓得了。

听说他们迟迟没结婚，就是因为男方仍在丈母娘的考察期呢！

周和音给傅雨旸打电话，说傅先生好算计，步步为营。一来哄得春芳女士尤为地有存在感，打牌空当都抱怨："我们家小音和雨旸啊，纯纯两个睁眼瞎，买、汰、烧一样不会，要怎么好？处处不让人省心，三天两头我和她爸爸要过去一趟，不放心啊。"

二来借着姚太太这个大喇叭给周和音正名了，不是什么养在外头的莫须有，而是板上钉钉的夫妻，只等着周家父母点头的那种。

只可惜了那两垄秧苗，平白无故做了某人手下的涝死鬼。

傅雨旸不以为意："能给你正名，我淹了整个院子都舍得。"

"干吗，他们说他们的，我又不怕咯。"

"我怕。"

“怕什么？”

“怕你受委屈，怕我一时顾不到，你受委屈。”

又因为他不在她身边，怕她选择隐忍、消化，久而久之，攒着些他不知道的却又实实在在存在的委屈。

傅雨旸说，他怕这种。

周和音收拾完楼下，准备上楼去，楼梯依照她的要求，都装了脚边感应的走马灯，每走一步，那节能的小白灯都会一一亮起。

握着手机和他视频的周和音，一副莞尔温柔貌：“不会的，傅雨旸，你还不懂我吗？我是个最会撒娇最会表白自己的人，才不会允许自己受半点委屈。朝我爸妈是，朝阿婆是，朝你更是。

“外头那些流言，无非是他们不懂我们。”

假的永远不会成真。

她才不计较。

周和音再朝傅雨旸说：“你月底前一定要回来。”

“嗯？想得这么厉害？”

周和音呸他，正经颜色道：“时若的生忌。”

再转告她父母那头的意思，清明祭，周家并没有喊傅雨旸过去。趁着下个月七月半，她父母的意思是，小音随傅雨旸去拜祭下傅家父母和阿姐，傅雨旸自然也要去拜祭一下阿婆。

尘归尘土归土是一说。周学采始终认为，哪怕人已身后，他们也该有个缅怀的态度和交代。

去拜祭阿婆那天，小音父母没有随行，只有傅周二人。公墓里，高耸的树木枝繁叶茂，风一过，凉爽沁人，墓碑上没有照片，但梁珍的小像，傅雨旸记得很清晰，在脑海里，印记般。

他带来了两束花，屈膝赠到墓前，随着小音的辈分喊她阿婆，是稍稍局促的口吻：“请您无论如何要相信，我今天过来探望您，是实情实意的。

“也谢谢您，让我遇到这样好的小音。”

两束花，一束规规整整的白菊，聊以怀念。

一束蓝色绣球。小音说，阿婆从前很喜欢绣球花。

是年十一月，B城早早地下了初雪。

傅雨旸回江南的航班延误了，他在生日那天都没能回得来。

视频里，周和音多少有点沮丧。她蛋糕都做好了，失败了好几个才勉强挑出了一个不那么丑的。傅雨旸问，那几个丑的呢？

Nana自己的频道如今数据越来越好了，招了个商务和后期小姐姐，周和音依旧会偶尔给Nana支援文案，说前几个作业都分给Nana他们吃了，都抱怨说：“小音你男人再不回来，我们胖死你负责！”

傅雨旸让她隔空给他过生日，蛋糕留着，他回去吃。

周和音说顶多再放一天，过了保质期限，怎么吃？

傅雨旸没所谓，说一天两天不要紧。

周和音信了他的邪，隔空给他点了生日蜡烛，某人许愿也不闭眼，直到她替他吹掉蜡烛，问他许了什么愿。

某人也漫不经心地走神，不答。

晚上，周和音躺在床上投屏看电影，纯粹是想听着熟悉的声响辅助入眠，片子是《千与千寻》。

她不止一次和傅雨旸重看过。

熟悉的剧情和台词，催眠着她当真睡着了。

忽而，有视频电话进来，周和音被傅雨旸去而复返的电话吵醒，信号连接时，电影进度条正好被她暂停在“1：52：00”，白龙偷了钱婆婆的印章，被封印诅咒受了重伤，而千寻为了替白龙去给钱婆婆道歉，只身一人赶赴路途。

电影暂停的时刻，正好是白龙苏醒过来，来接千寻回去与她父母团聚。

千寻看到复原的白龙，开怀不已，钱婆婆也原谅了白龙，台词大意是——

来得正好。

白龙，你做过的事我不再追究，作为交换，你要好好保护这个孩子。

周和音微微睁眼，暂停的时间里，傅雨旸在那头询问她，连名带姓：“周和音，我和那回在宝相寺一样，不贪心，只许岁岁平安。这回，生日愿望仍是独个。

“我等不到回去了，也希望能沾着过寿的便宜。”某人自诩老人，“你多少别再拒绝我。”

外面风雪落散如鹅毛，傅雨旸哪怕坐回车里，身上依旧有落雪的痕迹。

外面已经十一点多了，他透过镜头，翻开一个盒子，中央嵌着枚正经的求婚戒指。

他给她买过戒指，无名指的尺寸大小，他了然得很。

“为什么？”

“什么为什么？”

“求婚。”为什么又想起求婚了？

“不想外人眼里，你无名无分地跟着我。”

“没有跟着你一说。”周和音纠正。

“要听实话吗？”

“当然。”

“于你父母，建立这样的社会关系才是对你最大的尊重和保障；于你，周和音，我想不到别的方式让你和我血脉相连；于我，私心得很，只有这个方式，我才能把你据为己有。”

周小姐也好，傅太太也罢，他只想周和音这个名字永远和他无间相连。

“有你，我才会更加严谨认真地工作、谈判。挣钱会开心，甚至喜悦，因为背后有家人需要我的钞票来生活，来提高居家品质，所以我轻易不能停止脚步；有你，我才时刻记着有人惦记着我回家，有人总是留着灯等我；有你，有年纪轻轻的周和音，我才想要更好地保养自己，不至于让她将来守着个邋遢的老家伙。”

视频这端的人迟迟沉默着。

傅雨旸喊了她一声，隔着一南一北的遥遥距离。他鲜少怯，试探地问：“答应吗？我认真的。”

“傅雨旸，你为什么永远这么扫兴？别人的求婚都是预谋很久很久，讲的词也都拣好听的说。你呢，你都讲了些什么！”

钱，生老病死。他的意思是，他为了她要好好地挣钱养家，善待她的父母，然后尽可能地把他能留的都留给她……

“是这个意思吗？”周和音问他。

“小音，这些比一遍一遍的‘我爱你’重要多了。”

“那么我问你，假如你不能陪我到老，我又为什么要嫁给你？”

“是，我都不能保证陪你到老，可是周和音，我依旧想和你在一起，想和你一处生活，一处养花养草，一处管你父母，一处吵架拌嘴，一处春天吃青团、夏天吃菱角、秋天吃栗子蛋糕、冬天吃酒酿丸子……我从前不喜欢孩子的，突然又反悔了。我想和你生一双儿女，这样你父母也能逐渐释然对我的耿耿于怀，孩子会转移他们的注意……最重要的是，我要和你一起好好教养他们。这样，他们就会和你一样，热爱他们的父母，哪怕我有个什么意外，他们也会替他们的父亲，陪着你，好好地爱他们的妈妈，爱我的小音。”

“傅雨旸，你个笨蛋，你真的不知道我想听什么吗？”

“知道。‘我爱你’。”

“那其他的就闭嘴。”她冲他发火。

“我爱你，周小姐，你愿意嫁给我吗？”

“拒绝你会怎么样？”

“不怎么样，把戒指扔到窗外。”他也不稀罕告诉她，这个点，托多大的人情才择到一枚符合他审美的求婚戒指。

“戒指有什么错？”她哭笑不得地问他。

“谁让它不中用的。”

周和音在床上笑得咯咯的：“谁不中用哦？”

“反正不是我。”

“答应吗？”某人再问一遍。

“怎么答应，你套得到我手上吗？”周和音没好气。

“等我回去。”等初雪消融，他说，“蛋糕换戒指。”

番外03
渔舟的夏天

渔舟出生的时候，正值盛夏，蜜桃色的黄昏，阔面微风的荷塘上，有小舟在穿行，采菱摘藕。

爸爸怀着即兴又偶得的心情，给她取了这个名字，傅渔舟，傅与周。

而阿哥和她不是一个姓，阿哥原先也姓傅的，因为她出生了，爸爸说都跟着他姓，阿公阿婆那边太孤单了，就让阿哥姓周了。

且她名字里的是小舟，阿哥的周是大舟。

爸爸时常叮嘱阿哥的话，说他不在家时，阿哥要看护好妈妈和渔舟。

阴历六月，B城。这是渔舟第一次出远门，离开阿公阿婆后，她抱着六家巷阿宝姐姐送的一个粉色狐狸公仔站在陌生的庭院里，仰着脑袋问妈妈，要几天才回去?

阿婆哄渔舟说是跟妈妈和阿哥来玩的，过几天就回去了。

八岁的周元把他装载有限的书包和行李箱往家里搬，听清渔舟的话，他说："要到冬天。"

将将三岁的傅渔舟听不懂阿哥的话，于是"恶魔"元宵同学狠心地拆穿了小妹的白日梦："我们搬到这里了，爸爸妈妈都要工作，我要上学，你也是！"

一身粉色连衣裙的渔舟和她怀里的粉狐狸一般无二，听到最后一截，不答应了，连忙告状妈妈："妈妈，阿哥说我要上学了。"

周和音在庭院里一一检点物流公司负责搬卸的木箱子，其中一箱是餐具，她再三提醒轻些，着急忙慌中就敷衍了渔舟一句："嗯，乖乖，没有孩子不要上学的。"

一天过得云里雾里的，幡然醒悟的渔舟哇呀大哭，手里的粉狐狸也掉到地上，口口声声要回去，回江南，回阿婆家去。

偌大的庭院里飘荡着杀孩子般的哭腔，甚至惊动了隔壁邻居家的狗，几个玩耍的小孩趴在围墙上看这家人的新鲜。

周元厌恶那些无聊八卦的眼睛，于是拉着渔舟要进里，连同掉在草泥间的狐狸。

回到屋里，正巧阿婆打电话过来，听到渔舟那警报一般的哭声，连忙要和渔舟说话。

其实早几个月前，一家子都已经在做这小二子的思想工作了。周学采更是不准小音瞻前顾后，说养孩子就得有规矩，说好的计划，原本就已经为了老二搁置了两年，元宵这样回B城就读，还得中途融入集体，已经很不应该了。

这回下定决心让孩子回B城读书，周家老两口都是举双手赞成的。周学采告诉小音："你们也不要觉得不留在我们身边是为不孝。养儿养女，什么阶段做什么事。该玩耍的时候就要让他们无忧无虑地疯玩，该成长的时候也要认真给他们定规矩。

"就像那院子里的树，你指望它们笔直、参天，就必然要它们规矩地向上生长。

"我们周家的孩子，无论如何都不可以长歪了。

"元宵拢头拢尾已经在我们身边养到八岁，渔舟也三岁了，都到了正经读书学做人的时刻。B城怎么说，条件都比江南好，我的两个孙儿，我都盼望着他们成才更要成仁。

"别舍不得我们，人生总是如此。有旧生命在后头，更有新生命在前头。我和你妈辛苦攒了一辈子，就是想你好，现在轮到你了，你也得为了你的孩子好。"

春节头上，周学采动了个小的腹腔手术，在医院几宿陪床的都是傅雨旸。

翁婿二人难得聊得酣畅。周学采诋毁自己，说这辈子最懊悔的就是当初没好好再念几年书，这几年他看得出来，傅雨旸两头奔波，多少是为了小音，迁就着他们老两口。

傅雨旸淡笑地驳，说自己远没有那么委曲求全。相反，这样的日子很安生，是家里有老有小，一团和气的那种安生。就他私心而言，当然希望元宵和渔舟处处拔尖，处处得最好的，这是他作为一个父亲最本分也最由衷的奋斗意义。

可是，那些个物质上最好的给予，通通比不上他的孩子们开怀一笑。

没什么比拥有无限漫长的童年和暑假更快乐的了。

傅雨旸说："您就当我在弥补我的两个孩子吧。

"当然，也是在弥补你们。我比小音知道，元宵、渔舟陪着你们二老的意义所在。"

平板电脑搁在沙发上，渔舟晃着她的小脑袋，大颗大颗的眼泪掉在屏幕上，问那头的阿公阿婆，是不是不要渔舟了："阿哥说我们再也不能回去了。"

边上的周元宵说："我明明说的是冬天。"

阿婆在那头骂元宵，这个大怨种，一时一刻不欺负妹妹就骨头痒，再哄渔舟："过几天就回来了。"

渔舟不肯答应，现在就要回去，阿婆哄得没辙，就要元宵去给妹妹买冷饮吃。前些天拉肚子才好呢，走前阿婆还叮嘱妈妈，换了水土，更要注意，这几天千万别让她贪生冷寒凉。

于是，元宵从冰箱里翻出一根碎冰冰。一撅两半，老规矩，要渔舟先选。

一边哭一边闹的小小姑娘，回回有着自以为是的精明和算计，总要上头的一半，因为上头的一半有个尖尖的头子，她觉得大一些。

阿婆叮嘱的，要渔舟吃得慢一点。实在不行，吃两口解解馋，再给她岔开去。

元宵看着妹妹嘬着半个碎冰冰，一时把抛离阿婆的事实忘了大半。

"好吃吗？"

"草莓味的。"她记着阿哥不喜欢草莓味的。

岂料阿哥吃得比她快多了，吃完自己的，还要渔舟给他吃一口。妹妹不肯，阿哥就假装生气。

这时妈妈进门了，一楼厅里搁置着大大小小的物流封装箱，妈妈喊元宵，要他看着妹妹，她要开个视频短会议。

兄妹俩躲在厨房岛台下头，这根碎冰冰是元宵自作主张给妹妹吃的，妈妈还不知道。

一分钟前，还死活不肯阿哥吃一口呢，听到妈妈的声音，人小鬼大的傅渔舟生怕妈妈怪她又吃冷饮了，窸窣猫藏间，把剩下的碎冰冰塞到阿哥嘴里，转移物证！栽赃陷害！

元宵被喂了一嘴冰，不怒反笑，然后当着妹妹的面吃光掉。

等听不到妈妈的脚步声了，碎冰冰也没了，元宵还给渔舟一个空壳子。

“阿哥坏馋猫。”

周元宵想起他在看的植物图鉴里说，热带有一种芭蕉，长得有多快呢，在树下待半天，树叶能眼看着把你人遮盖了。

渔舟就这样被阿哥骗到了外面庭院的一株芭蕉下，她等待着这魔法，把她遮起来，藏起来。

晚上，爸爸回来的时候，问渔舟人呢？

她笃笃从楼上下来，告状精日常告一状，说：“阿哥骗人精，骗我说再也不能回阿婆家，还骗我说芭蕉能把我藏起来。”

爸爸嗯一声，说：“怪不得我们渔舟都晒黑了，哥哥该打！”

晚餐这一顿妈妈做得简单，因为收拾了一下午东西，一家四口却吃得其乐融融。

吃过饭后，爸爸加入进来，帮妈妈收拾新家，屋子里一时声响，一时私语。

渔舟洗过澡，顶着个毛茸茸的脑袋，抱着她的粉色狐狸，揉揉眼睛犯困样地扑到妈妈怀里，不等她耍赖，妈妈已经猜到什么了：“想阿婆了，想阿婆陪渔舟觉觉，是不是？”

三岁的渔舟始终不懂搬家定居是什么意义，只带着一身新鲜的沐浴乳香气，说着依偎的口吻，问妈妈，他们还要几天才回去？

周和音看一眼傅雨旸，后者拍拍手，从妻子怀里捞起女儿：“我们来跟阿婆视频。”

这一晚，渔舟是听着阿公阿婆、爸爸妈妈的说话声睡着的。

邵春芳安慰雨旸小音：“用不着几天，她就习惯了。这些天，就跟断奶一样，她不问不闹，你们也千万别提。”

可是一家子都低估了渔舟恋家的情绪。接连三四天，傅家明明有连轴转的交际应酬，全是热闹喧嚣的场合，不乏有趣的人和物什，渔舟对此全是三分钟热度，没一会儿，就恹恹地要回去了。

她口里的回去，是阿婆家。

有小孩趁渔舟不注意，拿走了她的粉狐狸公仔，在边上当足球踢。元宵看到了，还和几个小孩干了一仗！

几个合伙人都笑话，了不得，雨旸家的这个小子说话慢条斯理的，打起人来力气倒是不轻巧。

晚上爸爸为这事正经给阿哥上课，渔舟在边上给阿哥求情，说她的粉狐狸呢，说着说着就哭了，颠来倒去，就是那一句，她要回去。

爸爸叹气之余，顺带着拿阿哥也没办法了。

爷仨在书房里下起飞行棋，下着下着，爸爸冒出一个主意来，问渔舟："要不我们接阿公阿婆来过暑假？"爸爸手里捏着飞机模样的棋子。

话音刚落，兄妹俩眉眼里一齐亮色。

只是妹妹浓烈，哥哥收敛。

次日一早，傅雨旸给岳父母打电话，把两个孩子的情况简明交代，再盛情邀请，玩笑说："这么多年了，女婿家门朝哪边开都不知道的，就只有您二位了。"

夏天茶馆生意一向好，傅雨旸再市侩地跟岳母玩笑，说："来玩期间，茶馆一切的成本利润，我和小音都补给你们。"

春芳女士当即就骂人："我这是够不到你呢，够到你，打你一榔头。"

说罢，傅雨旸拿渔舟利诱，说："当真的，这些天，你们的孙女当真瘦了一圈，茶饭不思地惦记着你们。"

春芳女士苦恼，发表断奶论的是她，终究舍不得渔舟和元宵的也是她。

最终答应了雨旸的话。

这头说派人回去接他们，一应的飞机行程都给他们打理好。

周学采在那头诋毁雨旸："他拐弯抹角地嘲笑我们老两口不会搭飞机呢。"

他们偏要自己过去！

直到阿公阿婆下车出现在家门口的时候，渔舟开心地直奔过去，阿婆抱起她来，掂着囡囡的重量，说哪里瘦了，她亲昵地打趣："你们爸爸一向最会哄人。"

阿公阿婆过来了，爸爸妈妈忙他们的工作，阿哥暑假每天要上不重样的学习班，唯有渔舟天天跟着阿婆后面。

剪螺蛳，腌咸鸭蛋，晒萝卜干，种番茄。

星期天，爸爸带着全家出去玩，游名胜观古迹，也一早天不亮地赶赴去看升国旗。

阿公阿婆过来的那天，什么都没带，只有阿公临时要种的一颗碗莲种藕揣在包里带过来了。干脆就在B城种下了，种在院子大缸里，日照充足。

阿公说，等到碗莲开花，他们就回去了。

某个周末清晨，爸爸出庭院看到起了个大早的渔舟趴在青花缸沿上，问她在干吗呢？

渔舟答，看里头的花出来没。

爸爸随她一齐蹲下来："没那么快开花的，宝贝。"

渔舟反问爸爸，要多久？

爸爸不解，为什么这么期待这花开？

岂料渔舟摇摇头，她悄声告诉爸爸，是希望晚点开。

为什么？

"这样，阿公阿婆就可以晚点回去了。"小鬼灵精逻辑清晰道。

爸爸短暂失神，伸手拍拍女儿的脑袋，和她一齐端守在碗莲大缸边上。

是的，她最好晚一点，再晚一点，盛开。

【番外完】

MEMORY
HOUSE

一封被私心藏匿半世纪的情书。

两家本应该彻底分南北的故人。

傅雨旸清楚，周家不会稀罕傅家的弥补，倘若那天来的人是周学采，这笔近五十年的旧账早就厘清了。

偏偏那天来的人是周和音——论资排辈，她甚至得喊他一声叔叔。

江南雨巷里破土生长的细玫瑰，年轻，明朗，脑门上刻个勇，纵然眼见了傅雨旸作为世故人的底色，却也深知冥冥中的怦然骗不了人。

她凭着拳拳热忱，一路向他走来，鲜活而灿烂，逼着他的理智一次次与情感相悖逆……

分明是长线的因，才有她遇到他这样的果。

分明从始至终，都是他在觊觎。

上架建议：青春文学 | 都市言情

ISBN 978-7-5594-7874-0

9 787559 478740 >

定价：72.00元（全二册）

Memory House